Серия
«Как мы дошли
до жизни такой»

№ 4

Юлий Дубов

Большая пайка

Полная авторская версия

Freedom Letters
Кёнигсберг
2024

freedom
letters

Сайт издательства freedomletters.org
Телеграм-канал freedomltrs
Инстаграм freedomletterspublishing

Издатель *Георгий Урушадзе*
Технический директор *Владимир Харитонов*
Художник обложки *Ден Батуев*
Корректор *Ната Шевченко*

Юлий Дубов. Большая пайка. Freedom Letters, 2024. — (Серия «Как мы дошли до жизни такой».)

ISBN 978-1-998265-28-2

Стремительный, точный и масштабный роман «Большая пайка» послужил основой для кинодрамы «Олигарх» и отразил целую эпоху через историю бизнеса, политики и жизни героя, прототипом которого стал Борис Березовский. «Большая пайка» издана в переломном для России 1999 году. Пришло время прочесть её заново.

В полной авторской версии книга выходит впервые, открывая серию Freedom Letters «Как мы дошли до жизни такой».

В лагере убивает большая пайка,
а не маленькая.
Варлам Шаламов «Заговор юристов»

Буржуазия… в ледяной воде эгоистического расчета потопила
священный трепет религиозного экстаза, рыцарского энтузиазма, мещанской сентиментальности.
Карл Маркс, Фридрих Энгельс
«Манифест коммунистической партии»

Твое одиночество веку под стать,
Оглянешься — а кругом враги.
Руку протянешь — нет друзей
Но если он скажет: «Солги», — солги.
Но если он скажет: «Убей», — убей.
Эдуард Багрицкий «ТВС»

Мы были, были!
Михаил Веллер «Дети победителей»

ОТ АВТОРА

Мне хотелось бы сделать несколько предварительных замечаний.

При рассказе о событиях, действительно происходивших и находящихся, как говорится, на слуху, часто возникает желание определить место событий в какой-нибудь Стране Дельфинии, а персонажей обозвать иностранными именами.

Я решил этого не делать, и вот почему.

Тех, кто внимательно читает газеты, регулярно слушает радио и смотрит телевизор либо же имеет доступ к оперативным данным соответствующих спецслужб, Страна Дельфиния не обманет.

Они знают, что ни одно из описанных здесь событий не придумано.

Таких людей много, я отношусь к ним с уважением и симпатией и поэтому не хочу играть с ними в детские игры.

Признаюсь, однако же, что определенные вольности я себе позволил.

Так, например, эпизод, который можно назвать «венской драмой», на самом деле имел место, и я своими глазами видел кладбище, где рядом похоронены мститель и его жертва, однако описанные события произошли не в Австрии, а в другой европейской стране.

Я придумал падающего с крыши бронзового землепашца. Единственно, что у него есть общего с реальным объектом, это вес. Впрочем, вес указан максимально точно.

Мне лично известно предприятие, которое впервые реализовало финансовую схему «мельницы», однако оно не имеет и никогда не имело никакого отношения к «Инфокару». Достаточно сказать, что предприятие это давно закрылось, а его создатели здоровы, не бедствуют и вообще чувствуют себя замечательно.

Если организация под названием «Ассоциация содействия малому бизнесу» где-нибудь существует и захочет предъявить мне претензии, заявляю заранее, что название это мною придумано. Имел я в виду нечто совершенно другое.

Инцидент с группой наружного наблюдения, датированный ниже девятнадцатым августа девяносто первого года, уверенно завоевал свое место среди устных преданий, о нем даже рассказывают с эстрады. Между тем наиболее раннее упоминание о нем относится к 1965 году. Пользуюсь случаем, чтобы вспомнить добрым словом Игоря Николаевича С., в то время работавшего на Петровке и имевшего к этой истории самое прямое отношение.

И так далее.

Вообще говоря, в предлагаемой книге нет вымышленных событий. Но события эти происходили в разное время и с разными людьми, которые вовсе не были связаны друг с другом. Поэтому мне и понадобилось что-то поменять, а что-то додумать, ибо соблазн объединить все в одном рассказе был слишком велик.

Что касается персонажей, особо хочу подчеркнуть: реально существующих людей в этой книге нет, — хотя я полностью отдаю себе отчет в том, что каждый, дочитавший эту книгу до конца, немедленно начнет называть фамилии и тыкать пальцем в ту или иную фирму. Кажется, я даже знаю — в какую.

Не надо этого делать.

Мне хотелось всего лишь рассказать о формуле удачи. О правилах игры. И о цене победы.

Просто жизнь устроена так, что эту цену готовы платить немногие.

ВСЕМ СПАСИБО

Я искренне благодарен всем, без кого книга «Большая пайка» никогда не была бы написана.

Прежде всего эти слова благодарности обращены к моей жене Ольге. Она все время была рядом, помогала мне и верила, что роман будет закончен.

Очень многим людям я обязан материалом для книги — простое перечисление фамилий заняло бы несколько страниц. Этот список заслуженно возглавляет мой друг Генрих.

Отдельное спасибо Владимиру Григорьеву, директору «Вагриуса», за первую профессиональную оценку книги и за знакомство с Виталием Бабенко, который довел рукопись до окончательного состояния.

Когда наша совместная деятельность с Виталием подходила к концу, неожиданно выяснилось, что мы закончили одну и ту же школу, с разницей в год, и даже по русскому и литературе у нас была одна учительница — Маргарита Александровна.

Низкий ей поклон и светлая память.

Юлий Дубов

Часть первая
СЕРГЕЙ

Первые сообщения о трагедии появились в вечерних выпусках новостей. Сперва показали изуродованный джип и истерично рыдающую продавщицу из магазина. Потом обуглившиеся остатки «рено» и черный мешок, в котором находилось все, что осталось от русского киллера, пытавшегося уйти от полиции. Репортаж с Лангегассе, на фоне дома, в котором готовился к своему преступлению убийца.

Интервью с лейтенантом полиции, только что закончившим обыск на квартире преступника и демонстрирующим толстые пачки денег, очевидно предназначенных в оплату за убийство. В утренних газетах картина случившегося пополнилась важными деталями.

Выяснилось, что убийца приехал в Австрию из России полгода назад и, якобы находясь в состоянии глубокой душевной депрессии, проходил курс интенсивной терапии в одной из клиник, откуда уже два месяца как был выписан и поселился на квартире в Вене. Проживая на Лангегассе, ни в чем предосудительном замечен не был, регулярно посещал медицинское учреждение известного доктора Шульце и вел исключительно размеренный и скромный образ жизни. Не курил, не употреблял спиртных напитков, не посещал увеселительных и сомнительных заведений, что свидетельствует о его профессионализме. Важно отметить, что в этническом отношении убийца принадлежал к одной из кавказских народностей. По сведениям из русских газет, именно кавказцы представляют собой ядро крупнейших преступных группировок и отличаются исключительной дерзостью и кровожадностью. К убийству гангстер готовился тщательно. Он долго выслеживал свою жертву, которая, скорее всего, знала его в лицо. Об этом свидетельствует тот факт, что непосредственно перед совершением преступления убийца предпринял определенные шаги к изменению своей внешности. В квартире преступника обнаружена крупная сумма наличными, представляющая собой авансовый платеж за убийство. В том, что убийство является заказным, полиция была уверена на сто процентов. Эта уверенность появилась в результате изучения личности жертвы. Убитый, тоже русский, в Австрии оказался неизвестным образом. Во всяком случае, в его документах не обнаружилось никаких сведений о пересечении границы, и в картотеке иммиграционной службы он не значился. Проведенное полицией исследование водительского удостоверения убитого показало, что документ является поддельным, но подделка выполнена на исключительно высоком уровне. Отсюда следует, что жертва преступления, очевидно, имеет отношение к одной из русских преступных группировок, а само убийство есть результат идущей в России войны преступных кланов. Это свидетельствует о полной несовме-

стимости системы западных ценностей с происходящими в России процессами, в ходе которых высокие идеалы свободы и демократии искажены до неузнаваемости и находят свое выражение в полной безнаказанности преступного мира, слившегося с так называемым русским бизнесом и уже начинающего подчинять себе политическую элиту страны.

Еще несколько дней австрийские газеты мусолили эту тему, потом перешли к более интересным вещам, и она сама собой забылась. Полиция ткнулась туда, ткнулась сюда, попыталась выяснить историю приобретения квартиры на Лангегассе, зашла в тупик, запутавшись в паутине люксембургских компаний и кипрских счетов, и без особого шума списала дело в архив. Тем более что никакой особой ценности два мертвых русских гангстера не представляли, гражданами Австрии или иной цивилизованной страны не являлись, никто ими не интересовался и интересоваться не собирался. Их тихо закопали рядышком, под бормотанье католического священника. В этот день было пасмурно, а к вечеру стал накрапывать дождик...

Школа для молодых

В пансионат под Ленинградом должно было съехаться более двухсот человек.

Мероприятие называлось «Первая международная школа-семинар молодых ученых по проблемам автоматизации». Ключевые слова «школа-семинар» были гениальной придумкой Платона. Дело в том, что проводить школы длительностью более трех дней категорически запрещалось, а вся компания нацелилась на десятидневное общение в полном отрыве от привычной обстановки. Добавление слова «семинар» превращало одно краткосрочное мероприятие в два и ставило начальство в тупик.

Плюс еще слово «международная», которое придавало затее дополнительную весомость. А упоминание «молодых ученых» вводило для участников точный возрастной ценз — не старше тридцати трех лет.

Конечно, на лекторов это не распространялось.

Заявленная тематика обеспечивала исключительно широкие возможности для участия — приехать мог каждый, кто был в состоянии накропать страничку текста с упоминанием слова «автоматизация», причем на любую тему — от летающих тарелок до повышения урожайности зерновых. Отбором докладов занимались

Марк Цейтлин и Ларри Теишвили. При этом они руководствовались простейшей инструкцией, начертанной корявым почерком Платона на оборотной стороне распечатки с институтской ЭВМ:

«1. Иностранцев — всех.

2. Наших — всех.

3. Обеспечить географию.

4. 1:3».

Означало это следующее. Все доклады иностранных участников принимаются безоговорочно (за исключением явной муры). Так же принимаются все доклады научного молодняка из Института — будем писать его с большой буквы, — где работали Платон, Ларри, Марк и Виктор Сысоев. Преимуществами при отборе пользуются представители периферийных вузов. И надо обеспечить как минимум одну девочку на трех представителей сильного пола.

Исполнение этой инструкции гарантировало веселую и не обремененную привычными заботами жизнь в течение двух недель, отсутствие проблем с институтским начальством и еще более высоким начальством из Академии, а также обещало массу полезных и приятных знакомств и связей.

Открытие школы было запланировано на четырнадцатое февраля — с тем расчетом, чтобы заключительный банкет, именуемый в целях конспирации «товарищеским ужином», пришелся на День Советской армии. Эта конспирация никого не обманывала, но позволяла соблюсти приличия, ибо после нескольких сигналов с предыдущих мероприятий академическое начальство на банкеты реагировало болезненно, а против товарищеских ужинов возражать еще не научилось. Да и День Советской армии создавал дополнительный патриотический флер.

Оргкомитет загрузился в «Красную стрелу» десятого февраля. Ларри, Марк, Муса и Виктор пришли одновременно. Платон, как всегда, опаздывал. В соседнем купе возился Сережа Терьян из института экономики, назначенный финансовым гением и счетоводом школы. Он пытался пристроить зачем-то взятые с собой лыжи, которые занимали половину купе и мешали Ленке и Нине.

Девочек взяли в последний момент, потому что Платон потребовал создать секретариат школы. «Взять с собой, немедленно загрузить работой, посадить на телефоны, вооружить пишущей машинкой, должен быть нормальный уровень, вы ни черта не понимаете, почему я должен за всех думать? Где Ларри? Ларри, займись!»

Это был его обычный стиль. Платон никогда и никуда не успевал, его невозможно было найти ни по одному телефону, на месте не сидел принципиально. Когда и как он умудрился написать кандидатскую, не понимал никто, даже самые близкие друзья. И при всем прочем в том, что называется «решением вопросов», равных Платону не было.

Вопросы всегда были многочисленны, разнообразны и никак не соотносились друг с другом даже при самом тщательном изучении. Никто, возможно включая и самого Платона, не смог бы восстановить логическую связь таких событий, как согласие некоего А выступить оппонентом на защите кандидатской диссертации соискателя Б, восьмичасовой загул в Лефортовских банях в компании личностей из автосервиса, дарственное вручение ящика шампанского никому не известной тетке из Центросоюза, перенос семинара по матметодам с четверга, скажем, на будущий понедельник и так далее. Да, впрочем, такой связи могло и не быть. Просто в результате всех этих событий создавалось некое переплетение интересов, которое могло долго существовать в дремлющем состоянии, но зато в нужный момент, когда возникала более или менее серьезная проблема, тут же подключались разбирающиеся в этой проблеме люди, начинали работать рычаги, проворачивались какие-то колесики, и проблема получала неожиданное и изящное решение.

Платон был гением интриги. При всей его безалаберности и разгильдяйстве он безошибочно ощущал потребность в том или ином контакте, никогда не прибегал к лобовым методам и всегда мог с удивительной скоростью превратить хаотический перебор телефонных номеров в четкую последовательность действий, направленных на достижение цели.

Надо сказать, что до сих пор все школы и конференции, которые проводились этой институтской компанией, великолепно обходились без секретариата. Но к платоновским закидонам все привыкли, поэтому его неожиданный натиск был воспринят с обычной покорностью. Тем более что особых вопросов подобранные кандидатуры не вызывали. Нина вообще была из хорошей семьи, воспитанная, диссертацию не только сама написала, но и сама же напечатала. С Ленкой тоже все было ясно — печатала она не так чтобы очень, зато любила веселую компанию и считалась своей в доску. К научному персоналу отношения не имела, числилась техником. В институте ее держали по двум причинам. Во-первых, начальник Ленки когда-то имел неосторожность закрутить с ней трехнедельный роман, который привел к тяжелому выкидышу и двум месяцам больничной койки, после чего начальник, будучи человеком порядочным, уже не мог Ленку уволить. А во-вторых, Ленка с готовностью ездила в подшефный колхоз в любое время года, на любой срок и в любом обществе. В постели она была совершенно неутомима и не только никогда и никому не отказывала, но и сама проявляла инициативу каждый раз, когда в ее личной жизни намечался вакуум.

Сережка. Начало истории

Самым старшим в компании был Сережка Терьян — ему уже исполнилось тридцать, а выглядел он на все тридцать пять. Он был профессиональным математиком, закончил сперва Новосибирский университет, а потом еще и вечерний мехмат. В институт экономики попал непонятно каким образом — по-видимому, на волне сплошной математизации экономической науки, — очень быстро защитил кандидатскую и сейчас писал уже третий вариант докторской. Первые два варианта оказались категорически непроходными, потому что шли вразрез с принятыми представлениями о том, что можно, а чего нельзя. На всех семинарах, где Сергей докладывал свои результаты, слушатели сперва единодушно восхищались красотой математических конструкций, а затем, оглядываясь на представителей традиционной политэкономии, столь же единодушно возражали против экономической интерпретации полученных результатов.

С Платоном Терьян был знаком еще со студенческих времен, но особо они сблизились после скандала, разразившегося, когда Терьян на очередном семинаре сообщил аудитории, что есть две полярно противоположные модели экономики — утилитарная, в которой максимизируется прибыль, и эгалитарная, в которой обеспечивается всеобщее равенство.

Аудитория замерла.

— В чистом виде, — продолжал Терьян, — эти модели нигде в мире не существуют. Поэтому можно говорить об утилитарной экономике с некоторой примесью эгалитарности. Так вот, данная теорема утверждает, что существует некоторое критическое состояние уровня эгалитарности и если его превысить, то в экономике начинаются необратимые процессы, приводящие либо к стагнации, либо к полному развалу.

Поскольку обсуждение происходило в свободном и демократическом режиме, вопросы начал задавать один из заведующих отделами, который одновременно руководил в парткоме идеологическим сектором. Уже после первого вопроса аудитория смекнула, куда дует ветер, лишь недогадливый Терьян все пытался вещать про специфику асимптотических процессов, однако в конце концов и до него дошло, что в данный момент имеется в виду вовсе не его диссертация, а сложившаяся в обществе атмосфера вседозволенности и досадные промахи в кадровой политике.

Друзья и сослуживцы тут же шарахнулись от Терьяна, как от прокаженного. В окружившей его пустоте запахло озоном и послышались первые раскаты грома.

Тут-то и подключился Платон, случайно узнавший о надвигающейся грозе.

Среди его приятелей нашелся человек, женатый на дочке ответственного работника ЦК, курировавшего в то время экономическую науку. Историю замяли. Терьян взял отпуск за свой счет и по его окончании вернулся в институт экономики другим человеком.

— Каждый раз я это делать не смогу, — предупредил Платон. — Хочешь заниматься математическим анализом основной движущей силы современности — валяй. Только не рассказывай никому. Сожрут и не подавятся.

Терьян оценил предупреждение по достоинству и переключился на менее рискованную проблематику.

В личной жизни он вел себя скромно. Был женат, успел обзавестись двумя дочками, в которых души не чаял. После работы всегда бежал домой, играл с девочками, а после десяти закрывался на кухне и работал до глубокой ночи. В близких друзьях, особо после злополучного семинара, числил только Платона.

Росту Терьян был среднего, больше любил молчать, чем говорить, и внешне ничем особым не отличался. Однако же девушки, натыкаясь на него на всяких новогодних вечеринках, проявляли интерес. Впрочем, про его сердечные дела никому и ничего известно не было. Сергей не любил об этом распространяться. И вообще не любил мелькать.

Влюбленный Марк

...Минутная стрелка на вокзальных часах совершила очередной прыжок, прозвучал недовольный голос толстой рыжей проводницы, лязгнуло железо.

Поехали!

Как вскоре выяснилось, компания отправилась в Ленинград все же в полном составе: Платон, не успевший добежать до своего вагона, прыгнул-таки в хвостовой, промчался через двенадцать тамбуров и, разрядив беспокойство, занял свое законное место.

— Где Муса? Муса, иди сюда, быстро. И Серегу тащи, — сразу же начал командовать Платон. — Впрочем, нет, Муса, ты не нужен, ты там с девочками займись, чтобы минут через десять можно было начать. Серега, быстро иди сюда!

Оказалось, Платон едва не опоздал по той причине, что до самой последней секунды утрясал вопрос, кто из больших ученых приедет читать лекции.

Выяснилось, что Беляков, Горский и Шмаков все-таки не появятся, зато Платону удалось залучить на один день самого ВП, то бишь Владимира Пименовича, директора Института, и, кажется, дал согласие Дригунов из ленинградского политеха, но это неточно, поэтому надо срочно сообразить, где брать еще одного лектора и что делать, если согласие Дригунова фикция или он захочет, но не сможет освободиться.

— А что мы сейчас все это обсуждаем? — тихо спросил Ларри. — Приедут — не приедут, любит — не любит. Завтра к вечеру и то определенности не будет. Лучше посидим немножко и завалимся спать. С утра такая беготня начнется...

В соседнем купе уже был сервирован стол в духе студенческих традиций.

Соленые огурчики, хрустящая квашеная капуста, банка маринованных помидоров, еще одна банка с каким-то шопским салатом, лихо разделанная Мусой жареная утка. Все это покоилось на круглом металлическом, с красно-зелеными разводами, подносе, который взял с собой Марк. Он же достал из чемодана шесть маленьких деревянных рюмочек: ему когда-то подарили этот набор на день рождения, и он всегда таскал их с собой — в командировки, в колхоз и в отпуск. Для девочек принесли стаканы.

Запас напитков был неплохой: Платон выставил на стол бутылку коньяка (он вообще пил мало, а водку недолюбливал), Муса Тариев, ответственный за тыловые службы, наоборот, пил только водку и, судя по тяжести его желтой походной сумки, подготовился к поездке серьезно. Как всегда, на высоте оказался Ларри — единственный, кто позаботился о девочках: он зашел в купе с двумя картонными контейнерами и выгрузил из них по бутылке «Хванчкары», напитка в Москве легендарного.

— Ну что же, за успех безнадежного дела, — произнес Платон, когда подготовительная суета закончилась.

Выпили по первой.

К трем часам ночи праздник угас. Ушел в свое купе Платон и увел с собой Ларри. Вырубился просидевший все время у окна Сережка. Он уснул сидя. Места Терьян занимал мало, поэтому Ленка, тоже чуть хлебнувшая лишнего, решила наверх не лезть и свернулась калачиком, положив голову Сергею на колени.

— Смотри, какая интересная закономерность, — сказал, свесившись с верхней полки, Муса. — Была бы одна бутылка, выпили бы одну, было бы две — выпили бы две, и нормально. Я взял пять штук, и тоже все выпили. Черт знает что.

— А сколько всего было? — спросила Нина. Она уже переоделась в халатик и стряхивала со своего одеяла крошки. — По-моему, очень много. Марик просто невменяемый стал.

Марк Цейтлин в общем-то умел пить, однако на сей раз несколько рюмок произвели на него неожиданный эффект. Он заметно побледнел и, вставая, плохо держал равновесие. Типичный для него уровень общительности от этого не снизился, она только потекла по какому-то новому руслу. Сначала Марк приставал к Ленке, громко вспоминая о веселых днях, проведенных когда-то в колхозе, а потом переключился на ее подругу и, сдернув со стола бутылку «Хванчкары», стал уговаривал Нину пойти с ним в соседнее купе. Когда Нине удалось отбиться, Марк разобиделся так, как могут обижаться только совершенно пьяные люди, и, не выпуская из рук бутылки, выскочил в коридор, чтобы найти там себе достойную компанию. Только совместными усилиями Виктора и Мусы его удалось остановить, отнять бутылку, затащить в купе и уложить спать.

* * *

Марка разбудил громкий стук в дверь купе — поезд подходил к Ленинграду.

Некоторое время Марк лежал, не открывая глаз. Он слышал, как спрыгнули с верхних полок Платон и Виктор, как загремела мелочь — она высыпалась из брюк одевавшегося Ларри, — но подавать признаки жизни не спешил. У него болела голова, и к горлу подступала тошнота. Марк попытался вспомнить, что же все-таки происходило ночью: сели, выпили, потом рассказывали анекдоты, потом он зачем-то полез к Ленке, кажется, она обиделась, потом что-то было с Ниной, потом… Он услышал, как открылась дверь купе, и кто-то сел с ним рядом, отчего полка жалобно застонала.

— Марик, милый, — прожурчал женский голос. — Не могу, чтобы мы так просто расстались. Какая была ночь… Ну поцелуй же меня на прощание.

Марк открыл глаза. В свете, проникающем из коридора в купе, он с ужасом увидел, что на его постели сидит проводница, у которой он вчера брал стаканы для девочек: лет под пятьдесят, необъятная, в косынке, покрывающей крашеные рыжие волосы, и со стальными зубами. Он помотал головой. Видение не исчезло.

— Ну иди же сюда, котик, — продолжало видение, улыбаясь и застенчиво краснея, — иди к своей лапочке. Помнишь, как ты меня вчера называл?

— Как? — дрожащим голосом вопросил Марк, окидывая проводницу взглядом и вжимаясь в стенку.

Проводница придвинулась ближе и положила огромную ладонь на голову Марка, взлохматив и без того вставшие дыбом волосы.

— Не помнишь, значит… — горестно вздохнула она. — Ну ладно. А что обещал — тоже не помнишь?

Когда проводница убедилась, что коварный ночной любовник окончательно утратил память, в ее голосе прорезался металл. Непрерывно наращивая силу звука, она начала выкатывать несчастному Марку одну несуразную претензию за другой.

Марк узнал, что, овладев ночью невинным восьмипудовым созданием, он поклялся в вечной страсти, пообещал все уладить, если внезапный порыв чувств приведет к нежелательным последствиям, гарантировал трудоустройство старшего отпрыска проводницы в Академию наук и многое другое. Залогом выполнения этих необдуманных обещаний должен был служить прямоугольный кусок бумаги, которым проводница, извлекши его откуда-то из глубин своего организма, размахивала теперь перед цейтлинским носом.

Предчувствуя остановку сердца, Марк узнал в прямоугольнике свою визитную карточку с рабочим и домашним телефонами.

И только раздавшийся за дверью взрыв хохота положил конец утреннему кошмару. Цейтлин понял, что пал жертвой очередной платоновской шуточки.

Умывшись, тот заловил в коридоре проводницу и, дав ей пять рублей, уговорил разыграть Марка.

Когда проводница вышла из купе и все вдоволь нахохотались, Муса принес Марку бутылку пива:

— Опохмелись, душа моя, а то, не ровен час, еще что-нибудь привидится.

— Спасибо, спасибо, вы уже меня опохмелили, — пробурчал Марк. Он любил быть в центре внимания, но не тогда, когда над ним смеялись.

Сашок. Первый контакт

На перроне их встречали двое из горкома комсомола: высокий, худой, уже начинающий лысеть Лева Штурмин и Саша Еропкин, плотный, с черной бородой под молодого Карла Маркса.

— Ну, какие планы? — спросил Лева. — Мы можем сейчас поехать ко мне позавтракать, машины пока подождут, а потом разделимся. Платон, мы с тобой должны подъехать в горком, переговорить там, есть кое-какие проблемы. И надо с книгами все-таки разобраться...

Во время школы-семинара решено было развернуть книжный киоск с дефицитной литературой. Идея принадлежала Виктору. Все восприняли ее на ура и быстренько воплотили в жизнь известное положение, что инициатива наказуема. Запасшись письмами со всеми необходимыми подписями, Виктор двинулся по инстанциям выбивать дефицит.

В «Академкниге» его встретили хорошо и выделили кучу научной литературы плюс пять наименований из серии «Литературные памятники» — по двадцать экземпляров. Зато из «Москниги» просто выгнали, посоветовав походить по магазинам и купить, что понравится, за наличные. Пришлось обратиться к Платону.

Тот сразу же рванул к директору «Москниги», планируя сообщить ему кое-что о механизме снабжения московских спецавтоцентров запчастями, однако директор оказался человеком избалованным, сидел на дефиците уже не первый десяток лет, никаких личных проблем, кроме диабета, не имел и визиты молодых наглецов из какого-то там оргкомитета воспринимал отрицательно. А также он был явно не дурак, и, когда Платон начал объяснять директору про международное значение школы, тот с надменной улыбкой поинтересовался, зачем иностранцам русские книги. Нашим? Ну, наши и так перебьются. Подключать тяжелую артиллерию в лице ВП Платон не хотел — по-видимому, успел похвастаться, что они затевают аховую школу-семинар и уже все сделали, — поэтому обратился за помощью к Ларри.

Теишвили подумал, пошевелил усами и решил проблему за два дня. Какая-то его знакомая работала в Центросоюзе и заведовала там именно книжной торговлей.

Ларри связался с ленинградским Центросоюзом, о чем-то договорился, и оттуда в Москву пришло письмо с просьбой выделить дополнительные фонды в связи с проведением мероприятия международного значения. Просьба была удовлетворена, фонды выделены, погружены в вагон и вроде бы даже отправлены в Ленинград. Но прошло уже две недели, а до места назначения они так и не доехали. Во всяком случае, когда Лева пошел получать книги, ему ничего не дали, пояснив: вот когда груз из Москвы придет, тогда и будем разговаривать. Естественно, у него зародилось пакостное ощущение, что ленинградские центросоюзовцы решили пришедшие из Москвы книги заначить для себя, а школе вообще ничего не давать.

Или дать, но такое барахло, которое не только себе не возьмешь, но и на прилавок будет стыдно положить.

— Книгами займутся Ларри и Витя, — решил Платон. — Мы с Мусой пойдем в горком, а остальные сразу поедут в пансионат. Хотя нет, Нина тоже поедет с нами в горком, может, надо будет что-нибудь напечатать. А Ленка — в пансионат.

— Я тоже в пансионат, — подал голос Еропкин, кажется, положивший на Ленку глаз. Ночь, проведенная на коленях Терьяна, ничуть не отразилась на Ленкиной внешности: выглядела она эффектно и, нисколько не смущаясь взглядов идущих по перрону людей, прихлебывала из бутылки пиво, от которого отказался Цейтлин.

Марк тоже с удовольствием остался бы с Платоном в горкоме и уже собирался придумать себе занятие в городе, но Платон, когда все пошли к машинам, придержал его за локоть:

— Мура, я тебе дам список лекторов и числа, когда они приезжают. На месте утрясешь с директором расселение. Под иностранцев у них уже все зарезервировано, а с нашими еще надо повозиться. Чтобы ни в один люкс или полулюкс без моего ведома не селили. Пройдешь по списку и по дням заезда и выбьешь максимум возможного. Просто бери все, что есть. Хорошо, что с тобой Еропкин едет, он, если что, позвонит куда надо. Прямо сегодня возьми ключи от двух люксов — самых лучших — и держи у себя. Один запишешь на оргкомитет, второй — на мое имя. Ленку и Нину посели в разных номерах. Но в двухместных.

Марк хотел было упомянуть о люксе и для себя, но подумал, что с этим он разберется сам, быстро оценил, что означают на деле квартирмейстерские функции, и промолчал.

— И еще, — продолжал Платон. — У Сергея будут все деньги, надо взять сейф и положить туда. Как только поселишься, позвони, — он сунул Марку бумажку, — и продиктуй все номера комнат.

* * *

Пансионат производил впечатление. Недавно отстроенный, он находился прямо на берегу. Сразу за ним начинался и тянулся куда-то в глубь суши сосновый лес, сиявший в лучах утреннего солнца. От центрального входа в разные стороны разбегались следы лыж. В холле было чисто, светло, и над регистратурой уже висело полотнище с надписью «Приветствуем участников международной школы-семинара».

Марк достал сигарету, вставил ее в мундштук, закурил и подошел к регистратуре:

— Доброе утро, девушки. Меня зовут Цейтлин, Марк Наумович, кандидат наук, заместитель председателя оргкомитета. Директора можно увидеть?

Беседа с директором началась не лучшим образом. Места для иностранцев, к счастью, были забронированы, но по всем остальным вопросам понимание отсутствовало. Например, директор почему-то считал, что советских участников будет около пятидесяти, а их ожидалось, как минимум, вдвое больше. И к лекторам он отнесся без особого тепла, считая, что они вполне могут жить в одноместных номерах. Обследовав один такой номер, Марк убедился, что жить в нем вполне можно, но только не академику. Что касается люксов и полулюксов, то здесь директор вообще отказался что-либо обсуждать — отрезал: все занято. Пришлось привлекать Еропкина.

Проблема, как выяснилось, состояла в том, что одновременно со школой в пансионате должен был проходить слет женских молодежных команд по лыжному спорту, и организовывал его все тот же горком комсомола, только другой отдел.

Еропкин сел на телефон. Через час удалось несколько развеять сгустившиеся тучи.

Оказалось, что в пансионате существует так называемое «левое крыло», куда обычно засовывают простых смертных, приезжающих по путевкам. Сейчас это крыло наполовину пустовало, потому что основная масса отдыхающих заезжала летом.

Еропкин договорился, что лыжниц разместят там. С люксами оказалось сложнее. Их было всего тридцать — по два на каждом этаже. Вернее, двадцать шесть, поскольку четыре люкса находились на этажах, где поселяли исключительно иностранцев.

По-видимому, эти люксы чем-то отличались от всех прочих, потому что Еропкин, когда директор сказал ему про восьмой и девятый этажи, понимающе кивнул и больше к этому не возвращался. А оставшиеся двадцать шесть были расписаны так: часть за одним горкомом, часть за другим, часть за третьим, два за какими-то предприятиями и так далее. И без согласования директор ничего сделать не может.

А сам согласовывать не будет.

— Вы же должны понять, — сказал директор, — я не буду звонить, — он указал пальцем куда-то вверх, — и просить разрешения кого-то поселить. Вам нужно, вы и договаривайтесь. Если у меня на шестом освободится место, один люкс дам. А больше ничего нет.

Марк полез было качать права, и Еропкину потребовалось приложить немалые усилия, чтобы его нейтрализовать. Через несколько минут удалось выяснить, что личный директорский резерв все-таки есть и состоит он из четырех люксов. В одном из них, на шестом этаже, проживает некая персона, сосватанная коллегой директора — начальником Клязьминского пансионата в Подмосковье, эта персона должна сегодня съехать. А остальные три люкса могут понадобиться директору в любую минуту, и говорить здесь не о чем. В конце концов сошлись на том, что все приехавшие поселяются прямо сейчас; как только люкс на шестом освободится, директор его отдаст, а с остальными люксами Еропкин постарается разобраться позже. Впрочем, лицо у Еропкина при этом было скучное, и понятно было, что в успех он не очень-то и верит.

— Ты понимаешь, что все срывается? — тихо спросил Марк у Еропкина, когда они, чуть отстав от директора, выходили за ним в холл.

— Да все нормально, — пожал плечами Еропкин. — Подумаешь, люкс. Обычный двухместный номер, понима-аешь, только побольше, и шкаф с посудой стоит. И холодильник. Поселим твоих профессоров по одному в двухместные номера, они разницы и не заметят. Зачем им, понима-аешь, холодильники?

Выйдя в холл, Еропкин и Марк увидели, что Ленка дремлет в кресле, а Терьян и Сысоев таскают пачки книг из микроавтобуса и складывают их у стенки. Пока директор о чем-то говорил с регистраторшей, Марк подбежал к Виктору:

— Что, все получилось? Что-то очень быстро.

— Да ни хрена еще не получилось, — ответил Виктор, бросая пачку на пол и вытирая рукой лоб. — Ларри там воюет. А это то, что по линии «Академкниги» пришло. Нам бы надо все это куда-нибудь сложить, в надежное место, чтобы не растаскали. А то к обеду уже приедут проверять, как храним материальные ценности. Если что, Серега в жизни не отчитается. Тут книг на шесть тысяч. С директором поговорили? Нам же еще и место для киоска понадобится.

— А я тебя сейчас познакомлю, — сказал Марк и потянул Виктора к регистратуре. Но директор уже заметил необычную суету и сам шел к ним.

— Это что, материалы для вашей школы? — спросил он, с удивлением глядя на гору пачек.

— Да нет, — сказал Виктор. — Материалы еще должны подвезти из Москвы. Это литература. Книжный киоск у нас будет.

— По специальности? — поинтересовался директор. В глазах его что-то блеснуло.

— Ну и по специальности, конечно, — сказал Марк, наступая Виктору на ногу.

— То есть эта партия лишь наполовину по специальности, к вечеру должны подвезти остальное. Между прочим, тут уже кое-что есть. — Он поднял с пола пачку, на которой было написано «Алиса в Стране чудес» («Алиса» вышла в «Памятниках» примерно за месяц до школы, и достать ее было совершенно невозможно).

— Хм, — сказал директор. — А нельзя посмотреть списочек, что вы там вообще ждете?

— Да о чем речь, Борис Иванович, конечно можно. Только, если не возражаете, ближе к вечеру, когда совсем все доставят. Нам бы какое-нибудь помещение, чтобы сложить эти пачки. А вечером, когда остальное привезут, и список представим, и живьем можно будет посмотреть. Или уж завтра утром.

Директор оказался библиофилом. Ждать до утра ему определенно не хотелось.

Он немедленно дал команду, и два здоровых мужика за десять минут перетащили все книги в одно из административных помещений. Ключ от него директор торжественно вручил Терьяну.

— Вот, распоряжайтесь. — И, повернувшись к Марку, сказал: — Я там у вас случайно Кэрролла присмотрел. Не продадите мне?

— О чем речь? — Марк гостеприимно развел руки, хотя все двадцать книг были поделены еще в Москве. Черт с ним, с одним экземпляром, в конце концов, себе он еще достанет. — Сергей, открывай комнату.

Марк уже начал было распечатывать одну из пачек, как Еропкин, неотлучно следовавший за директором, отодвинув Марка в сторону, взял у него всю пачку и протянул директору:

— Борис Иванович, пожалуйста, это вам от оргкомитета. Примите в знак уважения.

— Да нет, ну что вы, — засмущался директор, — я же заплачу.

Достав из бумажника двадцать пять рублей, Борис Иванович протянул их Сергею: о том, что Терьян — казначей школы, уже было известно.

Когда Сергей попытался найти сдачу, директор остановил его:

— Я еще зайду. Вы там запомните, сколько чего, а потом разберемся.

Когда комнату с книгами заперли окончательно и все снова двинулись в холл, Еропкин на ходу принялся шепотом втолковывать Марку:

— Ты же видишь, дурья голова, что он запал на книги, а вам тут, понима-аешь, десять дней ошиваться. Отдал — и ладно. Тут еще проблем будет — невпроворот. А он поможет. Он же директор, все тут может решить.

В холле директор повернулся к Марку и спросил:

— Так все же, если честно, сколько вам нужно люксов?

Еще через час Марк, Сергей и Ленка, пообедав и выпив пива, купленного в пансионатском буфете, завалились спать. Ключи от трех люксов, дарованных директором, Марк оставил в регистратуре, предупредив о возможном приезде Платона. Виктор снова уехал в город. Еропкин куда-то пропал еще до обеда.

Сергей проснулся от телефонного звонка и не сразу сообразил, где находится. Солнце уже заходило, шторы были задернуты, в номере царил полумрак.

Звонил Платон.

— Сережка, как дела?

— Книги привезли, сложили в администрации. Ключ у меня. Там же стоит сейф с деньгами. Первые двадцать пять рублей я уже получил — директор попался образованный. У Марка ключи от трех люксов. Но я считаю, что один надо вернуть — зачем зря платить деньги? Возьмем, когда кто-нибудь приедет.

— А зачем он хапнул три люкса? Я же ему сказал — два. Это он третий для себя взял. Фиг ему! Скажи, чтобы третий ключ сдал, но чтобы мы всегда могли его получить. Что еще?

— Все. Пообедали и легли спать. А как у тебя? Что Ларри?

— У меня все в порядке, — расплывчато ответил Платон. — Ларри, кажется, решил проблему, но книги привезут только завтра. И завтра же приедут проверять, как мы их храним. А сейчас вот что. Ты знаешь ресторан «Кавказский» на Невском? Не знаешь? Ну ладно. Пойди, возьми деньги — рублей двести, больше не надо, — разбуди ребят, бегите на автобус, берите такси, как угодно, но чтобы к семи часам вы уже были там. Не будут пускать — скажешь, что Зиновий Маркович звонил. Стол уже будет накрыт, посмотри, чтобы все было в порядке, садитесь, но не очень гуляйте, дождитесь меня. А где Еропкин?

— Знаешь, он еще до обеда куда-то сгинул и больше не появлялся. Наверное, в городе.

— Нет, здесь его не было. Кстати, как он тебе?

Саша Еропкин не понравился Сергею с первого же взгляда. Он определенно не принадлежал к их кругу, но главным было не это. Что-то в нем сразу оттолкнуло Сергея. Может быть, полуграмотная речь, засоренная постоянным «понима-аешь», может, беспокойно бегающие глаза, а может — какая-то настойчиво выпячиваемая самоуверенность. Но, скорее всего, Сергею не понравилось, как Еропкин смотрел на Ленку. Сергей ничего не знал об этой женщине, впервые увидел при посадке в поезд, и сильного впечатления она на него поначалу не произвела, к тому же Терьян был человеком семейным и жену любил. Но он полночи просидел в купе рядом с Ленкой, и ему показалось, что она обращает на него какое-то особое внимание.

А когда Сергей проснулся утром, заколдобев от неудобного сидячего положения, то первое, что он увидел, — это свернувшуюся в клубок Ленку, которая спала, положив ему голову на колени. Он осторожно потряс ее за плечо, чтобы разбудить, Ленка открыла глаза и улыбнулась Сергею так, будто они были знакомы сто лет, и от этой улыбки ему вдруг стало весело и хорошо. Поэтому, когда Еропкин подходил к Ленке с какими-то вопросами или громко говорил что-то в явном расчете произвести на нее впечатление, Терьян даже передергивался внутри.

— Он мне активно не понравился, — сообщил Сергей Платону. — Скользкий тип и очень противный.

— А ты вообще знаешь, откуда он? Мне Лева сегодня рассказал. Был таксистом, закончил строительный техникум, пошел на стройку, продвинулся там по общественной линии, потом взяли в горком — он теперь у них вроде завхоза. Очень пробивной парень. Если ему интересно, всех на уши поставит, а дело сделает. Пройдоха, конечно, но очень полезный. В общем, если он объявится, захватите его с собой.

Сергей закурил сигарету и посмотрел на часы. Было только начало шестого.

До города добираться минут сорок, это если на рейсовом автобусе, на такси и того меньше. Времени вполне хватало и чтобы умыться, и чтобы выпить внизу кофе.

Сергей включил бра над кроватью и нашел бумажку с телефонами Ленки и Марка.

Позвонил Марку, сказал, что Платон ждет их в ресторане. Недовольный пробуждением, Марк начал орать в трубку, что все это безобразие, ничего еще не сделано, с лекторами связи нет, программа нескорректирована и о чем все только думают, — но, наоравшись, сменил гнев на милость и сказал, что через десять минут — кровь из носу! — будет внизу. Сергей ткнул сигарету в пепельницу, начал было набирать Ленкин номер, но передумал, решив, что лучше будет, если сам зайдет и разбудит ее. Он быстро натянул костюм, плеснул в лицо водой и побежал по лестнице вниз.

Еще шагов за десять до Ленкиного номера Сергей услышал странный шум — будто ритмично соударялись два тяжелых предмета, а когда подошел к двери вплотную, понял, что шум этот доносится как раз из Ленкиной комнаты и производит его, по-видимому, стукающаяся о стенку кровать. Еще он услышал тяжелое мужское дыхание, а чуть позже — Ленкин стон.

Сергей постоял несколько секунд, пытаясь понять, что, собственно, происходит, а когда понял — развернулся и, уже медленно, пошел по лестнице в свою комнату. Хорошее настроение, с которым он проснулся утром в поезде, растворилось без остатка. Его сменили обида и жуткая злость на Ленку.

Вспомнилось, как ночью Марк что-то спьяну нес про колхозы и сеновалы, но тогда Сергей не придал этому никакого значения. А сейчас он — без всяких на то оснований — вдруг ощутил, что Ленка его предала. Ощущение предательства было настолько ярким, что Сергей категорически решил: еще два-три дня, школа наберет обороты, и он уедет в Москву.

Вернувшись в свой номер, он снова закурил и набрал Ленкин телефон. К его удивлению, Ленка сняла трубку сразу же.

— Привет тебе, — сказал Терьян, стараясь говорить как ни в чем не бывало. — Платон звонил, срочно требует нас в город. В семь мы должны быть в ресторане. Давай одевайся, а то через сорок минут нам уже выходить.

— А я одета, — неожиданно для Сергея ответила Ленка. — Сейчас только причешусь и через пять минут буду внизу.

Сергей повесил трубку, помотал головой, пытаясь осознать услышанное, решил оставить размышления на потом, схватил с вешалки куртку и вышел из номера.

Спустившись вниз, он увидел Цейтлина и Еропкина. Сидя за столиком в буфете, они пили кофе, а перед Еропкиным стояла еще и рюмка коньяка.

— Давно сидите? — спросил Терьян, стараясь не смотреть на Еропкина.

— Я только что подошел, — ответил Марк, чье настроение с момента пробуждения заметно улучшилось. — А Сашок просто живет тут. Я спустился, вижу — перед ним уже четыре пустые рюмки стоят.

— Привет, мальчики, — раздался за спиной Терьяна Ленкин голос.

Сергей обернулся. На Ленке было длинное темно-синее платье с белыми кружевными манжетами и белым же отложным воротничком. Выглядела она так, будто ее только что вынули из коробочки с ватой, и Сергей засомневался — наверное, он просто перепутал либо комнату, либо этаж. Проверить эту мысль вдруг стало так для него важно, что Терьян сказал:

— Ребята, возьмите мне кофе, я сейчас сбегаю к себе — сигареты забыл.

— А чего бегать-то? — лениво протянул Еропкин. — Вон сигареты — их здесь сколько хочешь. — И он кивнул на буфетную стойку.

— Нет, нет, — торопливо отказался Терьян. — У меня свой сорт. — Он действительно курил исключительно «Дымок», а от любых других только кашлял.

Поднявшись наверх, Сергей вообще перестал что-либо понимать. Этаж был правильный. И комната была той самой, у двери которой он стоял всего пятнадцать минут назад. А вот по времени — не получалось никак. Решив больше не ломать над этим голову, Сергей спустился вниз, залпом выпил остывший и невкусный кофе и расплатился за всех. Компания двинулась к выходу.

Белый танец

Упоминание неизвестного Сергею Зиновия Марковича произвело магическое впечатление. Дверь с табличкой «Мест нет» тут же гостеприимно распахнулась, и всех четверых провели к столу, накрытому в самом дальнем углу ресторана.

Несмотря на табличку, зал был почти пуст. Только рядом с приготовленным для ребят столом был занят еще один — там сидел пожилой мужчина в белом пиджаке, бабочке и темно-синих, безукоризненно отглаженных брюках, а с ним — невероятно красивая девушка лет двадцати, в черном, обтягивающем и очень коротком платье.

Мужчина уже прилично выпил, во всяком случае, столько, что это было заметно.

По-видимому, они пришли давно и уходить не собирались. Мужчина непрерывно говорил, время от времени целуя своей спутнице руку, а та внимательно его слушала.

Ленка окинула девушку взглядом, на мгновение замялась, а потом села к ней спиной. Еропкин опустился на стул напротив, Марк и Сергей устроились рядом с ним. Несколько минут все неловко молчали, затем Еропкин подозвал официанта и заказал водку и шампанское.

— Есть хорошие грузинские вина, — сообщил официант.

— Красного не пью, — заявил Еропкин, но, спохватившись, обратился к остальным: — Не будем мешать, правда?

Сергей даже не успел возразить — Марк немедленно затребовал у официанта карту вин, долго с ним препирался, капризничал и наконец попросил принести четыре бутылки «Телиани». Вино появилось в ту самую секунду, когда к столу подошел Платон. Еще через несколько минут в дверях показались Виктор и Муса, следом прибыл Лева Штурмин с девушкой, которая оказалась его женой Генриеттой.

— А где Ниночка? — спросила Ленка.

— Она с Ларри, печатает списки книг, — махнул рукой куда-то в сторону Платон. — Ларри ее сюда привезет, а сам поедет в пансионат. Он совсем замучился, говорит, хочет выспаться.

* * *

Ларри появился через час, когда уже прозвучала команда подавать горячее, — привез замученную до синевы Нину, выпил рюмку водки, посовещался о чем-то с Платоном и исчез. На вопросительно поднятые брови Виктора — что, дескать, с книгами? — Платон показал большой палец, но распространяться не стал.

За столом было весело. Марк хорошо танцевал и стал по очереди приглашать девушек. Быстро выяснилось, что Лева ему не уступает, и между ними сразу же разгорелось соревнование. Все наблюдали. Виктор рассказывал, как он маялся с американским специалистом по вычислительной технике, которого сам же и пригласил в Институт читать лекции, имея далеко идущие планы личного участия в налаживании международного сотрудничества.

— Сразу же началась самодеятельность. Купил он в каком-то ларьке карту центра Москвы. Показывает ее мне, морда при этом хитрая такая, — я, говорит, очень мучаюсь от перемены часовых поясов, поэтому по ночам не сплю, а хожу гулять, вот на карте нашел симпатичный скверик, хотел там посидеть на лавочке, пришел, а скверика нет, вместо него какой-то здоровенный домина стоит. Что бы это значило? Я смотрю на карту — вижу, он тычет пальцем в площадь Дзержинского, а там действительно обозначен зеленый квадратик, как бы уголок отдыха. Причем, американец прекрасно знает, чтó там находится, потому как Джеймса Бонда насмотрелся, ему просто интересно, что я скажу. Ну, я и отвечаю со строгим лицом — дескать, он случайно наткнулся на очень важную государственную тайну и пусть больше никому про это не говорит, а то сидеть ему остаток жизни на месте этого скверика. Вроде американец понял. Замкнулся в себе, на меня поглядывает с опаской. Ладно, дня через два ему улетать. Провожаю его, намекаю, что хорошо бы сотрудничество наладить, а он, гадюка, рассказывает: мол, у них в Штатах точно известно — если нашему человеку доверяют общаться с иностранцем, то звание у него не меньше лейтенанта. Если он при этом еще и язык знает — значит, капитан. Ну а если уж улыбается и водку пьет — точно полковник. А я, говорю, кто? Он посмотрел на меня и отвечает — черт тебя знает, наверное, майор. Я так понял, мало мы с ним выпили. Ну и объясняет он мне: сотрудничество, конечно, штука хорошая, только ежели он пригласит к себе в Беркли майора КГБ, по головке его не погладят. Поэтому гуд-бай, френд Виктор, будем друг другу письма писать.

Муса перегнулся через стол и прилепил к плечам Виктора две отклеившиеся этикетки от «Телиани»:

— Не горюй, товарищ майор, проведешь школу, получишь повышение. Сколько у вас заморских гостей ожидается?

— Если все приедут, то около семидесяти, — ответил Платон. — Примерно пятьдесят наших братьев из соцлагеря, остальные — оттуда.

— Тут товарища одного надо будет поселить, — неожиданно вмешался до этого молчавший Еропкин. Он довольно много выпил, лицо его раскраснелось, аккуратно причесанная борода растрепалась. — То есть он сам, понима-аешь, поселится, только надо будет заплатить за номер и вообще со вниманием, так сказать. Если проблемы какие будут, ну мало ли что, он подключится.

— А в каком он звании? — вызывающе спросил Сергей.

Он весь вечер внимательно следил за Ленкой и Еропкиным, пытаясь увидеть что-нибудь такое, что могло бы хоть как-то прояснить ситуацию, но ничего не увидел. Ленка сидела между Платоном и Мусой, ела, пила, хохотала, танцевала то с Левой, то с Марком и не обращала на Еропкина ни малейшего внимания. Только раз он что-то спросил у нее через стол, но было шумно, и Сергей не услышал ни вопроса, ни ее ответа.

— Ну, понима-аешь, у тебя и вопросы, — сказал Еропкин, по-видимому, пожалевший уже, что заговорил. — Хочешь, когда он приедет, я тебя познакомлю, у него и спросишь. Только не забудь о себе рассказать: кто такой, откуда. А то он не любит, когда про него спрашивают, а про себя ничего не говорят.

— Знаешь что, — начал было Сергей, который всегда заводился быстро и сейчас ощутил, как его подхватывает волна бешенства, — мне ведь... — Тут он почувствовал, что кто-то наступает ему на ногу. Терьян взглянул через стол.

— Сереженька, — сказала Ленка, улыбаясь, — ты вообще не танцуешь или тебя наше общество не вдохновляет? Дама приглашает кавалера.

Когда они медленно задвигались в танце, Ленка положила голову на плечо Терьяна и тихо сказала:

— Сереженька, если я тебя о чем-нибудь попрошу, обещай, что сделаешь. Обещаешь?

Сергей хотел ответить что-нибудь привычно легкое, ни к чему не обязывающее, но у него почему-то перехватило горло, и он сипло пробормотал:

— Говори. Для тебя сделаю.

Ленка подняла голову и посмотрела ему в глаза:

— Сереженька, это очень нехороший человек. И очень вредный. И друзья у него такие же. Хочешь — разговаривай с ним, не хочешь — не разговаривай, только не вздумай ссориться. Пожалуйста.

Какое-то время они танцевали молча. Наконец Терьян смог придумать вопрос:

— А откуда ты знаешь, какой он и какие у него друзья?

— Ты мне пообещал, что сделаешь.

— Пообещал — значит, так и будет. Откуда же?

— А вот я, Сереженька, — улыбнулась Ленка, — тебе еще ничего не обещала. Считай, что у меня просто сильно развитая женская интуиция.

Когда танец закончился и они пошли к столу, Сергей не удержался:

— А ты, как выясняется, быстро одеваешься.

Ленка остановилась и повернулась к Сергею. На какую-то секунду Терьяну показалось, что она хочет его ударить. Но Ленка вдруг улыбнулась:

— Понимал бы ты что. В женщине не это главное. Я, Сереженька, если надо, раздеваюсь намного быстрее.

Первая ночь

…С утра на горкомовской «Волге» прикатил Лева, забрал Платона, Мусу и Ларри и увез в город. Через час приехал на микроавтобусе Еропкин. Вид у него был на удивление свежий. Поздоровался, выпил бутылку пива и увез Виктора. «На базу», — пояснил он. Сергей нашел директора, выпросил у него еще одну пишущую машинку и усадил девочек в люксе оргкомитета кроить программу. После этого прошелся с Марком по перечню лекторов, взял половину списка и, удалившись в номер, сел на телефон. Марк остался с девочками.

К обеду сведения о лекторах были вчерне собраны. Цейтлин придрался к отпечатанным листам программы, заставил переделывать. Наорал на Нину. Потом потребовал, чтобы она напечатала, кто из лекторов когда и как прибывает — поездом или самолетом. Выяснилось, что по доброй половине списка этой информации нет.

— Вы что, совсем, что ли?! — взбесился Марк. — Нам ведь нужно передать в горком списки, чтобы там подготовили транспорт. Разве непонятно, что уже завтра на нас кто-нибудь может свалиться? Почему нет сведений?

— Марк, — сказала Нина дрожащим голосом, — зачем ты кричишь? Мы же не имеем дела с лекторами, я вообще никого из них не знаю. Нас с Ленкой взяли печатать — мы печатаем. Ты нашел ошибки — я переделала. Но как я могу напечатать то, чего у меня нет?

— А у кого все это должно быть? — продолжал заводиться Марк. — Ах, видите ли, мы занимаемся принципиальными вопросами. А позвонить секретаршам и спросить — это что, мы с Сергеем должны делать? Что, трудно взять и обзвонить секретарш?

— Сережа, — тихо сказала Ленка, — ты не можешь его угомонить? Нина вот-вот разревется. Если ты чего-нибудь сейчас же не сделаешь, сделаю я. Только это будет намного хуже.

Сергей встал и двинулся к Марку. Но тот, уже войдя в пике и побелев от ярости, резко развернулся и выскочил из люкса, хлопнув дверью.

— Интересно, есть ли жизнь на Марсе? — глядя в потолок, спросила Ленка. — А если есть, нельзя ли частично провести школу там и отправить туда Цейтлина руководить?

— Ты молодец, Ленка, — сказала Нина, улыбаясь сквозь набежавшие слезы. — Только на Марсе жизни нет.

— Если оставить в стороне истерику, — заметил Терьян, подходя к телефону, — то, по существу, Марк прав. Мы же действительно это упустили. Давайте бросим все силы на обзвон, и через полчаса у нас будет полная картина.

— Дай мне несколько телефонов, я позвоню от себя, — сказала Нина, посмотревшись в зеркало. — Мне все равно умыться надо.

Она вышла из люкса. Сергей подошел к телефону, но не успел набрать первый же номер, как дверь открылась и вошел Марк — на ладони правой руки он нес свой походный поднос, накрытый салфеткой, а левой рукой придерживал за локоть Нину.

— Давайте перекусим, — сказал Марк как ни в чем не бывало и, выпустив Нину, элегантно сдернул с подноса салфетку.

Под ней обнаружились бутылка полусладкого шампанского, лежавшая на боку, и блюдо бутербродов с сыром. Поверх сыра на каждом бутерброде красовались два огуречных кружочка, один помидорный, кольцо репчатого лука и пирамидка из томатной пасты. Понятно было, что Марк жалеет о случившемся, но никогда про это не скажет.

— Сейчас поедим, — продолжил он, — а потом быстро доделаем все дела. Нам же еще таблички с фамилиями понадобятся. Ну и по мелочи кое-что.

— Слушай, ты все это сам создал? — рассмеялся Сергей. Про себя же решил, что как только выдастся свободная минутка, он серьезно поговорит с Марком. Если хочется покомандовать — пусть пробует силы на Мусе, Ларри, Викторе. На Еропкине, наконец. Только не на девочках.

До конца дня Марк был ласков и ровен. Когда Виктор и Ларри привезли книги, он схватил список и побежал к директору. Вернулся с ключами еще от двух люксов, забрал Виктора и пошел удовлетворять культурные запросы Бориса Ивановича. Потом принес Сергею сто пятьдесят рублей.

К шести часам горячка стихла. Сергей пошел к себе в номер, чтобы немного поспать. Проснулся он от стука в дверь.

— Открыто, заходите, — крикнул Сергей и сел, опираясь на подушку и нашаривая рукой сигареты.

Вошла Ленка.

— Гостей принимаешь? — спросила она и, не дожидаясь ответа, забралась с ногами в кресло, стоявшее напротив кровати. — Дай сигаретку.

— У меня только эти, — сказал Сергей, протягивая ей пачку «Дымка».

Ленка несколько раз затянулась, погасила сигарету, подошла к двери, заперла ее, потом задернула шторы на окне, зажгла торшер и снова уселась в кресло.

— Как дальше жить будем, Сереженька? — спросила она, обхватив колени руками.

Сергей посмотрел на открывшиеся до самых трусиков Ленкины ноги, хотел отвести взгляд, но не смог.

Ленка улыбнулась.

— Ну что ж, чему быть, того не миновать, — сказала она, вставая с кресла.

Повернулась к Сергею спиной, расстегнула юбку, прошуршавшую по ее ногам на пол, стянула свитер.

— С остальным сам управишься, ладно? — то ли спросила, то ли приказала Ленка, взглянув на Терьяна через плечо. — А ну-ка подвинься.

Ленка свернулась рядом с Сергеем, обняла за шею и положила голову ему на грудь.

— Подожди, — шепотом сказала она, — подожди, давай немного полежим просто так.

— Обнять-то хоть можно? — тоже шепотом спросил Сергей, чувствуя, как колотится его сердце.

— Обнять — можно, — разрешила Ленка. — Только не спеши.

Сергей обнял Ленку и нежно, едва касаясь, провел ладонью по ее теплой и сухой спине. Ладонь покалывало, будто от муравьиных укусов...

* * *

Потом они лежали рядом, курили одну сигарету и молчали. Первой заговорила Ленка.

— Сереженька, сейчас нас искать начнут. Не хочу, чтоб они про это знали. Пойди покажись кому-нибудь.

— Пойдем вместе.

— Не надо. Ты иди один. И возьми ключ с собой. А я тут посплю немножко.

— Пойдем, Ленка. Не хочу тебя одну оставлять. Ну пойдем.

— Да не могу я, как ты не понимаешь! По мне сразу все бывает заметно. Я подожду тебя. Только возвращайся быстрее.

Когда Сергей оделся и подходил к двери, Ленка окликнула его уже наполовину сонным голосом:

— Сереженька, если хочешь, я останусь на всю ночь. Хочешь?

* * *

Платона и Ларри Сергей обнаружил в номере оргкомитета. Видно было, что оба здорово умотались, но результатами довольны.

— Вот пришел финансовый гений, — объявил Платон. — Как дела, Сережа? Где народ?

— Половина спит, половина гуляет. Я, например, спал, — сообщил Терьян.

— Что ты говоришь? — сумрачно удивился Ларри. — Спят, гуляют. Прямо курорт. А как с лекторами?

Сергей коротко рассказал, что было сделано. Показал таблички с фамилиями, распечатанную программу. Передал Платону график заезда лекторов.

— Так, ладно. Это отдашь Еропкину, он сейчас появится. И давай поднимай всех. Тут, оказывается, сауна есть. Я договорился, нам ее через полчаса откроют.

Через десять минут все были в сборе.

— Кого-то не хватает, — заметил Платон, окинув взглядом оргкомитетский номер. — Сашок здесь? Кого нет?

— Лена куда-то пропала, — сказал Виктор. — Я ей звонил, в дверь стучал — ни ответа, ни привета. Внизу, в буфете, тоже нет.

— Нина, она тебе ничего не говорила? — забеспокоился Платон. — Может, что случилось?

— Ты, Тоша, не тревожься, — подал голос Марк. — Ленка у нас девушка взрослая, гуляет сама по себе. Чтобы ее найти, придется все номера в пансионате обшарить.

Еропкин громко хмыкнул. Сергей снова вспомнил вчерашний день, болтовню Марка в поезде, и настроение у него стало безнадежно портиться.

— Ты что такой смурной? — спросил у него Виктор, когда они вышли из номера.

— Да что-то нездоровится, — соврал Сергей. — Я, пожалуй, пойду к себе. Хочу полежать немного. Завтра начнется сумасшедший дом.

Виктор посмотрел на Сергея и вдруг широко улыбнулся.

— Если бы у нас, Серега, вкусы по части курева совпадали, я сейчас зашел бы к тебе в номер, чтобы одолжить пачку фирменного «Дымка». А так вроде бы и предлога нет. — Он обнял Сергея за плечи. — Жалко, что Ленка куда-то пропала. Она девчонка очень хорошая, только жутко невезучая. Если вдруг объявится — по телефону или самолично — и если твое самочувствие позволит, хватай ее и тащи в баню. Ей лучше со всеми вместе — стрессов меньше.

Зайдя в номер, Сергей увидел, что на стуле рядом с кроватью появились бутылка шампанского и два стакана. Из душа доносился шум воды.

— Сереженька, это ты? — раздался Ленкин голос. — Слушай, у тебя какая-нибудь рубашка есть? Брось мне. — Она высунула из-за двери руку. — Ребята про меня не спрашивали?

— Тебя Витя искал, — сказал Сергей, передавая рубашку. — Но почему-то не нашел. Они все отправились в баню. Откуда шампанское? — спросил он, когда Ленка уже уселась с ногами на кровати.

— Знаешь, ты ушел, а мне расхотелось спать, — сказала Ленка. — Я быстренько сбегала к себе, взяла всякие штучки, зубную щетку — и обратно. Шампанское вот захватила. Открывай и иди, пожалуйста, быстрее ко мне.

* * *

...За закрытой дверью парной священнодействовал Марк, обучая Мусу нелегким премудростям банного дела. Еропкин отозвал в сторону Платона.

— Слушай, а чего ж мы так не подготовились? Кого будем — это самое? Полна баня, понима-аешь, мужиков, а девок — только одна. И та — де-юре. Нам бы надо что-нибудь де-факто. Давай я сбегаю.

Платон с удивлением посмотрел на Еропкина. Во-первых, он не мог представить себе, что Еропкин знает такие мудреные слова. Во-вторых, хотя предложение звучало вполне привлекательно, Платон колебался, не зная, стоит ли соглашаться на него в присутствии Нины. Одно дело — полностью мужская компания. И совсем другое дело, если рядом с Ниной окажутся приведенные Еропкиным девицы.

Для того чтобы догадаться, кого именно приведет Еропкин, не нужно было обладать чрезмерно развитой интуицией.

— Сашок, — подвел итог своим размышлениями Платон, — мы здесь еще о делах хотели поговорить. Чужих — не надо бы.

— Ну как знаешь, — сказал Еропкин. — Я тогда пойду. Дай ключ.

На секунду замявшись, Платон вытащил из пиджака ключ от номера оргкомитета.

— Только поаккуратнее там. И без шума, чтобы проблем не было. Имей в виду, утром ключ будет нужен.

— За завтраком отдам. — И, выпив из горлышка бутылку пива, Еропкин исчез.

* * *

Сергей проснулся от непонятного шума. Уткнувшись ему в плечо, тихо дышала Ленка. Дверь в номер сотрясалась от стука. Сергей высвободил левую руку и встал. Ленка что-то пробормотала, затем отвернулась к стене. Натянув джинсы, Сергей рванулся к двери.

— Кто там?

— Серега, ты что, умер, что ли? — раздался голос Марка. — Открывай быстрее. У нас проблемы.

Когда Терьян открыл дверь, глазам его предстало фантастическое видение:

Марк — в брюках, резиновых тапочках на босу ногу и кое-как заправленной рубашке — был красным и мокрым, к щеке прилип березовый лист, волосы торчали дыбом.

Марк втолкнул Сергея обратно в номер.

— В коридоре говорить не могу. А, черт! — вскрикнул он, увидев голую Ленку. — Иди быстро сюда. — И он затащил Сергея в туалет.

— Давай беги, открывай копилку. Срочно нужно пятьсот рублей.

— Объясни, что случилось, — потребовал Сергей, у которого голова пошла кругом.

— Все потом. Быстро беги и тащи деньги. Жду тебя здесь.

— Ну уж нет, — начал приходить в себя Сергей. — Не надо меня здесь ждать. Иди к себе в номер, я быстро.

— Дурак! Не могу я к себе идти. Давай — мухой за деньгами! Там Тошка с Ларри уже на ушах стоят. Да не трону я ее — не сходи с ума. Погоди! — крикнул он вслед Сергею, рванувшемуся было к лифту. — Рубашку надень, Ромео!

Сергей забежал в номер, напялил на себя рубашку, которую до того надевала Ленка, и полетел вниз. Когда он бежал обратно с деньгами, то успел заметить на улице, у входной двери в корпус, две милицейские машины.

Вернувшись в номер, он увидел, что Ленка оделась и причесывается перед зеркалом, а Марк говорит по телефону. Как только Сергей вошел, Марк бросил трубку, выхватил у него деньги и исчез. Сергей подошел к Ленке:

— Что происходит? Он хоть что-нибудь сказал?

— Сереженька, я сама не понимаю. По-моему, у них что-то произошло, кажется, милицию вызвали. Он мне сказал, чтобы я срочно одевалась, шла к себе и заперлась. Тебя тоже просил никуда не выходить, сидеть около телефона. Ой, Сереженька, не надо сейчас. Подожди, пусть все уляжется, я потом опять приду. Там действительно что-то серьезное — Марик просто не в себе. Ну все, поцелуй меня, я побежала.

Ленка выскользнула за дверь. Сергей закурил сигарету, бросил пустую бутылку из-под шампанского в мусорное ведро, вытряхнул туда же окурки из пепельницы. Зашел в ванную, чтобы ополоснуть лицо. На полке под зеркалом, рядом с его бритвой и зубной щеткой, теснилось множество пузырьков, тюбиков и флакончиков, возникших вместе с Ленкой. Вытираясь, Терьян услышал телефонный звонок. Это был Платон.

— Сережа, хорошо, что ты у себя. Деньги есть?

— Слушай, что там у вас творится? Я же отдал Марку.

— Еще надо минимум полсотни. Наскребешь?

— В сейфе пусто, — решительно соврал Терьян, понимая, что школа еще не открылась, а около тысячи рублей уже ушло. — У меня есть сорок рублей своих.

— Ладно, справимся. Сейчас придет Виктор. Ты не знаешь, где Ленка?

— У себя, наверное. Тут Марик такой шорох навел. Может, ты объяснишь, что случилось?

— Потом. Все, обнимаю. — И Платон бросил трубку.

Через десять минут в дверь постучал Виктор, схватил деньги и растворился.

Сергей позвонил Ленке — телефон не отвечал. Молчали телефоны у Ларри и Мусы, по телефону Марка почему-то ответил женский голос. Удивительно, но не отвечал и номер оргкомитета. Сергей позвонил Платону, трубку снял кто-то незнакомый и сказал: «Егоров слушает». Сергей нажал на рычаг. Подумал, набрал номер Нины, и она сразу ответила.

Оказалось, Нина тоже ничего не понимает. Все были в бане, когда постучали в дверь. Открыл Марк, поговорил со стоящим за дверью человеком, затем подозвал Платона и что-то ему сказал. Платон пошептался с Мусой и Ларри, они быстро оделись и убежали. Потом Муса вернулся, забрал Марка и Виктора. Нина подождала минут пятнадцать, оделась, пошла к себе в номер и легла спать. А только что прибежал Виктор. Забрал у нее двадцать рублей, ничего не объяснил и исчез.

Сергей подождал еще полчаса. Ничего не происходило. В очередной раз набрал Ленкин номер — по-прежнему никто не снимал трубку. Он набросил на постель покрывало, снял ботинки и лег не раздеваясь. Хотел закурить, но передумал — от подушки пахло Ленкой, и Сергей не стал перебивать этот запах. Подвинул поближе телефон и сам не заметил, как заснул.

Терьян проснулся, когда в комнате было уже светло. Посмотрел на часы — девять утра. Значит, проспал завтрак. А ужина, если не считать шампанского, и вовсе не было. Тут он вспомнил, что около девяти как раз должна заехать первая группа участников и надо заниматься расселением — внизу, наверное, уже стоят столы для регистрации.

Спустившись на первый этаж, Сергей увидел, что все идет своим чередом.

Подъехал первый автобус с Московского вокзала, привез около двадцати человек.

Прибывшие толпились у двух столиков, за которыми сидели горкомовские девочки, рядом стоял Лева Штурмин. За третьим столом — с табличкой «Регистрация лекторов» — сидела Нина. И был еще один стол — с табличкой «Информация», — который предназначался для него, Сергея. Больше никого из оргкомитета в холле не было.

Сергей подошел к Нине.

— Ты что-нибудь знаешь про вчерашнее? — спросил он. — И где все?

— Сережа, понятия не имею. Они всю ночь носились по пансионату как угорелые, а сейчас отсыпаются. Муса ни свет ни заря уехал в город — на такси. Витя был здесь, вот-вот должен подойти.

— А Ленка где?

— По-моему, она в номере оргкомитета. Кстати, вот и Витя.

Сысоев сразу же оттащил Терьяна в сторону.

— Сергей, вот папка со списками, здесь помечено, кто уже оплатил проживание, а кто нет. Левины девицы будут отсылать приезжающих к тебе. Если оплата прошла — расписываешься около фамилии, и Лева отдает ключ от номера. Если не прошла — берешь наличными и только после этого расписываешься. Сообщаешь про банкет. Если клиент согласен, получаешь с него десятку. Давай быстрее за свой стол.

— Хорошо, — сказал Сергей. — Я все сделаю как положено. Только объясни, что здесь было ночью. И где все?

Как рассказал Виктор, произошло следующее. Еропкин пошел клеить себе девицу, но вместо одной снял сразу трех. Было у них две бутылки рома, да еще Еропкин прикупил четыре шампанского. И потащил девиц в оргкомитетский номер, где устроил вакханалию. А у одной из них обнаружился кавалер из вокально-инструментального ансамбля, что играл в пансионате на танцах. Этот кавалер, отыграв свое, пошел искать девушку и стал ломиться в оргкомитетский номер. Еропкин ему сдуру открыл. Кавалер посмотрел, что там творится, и дал Еропкину в ухо. А Еропкин спустил его с лестницы. Тогда кавалер, долетев до самого низу, привел с собой весь вокально-инструментальный ансамбль. И они отметелили Еропкина. И девкам досталось. А дежурный по корпусу вызвал милицию.

Еропкин к этому времени уже успел одеться. Кроме того, он что-то шепнул старшему наряда, и милиция стала заниматься вокально-инструментальными дебоширами. Но тут одна из девок заорала, что у нее пропали золотые сережки, и орала так громко, что приехал второй наряд и начал составлять протокол. Еропкин и им попытался что-то шепнуть, но тут уже ничего не получилось, потому что валить было не на кого. Запахло серьезным скандалом. Две другие девицы быстро сориентировались и тоже стали вопить, что сережки были, а потом пропали. Вот тогда-то струхнувший Еропкин и вызвал подмогу.

— В оргкомитетский номер я пришел намного позже, — говорил Виктор, — поэтому все со слов Тошки. Он прибежал первым, с ним еще Муса был и, кажется, Ларри. В номере все вверх дном, на полу битое стекло — это Еропкин от музыкантов бутылками отбивался. Сашка сидит в углу, держится за голову. Под глазом фонарь, рубашка до пояса разорвана. Три девки — одна в полотенце, вторая в простыне, третья — из-за которой весь сыр-бор — прикрывается подушкой. И два мента — счастливые беспредельно. Девки орать уже перестали. Лыка не вяжут совершенно. В общем, удалось договориться, что пока протокол не пишем, а ищем пропавшие драгоценности. Еропкина под конвоем отвели к Мусе в номер. Стали искать. И представляешь — одну сережку действительно нашли, в углу под торшером валялась. А второй — нету. Может, она была, может, не было — никто не знает. Милиция уже устала, говорит — разберитесь полюбовно и разойдемся. Ну, тут и началось. Потерпевшая заявляет, что сережки — бабушкины, большая историческая ценность, стоят тысячу рублей. Договорились на пятистах. Марк принес деньги, отдал. Ларри за это время округил ментов — я к тебе еще за деньгами заходил, — взяли две бутылки коньяка, и он повел их к Платону в люкс отмечать конец дежурства. А мы втроем остались с этими шлюхами. Та, которая с сережками, стала требовать, чтобы мы отправили ее домой на такси. Наверное, боялась, что деньги отберем. Взяли у Нины двадцатку, посадили, отправили. А этих двух — просто некуда девать. К тому же я еще ключи от своего номера посеял, вот только сейчас нашел — они в бане на столе были. У Мусы Еропкин лежит, страдает. В общем, одну Марик с собой увел, вторую мы заткнули к Ленке ночевать, а сами, как смогли, разместились в оргкомитетском номере. Только начали засыпать — стук в дверь: Ленка. Оказывается, ее потаскушке не то с сердцем плохо, не то еще что, короче — помирает. Ладно, разбудили врачиху, отправили лечить. Теперь и Ленка без номера. Мы ее в кресло, хоть она и рвалась куда-то. Опять стучат. Открываем — Марк. Его девка сбежала и прихватила с собой бумажник, а там паспорт и двадцать пять рублей. Наливаем Марку стакан, утешаем как можем и все вместе бежим в номер к Ленке — посмотреть, не сперли ли у нее чего-нибудь, пока шли лечебные процедуры. Стучим — ответа нет. Но что-то там происходит. А время — четыре утра. Минут через десять открывают. У Ленки же двухместный номер. Так вот, на одной кровати музыкант с девкой, которая сбежала от Марика, а на второй — Еропкин с этой, что чуть не померла. Оказывается, Еропкин оклемался и полез к Ленке в номер, а там одна из его граций. Только он устроился — прибегает вторая. Он губы распустил, а тут приходит музыкант. Драться они не стали, выпили мировую и разложили девочек на двух кроватях. Ленка все это увидела, вышибла их из номера в две секунды. Короче, только в пять угомонились.

— А как с паспортом Марка? — спросил Терьян, не ожидавший такого разворота событий.

— С паспортом? Порядок. Он его, оказывается, еще вечером спрятал в стол, а потом из-за этой суеты все забыл и думал, что паспорт — в пиджаке. Тут же и нашли. Впрочем, дело не в этом. Меня уже с утра заловил директор и строго предупредил — вас, говорит, всего пять человек, а шума на тысячу. А когда остальные заедут — так просто разнесут пансионат по кирпичику. У меня, говорит, и студенты отдыхали, и спортсмены, и даже комсомольский актив — ни разу ничего похожего. Я сижу, молчу, думаю, как отбиваться. Тут открывается дверь и входит какой-то тип. Директор его увидел, изменился в лице и отправил меня в приемную. А через пятнадцать минут зовет обратно и говорит — вот товарищ будет присматривать за вашей школой, вы его поселите в одном из люксов и позаботьтесь, чтобы все было в порядке. Мы вышли, я этому товарищу отдал ключ и поинтересовался, не нужно ли чего. Он попросил — вежливо так — найти Еропкина и прислать к нему в номер. Вот теперь хожу ищу.

— А Ленка где? — осторожно спросил Сергей.

— Мы втроем позавтракали, и она сейчас приводит в порядок оргкомитетский номер. Муса уехал в город — у него какая-то встреча. Где остальные, понятия не имею.

Платон, Ларри и Марк объявились через полчаса. Оказывается, они тоже были у директора, получили свое, потом зашли представиться незнакомцу, искавшему Еропкина. Звали незнакомца, как выяснилось, Федор Федорович, было ему лет тридцать, и появился он вовсе не для расследования ночных событий, а в связи с заездом большого числа иностранцев. Помимо Еропкина, ему был нужен список иностранных участников, схема их расселения, а также все материалы школы и чтобы о мероприятиях типа круглых столов и дискуссий ему заблаговременно сообщали, дабы мог поприсутствовать. Если же будут какие переговоры с иностранными учеными, то проводить их не в номерах или коридорах, а в специально отведенном для этого помещении на восьмом этаже. Ну и, естественно, список книг, предназначенных для розничной продажи, занесите, пожалуйста.

— Витюша, — сказал Платон, — хрен с ним, с Еропкиным. Беги в номер, неси список. Идея с книгами — классная. Смотрите, как они все западают.

Когда Виктор, повинуясь любезному «Заходите, не заперто», вошел в номер, он увидел таинственного Федора Федоровича, сидящего за столом в сером костюме, голубой рубашке и тапочках. Галстука на нем не было. На столе красовались бутылка коньяка и два фужера. А еще за столом сидел неуловимый Еропкин. Под левым глазом у него виднелся припудренный синяк, правая бровь и подбородок были заклеены пластырем.

Виктор представился, протянул Федору Федоровичу список и сел за стол.

Федор Федорович, потянувшись, извлек из буфета еще один фужер и налил Виктору.

— Выпейте с коллегой, а я пока почитаю, — сказал он, углубляясь в список. — Так, это годится, так, так... — приговаривал он, листая страницы. — В общем, принесите, пожалуйста, то, что я пометил. И посчитайте, сколько там получается, я расплачусь. А еще что-нибудь будет?

— Наверняка будет, — заверил его Виктор. — Только точно неизвестно что. Сегодня обещали дать «Оливера Твиста»...

— Оливера Твиста? — оживился Еропкин. — Вот это я, пожалуй, обязательно возьму. А что конкретно? Какую вещь? — Впрочем, заметив дикий взгляд Виктора, он тут же сориентировался.

— Слушай, это я чего-то перепутал. Это что, та книжка, где на обложке мужик с ружьем? Я про нее говорю.

Только через несколько минут, уже в коридоре, Виктор сообразил, что Еропкин, скорее всего, имел в виду «Бравого солдата Швейка». И еще ему показалось, что еропкинскую осведомленность в мировой литературе Федор Федорович оценил по достоинству.

Вика

После столь бурного начала школа размеренно покатилась вперед, повинуясь причудливой воле Платона и железной руке Ларри. Приехало человек пятнадцать лишних, ими занимался проштрафившийся Еропкин. Марку Цейтлину поручили вести сразу три секции, он был очень доволен и появлялся в оргкомитетском номере только по вечерам. Виктор разобрался с книгами за два дня, отчитался перед Ларри, «Ленкнигой» и Сергеем, взял две свои секции и погрузился в работу с докладчиками. Муса сибаритствовал, бегал на лыжах, перезнакомился со всеми заехавшими в пансионат лыжницами. Принял от Сергея деньги на банкет, договорился с директором и в столовой и законно считал, что свое отпахал. Нина честно печатала программу на каждый день, после чего ходила на секцию по передаче информации в биосистемах…

С Ленкой у Сергея все складывалось как-то странно. Первые две ночи она приходила, тихонько скреблась в дверь. Но до утра не оставалась ни разу: как только Сергей засыпал, сразу же уходила. Флакончики, тюбики и зубная щетка очень быстро исчезли. И хотя Ленка в первую же ночь сказала скороговоркой, уткнувшись Сергею в плечо: «Хорошо, хорошо, очень здорово хорошо», — была она какой-то скучной, все время отмалчивалась, если же Терьян начинал ей что-нибудь рассказывать, слушала без видимого интереса, а то и перебивала Сергея, причем довольно грубо.

Как-то Сергей попытался выяснить, в чем дело, но Ленка вместо ответа приподнялась на локтях, посмотрела на него, подмигнула и, чмокнув в щеку, отвернулась к стенке. А один раз ему померещилось, что она плачет, и он повернул ее к себе, но понял, что ошибся, потому что глаза Ленки были сухими, а через секунду и размышлять о чем-либо стало невозможно.

* * *

Когда миновала половина отведенного семинару срока, приехала Вика. О ее романе с Платоном мало кто не знал, но вели они себя очень сдержанно и отношений не афишировали. Платону лишние неприятности были ни к чему, а заработать их ничего не стоило. Во-первых, сам он был человеком семейным и всякого рода аморальное поведение, да еще на глазах у коллектива, могло обойтись довольно дорого, а во-вторых, отношения с Викой тянулись уже пять лет — с тех пор, как Платон, выкрутив Виктору руки, заставил взять ее в лабораторию, — и время от времени прерывались, утрачивая остроту.

В один из таких перерывов Вика вышла замуж, причем не за какого-то аспиранта, а за человека, незадолго до того вступившего в должность заместителя директора по режиму. Прежний зам — Дмитрий Петрович Осовский — внезапно умер, и прислали нового, молодого. Он походил, огляделся и сделал Вике предложение, которое она приняла неожиданно быстро. Легко понять, что после этого общение с ней стало просто опасным. Впрочем, Платон отнесся к происшедшему удивительно легко и, судя по всему, даже не помышлял об окончательном разрыве. Ларри частенько говорил ему: «Если у нас человек такое делает, он сначала завещание пишет. Ты понимаешь, что будет, когда он вас расколет?» — «Ерунда, — отмахивался Платон и щурил глаза. — Никто никого и никогда не расколет. Прости, я побежал...»

Вика поселилась скромно — в одноместном номере. Днем она ходила на лекции, на секционные доклады, два раза выступила сама, причем довольно удачно. А вечерами устраивала в номере оргкомитета сборища, которые называла «салонами».

Приходить полагалось обязательно с девушкой, непременно в пиджаке и галстуке.

Вика была невероятно изобретательна и все время придумывала что-то новенькое.

Один раз ей даже удалось затащить на салон Федора Федоровича, который был изысканно вежлив, особенно после того, как услышал фамилию Викиного мужа. На салонах играли в шарады,

45

пели песни, танцевали. Как-то раз Виктор, вдохновленный присутствием одной аспирантки из Харькова, целый вечер читал стихи. Не позднее двенадцати ночи салон закрывался, и все расходились по номерам. Вика тоже уходила к себе, а куда она потом девалась, это уж никому неведомо.

Сергей, который дома в Москве редко куда выходил, от этих салонов просто ошалел. Все было ему в новинку. И он не сразу заметил, что Ленка всячески старается избегать веселой компании, хотя определенные выводы можно было сделать в первый же вечер, когда Вика устроила гранд-сабантуй по случаю своего приезда.

Ленка тогда до полуночи просидела в углу. Конечно, Сергей все время был с ней рядом, наливал шампанское, один раз они даже потанцевали, но что-то было не так. Когда все уже расходились и он взял ее за руку, Ленка вырвалась и сказала:

— Что-то я устала, Сережа. Пойду, пожалуй, к себе.

— Ленка, брось, — сказал не на шутку встревоженный Сергей. — В конце концов, необязательно же, чтобы что-то было. Не хочешь — не трону, просто так поспим. Пойдем.

— Ну знаешь, — Ленка повернулась и впервые за все это время сказала обидное. — Ты уж слишком все по-семейному воспринимаешь. Это же лиха беда начало. Раз — просто так, два — просто так, а на третий — я начну раздеваться, ты же от телевизора и головы не повернешь.

Сергей действительно обиделся. Проводив Ленку до номера, он довольно холодно попрощался с ней и пошел к себе. А через полчаса услышал, как в дверь кто-то скребется.

Эту ночь Сергей запомнил на всю жизнь. И вовсе не потому, что она была заполнена какими-то сверхъестественными изысками, хотя опыта Ленке было не занимать. Напротив, была в этой ночи какая-то сдержанная простота, которая вытеснила все перепробованное ранее, но при том довела обоих сначала до исступления, а потом, ближе к утру, и до полной прострации. Странная нежность заволакивала темную комнату, вздымалась и опадала, неслышно клубилась, путаясь во влажных от пота простынях и спотыкаясь о сброшенные на пол подушки.

Только с очень большим опозданием Сергей понял, что с ним таким образом прощались. Но это было уже потом.

А закончилась ночь тем, что Ленка вылезла из постели и уселась нагишом на подоконнике, обхватив руками колени и уставившись в окно. Сергей пытался заговорить с ней, но она не отвечала. Когда же он наконец решил, что пора встать и выяснить, в чем дело, Ленка по-прежнему молча спрыгнула с подоконника и стала быстро собирать свои вещи. Уже одевшись, она сказала Сергею, что у нее разболелась голова, уклонилась от поцелуя и выскочила за дверь.

Следующим вечером, направляясь в оргкомитетский номер, Сергей зашел за Ленкой и застал ее в куртке.

— Ты откуда? — спросил Сергей.

— Не откуда, а куда, — ответила Ленка, натягивая шапочку. — Хочу пойти погулять.

— Одна?

— Давай пойдем вместе, — безразлично сказала Ленка.

— А я думал, мы заглянем к ребятам, — Сергей попытался перехватить инициативу. — Там стол накрыли, Марик каких-то сказочных бутербродов накромсал…

— Ты что, голодный? — таким же непонятно-безразличным голосом спросила Ленка. — Тогда иди поешь.

В результате они все-таки пошли гулять. В лесу Ленка преобразилась — бегала по сугробам, пряталась за деревьями, смеялась, бросала в Сергея снежками, но, когда он, поймав ее в каком-то кустарнике, попытался поцеловать, уперлась ему варежками в грудь и не далась. А всю обратную дорогу молчала.

В пансионате Сергей снова пригласил ее в оргкомитетский номер. Ленка неожиданно легко согласилась, но, пробыв там около получаса, исчезла, не сказав Сергею ни одного слова. Обнаружив, что Ленки рядом нет, Сергей выскочил в коридор и побежал к ее номеру. Стучал в дверь — безрезультатно, потом до часу ночи непрерывно накручивал телефонный диск — Ленка не отвечала. В конце концов, серьезно разозлившись, он прекратил поиски, попробовал заснуть, полночи проворочался и в результате встал в отвратительном расположении духа.

Ленку он встретил за завтраком. Ковыряя вилкой яичницу, она, не глядя в его сторону, сказала, что у нее плохое настроение, что чувствует она себя тоже неважно и вообще хотела бы побыть одна. Следующие два дня Ленка всячески избегала Сергея.

Вконец растерявшийся Терьян вдруг вспомнил, что с самого приезда он еще ни разу не позвонил домой. Набрав Москву, он узнал, что его старшенькая принесла подряд две тройки по английскому и двойку по алгебре, у младшенькой — корь, а жена

Таня сбилась с ног и вообще не понимает, в чем дело и почему у Сергея ни разу не появилось желания связаться с семьей. Терьян как мог ее успокоил, соврал что-то малоубедительное про большую загрузку и проблемы со связью, расстроился и, подумав немного, позвонил Виктору. Они договорились встретиться в буфете и что-нибудь выпить.

— Ну что ты огород городишь? — сказал Виктор, когда Сергей, выпив и осмелев, перевел разговор на Ленку и непонятно складывающиеся с ней отношения. — У твоей жены раз в месяц не портится самочувствие одновременно с настроением? Обычное дело. Еще дня два — и все будет нормально. А вообще, я тебе как-то уже пытался растолковать — у Ленки с мужиками серьезные проблемы. Ей замуж пора, давно уже пора. Она девка очень хорошая, но все время то женатый попадется, то просто сволочь какая-нибудь. Она сначала со всей душой, а когда ее кидают в очередной раз, тут такое начинается… Я тебе рассказывать не буду, не надо тебе все это знать, просто имей в виду — с Ленкой можно либо на один час, либо на всю жизнь. На промежуточные варианты она плохо реагирует. Как вот, например, с Платоном…

То, что у Ленки было с Платоном, явилось для Сергея совершеннейшей новостью. Внешне отношения между Платоном и Ленкой выглядели абсолютно ровными — как у старых, но не очень близких приятелей. Впрочем, с Платоном иначе и быть не могло.

— Я приблизительно в курсе, — соврал Сергей. — Хотя, конечно, деталей никаких не знаю. Даже не думал, что это сколько-нибудь серьезно.

Из рассказа Виктора получалось, что какое-то время назад между Ленкой и Платоном был очень бурный роман, который около месяца находился в стадии вулканической, а потом постепенно пошел на угасание. И вроде бы Ленка это переживала очень тяжело, потому что часто появлялась на людях с заплаканными глазами. А потом все резко оборвалось. И произошло это потому, что возникла Вика. С тех пор Ленка ненавидит Вику сильнее, чем любого фашиста. Хотя с Платоном у нее точно все закончилось. А Вика про Ленку знает, и ей очень нравится всячески Ленку изводить.

— Понимаешь, — говорил Виктор, — я ведь знаю Вику с тех самых пор, как она только появилась в Институте. Хорошая была девочка — веселая, добрая. Парнями крутила как хотела, но все это без злости. А сейчас, особенно после того, как вышла замуж за своего топтуна, — просто не узнать. Даже когда Ленки рядом нет, Вика постоянно показывает, кто есть царица бала, а уж при Ленке та́к расходится, просто держись… Я иногда боюсь, что Ленка ей при людях в волосы вцепится. Вика и с Тошкой себя поставила — гранд-дама, да и только. Я просто не понимаю, что он в ней находит. Ну, конечно, экстерьер — тут ничего не скажешь. Но ведь стерва — не приведи господь! Если он ей когда-нибудь дорогу перейдет или в чем-нибудь не потрафит — сожрет с костями. Ты заметил, как она Ленку называет? Лену-уля!.. Как горничную… И со всеми остальными так же… Она только Ларри побаивается, потому как не знает, что от него можно ожидать. И еще заметь — Ларри с ней ласковый, обходительный, усами шевелит, смеется. У него, когда он с ней говорит, акцент прорезается. Это он так дурака валяет, а на самом деле чует все, как хорошая гончая. И железно понимает, что у Платона из-за Вики могут быть неприятности. Думаю, что, если она какой-нибудь фокус выкинет, Ларри ее схавает, как кот золотую рыбку.

Разговор перешел на Ларри, Вику и иные, менее интересные для Терьяна предметы. Переваривая полученную информацию, Сергей про себя решил, что вечером обязательно поговорит с Ленкой. Но состоялся этот разговор только на устроенном Мусой банкете, где Сергей и Ленка сидели рядом. Когда все основные тосты уже были произнесены, когда зазвучала музыка, а за столом началось неконтролируемое веселье, Сергей вывел Ленку в коридор.

— Ничем ты меня не обидел, — ответила Ленка на прямо заданный вопрос. — А просто все это ни к чему. Я с самого начала знала, что не надо к тебе приходить. Вот мы завтра уедем в Москву, так ты уже через час забудешь, как меня зовут. А если когда-нибудь решишь осчастливить и позвонишь, то придешь ко мне от жены. И уйдешь от меня к жене. И звонить я тебе домой не смогу — не положено. Вот и буду сидеть в белом платьице под елочкой и ждать, когда ты про меня опять вспомнишь. Скажешь — нет?

— Это тебя Платон так выучил? — тихо спросил Сергей, понимая, что Ленка совершенно права и возразить ей нечего.

— Уже успели сообщить? — недобро спросила Ленка. — При чем здесь Платон? Он из всех из вас — самый приличный. А про Цейтлина тебе тоже рассказали? А про Тариева? Ты вообще знаешь, сколько вас у меня было? Сказать? И каждый учил одному и тому же. Так что урок этот я хорошо знаю. Только вот не хотелось бы его с тобой, Сереженька, еще раз проходить. Проводи меня, пожалуйста, обратно к столу.

— Погоди, — не отставал Сергей, настойчиво желая выяснить все до конца. — Так ты говоришь, что все дело во мне? Да? И не потому, что к Платону Вика приехала? Да?

Ленка вырвала руку, повертела ею у виска, крутанула юбкой и ушла в зал, не оборачиваясь.

Завершилось все тем, что Сергей жутко напился. Когда утром он пытался привести себя в сколько-нибудь приличное состояние, чтобы пойти на заключительное пленарное заседание и официальную церемонию закрытия школы, то не мог вспомнить ничего, кроме Федора Федоровича, танцующего с Ленкой. Манера танца не вызывала никаких сомнений в дальнейших устремлениях кавалера. А когда Сергей столкнулся внизу с Виктором, тот окинул его ироническим взглядом и процитировал:

— ...Не дождались гроба мы, кончили поход...

Закат

Умер Брежнев.

Великая империя, сцементированная нищетой и ненавистью, раскинувшаяся на пол-Европы и еще на пол-Азии, создавшая свои форпосты на Севере и на Юге, на Востоке и на Западе, отгородившаяся от всего мира видимой и невидимой колючей проволокой, собранная когда-то по кусочкам Иваном Калитой, захватившая необъятное Сибирское ханство при Иване Грозном, ворвавшаяся в оцепеневшую от изумления Европу при Петре, Екатерине и Александре, снова разодранная в лохмотья в огне Гражданской войны, поднявшаяся на крови, пролитой во имя грядущего царства справедливости новыми рабоче-крестьянскими полководцами, империя, более полувека грозившая всему миру бронированным кулаком, — эта великая страна, начавшая еще лет десять назад малозаметное движение под уклон, покатилась к пропасти, постепенно набирая скорость.

Наведение порядка и укрепление трудовой дисциплины, объявленные Андроповым первостепенными задачами — задачами, решение которых должно было остановить падение, — провалились с треском. Железный кулак, так хорошо знакомый старшему поколению, поднялся с прежним богатырским замахом, повисел в воздухе и ухнул в пустоту, не прихлопнув даже, а лишь прищемив тех немногих, кто был изловлен органами в магазинах, парикмахерских и банях. Запад, с недоверием отнесшийся к литературному гению нового вождя, но зато хорошо запомнивший его предыдущее место работы, ощетинился крылатыми ракетами. Рейган объявил о разворачивании программы «Звездных войн». Держава приняла вызов: колоссальные, невиданные средства, вырученные за нефть, газ, алюминий, никель, рекой потекли в прорву военно-промышленного комплекса. Монстр, почувствовавший новый прилив жизненных сил, зашевелился, заворочался, повел плечами и смахнул в Японское море попавшийся под горячую руку южнокорейский пассажирский самолет. Мир содрогнулся.

Со смертью Андропова потенциальная энергия, накопленная за короткое время его правления, по всем законам науки перешла в кинетическую. Расстановка сил в высшем эшелоне власти — ввиду очевидной непригодности и недолговечности нового генсека — приобрела характер глобальной стратегической проблемы и отодвинула на второй план судьбу страны. Движение вниз ускорилось многократно.

* * *

— Ну, и что теперь? — спросил Муса, когда появились первые слухи о смерти Черненко. — Чем они нас еще удивят?

— Если это правда, — пожал плечами Платон, — и утром объявят официально, послушай, кто будет председателем похоронной комиссии.

— Это еще почему? — поинтересовался Терьян.

— А потому, Сережка, — объяснил Платон, — что есть такая народная примета — кто хоронит, тот потом и командует.

— Справедливо, но не всегда верно, — вмешался Ларри, — товарища Сталина хоронил Лаврентий Павлович. Правда, в то время было что делить.

— Ничего, — сказал Платон, — на их век хватит.

Председателем правительственной комиссии по организации похорон товарища Черненко Константина Устиновича был назначен товарищ Горбачев Михаил Сергеевич.

В ярких лучах нового мышления над державой засияла заря перестройки. Страна на мгновение замерла на краю пропасти и накренилась.

Папа Гриша

...Терьян в глубокой задумчивости стоял перед зеркалом. Ему предстояло выбрать галстук из тех четырех, что были у него в наличии. Раньше этим занималась жена, но после развода Сергей оказался в безвыходном положении.

Днем, после защиты кандидатской диссертации, на которой он выступал в качестве первого оппонента, — защищался заместитель директора Завода Григорий Павлович Губанов, — к Терьяну подошел Марк Цейтлин и сказал на ухо:

— Сергей, побойся бога. Желтый галстук с черной рубашкой и серым костюмом не носят.

Терьян поменял рубашку на голубую, но проблемы выбора галстука это не решило. Поразмышляв еще какое-то время, он решил плюнуть на галстук и поехать в ресторан без него. В конце концов, ресторан — не ученый совет. И папа Гриша, как называли заместителя директора основные участники Проекта, вряд ли будет в претензии.

Банкет по поводу защиты папы Гриши проводился в «Славянском базаре». Этот ресторан оказался чуть ли не единственным бастионом, который устоял перед накатом «нового мышления» на вековые традиции. Антиалкогольная кампания не только привела к исчезновению из магазинов любых напитков и породила таким образом очереди не виданной доселе длины, но и вызвала к жизни странное правило, в соответствии с которым в любом ресторане официант пересчитывал всех пришедших по головам и категорически отказывался подавать более ста пятидесяти грамм на душу.

Папа Гриша обзвонил несколько мест, узнал, что это правило соблюдается неукоснительно, и обратился за помощью к Мусе. Хмыкнув, Тариев объявил, что проблем нет — надо идти в «Славянский базар», там он договорится. А заодно постарается обойти запрет на обмывание диссертаций. Дело тут было вот в чем.

Как определила — в свете новых веяний — Высшая аттестационная комиссия, недостаточный уровень отечественной науки объяснялся исключительно тем, что после защиты диссертанты вместе с оппонентами и даже — о ужас! — членами ученых советов пьянствовали в кабаках. Разве могла после этого идти речь об объективности! Непонятно, какие средства и силы были задействованы, но директорам ресторанов вменили в обязанность при обнаружении на вверенных им объектах «диссертационных» банкетов незамедлительно об этом доносить. Уж ВАК разберется по существу, что в соответствующей диссертации хорошо, а что — и это главное — плохо...

* * *

Оппонентом на защите у папы Гриши Сергей Терьян стал вот каким образом.

Судьба Проекта, над которым работали Платон, Ларри и многие другие сотрудники Института, в значительной степени зависела от того, какие силы, а следовательно, и ресурсы в него вовлечены. Проект был целиком и полностью связан с Заводом, продукция же Завода, особенно при поголовной утрате доверия к советскому рублю как к самой твердой валюте мира, считалась супердефицитом. Это были автомобили. Стоило любому чиновнику, которому следовало поставить закорючку на том или ином проектном документе, узнать, что Проект ориентирован на завод, как в голове у этого чиновника немедленно что-то щелкало, он поудобнее устраивался в своем служебном кресле и начинал очень предметно вникать в суть вопроса.

Еще в самом начале, когда шла предстартовая подготовка, Платону и Ларри удалось договориться с руководством Завода о том, что некая — весьма незначительная — часть продукции может быть использована для целей Проекта.

Упоминание об этом в любом сколь угодно высоком кабинете творило чудеса. Ведь одно дело — выпрашивать автомобиль у еще более высокого руководства, владеющего соответствующими фондами, или, на худой конец, тянуть из шапки билетик на профсоюзном собрании, соревнуясь при этом с инженерами, сантехниками и уборщицами за право заплатить свои кровные денежки, и совсем другое — получить машину по совершенно независимому каналу. Да еще с обещанием, что она пройдет перед выдачей самую серьезную проверку. И никто даже не подозревал, сколько здоровья

53

стоило Ларри исполнение тех обещаний, которые налево и направо раздавал Платон.

Естественно, что эти возможности не могли долго оставаться в тайне. Через какое-то время на Платона обрушился поток просьб от коллег, друзей, просто знакомых и не очень знакомых людей. Объяснять, что все на свете имеет свои границы, Платон не считал возможным, хотя сам это отлично понимал. Конечно, он не мог отказать Терьяну, который наконец-то решил обзавестись собственным транспортным средством и путем невероятных усилий скопил необходимую сумму, — но при этом не вполне представлял себе, получится у него или нет.

— Какие проблемы, — сказал он Сергею, когда тот обратился к нему в первый раз. — Два месяца подождешь?

Два месяца превратились в два года. И вдруг Платон глубокой ночью позвонил Терьяну с Завода.

— Сережка! — заорал он в трубку. — Помнишь, ты просил меня кое о чем? Я все решил. В декабре никуда не собираешься?

— Нет, — ответил еще не проснувшийся Терьян. — А что?

— Я завтра прилетаю в Москву. У меня к тебе будет одна просьба.

Просьба заключалась в том, чтобы внимательно прочитать диссертацию папы Гриши, при обнаружении каких-либо недочетов довести их до сведения Платона, а также дать согласие выступить оппонентом на защите.

К удивлению Терьяна, диссертация оказалась на редкость толковой. Написана она была в чисто академическом ключе, без какого-либо налета провинциализма, содержала совершенно прозрачную постановку задачи и точное ее решение. После исправления нескольких досадных, но непринципиальных ошибок диссертация приняла форму, исключающую сколько-нибудь обоснованную критику, и это поставило будущего оппонента в затруднительное положение. Ведь задача оппонента состоит прежде всего в том, чтобы указать на недостатки работы, но как указать на то, что не удается обнаружить даже под микроскопом?

Когда Сергей сказал об этом Платону, тот поулыбался, а потом объявил:

— Ты знаешь, это даже хорошо. Ведь будет и второй оппонент, чистый экономист. А ты честно скажешь, что по технике замечаний нет.

Защита прошла с блеском. Члены совета проголосовали, как говорится, в ноль, после чего папа Гриша подошел к Сергею, поблагодарил и пригласил вечером в «Славянский базар». А Платон и Ларри тут же подхватили папу Гришу под руки и куда-то уволокли.

Банкет ничем не отличался от иных подобных мероприятий. Терьян наконец-то получил возможность понаблюдать за своим подзащитным с близкого расстояния. И если внешность папы Гриши еще соответствовала представлениям Сергея о командирах производства — рост и телосложение замдиректора были богатырскими, голос — зычным, а водку он пил только что не стаканами, оставаясь при этом совершенно трезвым, — то манеры были исключительно мягкими, добрыми и как бы обволакивающими. Было совершенно непонятно, как человек с такой открытой и, очевидно, голубиной душой может чем-то управлять, отдавать приказы и распекать нерадивых подчиненных. Сергею он представлялся чем-то средним между Дедом Морозом и добрым дедушкой Лениным из детских книжек. Но когда во время перекура он заикнулся об этом Мусе, тот ухмыльнулся и сказал:

— Давай, давай. Ты все правильно понимаешь. Папа Гриша — та еще штучка. Если близко окажешься, попробуй ему в глаза заглянуть.

Последовать совету Мусы удалось, когда банкет уже заканчивался и Сергей подошел прощаться. Папа Гриша выпил много, но это на нем никак не отразилось, только движения стали какими-то округлыми, а речь — еще более вальяжной.

Возвысившись над Сергеем, который еле доставал ему до плеча, папа Гриша обнял его.

— Дорогой мой человек, — пробасил он. — Спасибо тебе за помощь, за поддержку. За объективность.

— Не за что, Григорий Павлович, — ответил Терьян и посмотрел папе Грише прямо в лицо.

Нельзя сказать, что он многое понял, но то, что увидел, произвело на него сильное впечатление. Лицо у папы Гриши было широким, круглым, добрым, на порозовевшем от выпитого носу сидели очки в позолоченной оправе, казавшиеся совсем крохотными. А за стеклами очков виднелись небольшие, беспомощно моргавшие глазки. И вдруг на какое-то мгновение глазки перестали моргать. Если бы Сергей не был предупрежден заранее, он, наверное, и не заметил бы, как неуловимо изменилось лицо стоявшего перед ним человека. На него уставились две маленькие серые точки — будто загорелась лампочка в кабинете зубного врача. И когда через долю секунды широкая улыбка папы Гриши погасила эту лампочку, Сергей понял, что он взвешен, измерен и оценен.

— Ну, как тебе папа Гриша? — спросил на следующий день Платон.

— Знаешь, — ответил Сергей, — сначала он мне каким-то тюфяком показался. А потом пригляделся — просто капитан Сильвер из «Острова сокровищ». Только с двумя ногами.

— Капитан Сильвер — это правильно, — задумчиво сказал Платон. — С двумя ногами. И еще с двумя головами. И с четырьмя руками. Кстати, твоя проблема решена. Послезавтра можешь ехать за машиной.

Лика

Машину Терьян покупал четыре дня. Сперва его фамилию долго искали и не нашли в каком-то списке — пришлось звонить Платону, Ларри и папе Грише, все еще оформлявшему диссертационные бумажки. Потом оказалось, что нужный список еще не поступил, и пришлось ждать. Затем Терьяна отправили через всю Москву — на Беговую — выбирать автомобиль. Там он потерял целый день, поскольку то, что Сергею подходило, было не доукомплектовано, а то, что было укомплектовано, ему не годилось. На исходе дня, пожертвовав полусотенной бумажкой, Терьян добился желаемого результата: все, чего ему недоставало, было тут же откуда-то отвинчено, вынуто и привинчено в нужных местах. На следующий день с утра он заплатил деньги, снова приехал на Беговую и погнал машину через весь город обратно в автосалон. По дороге заглох двигатель. К вечеру, когда Сергей дотянул до пункта назначения, техосмотр и оформление документов уже закончились. И поутру ему пришлось ехать снова.

— Это что, всегда так? — спросил он у Ларри, когда немного отлежался после всей беготни.

— Конечно нет, — ответил Ларри. — Обычно хуже бывает. Это ты по блату взял.

— А по-человечески они продавать не могут?

— Я тебе расскажу одну историю, — сказал Ларри, закуривая и задирая ноги на стол. — У меня в Тбилиси есть друг. Он с бригадой шабашников летом вкалывать ездит. Ну, сейчас нет, раньше ездил. Скажем, проводят они в деревне электричество. Договор есть, прораб есть, директор, наряды — все есть. А денег не платят. То есть платят, но мало: это ты не делал, то не делал… Понятно? А деньги нужны, иначе зачем от семьи уехал? Вот он приходит в дом с мешком, высыпает на стол и говорит хозяину — проводов нет, розеток нет, подрозетников нет, ничего нет. Хозяин смотрит и говорит — а это что? А это — соседу обещал. Вот так. За день пять домóв прошел — на всю бригаду зарплата есть. Похоже?

— Похоже, — рассмеялся Терьян.

— Это еще при покойном Леониде Ильиче было, — продолжал Ларри. — К нему пришли, говорят — в торговле зарплата низкая, надо бы прибавить. А он отвечает — зачем прибавлять, пусть так будет. Если не хватит, найдут где взять. Они и находят. Ты сколько за эти четыре дня отдал? Вот и зарплата — детишкам на молочишко.

* * *

Терьян начал интенсивно осваивать нелегкую науку вождения. Если на метро он добирался до работы за полчаса, то на машине меньше, чем за час, не получалось. Сперва Сергей топал на стоянку, куда его машину пускали за пятьдесят рублей и бутылку водки ежемесячно, долго грел двигатель, счищал снег, а потом, стараясь соблюдать все правила и не встревать ни в какие конфликты, не спеша рулил по направлению к работе. Вечером возвращался, бросал машину во дворе, ужинал и отправлялся в двухчасовую поездку — изучать специфику московских магистралей. И вот месяца через два приключилась с ним история.

Терьян уже подъезжал к дому, когда обнаружил, что у него кончились сигареты. И дома, кажется, тоже ничего не осталось. Он затормозил у табачного ларька, вышел из машины. Расплачиваясь, услышал за спиной крик. Сергей мгновенно обернулся и увидел, что на снегу, в нескольких метрах от него, лежит девушка, а машина, не поставленная ни на передачу, ни на ручной тормоз, неторопливо удаляется своим ходом. Когда Сергей добежал до девушки, машина уже остановилась, уткнувшись в сугроб рядом с поворотом во двор его дома.

— Вы целы? — Девушка уже приподнялась на руках, и Сергей обхватил ее за талию. — Что-нибудь сломали?

— Откуда я знаю! — воскликнула она. — Помогите встать.

Сергей поднял девушку на ноги. Она оглянулась по сторонам. Неподалеку лежала хозяйственная сумка, из которой торчала куриная нога. Рядом валялась черная дамская сумочка с порванным ремешком, на ней отпечатался след протектора.

— Послушайте, вы не могли бы помочь мне дойти вон до той машины? — сказала потерпевшая, когда Сергей притащил хозяйственную сумку и девушка, морщась, изучила урон, нанесенный ее имуществу. — Хочу сказать водителю пару ласковых.

— Я — водитель, — признался Сергей.

Девушка окинула его ненавидящим взглядом.

— Простите, пожалуйста, — торопливо забормотал Сергей. — Я буквально на секунду остановился — купить сигарет. Забыл на ручник поставить, она и поехала. Я даже не думал, что так может получиться. Ну хотите, я что-нибудь сделаю…

— Что ты сделаешь? — чуть не плача закричала девушка. — Ты посмотри на меня!

Сергей посмотрел и ахнул. Сверху, начиная от капюшона, по короткой дубленке, по юбке, по белым сапогам густыми потоками стекала черно-коричневая, смешанная с песком, московская грязь.

— Идти можете? — Сергей потянул девушку за руку. — Пойдемте к машине. Я все оплачу. Давайте я вас домой отвезу.

Девушка торопливо выдернула руку.

— Нет! Я с тобой в машину не сяду, мне еще жить хочется.

— Может, такси…

— Господи! За что ж мне это! Да кто меня посадит в такси в таком виде?

На глазах девушки выступили слезы.

— Послушайте, — Сергей снова взял ее за руку, — я здесь живу, вот в этом доме. Давайте пойдем ко мне. Что сможем — отмоем, остальное отчистим, высушим. А потом разберемся.

Девушка исподлобья посмотрела на Сергея и, по-видимому, удовлетворилась результатом.

— А дома кто-нибудь есть?

— Никого, я один живу. Да вы не пугайтесь, я смирный.

— Все вы смирные. Учти, пристанешь — пожалеешь. Пошли.

В коридоре девушка сбросила оскверненную дубленку прямо на пол, стянула сапоги, горестно оглядела испорченную юбку и, слегка приподняв ее, обнаружила ссадину на колене и разодранные в лохмотья колготки.

— Как тебя зовут? — спросила она, подняв голову.

— Сергей, — ответил Терьян, только сейчас разглядев, кого он чуть не погубил под колесами.

У девушки были темные, коротко постриженные волосы, смуглое лицо с высокими скулами, большим ртом и неожиданно светлыми глазами. Ростом она была чуть ниже Сергея и сейчас стояла перед ним, нагнувшись и продолжая потирать колено. Колено было тонким, да и вся нога, насколько было видно Сергею, соответствовала самым высоким стандартам. На вид девушке было лет двадцать пять.

— А меня — Лика, — сказала она, не дожидаясь, когда Сергей проявит любопытство. — Где будем чиститься?

— Вот ванная, — кивнул головой Терьян. — Ты можешь пока начинать, а я сбегаю машину отгоню. Если ее еще не сперли.

Вернувшись, Сергей обнаружил, что дубленка, очищенная от основной грязи, висит на распахнутой двери комнаты и с нее капает вода на пол, на кухне кипит чайник, а из ванной, закрытой на крючок, истошно вопит магнитофон. Терьян бросил под дубленку несколько газет, выключил чайник, полез за сигаретами и вдруг вспомнил, что, напуганный криком девушки, забыл их в ларьке.

Чертыхнувшись про себя, он постучал в дверь ванной. Музыка прекратилась.

— Вернулся? — услышал он голос Лики. — Выключи чайник, а то он уже выкипел, наверное. Я сейчас.

— Послушай, у тебя случайно сигарет не найдется? — спросил Сергей. — Я свои в ларьке забыл.

— Возьми в сумочке. И брось мне что-нибудь, а то у меня все мокрое.

Сергей обнаружил в сумочке расплющенную пачку «Явы». Пошарил в шкафу, нашел тренировочные штаны и футболку.

— У тебя телефон есть? — спросила Лика, выходя из ванной. — Дай я позвоню.

Она набрала номер, и Сергей деликатно удалился. Как он понял, Лика звонила подруге и особых деталей не рассказывала. Когда она повесила трубку, Сергей вернулся.

— Чай будем пить?

— А еда у тебя какая-нибудь есть? — поинтересовалась девушка. — Раньше чем через два часа я не высохну. Или ты хочешь уморить меня голодом, раз уж задавить не получилось?

С едой у Сергея было плохо. Последнюю котлету он съел перед тем, как отправиться на ежевечернюю поездку по Москве. Еще оставалось немного хлеба и пакет молока на завтрак.

— Похоже, и вправду холостой, — подвела итог Лика. — Скороварка есть?

Когда извлеченная из хозяйственной сумки и отмытая от грязи курица была выпотрошена, сварена и съедена, чай выпит, а сигареты выкурены, Лика сбегала в ванную, проверила, как высыхает одежда, вернулась обратно, села за стол и спросила:

— Ну и как ты собираешься рассчитываться со мной за причиненный ущерб? Дубленка испорчена, юбка порвана, колготок считай что нет. Все тело в синяках. Курицу на тебя извела.

— Сама решай, — сказал Терьян, у которого к концу ужина начало складываться впечатление, что так просто этот вечер не закончится.

— Подумать надо, что с тебя взять, — Лика оглядела кухню, потом Терьяна. Помолчала.

— Я думаю, ты должен на мне жениться, — наконец объявила она. — Сначала купишь колготки, затем юбку, потом дубленку. А потом мы пойдем в загс. И я всю жизнь буду тебя кормить.

— Послушай, — осторожно сказал Сергей, — а можно остановиться на дубленке? Я как-то морально не готов к загсу.

— А физически? — спросила Лика, водя пальцем по столу и глядя на него из-под упавшей на глаза челки.

— Что физически? — растерялся Сергей.

— Физически, говорю, готов?

— Ну для этого в загс ходить необязательно, — резонно заметил Сергей.

— А это ты видел? — Лика сложила кукиш и помахала им перед лицом Сергея. — Либо ты на мне женишься, либо лучше не подходи.

Терьян хотел было сказать, что вовсе и не собирался к ней подходить, но промолчал, потому что это не очень-то походило на правду. Уж больно хороша была эта девочка, с разрумянившимся от чая смуглым лицом, в белой майке с полинявшим олимпийским мишкой, обтягивающей полную грудь, и в старых тренировочных штанах, которые скорее подчеркивали, чем прятали что-то от глаз.

— Я никуда на ночь глядя не поеду, — твердо сказала Лика. — У тебя две комнаты, ты будешь спать в одной, я — в другой. И не смей приставать. А утром ты меня разбудишь.

После того как они улеглись, Сергей какое-то время поворочался, потом встал и начал тихо пробираться в соседнюю комнату. Едва он переступил порог, зажегся свет.

— Сюда посмотри, — сказала Лика. Левой рукой она натягивала на себя одеяло, а в правой сжимала молоток, припасенный, скорее всего, с начала вечера. — Только сунься.

— Ты что, с ума сошла? — спросил Сергей.

— Не сошла. Я тебя честно предупредила. Так что лучше не подходи.

Когда загремел будильник, Сергею показалось, что уснул он всего минут десять назад. Умывшись и натянув джинсы, он пошел будить вчерашнюю гостью.

Из-под одеяла торчала черная макушка. Сергей попытался сообразить, где находится молоток, не сообразил, слегка потянул одеяло и дотронулся ладонью до теплого плеча.

— Вставай, невеста, — сказал он.

У Лики дрогнули ресницы, она еще сильнее зарылась в подушку и сонным голосом пробормотала:

— Невесту надо поцеловать.

Терьян нагнулся и провел губами по Ликиной щеке. Тут же вокруг шеи Сергея обвились горячие руки, и он неловко уткнулся в губы девушки. Но как только он обнял ее, Лика тут же вырвалась и снова, как ночью, натянула на себя одеяло.

— Я тебе что сказала? Женишься — все будет. А так просто — нечего лезть.

— Сама же просила поцеловать, — растерялся Сергей.

— Все. Поцеловал — и спасибо. А теперь иди, мне одеваться надо.

Когда они выпили молоко и доели остававшийся с вечера хлеб, Лика натянула дубленку, оглядела ее с легкой гримаской, ухватила Сергея под руку и сказала:

— Ты свой кадиллак где держишь? Довезешь меня до метро.

А когда Сергей, высадив ее, собрался двигаться дальше, Лика постучала в стекло:

— Ты вечером во сколько будешь? Не забудь купить колготки.

Спустя два дня была куплена юбка.

Через неделю они подали заявление в загс.

* * *

Сравнение второго терьяновского брака с первым складывалось решительно в пользу Лики. Год назад она закончила институт легкой промышленности, работала инженером в каком-то московском главке, замужем побывала еще в студенческие годы, но супружество длилось недолго. Нравом обладала веселым, характером — легким, а темпераментом — латиноамериканским. В постели была требовательна, настойчива и изобретательна. И память о бедной скромной Тане, которую Сергей взял в жены ничего не умевшей девушкой, постепенно почти полностью ушла куда-то в тень. Даже Ленка, о которой Терьян часто вспоминал с тянущей душу тоской, стушевалась и тоже отступила на задворки подсознания. А еще Лика оказалась отличной хозяйкой, великолепно готовила, всегда что-то пекла и жарила, времени на это тратила мало, а результатов добивалась превосходных и постоянно повторяла Сергею:

— Ты, зайчик, должен хорошо кушать. Надо днем набирать то, что теряешь ночью.

В этом она была совершенно права, потому что ночи давались Сергею тяжело.

Ужином Лика кормила его только после того, как выпускала из постели по первому заходу. «Из постели» — это говоря фигурально, потому что все могло происходить где угодно — в душе, на полу, на столе, в кресле… После ужина Лика давала Сергею полчаса передохнуть, и все повторялось. А потом — около трех ночи. И обязательно утром. Будильник Сергею больше не был нужен, потому что Лика регулярно просыпалась в шесть и немедленно начинала настаивать на своем. Причем очень убедительно. И всегда добивалась результата. Даже дарованных природой трех дней отдыха в месяц Сергей был лишен, потому что на эти дни у Лики была особая программа.

— Чтобы не терял форму, — приговаривала она, дразняще медленно занимая боевую позицию.

Однажды Сергей чуть было не заснул за рулем, после чего поставил машину на прикол и снова начал ездить на метро. Впрочем, и это не спасало, потому что Терьян стал засыпать в вагоне и опаздывать на работу. А однажды уснул по дороге домой и крутился по кольцевой до тех пор, пока не был отловлен милицией. В отделении его попросили подышать в трубочку, ничего не обнаружили, удивились, потом посмотрели на штамп в паспорте, поулыбались и отпустили. Сержант с завистью сказал ему на прощанье:

— Везет тебе, мужик. А моя лежит бревном, не допросишься.

И тогда Сергею впервые пришла в голову мысль, что неизвестно, кому в таких случаях везет.

Контакты с друзьями практически сошли на нет. Иногда Терьяну удавалось пересекаться с ребятами — обычно это были Платон, который при виде ввалившихся глаз Сергея почему-то очень веселился, и Ларри — тот поначалу не обращал особого внимания на состояние друга, но спустя какое-то время начал тревожиться.

— Сергей, — сказал как-то Ларри. — Ты еще полгода не женат. Ты на себя в зеркало давно смотрел?

— Утром, — буркнул Терьян. — Когда брился.

— Почаще смотри. Она тебя сжирает. Ты до сорока не дотянешь. Давай я тебя хорошему врачу покажу.

Но к врачу Сергей не успел: стало не до этого.

Перестройка вступила в новую фазу. Партия объявила о необходимости мобилизации инициативы масс и начале кооперативного движения. Из-под слоя нафталина была извлечена ленинская фраза о социализме как строе цивилизованных кооператоров.

Башли. Бабки. Капуста

Кооперативы, начинавшиеся, в силу исторической памяти, медленно и кое-где, в конце концов расплодились и стали лавинообразно заполнять единственную нишу, уготованную им всем предыдущим ходом развития. Ниша эта представляла собой скорее пропасть между государственными организациями, владевшими всеми видами ресурсов, и народонаселением, обладавшим чудовищной массой практически обесценившихся денег. По мостам, наведенным через эту пропасть еще в конце шестидесятых, в одну сторону текли ресурсы, а в другую — деньги, оседавшие в карманах фондодержателей. Время от времени государство спохватывалось и устраивало примерно-показательный демонтаж одного из мостов, распихивая по тюрьмам наиболее прытких мостопроходцев. Кооперативы представили собой идеальную сплошную проводящую среду, которая с определенного момента стала существовать на совершенно легальных основаниях и даже была освящена авторитетом вождя мирового пролетариата. Большие, средние и малые начальники срочно овладели лозунгом невинно, как тут же выяснилось, убиенного Николая Бухарина «Обогащайтесь!», засучили рукава и ринулись вперед. Началась концентрация дисперсно распределенного капитала.

Пропитанная духом партийности печать набросилась на пропаганду кооперативного движения с тем же неистовым энтузиазмом, с которым она когда-то воспевала появление новых колхозов, клеймила англо-американский империализм, поднимала боевой дух в годы войны, разносила в пух и прах безродных космополитов, отстаивала, а потом развенчивала повсеместное распространение кукурузы и квадратно-гнездового метода, боролась сначала за дисциплину, а потом за трезвый образ жизни. Флагманы экономической науки дружно припомнили новую экономическую политику двадцатых годов и стали в один голос предрекать в скором будущем небывалый экономический подъем. Легенды о не слезающих с тракторов и не вылезающих из забоев передовиках производства, как по мановению волшебной палочки, сменились святочными историями о бескорыстных неофитах кооперации, организующих пчеловодческие хозяйства, штампующих дефицитную посуду, возрождающих народные промыслы и открывающих повсеместно пункты общественного питания с исключительно доступными ценами. Все эти подвижники, как один, страдали от советских и партийных бюрократов, этих ретроградов и осколков командно-административной системы, которые еще не прониклись новыми веяниями и тормозили поступательное движение страны.

Словесная шелуха довольно плотно камуфлировала тот факт, что все ростки якобы рыночной и чуть ли не капиталистической экономики на деле обозначали беспрецедентный по массовости и напору прорыв нижних и средних слоев чиновничества к наглому и бесконтрольному набиванию карманов. «Цивилизованные кооператоры», которых на каком-то съезде писатель-депутат Василий Белов пренебрежительно обозвал «городскими спекулянтами» и которые в мгновение ока попали под прожектор общественного внимания, стяжали презрение интеллигенции, ненависть полоумных ортодоксов и настороженное отношение большинства населения, — эти кооператоры были не более чем потемкинским фасадом, за которым осуществлялась гигантская, невиданная в истории перекачка всего, что представляло хоть какую-то ценность, в лапы номенклатуры, ошалевшей от открывшихся возможностей.

Впрочем, потемкинский фасад исполнял не чисто декоративную роль.

Мигрирующие через него ресурсы, опять же в соответствии с основными физическими законами, уменьшались в объеме, частично расходуясь на преодоление трения и на поддержание фасада в жизнеспособном и пригодном для исполнения маскировочных функций состоянии. Если некоторые декоративные элементы с течением времени проявляли тенденцию к резкому увеличению трения, их быстро заменяли другими. И, может быть, только дальновиднейшие из хозяев понимали тогда, что копошащиеся на переднем плане статисты со временем неизбежно поумнеют, расправят плечи, рассуют по карманам прилипшие к их рукам золотые крупинки и начнут свою игру, в которой многим из тех, что дергали сейчас за ниточки, уже не найдется места.

Предвидя это, а также вполне обоснованно опасаясь, что такая удачная и выгодная конструкция может со временем развалиться, если станет известен ее сокровенный смысл, дальновидные хозяева дали сигнал к началу потешной атаки. По мановению невидимой руки изменился тон прессы. Уродливые наросты на теле кооперативного движения были высвечены и брошены на растерзание — вполне в духе гласности и свободы слова. Партвзносы, уплаченные с зарплаты в полтора миллиона рублей, эшелоны танков, проданные за границу вконец обнаглевшими нэпманами, оргии с пожиранием черной икры и купанием в шампанском длинноногих восемнадцатилетних красавиц — все это быстро стало достоянием общественности. К функции фасада была добавлена функция громоотвода. И не было в то время ни одного партийного форума, ни одного съезда народных депутатов или заседания Верховного Совета, на которых шофер товарищ Сухов, полковник из Казахстана, бравый военный Алкснис и другие народные трибуны не обрушивались бы с неистовой яростью на этих паразитов и спекулянтов, пьющих народную кровь. А посвященные, пряча одобрительные улыбки, решительно поддерживали гневные инвективы. Но странное дело — при голосовании все складывалось так, что до близкого и неизбежного конца кооперативной накипи хоть чуть-чуть, но все же недоставало голосов.

Внезапно обнаружившийся по эту сторону железного занавеса Клондайк немедленно привлек к себе внимание не только замшелых специалистов по Советскому Союзу, но и разношерстного жулья, рекрутированного из среды эмиграции первой, второй и прочих волн. Авантюристы, весь капитал которых состоял из американского, французского или немецкого паспорта, срочно обзавелись визитными карточками, где красовались звучные названия только что зарегистрированных компаний, упаковали дорожные сумки и двинулись на Восток за причитающейся им долей добычи. Кооперативы стали обрастать международными связями.

* * *

Кооператив «Инициатива» был создан Сергеем Терьяном и Виктором Сысоевым.

Инициатива исходила от Виктора и появилась на белый свет легко и просто. Его лаборатория вычислительной техники уже давно испытывала серьезные трудности, но в последнее время они стали множиться лавинообразно. Одновременно угасал и энтузиазм по поводу создания лучшей в мире вычислительной машины. Обрывочные сведения, поступавшие из Кремниевой долины в Калифорнии, расставляли жирные черные кресты на самых заветных сысоевских разработках. Один из его ребят подумал и махнул куда-то на Запад, двое просто уволились и исчезли в неизвестном направлении. Остались трое самых толковых, и Виктору непременно хотелось сохранить их до лучших времен. Поскольку потребность в научном росте становилась все более туманной, Сысоев решил подключить финансовые механизмы, продав на сторону кое-какое программное обеспечение. Он хотел было толкнуться с этой идеей к ВП, но потом передумал, решив, что старик вряд ли его поймет.

Посоветоваться с Платоном или Ларри не представлялось возможным: оба неделями пропадали на Заводе, в Институте появлялись нерегулярно и были практически недоступны. Немного поразмышляв, Виктор взял бутылку и поехал в гости к Терьяну.

Он появился как раз в тот момент, когда разрумянившаяся от любовных игр Лика накрывала на стол. За ужином шел общий треп, а когда Лика, вымыв посуду и забравшись с ногами в дальнее кресло, занялась вязанием свитера, Виктор перешел к делу.

— Ну что тебе сказать? — развел руками Сергей, дослушав до конца. — У тебя есть какие-то программы, ты их хочешь продать. Значит, надо найти покупателя, договориться о цене — и вперед.

— Нет, ты не понимаешь, — покачал головой Виктор. — Покупателя, предположим, я найду. Проблема не в этом. Кто будет продавцом? Я, что ли? Если будет продавать Институт, то, во-первых, надо согласовывать с ВП, причем он наверняка заартачится, а во-вторых, даже если согласится, как думаешь, сколько из этих денег ко мне в лабораторию попадет?

— Ну это же не проблема, — сказал Сергей. — Сейчас кооперативов развелось как собак нерезаных. Обратись в любой. Дай им товар, дай покупателя, обговори их интерес — и иди в кассу.

— А ты кого-нибудь знаешь? — спросил Виктор. — Из кооператоров? У меня никого нет.

— Мальчики, — подала голос Лика, — а зачем вам кого-то знать?

— Это ты про что? — в один голос спросили Сергей и Виктор.

Лика отложила вязанье, вылезла из кресла и подсела к столу.

— У нас вокруг главка около сотни кооперативов пасется. Пусть будет еще один. Ваш. Только чур я в доле. Это намного лучше, чем через чужих людей деньги гонять.

Доктора наук переглянулись и дружно заржали.

— Нормально, — оценил Сергей, вытирая слезы. — Витька — кооператор. И я — кооператор. А ты — жена кооператора. Да еще в доле. Ну, мать, повеселила!

— А что здесь такого? — спросила Лика, немного обидевшись. — Не майками же торговать будете. И не значками, не матрешками. У вас там есть что-то шибко научное, и вы хотите это продать. Или не хотите? Ага, все же хотите. Ну и продавайте на здоровье. Я только говорю, что других людей кормить незачем. Я же вас не воровать зову, а просто подсказываю, как правильно сделать.

— Послушай, — сказал Виктор, — а она дело говорит. Чего мы, собственно, боимся?

Терьян пожал плечами.

— Да ничего я не боюсь. Просто я тебе для этого не нужен. Программы — твои. Ребята — твои. И покупатели у тебя есть. Вон бери Лику в долю, если хочешь, и вперед. Я-то на какой ляд тебе сдался?

— Нет, ты погоди, — возразил Виктор. Он уже загорелся идеей. — Такие вещи в одиночку не делаются. А кроме как с тобой, мне и говорить не с кем. И потом не забудь, ты у нас всегда был финансовым гением.

Около полуночи, не устояв перед двойным натиском, Сергей сдался.

— Черт с вами. Поехали. Кто знает, что надо делать?

— Я знаю, — спокойно сказала Лика. — Регистрироваться надо. Завтра же принесу документы. И договорюсь в главке, чтобы кооператив был при нем. Надо только имечко придумать.

Название «Инициатива» появилось мгновенно, после чего учредительное собрание закрылось.

— Куда ты меня втравила? — спросил Сергей, когда они лежали и курили. — Ну ладно Витька, у него хоть что-то есть. А мне это зачем? Крутиться рядом да около?

— Глупенький ты мой, — ответила Лика, гася сигарету и начиная потихоньку подбираться к Сергею. — Тебе человек заработать предлагает, а ты еще раздумываешь. Не забыл, что ты мне еще дубленку должен? А ну-ка не ленись!

Последняя фраза относилась уже не к кооперативам.

Организационный период, связанный с регистрацией в Ждановском исполкоме и открытием счета в Промстройбанке, занял несколько дней. Сергей ходил на работу, Лика бегала по инстанциям, а Виктор, не разгибая спины, изготавливал красочные рекламные проспекты предлагаемого к продаже интеллектуального продукта.

С первой гримасой рыночной экономики друзья-кооператоры познакомились вскоре после того, как получили на руки новенькую печать. Оказалось, что близкие по духу академические институты совершенно не горели желанием приобретать сысоевские разработки. Во-первых, у них не было денег. Во-вторых, платить какому-то кооперативу — боялись: что скажет начальство? А в-третьих,

«Витя, ты что, чокнулся? Со своих деньги брать? Давай мы у тебя твои программки просто скачаем и выпьем по этому поводу».

— Может, Мусе предложим? — подал идею Терьян, когда Виктор поделился с ним результатами переговоров.

— Класс! — Виктор обхватил Сергея. — А ты еще спрашивал, что тебе делать в кооперативе. Поехали!

У Мусы предложение кооператоров вызвало искренний смех.

— Ребята, на хрена мне ваши программы? Куда я их дену? У меня и компьютеров-то нет. Вот достаньте хоть один, тогда будем разговаривать. Поставите какую-нибудь программу для бухгалтерии, чтобы зарплату считала.

Друзья целый день ломали голову над проблемой добывания персональных компьютеров при полном отсутствии средств, а вечером поехали к Сергею домой. По дороге Терьян несколько раз пытался позвонить Лике — предупредить, что придет не один, — но телефон был глухо занят. Открывать дверь своим ключом, примерно догадываясь, что там сейчас увидит, он не стал, а нажал на кнопку звонка.

— Кто там? — раздался голос Лики.

— Это мы, — ответил Сергей, но не успел добавить, что с Виктором, потому что дверь немедленно распахнулась.

На этот раз Лика приготовилась к встрече любимого мужа особо изысканно.

Были на ней узенькие трусики из какого-то кружевного материала, туфли на высоких каблуках, черные чулки на резинках, а сверху черная и совершенно прозрачная шелковая блузка. Увидев Лику, Виктор уронил портфель. Лика густо покраснела и, сдернув с вешалки кожаную куртку Сергея, мгновенно в нее завернулась. Нельзя сказать, что это сильно поправило положение, потому что блузку и трусики куртка задрапировала, а вот на то, чтобы прикрыть смугловатые полоски кожи над чулками, ее не хватило, и вид у Лики стал просто вызывающим.

— Иди накинь что-нибудь, — буркнул Сергей, досадуя в душе на себя, Лику и Виктора одновременно. — И дай поесть, мы не обедали.

— Ну, подруга, — сказал Виктор, когда Лика, переодевшаяся в джинсы и майку, собрала на стол, — всякое я видел в жизни, но такого еще не приходилось. Ты в этом виде на работу ходишь?

— Нет, — ответила Лика, играя глазами. — Это только для мужа. Ну и для тебя, раз зашел. Как бизнес?

— Хреново, — честно признался Виктор и рассказал про коллег из НИИ и про встречу с Мусой.

К его удивлению, Лика ничуть не расстроилась.

— Мальчики, — сказала она, — я с самого начала знала, что вы к этому придете. Хотите, я вам организую поставку персоналок?

Сергей чуть не подавился куском картошки. Ликины подвиги на интимном фронте отнимали у него столько сил и времени, что за все месяцы семейной жизни он не удосужился поинтересоваться, какие функции его жена выполняет в своем главке. Первой неожиданностью, хотя и не оцененной им по достоинству, было то, что Лика действительно в мгновение ока зарегистрировала кооператив. А теперь оказывается, она и компьютеры может добывать. Только сейчас Терьяну впервые пришло в голову, что он толком не знает, чем занимается его жена с девяти до шести с понедельника по пятницу. И что она представляет собой в деловом плане — ему тоже было неведомо.

— Есть один человек, — продолжала говорить Лика. — Француз. То есть наш, конечно. Но француз. Он может сделать. Хотите, познакомлю?

— А как мы их купим? — поинтересовался Виктор. — У нас же, кроме счета в банке, ничего нет. А на счете три тысячи деревянных.

— Пусть это вас пока не беспокоит. — Лика потянулась к телефону. — Звонить?

И, получив с обеих сторон кивки, она набрала номер.

— Серж, — сказала Лика в трубку, — это я. Скажи, то предложение еще в силе? Да, есть вариант. Погоди, я спрошу. Ребята, — она прикрыла трубку ладошкой, — француз предлагает встретиться прямо сейчас. Едем?

Серж Марьен проживал в гостинице «Россия» и встретил их в вестибюле, сунув что-то в руку швейцару, принявшемуся бормотать про поздний час и пропускной режим. Расцеловавшись с Ликой, что неприятно удивило Сергея, Марьен пожал ему и Виктору руку и повел их в свой номер.

— Что будем пить, господа? — спросил он, устраиваясь в кресле. — Виски, коньяк, джин?

Господа переглянулись и дружно выбрали виски.

— А твое вино, — сказал Серж, обращаясь к Лике, — вчера кончилось. Хочешь коньяку?

И Сергей снова почувствовал неприятный укол в сердце. Оказывается, Лика не просто знает какого-то француза, есть, видите ли, и вино, которое она предпочитает всем остальным, только он, ее муж, в отличие от этого типа, не имеет о данном факте жизни ни малейшего представления.

На вид Сержу Марьену было не больше тридцати. Внешне он скорее напоминал алкаша-бухгалтера, чем акулу бизнеса: рыжеватые, торчащие ежиком и уже начавшие редеть волосы, круглое лицо с пухлыми щеками, украшенными красноватыми прожилками, толстые мокрые губы. За толстенными линзами огромных очков моргали неопределенного цвета глазки, сильно увеличенные в размере. Француз был одет в белую косоворотку, белые же парусиновые штаны и черный сюртук, заканчивающийся чуть выше колен. Зажатая в руке рюмка коньяка чуть заметно дрожала.

— Позвольте представиться подробнее, — сказал он и свободной рукой выудил из кармана веер визитных карточек. — Компания «Уорлд компьютер инкорпорейтед», штаб-квартира в Париже, филиалы в Лос-Анджелесе, Манчестере, Женеве и Сингапуре. Я — президент. Лика, милочка, представь наших гостей.

Узнав, что Сергей — Ликин муж, Марьен оживился:

— Должен вас поздравить, мсье, — очень искренне сказал он. — Ваша супруга — очаровательная женщина. И главное — с серьезной деловой хваткой. Вам чрезвычайно повезло.

С каждой минутой Сергею все меньше и меньше нравилось происходящее. То, что он и Виктор являются гостями Сержа и Лики, Терьян отметил и решил потом, дома, выяснить, в чем тут, собственно, дело. Тем временем Серж Марьен выражал свое восхищение высоким научным статусом посетителей:

— Очень приятно, что у меня наконец-то контакты с большой наукой. Россия — удивительная страна. Здесь — лучшие мозги в мире. Если бы у меня на фирме работали русские — о! — я был бы уже супербольшим. Так что ж, господа, будем делать совместный бизнес? Я предлагаю за это выпить. Cheers! — И Марьен ловко опрокинул рюмку коньяка.

— Слушаю вас, господа, — сказал он, откидываясь в кресле. — В чем ваша проблема?

Виктор очень лаконично соврал про то, что они с Сергеем являются крупными разработчиками математического обеспечения и в настоящее время испытывают ряд трудностей, связанных с временным отсутствием на складе необходимого запаса персональных компьютеров. Во время его рассказа Сергей заметил, что Лика одобрительно кивает.

— Ну что ж, — солидно заметил президент «Уорлд компьютер инкорпорейтед», — приятно иметь дело с такой крупной фирмой. Я могу сразу передать вам прайс-лист. Если вас это устроит, я тут же свяжусь с моими юристами в Цюрихе, они подготовят контракт. Вы будете платить в долларах, фунтах, франках? При оплате в долларах дискаунт полтора процента.

Виктор заглянул в протянутый ему ценник.

— Скажите, Серж, — спросил он, — у вас здесь цены во французских франках? А как это переводится в доллары?

— Примерно пять франков — доллар, — ответил Марьен.

— Тогда непонятно, почему так дорого, — покачал головой Виктор. — У нас в Институте в прошлом году покупали, было дешевле.

— Все зависит от размера партии, — объяснил Марьен. — Эти цены действуют до одной тысячи штук. После тысячи будет специальный дискаунт. Если будете покупать больше пяти тысяч, дискаунт может составить сорок процентов. Вы сколько возьмете?

Виктор и Сергей переглянулись, потом, не сговариваясь, посмотрели на Лику.

Она с трудом сдерживала улыбку.

— Серж, — сказала она, — мы все — партнеры. И хотим взять на пробу несколько штук — пять или шесть. Ну десять. А платить хотим рублями.

— Рублями! — Серж нахмурился. — Это не деньги. Что я буду делать с вашими рублями? Это не деловой разговор.

— Мы же не Госбанк, — вставил слово Терьян. — С нами за работу рублями рассчитываются. Так что чем богаты...

Марьен глубоко задумался. Налил ребятам еще виски, себе и Лике — коньяку и наконец сказал:

— Ладно. Ради вашей партнерши и для начала бизнеса. Я поставлю вам десять отличных компьютеров за рубли.

Виктор ткнул Сергея в бок.

— Цены в рублях, — продолжал Марьен, — будут вот такими.

Он что-то нацарапал на листке и протянул его Виктору. Сергей заглянул в бумажку: простейший компьютер за полторы тысячи долларов встанет им в сорок тысяч рублей. В то время на черном рынке доллар стоил десятку. Получалась чуть ли не тройная цена. Доктора наук переглянулись.

— Зато вы платите рублями, — как бы угадав их реакцию, сказал Марьен. — Наличными. Вы не меняете их на черном рынке, вас не ловит полиция, вы не садитесь в тюрьму. Что я буду делать с рублями — мое дело. И я не прошу деньги вперед. Получаете аппарат — платите деньги.

— При такой цене мы ничего не заработаем, — возразил Виктор. — Если вообще хоть что-то продадим.

— Продадите, — уверенно заявил Серж. — И отлично заработаете. Вот такой компьютер, — он ткнул пальцем в самую дешевую модель, — стоит здесь на рынке не меньше сорока пяти тысяч. Три тысячи — на накладные расходы. — Увидев, что Виктор и Сергей его явно не понимают, он пояснил:

— Три тысячи дадите тому, кто будет у вас покупать. В руки. Остается две. Умножаем на десять. Получаем двадцать тысяч. Делим на троих. Получается семь.

За месяц работы каждый из вас зарабатывает на новую машину. «Жигули». И делать ничего не надо. У нас в Париже таких заработков нет.

— Нам же еще программистам платить, — не сдавался Виктор.

— Каким программистам? Что они будут программировать? Я же вам не пустые машины отдаю, там уже кое-что стоит. Ну добавите, не знаю, русский шрифт, что ли.

Виктор тем не менее не сдался и продолжил торговлю. В конце концов ему удалось выбить десять процентов скидки.

— Только ради вашей дамы, — сокрушенно сказал Марьен. — И, как говорится, для почина. Ну, давайте выпьем за начало совместной работы.

Домой Сергей и Лика добирались на такси. Молча. Когда вошли в квартиру, Сергей спросил:

— И давно ты знаешь этого хмыря?

— У нас в главке с ним четыре кооператива работают, — ответила Лика. — А что?

— А то, что мне как-то не очень нравятся ваши отношения, — Сергей ушел на кухню и закурил. — Мне даже на минутку показалось, что мы с Витей к вам в гости пришли. И что это за поцелуи при встрече?

— Ты никак ревнуешь! — ахнула Лика. — Господи, дождалась наконец-то. А то уж я решила, что со мной что-то не так. Ну слава у! Беги-ка, стели постель, а я быстренько в душ. Потом договорим.

К утру неприятные воспоминания о президенте «Уорлд компьютер инкорпорейтед» полностью вытравились из памяти Терьяна, и не удивительно — ему практически не удалось поспать. Когда Сергей встал и начал нащупывать ногой тапочки, то почувствовал, что его покачивает. Лика уже копошилась на кухне.

— Живой? — сочувственно спросила она. — Ну, Сережка, сегодня ты меня умотал. Объявляю сутки отдыха.

Сергей тяжело опустился на табуретку, поковырял вилкой творожный пудинг и отодвинул тарелку.

— Скажи, а чем мы будем платить за эти чертовы ящики? — спросил он.

— Деньгами, — ответила Лика. — Только не своими. Подпиши договор с этим, как его, Мусой, он тебе переведет за сколько-то там компьютеров, получишь в банке наличными. Потом отдашь Сержу, возьмешь технику, передашь Мусе. И все дела!

— А что этот Серж будет делать с рублями? — не отставал Сергей.

— Тебе-то что? — пожала плечами Лика. — Пристроит куда-нибудь. У него дел много.

И машина закрутилась. Каждая операция начиналась с того, что Сергей или Виктор посещали очередную организацию, договаривались с начальником, который быстро уяснял, что его подпись стоит сколько-то раз по три тысячи, выясняли потребность, звонили Сержу и узнавали, когда будут компьютеры. Потом подписывали договор, принимали деньги на счет, снимали наличные и шли расплачиваться за технику. Правда, ее получение носило специфический характер.

Сам Серж не брал в руки ни копейки. В условленный день все трое встречались, и Марьен молча показывал бумажку с адресом и именем человека. В руки бумажку не давал, заставлял переписывать. Потом Сергей с Виктором на машине Терьяна ехали по этому адресу и вручали деньги, которые тут же пересчитывались. Виктор проверял технику, они загружали ее в автомобиль и везли конечному потребителю, где сдавали по акту.

— Тебе не кажется, что мы что-то не то делаем? — спросил Сергей после очередной операции.

— Иногда кажется, — кивнул головой Виктор. — Вроде бы я начал сомневаться в этой его «Уорлд компьютер». Похоже, данный гешефт — единственное, чем он занимается.

— Интересно, а нам за это ничего не может быть? — поинтересовался Сергей.

— Черт его знает, кто он на самом деле. Мы же почти миллион через него перекачали. Миллион!

— Я уже думал. Смотри, мы вроде бы все по закону делаем. Кооператив есть? Есть. Договора есть? Тоже есть. Деньги нам переводят исключительно по договорам. Верно? Верно. Наличными в банке можем брать сколько хотим. Правильно? Правильно. Если бы не по закону, черта с два нам каждую неделю по сто тысяч выдавали бы. У частных лиц можем покупать все, что захотим. Договор купли-продажи подписали — и путем. Клиентов не обманываем? Нет. Зарплату свою честно получаем, по ведомости. Подоходный налог отдаем, прочие налоги тоже. В общем, единственная штука — это три тысячи с машины, которые мы выплачиваем начальникам. Ну и что?..

За исторически ничтожный период компьютеризация страны, о которой столько было сказано высоким партийным и советским руководством, осуществилась силами тысяч кооперативов, обменивавших чудо-технику тайваньского производства на рубли, металл, вторсырье и минеральные удобрения. Едва ли не в одночасье была уничтожена целая отрасль, относящаяся к одному из девяти суперэлитных засекреченных министерств. И цена оказалась невысокой: по три тысячи с компьютера — в руки.

На рынке наступили трудные времена. Сергей и Виктор почувствовали это очень быстро, когда одно за другим стали разваливаться, не превращаясь в договора, устные соглашения, еще вчера казавшиеся незыблемыми. Появились крупные специализированные фирмы, которые монтировали компьютерные сети и тысячами штук выбрасывали на рынок суперсовременную технику. Для авантюристов с кооперативной печатью в кармане оставалось все меньше и меньше места.

К середине лета чистый навар «Инициативы» превысил триста тысяч рублей.

Наличные были сложены в две хозяйственные сумки и хранились у Сергея дома.

Роковым для кооператива стал контракт с институтом экономики транспорта.

Первоначально этот институт приобрел четыре компьютера и намеревался в ближайшие дни купить еще десять. Хотя Виктор и Сергей всегда следовали железному правилу — не платить деньги Марьену, пока не подписан договор, — в данном случае они сочли возможным от этого правила отступить. Дело в том, что им позвонил Марьен и предложил небывалую скидку — у него как раз образовалось десять компьютеров, и он готов отдать их по двадцать пять тысяч. Прикинув, что эта сделка чуть ли не вдвое увеличит капитал компании, Виктор и Сергей переглянулись и тут же поехали к представителю заказчика — заместителю директора института по хозяйственной части Кузнецову.

Замдиректора, уже получивший двенадцать тысяч за четыре аппарата, приобретенных ранее, встретил кооператоров с распростертыми объятиями, запер дверь кабинета и достал из сейфа бутылку коньяка.

— Мы насчет второй поставки, — сказал Виктор, пробуя коньяк и отмечая про себя, что вкусовые пристрастия их контрагента с момента последней встречи заметно улучшились. — Нам надо подписать приложение к договору еще на десять машинок. Ну и деньги, конечно...

Контрагент заметно поскучнел и почесал затылок.

— У нас со сметой сейчас не очень, — признался он. — Конечно, потребность есть. Но вот не знаю, как шеф отнесется, — он показал пальцем в стену, за которой находился кабинет директора. — Может, в следующем квартале?

— В следующем квартале ситуация изменится, — твердо ответил Виктор. — Надо сейчас. Под вас уже подготовлена партия. И еще. Мы можем изменить условия.

Он показал контрагенту заранее подготовленную бумажку, на которой цифра «три» была жирно перечеркнута красным фломастером, а рядом фигурировала цифра «пять».

Кузнецов попытался скрыть промелькнувшую в его глазах искру и сделал вид, что думает.

— Я должен посоветоваться, — подвел он черту под своими размышлениями. — Подождете в приемной?

Выйдя вместе с Виктором и Сергеем в приемную, замдиректора посадил их в кресла и нырнул в соседний кабинет. Не было его почти час. Потом вышел и коротким кивком головы пригласил компьютерных магнатов к себе.

— Трудно, конечно, — сказал Кузнецов, снова разливая коньяк. — Но шеф обещал. Будет выбивать дополнительные фонды в министерстве. Он уже звонил, там сказали, что выделят. Дело-то важное, — он подмигнул ребятам, — информатизация отрасли. Но там тоже, — замдиректора прикрыл рот ладонью, — нужно будет учесть.

Виктор посмотрел на Сергея. Тот откинулся на спинку стула и прикрыл глаза.

— Есть конкретные пожелания? — спросил он.

Замдиректора достал из кармана бумажку, перечеркнул цифру «пять» и написал рядом «семь».

— Мы так не можем, — пожал плечами Сергей. — Такого сейчас не бывает.

Начался торг. Эзоповско-кооперативный тезаурус включал в себя отдельные слова, красноречивые жесты и переходящие из рук в руки бумажки, на которых писались, зачеркивались и вновь писались цифры. Время от времени Кузнецов вскакивал, убегал в кабинет шефа, возвращался и с новыми силами включался в процесс. Наконец решение было найдено. Компромисс заключался в том, что волшебная цифра «пять» принималась, но делилась при этом на две неравные части: «четыре» и «один». И «четыре» нужны были немедленно, потому что — тут замдиректора изобразил целую пантомиму — выбивать фонды сверх утвержденной сметы с пустыми руками не ездят. А остаток — при подписании договора.

— То есть как? — не понял Виктор. — Мы сначала отдаем и только потом подписываем договор?

— Ну конечно же, — Кузнецов начал терять терпение. — Вы же понимаете, пока нет фондов, наша бухгалтерия договор не завизирует. А без визы шеф не подпишет. Потому что не имеет права. И договор не будет иметь юридической силы.

Виктор посмотрел на Сергея. Тот кивнул, подтверждал.

— А за фондами надо ехать… — продолжал замдиректора. — Ну, тут я уже все сказал. Думайте.

— И какие же будут гарантии? — спросил Сергей, мгновенно сообразив, что сморозил глупость. Какие могут быть гарантии, если деньги просто переходят из рук в руки? Не расписку же с этого типа брать?

Кузнецов красноречиво пожал плечами. Это означало, что если вы, быдло кооперативное, просите гарантий у серьезных государственных людей с большим партийным стажем, то просто не понимаете, как устроена жизнь.

— Ладно, — сказал наконец Виктор. — Через час мы вернемся.

Через час они вручили замдиректора сорок тысяч рублей.

— Ну и лады, — сказал Кузнецов, небрежно смахивая пачки с деньгами в ящик стола. — Шеф уже едет в министерство, так что в четверг подпишем договор. Готовьте поставку.

Из автомата партнеры позвонили Марьену.

— Серж, — сказал Виктор в трубку, — у нас все на мази. В четверг подписываем договор, в пятницу нам все перечисляют. Значит, в среду на будущей неделе — крайний срок — забираем партию.

— Вот что, Виктор, — медленно и внушительно произнес Марьен, — так бизнес не делают. Я дал вам исключительное предложение. Прекрасная техника. Белая сборка. Демпинговые цены. Вы зарабатываете на этой партии почти вдвое. За этими компьютерами уже очередь. Ждать до среды я не буду. У меня сейчас сидят люди, они готовы немедленно дать мою цену плюс семь. Вот и объясни, зачем мне ждать до среды.

С трудом уговорив Марьена не принимать никаких решений хотя бы в течение получаса, Виктор повесил трубку, пересказал Сергею суть беседы и вопросительно посмотрел на него.

— Знаешь, — задумчиво сказал Сергей, — по-моему, он просто блефует. Я не уверен, что кто-то хочет платить немедленно и сидит в очереди. Рынок-то сжался. Давай у Лики спросим.

Они позвонили Лике в главк.

— Я даже знаю, кто сидит, — ответила Лика. — Один из наших кооперативов. У них срывается сделка, и уже начался скандал. А что вы телитесь? Деньги же есть.

— Рискованно, — оценил Сергей ситуацию, закончив разговор с Ликой. — Мы никогда еще не платили под неподписанный договор. Витек! Давай подумаем. В крайнем случае идем наверх, говорим этому хрену, что изменились обстоятельства, и забираем деньги назад.

Через несколько минут решение было принято. Но когда партнеры вернулись, замдиректора их откровенно не понял.

— Вы с ума сошли, — сказал он. — Шеф уже уехал в министерство. Все взял с собой. Вы там со своими железками можете делать что хотите. Когда ему подпишут фонды, тогда и заходите. Только учтите — мы по времени будем очень ограничены. Сами знаете, какая сейчас обстановка с финансами. Неделю я еще потяну, но потом заказ может и на сторону уйти.

— А наши сорок? — прямым текстом спросил Сергей.

— Если перестанете валять дурака и менять договоренности каждую минуту, заказ останется при вас. А если еще раз передумаете, тогда не знаю. Я же их не себе взял. Будем покупать у других — с них и получите.

Перспектива извлекать свои деньги из кого-то со стороны кооператоров никак не устраивала. В газетном и общественном лексиконе уже начал укореняться термин «разборка», и Сергей с Виктором хорошо представляли себе, что это такое.

— Ладно, — сказал Сергей. — Все остается, как договорились.

Выйдя на улицу, они снова позвонили Марьену.

— Вот и ладно, — весело сказал француз. — До четырех вечера деньги должны быть у меня. Технику можете забирать хоть сегодня. Встречаемся на Ленинградском.

За время работы с кооперативом «Инициатива» Серж Марьен успел обзавестись четырехкомнатной квартирой в начале Ленинградского проспекта.

Сергей и Виктор съездили за деньгами и к условленному часу были на квартире Марьена. Впервые за все время Серж принял деньги сам.

— Бросьте в угол, — небрежно заявил он, увидев в руках у ребят сумки. — Потом посчитаем. Технику будем проверять?

Проверка заняла около четырех часов. Когда Виктор упаковал последний компьютер, Марьен плеснул в стаканы виски, набросал кубиков льда и заявил:

— Ну вот что, братцы, я временно сворачиваю бизнес. Завтра самолет, лечу домой, в Париж. Так что сегодня последний вечер. Хотите, завалимся куда-нибудь?

Перспектива провести вечер в обществе Марьена ни Виктору, ни Сергею не улыбалась. Они по опыту знали, что Серж быстро напивается, начинает громко материться и приставать к окружающим. От иллюзий насчет истинной роли концерна «Уорлд компьютер» в международном деловом мире они уже избавились, то, что вынуждены иметь дело с самым заурядным спекулянтом и проходимцем, прекрасно понимали, хотя никогда и не обсуждали это меж собой, посему общение с Марьеном старались сводить к необходимому минимуму.

Выслушав вежливый отказ, Серж пожал плечами:

— Ну и ладно, не можете — значит, не можете. Давайте считать деньги.

Подсчет не занял много времени, поскольку все купюры, кроме одной пачки двадцатипятирублевок, были в банковских упаковках. А вот эта последняя пачка вызвала у Сержа недовольство. Большинство купюр в ней были заляпаны чернилами.

Швырнув пачку на стол, Марьен мотнул головой:

— Это не возьму. Я же вам технику сдаю в чистом виде — на нее ничего не льют, окурки о нее не гасят. Почему я должен принимать такие деньги? Замените.

Исполнить требуемое Сергей с Виктором не могли. Финансовые операции сегодняшнего дня полностью мобилизовали весь их оборотный и личный капитал. Из наличности оставалась только десятка, которую Сергей приберегал на возможные расчеты с гаишниками. Поупиравшись, Марьен в конце концов согласился, запихал спорную пачку в бумажник, широко зевнул. Провожая гостей до двери, он замялся на пороге и сказал:

— Вот что, ребята. Хочу вам дать один совет. Будете делать здесь бизнес — пригодится.

— Давай совет. — Виктор опустил на пол компьютер.

Серж обнял партнеров за плечи и зашептал:

— Никогда не имейте дело с нашими. Ну, с эмигрантами. Раз и навсегда запомните: если человек там чего-то добился, он в Совдепию в жизни не сунется. Сюда едут только те, кому пособия по безработице на жизнь не хватает. Может, лет через пять будет по-другому, а пока запомните то, что я сказал. Потом спасибо скажете. Вы на этом совете больше заработаете, чем на всех ваших операциях.

Кузнецов, которому Виктор позвонил на следующий день, был холоден и неприветлив:

— Вы что, каждые полчаса теперь будете названивать? — поинтересовался он. — Я же сказал — вопрос решается.

— А когда решится? — спросил Виктор.

— Не понимаю, ей-богу, — вздохнул замдиректора. — Я вам все сказал.

И бросил трубку.

В течение двух следующих дней Сергей и Виктор названивали в институт, но успеха это не принесло. Секретарша Кузнецова вежливо спрашивала, кто беспокоит, и после небольшой паузы сообщала, что шеф еще не пришел, только что вышел, находится на обеде, на совещании, у руководства…

На третий день, встревожившись не на шутку, партнеры появились у входа в институт за сорок минут до начала рабочего дня, твердо решив изловить недоступного контрагента и выяснить наконец, в чем дело.

Когда замдиректора, выйдя из служебной «Волги», увидел, что у подъезда его поджидают, он было сделал неуловимое движение в сторону машины, но, видимо, передумал и первым подошел к Виктору и Сергею.

— А, вы уже здесь! — фальшиво воскликнул Кузнецов. — Пропали куда-то. Ну пошли.

И повел их к себе в кабинет. Впрочем, коньяка замдиректора не предложил и вообще вел себя сугубо официально.

— Все в порядке, — сухо объявил он, передвигая на столе какие-то бумаги. — Вопрос решен положительно, фонды выделены, так что будем, значит, работать.

— Можем подписывать договор? — радостно спросил Виктор, открывая портфель.

— Ты погоди коней-то гнать, — остановил его Кузнецов. — Я же говорю, вопрос решен. И фонды подписаны. Но на конец года. Так что все в порядке. Вот в ноябре и закончим эту историю.

На дворе была середина лета.

— Стоп! — решительно сказал Виктор. — Мы так не договаривались. У нас техника на руках, мы, между прочим, свои деньги за нее отдали. Что же теперь — до конца года ждать?

— У вас деньги свои, — нахмурился Кузнецов, — а у нас — государственные. Что обещали, то сделали — фонды выбиты. Только получим их в конце года. И бросьте мне ваши штучки. Никто же ни от чего не отказывается.

— Это как понимать? — тихо спросил Терьян. — Речь шла, что подпишем через неделю. Мы за это заплатили. Так что либо давайте подписывать, либо — деньги обратно.

— Ах вот вы как! — замдиректора налился краской. — Я от вас что-нибудь брал? А ну скажите — брал? — Он перешел на шепот. — Ваши сорок отданы людям. Они решили вопрос. Могли бы ведь и не решить. Все уже подписано — и в финуправлении, и у министра. Что ж теперь, шеф пойдет в министерство и будет там говорить — отдай обратно и давай переподписывай? Не надо нам никаких фондов? Вы вообще понимаете, что несете? Тут все-таки государственная организация, а не кооперативная лавочка. Это вы у себя можете творить что угодно, — Кузнецов постепенно повышал голос, входя в раж. — Развели, понимаешь, бизь-несьменов, — с отвращением произнес он по слогам, — страну превратили черт знает во что! По улицам пройти невозможно, на каждом углу спекулянтские морды. Молодежь развращаете. Работать все прекратили, только торгуют. Посреднички! Никто ведь не производит, все только торгуют. Вот вы, к примеру, — сколько денег на вас государство извело, пока воспитало, обучило… Степени ученые вам для чего выдали — чтобы вы тут спекуляцию разводили? А на работе у вас знают, чем вы тут занимаетесь?

Он еще долго орал. Виктор и Сергей терпеливо ждали.

— Так как же все-таки наше дело? — спросил Терьян, когда замдиректора перевел дух.

— А я вам все сказал, — недоуменно ответил Кузнецов. — Приходите в ноябре, рассмотрим ваше предложение, обсудим, потом будем принимать решение.

— Поехали ко мне на работу, — сказал Виктор, когда они оказались на улице. — А то я уже три дня в лаборатории не показывался. Там поговорим.

В лаборатории у Виктора их поджидали два неприятных сюрприза.

Первый еще можно было предвидеть — со своими ребятами Виктор не рассчитывался уже два месяца, и у них накопились вполне обоснованные претензии.

Примерно на четыре тысячи. Программисты требовали свое, а денег не было ни копейки. Наличествовали только десять компьютеров, которые решительно некуда было девать. До ноября. Но, учитывая настроение замдиректора, и ноябрьская перспектива выглядела довольно зыбкой. Состоялся неприятный разговор.

— Виктор Павлович, мы же в эти дела не вникаем, — решительно заявили сотрудники. — Техникой не торгуем. Нам была обещана зарплата. Два месяца нормально ждали. Сколько еще? Неделю, две? Вы скажите, мы подождем. Но чтоб уж точно.

Не успел закончиться этот разговор, как на столе у Сысоева проснулся телефон. Звонил заведующий кадрами Бульденко.

— Товарищ Сысоев? — вопросил он в трубку. — Зайдите, пожалуйста. Странный звонок тут у меня был, — произнес завкадрами, предложив Виктору стул. — Из… — Бульденко заглянул в какую-то бумажку, — из института экономики транспорта. Говорят, что имеют дело с каким-то кооперативом, а его председатель якобы работает у нас и представляется вашим именем. Спрашивают, работает ли у нас такой Сысоев, а если работает, то правда ли, что он доктор наук и вообще. Вам понятно, о чем тут идет речь?

— И что вы им ответили? — спросил Виктор, испытывая исключительно неприятное чувство.

— Как положено, — пожал плечами Бульденко. — Отдел кадров по телефону справок не дает, мы тут не справочное бюро. Им что-то нужно, пусть присылают письменный запрос. У вас действительно кооператив?

— А что — нельзя? — спросил Виктор.

— Почему нельзя? — удивился Бульденко. — Если все по закону, то можно. И партия поддерживает. Я ведь почему спрашиваю? Партвзносы — раз, разрешение на совместительство должно быть — два, кадры должны быть в курсе — три, дирекция — четыре. Так что имейте в виду.

— Сука он! — подытожил Терьян, когда Виктор рассказал ему о разговоре с Бульденко. — Я Кузнецова имею в виду. Это он нас пугать начинает. Звонок в кадры… Может еще что-нибудь выкинуть, чтобы мы не возникали насчет денег. Неприятно все это.

Посоветовавшись, друзья решили еще раз навестить замдиректора и выяснить отношения до конца. Удалось им это только через три дня.

— Конечно звонил, — холодно сказал Кузнецов, когда партнеры задали ему прямой вопрос. — Вы ходите, представляетесь учеными, а занимаетесь, понимаешь, торговлей. Я должен знать, с кем имею дело. И потом, у нас тут проверка ожидается. Начнутся вопросы — у кого покупали, за какие деньги, откуда техника. Что я буду показывать? Ваши филькины грамоты? — Он потряс в воздухе четырьмя актами купли-продажи, в которых фигурировали ранее приобретенные компьютеры. На актах были подписи председателя кооператива «Инициатива» Виктора Сысоева и тех людей, чьи имена значились в бумажках Марьена. — Кто эти продавцы? А если это уголовники? Или наркоманы какие-нибудь? Я же их не знаю. А вдруг я с вашей помощью на государственные деньги бандитов содержу? Придут, спросят, — замдиректора покосился на один из актов, — известен ли вам некий Ицикович, он же Зильберман, он же Сидоров, он же Ванька, к примеру, Каин? Вы точно знаете, где он взял вычислительную технику, которая теперь висит у вас на балансе? А известно ли вам, что эта машинка была украдена на почтовом ящике? Это я для примера говорю. А я что отвечу? Что мне все это подсуропил какой-то там Сысоев из «Инициативы»? Пойдут искать — нету, к примеру, никакого Сысоева. И что тогда? Так что, братцы мои, бизь-несь-мены хреновы, я про вас все знать обязан. Мы тут, понимаешь, не Ваньку валяем, а блюдем государственный интерес. И социалистическую законность.

— Что ж ты у него не спросил, куда он заткнул свою социалистическую законность, когда брал с нас, паскуда, по три тысячи? — спросил Терьян, когда они вышли на улицу.

— А это что-нибудь изменило бы? — пожал плечами Виктор. — Он на нас неплохо заработал. Двенадцать тысяч получил? Как с куста! И еще сорок. И прекрасно понимает, что мы ему ничего сделать не можем. Не в милицию же нам идти. Ведь по всем правилам, мы ему взятку дали. Не докажем — не получим. А докажем — получим, только не деньги, а срок. За дачу взятки должностному лицу. Так что, Серега, похоже, что сорок тысяч придется списать на убытки. И про этого гада забыть. Тут других проблем куча — куда нам эти чертовы компьютеры девать, как с ребятами рассчитываться и что делать дальше.

— С ребятами рассчитаемся, если пристроим компьютеры, — резонно заметил Сергей. — Вот что делать дальше — это вопрос. А насчет компьютеров у меня есть идея. Помнишь, нас Серж торопил, говорил, что у него какие-то люди по семь тысяч сверх нашей цены дают? И Лика этих людей знает. Мы машины взяли — у них сделка сорвалась. Давай выйдем на них через Лику и отдадим технику.

— Серега, ты — гений. — Виктор обнял Терьяна. — Едем немедленно. А то как бы они не нашли эти машины где-нибудь в другом месте.

И друзья понеслись к Лике в главк.

— Чего тут сложного? — спокойно сказала Лика. — Они же все здесь у нас и сидят. Давайте познакомлю.

Председателя кооператива со звучным названием «Информ-Инвест» звали Бенцион Лазаревич. Бенциону было под шестьдесят, а телосложением и выражением лица он напоминал Колобка, только что отправившегося в полное приключений путешествие. Пожав Виктору и Сергею руки, председатель «Информ-Инвеста» начал немедленно рассказывать о деятельности своего предприятия, показывая при этом на стены, на которых были развешаны образцы продукции.

Выяснилось, что ни к информации, ни тем более к инвестициям кооператив Бенциона Лазаревича отношения не имел. То есть первоначально что-то такое планировалось, и имелся даже иностранный партнер, фирма с названием не менее звучным, чем «Уорлд компьютер», но потом Бенцион Лазаревич решил заняться производством.

— У меня на Семеновской штамповочный цех, — говорил он, кося глазом. — Мужики делают тазики для белья из полистирола. Сто тазиков в день. Себестоимость — рубль. В ЦУМ, в «Москву», еще кой-куда сдаю по два двадцать. Там по десять процентов накидывают и продают. Так очередь стоит, люди записываются. Плачу работягам по восемьсот чистыми в месяц. Нормально? Еще там же — два пошивочных цеха. Девочки работают, — Бенцион Лазаревич причмокнул языком, — из техникума. — Он запустил руку в ящик стола и достал оттуда ворох кружевных женских трусиков. — Смотрите, чего делают. Видели такое в продаже? Я заезжаю иногда, говорю: девочки, сегодня — примерочный день. Демонстрация перспективных моделей. Нормально, тут же все с себя скидывают, начинают примерять. А девки — загляденье. Вышколенные! Скажу «шей» — шьют, скажу «соси» — сосут. Тут комиссия приходила, я дал команду двум самым лучшим, так эта комиссия только к утру на четвереньках расползлась. Я им по триста в месяц плачу и по двадцать пар изделий раздаю бесплатно, сами распродают и хорошо имеют. Видите, как я тут все устроил, — он провел рукой, демонстрируя кабинет, — у них здесь раньше профсоюзный комитет заседал. Я пришел, директору отстегнул, этой их профсоюзной бабе трусики подарил — кабинет мой. Да еще раз в месяц распродажу в главке устраиваю. В магазине такие трусишки по четвертному выходят, а здесь я по десятке отдаю. Знаете, как хватают? Ну ладно, это все фигли-мигли. С чем пожаловали?

Виктор изложил предложение:

— Мы знаем, что вы неделю назад хотели взять у Марьена десять компьютеров. Но мы с ним раньше договаривались. Поэтому он нам отдал, а еще мы параллельно в другом месте взяли. Но сейчас нам столько не нужно. Так что если у вас есть интерес, можем помочь.

Бенцион Лазаревич расхохотался басом:

— Ну Марьен — на нем же пробу ставить негде. Ходил сюда со своими штучками, ходил, я его уже гнать начал. Звонит мне на прошлой неделе, чуть не плачет. У меня, говорит, товар залежался, никак не могу домой в Париж уехать, возьми, дорогой, по любой цене, только выручи. Ну, я подумал, мне эти хреновины как-то ни к чему, вот сынишка в школе учится, там у них компьютерный класс не оборудован, возьму, думаю, подарю школе. Все-таки доброе дело, да и аттестат не за горами. А тут вы товар и перехватили. Я, скажу прямо, обрадовался. Этого Марьена я к концу уже видеть не мог.

— Он нам говорил, что вы с ним по тридцать две тысячи сошлись, — сказал Виктор.

— По сколько? — изумился Бенцион Лазаревич. — Он меня уламывал, чтоб я по восемнадцать взял, я еще думал. Им красная цена — пятнадцать.

Ситуация складывалась более чем странная. Очередь из размахивающих бумажниками претендентов на технику Марьена постепенно превращалась в миф. До Виктора и Сергея начало доходить, что они стали жертвами одного из старейших трюков в жестоком мире бизнеса.

— Так что вот, ребятишки, — продолжал Бенцион Лазаревич. — А вам что — надо запарить технику?

Кооператоры кивнули.

— И некому? — уточнил Бенцион Лазаревич.

Они снова кивнули.

Бенцион Лазаревич подумал.

— Ну давайте попробую помочь. Только про тридцать две тысячи вы сразу забудьте, таких цен не бывает. Если сдадите по двадцать, считайте, что крупно повезло. Я с вас за комиссию возьму пять процентов.

— Мы должны подумать, — решительно сказал Сергей, видя, что Виктор заколебался. По прикидке, они теряли еще пятьдесят тысяч, не считая комиссии Бенциона Лазаревича.

— Ну думайте, только быстро, — тон Бенциона Лазаревича мгновенно изменился. — Я сказал, что могу помочь. Но не говорил, что всю жизнь буду помогать. Разницу чувствуете? Сейчас — могу. Ну так как?

Сергей быстро подсчитал в уме. Если отдать пять компьютеров по двадцать тысяч, то, с учетом комиссии, они выручат девяносто пять. Этого хватит, чтобы рассчитаться с накопившимися долгами, и еще немного останется. Плюс ко всему, появится время, чтобы продать еще пять компьютеров по сорок тысяч, хотя здесь придется побегать. Конечно, афера с удвоением капитала не проходит, но свои деньги они почти вернут.

— На ваших условиях можем продать пять аппаратов, — сказал он.

Бенцион Лазаревич кивнул и снял трубку.

— Семен, — сказал он, — а ну-ка зайди.

Семен Моисеевич был почти двойником Бенциона Лазаревича и возглавлял кооператив «Технология», присосавшийся к этому же главку.

— Семен, я тут тебе надыбал выгодную сделку. Пять первоклассных персоналок всего по двадцать пять штук, — Бенцион Лазаревич подмигнул Сергею и Виктору.

Вот, дескать, как я болею за ваши интересы.

Семен Моисеевич глубоко задумался.

— Двадцать две, — наконец заявил он. — И то, если техника уже на складе.

— На складе, — кивнули Сергей и Виктор.

— И еще, — решительно сказал Семен Моисеевич. — Платить будешь ты, Беня. Ты не забыл, сколько ты мне должен?

Бенцион Лазаревич вылетел из кресла и забегал по кабинету, размахивая руками.

— Семен! — голосил он. — Ты же меня режешь без ножа. Я хочу помочь людям. У них есть техника, и она им не нужна. А тебе нужна. Я тебя знаю как серьезного человека. У нас есть отношения! А теперь ты хочешь, чтобы я вынул деньги из оборота. Побойся бога, Семен!

— Не надо из оборота, — Семен Моисеевич следил глазами за причудливой траекторией движения Бенциона Лазаревича. — Отдай продукцией. Трусики давай. И скидку — двадцать пять процентов.

— Семен! — Бенцион Лазаревич встал как вкопанный и, покраснев, уставился на Семена Моисеевича. — Ты знаешь, сколько я зарабатываю. Двадцать пять — это я работаю в убыток. И потом — я же тебе должен обеспечить сбыт. Семь процентов — и я отдаю тебе свои каналы.

Бенцион Лазаревич и Семен Моисеевич торговались долго, не меньше часа.

Виктор и Сергей наблюдали за происходящим с подлинным интересом — такого им еще видеть не приходилось. Наконец было достигнуто нечто вроде соглашения.

— Все! — сказал Семен Моисеевич, доставая платок и вытирая лоб. — Везите ваши железки.

— А договор будем подписывать? — поинтересовался Виктор, протягивая руку к портфелю.

— Договор? — Семен Моисеевич на секунду задумался. — Так его же еще составить надо.

— А у нас стандартный, — сказал Виктор, доставая заготовленный бланк.

Семен Моисеевич долго изучал текст, шевеля губами.

— Не пойдет, — наконец заявил он, покачав головой. — Вы что, не поняли, о чем мы договорились?

— О чем? — спросили замороченные доктора наук.

Семен Моисеевич придвинул к себе лист бумаги, достал из нагрудного кармана авторучку и начал объяснять. Как выяснилось, договоренность выглядела следующим образом. Кооператив «Инициатива» продает кооперативу «Технология» пять компьютеров за сто десять тысяч рублей. Но денег у кооператива «Технология» нет. Зато у кооператива «Информ-Инвест» есть долг перед кооперативом «Технология». И в счет этого долга кооператив «Информ-Инвест» передает кооперативу «Технология» дамские трусики по цене реализации минус семь процентов. Кооператив

«Технология» продает эти трусики и рассчитывается с кооперативом «Инициатива». Теперь понятно?

— Непонятно, — Сергей замотал головой. — Мы отдаем технику сейчас, а деньги получаем неизвестно когда. А если вы эти трусики не продадите? Или продадите, но не вернете деньги?

Бенцион Лазаревич и Семен Моисеевич посмотрели друг на друга и захохотали.

— Вы ж не понимаете, — отсмеявшись, сказал Бенцион Лазаревич. — Это ж товар номер один. Девочкам надо красиво одеваться — это ж закон природы. Так им еще надо красиво раздеваться, поняли меня? Ты посмотри. — Он сунул Сергею ворох трусиков. — Ты такое в продаже видел?

В продаже Сергей такого не видел и видеть не мог. Потому что соответствующие отделы в магазинах он не посещал. Но ему показалось, что нечто подобное есть в арсенале у Лики, и это частично решало вопрос.

— А насчет гарантий, — вмешался Семен Моисеевич, — какие ж тут гарантии? Вот я, вот Беня. Нам люди миллионы доверяют, а тут какие-то сто тысяч — тьфу!

— Погоди, погоди, Семен, — перебил его Бенцион Лазаревич. — Мужики правильно говорят. Давай так оформим, чтобы товар на них пошел. Вот и гарантия.

Теперь уже по кабинету забегал Семен Моисеевич.

— Что ты делаешь? — кричал он. — Что ж ты делаешь, Беня! Мы ударили по рукам на моих семи процентах скидки. Ты мне должен деньги, так? Я что, считаю тебе проценты? Я включаю тебе счетчик? Я к тебе отношусь как к брату. Ты мне даешь заработать — пусть семь процентов, пусть копейки, я согласен. А теперь ты все отдаешь людям. А я семью должен кормить?

Торговля возобновилась и заняла еще с полчаса. Наконец Бенцион Лазаревич перевел дух и обратился к Виктору и Сергею:

— Ну, вам понятно?

Те замотали головами. Теперь уже за бумагу взялся Бенцион Лазаревич.

— Смотрите сюда. Вы отдаете компьютеры Семену. Я гашу свой долг перед ним своим товаром. Он гасит свой долг перед вами этим же товаром. Я даю скидку десять процентов: пять вам, пять Семену. Вы продаете товар и получаете деньги. Раз товар у вас, значит, и с гарантиями вопрос решен.

Сергей начал понимать, что от торговли компьютерами они постепенно переходят к торговле принадлежностями дамского туалета, и восторга не испытал.

— Экономику посмотрите, — заторопился Бенцион Лазаревич. — Вот за столько вы продаете. Вот навар. За две недели отобьете все. Вот это отдаете Семену. Где риск? Никакого риска!

Сергей почувствовал, что Виктор толкает его ногой, и, посмотрев на него, увидел, что тот утвердительно кивает.

Соглашение было достигнуто. В течение дня компьютеры должны были поступить к Семену Моисеевичу, а Бенцион Лазаревич связался со своим пошивочным цехом и дал команду паковать трусики для кооператива «Инициатива».

Бенцион Лазаревич подмигнул партнерам:

— Там такая Верочка есть — закачаетесь. Так уж и быть, для хороших людей ничего не жалко. Теперь смотрите. — Он снова придвинул к себе лист бумаги. — Я могу дать свой сбыт. Но здесь вы только свои пять процентов отобьете, ну и семеновские тоже. А если сами пойдете договариваться, то можете цену накинуть. И возьмете не пять процентов, а все пятнадцать. Улавливаете? А товар — классный, уйдет влет.

Когда компаньоны уже направились к двери, Бенцион Лазаревич их окликнул:

— Эй, вы куда? Не забыли, о чем договаривались?

— О чем? — спросил Сергей.

— Как это? Ну-ка, посмотрите сюда. — Бенцион Лазаревич схватился за калькулятор. — Пять компьютеров по двадцать две. Получается сто десять. Так? Считаем мои пять процентов комиссии. Получаем пять пятьсот. Я свою работу сделал. Давайте рассчитываться.

Убийственно четкая логика Бенциона Лазаревича никак не могла изменить тот очевидный факт, что денег у партнеров не было вовсе. Виктор тем не менее пообещал решить вопрос сегодня же, и друзья, прежде чем отправиться за компьютерами, зашли к Лике.

— В общем, договорились, — ответил Виктор на Ликин вопрос о результатах переговоров. — Сережка, правда, нос воротит, не хочет, пардон, трусиками торговать. А я так думаю, что компьютерный бизнес потихоньку сворачивается, все равно придется искать что-нибудь новенькое. Вот в антракте трусики и сгодятся. Правда, тут у нас проблема возникла на ровном месте. Этот твой Бенцион требует комиссию — пять с половиной тысяч. Причем немедленно. А мы на нуле.

— Пять с половиной? — Лика задумалась. — Ребята, я могу достать. Хотите?

Получив согласие, она выскочила из комнаты и через пять минут вернулась с конвертом.

— Взяла на неделю. Без процентов!

Сергей чмокнул Лику в щечку, то же самое, с его разрешения, проделал Виктор, и они вернулись к Бенциону Лазаревичу. Тот высыпал на стол двадцатипятирублевки, дважды их пересчитал, сложил обратно в конверт и позвонил по телефону.

— Ахмет, — сказал он, — там как, товар для «Инициативы» пакуют? Лады. Они к вечеру подъедут, можно отпускать.

Когда компаньоны вышли из кабинета Бенциона Лазаревича, Сергей почувствовал, что несколько минут назад произошло что-то очень важное. Словно бы на какое-то мгновение его глазам явилась картинка, предназначенная только для него, потом картинка пропала, а он так и не сумел ни опознать, ни угадать ее.

— Ты что загрустил? — спросил Виктор.

— Не пойму, в чем дело, — признался Сергей. — Что-то мне примерещилось. Чертовщина какая-то. Ты ничего не заметил?

Виктор красноречиво пожал плечами. Сергей еще не раз возвращался в мыслях к чему-то такому, что он увидел в кабинете Бенциона Лазаревича, силился вспомнить и неизменно терпел поражение. Но ощущение, что произошла какая-то большая беда, неизменно присутствовало.

Итак, пятнадцать коробок, в которых размещались пять компьютеров со всей периферией, перекочевали к Семену Моисеевичу, а их место в квартире Терьяна заняли другие пятнадцать коробок — с дамскими трусиками всех цветов и размеров.

На трусиках красовались разнообразные картинки и веселые надписи типа «Подойди поближе», «Не бойся, глупенький» и «Я сама».

Первые три коробки ушли по указанным Бенционом Лазаревичем адресам. На счет «Инициативы» капнули двадцать пять тысяч рублей. Но попытка пристроить туда же следующую партию успехом не увенчалась: за день до того отгрузку товара произвел сам «Информ-Инвест».

— А что вы хотите? — развел руками Бенцион Лазаревич. — Я же не могу вам эти каналы на всю жизнь отдать. Мне свой товар тоже куда-то девать надо. Ищите сами.

В течение недели Виктор и Сергей пытались самостоятельно пристроить товар, но терпели неудачу за неудачей. При виде товара у директоров магазинов загорались глаза, однако, услышав про цену, директора тут же скучнели и выкупать товар категорически отказывались. В одном месте директор, что-то посоображав, предложил взять товар на реализацию. Но компаньоны, узнав, что это означает расчеты по мере продажи, дружно отказались.

— Давай с Ларри поговорим, — предложил Виктор, замученный бесконечной беготней. — Может, он что-нибудь придумает.

Узнав, что Сергей и Виктор приторговывают трусиками, Ларри расхохотался до приступа кашля.

— Тоша, — просипел он в трубку, — у тебя кто-нибудь есть? Слушай, зайди ко мне. Ты сейчас такое узнаешь!

Платон, однако же, в веселье не впал, а заставил компаньонов рассказать все с самого начала.

— Вас надули, как щенков, — жестко сказал он, когда Виктор закончил рассказ. — Первое — никто и никогда за эти компьютеры больше тридцати штук наличными не отдавал. Вы просто вашему Марьену на каждой машине дарили по десять тысяч. А на последней поставке он вас просто провел — как детей. Вам что, посоветоваться не с кем было? Позвонили бы Ларри...

— Так вы же все время в разъездах, — начал было Терьян.

— Ну и что? Все телефоны известны. В гостиницу, на Завод — куда угодно. Ну ладно, чего уж там. А с этим Бенционом просто цирк. Вы что, не сообразили, что он со своим Семеном играет на одну лапу? Сами же говорите, что они сошлись на семи процентах скидки, так вы, умники, на пять согласились. В общем, они вам устроили обыкновенные ножницы — верно, Ларри?

Ларри кивнул.

— Какие еще ножницы? — робко спросил Виктор, начиная осознавать, что мир коммерции устроен несколько сложнее, чем казалось сначала.

— Ларри, объясни им.

— Ножницы, — начал Ларри, закуривая, — это такая штука. Им нужны ваши компьютеры. Они на них сбивают цену. Вот откуда они узнали, что у вас тяжелое положение, — это вопрос. А деньги платить вам не хотят. Придумывают историю про какие-то долги и рассчитываются с вами товаром. Понятно? А на него задирают цену. Это и есть ножницы. У вас взять по цене ниже оптовой, вам отдать по цене выше розничной. Они на вас два раза заработали.

— Стоп, — сказал Сергей. — Не получается. Мы же три коробки тряпок продали, и как раз по той цене, которую они называли.

Платон посмотрел на Ларри:

— Ну что с ними делать? Просто детский сад. Объясни им.

— Попробуйте туда же еще хоть одни трусики продать, — посоветовал Ларри. — Спорю, что не возьмут. Если возьмут, готов сам в этих трусиках по улице пройти. За то, что у вас три коробки взяли, этот «Информ» — как его там? — в то же самое место пять коробок за полцены сдал. Чтобы так на так получилось. И чтобы ты к нему с претензиями не ходил. Вы в рознице цену видели?

— Нет, — признались Сергей и Виктор. — Они же не лежат, их мгновенно разбирают.

— Да потому и разбирают, что у них цена — рублей двенадцать или пятнадцать. А вы пытаетесь за двадцать пять поставить. Да над вами уже пол-Москвы смеется.

— И что же теперь делать? — в один голос спросили незадачливые кооператоры.

Ларри посмотрел на Платона. Тот кивнул.

— Остаток я у вас заберу, — сказал Ларри. — Попробую разбросать. Конечно, про вашу цену лучше забудьте. Что смогу — сделаю. И сколько у вас компьютеров осталось? Возьму все. По тридцать штук.

Виктор и Сергей облегченно вздохнули.

— Вы погодите радоваться, — продолжал Ларри. — История у вас странная. Так просто на такие деньги не попадают. Кто-то вас вел с самого начала. У вас что ни операция, то подставка. На вашем месте я бы серьезно задумался.

— Ты что-нибудь понимаешь? — спросил Виктор, когда они вышли в коридор. — Он, наверное, книжек начитался.

— Не знаю, — сказал Сергей. — Помнишь, я тебе говорил — когда мы вышли от Бени, я что-то заметил. Знать бы что. Но есть у меня какое-то нехорошее чувство.

Ночью Сергею приснился сон. Он сидел на кухне с Бенционом Лазаревичем и продавал ему трусики. По двадцать пять рублей. «Мне надо своих девок приодеть, — говорил Бенцион Лазаревич, —

они у меня вышколенные; скажу „шей“ — шьют, скажу „соси“ — сосут. Так что ты уж мне подбери получше. Вот эти давай, с „Я сама“». И прикрывал каждую надпись двадцатипятирублевой бумажкой. «Нет, — донесся откуда-то сзади голос Сержа Марьена, — он такие деньги не возьмет. Мы тебе товар даем первосортный, непорченый, незаношенный, а ты какими деньгами платишь? Ты ими что, чернильницу вытирал?» Рука Марьена, протянувшись из-за спины Сергея, схватила заляпанные чернилами купюры и швырнула их в Бенциона Лазаревича.

Терьян рывком сел в кровати. В эту минуту абсолютной ясности он точно осознал и суть всего, что произошло, и полную правоту Ларри. Элементы так долго мучившей его головоломки чуть подвигались и с костяным стуком встали на свои места. Сергей покосился в сторону Лики — она продолжала спать, уткнувшись головой в щель между стеной и подушкой. Стараясь не шуметь, Сергей вылез из кровати, посмотрел на часы. Было около пяти. Он на цыпочках прошел на кухню, быстро оделся. Внутренний Ликин хронометр начинал срабатывать в шесть, так что время у него было. Взяв листок бумаги, он начал было писать, но передумал, скомкал бумажку и сунул ее в карман брюк. Взял сумочку с документами и ключами от машины, пересчитал деньги. Вышел и тихо закрыл за собой дверь.

Когда мимо него пролетел столб с шестидесятикилометровой отметкой, Сергей съехал на обочину шоссе, заглушил двигатель, вышел из машины и лег в траву.

Подложив руки под голову, он уставился в небо. Было около семи утра. Трава чуть шевелилась от ветра, и солнце, пробивавшееся через утреннюю хмарь, уже начинало припекать.

Сергей расстегнул рубашку, вытащил из сумочки сигарету, глубоко затянулся.

И с горечью подумал о том, что вот — ему еще сорока не исполнилось, а жизнь в общем-то кончилась. Да, он доктор наук, но наука его никому толком не нужна.

На семинары ходит все меньше народа, скоро вообще никого не останется. Все халтурят где-то на стороне. Женщины у него, конечно, были, правда, не так уж и много — девочка Марина из Новосибирска, жена Таня, Ленка. Потом Лика… Дочерей он не видел уже три года — Таня вышла замуж и переехала куда-то на Дальний Восток. Родителей нет. Друзей тоже нет. Вот разве Платон, но он по уши завяз в своем Проекте и больше ни на что не реагирует. То же и с Ларри. Виктор? Сергей очень близко сошелся с ним за последнее время, но когда он узнает… Терьян поежился. Что еще? Деньги? Шальные, по академическим масштабам, доходы последних месяцев прошли мимо него, не оставив никаких следов. Сигареты — те же, одежда — та же. В рестораны он не ходил. Несколько раз, правда, забегал на рынок, покупал, не глядя на цены, груши, клубнику, виноград — хотел порадовать Лику. Вот, пожалуй, и все.

Сергей сел за руль, проехал еще километров пять, нашел разворот и погнал обратно в Москву. Лучше перехватить Виктора до того, как он уйдет на работу. И сразу же поставить все точки над i.

— Что с тобой? — воскликнул Виктор, увидев Сергея в дверях своей квартиры. — Ты весь зеленый.

Сергей отодвинул Виктора в сторону и прошел на кухню.

— У тебя водка есть? Налей.

Выпил стакан, сел на стул. Помолчал. Жена Виктора Анюта заглянула на кухню, покачала головой и ушла в комнату.

— Налей еще, — попросил Сергей.

Виктор отодвинул бутылку в сторону.

— Ты скажи, что стряслось. Может, мне тоже не мешает принять.

— Тебе необязательно. Это моя проблема. Налей.

Дрожь в руках постепенно проходила. Сергей закурил.

— Витя, я хочу сказать тебе одну вещь. Ты только сядь и внимательно выслушай. Ларри был совершенно прав. Я теперь точно знаю, что и как. Мы столкнулись с отлично организованными аферистами. Должен сразу тебе сказать — в их компании моя жена Лика.

Виктор обалдело посмотрел на Сергея и разлил водку по двум стаканам.

Сергей погасил сигарету, закурил вторую и продолжил:

— Я считаю, что Лика с Марьеном прокрутили все это с самого начала. Спала она с ним, не спала — не знаю. Думаю, что спала. Лика точно понимала, что, раз она его привела, мы цены проверять не будем. И наверняка все, что мы ему платили, делилось между ними. Это она устроила суету с немедленной покупкой последней партии. И не кто иной, как Лика, первой сообщила нам, что есть какие-то конкуренты, которые сидят на чемоданах с деньгами и готовы немедленно забрать машины. Теперь эта история с Бенционом и Семеном. Я думаю, что если Лика и не сама все придумала, то участвовала в сговоре — наверняка. И тоже получила свою долю. Это все — одна шайка. Помнишь, я тебе говорил, мне что-то в кабинете у Бени померещилось? Я потом долго об этом думал и только сегодня ночью допер: для передачи Бене Лика принесла нам те же самые четвертные, которые мы отдали Сержу — он еще выпендривался, что деньги в чернилах.

— Ну девка, ну дает! — восхитился Виктор. — А ты-то что дергаешься? Из-за Марьена, что ли?

— Ты не понимаешь, — произнес Сергей, стараясь говорить отчетливо. — Мы с тобой затеяли это дело. И у нас все поровну. Теперь моя жена затевает свою игру. Мы теряем деньги. То есть ты теряешь. Потому что мой заработок должен складываться с заработком жены. И получается, что это мы с ней забрали твои деньги. А с кем она спала — с Сержем, с Беней, с Семеном или со всеми тремя вместе, — это мое дело.

Виктор потряс головой, как бы избавляясь от назойливой мухи, и уставился на Сергея.

— Ты это — серьезно? Ты на самом деле считаешь, что я могу так подумать? Ошалел?

— Не ошалел, — твердо сказал Терьян. — Все, что выручит Ларри, — твое. Я ни копейки не возьму. И вот еще. — Он полез в сумочку и выложил на стол ключи от машины. — Она сейчас тысяч пятнадцать стоит. Забирай. — Увидев, что Виктор протестующе поднял руки, Сергей торопливо продолжил: — Не смей возражать. Это моя жена, и я отвечаю за все, что она делает. Если ты мне друг, не говори больше ничего. Можно я у тебя посплю?

Анюта постелила Сергею на диване. Он лег, натянул на голову простыню и мгновенно затих. Виктор проводил Анюту на работу, посидел на кухне, подумал и позвонил Платону.

— Да, дела, — сказал Платон, выслушав всю историю до конца. — Ну и как он?

— Хреново, — сообщил Виктор. — Я даже не пойму, что его сильнее стукнуло. То, что она гуляет, или то, что она нас подсадила.

— Ну, если гуляет, это его проблема, — резонно заметил Платон. — Тут уж ничего не поделаешь. А с деньгами — объясни ты ему, чтоб не валял дурака. Ты ведь не думаешь, что он с ней договорился?

— Нет конечно. — Виктор прикрыл дверь на кухню. — Но он вбил себе в голову, что сам виноват и за все должен отвечать. Знаешь, его все-таки здорово зацепило, что она погуливает.

— Ну баба, — сказал Платон. — Зверь. Она ж его измочалила так, что он весь прозрачный стал. И еще кого-то на стороне имеет. Где только силы берет?

Сергей так и не смог заснуть. Дурман, нахлынувший от выпитой водки, исчез, как только он коснулся головой подушке. Он вспоминал прожитые с Ликой месяцы, и от этих воспоминаний его корчило. Ему казалось, что он смотрит телевизор и переключается с одного канала на другой. Вот вечер второго дня их знакомства. По дороге домой Сергей вспомнил, что должен купить колготки, зашел в магазин, смущаясь, ткнул пальцем в первый попавшийся на глаза пакет с иностранной надписью, заплатил в кассу. А дома все время гадал — придет, не придет. Когда же, услышав звонок, открыл входную дверь, то увидел Лику с двумя большими сумками. «Ну-ка возьми, — приказала Лика, — здесь еда». Быстро скинула белую синтетическую куртку, сняла сапоги и, вдев ноги в его старые шлепанцы, побежала на кухню. «Колготки купил?» — спросила она, накормив Сергея котлетами и напоив чаем. Потом заглянула в пакет и расхохоталась. «Господи, ну ты просто теленок, — веселилась Лика, растягивая в руках колготки, которые, будучи надеты, не достали бы ей и до середины бедра. — Ты что, никогда и никому колготки не покупал? Хорошо хоть не бюстгальтер, представляю, что́ бы ты принес». Переключатель каналов щелкнул. «Чур я в доле, — услышал Сергей и увидел Лику, сидящую за столом на кухне. — У вас там есть что-то шибко научное, и вы хотите это продать… Ну и продавайте на здоровье, а других людей кормить незачем. Я же вас не воровать зову, просто подсказываю, как правильно сделать…» Снова щелчок. «Невесту надо поцеловать», — сонным голосом и не отрываясь от подушки. И ее теплые руки. И губы. Щелк. Лика в постели в номере Марьена. Глаза полузакрыты, руки запрокинуты назад и до белизны в суставах сжимают спинку кровати. А рядом этот мокрогубый спекулянт. Щелк. «Ну, что скажешь, зайчик, я — классная девочка? У тебя хоть что-то похожее было? Только не врать, а то побью». — И дробь кулачками по его груди. «Честно говорю, никогда и ни с кем». — «Вижу, что не врешь. Смотри у меня, если будешь врать, то здесь, — показывает на голову, — кой-чего вырастет, а там все отвалится».

Щелк. Лика в кабинете Бенциона Лазаревича. «Прикрой дверь, — говорит Бенцион, — у нас сейчас будет демонстрация высокой моды. Ну-ка нацепи. — И выгребает из стола трусики с надписью „Я сама". — После примерки мы с тобой кое-чем займемся, а потом будем дивиденды распределять, усекла?» Лика расстегивает юбку, стягивает через голову блузку и опускается перед Бенционом Лазаревичем на колени. Щелк. «Это один из наших кооперативов, — слышит Сергей голос Лики, — у них поставка задерживается, и уже штрафы пошли, так что долго не раздумывайте».

Щелк. «Вот твоя доля, — говорит Марьен и засовывает в вырез Ликиной кофточки пачку двадцатипятирублевок. — Твое вино снова подвезли, давай сначала выпьем, а потом уже…»

Как это могло получиться? — повторял про себя Терьян. Кто она — потаскуха? Или просто потянуло на большие деньги? Как же ей удалось вот так обвести всех — и его, Сергея, — вокруг пальца? Где были его глаза?

Он не находил ответа.

После часа бессмысленного лежания Терьян встал, махнул рукой на уговоры Виктора остаться и поехал домой. Там никого не было. Он прошел по квартире, постоял, стащил со шкафа большой чемодан и стал запихивать туда Ликины вещи. К его удивлению, влезло все, кроме двух пар туфель и большого плюшевого медведя, которого ребята подарили им на свадьбу. Сергей вспомнил, как это было. Медведя притащили Платон и Виктор. Они вошли, держа его за передние лапы и заставляя семенить между собой. Лика захлопала в ладоши, схватила игрушку и весь вечер не спускала ее с колен. А когда все закончилось и ребята стали разъезжаться по домам, Лика забилась с этим медведем в угол дивана и, ни на кого не обращая внимания, стала тихо убаюкивать его, приговаривая что-то совсем детское. Первую ночь после свадьбы мишка провел в ногах их постели, все видя круглыми пластмассовыми глазами и прислушиваясь смешно торчащими полукружьями ушей. Да и потом он еще долго оставался немым свидетелем, пока в один прекрасный день Лика не отправила его в ссылку на шкаф, а на вопрос Сергея ответила, что медведя в это время года лучше не нервировать, иначе он может сбежать в лес к медведице.

Сергей нашел подходящий пакет, снял мишку со шкафа и уже начал было его упаковывать, как пальцы нащупали разошедшийся шов на спине и что-то твердое внутри. Он перевернул игрушку. Медведь, набитый темно-коричневым волокном, был наполовину выпотрошен. Внутри находились два пухлых конверта и две картонные коробочки. Сергей бросил медведя на пол, сел на стул и приступил к изучению найденного. Конверты особого интереса не представляли, поскольку находились в них, как и предполагал Сергей, деньги. Сорок тысяч рублей в банковских упаковках по две с половиной тысячи в каждой. Намного интереснее было содержимое коробок. В первой обнаружилась пухлая пачка стодолларовых купюр — пять тысяч, как выяснилось после пересчета. Две сберегательные книжки на предъявителя — по пятьдесят тысяч рублей на каждой. Все деньги положены на книжки в течение последних месяцев. Еще одна книжка с тридцатью тысячами — на имя какого-то Суровнева. А на дне — небольшой черный блокнот, который Сергей отложил в сторону, решив изучить его содержание попозже. Во второй коробке он обнаружил три золотых кольца — два обручальных и одно с небольшим бриллиантиком, — перетянутую аптечной резинкой пачку писем и два паспорта на разные фамилии, но с фотографиями Сержа Марьена.

В письмах Терьян нашел подтверждение тому, о чем догадывался. Серж Марьен в девичестве, то есть до эмиграции, имел простую русскую фамилию Мариничев и был первым мужем Лики. Развод был вызван тем, что ныне покойный Ликин отец в свое время занимался чем-то сверхсекретным и зять-эмигрант ему был противопоказан. А посему молодая супружеская пара была разлучена, но переписку продолжала: в Москву письма приходили на адрес одной из Ликиных подруг. Когда железный занавес чуть приподнялся, появилась возможность и для личных встреч, которые, судя по письмам, немедленно приобрели интимную окраску. Во всяком случае, в последнем письме Марьена, написанном вскоре после свадьбы Терьяна и Лики, содержались кое-какие воспоминания и пожелания на будущее, которые заставили Сергея заскрипеть зубами. Он положил письма на место и открыл черный блокнот.

Как Терьян сразу же понял, это была вполне профессионально составленная приходно-расходная книга, исписанная аккуратным детским почерком Лики. Сергей, уже набивший руку на бухгалтерских документах, разобрался в записях без особого труда. Бизнес

Лики был обширен и многогранен. Она олицетворяла собой тот самый канал, по которому в кооперативы шли компьютеры Марьена. Ей же передавали выручку темные личности, которые участвовали в индивидуальных сделках купли-продажи (кое-какие фамилии и адреса Терьян тут же узнал). Лика переправляла рубли трем неизвестным, значившимся в блокноте под кличками Жучок, Серый и Фред, получала у них валюту и рассчитывалась с Марьеном.

Ее заработок исчислялся в рублях — от продажи компьютеров — и в долларах — от обменных операций. Но и это было еще не все. Через Лику в уже известные Сергею кооперативы «Информ-Инвест» и «Технология», а также ряд других потоком шли выделенные главку фонды: ткани, краски, стройматериалы, сантехника. В обратном направлении передвигались наличные деньги — около шести процентов от стоимости материалов, — из которых часть, правда не очень существенная, предназначалась Лике, а остальные фигурировали в графе «К распределению». Определенная, и весьма значительная, доля тоже поступала Жучку и Фреду. А еще был особый раздел под названием «Прочие операции», изучив который Сергей с удивлением выяснил, что на последних компьютерах, закупленных «Инициативой» у Марьена, Лика заработала всего шесть тысяч рублей, а на обмене компьютеров на трусики — две.

Он аккуратно переписал некоторые цифры в свою записную книжку, бросил конверты и коробки в ящик письменного стола, запер на ключ и позвонил Виктору.

— Витя, — сказал Сергей, — мне бы хотелось подвести кое-какой итог под всей этой историей. Я тут довольно много узнал. У меня к тебе просьба — позвони Тошке и Ларри. Давай через час встретимся у тебя.

Разговор состоялся, но закончился совершенно не так, как представлял себе Терьян. Сергей думал, что, изложив механику операций, проводившихся Марьеном, Ликой и главком, он сможет — в присутствии Платона и Ларри как третейских судей — обозначить степень своей ответственности за все происшедшее. И Виктор, пусть даже он будет некоторое время махать руками и орать, что никто никому ничего не должен, примет это как данность. Потому что выпестованная годами академической деятельности щепетильность Терьяна иного исхода не допускала, так же как и генетическая память, в соответствии с которой мужчина в семье должен отвечать за все.

Но ни Платон, ни Ларри, ни уж тем более Виктор этот вопрос даже не стали обсуждать. Платон и Ларри оставили без малейшего внимания и компьютерный бизнес Марьена, и валютные махинации. Зато схема снабжения кооперативов разнообразными материалами вызвала у них самый живой интерес. Спрашивали обо всем — что именно главк передает в кооперативы, в каких объемах, по каким ценам, что кооперативы с этим делают, как устроен механизм взаиморасчетов, сколько и как часто передается руководству главка. Сергей, лихорадочно стараясь припомнить, что было написано по этому поводу в Ликином блокноте, выдавал информацию кусками.

Наконец, когда темп вопросов несколько замедлился, он не удержался и спросил:

— Ребята, вы что, решили поиграть в кооперативы?

Платон переглянулся с Ларри и осторожно ответил:

— Понимаешь ли, Сережа, то, что у вас с Витей бизнес не склеился, это сейчас сплошь и рядом. Вы влезли в дело, чуть-чуть поторговали, немножко заработали, потом попали на деньги — это дело житейское. Конечно, компьютеры кому-то дают приличные деньги. Но мы с Ларри за это никогда не взялись бы. Заработать тысячу, две, ну десять — это неинтересно. Если уж серьезно идти за деньгами, то начинать надо от сотен тысяч. И искать место, где такие деньги есть. Поэтому мы у тебя и спрашиваем и про Беню, и про Семена, и про главк. Понял? Если делом заняться всерьез, то, поверь мне, все ваши беды — кроме твоих личных, конечно, — через неделю просто забудутся. Знаешь, что такое ошибка измерения? Вот так. Дайте-ка мне, братцы, телефоны этих деятелей.

Домой Сергей вернулся около восьми. За этот длинный день у него внутри все как будто перекипело, и ничего, кроме жуткой усталости, он не чувствовал. Если бы имелась хоть какая-то возможность избежать встречи с Ликой, он бы немедленно ею воспользовался. Но, выпотрошив медведя и спрятав документы и деньги, Сергей сам перекрыл все пути. Ясно было, что, увидев собранный чемодан, Лика многое поймет, но без содержимого тайника никуда не денется. Значит, предстоит выяснение отношений.

Сергей загнал на стоянку машину, от которой Виктор, при поддержке Платона и Ларри, отказался наотрез, и, ссутулясь, пошел к дому. На душе у него было мерзко, каждый шаг давался с заметным трудом. От выкуренных за день сигарет саднило во рту.

У подъезда на лавочке сидели два алкаша и противными голосами тянули:

— Вот и все, что было, вот и все, что было,
Ты как хочешь это назови:
Для кого-то просто летная погода,
А ведь это проводы любви…

— Мужик, — сказал один из них, — закурить есть?

Сергей вытряс из пачки две сигареты, дал прикурить, поднялся на свой этаж и открыл ключом дверь. Во всех комнатах горел свет. На кухне, за столом, накрытым белой скатертью, сидела Лика в черном шелковом платье. На столе стояли два недавно купленных хрустальных фужера и бутылка шампанского.

— Пришел, — сказала Лика, и Сергей сразу понял, что она здорово пьяна. Еще было видно, что она плакала. Впервые он видел Лику в таком состоянии. — Садись, зайчик. Давай выпьем вместе напоследок.

— Хватит тебе, — сказал Сергей. — И я не буду. Наверное, тебе сегодня машина понадобится.

Лика какое-то время пристально смотрела на Сергея, потом, мотнув головой, содрала с бутылки фольгу, налила себе полный фужер и выпила.

— Ты меня прости, — сказала Лика. — Я все понимаю. Серж и мои дела. Вот хочешь — верь, не хочешь — не верь, у меня с ним только два раза и было. А потом я больше к нему не ходила. То есть ходила, но только по делам. Да и эти два раза… Ты ведь уже понял, что мы с ним раньше были женаты? Он у меня вообще, если хочешь знать, первым был. И в постели мне с ним всегда было оглушительно, — Лика выделила это слово, — оглушительно хорошо. Как никогда и ни с кем, ты уж извини. Но я хотела жить с тобой. Поэтому у нас с ним все и кончилось. И я это сама сделала, своими руками. Тебе это трудно понять, ты же мужик, вы все толстокожие. Вот ты теперь будешь всю жизнь про эти два раза помнить, а я — про то, как после этих двух раз решила, что все, хватит, и больше ничего не будет. О моих делах ты, наверное, уже почти все знаешь. Я ведь в главк совсем девчонкой пришла, после института. Начальник на меня сразу глаз положил: молодая, красивая, разведенка. Сам знаешь, как бывает. Жила с ним полгода. А потом он мне и говорит: ты человек надежный, хочешь помочь нам и подработать немножко? Ну и закрутилось. Это сейчас шальные деньги пошли, а поначалу-то по четвертному в месяц — и то не всегда выходило. И деньги эти, которые ты нашел, они ведь не все мои, там и чужие есть. Чужих, кстати, намного больше. Просто большие люди боятся держать деньги дома, а на девчонку кто подумает? Ну что ты молчишь, скажи что-нибудь.

Не слова Лики и даже не текущие по ее глазам слезы, смешанные с краской, вдруг заставили Сергея проглотить все, что он собирался на нее выплеснуть. И не стол с белой скатертью, не шампанское, за которым она, наверное, сбегала на улицу, увидев собранный чемодан. Как будто внутри у него застучал барабан, повторяющий: «о-глу-ши-тель-но хо-ро-шо, о-глу-ши-тель-но хо-ро-шо», — и эта дробь начисто вышибла из Сергея то, что он хотел сказать и про деньги, и про Виктора... Все отодвинулось куда-то назад, осталась только засевшая в сердце тупая игла — никогда и ни с кем, даже с ним, ее мужем, не было Лике так хорошо, как с этим мокрогубым подонком. Да и неважно, с кем — с Марьеном или кем-то другим, — главное, что не с ним, не с Сергеем. И он почувствовал, что Лика совершенно права: он может простить, он может смириться, но забыть и жить с этим уже не сможет.

Чувствуя, что еще секунда — и он не совладает с собой, Сергей вбежал в комнату, трясущейся рукой открыл ящик стола, вытащил конверты и коробки и, вернувшись на кухню, бросил их перед Ликой.

— Уезжай, — сказал он сиплым голосом, пугаясь и непрошено наворачивающихся на глаза слез, и этой непонятной боли, которая пульсировала в такт барабанному бою. — Прошу тебя, забирай все и уезжай. Извини, я не смогу тебя отвезти. Бери такси и уезжай.

Сергей вышел в коридор — он больше не в силах был находиться рядом с Ликой, — и в этот момент раздался входной звонок.

Открыв дверь, Терьян успел заметить в проеме какую-то темную массу и тут же на несколько секунд потерял сознание. Очнулся в углу, около вешалки. Во рту было солоно. Перед ним стояли два алкаша, которые полчаса назад стреляли у него сигареты.

— Кончай шутить, мужик, — сказал один из них.   Ты, в натуре, разберись со своей бабой и отдай, что взял. А то...

— Кто вас звал? — раздался откуда-то голос Лики. — Валите отсюда. Мы уже все решили.

«Алкаш» повернулся к Сергею боком:

— Решили, говоришь? А чего ж тогда звонила, шум поднимала? Смотри, девка, ты сказала. Если что не так, Ахмет с тобой быстро разберется.

— Валите, говорю! — Лика вытеснила «алкашей» на лестницу, захлопнула дверь и присела перед Сергеем на корточки. — Сережка, больно? Что они с тобой сделали, гады? Ну говори же.

— Уйди к чертовой матери. — Сергей встал и ладонью вытер кровь со рта. — Тебе мало того, что ты уже сделала? Еще бандитов присылаешь.

— Сережка, милый, я прибежала домой, смотрю — ничего нет. Я позвонила сразу, говорю — вот такое дело. Я же не знала, что они своих костоломов пришлют. Честное слово, не знала! Ну что мне сделать, чтобы ты поверил? Думай про меня как хочешь — пусть я шлюха, пусть воровка, пусть что угодно. Только не это! Поверь же ты мне, гад, хоть раз, хоть в чем-то! Хочешь, я на колени встану? За кого же ты меня принимаешь?

Сергей оперся рукой о стену, оставив на ней кровавый отпечаток.

— Тебе легче будет, если я скажу, что поверил? Ну и пес с тобой, поверил. Думаешь, это что-нибудь меняет?

Лика посмотрела на Сергея, лицо ее как-то по-старушечьи сморщилось, и, заревев в голос, она бросилась в комнату. Какое-то время Лика копошилась там, что-то роняя и выдвигая ящики стола, потом, не глядя в сторону Сергея, пролетела по коридору, схватила чемодан и выскочила из квартиры.

Когда дверь за Ликой захлопнулась, Сергей еще немного постоял в коридоре, затем, сгорбившись и шаркая ногами, побрел в комнату. Огляделся по сторонам. От выпитой с утра водки и удара болела голова. Взгляд упал на плюшевого мишку, который снова занял свое законное место на шкафу. Сергей протянул руку и достал игрушку. Внутри опять было что-то твердое.

Лика оставила ему коробочку, в которой лежали обручальное кольцо, купленный с первой кооперативной зарплаты серебряный браслет, украшенный каким-то красным камешком, и те самые колготки, которые Лика так и не смогла на себя натянуть. А еще в коробочке была плоская и, наверное, очень дорогая зажигалка с выгравированной надписью: «Любимому Сереже в день рождения». До сорокалетия Терьяну оставалось чуть больше двух недель.

Фирма

Название «Инфокар» родилось весьма просто. «Инфо» обозначало родственную связь с итальянской фирмой «Инфолокис», которой принадлежало пятьдесят процентов в уставном капитале «Инфокара», а «кар» — это, конечно же, автомобиль.

Томмазо Леонарди был коммерческим директором «Инфолокиса», поэтому не удивительно, что он вошел в совет директоров нового предприятия и занял там прочное место. Главой совета директоров «Инфокара» стал папа Гриша.

Томмазо был высокого роста, с клочковатой черной бородой, невероятно густыми черными бровями и смуглым лицом. Среди сотрудников «Инфолокиса» он слыл крупным специалистом по Советскому Союзу.

…В гостинице при Заводе Платон и Томмазо жили уже четвертый день. С самого начала Томмазо четко дал Платону понять, что участие «Инфокара» в совместных проектах Завода и «Инфолокиса», мягко говоря, нежелательно. Платон предлагал свести функции «Инфолокиса» к поставке оборудования и неадаптированных программ, а все остальные работы поручить «Инфокару». Леонардо признавал, что в экономическом плане эта идея была не лишена смысла, и вместе с тем считал ее нежизнеспособной, ибо она задевала интересы конкретных лиц, а следовательно, не имела шансов на реализацию.

Платон, наблюдая за реакциями папы Гриши и директора, и сам понимал, что если Завод тратит такие бешеные деньги на адаптацию программ и командировки специалистов, то это выгодно слишком большому числу людей, причем людей влиятельных. Но заявка была уже сделана, и об отступлении думать не приходилось. Задача состояла в том, чтобы с помощью Томмазо найти хоть какую-нибудь щелку, в которую можно было бы влезть, не затронув ничьих интересов и сохранив при этом лицо.

В конце концов с помощью папы Гриши и под напором Томмазо удалось отхватить для «Инфокара» работу по обновлению технической библиотеки Завода.

Первоначальный контракт был подписан лет семь назад и предполагал, что обновление будет происходить бесплатно. Однако тот же контракт предусматривал, что если на Заводе возникнут какие-нибудь экзотические пожелания, то удовлетворение любого из них подлежит отдельной оплате. Как выяснилось при встрече в научно-техническом центре Завода, за последние годы набралось достаточное количество «экзотических пожеланий», и было принято решение их по-братски поделить — половину «Инфолокису», а половину — «Инфокару». Теперь оба договора находились на заключительном согласовании в финуправлении Завода.

За ужином Томмазо четко обозначил, что такие вещи бесплатно не делаются, и потребовал двадцать процентов от заработка «Инфокара». Платон мотнул головой, что могло означать как отказ, так и согласие, и перешел к прощупыванию Томмазо на предмет дальнейших взаимодействий.

То, что предлагал Леонарди, выглядело более чем перспективно. По его оценке выходило, что через несколько лет в СССР начнется настоящий бум в области телефонизации. Если люди годами не могут поставить у себя дома телефон, это позор, не так ли? Вот вы, господин Платон, что вы будете делать, если вам нужно поговорить с человеком, а у него дома нет телефона? Или, к примеру, вы едете в машине, находитесь вне офиса, а вас нужно срочно найти, — это возможно?

У вас — невозможно. А в мире такой проблемы давно уже не существует. Мобильные телефоны! Но в Советском Союзе этим никто всерьез не занимается. То есть на уровне партийного руководства проблема решена, однако ведь надо подумать и о потребностях зарождающегося бизнеса. Поэтому предлагается вот что. Он, Томмазо, берется привести американцев. И не какую-нибудь шушеру, а «Американ Телефон энд Телеграф», Эй-Ти-энд-Ти. Если удастся организовать нормальное отношение с советской стороны — например, заручиться поддержкой Минсвязи, Минрадиопрома, — то можно говорить о большом совместном проекте. Советская сторона обеспечит необходимую инфраструктуру, американцы принесут деньги, а «Инфокар» реализует проект.

— Look here, — говорил Леонарди. — The retail price for a cellular phone in Taiwan is no more than two hundred bucks. We can sell it here for five hundred at least. Three hundred profit at one unit! Then we take from the customer another five hundred and give it to your Ministry of Communications to provide the network access. Good? Then we charge the customer one dollar per minute. Thirty minutes per day by one thousand customers gives thirty grands daily. What do you earn on this technical library shit? Fifty? For at least four month work?[1]

Платон быстро прикинул в уме. Надежный выход на Министерство связи у него был. С Минрадиопромом можно будет договориться через ВП. Похоже, итальянец говорит дело.

Но Томмазо не унимался. Продукция Завода, несмотря на генетические связи с Италией, не вызывала у Леонарди энтузиазма. Во всяком случае, автомобили итальянского производства нравились ему намного больше. И он стал предлагать Платону развернуть торговлю «фиатами». Причем настолько настырно, что Платон сразу уловил наличие некой экономической заинтересованности. Идея Леонарди состояла в том, что Платон каким-нибудь образом получает здесь, в СССР, кредит, закупает «фиаты» на фантастически льготных, почти невероятных условиях и продает с баснословной прибылью.

Ночью Платон позвонил Ларри, рассказал о продвижении контрактов по модернизации библиотеки, а в заключение упомянул о предложении Томмазо.

Ларри среагировал мгновенно.

— «Фиаты» — это класс! Только кредит нам никто не даст. Нужно что-то придумывать.

— Есть одна мысль, — сказал Платон. — Он хочет оттяпать от нашего контракта двадцать процентов. В принципе, это нормально. Я даже думаю отдать все. Но при том условии, что он вложит эти деньги в дело.

— Послушай, — ответил Ларри, немного подумав. — Давай я завтра прилечу первым рейсом. Тут надо посоветоваться.

К концу следующего дня платоновская идея обрела законченную форму.

Договоры между «Инфокаром» и Заводом аннулируются. Вместо этого «Инфокар» подписывает договор с «Инфолокисом» на выполнение максимально возможного объема работ по модернизации технической библиотеки и по другим направлениям.

1. В розницу мобильный телефон на Тайване стоит не дороже двухсот баксов. Продать мы можем не меньше чем за пятьсот. Триста прибыли с одного телефона! Затем возьмем с каждого клиента еще пятьсот и заплатим Минсвязи за доступ к сети. Неплохо? Минута разговора будет стоить доллар. Всего тридцать минут с тысячи абонентов дают тридцать штук в день. Сколько ты зарабатываешь на своем библиотечном дерьме? Пятьдесят? За четыре месяца?

Вознаграждение «Инфокару» не выплачивается, а целиком направляется «Инфолокисом» на приобретение отгружаемых в адрес «Инфокара» «фиатов». Тридцать процентов прибыли, полученной от реализации «фиатов», отчисляются…

«Инфолокису»? Ну, не совсем. Леонарди потом скажет, кому. Но зато он может полностью профинансировать закупку — давайте посчитаем — ста двадцати «фиатов».

Хотя денег набирается только на тридцать. Ничего страшного, у него, Томмазо, хорошие связи с одним банком, в Риме, и ему дадут банковскую гарантию на три месяца, покрытую деньгами только на четверть.

Договоры, проценты, гарантии, неведомо откуда берущиеся автомобили, загадочная фигура Томмазо Леонарди… Заключается сделка, приносящая незначительный доход. Он еще не получен, но уже потрачен, и та же самая первоначальная сделка расширяется многократно. Эти деньги тоже еще не получены, но уже истрачены: они должны попасть куда-то в банк, где чудесным образом учетверятся. Но и после этого их больше не станет, они опять будут истрачены — на покупку машин. Уже отдана треть пока еще не полученной от продажи этих машин прибыли, а остальное — куда? Будем строить станцию технического обслуживания — первую из сотни. Что потом? Там, за горизонтом? Добежим — увидим!

На всем скаку, не задерживаясь и не оглядываясь, Платон создавал и тут же испытывал на прочность дедуктивную методологию бизнеса. Сначала малый взрыв где-то рядом; немедленно за ним — большой взрыв чуть подальше, для которого первый служит только детонатором; и тут же третий — уже совсем большой; потом четвертый… Без перерывов, без остановок. Конкретные сделки, финансовые схемы, действующие или предвидимые системы ограничений… все это служило лишь антуражем на фоне основополагающей картины — сжатой во времени и распределенной в пространстве цепной реакции.

В результате Леонарди, периодически возникавший на Заводе, начал — по дороге из Италии — задерживаться в Москве. Он подолгу совещался с Платоном и Ларри и только потом вылетал на Завод, как правило, в сопровождении кого-то из них.

Первая баррикада

В один из приездов Леонарди опекать итальянца досталось Терьяну. После неудачного опыта с кооперативом у Сергея выработалась стойкая аллергия ко всем видам коммерческой деятельности, поэтому от «Инфокара» он старался держаться подальше. Надо сказать, что и Платон не очень стремился подтянуть Сергея к бизнесу. Может быть, он интуитивно понимал, что Терьяна сейчас лучше не трогать. Однако ситуация с Леонарди складывалась таким образом, что без Сергея, а главное, без его машины обойтись было трудно. Во-первых, понятие рабочего дня в «Инфокаре» с самого начала приобрело весьма абстрактный характер — скорее следовало говорить о рабочих сутках. А с наступлением сумерек единственный инфокаровский водитель Семен начинал обогащать окружающую атмосферу густым винным запахом. Семен, правда, не изменялся при этом ни в лице, ни в поведении, но все равно бросать его на работу с Томмазо было опасно. Взять же другого водителя не представлялось возможным, потому что служебный автомобиль — опять-таки единственный — оказался на редкость неудачным и ездил только под Семеном. А во-вторых, Томмазо знал по-русски всего лишь слов пять, но лихо болтал на недоступном Семену английском, и нужно было, чтобы сопровождал его хоть кто-то из знающих язык.

Терьян представлял собой идеальный выход из положения — машина на ходу, водить умеет и английский, пусть не в совершенстве, но все же знает. Правда, к «Инфокару» не имеет никакого отношения, но оно, может, и к лучшему: не будет лезть в бизнес. Итак, Платон позвонил Сергею и за несколько минут уговорил его сопровождать итальянца.

— Всего два дня, — сказал Платон. — Сегодня и когда он вернется с завода.

В шесть вечера, как было сказано, Сергей приехал в «Инфокар», но ни иностранца, ни Платона не застал. Из знакомых удалось обнаружить только Марка Цейтлина, который лениво переговаривался с кем-то по телефону, одновременно изучая старый и пожелтевший от времени номер «Известий».

— Они были утром, — сообщил Марк, закончив телефонный разговор. — Потом уехали, и с концами. Тошка даже не звонил.

— И что мне теперь делать? — спросил Терьян. — Может, они вовсе не приедут?

Марк пожал плечами.

— Ты что, Платона не знаешь? Все может быть. Садись, сыграем партию.

— А ты здесь что делаешь? — спросил Терьян, расставляя фигуры. — Почему домой не едешь?

Марк подвинул вперед королевскую пешку и внушительно произнес:

— Обдумываю одну штуку. Понимаешь, фирму создали, а чем заниматься — ни одна живая душа не представляет. Все идеи о том, как бы чего купить, а потом продать. Я считаю, это не для нас. Например, я всю жизнь занимался математикой. И если уж говорить о бизнесе, так только об интеллектуальном. Над этим и бьюсь.

— Ну и как, получается? — поинтересовался Терьян.

Марк кивнул.

— Есть одна идея. Если склеится, то все остальное можно будет просто забыть.

— Расскажи, — попросил Терьян, отдавая слона.

По готовности, с которой Цейтлин стал излагать свою концепцию интеллектуального бизнеса, Сергей понял, что со слушателями и единомышленниками дело у Марка обстоит не так чтобы очень. Да и сама идея не вызвала у Сергея особого энтузиазма. Состояла она в том, чтобы одну из старых разработок Марка — по экспертной оценке проектов — реализовать в виде компьютерной программы, а затем выпустить что-то вроде закона, в соответствии с которым каждое юридическое лицо, претендующее на бюджетные деньги, должно либо купить эту программу у Марка, либо заплатить за право ею воспользоваться, но решать вопрос о бюджетном финансировании того или иного предприятия, организации или института государство будет только при наличии положительного заключения цейтлинской программы.

— А что Платон говорит? — спросил Терьян, размышляя над тем, стоит ли признавать проигрыш уже сейчас, или имеет смысл предпринять еще что-нибудь на ферзевом фланге.

— Платон ничего не говорит, — сообщил Марк, тыча сигаретой в пепельницу. — Он уже вообще говорить не в состоянии. Ларри его полностью оседлал, все носятся со своими прожектами. То компьютеры на Завод собираются продавать, то какие-то «фиаты» закупают. Сейчас вот нагрузили Мусу, решили станцию техобслуживания строить. Денег нет. Да, еще дворец собираются возводить где-то на набережной Яузы. Каждый день трепотня идет до трех ночи. Только вот о серьезных делах поговорить нет времени.

— А ты разве во всем этом не участвуешь? — Сергей аккуратно положил своего короля на бок.

— Ты рехнулся? Здесь же вообще никто понятия не имеет, как с документами работать. Они их ни читать, ни писать не умеют. Конечно, вся нагрузка на меня. Вот, например, история с дворцом, или с бизнес-центром, как Муса его называет. Они в это дело ввязались, а сколько дворец стоит и как правильно все отладить, даже не подумали. Если этот проект начинать, то уже вчера надо было столбить место, ставить забор, начинать что-то делать. Элементарный офис поставить — и полдела уже сделано. Я, между прочим, эту проблему за два дня решил.

Увидев вопросительно поднятые брови Терьяна, Марк с энтузиазмом продолжил:

— Все элементарно. Никаких законов, чтобы взять землю под офис в аренду, на сегодняшний день нет. Нет и все! А просто прийти и начать что-то делать тоже нельзя. Милиция выгонит. Идея у меня такая. Я нашел под Серпуховым старый пароход — знаешь, поплавок, который под ресторанчики используется. И договорился о его покупке. Деньги смешные. Перегоняем его на Яузу, ставим на прикол, подключаем воду, свет, телефон — и все дела. Офис готов, водное пространство никого не волнует — это не земля. И место забито. Потом уже можно решать остальные вопросы. Ну как?

Терьян не успел ответить, потому что дверь распахнулась, и на пороге возникли Платон, Ларри и Томмазо Леонарди.

— Сережка, ты здесь, — обрадовался Платон. — Спасибо, что приехал. Ты на машине? Давай быстренько забирай пассажиров — и в Домодедово. А то самолет улетит.

Сергей загрузил Ларри на заднее сиденье, посадил Томмазо рядом с собой, чтобы удобнее было общаться, и погнал машину в аэропорт.

Итальянец оказался разговорчивым и искушенным в политике. Всю дорогу он, смешно коверкая английские слова, рассказывал о том, какой восторг у него лично и вообще в Италии вызывают перемены, происходящие в СССР по инициативе Горбачева.

— Oh, all this is really wonderful! — восклицал он. — Absolutely! So many changes! I visited Moscow many times — ten, twenty, during Mister Brezhnev rule. At that time we were absolutely sure that this country would never be changed. Now Mister Gorbachev, he did so many wonderful things — all this freedom, glasnost, these cooperatives, joint ventures. I am quite sure that at no time at all this country would experience a tremendous economic growth. And you also are becoming very open! You do not shy foreigners any more! I discussed with Mister Platon and Mister Larry many, many issues. I must tell that Mister Platon has excellent business capabilities. He has real drive for business. Is it really true that he is doctor of sciences?[2]

— Yes, he is, — отвечал Сергей, следя за дорогой и объезжая ямы в асфальте и канализационные люки. — When do you expect to be back?[3]

— In three days[4], — И Леонарди снова переключился на воспевание политики перестройки и предсказание неминуемого роста благосостояния СССР в исторически ничтожный период времени.

— О чем он трепался? — спросил Ларри, когда вылезал из машины.

— Рассказывал, как любит Горбачева и как у нас все будет хорошо. Кто мне сообщит, когда он обратно прилетит?

— Я тебе позвоню. Ну, пока.

В воскресенье вечером Ларри позвонил Терьяну и продиктовал ему номер рейса, которым Томмазо должен был прилететь в понедельник утром.

— Знаешь что, — сказал Ларри, — ты его встретишь в аэропорту, отвезешь в офис, а вечером у него самолет на Цюрих. Сможешь забросить в Шереметьево?

2. Все это восхитительно! Потрясающе! Столько перемен! Я раз десять-двадцать был в Москве во времена мистера Брежнева. Тогда мы были абсолютно уверены, что эту страну не изменить. Но мистер Горбачев совершил столько замечательного — вся эта свобода, гласность, кооперативы, совместные предприятия. Раньше у страны не было бы никаких шансов на такой взрывной экономический рост. И вы становитесь очень открытыми. Вы больше не стесняетесь иностранцев! Я обсуждал с мистером Платоном и мистером Ларри множество вещей. Должен сказать, что у мистера Платона великолепная хватка. Он правда доктор наук?

3. Да, это так. Когда вы планируете вернуться?

4. Через три дня.

Получив положительный ответ, Ларри повесил трубку.

В аэропорт Сергей ехал к девяти утра. Осенние заморозки еще не начались, но в воздухе уже чувствовался нелетний холод. Желтое солнце пробивалось сквозь клочья тумана, опустившегося на столицу два дня назад.

За несколько километров до аэропорта Сергей заметил, что происходит что-то необычное. Чем ближе он подъезжал к Домодедово, тем больше становилось припаркованных машин, у которых кучками стояли и размахивали руками возбужденные люди. Возле поста ГАИ торчали два автобуса с милицией и пожарная машина, чуть дальше — три машины «скорой помощи». Перед самым въездом в аэропорт Сергей увидел регулировщика, машущего ему жезлом, а сразу за ним — перекрывающую въезд баррикаду из поваленных деревьев, металлических конструкций и бетонных блоков. Баррикада выглядела очень внушительно.

— Куда прешь? — приветствовал Сергея инспектор. — Разворачивай и двигай назад. Не видишь, что творится?

— Так мне надо самолет встретить, — начал объяснять Терьян. — У меня иностранец прилетает.

— У всех прилетают, — хмуро согласился инспектор. — Разворачивай.

— А что случилось? — спросил Терьян.

На мгновение ему показалось, что инспектор собирается его ударить. Но тот лишь заорал:

— Довели, мать твою, страну до ручки! Бардак, хуже, чем в Африке! Я тут сутки уже стою, не жрамши, сигареты кончились, начальство ездит каждый час, в аэропорт зайти боятся, потолкаются тут, понадают, понимаешь, указаний — и с концами. Телефоны не работают, рация до Москвы не достает. А у меня мать из Саратова приехала на три дня, ни встретить, ни поговорить, ни проводить. Поворачивай, говорю, а то права отберу.

Сергей посмотрел на белого от ярости инспектора, решил больше вопросов не задавать и полез в машину. Когда он уже сидел внутри, гаишник нагнулся к боковому стеклу.

— Рули обратно, найдешь место, там припаркуйся. И иди в аэропорт пешком. Только внутрь не заходи, а то живым не выйдешь, лови своего иностранца на улице. Все равно никуда не денется. Курево есть?

Сергей выудил из бардачка пачку «Дымка» и протянул инспектору. Тот взял сигарету, затянулся и вернул пачку.

— Оставь себе, — сказал Терьян. — У меня еще есть. Что здесь все-таки происходит?

— Туман, мать твою, происходит, — неохотно объяснил инспектор. — Уже третий день. Самолеты не сажают. А автобусы с пассажирами из Москвы каждые полчаса подходят. И днем и ночью. Им чего — подъехал, высадил и уехал за новыми. А этим куда деваться? На улице холодно, ночью спокойно можно дуба дать. Вот они и жмутся все в аэропорту. Там сейчас — как в банке со шпротами. Сортиры уж второй день не работают, вонища, крики, бабы плачут, дети орут. Вчера днем ресторан захватили, оборудовали под комнату матери и ребенка. Тут два неисправных самолета на поле стояли, тоже захватили. Сначала аэропортовская милиция пыталась их оттуда выбить, так они пикеты выставили из здоровых амбалов с кольями. Милиция два раза сунулась, потом отошла, больше не появляется. Начальник аэропорта еще с утра сиганул куда-то огородами, с тех пор его не видели. А автобусы все идут, мать твою перемать! Ночью сюда человек сто подошло, понавыворачивали деревьев с корнями, железа какого-то понатаскали, сделали баррикаду. Чтобы автобусы больше не проходили. Первый автобус встретили, водитель начал возникать, они ему — по шее, проводили в аэропорт, он оттуда выскочил, весь зеленый, автобус развернул и погнал в Москву вместе с пассажирами. Теперь только легковушки подходят. Так что ты паркуйся и шлепай ножками. Не вздумай только в аэропорт заходить, обратно не выйдешь.

Место для парковки Терьяну удалось найти у самого поста ГАИ — примерно в двух километрах от аэропорта. Обратную дорогу он проделал легкой трусцой, боясь упустить Леонарди, хотя и понимал, что спешить особо некуда. Инспектор помахал ему рукой, как старому знакомому.

Дойдя до здания аэропорта, Сергей повернул направо, к помещениям «Интуриста». Но у ворот его завернули.

— Ты куда? — охрипшим голосом зарычал на него перемазанный копотью охранник с резиновой дубинкой. — Куда ты прешь, сволочь? Сейчас наряд вызову!

— Мне иностранца надо встретить, — начал объяснять Терьян. — Он через «Интурист» пойдет.

— Ну так и иди в свой «Интурист». — Охранник схватил Сергея за плечо и крутанул как куклу. — Через общий вход! Чего в ворота прешься? Для тебя, что ль, сделаны?

— Да я же там не пройду!

— Ах ты, бля, какие нежные! А как же люди там трое суток? Пройти он не может! Вали, говорю, от ворот, не доводи до крайности!

Сергей понял, что спорить бессмысленно, дошел до ближайшей двери в здание аэропорта и нырнул внутрь. Аэропорт оглушил его несмолкающим ревом голосов, в лицо ударила волна горячего, спертого воздуха и невыносимой вони. Люди стояли впритирку друг к другу на полу, сидели на газетных и аптечных киосках, везде, где был хоть один квадратный сантиметр горизонтальной площади. И вся эта плотно спрессованная людская масса время от времени приходила в движение. Там, где кто-то пытался подвинуться, сделать шаг в сторону, возникало что-то вроде локального водоворота, и оттуда неслись крики, плач и ругань. А из невидимых Сергею динамиков раздавалось:

— Рейс шестнадцать тридцать четыре отправлением до Еревана задерживается на два часа.

— Суки! — сказал оказавшийся рядом с Сергеем человек, которого била крупная дрожь. — Уже вторые сутки каждые два часа объявляют. Да скажи они мне, что до завтра самолетов не будет, я здесь стану сидеть? Специально делают, гады. Сколько ж можно над народом издеваться?

Сергей попытался сделать шаг в сторону интуристовских помещений, споткнулся о чей-то чемодан и не упал только потому, что упасть в этом аду было физически невозможно. Но это его движение вызвало немедленную бурю протеста.

— Куда прешь?! — завопил дружный хор голосов. — По головам, что ль, будешь ходить? Стой, где стоишь!

Сергей замер, но в это время из динамиков посыпалась новая информация.

— Совершил посадку рейс семьсот двенадцать из Улан-Удэ. Встречающих просят пройти в галерею номер один.

— Совершил посадку рейс семьсот тридцать девять из Самары. Встречающих просят пройти в галерею номер два.

— Внимание! Производится регистрация билетов и оформление багажа на рейс… до Иркутска… окно номер…

Крики и плач усилились многократно. Совершающее мелкие хаотические движения болото мгновенно превратилось в бурлящее и булькающее варево.

Воспользовавшись поднявшейся суматохой, Сергей стал протискиваться в сторону интуристовских помещений, думая только о том, как бы не упасть и как бы ни на кого не наступить. Чтобы преодолеть пятьдесят метров, отделяющих его от цели, Сергею понадобилось без малого двадцать минут. Дверь в «Интурист» была забаррикадирована чемоданами и сумками и наглухо заперта. Терьян забарабанил по двери кулаками.

— Чего хулиганничаете? — раздался оттуда плачущий женский голос. — Сказано же — нельзя, здесь режимная зона. Сейчас милицию вызову.

— Брось ты это дело, — посоветовал кто-то из-за спины. — Мы всю ночь пробовали, даже дверь ломали. Без толку, крепкая.

— Слышите меня? — заорал в дверь Сергей. — Мне иностранца надо встретить! Откройте!

— Нету здесь никаких иностранцев! — завопили в ответ из-за двери. — И не будет! Не видишь, что творится? Все пойдут через первую галерею.

Сергей постоял перед дверью, выматерился про себя, повернулся и двинулся в обратную дорогу. Первая галерея находилась в противоположном конце аэропорта, и пробиться туда через толпу было совершенно невозможно. Поэтому Сергей выдрался на улицу через ближайшую дверь, пробежал вдоль здания и, набрав в грудь воздуха, решительно ввинтился в орущее и шевелящееся людское месиво. Здесь было еще хуже, чем в правом крыле. Начавшие садиться самолеты выбрасывали в здание аэропорта новые сотни людей. Два людских потока — один за багажом и на улицу, подальше от этого кошмара, и второй на регистрацию — разрезали утрамбованную человеческую массу. В нескольких местах началась драка.

Увертываясь от летящего в него кулака, Сергей едва не сшиб с ног человека в форме и тут же ухватил его за плечи, не давая вырваться.

— Встречаю рейс, — задыхаясь сказал он. — У меня иностранец летит. В «Интуристе» сказали, что он через первую галерею пойдет. Где это?

— Да кто ж его пустит через первую галерею?! — взвыл захваченный, пытаясь высвободиться. — За иностранцами специальный автобус подают. Уйди, ради Христа! И багаж ихний в «Интурист» отправляют.

Терьян попытался осмыслить услышанное, постоял несколько минут, все еще надеясь увидеть Леонарди среди протискивавшихся к выходу ободранных и озверевших пассажиров, потом, со второй попытки, повернулся и стал прокладывать себе дорогу обратно к выходу.

Еще дважды Сергей проделал этот крестный путь в обоих направлениях, руководствуясь взаимоисключающими указаниями, которые он получал в противоположных концах аэропорта, пока наконец не столкнулся носом к носу с Леонарди.

Итальянец выглядел кошмарно. У роскошного белого пиджака был начисто оторван рукав, галстук сбился на сторону, а конец его болтался за спиной, на белоснежной в прошлом сорочке красовалось уродливое желто-зеленое пятно. У очков в тонкой позолоченной оправе недоставало дужки, и они сидели на мясистом носу итальянца под углом в сорок пять градусов. На левой половине лица Леонарди имело место красное вздутие, обладавшее всеми шансами на превращение в полновесный синяк.

Итальянец ухватил Сергея за куртку.

— I have a very serious problem, Sergei, — заверещал он. — They have lost my luggage! With all papers, copies of the contracts. First copies, you understand? We must do something! The papers must be found, this is imperative. I am prepared to pay bonus, everything they ask. Sergei, let us go to the Lost Luggage Office, to the Insurance, let us do something![5]

— You have already been at the Intourist?[6] — спросил Терьян, ошарашенный свалившейся на него дополнительной проблемой.

— Twice! — Леонарди едва не плакал. — They have heaps of suitcases, without any labels. But no trace of my luggage[7].

5. У меня очень серьезная проблема, Сергей. Они потеряли мой багаж! Там все документы, копии контрактов. Первые копии, вы понимаете? Мы должны что-то делать! Документы нужно обязательно найти. Я готов оплатить все, что они попросят. Сергей, пойдем к администрации, в отдел страхования, давайте что-то делать!

6. Вы уже были в «Интуристе»?

7. Дважды! У них есть куча чемоданов, без этикеток. Но никаких следов

— Follow me closely, — Сергей принял решение. — If you feel that you are losing me, just yell. Come on, let's go[8].

На этот раз им удалось проникнуть на режимную территорию «Интуриста» без особых проблем. Оказалось, что существует еще одна дверь, без особых опознавательных знаков, но с окошечком, через которое невидимый хранитель интуристовского заповедника узнал итальянца, после чего дверь открылась и Леонарди с Терьяном впустили внутрь. В режимных помещениях царили уют и спокойствие. Пять или шесть человек, устроившись в кожаных креслах, переговаривались между собой и лениво перелистывали цветные журналы. Пахло иностранными сигаретами и кофе, который разносили одетые в аккуратные синие костюмчики длинноногие девушки. В углу, у ленты транспортера, высилась куча из нескольких десятков чемоданов.

— Ну что, не нашли? — сочувственно поинтересовалась женщина в очках, откладывая вязанье и стараясь говорить громко, как с глухонемыми. — Ай, беда какая! Может, вы вечерком заедете, когда поспокойней будет? Тогда и посмотрим.

— Sergei, what is she talking about?[9] — хрипло спросил Леонарди, вытирая лоб уцелевшим рукавом.

Сергей перевел.

— You tell this bitch that I have no time to come back here in the evening, — взревел Леонарди, выслушав перевод. — My plane for Zurich leaves at four pm. I want my luggage now![10]

— А чего он орет? — всерьез обиделась женщина. — Бич, бич... Сам он бич! Пусть в зеркало на себя посмотрит. В таком виде в служебном помещении... Ты-то, сынок, русский? Скажи ему, чтобы не очень-то здесь куражился. Пойдем посмотрим еще раз.

Под любопытствующими взглядами иностранцев Сергей перетащил всю гору багажа на несколько метров в сторону, демонстрируя каждый чемодан Леонарди.

Итальянец обреченно мотал головой.

моего багажа.

8. Давайте быстро за мной. Если начнете отставать — кричите мне. Давайте, давайте, вперед!

9. Сергей, что она говорит?

10. Скажите этой суке, что у меня нет времени, чтобы вернуться сюда вечером. Мой самолет в Цюрих улетает в четыре вечера. Я хочу, чтобы мой багаж нашли сейчас!

— O'kay, — сказал Сергей, разгибаясь и потирая поясницу. — It doesn't make any sense for you to stay here any longer. I suggest that now I take you to the office, you explain about your luggage and somebody comes here to find it for you[11].

Леонарди немного подумал и устало кивнул.

Когда они уже направлялись к выходу, женщина в очках крикнула вслед:

— Эй, а обратно кто будет складывать? Я, что ли? Вы ж весь проход загородили.

Сергей хотел было сказать ей несколько слов, но подумал, что это только осложнит жизнь тому, кто придет после него, и приступил к обратному перетаскиванию чемоданов. Когда половина кучи перекочевала на прежнее место, Терьян почувствовал, что Леонарди трогает его за рукав.

— Sergei, — тихо сказал итальянец, — I think that this brown suitcase looks just like mine. Let's open it and check[12].

— Уважаемая, — обратился Сергей к женщине в очках. — Он, кажется, узнал свой чемодан.

— Узнал! — На лице у женщины отчетливо читалось недоверие. — То никак не могузнать, а тут вдругузнал! Пусть скажет, что там внутри.

— Red folder at the very top, — сказал Леонарди. — With legal papers[13].

Когда же никакой красной папки при открытии чемодана не обнаружилось, Леонарди схватился за голову.

— I forgot! The red folder is in another suitcase, the black one. Look! — вдруг заорал он. — This is my black suitcase![14] — И он ткнул пальцем в один из чемоданов, которые Сергей уже перетащил к ленте.

Женщина в очках, очевидно невзлюбившая Леонарди, возликовала:

11. Ладно… Не имеет никакого смысла оставаться здесь. Я полагаю, нужно объяснить в офисе, что случилось, и пусть кто-нибудь приедет сюда, чтобы найти ваш багаж.

12. Сергей, мне кажется, что это коричневый чемодан похож на мой. Давайте откроем его и проверим.

13. Красная папка на самом верху. С юридическими документами.

14. Я забыл! Красная папка находится в другом чемодане, в черном. Смотрите! Это мой черный чемодан!

— Так, у него уже два чемодана! Ага! Сейчас вызову дежурного по режиму. Пусть он с вами, мазуриками, разбирается.

Дежурный по режиму подошел к делу профессионально. Он пригласил переводчика, взял несколько листов бумаги, попросил Сергея открыть оба чемодана и приступил к описи содержимого. Процедура заняла около двух часов, потому что сначала Леонарди называл по-английски какой-либо предмет, который должен был находиться в чемоданах, потом переводчик проецировал услышанное на известный ему набор того, что может находиться в чемоданах путешествующего мужчины, потом проводились поиск и опознание названного. С учетом языкового барьера совпадение составило около семидесяти процентов, что дежурного удовлетворило. Проверив у Леонарди документы, он предложил ему и Терьяну расписаться на акте, затем поставил в углу свой собственный росчерк и лениво махнул рукой, давая понять, что теперь можно все упаковывать обратно.

— Where is your car, Sergei?[15] — спросил Леонарди, когда они, сгибаясь под тяжестью вновь обретенного багажа, вышли на улицу.

Сергей дернул подбородком, указывая в затянутую дымкой даль.

Два километра, отделявшие их от поста ГАИ, Терьян и Леонарди преодолели с двумя привалами. Дольше всего они задержались у въезда в аэропорт, где прибывший взвод стройбата с шуточками и матом приступал к разборке баррикады.

Когда уже у самого поста ГАИ они бросили опостылевшие чемоданы на обочину, Леонарди вдруг заметил, что Сергей, побледнев, озирается по сторонам.

— What happened, Sergei? — спросил он. — You became so white at no time at all. You feel unwell?[16]

Сергею действительно было не по себе. Последние сто метров он пристально всматривался в припаркованные машины, но своей так и не увидел. А теперь они стояли у самого поста ГАИ, и дальше машин не было.

— You wait a minute here, Tommaso, — сказал он. — I think we have missed my car. I have to go back to find it[17].

15. Где ваш автомобиль, Сергей?

16. Что произошло, Сергей? Вы побледнели. Вы плохо себя чувствуете?

17. Вы постойте здесь, Томмазо. Я думаю, что мы пропустили мою машину.

Леонарди сел на чемодан, а Сергей, закурив предпоследнюю сигарету, двинулся в обратный путь на поиски машины. Пройдя с полкилометра, он уже все понял, но по инерции продолжал двигаться дальше. Потом повернул обратно.

— Sergei, — сказал Леонарди, продолжавший сидеть на чемодане, — I understand. Somebody had stolen your car when you have been helping me to locate my luggage. Shall we go to the police?[18]

Сергей обреченно кивнул головой и полез в будку ГАИ. Там сидели двое.

— Тут такое дело, — начал Сергей, стараясь говорить спокойно. — Пока я был в аэропорту, у меня машину угнали.

— Уже третий, — сокрушенно отреагировал лейтенант. — За сегодняшнее утро уже третий. Ты где ее оставил?

— Да вот, прямо напротив вас.

— А сигнализация была?

— Была.

Сигнализацию Терьян установил с помощью Платона. Тот познакомил Сергея с каким-то умельцем, который провозился с терьяновской машиной целый день, а потом сообщил, что такой сигнализации ни у кого нет и вряд ли когда будет. И это была чистая правда, так что обращаться с новой системой Сергей учился целую неделю. Включалась она в тот момент, когда машина ставилась на ручной тормоз.

Стоило снять машину с ручника, как в салоне зажигался свет. Надо было медленно досчитать до десяти и выключить освещение — в ином случае машина начинала реветь, мигать фарами и дергаться на месте. Любое прикосновение к ней при включенной сигнализации приводило к тому, что одновременно зажигались фары и внутренний свет, а затем раздавался предупредительный гудок, похожий на ворчание потревоженного медведя.

— Странно, — сказал лейтенант. — Вроде бы сигнализация не срабатывала. Хотя черт его знает, тут разве уследишь. Давай документы.

Я должен вернуться, чтобы найти ее.

18. Сергей, я понимаю. Кто-то украл вашу машину, когда вы помогали мне найти багаж. Должны ли мы пойти в полицию?

Сергей протянул лейтенанту техпаспорт, тот передал его сержанту и, заглядывая ему через плечо, начал диктовать по рации данные об автомобиле:

— «Жигули», ВАЗ 2109, цвет белый, госномер… номер двигателя… номер кузова… предположительное время угона…

Сержант, наклонив голову к плечу, заполнял бланк.

Когда лейтенант закончил бубнить, Сергей обратился к нему:

— Слушай, лейтенант, я сюда иностранца приехал встречать, вон он на чемодане сидит. Нам же теперь как-то до города добираться надо. Нельзя как-нибудь с транспортом помочь? Может, вызовешь такси из аэропорта по рации?

Лейтенант выглянул из будки, посмотрел на зябнущего на чемодане Леонарди и недоверчиво перевел взгляд на Терьяна.

— Это, что ль, иностранец? Это же бродяга какой-то, Радж Капур.

— Да его в аэропорту так уделали. Мы багаж искали.

— А документы покажет?

— Tommaso! — крикнул Сергей из будки. — Would you please come here![19]

Леонарди встал с чемодана и, обхватив себя руками, двинулся в сторону будки.

— Show them your papers, — приказал Терьян. — They will help us to get taxi[20].

Леонарди посиневшей от холода рукой выковырял из кармана паспорт и обратился к лейтенанту:

— Look, officer, may I use your toilet? Please[21].

— Чего он выкаблучивается? — спросил, недоумевая, лейтенант, выслушав перевод и возвращая Леонарди паспорт. — Какой такой туалет? Ему что, леса мало? Пусть бежит за кустик — и все дела. А такси сейчас попробую вызвать.

Леонарди покорно кивнул и, как сомнамбула, удалился в лес. Лейтенант снова схватился за рацию.

— Порядок, — сказал он, закончив переговоры. — Через десять минут подойдет. Закончил? — повернулся он к сержанту.

---

19. Томмазо! Не могли бы вы подойти сюда?

20. Покажите им ваши документы — они помогут нам найти такси.

21. Смотрите, офицер. Могу ли я воспользоваться вашим туалетом? Пожалуйста.

Тот кивнул и протянул Терьяну заполненный бланк:

— Распишитесь и проверьте данные на машину.

Пока Сергей, шевеля губами, читал, сержант о чем-то напряженно размышлял, потом произнес:

— Что-то номер знакомый. Он мне сегодня точно пару раз на глаза попадался. Мужик, а это не она стоит?

Выглянувший в окно Сергей с изумлением увидел свою машину. Она стояла в десяти метрах от чемоданов Леонарди, и он проходил мимо нее как минимум трижды.

— Ну ты, мужик, даешь, — подвел итог лейтенант. — Свою машину — и не узнать!

Сергей хотел было сказать ему, что после нескольких прогулок по аэропорту и маму родную не узнаешь, но передумал и, сердечно поблагодарив обоих, вылез из будки. Когда он уже завел двигатель, из кустов выбежал промокший от росы Леонарди.

— Oh, good work, — сказал он, увидев, что Сергей уже за рулем. — Police are very efficient[22].

Сергей решил не объяснять суть происшедшего. И если до сих пор он списывал загадочную слепоту Леонарди при поиске багажа на природную итальянскую придурковатость, то теперь пришел к выводу, что атмосфера блокированного и загаженного аэропорта и впрямь содержала в себе нечто препятствующее адекватному восприятию окружающей действительности.

Когда они загрузили чемоданы Леонарди в багажник и собрались трогаться, мимо них лихо прошуршала машина с шашечками и остановилась прямо перед капотом.

— Эй, лейтенант! — заорал высунувшийся в окно таксист. — Где эти гребаные интуристы?

— Вон, в «девятке» сидят, — крикнул в ответ лейтенант. — Все нормально, езжай обратно.

— То есть как езжай обратно? — Таксист вылез из «Волги», не глуша мотор. — Я ж из очереди ушел. Что мне, опять в хвост становиться? А план за меня кто будет делать?

— Ну это ты с ними разбирайся.

И лейтенант решительно отвернулся, показывая всем видом, что разговор окончен и он больше не желает принимать участие во всей этой истории.

22.   О! Хорошая работа! Полиция очень эффективна.

Таксист вразвалку подошел к терьяновскому автомобилю и просунул голову в окно.

— Слышь, шеф, — сказал он, стараясь говорить внятно. — Ты такси заказывал? Такси, понял? Такси. Я приехал. Ай кам. Такси. Ноу такси? О'кей. Ю пэй мани. Доллар, доллар, дойчемарк. Андастенд?

— Да хватит тебе. — Терьян протянул червонец. — Достаточно?

Таксист побагровел.

— Ты чего, падла, по-русски не понимаешь? Я ж тебе объясняю, наших не вожу. И деревянных не беру. Не был бы ты интурист, хрена бы я поперся тебя ловить! Валюту давай! Десять баксов за беспокойство. Понял?

— What does he want?[23] — спросил Леонарди. Он сидел, привалившись к спинке боком, и глаз не открывал.

— Money, — ответил Терьян. — And he will not take rubles. Tommaso, if you have some cash, would you please give him five dollars[24].

Леонарди полез во внутренний карман пиджака, достал бумажник, раскрыл его — Сергею бросилась в глаза толстая пачка долларов, — вынул пятерку и протянул Терьяну.

— Pay him[25].

Таксист схватил купюру, широко улыбнулся и, махнув приветственно рукой, произнес:

— Сэнк ю, мистер. Вонт ту бай рашен сувенир? — Жестом фокусника он выудил из-за пазухи бутылку водки и двух матрешек, раскрашенных под Горбачева.

Сергей резко нажал на газ, и машина рванулась по направлению к Москве.

Было около часу дня. Самолет Леонарди улетал в шестнадцать тридцать, и в Шереметьево надо было появиться самое позднее в три часа. Времени для того, чтобы забросить Леонарди в «Инфокар», а потом в Шереметьево, оставалось в обрез.

Минут через пятнадцать автомобили, несшиеся навстречу машине Терьяна, стали дружно мигать дальним светом. Терьян сбро-

---

23. Что он хочет?

24. Денег. И он не берет рубли. Томмазо, если у вас есть деньги, вы не могли бы дать ему пять долларов?

25. Дайте ему.

сил скорость до положенных шестидесяти. Тем не менее, когда он проскочил мимо стоявшей на обочине машины ГАИ, та лихо развернулась и устремилась за ним в погоню. А из установленного на крыше громкоговорителя раздалось:

— Водитель белых «жигулей», примите вправо и остановитесь. Примите вправо и остановитесь!

Сергей выполнил приказание. Автомобиль ГАИ остановился сразу за ним, метрах в пяти, но выходить из него никто не торопился. Сергей подождал минуту, потом поставил машину на ручник и вышел. Как только это произошло, из автомобиля гаишников выскочили трое в милицейской форме и бросились по направлению к «жигулям». Один, положив руку на кобуру, блокировал дверцу, за которой тихо угасал Леонарди, а двое других обступили Терьяна.

— Накатался? — угрюмо спросил один из них. — Ничего, дальше с нами поедешь.

Тут до Терьяна дошло, что лейтенант из будки успел объявить об угоне машины, а вот сообщить, что она уже нашлась, наверняка забыл.

— Ребята, — взмолился он, — это моя машина. Посмотрите документы. Вот у меня и паспорт есть. Это там домодедовские забыли передать, что машина нашлась. Не верите — запросите по рации.

Гаишники переглянулись. Старший полистал документы Терьяна, пожал плечами, полез в машину и начал переговоры по рации. Потом вылез и сказал:

— Лопухи они там. Подняли тарарам. Ладно, можешь ехать.

— А вам не трудно передать по трассе, что машина больше не в угоне? — спросил Терьян. — Меня ведь на каждом километре будут тормозить.

— Нам не положено, — ответил старший. — Это может сделать только отделение, где зарегистрировано транспортное средство, или те, кто объявлял в угон. Я сказал тому дуболому, он сейчас передаст. Бывай!

— What do they want?[26] — слабым голосом спросил Леонарди, потирая скулу.

26. Что они хотят?

— They think that I drive a stolen car, — пояснил Терьян. — The officer back there has forgotten to transmit that my car had been found[27].

Леонарди сделал неудачную попытку улыбнуться.

На пересечении Каширского шоссе и кольцевой их снова ждали. Сергей, понимая, что они безнадежно опаздывают, решил проигнорировать телодвижения инспектора и пролетел мимо него. Но уже через километр его взяли в кольцо три патрульные машины. Пришлось остановиться.

— Всем выйти из машины. Руки за голову, — прозвучала команда.

— Tommaso, I think we should better go outdoors[28], — сказал Терьян, оценив превосходящие силы противника.

— That I will not do, — решительно заявил Леонарди. — You explain that I am a foreigner and I will go to the Embassy...[29]

Закончить ему не удалось. Объединенные силы милиции выволокли правонарушителей из машины, развернули и уложили лицом на капот.

— Ну-ка посмотри, что у них есть, — раздался голос.

Сергей услышал, как кто-то из напаших на них радостно докладывает:

— У этого в белом полные карманы валюты.

— Годится! — обрадовался главный. — Надеть наручники и обоих в машину. Тачку обыскать.

Терьян почувствовал, как на его запястьях со щелчком захлопнулись стальные браслеты. Блюстители порядка погнали Сергея и Леонарди к патрульной машине — при этом тычки в спину были весьма болезненными — и запихнули внутрь. Следом за ними в автомобиль залез капитан милиции.

— Значит, наживаемся на людском горе, — констатировал он. — Пока люди маются от нелетной погоды, угоняем машины. Ну народ! Что будете говорить — мол, покататься решили? Откуда валюта?

27. Они думают, я езжу на угнанной машине. Офицер забыл сообщить, что мою машину нашли.

28. Томмазо, я думаю, нам лучше выйти из машины.

29. Этого я делать не буду. Объясните им, что я иностранец и я пойду в посольство...

Сергей терпеливо повторил историю с машиной и объяснил, что наличие валюты у иностранца — вещь совершенно естественная. Капитан долго проверял документы, потом связался по рации с постом ГАИ в Домодедово и наконец убедился в полной невиновности задержанных.

— Бывает, — сказал он. — Ты скажи своему итальянцу, чтобы не жаловался. Зато он теперь знает, как работает московская милиция. Расскажет там у себя, в Италии. Эй, сержант! Сними наручники.

— Послушайте, капитан, — попросил Терьян, потирая кисти рук, — а нельзя все-таки хоть что-нибудь сделать, чтобы меня больше не тормозили? Мне его в Шереметьево везти, у него самолет в четыре. А мы все никак до Москвы доехать не можем.

— Да это не проблема, — рассеянно сказал капитан, наблюдая, как сержант возится с наручниками Леонарди. — Чего ты ковыряешься?

— Заело что-то, — удрученно ответил сержант, вытирая пот со лба. — Ключ проворачивается.

— What are they talking about?[30] — поинтересовался Леонарди, явно находящийся на последнем рубеже сознания.

— They have some problem with taking off your handcuffs, — пояснил Сергей, вдруг представив себе, что наручники с Леонарди снять так и не удастся и ему придется лететь в Цюрих в железных браслетах. — Be patient, please[31].

Леонарди слабо кивнул и откинулся на спинку сиденья, выставив из машины скованные руки, над которыми продолжал колдовать сержант.

— Ни хрена не выйдет, — подвел он печальный итог минут через десять. — Придется ехать в отделение.

Когда Сергей, следуя по пятам за милицейской машиной, уже подъезжал к отделению, Леонарди вдруг сказал:

— Sergei, you remember I spoke about all this perestroika and economic growth stuff the other day? Just forget it. What happened today clearly shows that what you have now is complete collapse. You

---

30. Что они говорят?

31. У них какие-то проблемы со снятием наручников. Потерпите, пожалуйста.

are finished! Never again this country will become civilized. Collapse — that what it is now[32].

Сергей расхохотался.

— Tommaso, I do not want to be apologetical, but here you are absolutely wrong. What you call collapse is just a trivial event of our everyday life. We are so accustomed to all these local catastrophes that we cannot consider them any other way than just a routine. You know what is our greatest advantage before you foreigners? If we ever have a real collapse we would never recognize it as a disaster but deal with it as with a minor trouble. This is why we survive when other people may go to despair[33].

Томмазо красноречиво пожал плечами, давая понять, что на такие идиотские высказывания не считает нужным реагировать.

Пока в отделении с Томмазо снимали наручники, Сергей позвонил в «Инфокар».

Ему потребовалось некоторое время, чтобы объяснить разъяренному Платону, почему Леонарди, вместо того чтобы уже два часа беседовать с Платоном, сидит в отделении в наручниках. Наконец Платон принял решение.

— Выезжаю, — мрачно сказал он. — Ты мне все планы поломал. Я сам повезу Томмазо в Шереметьево. А ты отдыхай.

Сергей дождался приезда Платона, попрощался с Леонарди и поехал домой.

За последующие две недели его останавливали еще раз десять. Потом перестали.

32. Сергей, помните, я недавно говорил о перестройке и быстром экономическом росте? Забудьте об этом. То, что случилось сегодня, наглядно показывает полный крах. Это конец! Никогда эта страна не станет цивилизованной. Коллапс — вот что сейчас происходит.

33. Томмазо, я не хочу заниматься апологетикой, но здесь вы абсолютно неправы. То, что вы называете коллапсом, всего лишь тривиальные события нашей повседневной жизни. Мы настолько привыкли ко всем этим местным катастрофам, что не воспринимаем их как обычную рутину. Знаете, в чем наше самое большое преимущество перед иностранцами? Если когда-нибудь настанет реальный коллапс, для нас это будет не катастрофа, а мелкая проблема. Вот почему мы выживаем там, где другие люди могут прийти в отчаяние.

Собачий рай

Год, прошедший после разрыва с Ликой, Терьян прожил плохо. Он продолжал ходить на работу в институт, но делал это как бы по инерции, практически ничем не занимаясь и не замечая происходящих вокруг него изменений. А изменилось многое. Времена семинаров, конференций, бурных защит, вечерних посиделок с обсуждением самых последних результатов канули в прошлое. Казалось, что наука в одночасье перестала быть не просто нужной, но даже интересной. В те редкие дни, когда Сергей появлялся на службе, он машинально пролистывал накопившиеся журналы и ксерокопии статей, не отдавая себе отчета в том, что каждый раз их становится все меньше и меньше. Терьян встречал ссылки на свои работы в известных западных изданиях, но это его больше не радовало. Скорее по привычке он выписывал наиболее интересные формулировки теорем для того, чтобы впоследствии более детально разобраться с техникой доказательств, однако это «впоследствии» так и не наступало. Обычно Сергей предпочитал оставаться дома, все дольше и дольше залеживаясь по утрам в постели. Вернее, не в постели, а на диване, потому что овладевшее им безразличие ко всему на свете не позволяло Сергею заниматься даже самыми обычными необходимыми делами. Когда лежать надоедало, он вставал, шаркая ногами, тащился на кухню, открывал и съедал банку консервов, запивал ее водой из-под крана, а затем снова возвращался на диван.

На улице он появлялся, только если нужно было ехать на службу, и на обратной дороге пополнял запас продовольствия и сигарет. Первые месяцы его тревожили телефонные звонки — спрашивали главным образом Лику. Во время одного из выходов в окружающий мир Терьян купил себе автоответчик китайского производства — кооперативные ларьки с разнообразным барахлом уже заполонили всю Москву.

Записав на автоответчик приветствие «Говорите, я слушаю», Сергей поставил аппарат рядом с диваном и слушал входящие звонки, не снимая трубку. Сначала звонки были частыми, по со временем они стали раздаваться все реже. Потом было несколько дней бурной телефонной активности, когда Платон бросил Сергея на обслуживание Леонарди, а сразу после этого звонки практически сошли на нет.

Как-то в конце лета телефон, молчавший более недели, неожиданно проснулся к жизни. Сергей перевернулся на спину, пошарил рукой в поисках сигареты, закурил и снова, в тысячный раз, стал изучать причудливый узор из трещин на почерневшем от дыма потолке комнаты. Минут через десять он, не глядя и не поворачиваясь, покрутил регулятор автоответчика. Раздался голос Сысоева:

— Сережка, привет! Поздравляю тебя с днем рождения, желаю всяческого благополучия и всего такого. Куда пропал? Прочтешь запись — позвони. Может, я к тебе заскочу вечерком, поздравить лично.

Терьян сел и обвел комнату глазами, словно бы впервые за этот год увидев ее по-настоящему. Пыль, накопившаяся за месяцы растительного существования, густым слоем покрывала мебель. Пол рядом с диваном был уставлен немытыми чашками и стаканами — Сергей уже давно пил только воду из крана, а мыть посуду ему было противно. В коридоре валялись два полиэтиленовых мешка с грязным постельным бельем, которые он еще полгода назад хотел сдать в прачечную, да так и не собрался. На письменном столе лежала стопа вытащенных из ящика, но так и не прочитанных газет и журналов, на которой стояли две забитые окурками ракушки, используемые в качестве пепельниц.

Сергей прошел в спальню и немного постоял там, оглядываясь по сторонам. За прошедший год он заходил сюда только раз или два, когда перетаскивал в другую комнату свои нехитрые пожитки — костюм, рубашки, белье... И каждый раз болезненно долго задерживал дыхание, потому что даже совершенно нереальная вероятность снова почувствовать запахи Лики — аромат ее тела, волос, духов — казалась ему невыносимой. Злополучный плюшевый медведь продолжал сидеть на шкафу. Терьян поднял голову: медведь смотрел на него своими пластмассовыми глазками — ну что, брат, досталось тебе, даже про собственный день рождения забыл бы, если бы Сысоев не напомнил, так и будем вместе подыхать в этой берлоге, мне-то что, я плюшевый, а ты на своем диване окочуриться не боишься? среди окурков и позеленевших от плесени чашек? а приедет Витька вечером — ты его напугать хочешь?

Не первый раз ему звонили друзья или просто хорошие знакомые, грозясь нагрянуть вечером в гости. Обычно Терьян оставался на диване, считая про себя вечерние звонки во входную дверь, пока они не прекращались. Сегодня можно было бы поступить точно так же, но что-то подсказывало Сергею, что этого не произойдет. День рождения... В прошлые времена, давным-давно, Таня устраивала ему дни рождения с размахом, насколько позволяла зарплата младшего научного сотрудника, обремененного семьей, — приходили Платон с женой, Витька, Леня Донских, Танины подружки. Витька читал стихи, все танцевали, было весело...

Последнюю бутылку, по заведенной Платоном традиции, обязательно распивали во дворе, в детской песочнице, прямо из горлышка. А сейчас Сергей валяется на диване в грязном тренировочном костюме, среди окурков, пыли и мусора, и даже не вспоминает, что когда-то в этот день с самого утра в доме не смолкали телефонные звонки, пахло вкусной едой, был слышен писк дочек, а на столе красовался огромный букет его любимых астр. Витька вот вспомнил, а он — нет.

Было одиннадцать утра. Сергей прошел по квартире, прикидывая про себя, что можно успеть сделать до вечера, пересчитал деньги в бумажнике и в ящике на кухне, принял душ и побежал по магазинам.

Бутылки джина и вермута, которые Виктор принес в подарок, Терьян принял с благодарностью. Из выпивки ему удалось раздобыть только приторно-сладкий «Спотыкач». С едой дело обстояло лучше, потому что рынки реагировали на изменение экономической ситуации повышением цен, а не исчезновением продуктов.

— Ты чем сейчас занимаешься? — спросил Виктор, стараясь не слишком рассматривать косметически прибранную Терьяном квартиру.

— Все тем же, — лаконично ответил Терьян. — Двигаю науку.

— Я, между прочим, тебе уже неделю пытаюсь на работу дозвониться, — сообщил Виктор. — То трубку никто не берет, то говорят, что тебя нет. Ты на работе-то появляешься?

— Попробуй мясо, — предложил Терьян, меняя тему. — Кажется, нормально получилось. А что у вас там творится? Как бизнес?

— Вроде нормально, — сказал Виктор, тоже не проявляя особого желания обсуждать производственные вопросы. — Ладно, будь здоров, с днем рождения!

Когда бутылка с джином опустела и настала очередь вермута и сваренного Терьяном кофе, к Виктору вернулось красноречие.

— Я тебе скажу, Тошка развернулся! Он просто создан для этих дел. Мы с тобой да наши компьютеры — такая мура по сравнению с тем, что он творит. Ты историю с «фиатами» знаешь?

Терьян мотнул головой.

— Леонарди помнишь? Ну вот. Я в деталях рассказывать не буду, это не особо интересно, но Платон его раскрутил на финансирование закупки партии «фиатов» где-то в Европе. Причем не платя ни копейки. Впрочем, дело даже не в этом, и не в том, что половину продали прямо с колес, тут весь юмор — как эти «фиаты» вообще удалось сюда притащить. Уже обо всем договорились, машины чуть ли не к границе подходят, вдруг в офис влетает Ларри и трясет газетой. Что оказывается? Какой-то там зампред или пред чего-то, это неважно, пишет, что есть решение правительства, прямо запрещающее ввоз в страну иностранных автомобилей для розничной торговли. А ввозить их можно только для внутреннего потребления — то есть для потребления внутри той организации, которая, собственно, и ввозит. Понял? Но организаций таких — раз-два и обчелся, и никакого «Инфокара» среди них нет. Связались с железной дорогой, вагоны остановили, а что делать дальше — никто не знает. Платон в Италии. Позвонили ему, он послушал и говорит: спокойно, ребята, их там наверху — полтора десятка человек, которые думают, как бы нас объегорить, а нас — весь народ! И тут же вылетел в Москву. Утром появляется в конторе, загорелый, пахнет, как Бендер, вином и барашком — и тут же на телефон. Выясняется, что одна из этих фирм, которая как раз и может ввозить машины для себя, — «Станкоимпорт» — прямо соседствует с нашим Институтом и Платон там когда-то читал лекции от общества «Знание» и вроде даже знакомился с директором. Вызвонил директора, тот долго вспоминал, потом вспомнил, говорит — приезжайте. Платон схватил Ларри, рванули они в этот «Станкоимпорт», часа через два Платон звонит оттуда Ленке — помнишь ее? — и говорит: чтобы к вечеру столы ломились, водителей всех задержать, остальных — по домам. Дело было в пятницу. И вот считай два дня и две ночи они директора этого и двух его замов поили-кормили, девок им откуда-то из «Метрополя» возили, подарки дарили, а к вечеру в воскресенье те подписали документы, что машины приходят на «Станкоимпорт» для испытаний или чего-то там еще, а потом оптом продаются «Инфокару». Тут главный фокус был в том, чтобы, во-первых, машины пришли к тому, к кому можно, а во-вторых, чтобы продажа была оптовой, а не розничной. В понедельник Платон, еще не проспавшись, вызвал каких-то юристов, те долго эти документы крутили и заявили, что никаких нарушений закона нет. Он еще полдня в конторе посидел, потом говорит: работайте, ребята, я все сделал — и опять на самолет и в Италию. Нормально?

— Ничего, — сказал Терьян, лишь смутно уловивший суть комбинации. — А как там вообще все остальные? Как Цейтлин?

— Тоже нормально. С ним, правда, посложнее. У него есть свой участок, кстати, неплохие деньги приносит, и был бы Марик поспокойнее, так вообще никаких проблем не было бы. Беда в том, что он всюду лезет. Вроде бы все заняты делом, каждый своим, так нет! Тут Муса затеял строительство — не то ресторан, не то клуб, я особо в это дело не вникал. Ну, ты Мусу знаешь, он никогда не шумит, то к себе кого-то позовет, то сам съездит, в общем, что-то происходит — Платон при этом в курсе и, вроде бы, даже доволен, — но все это никак на народе не обсуждается. Так ведь для Марика это нож острый. Как же так: что-то делается — и мимо него. Вот он и пристал к Мусе, что у того земельные проблемы не решены, а без земли вся его работа — в пользу бедных. И так он всех с этой землей достал, что Платон махнул рукой и сказал: Муса, хрен с ним, пусть занимается, если хочет. А у Марка образовалась гениальная идея. Он решил купить где-то речной пароходик типа «поплавок», перегнать в Москву и поставить на прикол.

— Послушай, — сказал Терьян, припоминая, — он мне про эту штуку что-то рассказывал. Ну и как, получилось?

— Почти, — кивнул Виктор, прищурив глаза. — Пароходик, почти бесхозный, он нашел в ста километрах от Москвы. Эту байду когда-то вытащили на берег, а принадлежала она местному колхозу или совхозу. Там во время уборочной страды селили студентов, которые на картошку приезжали. Теперь уже не ездят, поэтому пароходик стоит на берегу и тихо гниет. Марик съездил туда, задурил голову начальству, выпил с ними водки, они и говорят — забирай на фиг пароход и делай с ним что хочешь. Марик вернулся в Москву, сразу шум, ликование, суета… Нанял плотников, перегнал их в колхоз, они за неделю пароход залатали. Неделька была, я тебе скажу, та еще! Каждый божий день Марик является в офис, грязный как чушка, небритый, в ватнике и кирзовых сапогах, нос торчит на полметра, и начинает командовать: эту машину за ящиком водки, эту — за ящиком тушенки, и все давай-давай, все быстро-быстро, в общем, строительство Магнитки. Муса в такие минуты просто запирался в кабинете, чтобы тот его не трогал. Ладно, починили, слава богу, пароходик, начал Марк насчет буксира договариваться. Еще дня четыре никто в офисе больше ничем не занимался — все организовывали ему переговоры с руководством Московского речного пароходства. В этом ресторане, в том ресторане… Ларри не выдержал, спрашивает: Марик, о чем ты с ними столько времени договариваешься? А тот отвечает, гордо так, что он цену на буксир на три тысячи сбивает. Ларри усами пошевелил, видать, посчитал, сколько на рестораны для этого потрачено, но не сказал ничего. Короче, закончились переговоры, грузится Марик на буксир, в свитере, в сапогах, в ветровке — прямо морской волк, — и отбывает за своим пароходом. После чего исчезает на три дня. То есть трое суток о нем ни слуху, ни духу, мы уже всерьез забеспокоились. Потом появляется, лица на нем нет. Что такое? Утоп пароход где-то на подступах к столице. Они днище заколотили, а законопатить — или что-то там еще — забыли. И вот этот пароход перекрыл речной фарватер, понаехала куча милиции, и грозят нам вроде бы всякие штрафы.

— Чем же все кончилось? — поинтересовался Сергей.

— А ничем. Пароход действительно утонул. Мы с Платоном ездили смотреть. Около Царицыно — торчит из воды корма. Правда, когда мы приехали, его уже оттащили чуть в сторону, чтобы баржи могли проходить. Но все равно впечатление — как от картины «Гибель „Челюскина“». Пароход и тракторами пытались зацепить, лебедку заводили, чего только не делали. Но байда, видать, капитально села на дно, а когда ее в сторону оттаскивали, то еще сильнее закопали. Я думал, Платон Марика в порошок сотрет. А он посмотрел, поулыбался и говорит: мы на него мемориальную табличку приделаем — «Здесь был Марк Цейтлин». Дня через три приходит в офис Марик — гордый такой — и говорит: все в порядке, я только что оттуда, никакого парохода нет, фарватер расчищен. Все вроде обрадовались, поздравляют его, Ларри спрашивает: как же это ты, Марик, все так здорово изладил? А Марк ходит с таинственной мордой и молчит. Потом я уже узнал, что Платон, когда вернулся из Италии, заявил Ларри, чтобы через двадцать четыре часа он про эту развалюху уже ничего не слышал. Что там Ларри делал, как — никто толком не знает, но одной прекрасной ночью пароход взлетел на воздух.

— Как это?

— А вот так! Бабахнуло — и парохода нет. Народ из окрестных деревень сбежался, смотрит — а вместо парохода только щепки плавают. И тишина.

— Так это же… — Терьян развел руками.

— Ну да. К нам потом заявился следователь. Марик-то про взрыв ничего не знал, он думал, что его пароход сам собой рассосался. Посему он следователю совершенно честно рассказал, что сам ни сном, ни духом и вообще — сплошное расстройство, потому как пароход больших денег стоил и все такое прочее. Сразу же начал тащить следователя в ресторан. Тот, конечно, не пошел, но и от нас отвязался, только с Марка объяснение взял.

— Однако у вас не соскучишься. — Терьян налил еще кофе.

— Не то слово! Ты про собачьи аукционы что-нибудь слышал? Нет? Ты вообще на улицу выходишь? Вся Москва афишами обклеена. Сижу я как-то в конторе, вдруг вижу знакомое лицо. Я не знаю, ты с ним встречался или нет — Петька Кирсанов, ну, у которого Платон был на кандидатской оппонентом, он еще на собственную защиту опоздал, чуть было совет не стали переносить. Не знаешь такого? Ну ладно. Я, говорит, к Платону с деловым предложением. А с ним еще баба какая-то, поперек себя шире, и парень, драный весь, с прической под Анджелу Дэвис. Оказалось, что баба эта — какая-то знаменитая собачница, известная всей Москве, а парень — спецкор из «Комсомолки» и хотят они организовать собачий аукцион, только у них денег нет. Платон тут же загорелся, давай, говорит, делать, деньги мы найдем, проводить будем в концертном зале гостиницы «Россия», я договорюсь с Ширвиндтом, чтобы он был аукционистом, и название тут же придумал — «Гуманимал». Кстати, посмотреть не хочешь? Сам аукцион в пятницу, а завтра — генеральная репетиция в семь. Там же, в «России». Приезжай к семи, я тебя встречу у входа. Должно быть интересно, собаки будут с девочками выходить, из Дома моделей. То есть не собаки из Дома моделей, а девочки, сам понимаешь.

На следующий день Терьян проснулся непривычно рано. Висевшие в последние дни облака исчезли, и утреннее солнце било ему прямо в глаза. Он вспомнил вчерашний вечер и решил — пойду. Запив бутерброд с сыром чашкой кофе, Сергей оделся и вышел за сигаретами. Рядом с табачным киоском, на стене дома, висел огромный красочный плакат. На фоне кремлевской панорамы красовались три симпатичные собачьи морды, наискось красными буквами было написано: «Гуманимал», а ниже: «Первый в СССР собачий аукцион. Только три дня. Концертный зал гостиницы „Россия". Лучшие собаки элитных пород. Билеты продаются».

— Кооператоры, мать их, — услышал Сергей голос за спиной. — Нас уже всех продали и купили. Теперь за собак принялись. Мужик, выручи полтинничком.

Терьян отсчитал небритому врагу кооперативного движения тридцать копеек и зашагал в сторону метро, решив съездить в центр и купить себе рубашку, чтобы вечером выглядеть хоть как-нибудь прилично. Действительно — плакаты с собачьими мордами попадались на каждом шагу, даже на станциях метро. У выхода из «Смоленской» Сергей увидел молодого парня с мегафоном, который охрипшим голосом кричал:

— Покупайте билеты на первый в стране собачий аукцион! Всего три дня! Лучшие собаки с эксклюзивными родословными! Цена билета — десять рублей! Аукцион состоится в гостинице «Россия». Торжественное открытие — завтра вечером! Покупайте билеты!

Увидев замешкавшегося Терьяна, парень переключился на него.

— Ознакомьтесь с лотами на завтрашнее открытие. Выставляются пятьдесят собак элитных пород в идеальном состоянии. В каталоге приведены родословные, цветные фотографии и стартовые цены. Цена каталога — десять рублей.

Терьян взял каталог в руки. С каждой страницы на него смотрела большая — в пол-листа — собачья морда. Чуть ниже размещалась родословная, а наискось, большими синими цифрами, была напечатана цена. Стоимость псов колебалась от нескольких сотен до тысяч рублей.

— Ну и как торговля? — спросил Сергей, листая каталог.

— Почти все распродано, — уверенно ответил парень. — Остались только последние ряды. Но для вас могу предложить два места в четвертом ряду.

— А зачем мне два?

— Придете с женой. Или с девушкой. Два билета по десять плюс каталог десять — всего тридцать рублей.

— Нет, спасибо. — И Терьян зашагал в сторону магазина «Руслан».

Люди с мегафонами попадались ему еще трижды.

То, что он увидел вечером у входа в концертный зал гостиницы «Россия», произвело на него фантастическое впечатление. На стоянке у входа выстроились четыре «Икаруса», их окружало, как показалось Сергею, не меньше сотни разнокалиберных и невероятно злобных псов. Собаки рвались с поводков, кидались друг на друга, несмотря на увещевания хозяев, однако наибольшую ярость у них вызывал один из автобусов, битком набитый девицами. Когда какая-нибудь из девиц пыталась подойти к открытой двери автобуса, рычание и лай возрастали многократно. Милиционер, предусмотрительно удалившийся на безопасное расстояние, что-то кричал, размахивая руками, но слова его перекрывались лаем.

Еще два милиционера сидели в блокированной собаками «Волге» и оживленно переговаривались по рации. За наглухо задраенным входом в концертный зал виднелись чьи-то бледные лица.

Сергей обошел площадку стороной и остановился рядом с орущим милиционером.

Отсюда он заметил, что у входа происходят какие-то осмысленные перемещения и руководит ими полноватый парень, бесстрашно мечущийся среди осатаневших представителей элитных пород. Перемещения эти привели к тому, что у дверей сформировалась небольшая группа из примерно пятнадцати псов, отделенная от прочих десятиметровой дистанцией. Парень махнул рукой, двери открылись, группа мгновенно всосалась внутрь и исчезла. Оставшиеся на площадке собаки дико взвыли и ринулись к входу, таща за собой хозяев. Двери снова захлопнулись, отделив отважного распорядителя от рассвирепевшей стаи. Тот продолжал прыгать за стеклом и размахивать руками, причем Сергей заметил, что стоявший рядом с ним милиционер, слов которого по-прежнему не было слышно, повторяет его жесты.

Когда собак оттащили от дверей, распорядитель вновь появился на улице и метнулся в самую гущу свалки. Через несколько минут в вестибюль концертного зала влетела следующая порция псов. На улице осталось около двух десятков самых крупных собак, среди которых Терьян различил трех афганских борзых, двух сенбернаров и какое-то количество немецких овчарок. Особо беспокойно вела себя кавказская овчарка, которую удерживали на поводке сразу трое. Одним из них был Сысоев. Из-за автобуса с девицами робко выглядывала группа с видеокамерами.

Терьян отошел от милиционера и начал осторожно пробираться к Виктору. В этот момент двери снова распахнулись, остававшиеся на улице собаки рванулись внутрь, и наступила неожиданная тишина. Сергей подошел к Сысоеву.

— Приехал? — спросил Виктор. — Ну и ладушки. У нас тут небольшая проблема была. Ты с Петей знаком?

Распорядитель вытер мокрое лицо обеими ладонями, обмахнул их о брюки и протянул правую руку Сергею.

— Кирсанов. Зовут — Петр.

Толком не разобрав имени Сергея — так, по крайней мере, показалось Терьяну, — парень расстегнул брючный ремень и стал заправлять рубашку. То, что их обступили высыпавшие из автобуса девицы, его нимало не смутило. Рядом с Терьяном неожиданно оказался Платон.

— Петя, кто отвечает за этот бардак? — взревел Платон. — Ты представляешь себе, что там сейчас творится внутри? Если эти шавки хоть кого-нибудь цапнут, будет колоссальный скандал. Где та дура? Кто все это контролирует?

— Не беспокойся, не беспокойся, — успокаивающей скороговоркой затараторил Петр. — Все в норме, Жанна внутри, она дело знает. Сейчас всех разведут…

— А кто разрешил снимать? — не унимался Платон. — Кто эти люди? Ты же мне говорил, что контролируешь прессу. Пусть немедленно прекратят!

— Не беспокойся, — продолжал утихомиривать его Петр. — Это мои люди, они ничего лишнего никуда не дадут. Внутри, — он махнул рукой в сторону «России», — все совершенно нормально. Сцена готова, фонограммы в порядке, я сам проверял, банкетный зал, ну все совершенно…

— Платон, здравствуй, — тихо сказал Терьян.

Платон резко повернулся.

— Сережка, — сказал он, широко улыбаясь, — хорошо, что ты приехал. Мы обязательно должны поговорить. Только не сейчас, ты ведь не торопишься? Тогда попозже, или позвони мне завтра. — И Платон исчез в дверях концертного зала.

Терьян зашел в вестибюль вслед за стайкой девиц из «Икаруса». Вопреки заверениям Петра, порядка внутри не наблюдалось, напротив — происходящее напомнило Сергею сцену из какого-то фильма про фашистские зверства. Собаки, по-прежнему с трудом удерживаемые хозяевами, образовали живой коридор, по которому, повизгивая и с ужасом озираясь по сторонам, пробиралась кучка невероятно красивых, но насмерть перепуганных девушек. Псы рвались с поводков: флегматичные лабрадоры, ушастые кокеры, интеллигентные борзые, даже декоративные пудели. Предупреждающе рычал темно-коричневый доберман.

— Не бежать! Не оглядываться! На собак не смотреть! Не отставать! — гремел низкий женский голос, принадлежавший тетке с жиденькими, растрепанными волосами неопределенного цвета, которая сжимала в руке ворох бумаг. — Хозяева, внимание! Первая пятерка по списку проходит по маршруту номер один и занимает помещения с номерами четыре и шесть. Повторяю — только первая пятерка, маршрут номер один, помещения четыре и шесть. Первая пятерка, пошла, вторая пятерка — приготовиться! Кому говорю — не отставать!

— Это Жанна, — сказал Терьяну Виктор. — Говорят, первая собачница в Москве. Всех этих барбосов она нашла.

В зале Сергей увидел Мусу, который, озираясь по сторонам, пытался отбиться от модно одетой женщины лет сорока пяти.

— Вы мне объясните, — напирала на него женщина. — Девочки сейчас разворачиваются и уходят. Мало того, что вы их затравили собаками, так еще и все помещения за сценой заняты. А переодеваться им где? Мы сию минуту уезжаем, имейте в виду. Можете сами своих зверюг показывать.

Наконец Мусе попался на глаза Петр.

— Где тебя носит?! — взревел разъяренный Муса. — Иди сюда! Вот объясни — где девочкам переодеваться. Только не мне объясняй, а Веронике Леонидовне. И еще. — Он поманил Петра рукой и сказал ему тихо, так, что слышал только Терьян: — Делай что хочешь, но, если хоть одна из них уедет, я тебе ноги повыдергиваю. Ты знаешь, сколько бабок за них уплачено?

Петр обаятельно заулыбался и, ухватив Веронику Леонидовну за локоть, потащил ее куда-то в сторону сцены. Сергею показалось, что они изображают какой-то сложный танец, потому что время от времени Петр хватал Веронику Леонидовну руками, после чего они начинали поворачиваться на месте, сходились, расходились, снова сходились, затем дама вырывалась, и все начиналось сначала.

Потом Петр, приложив руки ко рту, что-то прокричал. Тут же со сцены побежали люди, таща в сторону директорской ложи яркосинее полотнище. Через несколько минут ложа была полностью скрыта от посторонних глаз и, по команде Вероники Леонидовны, к ней потянулись девицы. Сергей стал рассматривать зал.

Огромная сцена была полностью затянута чем-то синим, и на этом заднике вопило уже знакомое Сергею слово «Гуманимал», написанное огромными буквами.

Справа стояло что-то вроде трибуны, ослепительно белого цвета. На трибуне лежал большой деревянный молоток. Слева на треножнике возвышалась прямоугольная сине-белая доска с надписью «Инфокар» и непонятной эмблемой — двумя дугами, заключенными в квадрат. Издали эта эмблема напоминала широко открытый от удивления глаз. У задника копошилось около десятка человек, которые что-то подтягивали и прибивали. Из-за кулис доносились рычание и лай.

Через минуту на сцене возникли оживленно жестикулирующие Платон и Петр.

Сергею не было слышно слов, но по косвенным признакам он понял, что Платон продолжает разбор полетов, а Петр пытается отбиваться. Рядом с Сергеем кто-то шумно упал в кресло. Сергей повернул голову и увидел Мусу.

— Что-то у вас здесь шумновато, — сказал Терьян.

— То ли еще будет, — загадочно ответил Муса. — Я Платону говорил, чтобы он с этим кретином не связывался. Пока он нам небо в алмазах разрисовывал — из конторы не вылезал. А как деньги дали, так его и не найдешь. Сегодня договорились, что в десять утра встречаемся здесь. Я, как дурак, приехал — все закрыто, ни одной живой души. Я к директору — он вообще не в курсе, что мы что-то устраиваем. Кто, говорит, разрешил, да где согласование с Моссоветом, все такое. Нас в зал только к часу пустили, и то потому, что Платон вмешался. А это чудо-юдо появилось после обеда, как ни в чем не бывало. Тут еще собаки эти гребаные. Вроде все домашние, дрессированные, а гавкают, будто их на помойке нашли. С ведущим — целая история. Петя пообещал Платону, что аукцион будет вести сам Ширвиндт. Платон и спрашивает сегодня — где же Шурик? Петя начинает объяснять, что сегодня Шурик занят на репетиции или где-то там еще, а завтра как штык будет вести аукцион. И это при том, что Театр сатиры на гастролях в ГДР и раньше чем на следующей неделе не вернется. Я бы на месте Тошки погнал этого деятеля в три шеи, чтоб духу его больше не было, — так нет. Что он в нем нашел?..

— А кто же будет вести аукцион? — спросил Терьян.

— Да Петя уже притащил какого-то деда из Москонцерта. Говорит, высокий класс. Посмотри — вон он сидит, слева.

Слева обнаружился благородного вида мужчина лет шестидесяти, с великолепной седой шевелюрой, крупным породистым лицом, в бархатном костюме и бабочке. Он неторопливо перелистывал какие-то бумаги и, шевеля губами, делал на них пометки.

— Владимир Ильич, Владимир Ильич! — послышался голос Петра Кирсанова, который наконец оторвался от Платона. — Все, начинаем! Сюда, сюда пройдите, пожалуйста.

Благородный мужчина не спеша встал и с достоинством поднялся к трибуне.

Взял микрофон, покрутил его в руках и произнес:

— Раз-два-три, раз-два-три, микрофон работает. Петр Евгеньевич, можно приступать?

— Погодите, — вмешался Платон. — Собаки готовы? Где Жанна?

Откуда-то сбоку выскочила растрепанная собачница с мегафоном в руках.

— Все готово, — рявкнула она в мегафон так, что Платон попятился. — Девочки одеты, распределены по лотам, фонограмма проверена, хозяева сейчас спускаются в зал.

Из-за кулис потянулись хозяева.

— А много билетов продано? — спросил Терьян у Мусы.

Тот махнул рукой.

— Сотни две. И то на все три дня. Мы на одну рекламу больше потратили, а тут еще аренда, автобусы, манекенщицы эти чертовы, зарплата… Одна надежда, что если первый день пройдет нормально, то народ повалит. Но я что-то сомневаюсь.

— Итак, уважаемые гости, товарищи, дамы и господа, — грассируя, заговорил в микрофон Владимир Ильич. — Мы собрались сегодня на первый в стране аукцион. Прежде чем объяснить вам правила аукционных торгов, я хотел бы представить организатора сегодняшнего праздника — генерального ди…

— Стоп! — раздался голос Платона. — Владимир Ильич, вот это все давайте уберем. Никого не надо представлять. Вы скажите про собак, про правила, про что хотите, только представлять никого не надо.

Владимир Ильич обиженно пожал плечами и сделал в своих бумагах пометку.

— Сегодняшний аукцион не случайно носит имя «Гуманимал», — продолжил он. — Оно состоит из двух частей — «гуман» и «анимал», что значит «человек» и «животное», или, если угодно уважаемой публике, «гуманное отношение к животным». Сейчас вы увидите очаровательных, прекраснейших в мире собак, которые великолепным внешним видом и отменным здоровьем обязаны своим хозяевам. Поприветствуем же их!

— Ну как тебе? — раздался справа от Терьяна голос Платона, успевшего исчезнуть со сцены.

Сергей неопределенно пожал плечами. С самого начала его не покидало ощущение, что все происходящее — какая-то странная детская игра, к которой основные действующие лица относятся с малопонятной серьезностью.

— Слушай, Тоша, — спросил он, — а это действительно должно принести деньги?

Платон посмотрел на него как на недоумка и вроде бы даже обиделся.

— Ты не понимаешь? — поинтересовался он. — Это же офигительный бизнес. Это ведь никто и никогда не делал.

— Что никто не делал, я понимаю, — согласился Терьян. — Я про деньги спрашиваю. Вот Муса говорит, что всего двести билетов продано...

— Ладно, не мешай слушать.

И Платон переключился на Владимира Ильича, объявлявшего первый лот.

Зазвучала музыка из кинофильма «Мужчина и женщина». На сцене возникла блондинка в бикини, она сжимала в руке поводок, на другом конце которого находилась угольно-черная такса, похожая на лохматую гусеницу. Блондинка замерла в эффектной позе, положив левую руку на бедро. Такса подумала, широко зевнула и села, оборотясь спиной к залу.

— Собаку поверни, — тихо сказал кто-то сзади. — Поверни собаку.

Блондинка подергала за поводок. Такса неохотно поднялась, попыталась сделать несколько шагов, но, сдерживаемая блондинкой, снова уселась. На этот раз боком.

— Итак, я начинаю торги, — сообщил залу Владимир Ильич. — Когда называют самую высокую цену, я ударяю молотком. Вот так...

Не ожидавшая стука такса вскочила и зарычала на Владимира Ильича с откровенной ненавистью.

— Карден, сидеть, — прозвучал из-за кулис чей-то голос — по-видимому, хозяйский.

Такса мгновенно затихла и опустилась на место.

— После этого, — продолжил Владимир Ильич, в голосе которого звучала откровенная обида на невоспитанное животное, — девушка уводит собачку за кулисы, передает новому хозяину, а я объявляю следующий лот.

Такса, услышав, что ее должны увести, мгновенно вскочила и, тявкнув на прощание в сторону Владимира Ильича, засеменила в сторону кулис. Прикрепленная к противоположному концу поводка блондинка, играя бедрами, послушно удалилась за ней.

— Стоп! — скомандовал Платон. — А когда покупатель платить будет?

— За кулисами, — ответил неожиданно возникший на сцене Кирсанов. — Там же будут оформляться все бумаги.

Второй лот представляла другая блондинка, сопровождавшая немецкую овчарку под аккомпанемент мелодии «Вставай, страна огромная». Владимир Ильич, наученный предыдущим опытом, с явной опаской покосился на овчарку и стукнул молотком вполсилы.

Афганская борзая (под песню «В Намангане яблоки зреют ароматные»), кокер-спаниель (под что-то из «Битлз») и английский бульдог (под мелодию, Сергею неизвестную) продефилировали по сцене без сбоев.

— Платон Михайлович, — обратился к Платону Владимир Ильич, — я понимаю, что сегодня важный день, генеральная репетиция, но вообще-то уже десять вечера. Мы все пятьдесят лотов будем прогонять?

Платон не успел ответить, потому что внезапно очутившийся за его спиной Кирсанов что-то зашептал ему в ухо. Сергей расслышал слова «автобусы» и «банкетный зал». Платон, дослушав, кивнул.

— Давайте еще парочку, Владимир Ильич, и на сегодня заканчиваем.

Зазвучала песня Джо Дассена, однако на сцене никто не появился. После непонятной паузы вышла очередная блондинка. Деревянно улыбаясь, она дергала за туго натянутый поводок. Второй его конец скрывался в кулисах.

Блондинка напряглась и изо всех сил потянула за поводок. Ожесточенно рыча и упираясь всеми четырьмя лапами, из-за кулис выползла на брюхе белая болонка.

Когда же блондинка сделала попытку к ней приблизиться, болонка вскочила и с неожиданной резвостью умчалась со сцены. Блондинка что-то вполголоса произнесла и снова потянула за поводок.

— Почему она не идет? — спросил Платон, ни к кому не обращаясь.

— Не хочет, — лаконично ответил Муса.

В этот момент болонка опять возникла на сцене. Блондинка изобразила зазывающую улыбку, подбоченилась и согнула в колене правую ногу.

— Так, благодарю вас, — вмешался Владимир Ильич. — Можете уводить собачку.

Блондинка дернула за поводок, убедилась, что болонка по-прежнему предпочитает передвигаться волоком, нагнулась и, ловко ухватив упрямицу поперек живота, с достоинством удалилась за кулисы.

Загремел «Танец с саблями» Хачатуряна — на сцене появилась девушка с кавказской овчаркой, той самой, которую на улице удерживали сразу трое во главе с Сысоевым. Сейчас овчарка была настроена на редкость миролюбиво. Выйдя на середину сцены, она уселась и стала с интересом изучать зрительный зал. Терьян почувствовал, как справа от него напрягся Муса, и в то же мгновение собака, издав приветственное урчание, метнулась со сцены к хозяину, сидевшему во втором ряду. Расстояние между сценой и креслами зрительного зала овчарка преодолела одним гигантским прыжком. Застигнутая врасплох манекенщица, намотавшая к тому же поводок на руку, взлетела в воздух и с грохотом обрушилась в проход. Муса, перескочив через спинки кресел, первым оказался возле девушки. Манекенщица не подавала признаков жизни. Сбежались люди.

— Врача! — скомандовал Муса, с ненавистью глядя на возникшего рядом Кирсанова. — И воды, быстро!

Выскочившие из директорской ложи и находящиеся в разных стадиях одетости красотки громко запричитали.

— Я же говорил, я предупреждал, — голосил кто-то за спиной Терьяна, — собаки должны выходить только с хозяевами, так нет — понаприводили девчонок…

Сергей почувствовал рядом с собой что-то большое и теплое и, покосившись, увидел злополучную кавказскую овчарку, которая с явным сочувствием взирала на содеянное. Наконец, издав странный звук, не то урчание, не то вздох, овчарка наклонила огромную лобастую голову и, высунув розовый, размером со сковородку, язык, нежно облизнула лицо неподвижно лежащей жертвы.

Девушка немедленно открыла глаза, увидела прямо перед собой разверстую пасть баскервильского монстра и взвизгнула так, что у Терьяна заложило уши. На овчарку, однако, этот шум никакого влияния не оказал, и она облизнула красавицу еще раз, смахнув с правого глаза накладные ресницы.

— Уберите, а-а-а! — завопила девушка, вырываясь из рук Мусы, который стоял перед ней на коленях.

Обиженного пса наконец оттащили, и девушка резво вскочила на ноги. Вопреки ожиданиям, вынужденный полет не причинил манекенщице особого вреда. Все последствия — это несколько ссадин на коленях и локтях да лопнувший при приземлении лифчик, которым девушка без особого успеха пыталась прикрыть вырвавшуюся на свободу грудь. И еще утерянные при близком контакте с собакой ресницы, отчего лицо красавицы приобрело загадочную асимметрию. Впрочем, эта асимметрия производила куда как меньшее впечатление, чем наведенный собачьим языком марафет — боевая раскраска манекенщицы, совсем недавно нанесенная умелой рукой гримера, теперь была перераспределена по лицу самым причудливым образом.

Муса снял свитер, протянул его девушке и, обняв ее за дрожащие плечи, отвел в сторону.

— Ну что, на сегодня заканчиваем? — услышал Сергей спокойный голос Кирсанова.

— Петя, — неожиданно мягко сказал Платон, — это не так важно, заканчиваем мы или нет. Ты мне объясни, что у нас завтра будет. Ты считаешь, что с этим бардаком можно проводить аукцион?

Одна собака к залу задом сидит, вторая на брюхе ползет, третья вообще в зал прыгнула, чуть девку не угробила... Завтра люди придут, телевидение будет. Ты понимаешь, что ты сделал? Ты пойми, я не о деньгах говорю, черт с ними. Но мне это позорище на дух не надо.

— Сейчас все решим, — решительно ответил неунывающий Кирсанов. — Жанна!

Приблизилась озабоченная Жанна, что-то обсуждавшая с владельцами собак.

— Я с самого начала говорила, что собаки могут выходить только с хозяевами, — заявила она, не дожидаясь вопросов. — Когда в Измайлово выставляются, собаки ходят по кругу только с хозяевами. Так всегда и во всем мире было. Я предупреждала, что посторонним рядом с собаками делать нечего. Нет, обязательно надо голеньких девочек на сцену... Петя, я предупреждала или нет?

Платон вопросительно посмотрел на Кирсанова.

— И еще, — продолжала Жанна. — Вы собак продавать хотите или как? Вы думаете, кто-нибудь будет смотреть на собаку, когда рядом всякое Мерлин Монро стоит? Одно же из двух — либо собаки, либо девочки...

— Тоша, Тоша, — зачастил Кирсанов, перебивая, — мы это обсуждали, помнишь? Здесь ведь не Измайлово, мы ударную вещь делаем. А выйдут хозяева, кто в чем, — никакого вида. И потом — мы же согласовали...

— Муса! — крикнул Платон, обернувшись. — Иди сюда.

Муса оторвался от увечной манекенщицы и подошел к Платону.

— Значит, так, — решительно заявил Платон. — Хозяева все здесь? Собери хозяев, возьми у них размеры. Чтобы к завтрашнему вечеру у всех были голубые балахоны, у всех одинаковые, как униформа. С собаками выходят хозяева — и больше мы это не обсуждаем. Сделай!

— Ты понимаешь, что говоришь? — поинтересовался Муса. — Где я тебе за полдня достану пятьдесят балахонов, да еще голубых? А деньги?

— Не знаю. — Платон рубанул воздух кулаком. — Купи марлю какую-нибудь, покрась, заплати в ателье, укради, в конце концов. Но по-другому не будет. Сейчас прямо пошли людей, пусть займутся. Бенциону позвони, он сделает. У него наверняка и материал есть.

При упоминании Бенциона Лазаревича Терьян передернулся.

— Я позвоню Бене, — раздался откуда-то из темноты голос Сысоева. — Мы как раз сегодня с ним разговаривали. Сколько ему можно обещать?

— Скажи, пусть сейчас же собирает своих, — приказал Платон. — И пусть немедленно садятся шить. Обещай, сколько запросит. И скажи, что рассчитаемся через пару дней. Ларри приедет и разберется, у них свои дела.

Виктор исчез.

— А что с девочками делать? — поинтересовался присмиревший Петя. — Они уже все распланировали, отменили другие мероприятия… Может, их всех выпустить в начале, эдакое парад-алле, под музыку? Муса ведь уже деньги заплатил…

— Ты что проводишь? — спросил Платон. — Аукцион или мюзик-холл? И при чем здесь деньги? Ну попали на деньги, первый раз, что ли?

— Ты не понимаешь! — взвился Кирсанов. — Телевизор посмотри. Ты хоть одно приличное шоу без девочек видел? Зачем тогда все это? — он обвел рукой зрительный зал. — И устраивали бы себе в Измайлово. Я тебе лучший Дом моделей обеспечил, ты посмотри на девок — это же элита! Ну выйдут они в начале, потусуются на сцене, сделают ножками. Все равно ведь уже заплачено.

— Да они после сегодняшнего здесь уже не покажутся, — мрачно прокомментировал Муса. — Туда посмотри. Они уже оделись и сваливают.

— Куда сваливают! У меня же банкетный зал заказан!

И Петр метнулся к потянувшимся было из зала манекенщицам. В этот момент рядом появился Сысоев.

— Все сделает, — ответил он на вопросительный взгляд Платона. — Знаешь, он так быстро согласился. Он совсем, что ли, на мели?

— Сколько он просит?

— Считай, нисколько. — Виктор потянул Платона за рукав. — Отойдем?

Через несколько секунд Платон, внимательно слушавший Виктора, взорвался.

— Ты считаешь, что это нисколько? Да он просто рехнулся. Ты пообещал что-нибудь? Дай мне его телефон, быстро!

— Ладно, — сказал Муса Терьяну. — Они здесь сами разберутся. Пошли в банкетный зал. Там уже должно быть накрыто, это для Петьки святое...

Утром Сергей обнаружил рядом с собой на диване одну из манекенщиц. Девушка спала, уткнувшись в перемазанную косметикой подушку. Из кухни доносилось какое-то шевеление. Сергей встал и вышел в коридор. В спальне дрыхла еще одна девица, а в кухне ошалевший Терьян узрел Петю Кирсанова, который пытался включить электрическую кофемолку.

— Как ты ею пользуешься? — спросил Петя, стараясь пробудить кофемолку к жизни.

— Никак, — Сергей протянул руку и достал с полки ручную мельницу. — Если хочешь приличный напиток, молоть надо только вручную. Давай я сделаю.

— У тебя выпить есть? — понизил голос Петя. — А то мы вчера немножко того. Кстати, как твоя?

Сергей был совершенно согласен с тем, что вчера было «немножко того». Во всяком случае, вспомнить, чем закончился вечер, почему у него в постели оказалась девушка, было с ней что-нибудь или не было, а также понять, откуда здесь взялся Петя Кирсанов, Терьяну не удалось. Поэтому, неопределенно мотнув головой, он достал из шкафа бутылку «Спотыкача», оставшуюся после визита Сысоева.

— Вот, только это.

— Годится! — Кирсанов выудил из сушки два стакана. — Давай по пятьдесят грамм, а то мне сегодня еще бегать и бегать. — Скривившись от приторно-сладкой наливки, он спросил: — Ты Платона давно знаешь?

— Считай, лет двадцать. — Терьян закурил и начал вращать ручку мельницы. — Сильно дружили в свое время. Сейчас, правда, почти не видимся. А почему ты спрашиваешь?

— Да так. — И, подумав о чем-то, Кирсанов сказал: — Знаешь, у меня есть к тебе одно предложение. Я из науки сейчас ухожу, хочу заняться журналистикой, рекламой, ну, в общем, шоу-бизнесом всяким. Не желаешь попробовать на пару?

Сергей пожал плечами.

— Да я в этом ничего не понимаю.

— Ну и что? Я тоже этому не учился. У меня есть куча идей. Вот взять, к примеру, этот аукцион...

— Ты думаешь, здесь что-то получится?

— Безусловно! — Петр снова плеснул в стаканы наливку. — Это классная идея. Вот посмотришь, раскупят все. И потом — я же это устраиваю вовсе не для собак, ты просто не понял. Ведь платоновский «Инфокар» машинами торгует. Сейчас собаки, а завтра — машины. Представляешь, как можно развернуться? Поэтому я тебе и говорю — давай вместе.

— Да я-то тебе зачем? — не понимал Сергей.

— Я объясню.

И Петр пустился в длинные и путаные объяснения, из которых Сергей понял только одно, хотя прямо об этом так и не было сказано. Кирсанову был необходим прямой и надежный выход на Платона, а что может быть лучше, чем затянуть в свой бизнес одного из старых платоновских друзей. Это так и не прозвучало в открытую, но головокружительные посулы вперемешку с совершенно неопределенными описаниями того, что же все-таки Петя хочет от Сергея, никакого другого толкования не допускали.

Терьян, никогда не умевший отказывать, внимательно слушал Петю, кивал и время от времени вставлял разнообразные междометия. Наконец Петя выдохся и посмотрел на часы.

— Значит, так. Мне пора бежать. Сегодня в семь начало. Ты будешь?

— Да я считаю, что уже все видел.

— Ага. Ну ладно. Я там буду часов до десяти. Давай договоримся, что после этого я сразу у тебя и продолжим разговор. Девочек этих же брать или новеньких? — Заметив, что Сергей замялся, Петя успокоил его: — Не думай, еда, выпивка — это я все привезу. Адрес свой напиши. И телефон.

— А что мне делать с этими девками, когда они изволят очнуться? — спросил Сергей, провожая Петю к дверям.

— Дай им кофе и пусть, как проснутся, позвонят мне. Номер они знают.

И Петя исчез за дверью.

Больше он у Сергея не появлялся — ни в этот вечер, ни впоследствии. И не звонил.

Уважаемые люди

Ахмет достался «Инфокару» в наследство от «Информ-Инвеста». Он родился и вырос в Казахстане, куда его семья была заброшена по воле вождя народов, но, закончив среднюю школу, каким-то чудом перебрался в Одессу, вознамерившись поступить в институт. Там у Ахмета был дядя, числившийся по паспорту русским, но хранивший все родовые традиции, почему и пользовался в городе всеобщим уважением. Понятно, что Ахмет, сдавший письменные экзамены и безжалостно зарезанный на первом же устном, сразу обратился к дяде. Тот выслушал его, помрачнел лицом, куда-то съездил, а на следующий день Ахмет пошел на пересдачу.

Тем не менее с высшим образованием у него не получилось, потому что соблазнов в Одессе было великое множество, и устоять перед ними молодой горец был не в состоянии. С грехом пополам он дотянул до четвертого курса, получил справку о неполном высшем образовании и двинулся в Москву. Влияние дяди, по-видимому, распространялось и на столицу — стоило Ахмету приехать, как его уже ждала невеста. После регистрации брака Ахмет больше не видел молодую жену до самого развода. А еще выяснилось, что в новеньком, с иголочки, овощном магазине, построенном к Олимпиаде где-то на юго-западе, свободно место директора, и Ахмет вполне удовлетворяет всем требованиям. Вот только о вступлении в партию надо серьезно подумать.

Уже через два месяца после поступления на руководящую должность Ахмет стал в районе заметной фигурой. Он осмотрелся, быстро сообразил, кто и сколько ворует, разогнал почти весь персонал и набрал сородичей, рекомендованных дядиными друзьями. Это позволило установить принципиально новые отношения с городскими и районными овощными базами и положило конец закрепленной десятилетиями традиции платить за каждую сколько-нибудь приличную поставку черным налом, который наваривался на бессовестном обвесе и обсчете. Теперь вместо занюханного товароведа с потертым портфелем, в котором, рядом с накладными, покоились бутылка марочного коньяка и пухлый конверт, на овощную базу являлись три подтянутых и щеголевато одетых джигита, которые по-хозяйски проходили по территории и, небрежно указуя перстами, говорили семенящему за ними директору:

— Это отгрузишь. И это тоже. Вот это будешь грузить, отсюда не бери, оттуда бери. А вот это заверни, привезешь сам Ахмету Магометовичу. Понял? Чтобы завтра все было.

— С транспортом плохо, — пытался возражать директор. — Район не дает. Может, самовывозом?

— У тебя персональная машина есть? А своя личная? — интересовались джигиты. — Зачем тебе машина, если такой простой вопрос решить не можешь?

Всего за два месяца магазин Ахмета — впервые с момента основания — выполнил квартальный план. За три месяца — полугодовой. На всех районных собраниях партхозактива Ахмета Магометовича стали ставить в пример. Остальные директора овощных магазинов кряхтели, перемигивались, но сделать ничего не могли, потому что все районное начальство в Ахмете души не чаяло и частенько после трудового дня заезжало к гостеприимному директору на огонек. Принимал их Ахмет с русским хлебосольством и кавказским размахом.

— Ты, Ахмет Магометович, подумай, — говаривал, бывало, второй секретарь райкома, смахивая с губ прилипшие икринки, — на твоей должности без партбилета никак.

Но Ахмет ловко увиливал:

— Времени нет, уважаемый. Много работы. От нас партия ждет трудовых успехов. А у меня проблема с кадрами. Продавщицы, экономисты, туда-сюда… Нужно молодежь привлекать. А в овощной магазин кто пойдет? Вот если бы вы помогли — прислали хороших девушек, комсомолок… Мне секретарша нужна.

В скором времени магазин Ахмета, помимо богатейшего ассортимента, прославился на весь район редкими красавицами, которые торговать не умели, покупателям хамили, но задачу свою понимали и исполняли четко. На первых порах в час закрытия к магазину слетались местные ребята, привлеченные красотой и статью ахметовских комсомолок, но после того, как джигиты провели с ними пару просветительских собеседований, районные ловеласы стали обходить магазин стороной. А через год Ахмет познакомился с Бенционом Лазаревичем и от чистого сердца подарил ему трех наиболее активных комсомолок.

В делах «Информ-Инвеста» Ахмет имел свою долю, но в тонкости не вникал. За это его ребята обеспечивали Бенциону спокойную жизнь. Часто помогали улаживать проблемы, возникавшие при деловых переговорах. Если Бенцион Лазаревич приходил на переговоры в сопровождении какого-нибудь из ахметовских джигитов, то партнер проявлял удивительную податливость. В этом случае к доле Ахмета прибавлялось дополнительное вознаграждение.

К сотрудничеству Бенциона Лазаревича с Платоном и Ларри Ахмет отнесся с большим интересом. Он даже попытался объяснить новоявленным институтским коммерсантам, что филиалы «Информ-Инвеста» — это все равно что сам «Информ-Инвест», поэтому он, Ахмет, имеет на них такие же права. Однако Ларри, широко улыбаясь, растолковал ему, что филиалы — это не совсем «Информ-Инвест», скорее филиалы — это он, Ларри Теишвили, поэтому про «Информ-Инвест» лучше говорить с Бенционом Лазаревичем, а что касается филиалов, то — пожалуйста, Ларри не прочь обсудить и эту тему тоже, но хотел бы, чтобы при беседе поприсутствовал кое-кто из его друзей, имена которых тут же были названы Ахмету. С другой стороны, он, Ларри, испытывая к Ахмету Магометовичу искреннее уважение и неподдельные дружеские чувства, хотел бы, в надежде на скорое сотрудничество, о котором можно будет в дальнейшем поговорить особо, сделать ему скромный подарок. Но он хочет подчеркнуть, что этот подарок никак не связан с филиалами «Информ-Инвеста», а представляет собой просто дань уважения Ахмету Магометовичу.

Выслушав эту речь, опознав кое-какие из названных Ларри имена и оценив по достоинству подарок, Ахмет больше эту тему в разговорах не поднимал. Но к Ларри стал относиться с большим уважением. И с еще бóльшим — к Платону, в котором разглядел основную движущую силу. И когда появился «Инфокар», Ахмет стал частенько появляться там по вечерам, знакомя отцов-основателей с разнообразными людьми своего круга.

Все непросто

Терьян появился в «Инфокаре» в мае девяносто второго года. Решение это он принял на удивление легко. Незаметно надвинувшийся крах отечественной науки Сергей ощутил, когда, принеся в институт несколько листков бумаги с доказательством много месяцев мучившей его теоремы и испытывая естественное желание немедленно поделиться с коллегами, он не смог сделать такую простую вещь, как собрать людей на семинар. Терьян развесил по всем этажам объявления, пришел в назначенное время в аудиторию и принялся ждать. Прошло минут двадцать, никто не появился. Еще не понимая до конца, что же все-таки происходит, Сергей приклеил на дверь бумажку, что семинар состоится часом позже, и пошел по комнатам собирать народ. Однако многие помещения оказались заперты, а в тех, что были открыты, никаких обитателей не обнаружилось. И лишь в одной комнате еще теплилась какая-то жизнь — там без особого энтузиазма пытались продать по телефону цистерну со спиртом и два вагона сахарного песка.

Вернувшись в свой кабинет, Сергей немного постоял у окна, выкурил одну за другой три сигареты, потом аккуратно убрал в стол разбросанные по всей комнате бумаги, положил сверху тезисы выступления, запер дверь кабинета на ключ и поехал устраиваться на новую работу.

Ему повезло — Платон оказался на месте.

— Так, — сказал Платон. — Это здорово, что ты пришел. Работы — невпроворот. Проблема в том, что я сейчас улетаю в Швейцарию. Знаешь что? Летим со мной. Там все обсудим. У тебя виза есть?

У Сергея не было не только визы, но и загранпаспорта. Узнав об этом, Платон схватился за телефон и с удивлением выяснил, что за оставшиеся в его распоряжении полчаса оформить загранпаспорт и получить швейцарскую визу не представляется возможным. Заметно заскучав, он предложил:

— Подойди к девочкам, Мария или Ленка, кто там сейчас, скажи, чтобы тебя срочно начали оформлять. Я вернусь через три дня, чтобы все было. А потом — дождись Мусу. Скажи ему, чтобы ввел тебя в курс. Когда прилечу, сразу созваниваемся, и я объясню, что надо делать. И еще — скажи Мусе, чтобы он тебе выдал экипировочные, оденься как следует. Костюм там, ботинки, рубашки… Галстуки! Скажи ему — пусть выдаст десять тысяч.

— А что можно купить на десять тысяч рублей? — спросил Сергей, вспоминая, что в начале недели он заплатил триста за полкило колбасы.

Платон посмотрел на него как на недоумка.

— Долларов! И не экономь! Чтобы все было самое лучшее! Ну, пока, я полетел. Обнимаю тебя.

Выйдя в приемную, Сергей огляделся по сторонам. Многое изменилось с тех пор, как он был здесь последний раз, ожидая приезда Ларри и Леонарди.

Поцарапанные столы и разваливающиеся стулья времен Московской олимпиады уступили место массивной итальянской мебели. По углам стояли кадки и горшки с неизвестными Сергею растениями. На расставленных вдоль стен кожаных диванах сидели ожидающие чего-то люди. И, по-видимому, ожидали они давно, потому что взгляды у них были погасшие, лица скучные, а настроение унылое. Время от времени кто-нибудь вставал, доставал из кармана пачку сигарет и протискивался к выходу, лавируя между растениями.

Молниеносный бросок Платона из кабинета на улицу не произвел на ожидающих людей никакого впечатления. Оживились они лишь тогда, когда только что вышедший курить человек влетел обратно с криком: «Приехал!» И вслед за ним в приемную вошел Марк в переливающемся всеми цветами радуги костюме и с дымящейся сигаретой в пожелтевших от никотина пальцах.

— Марк Наумович, — сказала сидящая за одним из столов брюнетка, — вы господам назначали? Они с утра ждут.

— Нормально, — жизнерадостно сказал Цейтлин. — Всех приму. Всех удовлетворю. По самое это самое. В порядке живой очереди. Сережка! — обрадовался он, увидев Терьяна. — Какими судьбами! Мы обязательно должны поговорить.

Игнорируя пронесшийся по приемной стон, Марк втолкнул Терьяна в переговорную комнату, усадил в черное кожаное кресло, нажал кнопку на телефоне и приказал:

— Срочно два кофе, бутербродов с сыром... — он поводил в воздухе правой рукой, — минералки и...

Марк замолчал, о чем-то размышляя.

— Может, коньячку, Марк Наумович? — с готовностью спросили из трубки.

— Да! — неохотно согласился Марк. — Пожалуй. И лимончик там, орешки какие-нибудь... И чтобы мухой!

За то время, пока они с Сергеем не виделись, Марк практически не изменился, только прибавил седых волос и заматерел. Он по-прежнему курил одну сигарету за другой, небрежно швыряя окурки в пепельницу и оставляя там догорать до фильтра. Сергею показалось, что, затащив его в переговорную, Марк понятия не имеет, о чем с ним толковать.

— Такие дела, — сказал Цейтлин, разливая по хрустальным рюмкам принесенный коньяк. — Ну как ты вообще?

Сергей честно рассказал, что в институте стало совершенно нечего делать, что он пришел наниматься на работу и что Платон пообещал ему помочь, но улетел и послал к Мусе, дабы тот ввел в курс дела.

— Тебе Муса не нужен, — решительно заявил Марк. — Он у нас на хозяйстве. Я считаю, что тебе надо работать у меня. Это как раз то, что тебе подойдет. Да и про фирму «Инфокар» больше меня никто не знает.

— Чем же ты занимаешься?

— Практически всем, — гордо сказал Марк. — Выстраиваю схемы. Юридические вопросы...

— А что ты понимаешь в законах?

Марк обиделся.

— Ты что, не понимаешь, что ли? Это та же математика. Законы создают совокупность ограничений, и надо при этих ограничениях максимизировать прибыль. Так что тебе и карты в руки. А с Тошкой лучше не связывайся. Он тебе наобещает с три короба, потом закрутится, все забудет... С Донских уже был соответствующий опыт — Платон его притащил, потом забыл, теперь Леня у Витьки адидасовские кроссовки по магазинам развозит. А я тебе предлагаю интеллектуальную работу.

— Он мне сказал с Мусой поговорить, — твердо сказал Терьян.

— С Мусой я решу! — Марк снова ткнул пальцем в телефон. — Мария! Быстро соедини меня с Мусой.

Пока искали Мусу, Цейтлин, не спеша и явно важничая, рассказывал Терьяну о достижениях «Инфокара». Достижения впечатляли. Здесь было все — фантастические по объемам поставки с Завода, суперсовременные станции технического обслуживания, контракты с «Даймлер-Бенц», «Вольво», «Дженерал моторс», «Хондой», реставрирующиеся старинные особняки, собственный банк... Объекты в Санкт-Петербурге, Самаре, Грозном, Сочи, Воронеже, Ростове... Связи на самом высшем уровне. Больше трех тысяч человек в штате. Ведутся переговоры о покупке большого курорта где-то на побережье Адриатики.

— И сколько же здесь платят? — спросил Сергей, когда Марк остановился, чтобы перевести дух.

Марк оглянулся на дверь и шепотом сказал:

— Не волнуйся. Нормально.

Сергей хотел было спросить, что это означает, но передумал. Если уж выяснять, то лучше у Платона. Или у Мусы.

— А еще Тошка послал меня к какой-то Марии, — вспомнил Сергей. — Сказал, что она мне паспорт оформит, визы какие-то проставит. Она кто?

— Стерва, — однозначно охарактеризовал Марк неведомую Сергею Марию. — Жуть. Ее Тошка где-то подобрал, притащил сюда, чтобы она секретариатом командовала. Там у них вроде шуры-муры были, ну ты же Платона знаешь… Так она решила, что она здесь самая главная. Ничего, я ей еще ноги повыдергиваю. Да ты ее видел, это она сейчас в приемной сидит.

— Платон еще про Ленку говорил. Это что, та самая, из Института, которая с нами на школе была? — сделав безразличное лицо, спросил Сергей.

— Ага, — подтвердил Марк и ухмыльнулся. — Та самая. Которую у тебя из койки никак не могли выковырять. Не забыл? Ну эта всегда пожалуйста, могу устроить. Хочешь?

— Еще вопрос, — Сергей поторопился сменить тему. — Мне Тошка сказал, что я должен у Мусы какие-то экипировочные взять, на одежду, галстуки всякие. Это что, так принято?

Марк перегнулся через стол и похлопал Сергея по плечу.

— А как же! Здесь ты уже не будешь ходить в свитерке, как мальчонка. Тут порядки строгие. Сколько он тебе положил? Пятьсот?

— Платон сказал — десять тысяч, — ответил Сергей, чувствуя непонятную неловкость.

На какую-то долю секунды у Марка перекосилось лицо. И появившаяся через мгновение приветливая улыбка не смогла скрыть внезапно похолодевший взгляд.

— Здорово. Значит, так… У нас обычно пятьсот. А тебе прямо как члену совета директоров. Начальником будешь.

— Здорово, уважаемые, — раздался за спиной у Сергея голос Мусы. — Сережа, привет! Марик, искал меня?

— А как же! — Марк встал и пожал Мусе руку. — В наших рядах прибыло. Вот мальчонка пришел заместителем генерального наниматься.

На «мальчонку» Терьян решил не реагировать. Большой любви к Марку он никогда не испытывал и особо тесно общаться с ним тоже не собирался. Но Сергей заметил, что и у Мусы в глазах промелькнула та же непонятная настороженность.

— Хорошее дело, — сказал Муса. — Ну что ж. Раз гениальный решил, быть по сему. По какой части желаете быть заместителем, уважаемый? По научной?

— Не обращай на него внимания, — успокоил Мусу Терьян. — Тошка мне вообще ничего не сказал. Просил, чтобы ты меня ввел в курс дела. А остальное — до его приезда.

— Ну-ну, не скромничай, — вмешался Марк. — Он же еще распорядился экипировочные выдать. Десять штук. Так что раскошеливайся, Мусенька.

Муса переглянулся с Марком. Будто на мгновение между ними протянулась чуть заметная тонкая ниточка, которая тут же исчезла.

— А где их взять, он не распорядился?

Сергей пожал плечами. На экипировочные деньги он не напрашивался, идея выколачивания их из кого бы то ни было его совершенно не привлекала, а столь неожиданная реакция со стороны людей, знавших его не один десяток лет, только обескураживала.

— Ребята, мне это все равно. Я ведь ни на что не претендую. Он сказал — я передал. Есть проблемы — давайте забудем. Буду заниматься тем, чем, по вашим правилам, можно заниматься в свитере.

Муса обнял Сергея за плечи.

— Ты нас не так понял. Тут дело в другом. Ты потом разберешься, у нас здесь многое непросто. Тошка позвонит — мы все урегулируем.

— А пока мне что делать?

— Через час зайди. Я тебе пока что пятьсот выдам, там разберемся. А Марик даст тебе посмотреть материалы по Питеру. Годится, Марик?

Цейтлин переглянулся с Мусой, кивнул, и Сергею показалось, что настроение у Марка сильно улучшилось.

Заведя Терьяна в свой кабинет, он вывалил на стол несколько папок с бумагами.

— Смотри сюда. Это материалы по представительству, это — по станциям, это — по салонам. Тут переписка с мэрией. Только в этой комнате тебе будет неудобно, сейчас тут сумасшедший дом начнется. Забирай все и иди в переговорную.

Выйдя из кабинета Марка, Сергей задержался около стервозной брюнетки, которой Цейтлин пообещал повыдергивать ноги.

— Добрый день, — сказал Сергей. — Вы Мария? Меня зовут Сергей Терьян.

— А я знаю, — приветливо ответила Мария. — Вас Платон Михайлович часто вспоминает. Вы у нас будете работать?

— Посмотрим, — пожал плечами Сергей. — Платон просил, чтобы вы мне помогли с паспортом и визами.

Мария кивнула и сделала какую-то пометку в блокноте.

— Я сейчас не могу, а через полчасика подойдут девочки, тогда я вами займусь. Вы здесь будете? В переговорной?

И, нажав кнопку на телефонном аппарате, Мария распорядилась доставить в переговорную кофе и минеральную воду.

За два часа, которые Сергей провел за чтением бумаг, его никто не побеспокоил. Один раз заглянул Муса, бросил на стол тощий конверт. Потом зашла Мария, выпила чашку кофе, от предложенной Сергеем сигареты вежливо отказалась, забрала у него паспорт, попросила завтра принести фотографии, почему-то спросила, женат ли он, и вернулась к себе. А через некоторое время пришел Виктор.

— Ну что? — спросил он, садясь на край стола и закуривая. — Уже загрузили? Что читаешь?

Сергей пододвинул к Виктору одну из папок.

— Угу, — сказал Виктор, открыв папку. — Вас понял. Неужели сам Платон приказал, чтобы ты это дерьмо расхлебывал?

Сергей принялся объяснять, как он позвонил Платону, как они встретились, какое Платон дал ему обещание и как потом прошла беседа с Марком и Мусой.

Виктор слушал, кивал головой и мрачнел на глазах.

— Я что-нибудь не так сделал? — встревожился наконец Сергей. — Ты почему заскучал?

— Ты все сделал так, — нехотя ответил Виктор. — Тут другое. Не обращай внимания. Ну и что ты в этих бумажках вычитал? Давай я тебе лучше расскажу, что там творится. Иначе ты еще неделю будешь читать без всякой пользы.

А творилось в Питере вот что. Там существовало представительство «Инфокара», возглавляемое Левой Штурминым и осуществлявшее общий надзор за интересами «Инфокара» в северо-западном регионе. Под крышей представительства действовало несколько коммерческих предприятий. Одни из них были созданы по команде из Москвы, другие — по инициативе Левы. И Левины предприятия не то чтобы законспирированы, но держатся в тени, частично существуют за счет централизованных ресурсов, а прибыль в «Инфокар» не приносят. Поэтому есть такое понимание, что Лева живет слишком хорошо. И возможно, пора задать ему кое-какие вопросы. А еще в Питере отстраивается салон по продаже «вольво».

Через полгодика уже начнет работать. Должен быть совершенно потрясающим — с верхним светом, галереями, декоративными мостиками…

— Кстати, — вдруг рассмеялся Виктор. — Ты ведь эту историю должен помнить. Тогда, на школе… Помнишь, мы были в каком-то кабаке и Платон разыграл Марика? Подсунул ему алкаша, сказал, что это академик, а тот оказался цветоводом?

Сергей кивнул.

— Ну так вот. Потом Лева его случайно встретил, оказалось, что он — директор цветочного магазина в центре. Но поскольку он пьет, как лошадь, всеми делами в магазине заправляет его жена. Лева с ней встретился, поговорил, потом позвонил Платону, тот вылетел в Питер и окончательно расставил все точки. К тому времени директорша уже выкупила магазин и собиралась расширять цветочную торговлю. Платон ей закрутил голову, изобразил перспективу, потом вызвал Ларри, тот еще добавил жару, в результате они этот магазин внесли в уставный капитал совместной с нами фирмы, и теперь там будет салон «Вольво». Здесь-то как раз все в порядке.

Не в порядке обстояли дела с двумя станциями технического обслуживания. К ним приложил руку старый знакомый по ленинградской школе Еропкин. Услышав эту фамилию, Терьян скрипнул зубами.

— Вот-вот, — согласился Виктор. — Между прочим, мы Платона уговаривали, чтобы он с ним не вязался, но Платон уперся — Сашка, говорит, очень пробивной парень, умеет решать вопросы, мы, говорит, не можем себе позволить такими людьми бросаться. Вот он и нарешал.

— Расскажи подробнее, — попросил Сергей.

Оказалось, что Еропкин каким-то образом втерся на две станции техобслуживания, которые, будучи государственными предприятиями, как раз подумывали о том, чтобы приватизироваться. Как он достиг своей цели, кого купил и сколько ему это стоило, никто не знает, но факт остается фактом: Еропкин успел затормозить уже начавшийся процесс приватизации, добился слияния этих двух предприятий в одно, вышиб прежнее руководство и сам стал директором. А после этого заново инициировал процедуру приватизации, но уже под себя. В этот момент он и появился в «Инфокаре». Показал Платону документы, свозил его в Питер, продемонстрировал обе станции и спросил, интересно ли это «Инфокару», заранее зная ответ. Платон мгновенно проглотил наживку. И тогда Еропкин предложил Платону забрать обе станции под «Инфокар» — для этого только и нужно, что выдать ссуды работникам, дабы они смогли выкупить движимое и недвижимое имущество, выделить некоторое количество легковых автомобилей ключевым фигурам, которые впоследствии будут принимать решение о передаче «Инфокару» контрольного пакета акций, и вручить ему, Еропкину, сто тысяч долларов наличными. Чтобы процесс приватизации прошел быстро и гладко.

Сто тысяч ему, конечно, никто не дал, дали тридцать, да и то Ларри ворчал, что много. За это Еропкин создал план-график, в соответствии с которым «Инфокар» будет вступать во владение станциями. На все про все отводилось полгода. В полном соответствии с планом пятидесяти сотрудникам Еропкина были выданы беспроцентные и, что подразумевалось, безвозвратные ссуды. Эти деньги сотрудники честно внесли на специальный приватизационный счет, потом они были перечислены в городскую казну, и через некоторое время предприятие Еропкина приобрело в собственность здания, сооружения, оборудование и кое-какие запчасти. А также заключило с городом долгосрочный договор на аренду земли, на которой все это богатство располагалось. Пришла пора продаваться «Инфокару».

И вот тут Еропкин начал крутить хвостом. Не пытаясь ни в коей мере отказаться от ранее выданных обещаний и прекрасно понимая, что и тридцать тысяч, и пять автомобилей, и деньги на выкуп имущества войдут в счет, который ему рано или поздно предъявят, он стал под любыми предлогами тянуть время.

Первым делом Еропкин заявил, что, как настоящий и будущий генеральный директор, он просто обязан детально ознакомиться с предстоящим бизнесом, а без этого прием «Инфокара» в число акционеров невозможен, потому что генеральный директор контролируемой «Инфокаром» фирмы должен обладать наивысшей квалификацией. В результате Еропкин добился, чтобы его — за счет «Инфокара», разумеется, — отправили на обучение в Штутгарт на четыре месяца. В течение этих четырех месяцев из Германии регулярно приходили факсы с просьбами оплатить аренду автомобиля, телефонные переговоры, аренду квартиры, потому что проживание в общежитии роняет имидж «Инфокара», потом стали поступать счета за лечение.

Понимая, что по возвращении Еропкин наконец-то подпишет документы о вступлении «Инфокара» в свои права, руководство фирмы все счета оплачивало.

Но, вернувшись, Еропкин не стал спешить. Он прилетел в Москву и объяснил Платону, что вопрос о приеме «Инфокара» в ряды акционеров будет решаться на общем собрании. И собрание, конечно, примет правильное решение. Но люди хотят знать, на что они могут рассчитывать, когда «Инфокар» завладеет контрольным пакетом и начнет организовывать свой собственный бизнес. Какие прибыли и дивиденды ожидаются от «Даймлер-Бенц». И поэтому проводить собрание сейчас Еропкин считает преждевременным. Все равно он — человек «Инфокара», и старый друг, и партнер по жизни, и ни шага в сторону не сделает, и так далее. И все свои обязательства непременно исполнит. Но он считает, что лучше всего было бы передать его предприятию на реализацию примерно сорок или пятьдесят «мерседесов». Еропкин их продаст, рассчитается с «Инфокаром», люди увидят, какие шальные бабки делаются на этом бизнесе, и тут же проголосуют за.

Тут уже пахло не тридцатью тысячами. После длительных размышлений было принято решение машины дать. Конечно, не пятьдесят, а десять — хватит с него.

Потому что обратной дороги нет, немцы уже знают об этом проекте, и отступать некуда. Но процесс продажи машин и обещанный Еропкиным захват предприятия Платон решил поставить под жесточайший контроль. Пусть подключится Лева Штурмин. Ахмет! У тебя есть люди в Питере? Свяжи их с Левой.

Оказалось, не все так гладко. Через несколько дней позвонил Лева и сообщил, что самый крутой из отгруженных в Питер «мерседесов» вовсе не продан, а оформлен на предприятие Еропкина и теперь Еропкин носится на нем по всему городу. А когда Штурмин попытался воспользоваться предоставленными ему правами контроля, Еропкин Леву послал и сказал, что отчитываться будет перед Москвой. И вообще — это его личное дело, продаст он машины или съест с маслом, он перед «Инфокаром» отвечает за возврат бабок. Так что гуляй отсюда.

С кавказцами Ахмета у Штурмина тоже не сложилось. Дело в том, что эти ребята особым авторитетом в городе не пользуются, и Лева, чтобы чувствовать себя уверенно, некоторое время назад договорился с другими людьми. А эти люди кавказцев сильно не любят, и, если ребята Ахмета будут вмешиваться, могут возникнуть серьезные проблемы. Вплоть до большой крови. Но самое печальное — эти его люди работают с Еропкиным тоже, причем он, Штурмин, сам их сдуру и познакомил. И теперь Лева не очень понимает, как вести себя дальше. Может, нужно, чтобы приехал сам Ахмет и разобрался на месте?

Короче говоря, из десяти «мерседесов» Еропкин рассчитался только за семь.

Один он оставил себе, доказав в «Инфокаре», что не может ездить на «запорожце», и пообещав рассчитаться из будущих прибылей, второй был продан в рассрочку какому-то большому человеку, и тот обязательно все деньги вернет. В свое время.

А третий, как выяснилось, был подарен Еропкиным прикрывавшим его бандитам, тем самым, которые очень не любили кавказцев. Но зато трудовой коллектив наконец-то осознал, какие шальные бабки делаются на мерседесовском бизнесе, и готов единогласно принять «Инфокар» в число акционеров. Короче, он, Еропкин, предлагает следующую схему. Предприятию все равно нужны оборотные средства. По его прикидкам, миллиона два. Так вот, пусть «Инфокар» купит контрольный пакет за два лимона. В принципе, можно зачесть три сгинувших «мерседеса» и на их стоимость уменьшить эту сумму. И тогда Еропкин ничего «Инфокару» уже должен не будет.

Когда Марк услышал, что предлагает этот обнаглевший жлоб, он просто взорвался. Мало того, что приватизация прошла полностью на инфокаровские деньги, мало того, что «Инфокар» оплатил все взятки и зачем-то подарил машины непонятным ключевым фигурам! Двести пятьдесят тысяч за «мерседесы» ухнули неизвестно куда, а теперь этот сукин сын приходит и говорит — дайте мне еще два миллиона и будем в расчете. Плюс ко всему, инфокаровскими же деньгами были оплачены питерские бандиты, защищающие Еропкина от «Инфокара». И Марк встал насмерть.

— Понимаешь, — говорил Виктор Сергею, — деньги на раскрутку все равно будут нужны. Пусть не два лимона, пусть один. Но отдавать их Еропкину, как совершенно понятно, нельзя категорически. Через неделю ни копейки не останется. И Марик придумал одну штуку — надо сказать, гениальную. Проводим операцию в два этапа. Сначала покупаем контрольный пакет за гроши. По номиналу. А потом, поскольку мы уже все решаем, увеличиваем уставный капитал. В результате у теперешних акционеров остается ноль целых ноль десятых. И обкладываем Еропкина. Будет он после этого генеральным, не будет — это второй вопрос. Главное, что воровать больше не сможет. Вот эту идею мы до Еропкина и довели. Немного, конечно, в препарированном виде. Надо сказать, он отнесся нормально. Сразу спросил, предполагаем ли мы оставить за ним его десять процентов. Все кивнули. И он тут же согласился.

Коварство Еропкина обнаружилось не сразу. Конечно же, ему было невыгодно не соглашаться с «Инфокаром» — он мгновенно оказывался по другую сторону баррикады и, хотя чувствовал себя защищенным, понимал, что с Ахметом лучше не шутить. Но и поступать так, как диктуют ему эти полужидки, он тоже не собирался. У них ведь безвыходное положение: немцы никогда не простят, если питерский проект провалится. Да он, Еропкин, и сам не собирается выходить из такого хорошего дела. Но работать за одну зарплату и какие-то жалкие десять процентов от мифической прибыли тоже не хочется. Из двух лимонов, которые передаст ему Москва, может очиститься штук триста-четыреста. Еропкин уже приглядел несколько бензоколонок, которые можно было бы подмять под себя. Если их привести в божеский вид, наладить поставку бензина — это золотое дно. Пару колонок можно будет потом запарить этим же придуркам, чтобы покрыть расходы и немножко наварить. Так что план действий был для него совершенно очевиден.

Некоторое время Цейтлин нарадоваться не мог на Еропкина. Дважды в неделю тот появлялся в Москве, привозил проекты документов к готовящемуся собранию, выслушивал все замечания Марка, согласно кивал головой, тут же вносил исправления и вел себя идеально.

За день до собрания в Москву неожиданно прилетел Лева Штурмин и привез с собой незнакомого деда. Щека у деда была залеплена пластырем, он все время нервно оглядывался и как-то странно подергивался. Оказалось, что дед работает у Еропкина, получает, как и все, мало и, чтобы дотянуть до зарплаты, перекинул через забор два аккумулятора. А когда вечером он шел домой, в переулке его встретили двое, отметелили, отняли деньги и посоветовали больше не появляться на станции. И он, дед, до глубины души этим возмущен, потому что воруют все, а начальство — больше всех, но побили почему-то только его. Поэтому он, зная, что Еропкин — человек «Инфокара», связался с Левой Штурминым и передал, что у него есть наиважнейшая и секретнейшая информация, которой он готов поделиться с большими людьми из Москвы. Но выдать эту информацию Леве дед отказался категорически, поэтому пришлось привезти его сюда.

Собрались Муса, Ларри, Марк, Ахмет и Виктор. За секретные сведения дед потребовал тысячу долларов немедленно и гарантированное трудоустройство после того, как удавят Еропкина. Любознательность победила. Тысяча была выдана, что же касается трудоустройства, то ограничились весьма туманными обещаниями.

Впрочем, дед и сам понимал, что работник, швыряющий через забор аккумуляторы, вряд ли сможет кого-либо заинтересовать.

А рассказал он вот что. Еропкин провел большую подготовительную работу и индивидуально побеседовал с каждым своим работником-акционером. Причем не с глазу на глаз, а в присутствии парочки коротко подстриженных бугаев. И в ходе этих бесед было доходчиво разъяснено, что на собрании «Инфокар» будет лезть в акционеры. И Еропкин будет это всячески поддерживать и голосовать за. Но все остальные должны проголосовать против. А тому, кто ослушается, отвернут башку.

Дискуссия началась, когда деда отправили в буфет обедать. С одной стороны, подобный фокус был вполне в духе Еропкина. Но, проделывая его, Еропкин шел на очень серьезный риск и не мог этого не понимать. Поэтому вопрос был — верить деду или нет. Тем более что дед в некоторых деталях путался и, судя по всему, сильно закладывал за воротник. Кроме того, перенесенные побои, какими бы заслуженными они ни были, вполне могли заставить человека наплести с три короба. Нельзя также было сбрасывать со счетов возможность того, что деда подослал сам Еропкин, дабы навязать «Инфокару» какую-нибудь силовую акцию и тем самым сорвать собрание, но уже не по вине Еропкина, а по глупости самого «Инфокара», прислушивающегося к словам пьяниц и несунов.

В результате было решено, что на собрание полетит Марк и постарается на обратном пути привезти с собой Еропкина. А Ахмет отправится в Санкт-Петербург немедленно, остановится в гостинице и будет отвечать за то, чтобы Еропкин не соскочил.

Собрание прошло в полном соответствии с мрачными предсказаниями деда.

После получасовой речи Еропкина, в красках расписавшего светлые перспективы, за прием «Инфокара» проголосовал только он сам плюс еще пять человек. Очевидно, это и были те ключевые фигуры, которые получили «мерседесы». Остальные проголосовали против. Еропкин всячески изображал негодование и недоумение, разводил руками, по-бабьи ахал, но от Марка не укрылось, как внимательно он просмотрел протокол собрания, прежде чем поставить свою подпись. Марк изо всех сил подыгрывал Еропкину, тоже разводил руками, при нем позвонил в Москву и сказал Мусе, что произошло вот такое дело, сообщил в трубку, как героически держался Еропкин, выслушал инструкции, повесил трубку и пригласил Еропкина пообедать и обсудить, как жить дальше.

Когда обед уже подходил к концу и к выпитой бутылке водки добавилась бутылка коньяка, Марк откинулся на спинку стула, закурил и задумчиво сообщил Еропкину, что никогда не мог предположить, будто распивание водки может быть не удовольствием, а служебной необходимостью. И пока утративший бдительность Еропкин пытался понять, как ему на это реагировать, к столику подсел Ахмет.

Против того, чтобы немедленно лететь в Москву, Еропкин выдвигал один аргумент за другим, но все они неумолимо отметались беспощадным Марком. Когда же Еропкин согласился, но сказал, что ему надо заскочить домой за паспортом, Ахмет пригласил его прогуляться на минутку до туалета. В результате паспорт мгновенно обнаружился.

В Москве Еропкину был предъявлен ультиматум. Он сообщает своим бандюкам, что в их услугах больше не нуждается, платит отступные и ложится под людей Ахмета. А через месяц проводит второе собрание, за результаты которого отвечает головой. «Инфокар» все равно заберет свое. Вопрос только в том — с Еропкиным или без. Это, Сашок, твой последний шанс.

Еропкин понял, что эту ночь он пережил, осмелел и стал торговаться.

Бандюков он не сам нашел, ему их подсунул «Инфокар» в лице Левы Штурмина.

Поэтому и отступные должен платить «Инфокар». Он же может лишь посодействовать, чтобы сумма была по возможности минимальной. Услышав это, Марк громко хмыкнул.

И ни о каком контрольном пакете не может быть и речи. Собрание примет «Инфокар» в акционеры, это он сделает. Но ни пятидесяти одного процента, ни пятидесяти, ни даже сорока он не обещает. Максимум — двадцать пять.

Сбить Еропкина с этой позиции не удалось. В конце концов было решено попробовать еще раз. А вот если опять не получится, тогда нужно будет разобраться с Еропкиным уже как следует. Утром Еропкина погрузили в самолет и в сопровождении Ахмета отправили обратно в Питер. Два дня Ахмет вел непростые переговоры с еропкинскими бандитами, сторговался на тридцати тысячах при условии, что с Левой Штурминым они продолжают работать. И бандиты отошли. Ахмет хотел немедленно расставить на станциях своих ребят, но Платон, вернувшийся из Швейцарии, попросил этого не делать. Лучше дать Еропкину телефон для связи на случай наезда, а прямые контакты по возможности исключить.

На второе собрание, которое, как и договаривались, произошло через месяц, Платон полетел сам. Оратор из него всегда был никудышный, он запинался, блеял, забывал слова, но при этом говорил с таким напором и такой убежденностью, что противостоять ему было невероятно трудно. Платон без труда продавил решение о приеме «Инфокара», получив сто процентов голосов, а когда стали обсуждать, сколько процентов акций надо выделить «Инфокару», сказал:

— Для нас это не принципиально. Обычно мы закрепляем за собой контрольный пакет. Но здесь мы на этом настаивать не будем. Дадите двадцать процентов — возьмем двадцать, дадите десять — тоже скажем спасибо. Если хотите проявить к нам уважение, примите нас на сорок процентов.

Он говорил еще какое-то время, упирая на то, что цифра сама по себе не важна и речь идет всего лишь о признании заслуг партнера и уважении к нему.

В результате «Инфокар» получил сорок процентов акций, что для Еропкина было полной и неприятной неожиданностью. Натужно улыбаясь, он поздравил Платона, пообнимался с ним и вечером привез к самолету готовый к подписанию протокол. Платон пробежал протокол, подписал, хотел было вернуть Еропкину, потом передумал и поставил свою подпись на каждой странице. Еропкин жутко обиделся.

— Значит, не доверяешь? — со слезой спросил он.

— Не глупи, Сашок, — успокоил его Платон. — У нас так принято. Без запарафированных страниц ни одна инфокаровская бумага на свет не появляется. И тебе советую так же делать.

Прилетев в Москву, Платон доложился, передал в договорной отдел копию подписанного протокола, поручил Марку проследить за тем, чтобы все было доведено до конца, и снова отбыл за рубеж. А Еропкин опять принялся за свое.

Три месяца он не мог зарегистрировать протокол о приеме «Инфокара», ссылаясь на чрезвычайную занятость на производстве. Потом зарегистрировал, но отправку копии в Москву всячески затягивал. И отправил ее только тогда, когда озверевший Марк пообещал завтра же прилететь в Питер и самолично вытрясти из Еропкина документы.

Получив зарегистрированный протокол, Марк узнал много интересного. Нет-нет, основополагающая договоренность о сорока процентах «Инфокара» сохранилась.

Но завизированные Платоном страницы, за исключением последней, Еропкин похерил, а вместо них подложил другие. И если раньше все принципиальные решения принимались большинством в три четверти плюс один голос, то теперь достаточно было простого большинства. Что, при сорока процентах «Инфокара», позволяло полностью игнорировать его мнение по всем вопросам. Когда же вызванного в Москву Еропкина строго спросили, как это все произошло и почему он позволяет себе подделывать документы, тот спокойно ответил, что в его канцелярии произошел пожар, о чем имеется соответствующий акт пожарной охраны, все документы сгорели и их пришлось восстанавливать по памяти. Но он ничего страшного не видит, так как главный вопрос решен — «Инфокар» стал акционером и получил аж сорок процентов, — а как будут приниматься решения, это дело десятое, здесь можно договариваться в рабочем порядке. После чего Еропкин отбыл, напомнив на прощание, что невредно было бы оплатить свою долю в акционерном капитале. А то регистрация будет признана недействительной. И не забыть про оборотные средства, про два миллиона долларов. За вычетом стоимости трех «мерседесов».

С тех пор были сделаны три попытки оплатить долю в уставном капитале — и все неудачные. Переводимые в Санкт-Петербург деньги через несколько дней возвращались обратно. Либо Еропкин специально указывал неправильные номера счетов, либо тут же закрывал счета и открывал новые, но перевести деньги так и не удалось. Тогда потерявший терпение Муса позвонил Штурмину, тот пришел к Еропкину и внес в кассу наличные, получив соответствующую расписку. По слухам, Еропкин, узнав об этом, топал ногами, орал и выгнал кассиршу к чертовой матери.

И вот теперь сложилась патовая ситуация. С одной стороны, на еропкинское предприятие затрачена такая уйма денег, что бросить это дело никак нельзя. С другой — держать его в теперешнем состоянии тоже нельзя, потому что это та же потеря денег, да еще неудобно перед немцами, которым пообещали к февралю выпустить первый отремонтированный автомобиль. А вливать туда деньги, пока всем заправляет Еропкин, глупо. Проще их сразу же выкинуть на улицу. При этом ни увеличить уставный капитал, ни снять Еропкина невозможно — нет большинства голосов.

— А зачем они дали мне про это читать? — спросил Терьян, когда Виктор закончил рассказывать.

Виктор пожал плечами:

— Если собираешься здесь работать и хочешь знать, чем приходится заниматься и что такое «Инфокар», то более характерного материала нет. Другое дело, что из бумажек ты всей истории не узнаешь.

Но Сергею показалось, что Виктор чего-то не договаривает.

Примерно через полчаса он досмотрел последнюю папку, собрал бумаги и понес их возвращать. Заполнявшая приемную толпа частично переместилась в кабинет Марка, откуда доносился жуткий шум.

— Я капитан дальнего плавания! — кричал человек в кителе. — Я двадцать лет на руководящей работе! И не позволю себя, то есть меня, оскорблять!

— А никто и не оскорбляет, — орал в ответ Марк. — Я хочу видеть нормальный документ, а не филькину грамоту. Здесь никакие две цифры не бьются.

— Все бьется! — ярился капитан дальнего плавания. — Я двадцать лет на руководящей работе. Вот это прибавить вот это, — он тыкал пальцем в измятую бумажку, — совсем не должно быть вот это. Потому что вот это нужно вычесть.

Марк выхватил бумажку из рук капитана, вгляделся в нее и сбавил тон.

— Ну-ка. Вот это прибавить вот это и вычесть вот это… будет вот это. Правильно. Угу. Наталья! — Он перебросил бумажку капитана на соседний стол, окруженный тремя посетителями. — Посмотри-ка смету. Вы, Семен Аркадьевич, — успокаивающе улыбаясь, обратился он к капитану, — займитесь с блондинкой. От себя отрываю. Так, — сказал он, когда капитан перешел к соседнему столу, — сумасшедший дом. Сергей, что у тебя?

Сергей положил на стол папки с питерскими бумагами. Марк немедленно завопил:

— Ты куда кладешь? Ты не видишь, что здесь документы?

— А куда мне их девать? — спросил Терьян, одуревший от шума и дыма и не ожидавший столь резкой реакции Марка.

— Никуда не девать! Я тебе выдал бумаги, чтобы ты с ними работал! Вот иди и работай.

— Я уже все прочел, — тихо сказал Сергей, чувствуя спиной взгляды всех собравшихся в комнате и испытывая желание швырнуть папки Марку в голову.

— Прочел? — Марк саркастически ухмыльнулся. — Ладно. Сейчас я здесь закончу и поговорим.

— А пока мне их так и держать? — поинтересовался Терьян.

Марк сделал было движение по направлению к папкам, но передумал.

— Секретарю отдай.

Сергей передал папки сидевшей у двери девушке и вернулся в переговорную.

Постоял у стола, налил рюмку из принесенной днем бутылки, выпил, закурил, потом сел в кресло, закинул руки за голову и задумался. Решение об «Инфокаре», созревавшее давно и принятое практически мгновенно, до сих пор воспринималось им всего лишь как изменение среды обитания с сохранением всех атрибутов психологического комфорта. Но уже эти несколько часов показали, что среда обитания, несмотря на обилие знакомых лиц, изменилась слишком уж радикально.

Взять хотя бы эту питерскую историю. С Еропкиным все было ясно, но условия, в которых тот проворачивал свои махинации, Сергея поразили. Миллионные инвестиции, свободное обращение с акционерным капиталом и долями, скупка голосов, взятки начальству, непростые отношения с бандитами... Про все это он слышал, про многое читал в газетах, но не представлял, что, пока он продолжал упрямо писать свои формулы, его друзья и однокашники так легко освоятся в горячей атмосфере времен покорения Дикого Запада. И Сергей почувствовал тревожную неуверенность — сможет ли он хоть как-то сравняться с ними? А еще его беспокоило ощущение каких-то подводных течений, недомолвок, угадываемого, но не объяснимого столкновения интересов — столкновения, которого в отношениях между людьми, знающими друг друга чуть ли не с колыбели и делающими одно дело, просто не могло быть, но которое тем не менее скрыто присутствовало, обнаруживаясь в случайно сказанных словах и брошенных взглядах. И замученный, какой-то опущенный вид Сысоева, его слова, что здесь все непросто, снова неприятно поразили Терьяна.

— Здравствуй, Сереженька, — услышал он за спиной голос.

Обернувшись, Сергей увидел стоящую у дверей Ленку. Пожалуй, на улице он ее не узнал бы. Она похудела, остригла волосы под мальчика, стала сильно краситься. И только сохранившаяся привычка зябко обхватывать себя руками, как бы пытаясь согреться, да манера говорить проглатывая окончания слов напоминали о девочке, в которую сто лет назад он был так сильно влюблен.

— Здравствуй, Ленка, — сказал Сергей.

Она подошла к столу, покрутила в руках брошенную Терьяном пачку «Дымка», достала из кармана пиджака тонкую черную сигаретку, закурила и стала смотреть Сергею в лицо, медленно выпуская дым.

— Что смотришь? — спросил Сергей, когда молчание слишком уж затянулось. — Сильно постарел?

— Мужиков время не портит, — все так же глядя ему прямо в глаза, ответила Ленка. — Почти не изменился. А я?

— Изменилась, — признался Сергей. — Здорово изменилась. Встретил бы — не узнал.

— Постарела?

— Не сказал бы. Тебе просто стало больше лет. Но не постарела. Как ты живешь?

Ленка сделала гримаску.

— Зарабатываю на жизнь. Вообще-то ничего. А ты?

— Тоже собрался зарабатывать. Вот пришел на работу наниматься.

— Я знаю. Мне Мария сказала, чтобы я занялась твоим оформлением. Не забудь завтра фотографии принести. Свои и жены, и ее паспорт тоже.

— Я не женат, ты разве не знаешь? — удивился Сергей.

Ленка отвела глаза.

— Я знаю, что ты развелся. Между прочим, ждала, что хотя бы позвонишь. А потом мне сказали, что ты женился снова.

— И снова развелся, — буркнул Сергей. — Через полтора года.

— Понятно, — сказала Ленка. — Сердцеед. Играешь чувствами бедных наивных девушек. Здесь тебе будет где разгуляться.

— А вообще как тут? — перевел разговор Сергей.

— Кому как. Мне нормально. А как тебе будет, не знаю.

— Почему?

— Так. — Ленка помолчала, потом оглянулась на дверь. — Здесь все непросто.

Эта дурацкая фраза, которую Сергей много раз слышал за сегодняшний день, начала его сильно раздражать.

— Знаешь, — сказал он, — мне уже сто человек про это сегодня сказали. Что-нибудь поконкретнее можно?

Ленка задумалась.

— Поконкретнее нельзя. Я ведь кто? Девочка на телефоне. Фигаро здесь, Фигаро там. Ты же, наверное, серьезными делами будешь заниматься?

— Но почему-то ведь ты говоришь, что непросто? Значит, что-то знаешь?

— Видишь ли, Сереженька, — медленно сказала Ленка, — когда мне было шестнадцать, я у старшей подружки все пыталась опыт перенять, как с вашим братом правильно обращаться. А она — ни в какую. А потом сказала мне одну вещь. В этом деле, сказала, каждый учится на своих ошибках. Так не забудь завтра фотографии.

— Погоди. — Сергей подошел к Ленке и взял ее за плечи. — Ты прости меня. Я правда не знал. Думал, тебе все равно. Не сердись.

— Ладно. — Ленка повела плечами и легко освободилась. — Значит, так фишка легла. Эх ты, знаток женского сердца… — А дойдя до двери, она оглянулась и тихо сказала: — Не хотела я тебе говорить, да уж ладно… Не ходи сюда. Это не твое. Будет беда.

Несмотря на предупреждение Ленки и нехорошие предчувствия, Сергей остался.

За неделю ожидания Платона из командировки он поближе познакомился с Марией, которая показалась ему вовсе не стервой, как охарактеризовал ее Марк, а очень приветливой и даже привлекательной особой. Поговорил несколько раз с Ларри, встретившим Сергея словами «господин профессор». Попытался выяснить у Мусы, чем ему все-таки придется заниматься, но успеха не добился. Муса всячески пытался улизнуть от обсуждения этого вопроса, а потом, глядя Сергею прямо в лицо, искренне сказал:

— Старик, хочешь — режь меня на куски, я без понятия. Если честно, работы здесь навалом, мы же ни черта не успеваем. Но, во-первых, надо советоваться. А во-вторых, я же не знаю, что у Тошки на уме. Я тебе сейчас что-то скажу, а он вернется и все переиначит. Ты можешь три дня подождать, пока он объявится? Если уж так не терпится, иди к Марику. Или как?

К Марку Сергей, естественно, не пошел. Они крепко поругались на второй же день после появления Терьяна в «Инфокаре». Прямо с утра Сергея нашла секретарша Марка и сказала, что Марк Наумович просит зайти. Весь красный и трясущийся от ярости Марк в присутствии всех своих подчиненных закатил Сергею грандиозную сцену. Оказывается, он планировал вечером обсудить с Сергеем, как тот понял положение в Санкт-Петербурге. Оказывается, он до глубокой ночи ждал, когда же Сергей к нему зайдет. А Сергей, оказывается, в шесть вечера свалил домой и даже не подумал зайти к Марку отпроситься.

— Какого черта я у тебя должен отпрашиваться? — закипел Терьян. — Ты мне кто?

— Я? Я заместитель генерального директора! — взвыл Марк.

— Угу, — кивнул Терьян и поглубже засунул руки в карманы. — И встать, когда с тобой разговаривает подпоручик.

Когда он, резко развернувшись, зашагал к двери, то на лицах цейтлинских подчиненных заметил какое-то странное выражение, будто на их глазах произошло нечто невероятное и противоречащее законам природы. А выскочивший вслед за ним из двери Марк, не говоря ни слова, пронесся по коридору, влетел в кабинет Мусы и долго еще бушевал там. Но, по-видимому, без особого результата, потому что больше этот инцидент ни разу не обсуждался.

Вернувшийся из командировки Платон позвонил Сергею домой глубокой ночью.

— Сережка, привет, — сказал он, и не успевший еще очухаться от сна Сергей заметил, что Платон старается говорить очень медленно, тщательно подбирая слова. — У меня к тебе есть одно предложение. Я завтра опять улетаю, и мы поговорить не сможем. Улетаю надолго. Предложение вот какое. У нас есть проблемы в Питере. Я знаю, что ты уже в курсе. Так вот, я прошу, чтобы ты полетел туда и снял все вопросы. А потом мы встретимся и определимся на будущее. Согласен? Если нет, то никаких проблем, но тогда тебе нужно будет подождать, пока я вернусь. Только отвечай сразу, думать некогда.

— А ты уверен, что у меня получится? — спросил Терьян, переваривая услышанное.

— Получится! — уверенно ответил Платон, и Сергей заметил, что его речь снова вошла в прежний галопирующий ритм. — Обязательно получится! Ты будь на связи… Устроишься в Питере — скажи Марии, я тебе буду звонить. С Мусой я договорился, он все устроит. И держи связь с нашим человеком в Питере, там есть один… Да ты его знаешь, это Лева Штурмин. Ахмета привлекай. Ты его видел у меня на дне рождения. Помнишь? Все, обнимаю тебя.

Когда утром Сергей приехал в «Инфокар», то сразу понял, что о ночном разговоре с Платоном все уже знают. Встреченный им у порога Марк, всем своим видом показывавший, что готов забыть прошлые недоразумения, сказал обволакивающе:

— Заглянул бы. Все-таки материалы все у меня. Хоть договоримся, что надо делать, а что не надо. Когда летишь?

Муса встретил Сергея у двери своего кабинета, проводил к столу, усадил и вывалил на стол несколько конвертов.

— Здесь билет. Летишь завтра утром. Тут в конверте адрес и ключи от квартиры. Там телефон написан, когда надо будет, позвони — девочка придет. Сготовить что-нибудь или убраться.

Здесь три штуки. Считай, что тебе командировочные дали и зарплату авансом. С остальным Лева разберется — я с ним уже говорил. Ну что еще?

— Послушай, — сказал Терьян. — Дай совет как другу. Я же в этих делах новичок. Вот что бы ты на моем месте там делал?

— Я бы на твоем месте, — начал Муса и перешел на шепот, — открутил этому прохвосту голову. Тут же. Но это, к сожалению, ничего не решит.

— А ты думаешь, я гожусь для откручивания головы?

Муса кивнул.

— Мы вчера долго этот сюжет обсуждали. Тошка тоже сомневался — Сережка, говорит, не такой, он мягкий, он не справится. А я ему прямо сказал: ты еще не знаешь, какой Терьян жесткий человек. Если хочешь знать, это я настоял, чтобы ты поехал. Так что — счастливо тебе. Звони, дружище.

А когда за Сергеем закрылась дверь, Муса молча посидел в кресле, барабаня пальцами по столу, потом снял телефонную трубку, нажал кнопку и сказал:

— Уважаемый! Докладываю — он едет. Так что я свое слово держу.

Довольно странно отреагировала на известие об отъезде Терьяна Ленка.

— Телефончик дали? — поинтересовалась она. — Девочка Настя? Что ж, желаю удачи.

Мария попрощалась с Сергеем неожиданно официально. Приветливость и доброжелательность куда-то делись, она нехотя улыбнулась краешком губ и, проронив: «Счастливого пути», уткнулась в распечатку с телефонами.

Виктор же, когда Сергей зашел к нему оповестить о грядущем отъезде, молча выслушал информацию, подумал и сказал:

— Значит, я правильно сделал, что все тебе объяснил. Теперь ты хотя бы владеешь сокровенным знанием. Смотри, поосторожней там, не наломай дров. И еще я тебе сейчас скажу две умные вещи, только ты не обижайся. Первое — подпиши у Мусы доверенность на ведение всех дел в Питере. Без этого даже не думай ехать, провалишься. И второе. Что бы ты там ни затевал, не надо советоваться ни с Левой, ни с Мусой. Если будут вопросы, лучше звони Ларри.

— Погоди, — сказал сбитый с толку Сергей. — Про доверенность мне все понятно. Ты объясни, почему с Ларри можно, а с Мусой нельзя. У вас тут что — внутренний раскардаш?

— Да нет же, — устало ответил Виктор. — Никакого раскардаша. Я даже не знаю, как тебе объяснить. Понимаешь, у нас здесь все…

Он хотел сказать «непросто», но посмотрел на Терьяна и передумал.

Более конструктивную помощь оказала Сергею Ленка. Когда он уже уходил с работы, она догнала его, какое-то время шла рядом молча, а потом попросила:

— Сереженька, мне надо в одно место заскочить. Тут неподалеку. Не проводишь меня? Я знаю, тебе утром улетать, но я быстро.

Предостережение

Сергей довел ее до неприглядного особнячка рядом с Арбатом. Метров за десять Ленка остановилась и показала ему на лавочку.

— Посиди тут. Я только документы передам и сразу обратно.

Ждать пришлось около получаса. Потом Ленка появилась из двери особнячка в сопровождении мужчины, остановилась на секунду, что-то ему сказала и, даже не взглянув в сторону Сергея, направилась в сторону «Смоленской». А мужчина неторопливо проследовал к лавочке и сел рядом с Терьяном.

Какое-то время оба молчали. Потом мужчина сказал:

— Ну, здравствуйте, Сергей. Отчество ваше я, кстати, так и не знаю до сих пор. Не припоминаете меня?

Лицо мужчины было знакомым, но где и когда они встречались, Терьян никак не мог вспомнить.

Мужчина усмехнулся.

— Как-то в славном городе Ленинграде вы мне кое-какие книжки помогли купить. А сдачу так и не взяли. Я потом долго думал, как вы с вашей бухгалтерией разберетесь.

Рядом с Сергеем сидел Федор Федорович, куратор ленинградской школы, тот самый, про которого что-то рассказывал в ресторане Еропкин и который увел Ленку после заключительного банкета. Любитель литературы и, как смутно припомнил Сергей, хорошего коньяка.

— Мне Лена рассказала, что вы теперь в «Инфокаре», — продолжал Федор Федорович. — И завтра отбываете в Питер. Там у вас серьезная проблема.

Сергей вовсе не был уверен, что конфиденциальную инфокаровскую информацию можно обсуждать на улице с малознакомым человеком. Даже если эту встречу устроила Ленка. На всякий случай он неопределенно мотнул головой и закурил.

Федор Федорович усмехнулся.

— Чтобы все было ясно, Сергей, я работаю в «Инфокаре». Но это не афишируется. Знают про это человек пять. В том числе, естественно, Платон Михайлович. И вы со мной можете говорить более откровенно, чем я с вами. Так что надеюсь, что факт нашей встречи вы доводить до общественности не будете. Договорились?

Сергей подумал и кивнул головой.

— Давайте пройдем куда-нибудь, чтобы не мозолить глаза, — предложил Федор Федорович. — Здесь неподалеку есть удобное место.

Удобным местом оказался грузинский центр «Мзиури» на Арбате. Это заведение, когда-то пользовавшееся популярностью и славившееся на всю Москву своими хачапури и водами Лагидзе, после образования СНГ пришло в упадок. Внутри было темно, пустынно и сыро. Через окна, покрытые густым слоем пыли, с трудом просачивались вечерние солнечные лучи.

Федор Федорович кивнул человеку у входа, взял у него ключ, провел Сергея через первый этаж к обшарпанной белой двери, открыл ее и зажег свет. В комнате с плотно занавешенными окнами стояли стол, два кресла, холодильник, небольшой буфетик с посудой и телевизор.

— Присаживайтесь, — пригласил Федор Федорович. — Я вас долго не задержу. Хотите минералки? Или покрепче чего-нибудь?

От спиртного Сергей решил не отказываться.

— Вам в Питере понадобятся две вещи, — сказал Федор Федорович, когда они выпили по полрюмки за встречу. — Информация и помощь. Информацию я вам добуду. Запишите телефон. Примерно дня через три позвоните по нему и передайте, как с вами связаться. Я вас найду. Что касается помощи, то вот вам записка. Завтра вечером, часиков в девять, будьте где-нибудь в районе Московского проспекта. Позвоните по этому телефону, спросите Илью Игоревича. Передайте ему большой привет от меня, вот эту записку и обменяйтесь контактными телефонами. Если будут какие-нибудь проблемы, он подключится. Теперь спрашивайте.

— Спасибо большое, — поблагодарил Сергей. — Я только не понимаю, о каких проблемах идет речь. Этот Илья Игоревич, он кто — юрист?

Федор Федорович как-то странно посмотрел на Сергея и задумался.

— Юрист? — переспросил он. — Да пожалуй, что юрист. Я вообще-то другое имел в виду. Я так Лену понял, что вы в «Инфокаре» человек новый и раньше с коммерцией дел не имели. Правда?

Сергей решил про «Инициативу» не рассказывать и кивнул.

— Так вот. Бумажные методы решения вопросов всегда предпочтительнее. Но здесь так может не получиться. А если у вас еще и опыта нет, то будет великий соблазн воспользоваться силовыми приемами. Тем более что вам определенных людей в Питере рекомендовали. Я правильно понимаю?

— Правильно.

— Вот я и хочу дать вам совет. Грубая сила — это последний аргумент. К нему прибегают, только если все остальное уже испробовано. Весь сегодняшний беспредел и объясняется-то тем, что у людей мозгов не хватает. Поэтому, даже если вам покажется, что вы в тупике, не спешите сдаваться. И — что я вам особо советую — не обращайтесь к тем людям, которых вам рекомендовали. Нет-нет, — заторопился он, заметив удивление на лице Сергея, — вы не думайте, здесь все в порядке, но в данном конкретном случае это ничего не решит и лучше этого не делать. Поэтому я вас и посылаю к Илье Игоревичу. Очень надежный человек и большая умница. Еще одна вещь. — Федор Федорович помолчал. — Мне бы не хотелось, Сергей, чтобы вы про Илью Игоревича упоминали в «Инфокаре». Он к нашим делам отношения не имеет, и пусть так все и остается. Договорились?

— Договорились, — сказал Сергей. — А насчет информации — это вы про что?

— Видите ли, Сергей, — ответил Федор Федорович, доливая рюмки, — только очень недалекие люди думают, что если есть, скажем так, оппонент, то его надо давить, угнетать, уничтожать и все такое. На самом же деле оппоненту надо дать максимальную свободу для саморазвития. И любая гадость, которая у него внутри есть, обязательно в условиях свободы вылезет наружу и его же сожрет. Да так быстро, что за ней никакие ахметовские молодчики не угонятся. Я ведь Сашу Еропкина много лет знаю. Он очень хитрый, очень жадный и очень нетерпеливый. Сочетание взрывчатое. Скажем, сейчас у него положение, безусловно, выигрышное. Но он на месте не усидит и обязательно что-нибудь этакое выкинет, чтобы еще больше захапать. И наверняка ошибку сделает. Я даже думаю, что уже сделал. Вот эта информация вам и будет нужна. Понимаете меня?

— Пока нет. Но потом, наверное, пойму. А можно спросить, Федор Федорович?

— Конечно. Мы же за этим и встретились.

— У меня простой вопрос. Вот вы предлагаете конкретную помощь. Серьезную. Почему мне ни Платон, ни Муса про вас не сказали и не послали к вам? Только не говорите мне, что в «Инфокаре» все непросто, я этого уже наслушался.

Федор Федорович расхохотался.

— Насчет непросто это вы здорово заметили. Но тут другое. Дело в том, что я, формально говоря, к этим вопросам отношения не имею. Так, знаю кое-что, но занимаюсь другими вещами. И мы договорились в свое время о разграничении компетенции. Просто я хорошо отношусь к Лене, а она меня попросила помочь, и я не смог отказать. Тем более что, по моим сведениям, наши друзья Сашу Еропкина немножко недооценивают.

— Почему вы так думаете?

— Знание некоторых принципов, Сергей, освобождает от необходимости знания некоторых фактов. Есть такая неприятная штука — интеллигентский снобизм. Да еще с академической прокладкой. Мы тут все такие интеллектуалы, да со степенями, да с званиями, а какой-то, извините, жлоб, который и читать-то не умеет толком, взялся с нами тягаться. Да мы его сейчас!.. Имеет место быть такая позиция. Согласны со мной?

Сергей подумал и кивнул.

— Федор Федорович, у меня еще один вопрос есть. Общего характера. Можно?

— Конечно.

— Я даже не знаю, как сформулировать, — осторожно начал Сергей. — Я всех ребят знаю много лет, хорошо знаю. Ладно, Цейтлина давайте оставим, это особая статья. И все эти годы было знаете как... Вот я, например, с одним кем-то говорю, и это то же самое, как с другим или со всеми вместе. Без разницы. Понимаете меня? Не то чтобы мы там сутками не расставались. Часто месяцами не виделись вовсе. Но если встречались, то будто домой попадали. Знаете, в биологии есть такой организм, забыл, как называется. Его можно разрезать на десять кусочков, и каждый из них — это такой же организм. Любые, скажем, два из них вместе окажутся — и из них двоих немедленно такой же организм образуется. Понимаете меня?

Во взгляде Федора Федоровича появилось сочувствие.

— Понимаю. А вы это к чему?

— Тут дело вот в чем. Я в «Инфокаре», как вы правильно сказали, человек новый. И мне поэтому многие вещи лучше видно. Так вот — этого уже нет. Или почти нет. А есть что-то другое. Я не знаю — хорошо это или плохо, но это другое. И когда мне сто раз говорят, что здесь непросто, то, скорее всего, именно это и имеют в виду. Я немного выпил, поэтому плохо объясняю. Вы меня понимаете?

— Возможно. — Федор Федорович допил рюмку и переменил позу. — Так что вы хотели спросить?

— Не знаю, — честно признался Сергей. — Что-то мне не нравится. Но я не знаю что. И вопрос может быть только самый идиотский — вы не знаете, что мне не нравится?

— Ну почему же идиотский, — неожиданно возразил Федор Федорович. — Думаю, что знаю. Самый простой на свете вопрос. И ответ тоже простой. Вам не нравится, что на вашу замечательную и дружную компанию распространяются законы природы и общества. Кому же может понравиться такое безобразие?

— Что вы имеете в виду?

— Э, батенька! Вы хотите, чтобы я вам лекцию прочел. Этак вы в Ленинград не успеете, а то, неровен час, и вообще раздумаете ехать. Могу вас заверить только, что ничего особенного с вашей командой не происходит. Все идет по правилам. И правила известны, и результат тоже. Совершенно определенный, детерминированный. Волнение ваше мне понятно, но оно сродни, как бы это сказать... Ну, скажем, ребенок промочил ноги, а родители переживают — простудится или нет. Зря переживают — простудится. Хотя здесь, конечно, другой масштаб. Вам что, хотелось бы узнать, что происходит и чем закончится?

Сергей налил рюмку и залпом выпил. Он сам не понимал, на кой черт завел этот разговор с совершенно чужим человеком и что он, собственно, хочет от него услышать. Просто сидевшая внутри тревога, накопившееся за последнюю неделю напряжение, невозможность отвести с кем-либо душу и доброжелательное отношение Федора Федоровича развязали ему язык.

— Пожалуй, не хочу, — тихо сказал он. — Скорее всего, нет. Спасибо вам, Федор Федорович. Я поеду.

— Ну, счастливо вам. Выход найдете? — Федор Федорович встал, пожал Сергею руку, подождал, пока за ним закроется дверь. Потом подошел к зашторенному окну и встал, заложив руки за спину. — Узнать не хочет, — тихо сказал он. — Или боится. Ну что ж. Может, оно и к лучшему.

Бюрократические игры

— Мне только что звонил Лева, — просипел белый от ярости Марк. — Он просто вне себя. Ты правда выдал Терьяну доверенность?

— Ну выдал, — ответил Муса, делая вид, будто ищет на столе какую-то бумагу. — Что — не надо было?

— А как по-твоему? — Марк ткнул сигарету в пепельницу и подошел к Мусе поближе. — Ты понимаешь, что ты сделал?

— Нормально сделал, — буркнул Муса, продолжая ковыряться в бумагах. — Без доверенности он там ничего не сможет.

— Нормально? — закричал Марк, уже не в силах сдерживаться. — А две доверенности на двух разных людей — это тоже нормально? А ты знаешь, что Лева летит сюда разбираться? Если он сейчас пошлет нас всех и уйдет, кто будет отвечать? Кто будет Питером заниматься? Еропкин? Или эта баба-цветочница? Ты чем вообще думаешь?

Муса скомкал сигаретную пачку и с силой запустил ею в угол.

— Ты чего сюда приперся? Решил меня Левой попугать? Да пусть катится. Истеричка. Никуда не денется твой Лева, не беспокойся. Ты хоть почитал бы, что я в доверенности написал…

— Мне плевать, что ты там написал! Ты ему разрешил представлять «Инфокар». А он вообще на что-нибудь способен? Ты не поинтересовался? А если он с твоей доверенностью полную ахинею подпишет, ты ответишь?

— Не беспокойся, отвечу.

— Ах, ответишь?! Какой порядочный нашелся! Интересно, ты с Платоном выдачу доверенности согласовал? Короче, садись и отзывай эту бумагу.

— Пошел отсюда вон! — закричал Муса, окончательно выйдя из себя. — И не смей больше ко мне являться. Я охране прикажу, чтоб тебя не пускали. Мне уже вот где твои фокусы сидят. Ладно, я тебе подыграл, уговорил Платона, чтобы его убрали в Питер...

— Мне подыграл? — Марк не желал сдаваться. — Да ты же первый это придумал. Или забыл уже?

— Ну первый, ну и что! Вали, вали все на меня! Что-то ты не очень рвался в Питер это дерьмо разгребать. Хорошо, я его туда заткнул, я! Тем более не буду доверенность отзывать. Пусть работает.

— А как же с Левой?

— Заткни его себе в задницу, — посоветовал Муса, постепенно отходя.

По первому разряду

За полтора десятилетия Лева Штурмин изменился мало. Его долговязая фигура бросилась Сергею в глаза сразу же, как только он вышел в зал ожидания. Лева скользнул по Сергею взглядом и зашагал ему навстречу.

— С приездом, Сережа, — радушно сказал он и, к немалому удивлению Терьяна, заключил его в объятия. — Сто лет не видались. Ну, какая программа?

— Черт его знает, — признался Сергей. — Может, поговорим, тогда и программа появится?

— Я предлагаю вот что. Сейчас я заброшу тебя на квартиру. Ключи тебе Муса передал? Хорошо. Там позавтракаешь, немного отдохнешь, а потом позвони мне в офис. Вот телефоны — это через секретаря, это прямой. Секретаршу зовут Люся. И мы встретимся. Машину я тебе выделю — хочешь джип, хочешь «вольво». Выбирай.

Сергей пожал плечами.

— Пока не надо. Будет нужно, я попрошу. Но лучше «жигули», если есть. Я к иномаркам не приучен. Еще врежусь во что-нибудь.

Лева как-то странно посмотрел на Сергея.

— Что значит — врежешься? Машина с водителем.

— Потом обсудим, — смущаясь, сказал Сергей. — Может, еще и не понадобится. Поехали.

— А тебе когда сообщили, что я прилетаю? — спросил по дороге Сергей, прерывая долгое молчание.

— Вчера, — с готовностью ответил Лева. — И ночью Марик еще раз позвонил, попросил встретить по первому разряду.

Что такое встреча по первому разряду, Сергей понял, когда, расставшись с Левой у подъезда, вошел в квартиру. Круглый обеденный стол, накрытый темно-красной скатертью, ломился от закусок. В центре красовались бутылки — водка, коньяк, виски, джин, шампанское, вино. А на диване сидела тоненькая девочка с распущенными длинными волосами, в наглухо застегнутом темном платье с белым воротничком. Когда Сергей появился в дверях, она встала и подошла к нему.

— Здравствуйте, — сказала она неожиданно низким голосом. — Меня зовут Настя. Давайте вашу сумку, я отнесу в комнату.

— Здравствуйте, — пробормотал растерявшийся Сергей. — Не надо сумку, пусть здесь стоит.

— Да вы не беспокойтесь, — настаивала Настя, — я просто разберу ваши вещи…

— Нет! — ужаснулся Сергей и вырвал сумку. — Не надо ничего разбирать, я сам.

Настя удивленно передернула плечиками.

— Ну пожалуйста. Хотите умыться с дороги? Прошу вас сюда.

Запершись в ванной, Сергей перевел дух и огляделся по сторонам. На полочке стояли разномастные флаконы и пузырьки с шампунями и кремами. На вешалках висели белоснежные махровые полотенца. Такой же белоснежный халат красовался на крючке у двери. Слегка запотевшее зеркало однозначно свидетельствовало о том, что к его приезду девочка Настя приготовилась и приняла то ли ванну, то ли душ.

— Окопались, сволочи, — бормотал сквозь зубы Терьян, вытираясь полотенцем. — По первому разряду… Ну, Марик, погоди.

Когда он, приглаживая влажные волосы, вошел в комнату, Настя по-прежнему сидела на диване, аккуратно сложив руки на коленях. Увидев Сергея, она снова встала.

— На завтрак блинчики с творогом, домашние котлеты и рисовый пудинг с джемом, — сказала она. — Что будете пить?

Сергей, улетевший из Москвы без завтрака, смолотил котлеты и блинчики, а когда заканчивал пудинг, вдруг понял, что ничего более вкусного не ел уже очень давно. И еще ему стало неловко, что он ест, а девушка так и сидит на диване.

— А вы? — поспешно спросил он, опуская вилку.

— Ну что вы, — покачала головой девушка. — Я уже завтракала. И вообще, когда готовишь, самой потом есть не хочется.

— Так это вы все готовили? — Сергей перестал есть и уставился на девушку.

— Конечно. Меня Лев Ефимович специально пригласил на работу. Вам кофе или чай? — Налив Сергею чашку кофе и поставив рядом миниатюрный молочник со сливками, девушка спросила: — Вы будете отдыхать? Сейчас я приготовлю. — И вышла в соседнюю комнату.

Когда Сергей, погасив сигарету, прошел туда же, он увидел разобранную двуспальную кровать. Одеяло с одного края было отвернуто. Девушка стояла рядом, заложив руки за спину.

— Все готово, — сказала Настя. — Еще что-нибудь желаете?

Сергей сел на кровать и посмотрел на девушку.

— Тебе сколько лет?

— Достаточно. Ну так что, желаете?

Сергей подумал и помотал головой.

— Тогда скажите, вы обедать и ужинать будете здесь или в городе? — невозмутимо спросила Настя. — И что предпочитаете?

— Не знаю, — сказал Сергей, испытывая жуткую неловкость.

— Ну хорошо, — заключила девушка после небольшой паузы. — Вот здесь мой номер телефона. Живу я двумя этажами выше, прямо над этой квартирой. Если что, позвоните, я сразу приду.

Когда дверь захлопнулась, Сергей подошел к окну, сел на широкий подоконник и посмотрел на улицу. Спать ему категорически расхотелось. Некоторое время он размышлял, правильно ли поступил, отправив девушку восвояси, а потом решил, что правильно. Первый класс от Марка Цейтлина! Бойтесь данайцев, дары приносящих.

А вообще-то жаль. Девочка особенная, что-то в ней такое есть, какая-то неожиданность. И платьице это, с воротничком, под гимназистку. И очень интересное лицо, не то чтобы картинка с выставки, но интересное. Раз посмотришь — еще захочется. Кого-то она ему напоминает. Кого?

Размышления Терьяна прервал телефонный звонок.

— Привет, — сказал Ленкин голос. — Быстро говори, от чего я тебя оторвала.

— От размышлений, — честно ответил Сергей.

— Хм. Это так теперь называется. Как там девушка Настя?

— Спасибо, хорошо. Покормила и ушла.

— Жалко, если не врешь. Очень уж хотелось тебе праздник испортить. Подожди, не вешай трубку. Марк хотел переговорить.

После музыкальной паузы трубку взял Марк.

— Здорово, — сказал он весело, — где я тебя нашел?

— Здорово, — ответил Сергей. — Там, где ты меня поселил. По первому классу.

— А, понравилось? То-то же. Ну ладно, кончай ночевать. Давай вызванивай Леву, начинайте работать. Я через час еще позвоню.

«Вот ведь личность, — подумал Сергей, ложась на кровать и закидывая руки за голову. — Черт знает что за характер. Хлебом не корми, дай покомандовать. И что интересно — ночью специально Леве позвонил, чтобы встретили, поселили, накормили, девочку устроили… А утром ему все равно нужно вклиниться и начать руководить. Хорошо все-таки, что я ее отправил».

Полежав еще несколько минут, он набрал номер Штурмина…

Начало большой игры

— Ну и какие у тебя мысли? — спросил Лева, пододвигая к Сергею чашку кофе и блюдце с нарезанным лимоном.

— Пока что традиционные, — признался Сергей. — Либо надо увеличивать уставный капитал, либо снимать Еропкина. Что так, что эдак — нужно проводить собрание. Значит, будем готовить. Поможешь?

— А как же! — Лева аккуратно протер очки и посмотрел на настольный календарь. — Послезавтра у меня как раз будут юристы. В десять утра. Кстати, Еропкин знает, зачем ты приехал?

— Он знает только, что я приехал с финансовой ревизией инфокаровских предприятий. И для проработки бизнес-плана по мерседесовскому проекту.

— Хорошо. Ты планируешь с ним встретиться?

— Придется. Если у тебя есть время, можно вечером где-нибудь посидеть. Я так припоминаю, что он это дело уважает. Стоп! —

спохватился Сергей, вспомнив, что в девять вечера ему предстоит встреча с загадочным Ильей Игоревичем. — Только не сегодня. Сегодня у меня вечер занят.

Лева понимающе кивнул головой и чуть заметно улыбнулся.

— Понял. Как скажешь. Все пожелания гостей для нас закон. Из Москвы кто-нибудь приедет на собрание? Платон, например?

— Зачем? — удивился Сергей. — Вроде мы так не договаривались. Мне Муса выдал доверенность.

Лева изучил извлеченную Сергеем доверенность, помолчал и неожиданно жалобным голосом произнес:

— Я не понимаю. Совершенно ничего не понимаю. Зачем все это? Что, представительству уже не доверяют? Люся! — крикнул он через дверь. — Срочно соедини меня с Цейтлиным!

Не обращая на Сергея ни малейшего внимания, Лева долго и обиженно бубнил в трубку, что ему отказали в доверии, что так не делается, что он не понимает сути происходящего и что немедленно вылетает в Москву, дабы объясниться. Сергею было слышно, как на другом конце провода что-то кричал Марк. Когда разговор закончился, Лева положил трубку и повернулся к Сергею:

— Думаю, здесь какое-то недоразумение. Марик обещал разобраться. Я могу тебя попросить, чтобы ты эту доверенность никому не показывал? Не обижайся, дело в том, что у нас здесь…

— Все непросто, — закончил вместо него Сергей, начавший подумывать о том, а не вернуться ли ему в Москву.

— Вот-вот, — кивнул Лева и снова протер очки. — Ну что? Я тебе тут комнату для работы приготовил. Посмотришь?

По-видимому, приготовленная Левой комната ранее использовалась для отдыха водителей. На столе были видны круглые разводы, а рядом со стоявшей в углу электроплиткой красовались два старых аккумулятора и комплект автомобильной резины. Рядом с дверью стоял запертый высокий шкаф.

Сергей обнаружил пачку старых газет, одной из них накрыл стол, вторую набросил на аккумуляторы. Проверил телефон. Сел, разложил перед собой привезенные из Москвы материалы и стал выписывать в блокнот ключевые позиции.

Примерно через час телефон тихо затренькал. Звонил Муса.

— Как дела, уважаемый?

— Нормально, — ответил Сергей. — Сижу, готовлюсь.

— Ладно. Значит, так. Ты там с Левой не конфликтуй, хорошо? У тебя есть доверенность, вот и поступай соответственно. Понял?

— Понял.

— Как устроился? — поинтересовался Муса, и Сергей почувствовал, что тот ухмыляется. — Как условия?

— По первому классу, — сказал Сергей.

— Ну и ладно. Тебе привет от Ахмета. Если что, звони.

Больше ничего в течение дня не происходило. К девяти вечера выделенный Левой водитель подвез Сергея в район Московского проспекта, припарковался, надвинул на глаза кепку и задремал. Сергей отошел от машины на приличное расстояние, бросил в автомат монетку и набрал записанный Федором Федоровичем номер.

Минут через пятнадцать к нему подошел невысокий человечек в белой тенниске, мятых парусиновых брюках и кожаных сандалиях на босу ногу.

— Добрый вечер, — приветливо сказал человечек. — Вы мне звонили. Чем могу?

— Федор Федорович просил передать, — Сергей протянул Илье Игоревичу заклеенный конверт.

Человечек покрутил конверт в руках, вскрыл, пробежал глазами записку и небрежно засунул ее вместе с конвертом в нагрудный карман тенниски.

— Ладно, понял, — сказал он. — Можете мне звонить по этому же номеру. Вы где остановились?

Сергей назвал адрес и номер телефона. Илья Игоревич кивнул.

— У вас знакомые в Ленинграде есть? — поинтересовался он. — Нет? Хорошо. Завтра в офисе Льва Ефимовича предупредите, что к вам придет старый друг. Скажем, Гена. Крокодил Гена. Около десяти. Поболтайте с ним на нейтральные темы, ну как со старым другом. А через часок заберете его с собой на квартиру, там тоже поболтайте. Потом позвоните мне. Усвоили? Теперь что касается наших дел. Завтра или дня через два Федор Федорович передаст для вас кое-какие сведения. Вы ознакомитесь. Если будет непонятно, скажете мне. Тогда встретимся и обсудим. Договорились?

Выйдя из машины у дома и попросив водителя забрать его завтра в половине девятого, Сергей посмотрел вверх. В окнах его квартиры было темно. Двумя этажами выше одно из окон было слабо освещено — ночник или настольная лампа.

Сергей вспомнил, что Настя просила его позвонить, а он этого так и не сделал.

Поднявшись к себе, Терьян поужинал остатками утреннего пиршества, поставил будильник и провалился в сон. Последнее, о чем он подумал, засыпая, — это о том, что Настя на кого-то удивительно похожа и что завтра к нему придет крокодил Гена.

Гена оказался тридцатилетним мужчиной в тщательно выглаженном сером костюме, темных очках и с небольшим чемоданчиком в руке.

— Здорово, Сережа! — громко произнес он с порога.

— Здорово, Гена, — в тон ему ответил Сергей. — Сколько лет, сколько зим. Садись, рассказывай.

Гена аккуратно закрыл за собой дверь.

— Давай только местами поменяемся, Серега, — сказал он. — Ты же помнишь, я лицом к окну сидеть не могу, из-за глаз.

Когда Сергей покорно сел спиной к двери, Гена бережно положил на стол чемоданчик, раскрыл его, достал наушники и стал совершать внутри чемоданчика какие-то манипуляции, не видимые Сергею из-за открытой крышки. Время от времени в чемоданчике что-то щелкало и тихо гудело. При этом Гена непрерывно нес всякую ахинею про Кузьму из Петрозаводска, плохое здоровье и общую дороговизну. Сергей невпопад поддакивал.

Минут через двадцать Гена снял наушники, убрал их в чемоданчик, достал оттуда чистый лист бумаги, прямоугольный кусок картона и авторучку. Положил картон на стол, бумагу на картон, написал несколько фраз, убрал картон и авторучку обратно, а бумагу, не переставая рассказывать, как ему прошлым летом резали аппендикс, перебросил через стол Сергею.

На листе печатными буквами — очевидно, для легкости чтения — было написано: «На шкафу установлен микрофон. В телефонной трубке жучок. Слушают разговоры в комнате и по телефону. Приемник в одной из соседних комнат. Пригласи меня к себе домой».

Убедившись, что Сергей дочитал до конца, Гена забрал бумагу, спрятал ее в чемоданчик и посмотрел на Сергея, вопросительно подняв брови.

— Слушай, Гена, — сказал ошарашенный Сергей, — а что это мы тут сидим? Поехали ко мне, выпьем по рюмочке.

Гена одобрительно кивнул и закрыл чемоданчик.

На квартире Гена, время от времени позвякивая ложкой по стакану, провозился намного дольше. Наконец, захлопнув чемоданчик, сказал:

— Здесь чисто. Но все равно имей в виду — в любое время могут поставить. Так что деловых разговоров лучше не вести. Чаем угостишь?

— А кто может поставить? — спросил Сергей, наливая чай.

— Кому нужно, тот и может, — содержательно ответил Гена, прихлебывая горячий напиток. — Там, в конторе, хозяин поставил.

— Откуда знаешь?

— От верблюда. Там самодел стоит, у него дальность — из одной комнаты в другую. Так что, кроме хозяина, больше некому.

— А может, мне его отодрать и выкинуть?

Гена, прищурившись, посмотрел на Сергея.

— Ну ты даешь! Они тебе тут же другой вдудолят. Да еще сообразят, что ты в этих делах кумекаешь. Тебе это надо? Так что не вздумай. Живи как жил. Только аккуратно.

Вернувшись в офис, Сергей наткнулся на Леву.

— Я слышал, к тебе тут приходили, — радушно сказал Лева, обнимая Сергея за плечи. — Старый приятель?

— Отдыхали как-то вместе, — осторожно ответил Сергей. — Ну что, будем сегодня трогать Еропкина за вымя?

Господин Терьян

Рабочий кабинет Еропкина потрясал. Судя по всему, раньше здесь был актовый зал. Теперь же сцену убрали, кресла вынесли, стены выкрасили под мрамор и выделили несколько помещений: в одном у Еропкина размещались диван и два кресла, во втором — барная стойка и тоже два кресла, в третьем — тренажеры, а в четвертом — душ, унитаз, биде и утопленная в полу ванна с гидромассажем. Фойе актового зала превратилось в приемную, в которой трудились три девицы в легких полупрозрачных платьицах, а еще две сидели просто так и ничего не делали.

Еропкин вышел навстречу гостям, покинув свой письменный стол из карельской березы. На хозяине была ослепительная белая рубашка, рукава которой застегивались на массивные золотые запонки, яркий галстук с золотым же зажимом, бархатные, шоколадного цвета, штаны и, несмотря на теплую погоду, меховая безрукавка, из кармана которой свешивалась и исчезала где-то в кармане брюк золотая цепь. На ногах были домашние меховые тапочки.

Обнявшись с Левой и крепко пожав руку Терьяну, Еропкин усадил гостей на расставленные вокруг журнального столика козетки, а сам устроился в кресле напротив.

— Такие вот дела, — произнес он, разглядывая Сергея и улыбаясь. — Столько лет не виделись. Хорошее было время, правда? У нас ведь с тобой тогда какая-то штука произошла, — он пощелкал пальцами. — Уж не помню, из-за чего. Бабу, что ли, не поделили? Ну так это мы теперь спокойно можем урегулировать. Чтоб проклятое прошлое, понима-аешь, не угнетало. Видал в приемной? Хочешь, бери любую. Хоть сейчас. Не нравятся — ща позвоню, еще десяток прилетит. А?

— В другой раз, — сказал Сергей. — Прошлое не угнетает.

— Хорошо, — легко согласился Еропкин. — А я вот помню, ты раньше еще книжками интересовался. Точно? Я тоже, понима-аешь, пристрастился последнее время. Библиотечку собрал. Надо, чтобы ты посмотрел как-нибудь. Правда, у меня все на старославянском. Придешь, понима-аешь, вечером с работы, откроешь что-нибудь, сразу, понима-аешь, успокаиваешься. Ты как насчет старославянского?

— У меня со старославянским проблемы, — чистосердечно признался Сергей, почему-то вспомнив историю с писателем Оливером Твистом. — А ты здесь здорово устроился.

Еропкин оживился, оставил литературную тему и начал рассказывать о своих планах. Слушая его, Сергей с удивлением осознал, что Еропкин произносит очень осмысленные вещи. Поминутно вставляя свое «понима-аешь» и матерные слова, тыча в Сергея и Леву жирным пальцем, шмыгая носом и почесываясь, он говорил о строительстве нового корпуса станции, договорах с мэрией, организации продажи машин, головокружительных схемах кредитования.

— Такие, бля, дела, — закончил он. — На все про все два, максимум три года. Этот бизнес на полсотни лимонов потянет, кляпусь. А надо-то всего два, на раскрутку. Чего вы там, в Москве, жметесь? Я Платону говорил — у меня тут уже инвесторы, как мухи, крутятся. Хочешь, говорю, я инфокаровские сорок процентов обратно выкуплю? Триста штук кладу не глядя. Нет, говорит, будем работать вместе. А чего тянуть? Лето же уходит. Если я сейчас стройку не начну, зимой это все в копеечку влетит. Вот ты приехал — прими решение. Или Платону доложи, пусть он там почешется. Понял мою мысль? Ну, мы тут все свои, так ты имей в виду — ежели Платон перечисляет, к примеру, до первого числа два лимона, один процент твой. Двадцать штук. Тут же наличными отстегиваю. Или в долю тебя возьму, в акционеры. Это как захочешь. Да ты не жмись, я ж тебе не взятку даю. Все ведь для общего дела, для того же «Инфокара».

— Рано это обсуждать, — осторожно сказал Сергей, не желая начинать с Еропкиным дискуссию о мировоззренческих принципах. — То, что ты рассказал, у тебя где-нибудь написано? Я бы хотел посмотреть. И бизнес-план тоже.

— А как же! Танька! — крикнул Еропкин. — Зайди быстро!

Впорхнувшая из приемной Танька, повинуясь взгляду Еропкина, встала рядом с Сергеем, прижалась к нему горячим бедром, открыла блокнот и приготовилась записывать.

— Значит, так, — начал командовать Еропкин. — Все материалы по проекту забери у Михалыча, пусть принесут бизнес-план, потом эту папку… ну которую у архитектора взяли… еще баланс, договора… потом вспомню, еще скажу. Соберешь все и отдашь вот господину Терьяну. Поняла? И поможешь ему разобраться. Как следует поможешь. И чтоб все, что ему нужно — ксерокс там или еще что, — молнией. Мне этот человек очень нужен. Поняла?

Танька замахала ресницами, бросила на Сергея многозначительный взгляд и удалилась.

— Так, — сказал Еропкин, выудив из кармана золотую цепь, к которой был прикреплен золотой хронометр. — Мне на массаж надо. Давайте, мужики, на вечер что-то решать. Предлагаю в восемь часов. Лева, помнишь место, где мы в прошлый раз были? Вот туда.

— Он и вправду хочет откупить инфокаровскую долю за триста тысяч? — спросил Сергей, когда они со Штурминым вышли на улицу.

— Да ты что! Откуда у него деньги?! Это все ля-ля. Рассказывает красиво, правда? Я уже третий раз слышу. Интересно, что он все это действительно может. Сколько при этом украдет — другой вопрос.

— А куда он нас вечером ведет?

— Нормальная совковая забегаловка. По салатику. По шашлычку. Будем пить водочку. Оркестр играет. Для нашего гостя из солнечного Магадана. Танцы.

В ресторан Еропкин, к удивлению Сергея, заявился все в тех же домашних тапочках. Перехватив взгляд Терьяна, Еропкин пояснил:

— Костная мозоль. Никакие ботинки не налезают. Так вот и маюсь.

Про меню Лева угадал гениально. Не заглядывая в принесенную официантом потрепанную брошюру, Еропкин скомандовал:

— Значит, так. По салатику. По шашлычку. Пить будем водочку. Три «Смирновской» принеси. Боржому. Еще пару шампанского — здесь поставь, с краю. — И, не давая никому вставить слово, начал травить анекдоты.

Ресторанный оркестр прервал захватывающую историю про поручика Ржевского.

Еропкин остановился на полуслове, осмотрелся и, углядев партнершу, пошел танцевать. Оттоптавшись три танца, привел ее к столу.

— Садись, — сказал Еропкин. — Познакомься. Это Лева. Это — как тебя — Сережа. Это Галя. Шампанское будешь, Галка?

Девица кивнула и залпом выпила фужер шампанского. Еропкин, подперев голову рукой, смотрел на Галку с пьяной грустью.

— Ж-жрать хочешь? — старательно выговаривая слова, спросил он. — Голодная небось?

Галка подумала и снова кивнула. Еропкин поднял руку, подзывая официанта.

— Значит, так, — сказал он, почесывая грудь. — Еще один салат. Шашлык четыре раза. Серега, ты будешь? Нет? Тогда три раза. Коньяк есть? Принеси бутылку.

Потом придвинул стул вплотную к Галке и опустил руку под стол.

— Да ладно тебе, — возмутилась Галка, — дай поесть. Сам же предложил. Что тебе не терпится?

— П-понял, — покорно согласился Еропкин, отодвинулся на полметра и уставился на Галку, стараясь смотреть в одну точку.

Просидев несколько минут, встал, направился, шаркая тапочками, к оркестру, сунул пианисту несколько купюр, вернулся на место и занял прежнюю позу.

— По заявке нашего гостя Александра, — объявил пианист, — для его знакомой девушки Гали исполняем популярную песню...

— Эт-то для тебя, — пояснил Еропкин.

— «Путана, путана, путана, — жизнерадостно завопили музыканты, — ночная бабочка, но кто же виноват...»

По лицу Еропкина потекли крупные слезы.

Сергей переглянулся с Левой, и они стали пробиваться к выходу через плотную толпу танцующих.

— Он что, всегда так? — спросил Сергей уже на улице.

— Ха! — сказал Лева. — Это еще цветочки. Год назад он такое устроил! Ему тут один мужик не показался. Сашка подошел к оркестру — сыграйте мне, говорит, «День Победы», только без слов. И не с начала, а сразу с припева. И не прямо сейчас, а когда я рукой махну. Подошел к мужику, встал у него за спиной и махнул рукой. Только оркестр заиграл, он взял стул и со всего размаху шандарахнул мужика по башке. Представляешь, под «День Победы»!

— Лихо, — признал Терьян. — Закончилось в милиции?

— Если бы! Мужик оказался нашим городским бандитом. Не из самых крутых, но все же. Моня Подольский. Известен тем, что ездит на белом «роллс-ройсе». С ним, кстати, незадолго до этого дела классная история приключилась. К нам Горбачев приезжал — месяца за три до путча. И, по традиции, пошел в народ. Идет он, значит, по Невскому, с ним Раиса Максимовна, как водится, охрана, людей полно. А навстречу едет Моня на своем «роллс-ройсе». Увидел Горбачева, вылез, подошел к нему — спасибо вам, говорит, Михал Сергеич, за все, за перестройку. Если б, говорит, не вы, я бы до сих пор еще сидел. Неужели не слышал? Тут все просто на ушах стояли.

— Не слышал, — рассмеялся Терьян. — История действительно классная. Чем же все-таки «День Победы» закончился?

— Так получилось, что в ту минуту Моня за столиком один сидел. Когда Сашка его стулом огрел, он сразу — брык и под стол. Влетели его быки, стали Еропкина по всему ресторану гонять. Он от них бегал-бегал, потом притомился и сдался в плен. Они его увезли. Все уж думали, что Сашке конец. Нет, через три дня появляется. Смирный. Ты заметил, что он в тапочках ходит? Это с тех пор. У него, — Лева оглянулся и перешел на шепот, — хорошие завязки в Большом доме. Они его и вытащили. Ты куда сейчас?

— Домой. — Терьян старался пить мало, но Еропкину, поначалу зорко следившему за рюмками своих гостей, все же удалось влить в него граммов триста. — Я у тебя, кстати, хотел спросить. Эта девочка...

— Настя? Понравилась? Ты не поверишь, по объявлению нашел. Когда представительство открывали, Платон позвонил и говорит — сделай так, чтобы все было по высшему разряду. Я дал объявление в вечерней газете — так, мол, и так, для представительства, для работы с гостями, все такое. Девки косяком пошли. На третий день я сдался — позвонил в Москву. Все, говорю, больше я их уже не различаю, присылайте подмогу. Приехала Мария. Молодец баба, я тебе скажу. Собрала сразу человек двадцать, только глянула и говорит — вот эту берем. Стали беседовать — а она и готовит, и два языка, и умненькая, и все такое... Плюс ко всему, оказалось, она в этом же доме живет. Что, понравилась?

— Красивая, — уклончиво ответил Сергей. Он снова поймал себя на мысли, что Настя ему кого-то напоминает. — Сколько ты ей платишь?

Лева посмотрел на Сергея сверху вниз.

— Тебе в Москве разве не объяснили, что в «Инфокаре» этот вопрос — табу? Ладно, тебе скажу. Я ей квартиру оплачиваю, на кормление гостей выдаю под отчет, дважды в год экипировочные и сто пятьдесят зеленых в месяц. Считаю, что нормально...

Едва открыв дверь, Сергей услышал телефонный звонок. Сняв трубку, он узнал голос Ильи Игоревича.

— Для вас посылка от друга, — сказал голос. — У вас с утра какие планы?

— Я хотел уехать около половины девятого, — ответил Сергей. — Но могу и задержаться.

— Задержитесь на полчасика. Гена подъедет в девять. Но если будете брать материалы с собой на работу, на столе не оставляйте.

Утром, заглянув в привезенную Геной папку, Сергей сперва перелистал ксерокопированные листы, потом сел на стул у входной двери и стал читать подробно. Через полчаса он отпустил водителя и перебрался на кухню.

Задрипанная папка с матерчатыми завязками таила в себе бомбу. Федор Федорович оказался провидцем. Еропкин пожадничал, поторопился и совершил роковую ошибку. Он хотел перехитрить других, но сам попался в собственный капкан. И теперь Сергей держал в руках готовое и изящное решение проблемы.

Регистрируя предприятие, которое приватизировало обе станции, Еропкин сочинил что-то вроде секретного протокола Молотова — Риббентропа. Можно только гадать, каким образом ему удалось заставить всех прочих акционеров подписать эту галиматью, но факт остается фактом — перед Сергеем лежала бумага, из которой явствовало, что все без исключения акционеры при своем увольнении с работы по собственному желанию обязуются немедленно подать заявление о передаче принадлежащих им акций в распоряжение правления, то есть того же Еропкина, с тем чтобы впоследствии правление продало эти акции желающим их купить и выплатило выбывшим полученные деньги. Расчет Еропкина был ясен, как солнечный луч. Подвести любого работника автосервиса под статью, поймав его на каком-нибудь злоупотреблении, не стоило никакого труда. После этого проворовавшемуся предлагается примитивная сделка — или материалы передаются куда надо, или он уходит по собственному. Пойманный за руку акционер с великой радостью хватается за протянутую ему соломинку и подписывает документ. Тогда Еропкин кладет перед ним вторую бумагу — заявление о выбытии из числа акционеров и передаче акций правлению. Делать нечего — вторая бумага подписывается тоже.

Было совершенно очевидно, что единственным покупателем освобождающихся таким образом акций мог быть только один человек — сам Еропкин. И задача его состояла в том, чтобы вышибить всех, остаться одному и тогда уже, имея на руках большинство голосов, диктовать свою волю всесильному «Инфокару». А если «Инфокар» такое положение вещей по каким-то причинам не устроит — что ж, можно поговорить и о продаже всего пакета акций. Когда Сергей представил себе, сколько Еропкин за это запросит, у него слегка закружилась голова.

Вот почему он так тянул с приемом «Инфокара»! До тех пор, пока все акционеры не выйдут из игры, ему категорически был противопоказан партнер, который тоже сможет претендовать на скупку акций. Но Еропкину чуть-чуть не хватило времени. Судя по бумагам Федора Федоровича, он убрал двух акционеров еще до своей стажировки в Германии. Трех других — сразу по возвращении. И тут же провел собрание, с готовностью разрешившее ему купить эти акции. Следующих двух акционеров предприятие Еропкина недосчиталось непосредственно в период тесного ознакомления с перспективами мерседесовского бизнеса, а их акции были куплены на внеочередном собрании за три дня до приезда Марка и последующей разборки в Москве. После этого Еропкин заспешил. Перед появлением в Питере Платона он срочно уволил еще троих и тоже купил их акции. И всячески тянул с регистрацией инфокаровского участия именно потому, что ему нужно было любыми путями переписать на себя акции еще как минимум четырнадцати человек, уволенных им с рекордной скоростью.

Но Еропкин не успел. Придуманный Марком и реализованный Штурминым ход с оплатой инфокаровской доли наличными спутал ему все карты. В результате двадцать процентов акций остались болтаться в воздухе, находясь в распоряжении правления, но никому формально не принадлежа. А по закону невыкупленные акции на собрании не голосуют.

Сергей схватился за карандаш. У «Инфокара» сорок процентов голосов. Плюс шесть еропкинских — против «Инфокара» он голосовать не осмелится. Итого сорок шесть. Остаются пятьдесят четыре голоса. Но из них двадцать вне игры. Значит, против «Инфокара» будут голосовать всего тридцать четыре. Меньшинство! Еропкин проиграл!

Еропкин перехитрил сам себя. Если бы он не мухлевал с документами, не вносил в устав липовых изменений о принятии решений простым большинством голосов, даже этих тридцати четырех контролируемых им процентов вполне хватило бы для блокирования любой инициативы «Инфокара». Но он пожадничал и теперь висел на волоске. А в руках у Сергея находились ножницы, которыми он мог этот волосок перерезать.

Не может быть, чтобы Еропкин этого не понимал. Сказанные Федором Федоровичем слова об интеллигентском снобизме не выходили у Сергея из головы.

Он налил себе еще кофе, закурил и попробовал поставить себя на место Еропкина.

Ничего не получалось. Ни одного сколько-нибудь надежного хода в распоряжении Еропкина не просматривалось.

После часового раздумья Сергей сдался и набрал номер Ильи Игоревича.

— Прочли? — спросил Илья Игоревич. — Разобрались или нужно что-то объяснять?

— Думаю, что разобрался, — осторожно сказал Сергей. — Однако хотелось бы все это проговорить. Я сейчас пытаюсь представить себе возможное развитие событий, но никаких перспектив для Еропкина не вижу. Может быть, я чего-то не учитываю?

— Скорее всего, — охотно согласился Илья Игоревич. — Вы, возможно, не очень представляете себе, каким арсеналом средств он может пользоваться.

— А вы представляете? — обидевшись, спросил Сергей.

Илья Игоревич рассмеялся.

— Скорее всего, да. Хотите встретиться? Подъезжайте через часок.

Вскоре Сергей и Илья Игоревич сидели на лавочке, и Илья Игоревич открывал Терьяну глаза на мир.

— В бизнесе, — говорил Илья Игоревич, — нельзя верить ни одному человеку. Другу, брату, матери — никому. Вам это может быть сколь угодно противно, но это общее правило. Аксиома, если хотите. Любая целенаправленная деятельность, если в ее основе лежит доверие к людям, обречена. Мало того, она просто вредна. Во-первых, потому что цель не достигается и тем самым компрометируется. А во-вторых, что ж... Посмотрите, что вокруг творится. Все рванулись зарабатывать деньги. А толком это делать не умеют. Народ-то откуда — кто из науки, кто из комсомола, кто сам по себе. Ты меня знаешь? Знаю. Ты мне веришь? Верю. Ну давай вместе деньги делать. Давай. А когда потом эти деньги найти не могут, тут и начинается. Ах так?! Да я тебе поверил! А ты меня обманул! А мы с тобой в одной песочнице играли! И пошла пальба. Не знаю, как у вас, а здесь каждый месяц из Невы двух-трех доверчивых вылавливают. Даже термин появился — бизнес на доверии. Я вам точно говорю — как только этим самым бизнесом на доверии запахнет, месяца через три-четыре жди разборки. Знаете, почему умные иностранцы от нашего российского бизнеса шарахаются? Потому что у них это в генах сидит: просто так, под честное слово, под фу-фу — ничего, никогда и никому. И когда они видят, как у нас ведутся переговоры и заключаются сделки, то сразу же разворачиваются и уходят. А второе правило следующее. К бумагам — любым! — надо относиться предельно осторожно. Бумага — это так, — Илья Игоревич изобразил пальцами легкое шевеление, —

голая идея, нематериальный актив, что-то вроде дорожного указателя.

— Почему же? — спросил Сергей.

— Потому же. На любую бумагу, если ее умный человек составляет, всегда найдется контрбумага. Я ведь знаю, почему вы так воодушевились, посмотрев папочку. У вас двадцать процентов неголосующих акций обнаружилось. Правильно? Что ж, думаете, Еропкин не знает, что у него большинства нет?

— Я, кстати, за этим к вам и пришел, — напомнил Сергей. — Знает, конечно. Зато он не догадывается, что мы тоже про это знаем. Так что до поры до времени он может жить спокойно.

— До какой поры и до какого времени?

— Я думаю, что до собрания.

— Нет, дорогой. Тогда уже поздно будет. Вам ведь даже никого перекупать не надо. А следовательно, если он и живет сейчас, как вы говорите, спокойно, то совсем не поэтому.

— Ладно, — сказал Сергей. — Я понимаю, вы меня жизни учите. Большое спасибо. Сдаюсь. Больше не могу ничего придумать.

— Эх, — вздохнул Илья Игоревич, — бизнесмены. Ладно, слушайте. Он к собранию свои двадцать процентов обратно получит.

— Это как же?

— Очень просто. Возьмет и спрячет бумажки о выходе из акционеров. И эти четырнадцать гавриков либо сами на собрание придут, либо, что вероятнее всего, выдадут ему доверенности. И дело с концом.

Сергей задумался.

— Не получится, — сказал он наконец. — Бумажки эти, которые, как вы говорите, Еропкин спрячет, заверены нотариусом. Наверное, я какую-нибудь справку смогу взять…

Илья Игоревич посмотрел на Сергея с сочувствием.

— Это каким же образом? Взял человек и написал заявление. Потом пошел к нотариусу, заверил свою подпись. Вот ему справку и выдадут. А вы кто такой? Вас любой нотариус пошлет подальше. А этот — и подавно.

— Почему?

Илья Игоревич снова вздохнул.

— Я же объясняю вам, что к бумагам надо относиться трепетно. Вы хоть прочли, что там написано?

Сергей распахнул папку и вытянул наугад одно из заявлений.

— Во-первых, обратите внимание, что все заявления заверены в одном месте. С чего бы? Люди-то по всему Питеру разбросаны. Уже это одно должно насторожить. А фамилию нотариуса тоже не заметили?

Терьян от досады скомкал заявление. Оно было заверено нотариусом Еропкиной.

— Хотите сказать, что ничего нельзя сделать?

— Вовсе нет, — неожиданно возразил Илья Игоревич. — Все можно. Только к этому делу надо приступать серьезно. Все прочитав, все изучив, продумав и взвесив. А с шашкой наперевес — это для юных чапаевцев.

— Ладно, я по-другому спрошу. Что бы вы сделали на моем месте?

— На вашем месте я создал бы необходимые условия, чтобы компетентные органы заинтересовались деятельностью конкретного нотариуса и, для удовлетворения этого интереса, получили в свое распоряжение либо оригинал, либо заверенную копию книги регистрации.

— Илья Игоревич, — жалобно сказал Сергей, — ну что вы меня мучаете? Откуда я знаю, какие для этого необходимы условия?

— Ладно, — смилостивился Илья Игоревич. — Вы этого все равно не сможете, так что не забивайте себе голову. Ваша фирма пойдет на осмысленные расходы?

— Думаю, что да, — осторожно ответил Сергей.

— Думаете... — пробурчал Илья Игоревич. — Ну бог с вами. Я поговорю с Федором Федоровичем.

— А мне что сейчас делать?

— Ничего. Сидите спокойно, готовьтесь к собранию. Но имейте в виду — если Еропкину покажется, что вы себя слишком уверенно чувствуете, он начнет волноваться. И тогда, может статься, опять думать придется. Так что вы лучше поактивничайте. Штурмину, например, скажите, что вам нужно перекупить одного из еропкинских акционеров, пусть побегает, поищет правильную кандидатуру. А в сущности, я думаю, Еропкин сам разведку боем проведет. Подошлет к вам кого-нибудь из своих, тот наплетет с три короба, что с Еропкиным давно не в ладах, да хочет «Инфокару» акции продать, да все такое. Запросит что-нибудь тысяч десять. Соглашайтесь не думая. Будто вам с неба рука помощи протянулась. Тут главное не деньги — главное, чтоб Еропкин ничего не заподозрил.

Тем более что этот, который к вам придет, большую часть полученных денег Еропкину же и отвалит. Вот таким путем. Связывайтесь с Москвой, готовьте денежки. Ближе к делу я вам кое-какой дополнительный матерьяльчик представлю.

— Кстати, — вспомнил Сергей, — я давно хотел спросить. Там, в конторе, Гена микрофоны обнаружил...

— Знаю.

— Как вы думаете, это зачем?

Илья Игоревич развел руками:

— Ну, Сергей, вы даете! Чтобы знать, с кем и о чем вы разговариваете. Или вы хотите знать, кому это интересно?

— Конечно.

— Еропкину — раз. Но это не он. Штурмину — два, тем более что, судя по всему, он и ставил. Возможно, что и вашим коллегам в Москве. Вполне могли Льву Ефимовичу приказать.

Вся эта идиотская возня с прослушкой вызывала у Сергея естественное чувство отвращения. До последнего времени он относился к Штурмину неплохо. И затеянная Левой возня с доверенностью на этом никак не отразилась. Но ежедневные дежурные объятия и задушевные разговоры, на которые его время от времени вытягивал Лева, находились в таком разительном контрасте с установкой микрофонов, что — независимо от того, сделал он это по собственной инициативе или по приказу, — Сергею каждый раз хотелось дать ему по физиономии. Без объяснения причин. Но он сдерживался. Хотя было очень противно.

Как и обещал Илья Игоревич, дня через три Лева ввел в комнату к Терьяну человека в комбинезоне непонятного цвета. Человек присел к столу и рассказал Сергею, какой Еропкин сукин сын, как он всех угнетает, как безбожно ворует и как хорошо было бы от него избавиться, чтобы быстрее пришел «Инфокар». Тогда будет порядок. И он, как акционер, готов этому, в меру своих сил и способностей, посодействовать. Ходят слухи, что через пару недель ожидается собрание, на котором будет решаться что-то важное. Известно также, что Еропкин опять будет голосовать за, а остальных подговорит голосовать против. Но гость Сергея уже устал от всех этих игр и хочет нормальной обстановки и нормальной работы. Поэтому он предлагает Сергею, как полномочному представителю «Инфокара», свои услуги. И следует иметь в виду, что он не один. У него есть два кореша, которые тоже согласны и уполномочили его вести переговоры. Ну как?

Сергей спросил про фамилии корешей, провел несложные вычисления и установил, что речь идет о двух процентах голосов. Сорок шесть плюс два равно сорок восемь. Пятьдесят четыре минус два равно пятьдесят два. Лишний риск Еропкину явно не нравился.

Обозначив предмет переговоров, человек поерзал на стуле и объявил:

— Командир, мне по фигу, что вы там собираетесь решать. Но ты же понимаешь, что Еропкин ни мне, ни мужикам этого в жизнь не забудет. Понимаешь или нет?

Подготовленный к такому повороту событий, Терьян коротко спросил:

— Сколько?

— Пять штук зелеными, — сказал человек. И добавил: — Каждому.

Краем глаза Сергей заметил, что Лева дернулся на стуле, и, посмотрев в его сторону, увидел, что тот утвердительно прикрыл веки.

Однако Сергей не торопился принимать предложение. Его насторожила скорость Левиной реакции. Назначив человеку встречу через два дня, он вечером из квартиры позвонил Ларри. Тот разговаривал с ним неожиданно холодно.

— Мы ведь с тобой это не обсуждали, — сказал Ларри. — Тебя Муса послал. Почему мне звонишь?

— Хочу посоветоваться, — объяснил Сергей.

— Угу. Давай я тебя с Мусой соединю.

Муса выслушал информацию, поразмышлял немного и сообщил:

— Непростой вопрос. Слушай, ты можешь сейчас в Москву вылететь? Нет? Хотя бы на день. И на день не можешь? Ладно, я сам завтра прилечу, поговорим.

Однако назавтра вместо Мусы прилетел Марк. Рано утром он неожиданно возник на квартире и протянул Сергею большой пакет с яблоками.

— Это тебе, — сказал Марк. — Съешь витамин. А то ты здесь, должно быть, сильно устаешь.

Он демонстративно оглядел квартиру, отыскивая следы пребывания Насти.

— Ну рассказывай, что ты тут напахал, — скомандовал Марк, наливая себе кофе и садясь за стол. — В подробностях.

Сергей обрисовал ситуацию, оставив за кадром схему, разработанную с участием Ильи Игоревича. Сказал, что надо принимать решение по подкупу добровольно явившихся акционеров. Объяснил, что завтра, крайний срок послезавтра, нужно будет иметь на руках пятнадцать тысяч долларов наличными.

Марк выслушал его и помрачнел.

— М-да, — сказал он. — Ты больной или придуряешься? Ну возьмешь ты эти два процента. У нас будет сорок восемь, у Еропкина — пятьдесят два. Твои дальнейшие действия?

— Дальше видно будет, — уклончиво сказал Сергей. — Я думаю, что этих двух процентов нам хватит.

— Объясни почему. — Марк перегнулся через стол.

— Я так думаю.

Понятно, что этот ответ Марка не удовлетворил. Битый час он пытался всячески воздействовать на Сергея: уговаривал, кричал, позвонив в Москву, подключил к разговору Мусу, попытался найти в Швейцарии Платона, но не нашел. И под конец окончательно взбесился.

— Хватит с меня! — крикнул он осипшим голосом и раздавил в пепельнице очередную сигарету. — Делай что хочешь. Но я ни копейки на эту авантюру не дам. И никто не даст. Это же очевидный идиотизм — платить такие деньги неизвестно за что. Либо ты тут совсем впал в маразм с этой девкой, либо пытаешься мне лица крутить. Я тебе последний раз говорю — выкладывай! Или я сейчас улетаю обратно, но тогда учти — разговор будет другой. Если собрание провалится, тебе просто гениталии поотрывают.

— Если будут деньги, не провалится, — сказал с трудом сдерживающийся Сергей.

— Про деньги забудь! — Марк грохнул по столу. — Хочешь, хоть сдохни тут, но я костьми лягу, ни гроша не получишь.

— Ну и катись отсюда. — Сергей встал и спрятал трясущиеся кулаки в карманы. — Я сюда не рвался, меня Платон попросил. Если бы я не мог ничего сделать, так бы и сказал. А я говорю, что сделаю. Цену вопроса я назвал. Это не все, может быть, еще что-то придется… А ты чего приперся? Ревизию наводить?

— Хорошо, — угрожающе сказал Марк. — Я уеду. Мне здесь делать нечего. Этот твой детский лепет мне уже вот где. Ты, может, надеешься, что Муса твою доверенность отзовет? Чтобы ты потом перед Платоном невинно обиженным выступил? Ах, дескать, я хотел как лучше, но мне помешали. Не надейся! Будешь сидеть до самого конца как миленький.

И хлопнул на прощание дверью так, что оборвалась висевшая на стене вешалка.

Сергей посмотрел на вешалку, походил по квартире, убрал в мойку оставшуюся после Марка чашку, выкинул окурки. Потом вернулся в спальню, лег на кровать и задумался. Ситуация складывалась непростая. С одной стороны, он был уверен в надежности разрабатываемой схемы. Но с другой стороны, визит Марка отчетливо показал, какие преграды уже встали на пути к ее реализации. Понятно, что Сергей не может засветить свои контакты с Федором Федоровичем. И тем более с Ильей Игоревичем — об этом была специальная просьба. А значит, не может и объяснить, зачем ему нужны именно эти два процента и почему их наличие решает проблему, а их отсутствие способно все погубить. Без такого объяснения он вряд ли получит деньги. Во всяком случае, Марк, как и обещал, сделает все, чтобы этому воспрепятствовать. На что можно рассчитывать? Есть смысл позвонить Мусе и честно сказать, что имеется вариант решения, рассказать про него Сергей пока не может, но за его реальность отвечает. И попросить денег. Можно попробовать то же самое с Ларри, хотя его реакция на вчерашний звонок была довольно странной.

Наконец, в запасе есть тяжелая артиллерия в лице Платона. В конце концов, это же он попросил Сергея поехать в Питер. И он знает Сергея намного дольше, чем все остальные. Именно Платон может принять окончательное решение. Что еще?

Витька! Питерская история, насколько понимал Сергей, находится в стороне от его основных интересов, но, на худой конец, Виктор может отщипнуть кусочек от своего бизнеса и одолжить на пользу общего дела. Пожалуй, все. Единственное, что остается, если все прочие варианты провалятся, — попытаться вынуть деньги из Левы. Но это безнадежно.

Размышления Терьяна прервал телефонный звонок. Откуда-то из далекой Швейцарии прорезался Платон.

— Сережа, привет, — сказал он. — Как дела?

— Здорόво, — ответил Сергей. — Дела так себе. Скажи честно, ты мне сам звонишь или тебя попросили?

— И то и другое, — уклончиво ответил Платон. — Расскажи, что там у тебя.

— У меня проблема на ровном месте. Тут к собранию надо кое-какие действия произвести. Я обратился в Москву за поддержкой…

— Знаю, знаю. Послушай, это все очень сомнительно. Мне Марик и Лева только что рассказали. Они не понимают. Я — тоже.

— Тоша, я им просто не все рассказал. По одному эпизоду нельзя делать выводы.

— Погоди, погоди, — перебил Платон, и в его голосе Сергей отчетливо уловил интонации Ларри. — Так расскажи все.

— Не могу, — нехотя признался Сергей. — Тут есть обстоятельства…

— Что? Плохо слышно. Что ты сказал?

— Есть обстоятельства.

— Ну мне можешь рассказать?

— Не знаю. Сейчас точно не могу.

— Так, — сказал Платон. — Это никуда не годится!

— Что не годится?

— Все, что ты делаешь, никуда не годится. Так не пойдет.

— Почему? — Сергей не поверил своим ушам. — Послушай меня. Ты попросил меня сделать конкретное дело. Так или нет? Я начал заниматься. Сейчас я понимаю, что это совершенно реально. Но так все сложилось, что не могу рассказать. Понимаешь?

— Не понимаю. Впрочем, давай дальше.

— Короче, мне только и надо, чтобы ко всему, что я здесь делаю, относились с абсолютным доверием. И без вопросов, на которые я ответить не смогу. Тогда будет результат. Ты же меня сто лет знаешь. Ты понимаешь, что я просто так говорить не буду? И деньги эти я не для себя беру…

— Все ясно. Сережа, ты не понимаешь. Это не вопрос о доверии. Тут принципиальный момент. Доверять друг другу можно и нужно. Но на доверии нельзя строить отношения, — произнес Платон, и Сергей сразу вспомнил лекцию Ильи Игоревича. — Если ты настроен работать, запомни — это не разговор. Нельзя принимать решения только потому, что кому-то веришь. Решения принимаются исключительно на основе информации. Усвоил?

— И что же мне делать? Рассказать не могу — есть причины. Серьезные. А если не расскажу, то вся работа псу под хвост? Учти — это единственный вариант.

— Так не бывает, — категорически заявил Платон. — Либо вариантов нет вовсе, либо есть такой, который можно обсуждать.

— Ну, значит, я такой тупой, что этого не вижу.

— Не свисти, — рассердился Платон. — Ты просто за одно что-то ухватился, и тебе плевать — соответствует это правилам фирмы или не соответствует. Ты же больше ничего не искал. Пожалуйста, если хочешь, я вполне верю, что у тебя все в порядке, и по закону, и так далее. Но ломать правила никому не позволю. Вот возьми Марика, например. Он как человек, может быть, полное дерьмо. Полное! Но здесь он абсолютно прав. Абсолютно! Я знаю, ты сейчас будешь в Москву звонить, у Мусы или у Витьки деньги выколачивать. Имей в виду, ничего не получится. Если здесь обсуждать нечего, ищи другое решение.

— Так, — сказал Сергей. — Давай оставим дела в стороне. Ты — лично — мне — тоже лично — можешь одолжить деньги? Как старому другу?

— Зачем? Если на квартиру, на девочку, на машину — сколько угодно. А если на это дело, то забудь. Слышишь? Забудь! Понял? Все, обнимаю тебя.

— Подожди, — остановил его Сергей. — А если я сам достану деньги, тогда что?

— Ты все-таки не понимаешь. И тогда — тоже ничего. Бизнес «Инфокара» можно делать только по правилам «Инфокара». Деньги могут быть любыми. А правила — только такие. Ты что, не понимаешь, что дело не в деньгах?

Платон выждал паузу. Сергей молчал.

— Все, обнимаю тебя.

И повесил трубку.

Через час на пороге квартиры возник Лева. От него попахивало коньяком.

— Проводил Марка? — спросил Сергей, усадив Леву на кухне.

Лева кивнул.

— Слушай, — сказал он, — мы пообедали в одном месте перед самолетом, так что день все равно уже нерабочий. У тебя виски еще осталось?

Сергей принес из комнаты нераспечатанную бутылку.

— Что вы с ним не поделили? — поинтересовался Лева, плеснув коричневую жидкость в два толстых стакана. — Он совершенно озверел.

— Не знаю. Думаю, что ему просто хочется покомандовать.

— Тебе Платон звонил?

— Звонил. Объяснял, что я нарушаю правила. Я так понял, что ты тоже придерживаешься этой точки зрения?

Лева обиженно скривился.

— Пойми, не я же их устанавливал. И потом — я ведь тоже не в курсе. А у тебя действительно есть вариант?

— Есть.

Лева поерзал на табуретке.

— Мне можешь рассказать?

— Никому не могу.

Лева помолчал и налил еще виски.

— А ты не покажешь мне свою доверенность?

Сергей сходил в комнату и принес документ. В нем было написано, что «Инфокар» доверяет господину Терьяну представлять его интересы на общем собрании еропкинского предприятия, голосовать по всем вопросам повестки дня и подписывать от имени «Инфокара» соответствующие акты. Лева внимательно изучил бумагу.

— Есть одно предложение, — сказал он наконец. — Я могу договориться с этими тремя гавриками, что они продадут свои два процента голосов. Скажем, одной моей фирме. К «Инфокару» она не имеет никакого отношения. Я могу рассчитывать, что на собрании ты поддержишь это предложение?

Сергей задумался. Он начал понимать, что Лева решил поймать в замутившейся воде маленькую золотую рыбку. А значит, помощь может прийти оттуда, откуда он ее меньше всего ожидал.

— Ты, главное, не беспокойся, — заволновался Лева, видя, что Сергей не торопится отвечать. — Инфокаровские интересы мое предложение никак не задевает. Ведь эти акции все равно принадлежат посторонним людям. А так мы закрепим их за собой. Я ведь в любом случае инфокаровский человек. Ты сам подумай, есть два процента голосов. Что лучше — чтобы они принадлежали какому-нибудь Сидорову или контролировались мной? И ты ведь не инфокаровские голоса отдашь. Логично?

— Ну предположим, — осторожно ответил Сергей.

— Тогда делаем так. Этот хмырь просил пятнадцать тысяч. Мое предприятие заключает с представительством договор. Скажем, поручает ему приобрести два процента голосов в еропкинской фирме. И переводит на это дело пятнадцать штук. Я их обналичиваю и отдаю тебе. Ты рассчитываешься с мужиками. Только сначала надо им объяснить, что деньги платятся не за голосование, а за их акции. Пусть тут же напишут заявления о продаже акций, мы их заверим у нотариуса. На собрание я приду вместе с тобой. И когда встанет вопрос о покупке этих акций, ты меня поддержишь. Улавливаешь?

— Послушай, Лева, мне Платон сказал, что моих действий никто не понимает. В том числе и ты. Какого же рожна ты мне делаешь такие предложения? — поинтересовался Сергей.

— Мне кажется, что у тебя в запасе и вправду что-то есть. — Лева неожиданно перестал суетиться и посерьезнел. — Если хочешь знать, на эту мысль меня Марик натолкнул.

— Это каким же образом?

— Ну мы же с ним довольно долго протрепались. Он при мне и Мусе звонил, и Платону. Я думаю, он потому так активничает, что боится, как бы у тебя и вправду не получилось…

— Почему?

— Вообще-то это его работа. Это он должен был следить, чтобы Еропкин не соскочил. А Марик его упустил. У тебя, кстати, нет ощущения, что тебя сюда специально запихнули, чтобы ты себе шишек набил?

— Нет. Меня Платон прислал. Ему-то зачем, чтобы у меня шишки появились?

— Платон только окончательные решения принимает. И до этого он вряд ли додумался сам. Тебе не кажется, что ему подсказали?

— Кто?

— Кто угодно. Тот же Марк. Или Муса.

Сергей вспомнил свой первый день в «Инфокаре», вспомнил, как Муса распорядился, чтобы ему выдали материалы по Питеру, вспомнил непонятное оживление, появившееся при этом на лице Марка, и нехотя признал, что такой вариант вполне вероятен.

— Ну вот. А сейчас он чувствует, что у тебя что-то есть. И из-за этого бесится. Я поэтому и решил тебе предложить…

— А ты понимаешь, что рискуешь деньгами?

Лева опорожнил стакан и подвигал его по столу.

— Насчет этого не беспокойся. Мои проблемы. Ну так как, договорились?

Сергей еще раз просчитал в голове возможные последствия. Левина фирма к «Инфокару» отношения не имеет. Акции, на которые она претендует, «Инфокару» не принадлежат. Значит, на эту сделку он формально повлиять не может. Если она реализуется, он получает нужный результат на собрании. Причем никакие священные инфокаровские правила не нарушаются.

— Послушай, — неожиданно сказал Лева, — давай так. Если все получится, я тебе премию дам. Не от представительства, ты не думай. От своей фирмы. Пять штук — годится?

— Заткни их себе знаешь куда, — посоветовал Сергей. — Я это не для тебя делаю. И не для себя. Понял?

— Не обижайся! — Лева положил руку Сергею на плечо. — Ты ведь только пришел. Своего бизнеса у тебя нет. В Москве еще неизвестно как сложится. Я тебе как другу…

Сергей вспомнил про микрофоны в комнате и стряхнул руку.

— Если хочешь, чтобы у нас все было нормально, про деньги забудь. Меня еще никто не покупал. И не купит.

— Ты меня неправильно понял, — начал извиняться Лева. — Ну хорошо, давай не будем об этом. Ты просто знай, что я всегда… Договорились?

Сергей еще немного подумал и кивнул.

— Вот и отлично! — Лева вскочил с табуретки и заторопился к выходу. — Я сейчас же поеду к себе, скажу, чтобы готовили документы. А ты приезжай завтра утром. Мужик в половине десятого появится.

Уже поздно вечером Сергей смог правильно оценить истинные причины Левиного благородства. Инвестиции в еропкинское предприятие оценивались приблизительно в два миллиона долларов. Два процента от двух миллионов — это сорок тысяч. Лева получал их за пятнадцать. Кроме того, он рисковал своими деньгами только на первый взгляд. По сути же, его фирма всего лишь поручала представительству «Инфокара» приобрести для нее акции. Если бы операция провалилась, то «Инфокар», в лице своего представительства, должен был бы вернуть эти деньги Леве Штурмину, то бишь его фирме. И уж Лева наверняка позаботился бы о том, чтобы долг был отдан сполна. Впрочем, понимание этого пришло только вечером. Но даже если бы Сергей догадался обо всем этом в момент достижения договоренности, он все равно согласился бы на Левины условия. Слова Левы, что возникшие на его пути трудности вызваны исключительно ревностью Марка Цейтлина, задели Сергея намного серьезнее, чем можно было ожидать, и допустить возможность проигрыша он не мог.

Оставшиеся до собрания две недели пролетели быстро. Целыми днями Сергей просиживал в представительстве, черкая проекты решений и готовясь к решающему дню. Еще один вечер ему пришлось провести в ресторане с Еропкиным, который заехал за ним, когда Левы не было на месте. В этот вечер Еропкин практически не пил, ссылаясь на головную боль, непрерывно рассказывал Сергею, как много у него друзей в прокуратуре и милиции, как у него все схвачено, и явно старался вызвать Терьяна на встречную откровенность. Сергей отмалчивался, почувствовав, что все это неспроста. И действительно, встретившись наутро с Ильей Игоревичем, он узнал, что как раз вчера в нотариальной конторе сестры Еропкина была произведена выемка документов.

— Вот теперь, — сказал Илья Игоревич, — интеллектуальную деятельность можно считать законченной. До собрания у вас осталось три дня. Даже если вашему приятелю придет в голову какая-нибудь свежая мысль, он ее не успеет реализовать. Так что советую подумать о будущем.

— Что вы имеете в виду?

— На собрании вы его будете снимать. А вместо него кого поставите? У вас есть кандидатура?

Сергей задумался. Он был настолько поглощен проведением первого этапа операции, что мысль о будущем генеральном директоре его ни разу не посетила.

Через час он уже звонил в Москву.

— А что, — спокойно сказал Муса, — если все сложится, пусть тебя и назначат. Ты, надеюсь, не против?

— Против. Я в этих делах ничего не понимаю. И потом — мы же не договаривались, что я здесь останусь насовсем.

— Что значит — не договаривались? — Сергею представилось, как на том конце провода Муса пожимает плечами. — Если надо будет, то договоримся. Кроме тебя больше некому. У Левы и так дел выше головы. Найдем кого-нибудь другого — ради бога, вернешься в Москву. А пока что это единственный выход. Ты что, и вправду сможешь снять Еропкина?

— Смогу.

— И без денег?

— Без.

— И не скажешь как?

— Не скажу.

— Ну тебе и карты в руки. Сразу согласишься или хочешь, чтобы тебе Платон позвонил?

— Черт с тобой, — сказал Сергей, — соглашусь. Но только при двух условиях.

— Давай.

— Первое условие такое. Никто и никогда у меня не будет спрашивать, каким образом я его снял. Просто снял — и все. Обещаешь?

Муса рассмеялся.

— Все секретничаешь. Ладно, договорились. Давай второе условие.

— Максимум через месяц мне придет замена. Ни в строительстве, ни в техническом обслуживании я ни черта не понимаю. Короче, месяц, пока надо будет оформлять бумажки, я здесь посижу. А через месяц — сажусь в поезд и уезжаю. Обещаешь?

— Ладно. Только давай так. Тебе там на месте виднее, ты подбери кого-нибудь. Пришлешь в Москву, мы посмотрим. Собрание когда?

— Послезавтра.

— Позвонишь, когда закончится?

— А как же!

— Ладно, ни пуха тебе.

— К черту!

Собрание было назначено на шесть вечера. Утром, когда Сергей собирался на работу, в дверь позвонили. На пороге стоял Илья Игоревич.

— Меня Федор Федорович спозаранку поднял, — сказал он, проходя в комнату. — Просил подстраховать вас. Вам от него большой привет.

— Спасибо. В каком смысле подстраховать?

— Видите ли. Когда ваш приятель почувствует, что его приперли к стенке, он может какую-нибудь штуку выкинуть. Вы знаете, что у него в ящике стола пистолет лежит? А за сейфом, между прочим, топор.

Сергей недоуменно пожал плечами.

— Не будет же он на собрании в меня стрелять. Или топором рубить. Это ведь его не спасет, только хуже будет.

— А когда вам в спину ствол наставят, вы себя так же уверенно будете чувствовать? — поинтересовался Илья Игоревич. — Имейте в виду, он, хотя и ждет сюрпризов, но не таких. И от неожиданности может что угодно выкинуть. Так что береженого бог бережет. Давайте бумажку посмотрим.

Он развернул перед Сергеем сложенный в несколько раз лист бумаги. Там был изображен план еропкинской станции.

— Вы сейчас поедете не к Штурмину, а прямо на место, — распорядился Илья Игоревич. — Попросите Еропкина пристроить вас где-нибудь и скажете, что ждете старого друга. Где-то к обеду подъедет Гена. Распорядитесь, чтобы вам принесли выпить, закуску какую-нибудь ну и так далее. А перед началом собрания попросите у Еропкина разрешения, чтобы ваш старый друг мог поприсутствовать. Так просто, в уголке посидеть. Собрание, скорее всего, будет проходить у Еропкина в кабинете. Сядьте как можно дальше от него, но чтобы Гене было хорошо вас видно. Да, вот еще одна важная вещь. Договоритесь с Еропкиным, чтобы председательствовал не он, а Штурмин. Скажите, что это просьба из Москвы. А Еропкин пусть будет председателем счетной комиссии. И действовать начнете, как только он подпишет первый протокол. Учтите, если оригинала протокола у вас в руках не будет, все пойдет прахом. Ну дальше все по сценарию. Договорились? Желаю удачи.

— А план станции зачем? — спросил Сергей, посматривая на развернутую бумагу.

— План-то? — Илья Игоревич призадумался. — Да так. Ни зачем.

И он снова убрал бумагу в карман.

Появившись на станции, Сергей сразу же зашел к Еропкину. Тот, недовольно хмурясь, подписывал банковские документы.

— Хрен знает что, — пробурчал он, мановением руки удаляя девицу обратно в приемную. — Оборзели все. В прошлом месяце я за электричество вот столько платил, — он показал пальцами, — а сегодня выставляют счета впятеро. Как будто я не им наликом столько отстегиваю, что уже собак на даче на золотые цепи можно пристегивать. А перекрою кислород — тут же прибегут: Лександр Иваныч то да Лександр Иваныч это… Ну ладно. Повестку собрания посмотрим?

Повестка, многократно обговоренная, не содержала никаких сюрпризов. Отчет генерального директора о проделанной работе.

Отчет ревизионной комиссии. И, наконец, самый важный вопрос — увеличение уставного капитала.

— Я все-таки сомневаюсь, — объявил Еропкин. — Я-то, конечно, буду за, и начальники цехов тоже. Но может сорваться. Серега, ты подумай. Время еще есть. Может, не будем огород городить? Подпишем с «Инфокаром» договор об инвестициях, и все путем. А уставняк трогать не будем. Есть у вас сорок процентов — и лады. Потом еще прикупим. Так или иначе, это быдло из акционеров надо вышибать. Сейчас увидишь, чего покажу.

Он достал из сейфа рукописную бумажку со списком фамилий. Около многих красовались жирные минусы, проставленные красным карандашом.

— Смотри. Через месяц-два этих людей уже не будет. Как — это мое дело. И ради бога — забирай их доли. Мне моих шести процентов во как достаточно. Ну что, договорились?

Сергей внимательно просмотрел список. Он насчитал около тридцати минусов.

Фамилии четырнадцати человек, уже написавших заверенные нотариусом Еропкиной заявления, в списке присутствовали тоже.

— Не могу, Саша, — с деланным сожалением отказался Терьян. — В Москве не поймут. Ты все-таки поговори с людьми, объясни. Сам говорил — время уходит. Зимой стройка намного дороже обойдется.

— Да что с ними говорить! Я уже говорил, — махнул рукой Еропкин. — Ты давай соглашайся. Хочешь, сейчас наберем Москву, скажем, что ты согласен, пусть дают добро.

Сергей еще немного посопротивлялся, а потом уступил. Это входило в разработанный стратегический план.

— Пусть твои красавицы соединят меня с Мусой, — сказал он, делая вид, что сдается. — Но я ничего не обещаю.

Еропкин лениво перегнулся через стол и нажал на кнопку селектора.

— Татьяна, — распорядился он, — набери-ка Москву. Приемную господина Тариева. Господин Терьян говорить будет.

Сергей было встал, чтобы подойти к телефону, но Еропкин ухватил его за руку и задержал.

— Сиди тут. У меня громкая связь работает. Вместе и поговорим.

Сергей понял, что Еропкин хочет слышать все содержание беседы и мысленно поблагодарил Илью Игоревича, настоявшего на том, чтобы Терьян предупредил Мусу о возможном звонке.

— Здравствуй, уважаемый Александр Иванович, — донесся из динамика голос Мусы. — Как самочувствие? Настроение?

— Все путем, Муса Самсоныч, — отрапортовал Еропкин. — Сидим вот тут с твоим комиссаром, рассуждаем, понима-аешь, как жить дальше.

— Как или с кем?

— Сначала — как. — Еропкин подмигнул Сергею. — А с кем — это мы потом разберемся. Тут у нас проблем нет. Хочешь — подскакивай, организуем. Баньки-шманьки. Таньки-Аньки. Сам знаешь. Ну так как?

— Заметано, — охотно согласился Муса. — Платон Михайлович из дальних странствий вернется, и сразу же подъеду. Как там дела?

— Вот пусть тебе твой подчиненный и доложит. Мы тут решили все переиначить. А он без твоего разрешения что-то жмется. Давай, Серега, излагай.

— Привет, Муса, — начал Сергей. — Тут такое дело. Мы вынесли на собрание вопрос об увеличении уставного капитала. Но Саша сомневается, говорит, что может не пройти. Он предлагает капитал не трогать, а вместо этого подписать инвестиционный контракт.

— Слышь, Муса, — вклинился в разговор Еропкин, — тут я Сереге список показывал, на отстрел. Через два месяца у меня, считай, двадцать акционеров отвалятся. Как минимум. И все их доли отойдут «Инфокару». И что так, что эдак, все равно предприятие наше. Просто сейчас не время, понима-аешь. Забрыкаются сегодня, и опять месяц потеряем.

— А что Терьян скажет? — поинтересовался Муса.

— Я думаю, надо сделать таким образом, — сказал Сергей. — Ведь увеличение уставного капитала мы сегодня все равно обсуждаем. Если пройдет, то и хорошо. Не пройдет — голосуем заключение инвестиционного контракта. Ты мне доверишь его подписать?

Муса надолго замолчал.

— Сашок, — прорезался он наконец, — давай так. Все силы бросаем на увеличение уставняка. Бери своих чушек за мягкие места, пои их водкой, обещай что хочешь, но чтобы проголосовали как надо. Ты пойми, это нормальное решение. Согласен? И Сережке тоже помочь надо, у него это первое дело, надо, чтобы хорошо прошло. Понял меня?

— Ну а если что… — начал явно обрадованный Еропкин.

— А если что, то я сейчас по факсу вышлю Терьяну доверенность на подписание инвестиционного контракта. Серега, слышишь меня? Сумма — два миллиона, срок — год. И пусть Левины юристы посмотрят. Тогда завтра-послезавтра вылетай в Москву. Уловил?

— Видишь, дурочка, а ты боялась. — Еропкин нажал на кнопку отбоя и облегченно вздохнул. — Они же нормальные, понимают, что можно, а чего, понима-аешь, нельзя. Значит, давай так. Подписываем сегодня контракт, завтра получаешь свою долю. Я слово держу.

— Но сначала все-таки про уставный капитал, — напомнил Сергей.

— А как же! — Еропкин воздел руки к небу. — Это первое дело! Проект контракта тебе сейчас девки распечатают. Посмотри пока.

— Слушай, а можно я его завтра посмотрю? — попросил Сергей, вспомнив про Илью Игоревича. — Тут ко мне приятель должен подойти, сто лет не виделись. У тебя найдется место, где посидеть? И чтобы принесли что-нибудь пожевать?

— Ха! — возликовал Еропкин. — Обижаешь! И посидеть, и пожевать, и выпить. Все, что скажешь. И перепихнуться! Только к шести будь в норме. А то придется собрание переносить.

Стол для Сергея и Гены накрыли в так называемой директорской комнате. От общей столовой она отделялась глухой перегородкой и имела свой вход. Ни на еду, ни тем более на выпивку Еропкин не поскупился: стол был заставлен рыбными и мясными закусками, плошками с борщом и шурпой, сковородками со шкворчащей жареной бараниной. На отдельном столике стояли водка, пиво и шампанское.

Последние штрихи нанесли две девицы из приемной, которые, встретив гостей, пожелали им приятного аппетита и, многообещающе поморгав ресницами, удалились, напомнив, что явятся по первому вызову.

Гена с аппетитом поедал заполнившую стол снедь, непрерывно нес всякую ерунду про якобы общих знакомых, регулярно наполнял свою рюмку, звучно чокался с Терьяном, после чего, распахивая пиджак, аккуратно переливал содержимое рюмки в укрепленную с внутренней стороны грелку. Сергей, пригубив по настоянию

Гены первую рюмку, больше не пил. Около половины шестого в директорскую комнату зашел Еропкин.

— Ну как? — спросил он, зорко взглянув на две бутылки водки — одну пустую и вторую наполовину опорожненную. — Хорошо сидим?

— Познакомься, Саша, — сказал Сергей. — Это мой хороший друг Гена. Мы с ним в Адлере познакомились. Присаживайся к нам.

— Идти уже пора, — заметил Еропкин, посмотрев на часы, но все-таки сел и налил себе рюмку. — За знакомство. Будем.

— Хозяйство у вас тут, — слегка заплетающимся языком похвалил Гена, опрокинув рюмку. — Стол шикарный. Я вот тут Серому говорил уже, что видна хозяйская рука. А у вас это… как его… собрание надолго? А то мы потом намылились тут… в одно место.

— Часа на полтора, — подумав, сказал Еропкин. — А то и на два.

— Ух ты! — огорчился Гена. — А я думал… Чего ж мне делать-то? Два часа!

— Хочешь, посиди с нами там, — предложил Сергей, покосившись на Еропкина. — Саш, у нас же секретов нет? Пусть посидит в уголке. Ты не против?

Еропкин пожал плечами.

— Да пусть сидит, если хочет. Только тихо. Ну пошли.

Пропуская Гену вперед, Сергей вздохнул с облегчением. Он не ждал, что озвученная им просьба Ильи Игоревича вызовет резкое противодействие Еропкина, но был рад, что все получилось так легко.

В коридоре Гена поравнялся с ним и, еле шевеля губами, сказал:

— Минут за пять, как соберешься, мигни мне. Я выйду из комнаты. Когда войду, начнешь. Только не раньше.

Кабинет Еропкина был заполнен народом. Около тридцати человек в костюмах и спецовках сидели на расставленных рядами стульях. У еропкинского стола листал бумаги Лева Штурмин. Рядом с ним, за маленьким столиком, сидели две девушки из приемной. Сергей взял стул и устроился рядом с ними. Гена скромно примостился поближе к двери, прислонился головой к косяку и закрыл глаза.

— Так, — сказал Еропкин, усаживаясь в свое кресло. — Все тихо. Сегодня у нас внеочередное собрание. Лев Ефимович! Что там по правилам делать надо?

— Надо выбрать председателя, — отозвался Лева. — И секретаря. И счетную комиссию, там тоже председателя надо выбрать.

— Ага, — кивнул Еропкин. — Значит, предлагаю председателем выбрать Льва Ефимовича. Быстренько проголосовали. Все за. Давай дальше, Лева.

Секретарем назначили Татьяну, выбрали счетную комиссию из трех человек. Еропкина — в качестве председателя.

— Как у нас с кворумом? — осведомился Лева. — Счетная комиссия, доложите нам.

Еропкин собрал ворох разбросанных по столу бумаг, нахмурился, пошамкал губами, что-то шепча под нос, а потом сообщил:

— Всего у нас, понима-аешь, сто процентов голосов. И присутствуют тоже сто процентов. Сорок процентов «Инфокара» представляет господин Терьян. Вот доверенность. Сергеев, Захарченко и Жечкин — это два процента — дали доверенности Льву Ефимовичу. Марков, Крутицкий… — ну, тут их целая куча, я перечислять не буду — выдали доверенности Тихонову. Это еще двадцать процентов. Всего, понима-аешь, получается шестьдесят два. И тридцать восемь присутствуют живьем. Так что кворум есть. Можно начинать.

Сергей разжал кулаки. Все шло по плану. Еропкин забрел в расставленную Ильей Игоревичем ловушку, приписав себе двадцать процентов голосов по липовым доверенностям. Осталось захлопнуть капкан.

— Регистрационный лист есть? — спросил Лева, поглядывая на Сергея. — Передайте в президиум, пожалуйста.

Еропкин еще раз просмотрел регистрационный лист, удовлетворенно хмыкнул, поставил свою подпись и перебросил его Леве. Тот переложил бумагу на край стола и накрыл пустой папкой.

Повестка дня была принята единогласно, и Еропкин взял слово. Слушая его, Терьян снова уличил себя в невольном… едва ли не восхищении. Как бы ни водил Еропкин за нос «Инфокар», какие бы махинации с деньгами и автомобилями он ни проделывал, как бы ни крутил с доверенностями и акциями, но стоило ему заговорить о деле, как весь этот фон куда-то пропадал и на первый план выходили сметы, чертежи, инвестиции, кредиты — короче, все необходимые атрибуты серьезного производства. И свидетельство огромной работы, проделанной человеком, который знает дело и находится на своем месте.

— Без собственной котельной и своей подстанции, — говорил Еропкин, — мы протянем еще год. Максимум. И так с условиями подключения целый геморрой был. Это мы решили. Пока что по энергетике и теплу мы проходим. Вот главный инженер скажет, сколько мы с ним побегали. Но решили. Сейчас передохнем и начнем заниматься условиями согласования на новое строительство. Ты, Тихонов, не спи. Сейчас о тебе речь пойдет.

Еропкин перешел к программе обучения персонала. Судя по всему, в Германии он не только водил девок на снятую за инфокаровские деньги квартирку, а потом лечился от последствий. В промежутке он договорился о том, что в течение года все механики пройдут обучение на заводе. И первая бригада должна выехать уже в этом месяце. Но если инфокаровские механики обучались за счет «Инфокара» же, то еропкинские — за счет немцев, только билеты в оба конца оплачивались российской стороной.

— Фрицы, конечно, своего не упустят, — продолжал Еропкин. — Они с нас за это состригут денежки потом, когда зарабатывать начнем. Но все же, понима-аешь, потом. А сейчас мы за их счет поучимся. Нормально, мужики?

По кабинету прокатился одобрительный гул. Еропкин вышел из-за стола, присел на край и стал покачивать в воздухе тапочкой.

— Я вам еще пару вещей скажу. Мы в этом месяце нормально сработали. Кой-чего наварили. Ди-ви-ден-ды, — по слогам произнес он, — платить не будем пока что, а вот премию можно выписать. Нет возражений? Эй, «Инфокар», не возражаешь? — обратился он к Сергею. — Пусть рабочий класс получит копеечку.

Сергей почувствовал, что все повернулись к нему, и поспешно кивнул.

— Значит, решили. Но учтите, бабки я так просто платить не буду. Еще раз увижу, что кто-то — Тихонов, слышишь меня? — берет левака, я из него эту премию с потрохами вытрясу. Понял? Все поняли? Вот так-то. Ну ладно. Лев Ефимыч, я, в общем, закончил. Поехали дальше.

Вопросов к Еропкину не было. Лева предложил одобрить отчет генерального директора, убедился, что других предложений нет, получил единогласное решение и вызвал к столу председателя ревизионной комиссии. Та рассказывала почти полчаса, поминутно справляясь в бумагах и нудно перечисляя номера счетов.

Закончила она, когда аудитория уже совсем обмякла.

— Есть вопросы? — спросил Лева, постукивая карандашом по столу. — Нет? Тогда голосуем. Кто за то, чтобы принять доклад ревизионной комиссии? Единогласно. Что у нас теперь? Третий вопрос…

— Минутку! — поднял руку Сергей. — А может, перед третьим вопросом перерывчик сделаем? На пять минут, для перекура?

Еропкин, просидевший весь доклад ревизионной комиссии, скучно глядя в окно, встрепенулся было, но потом махнул рукой:

— Уважим крупного акционера. Только не расходиться, а то головы поотшибаю. Перерыв — пять минут.

Сергей подошел к Леве и, стараясь действовать незаметно, вытащил из-под папки подписанный Еропкиным регистрационный лист. Потом посмотрел в сторону Гены и кивнул головой. Гена встал, сладко потянулся и вышел из кабинета.

Через десять минут размявшиеся акционеры заняли свои места, и Лева объявил о начале дебатов по третьему вопросу. Слово взял Еропкин.

— Значит так, господа акционеры, — сказал он, откашлявшись. — Нам без инвестиций никак. Вот тут «Инфокар» предлагает два миллиона долларов. Мы посчитали, этих денег должно хватить. Сейчас у нас уставный капитал сами знаете какой. Вот и предлагается, чтобы он стал ровно на два миллиона зеленых больше. Сразу говорю, я такое предложение поддерживаю безоговорочно. И призываю к этому всех остальных. Председатель, объявляй голосование.

Сергей покосился в сторону Гены. Тот лениво изучал циферблат часов.

— Кто за, прошу поднять руки, — произнес Лева.

Руки подняли только Сергей, Лева и Еропкин.

— Сейчас, сейчас, — заволновался Лева. — Счетная комиссия, сколько получается?

— Так видно же, что получается, — сказал Еропкин. — «Инфокар» — сорок, я — шесть, ты — два. Всего сколько? Сорок восемь. Кто против?

Взметнулся лес рук.

— Так, — в голосе Еропкина послышалось торжество. — Раз, два, три… Тихонов, ты руку держишь или как? Остальные против. Пятьдесят два. Это что же значит, решение не принято?

Сергей услышал, как закашлялся Гена. Тут же в кабинет влетела девушка из приемной, подбежала к Еропкину и стала что-то шептать ему на ухо. Еропкин слушал, и лицо его наливалось краской.

— Мужики, гляньте, что творится, — крикнул, тыча рукой в сторону окна, сидевший недалеко от Сергея человек.

За окнами еропкинского кабинета, будто сгустившись из наступивших сумерек, возникли люди в камуфляже. Их лица закрывали черные маски. У каждого на сгибе левой руки небрежно покоился автомат. Не закрытая после вбежавшей девушки дверь с противным скрипом распахнулась настежь, и еще две такие же фигуры обнаружились в приемной. Они стояли грозно и неподвижно, как статуи, и только блестящие в прорезях масок глаза выдавали в них живых людей.

Сергей неторопливо поднялся и прошел к столу.

— Что разволновались? — сипло спросил он, понимая, что пришла решающая минута, и чувствуя, как его колотит от волнения. — Я представитель «Инфокара», это моя личная охрана. У меня после собрания будут еще переговоры, вот они за мной и приехали. Девушка, вы не паникуйте, а лучше закройте дверь в приемную. Мешаете работать.

Присмиревшая девушка удалилась, закрыв за собой дверь.

— Так я что-то не понял про голосование, — продолжил Сергей. — Почему решение не принято?

Краем глаза он заметил, как Еропкин в задумчивости прикоснулся к ящику стола, но потом убрал руку.

— Что скажет председатель счетной комиссии? — Сергей посмотрел Еропкину в лицо.

Тот глядел исподлобья. В углах губ выступила пена.

— Ты, понима-аешь, брось эти штучки, — медленно заговорил Еропкин. — Хочешь заставить людей под автоматами голосовать? Не напугаешь. Мы и не такое видали. Правда, мужики? Мы все в суд пойдем, как один. Насидишься, сука. Ну давай, переголосовывай. Посмотрим, чья возьмет.

— А я и не собираюсь переголосовывать, — Сергей испытывал какую-то невероятную легкость. — Зачем? Я просто прошу объяснить, почему решение не принято. Ты мне объясняешь — и расходимся.

Еропкин все еще не понимал, что происходит.

— Меня, что ли, на понт хочешь взять? Ну давай. Сорок восемь — за. Пятьдесят два — против. Считать умеешь?

— Как-нибудь. Думаю, что получше тебя. По-моему, получается так. Сорок восемь — за. Это правильно. А вот против — только тридцать два. Решение принято.

До Еропкина начало доходить, что он попался. Его рука снова метнулась к ящику, но чуть заметное шевеление за окном остановило ее на полпути.

— И ты объяснишь, почему у меня пятьдесят, а у тебя тридцать? — спросил он, все еще на что-то надеясь.

Сергей повернулся к притихшему собранию.

— Господа акционеры! Или мужики, если вам так больше нравится. Тут господин Еропкин четырнадцать человек из вашего числа потихоньку за дверь выставил. Чтобы вам понятно было, на очереди еще шесть. Для начала. Список у него в сейфе лежит. Ну да это ваши дела. А чтобы правильно провести сегодняшнее голосование, он от них доверенности взял. Вот эти-то доверенности и недействительны. Поэтому вы не удивляйтесь, прошло решение об уставном капитале. Я только не понимаю, почему господин Еропкин так ерепенится, — не удержался Сергей от заключительной шпильки. — Ведь он тоже за это голосовал.

Еропкин издал рычание.

— Господин председатель, — кинул Сергей Леве через плечо, — вы там следите, протокол ведется? Записали, что решение принято большинством голосов?

Он увидел Левин кивок, его ошеломленное лицо и замялся на мгновение.

Оставалось нанести последний, решающий удар.

— В связи с вновь вскрывшимися обстоятельствами, — отчеканил Сергей, — считаю необходимым поставить на голосование вопрос о расширении повестки дня. И внести в нее вопрос о возможности пребывания господина Еропкина А. И. на посту генерального директора. Господин председатель, голосуйте.

На этот раз за голосовали только Сергей и Лева. Сорок два процента. Но в стройных рядах акционеров уже наметился раскол. Четыре человека воздержались.

— Принято, — прохрипел Штурмин.

— В связи с попыткой фальсифицировать итоги голосования, что подтверждается подписью господина Еропкина на регистрационном листе, — Сергей помахал в воздухе заветной бумагой, — предлагаю освободить господина Еропкина от обязанностей генерального директора. Председатель, голосуйте.

На этот раз против проголосовали только сам Еропкин и еще пять человек.

— Ну, раз предприятие осталось без руководителя, — неумолимо продвигался Сергей, — надо выбрать другого. Господин председатель, у вас есть предложения?

Лева развернул переброшенную ему Сергеем бумажку, долго вчитывался в ее содержание и наконец дрожащим голосом сказал:

— Предлагаю избрать. Генеральным директором. Господина Терьяна. Сергея Ашотовича. Здесь присутствующего. Кто за? — Как в полусне, Штурмин пробормотал: — Единогласно. Прошу занести в протокол.

Сергей обернулся и увидел, что Еропкин, улыбаясь ему, аккуратно, как на школьном уроке, держит поднятую руку с прижатыми друг к другу пальцами. Он посмотрел в сторону Гены. Тот сидел привалившись плечом к стене и закрыв глаза. Сергею показалось даже, что он слышит легкое посапывание.

Провожаемый взглядами, Терьян прошел на свое место в последнем ряду и сел.

Человек по фамилии Тихонов, сидевший рядом, отвернулся и даже отодвинулся вместе со стулом. Наступила тишина, которую нарушали только доносившиеся из приемной рыдания.

— Собрание закрыто, — объявил так и не пришедший в себя Лева.

Сидевшие в кабинете люди поднялись с мест и молча, как после похорон, не глядя ни на Еропкина, ни на триумфатора, просочились через дверь в приемную.

Встав со стула, неторопливо удалился Гена. Через несколько минут исчезли маячившие в окнах силуэты. В кабинете остались только Сергей, Лева и Еропкин.

Еропкин неторопливо развернулся в кресле, задрал на стол ноги в тапочках, поставил перед собой телефонный аппарат и начал тыкать толстым пальцем в кнопки. Потом взял трубку.

— Муса Самсоныч, — сказал он на удивление спокойным голосом, — докладывает безработный Еропкин... Да... Да... Ну ты же прислал мне своего волкодава... Нормально отработал... Считай, что его первое дело ему удалось... Премию?.. Можешь выписывать… И не жидись там… Он тут все изладил, понима-аешь, по первому классу. Прям отличник боевой и политической подготовки. Автоматчиков прислал, собровцев… Ладно, это потом… Я чего звоню-то. Я тебя с новым генеральным директором поздравляю… Угу… Угу… Да нет, это не телефонный разговор… Конечно, встретимся… Здесь, конечно. Мне теперь ездить не на что… Да… Да… Дома буду. Так что звони… Ну, а это как договорились… Все, обнимаю. Эй! Тебе твоего комиссара подозвать к трубочке? Благодарность выразишь… Ну ладно, шучу… Все, пока.

Еропкин аккуратно положил трубку на аппарат, повернулся к сейфу, покрутив диски, выудил оттуда три граненых стакана, бутылку французского коньяка, отвернул пробку и наполнил стаканы до краев.

— Двигайтесь, мужики, — пригласил он. — Причастимся. Ну чего сидите, как, понима-аешь, мумии?

Он медленно выцедил свой стакан и тут же налил снова.

— Нормально, — произнес Еропкин, откидываясь на спинку кресла и закладывая руки за голову. — Нормально. Сделал дело. Можешь гордиться. Теперь тебе почет и уважение. Вон Муса пообещал бабки подкинуть. Ты там проследи, чтобы нормально было. За меня и раскошелиться не грех. Собственность-то, — он обвел вокруг рукой, — для себя собирал. За полмиллиона деревянных — две станции, с мойкой, с кузовным цехом, офис отделал, земли на круг гектара два выходит, оборудование… Если по совести платить, тыщ на шестьсот зеленых встанет. Это вот столько я час назад стоил. Так что не продешеви. Вы что ж не пьете, мужики? Такое дело провернули. Брезгуете, что ли?

Он усмехнулся и снова опорожнил стакан.

— Раньше-то Еропкин — лучший друг был. Сашок туда, Сашок сюда… Сашок — строитель от бога, — скривившись, передразнил он кого-то. — Взятки начальству давать — Сашок. Девок снимать — Сашок. В баньку — Сашок. Пьяного водилу из ментовки вытаскивать — Сашок. А положили на станцию глаз, так Еропкину, понима-аешь, автомат в зубы, чтоб не вякал. — Он начал постепенно заводиться, сжимая и разжимая тяжелые кулаки. — Козлы! Бля-а! Вышвырнули, как кусок дерьма. Как дерьмо последнее. Как рвань подзаборную! Я же здесь все собрал. По клочку, по ниточке. Пришел как к своим: мужики, давайте вместе… Падлы! Хоть сказали бы: Саня, уйди на хер, мешаешь, — так нет, цирк устроили, голосование, чучел этих понатаскали. Ты чего напугался, мне скажи — чего? Что я тебя долбану? Гляди!

Вытащив из ящика отливающий синью пистолет, он грохнул его на стол.

Пистолет задел рукояткой дорогую, из яшмы и нефрита, пепельницу. Осколки разлетелись по всему кабинету.

— Смотри, смотри, что морду воротишь! Духовушку никогда не видел? Да на хер ты мне сдался, срок за тебя мотать? За что! За что! За что! — простонал Еропкин, сжимая кулаки так, что костяшки пальцев налились синим. — По-людски не можете, козлы... Да мы тебе квартиру, да мы тебе машину, да мы с тобой партнеры, — снова передразнил он неизвестного собеседника. — Я что, просил что-то? Да я сдохну — ни у кого просить не буду. Вон мой «мерс» стоит за окном, забирайте. Ключи — пожалуйста. Я себе заработаю. Берите, все берите, суки, берите станцию. Обожритесь. Я себе еще десять таких сделаю, бля буду! А у вас все равно сгниет, пропадет все. Кто работать будет? Ты, что ли, профессор фигов? Вам лишь бы хапнуть, а там пропади все пропадом. Сил жалко... мужики... сколько я сюда вколотил... Вас же тут не было, никого не было, это я тут всюду на брюхе прополз, все вот этими руками! И все прахом теперь!

К мокрому от пота лицу Еропкина прилипли волосы, в глазах стояли слезы. И победа, к которой так долго шел Сергей, вдруг показалась ему постыдной и ненужной.

— Взорвать бы здесь все, — пробормотал Еропкин, обводя глазами кабинет. — Да ладно, пользуйтесь, козлы. Берите все... раскулачили... все равно пропадет. Попользуетесь и бросите. — Он криво улыбнулся. — Потом доску повесите, мемориальную... дескать, первым хозяином был Санька Еропкин, потом мы его поперли, все себе захапали. И пустили по ветру, псу под хвост. Ты же и просрешь все, просто все! Если у тебя вон там, — он ткнул рукой в сторону, — трубу прорвет, ты куда побежишь? В ЖЭК, к сантехнику? Ты в электрике хоть что-то понимаешь? Ты ребят моих знаешь, механиков? Ты знаешь, как я их собирал, кому и что обещал? Или думаешь, они с тобой работать останутся? Да здесь завтра же ни одного человека не будет! Только голые стены. Это вы там в Москве думаете — вот, Еропкин хватанул куш и сидит, как пес на цепи, чтобы кто другой не попользовался. А я тут дело, — он выделил это слово и с трудом сглотнул слюну, — дело сделал. Думал — для себя. А вы, значит, по-другому распорядились. Только ты запомни, что я тебе скажу, комиссар. Придет время — они тебя долбанут так же, как и меня. И тогда вспомнишь, как и за ради кого ты Саньку Еропкина на улицу выкидывал. Ох, будет тебе тогда херово, бля буду. Вот как мне сейчас. А теперь гляди сюда. — Он схватил листок бумаги и начал что-то лихорадочно писать. — Гляди, гляди, — приговаривал он, — вспомнишь Еропкина. Тебе за эту бумажку вся ваша московская синагога в ножки поклонится, скажут — да как же ты это сумел, да какой ты хват! На! — И он ткнул в лицо Сергею заявление о выходе его, Еропкина, из акционеров. — В Москве похвалишься!

Сергей не взял бумагу. Поколыхавшись на краю стола, она тихо опустилась к ногам Левы.

— Ладно, — устало сказал Еропкин, достал из кармана вельветовых штанов мятый носовой платок и обтер лицо. — Поговорили. Идите, мужики, раз уж пить со мной отказываетесь. Ты, — он ткнул пальцем в Сергея, — завтра подгребай сюда к одиннадцати, я к тому времени свои шмотки уже вывезу. Ключи от сейфов у девок будут.

Прислуга

Пока они шли к машинам, Лева осторожно поглядывал на Сергея, как бы пытаясь определить для себя, стоит о чем-то заговаривать или нет, а уже у автомобиля сказал:

— Я его заявление подобрал. Так что имей в виду. Ну ладно, пока. Я завтра позвоню.

Странное чувство овладело Сергеем. Подъем борьбы, державший его весь вечер в напряжении, куда-то испарился, оставив вместо себя пустоту и неясное для него самого раскаяние. Да, Еропкин тысячу раз заслужил проделанную над ним экзекуцию. Но за этот месяц Сергей увидел не только жулика и хама, он неожиданно открыл для себя совершенно нового человека, создавшего из ничего, из пустого места предприятие, за право участвовать в котором не жалко было выложить два миллиона долларов, человека, отдававшего не подлежащие обсуждению и не вызывавшие сомнений приказы, человека, дерзко преодолевающего препятствия, выстроенные вокруг него идиотской бюрократической системой и алчностью чиновников, человека, сокрушающего все преграды собственной неукротимой энергией и генетическим неумением сдаваться. Короче — человека на своем месте.

И тысячу раз прав был Еропкин, говоря, что это, созданное им, дело не сможет существовать без него, что оно реагирует на отпечатки его пальцев.

Но так получилось, что Еропкиным стали недовольны, и эта шахматная фигура сменила цвет. Она оказалась в другом лагере и была сметена с доски атакой пешки, долго державшейся в резерве, — пешки, которую воля гроссмейстера превратила в ферзя, пользующегося максимальной свободой маневра. И, конечно же, ни былые заслуги сброшенной с доски фигуры, ни история ее побед и поражений в разыгрываемой партии, ни тем более абстрактные соображения справедливости и гуманности не могли иметь сколько-нибудь серьезного значения, когда речь шла о необходимости достижения конкретного тактического результата. Но верно это было только по отношению к двигавшему фигуры игроку, которому что чувства поверженной в прах фигурки, что возможные эмоции пешки-ферзя, проведшей столь блистательную операцию, были равно неинтересны.

Нельзя сказать, что Сергей был исполнен жалости к Еропкину. Скорее это было пугающее осознание какого-то странного родства именно с ним, а не с оставленными в Москве друзьями, ради которых и была проделана вся операция.

Ощущение чужеродственной близости с Еропкиным овладело Сергеем и, как ластиком, стерло радость от победы, добытой с таким трудом.

Терьян не заметил, как оказался на квартире. Конечно, надо было бы позвонить в Москву, рассказать Мусе или Витьке, чем все кончилось, но Сергею не хотелось ни с кем разговаривать. Он снял трубку аппарата в спальне и, чтобы не слышен был противный гудок, засунул ее под подушку. Потом пошарил в баре, нашел бутылку виски, налил полный стакан и, встав перед зеркалом, сказал сам себе:

— Будьте здоровы, Сергей Ашотович. Поздравляю вас с трудовыми успехами и желаю вам всего наилучшего. Вы, Сергей Ашотович, сделали большое, но очень сволочное дело. За ваше здоровье, господин генеральный директор!

Он отпил половину, поставил стакан на столик, включил телевизор и какое-то время тупо смотрел на экран, но ничего не видел, потому что перед глазами стояло изуродованное гримасой боли лицо Еропкина. Тряхнув головой, чтобы прогнать назойливое видение, Сергей встал, вышел в прихожую и в который раз споткнулся о вешалку, так и оставшуюся лежать на полу после бурного визита Марка Цейтлина. Уже две недели Терьян натыкался на нее и каждый раз давал себе слово, что вечером, в крайнем случае не позднее чем завтра, обязательно привесит эту штуковину на место.

Сергей поднял вешалку, посмотрел на шурупы и отправился искать отвертку, но, обшарив все ящики на кухне, вообще не обнаружил никаких инструментов.

Отказываться от задуманного Сергею не хотелось, и он решил подняться к Насте и попросить отвертку у нее.

Терьян не видел Настю с самого первого дня, как приехал в Санкт-Петербург.

Время от времени он замечал следы ее пребывания в квартире, когда, возвращаясь домой, обнаруживал, что грязная посуда тщательно вымыта, пепельница вытряхнута, в холодильнике появились очередные кастрюльки и сковородки с едой, а оставленная на стуле рубашка выстирана, выглажена и повешена в шкаф. Каждый вечер он видел свет не то ночника, не то торшера в Настином окне. Но ни разу за все это время она не попалась ему на глаза.

Взбежав по лестнице, Сергей позвонил в дверь. Довольно долго никто не отвечал, потом Настя спросила сонным голосом:

— Кто там?

— Это я, — ответил Сергей. — Настя, извините за поздний визит, у вас случайно отвертки нет?

— Вы можете секундочку подождать? — замявшись, спросила Настя. — Я сейчас.

Когда она открыла наконец дверь, Сергей увидел, что Настя кутается в огромную шерстяную шаль, из-под которой выглядывала длинная, до пят, ночная рубашка — похоже, что байковая.

— Заходите, — пригласила Настя. — Отвертка на шкафу. Вы сможете сами достать? Только, пожалуйста, не смотрите по сторонам, у меня не убрано.

Квартира Насти было в точности такой же, что и двумя этажами ниже. Но тождество планировочного решения только усугубляло бросившийся в глаза контраст. Внизу стояла дорогая испанская мебель, а здесь — непонятного происхождения обшарпанный зеленый диван, скрипучий платяной шкаф с облезшей полировкой, пара продравшихся стульев да телевизор «Темп». Внизу были безукоризненно побеленные потолки, изысканные, приглушенных цветов обои, хрустальные висюльки на люстрах, отбрасывающие огненные блики. Здесь — пропылившийся абажур довоенного фасона, облупившаяся и свернувшаяся в трубочку водоэмульсионная краска на потолке и выцветшие обои времен массового жилищного строительства. Внизу все, особенно после Настиных визитов, сверкало чистотой, все лежало и стояло на местах. Здесь же когда-то покрытый лаком, а ныне протершийся до черноты паркет служил местом упокоения самых разнообразных предметов — старой электрической соковыжималки, начатого, но не доведенного до конца вязанья, трех утюгов, находившихся в разной стадии разукомплектованности, большого цветастого подноса с двумя бумажными стаканчиками и пустой, успевшей запылиться бутылкой из-под шампанского и кучки тряпок, прикрытой сверху обрывком вытершейся клеенки. На оконной ручке висели плечики, а на них — то самое платье, в котором Настя встречала Сергея. На подоконнике — несколько вскрытых пачек сигарет и два пакета из-под колготок.

— Я бы сама достала, но стулья немножко сломаны, и я боюсь свалиться, — объяснила Настя. — А вы повыше меня. Видите, вон там торчит угол коробки. Если подпрыгнуть, можно достать. Вы уж извините…

Сергей подошел к шкафу и примерился. Рукой он не доставал до коробки сантиметров двадцать. Но и вправду, если прыгнуть…

Прыжок оказался на редкость неудачным. Не то стакан виски сыграл определенную роль, не то после сорока лет прыжки в высоту противопоказаны, но зацепить коробку не удалось. Сергей промахнулся, задел коробку рукой, и она уехала дальше к стене, полностью исчезнув из виду.

— Черт, — расстроился Сергей, глядя на шкаф. — А что, вы говорите, у вас со стульями?

— Только не вздумайте! — Настя быстро шагнула вперед и встала между стульями и Сергеем. — Они совсем разваливаются. На них даже сидеть опасно…

— А табуретки какие-нибудь на кухне есть?

— У меня нет табуреток, — призналась Настя. — Там еще два стула стоят, но они тоже очень старые.

Отказываться от завладевшей им идеи водрузить вешалку на место Сергей по-прежнему не собирался. Можно было бы попросить отвертку у кого-нибудь из соседей, но, взглянув на часы, Сергей понял, что сегодня этого лучше не делать.

И тогда его посетила свежая мысль.

— Послушайте, Настя, — сказал он, — а что, если я вас приподниму и вы достанете эту чертову коробку? Согласны?

В лице Насти что-то неуловимо изменилось. Какую-то долю секунды она колебалась, потом подошла к Сергею и встала рядом, опустив руки вниз. Сергей нагнулся и поднял ее. Несмотря на высокий рост, Настя была на удивление легкой.

Но и смутно возникшее при первой встрече ощущение подростковой бесполости тоже оказалось обманчивым — об этом свидетельствовали и хорошо развитые бедра, которые обхватывал руками Сергей, и натянувшаяся на груди ночная рубашка. Настя пошарила на шкафу, ухватила руками коробку и тихо сказала:

— Есть.

Продолжая держать Настю, Сергей сделал два шага в сторону и опустил ее на пол. На мгновение он коснулся щекой живота девушки и поспешно выпрямился. Настя стояла перед ним и, продолжая держать в руках покрытую густым слоем пыли коробку, как-то странно на него смотрела. Непонятно почему, Сергею показалось, что она сейчас заплачет.

— Вот ваше сокровище, — сказала Настя. — Тут должна быть отвертка. Даже две.

Но когда Сергей взялся за коробку, Настя задержала ее, и, только сильно потянув коробку на себя, Сергей смог завладеть ею и поставить на находившийся рядом стул. Повинуясь внезапно вспыхнувшему желанию, Терьян сделал шаг вперед и обнял Настю, ища ее губы. Настя не сопротивлялась — она стояла, уронив руки, и на Сергея никак не отреагировала. Только сказала шепотом:

— Мне надо в ванную. Я вся испачкалась.

Присев на скрипучий зеленый диван, Сергей покорно слушал, как шумит в ванной вода. Потом дверь в комнату открылась, и вошла Настя. Шаль и байковая ночная рубашка исчезли, их заменило большое махровое полотенце, которое Настя придерживала на груди. Дойдя до дивана, Настя разжала пальцы, и полотенце упало на пол.

— Свет оставить? — спросила Настя. — Или погасить?

Не дождавшись ответа, она легла у стенки, натянула по горло одеяло и закрыла глаза.

— Пожалуйста, раздевайтесь, — сказала она. — Я не смотрю.

Если бы Сергей не знал, что эту девочку держат не только для уборки и стряпни, то мог бы решить, что и вправду нарвался на гимназистку. Впервые в жизни он столкнулся с пассивным сопротивлением такой силы. Она сжимала губы и отворачивалась от поцелуев. Когда Сергей дотронулся до ее груди, Настя на мгновение тяжело задышала, но тут же умолкла, а лишь только рука Сергея скользнула по нежному девичьему животу, Настя крепко стиснула его пальцы, не давая проникнуть ниже.

— Что-нибудь не так? — спросил обескураженный Сергей, обнаружив мокрые дорожки на щеках девушки — слезы катились из-под плотно закрытых глаз.

— Все так, — шепотом ответила Настя. — Все очень хорошо. Просто замечательно.

И он почувствовал, как тесно сжатые бедра ее дрогнули и начали медленно расходиться в стороны.

Однако ни тело Насти, изогнувшееся дугой, ни мечущаяся по подушке голова, ни прозвучавший в момент первого соприкосновения стон, ни хрипловатый вскрик на самой вершине так и не смогли избавить Сергея от непонятного ощущения, что произошла какая-то ошибка, что-то было неправильно, что-то не так.

Когда все закончилось и Сергей приподнялся рядом с Настей на локте, девушка продолжала лежать, раскинув ноги, закрыв ладонями лицо и шумно, со всхлипами, переводя дыхание.

— Спасибо тебе, — сказал Сергей.

— Кушайте на здоровье, — неожиданно резко ответила Настя. — Отвернитесь, пожалуйста, мне нужно в ванную.

Она резко вскочила, нашла под сползшим на пол одеялом брошенное ею полотенце и, шлепая босыми ногами, выбежала из комнаты. Сергей поднял одеяло, накинул его на себя, нашел сигарету, прилег на диван и закурил, стряхивая пепел в обнаруженную на подоконнике пустую пачку.

«На кой черт я ввязался в эту историю? — думал он, затягиваясь и шумно выпуская дым. — Взяли девку на комплексное обслуживание. Мне-то зачем все это? И вообще, какая-то она странная. Если уж ей платят, чтобы она ложилась с каждым приезжающим, то могли бы подобрать что-нибудь более… квалифицированное, что ли. И без комплексов. Что она из себя изображает? Дурацкая ситуация. Слезы какие-то...»

Его размышления прервала появившаяся из-за двери Настя. На ней снова была все та же байковая ночная рубашка, голые плечи по-прежнему закрывала шерстяная шаль.

— Я мерзну все время, — объяснила она, по-своему поняв недоуменный взгляд Сергея. — Может быть, вы хотите кушать? У меня есть салат, молоко и сосиски. Немножко ликера. Хотите?

Сергей подумал и от еды отказался. Настя постояла рядом с диваном, потом села на пол и положила голову на колени, глядя Сергею в лицо.

— Послушай, — сказал Сергей, переворачиваясь на спину, чтобы уйти от ее настойчивого взгляда. — Я что-нибудь не так сделал? Ты обиделась? Что вообще происходит?

— Ничего не происходит, — ответила Настя. — И я совсем не обиделась. Вы все делали так. Разве сами не заметили? А вам было хорошо?

— Хорошо, — буркнул Сергей. — Я не про это спрашиваю. Я ведь вижу. Зачем врешь?

— Я не вру.

— Не хочешь говорить, не надо. Что ты сидишь на полу? Иди сюда.

— Вы опять хотите? — покорно спросила Настя. — Да? Можно я еще немного тут побуду? Я сейчас лягу, только можно я минуточку посижу здесь?

Сергей повернулся в ее сторону, увидел, что она опять прикрывает ладонями лицо, и разозлился.

— Какого черта ты все время закрываешься? Можешь сказать по-человечески, в чем дело?

Настя встала с пола, подошла к окну и, не поворачиваясь к Сергею, сказала жалобно:

— Не ругайтесь, пожалуйста, на меня. Просто я вас знаю. Поэтому так все и получается.

— Откуда ты меня знаешь? — Сергей сел. — Мы встречались?

— Нет. У меня есть ваша фотография.

— Откуда?

— Я не хотела говорить. Когда мне еще только сказали, кто приезжает, я сразу подумала, что это вы. Потом решила, что однофамилец. А когда вас увидела, сразу узнала. Потом еще посмотрела на фотографию и поняла, что это точно вы. Я потому к вам и не приходила — не хотела, чтобы вы догадались. А вы меня не узнали?

— Нет, не узнал. — Сергей встал и завернулся в одеяло. — Фотографию покажешь? Откуда она у тебя?

Настя поколебалась, потом подошла к шкафу, достала с одной из полок альбом в плюшевой обложке и протянула его Сергею.

— Вы не будете на меня ругаться? — спросила она, удерживая альбом в руке. — За то, что я раньше не сказала?

Сергей открыл альбом. Незнакомый мужчина в военной форме. Он же рядом с женщиной. Женщина придерживает детскую коляску. Он же с ребенком на руках.

Рядом опять та женщина, возле нее девочка лет десяти.

— Это мама и папа, — пояснила Настя, глядя ему через плечо. — Они умерли. Вы дальше смотрите, ближе к концу.

Перевернув листов двадцать, Сергей понял, почему лицо Насти казалось ему таким знакомым. На цветной фотографии Настя, еще в школьной форме, лежала на траве, положив голову на колени Лики. Рядом была фотография Сергея, стоящего возле своих «жигулей». А на следующей странице — две свадебные фотографии, сделанные Виктором: Сергей держит на руках счастливо смеющуюся Лику и они стоят друг возле дружки с бокалами шампанского.

— Так, — сказал Сергей, опускаясь обратно на диван. — Ты ее сестра?

Настя кивнула.

— Когда вы поженились, она мне часто звонила, уговаривала переехать в Москву. Но папа и мама тогда еще были живы, они меня не отпустили. А когда они разбились в машине, у меня был последний год в техникуме, и я сама не поехала. Я получала пенсию за папу, и еще Лика мне присылала денег. Потом, когда вы уже разошлись, она снова стала звать меня в Москву. И я уже собралась ехать, когда все случилось. Потом меня Лев Ефимович взял на работу.

— Что случилось?

— Вы разве не знаете? — Настя недоверчиво посмотрела на него. — Лику убили.

— Я не знал, — прошептал Сергей, чувствуя, что внутри что-то обрывается. — Правда не знал. Кто?

После развода с Сергеем Лика ушла из главка. Какое-то время болталась без места, но регулярно посылала сестре деньги. Потом позвонила — судя по голосу, была немножко пьяна — и сказала, что нашла классную работу. Что-то связанное с туризмом. И пообещала Насте, что, когда все устроится, они вместе поедут на месяц в Париж.

— Лика еще говорила, что найдет мне в Париже жениха, — вспоминала Настя. — Тогда я там буду жить, а она ко мне будет приезжать в гости, покупать шляпки. Она была такая счастливая, так смеялась… Я очень обрадовалась, что она снова смеется. Потому что после вашего развода она звонила и все время плакала.

Потом Лика неожиданно нагрянула на три дня в Ленинград, привезла Насте чемодан с тряпками, каждый вечер выводила ее в рестораны, заказывала все самое лучшее, швырялась деньгами, а когда уехала, оставила Насте на жизнь три тысячи долларов и строго-настрого приказала не скупердяйничать, отремонтировать квартиру и ни в чем себе не отказывать, потому что денег много. И будет еще больше.

— Через полгода она вдруг перестала звонить. День, два, три… Позвонила ей вечером домой, никто не подходит. Днем позвонила на работу. И мне сразу показалось — что-то случилось. Потому что со мной как-то странно разговаривали. А о том, что произошло, я узнала уже потом, когда купила газету.

В газете Насте сразу бросилась в глаза фотография Лики в компании двух неизвестных ей мужчин. Лицо Лики было обведено жирным черным кружком. Из статьи с заголовком «Беспредельщики» Настя узнала, что фирма, в которой работала Лика, входила в группу компаний, контролируемую саратовской преступной группировкой.

Интересы этой группы были весьма разнообразные — от поборов с ларечников до контрабанды оружия — и финансировались из одного котла. Несколько неудачных финансовых операций поставили группу в сложное положение, и пришлось осуществлять срочную мобилизацию ресурсов. В том числе были выкачаны все деньги из туристической фирмы, в которой работала Лика.

— Она ведь там даже не начальником была. У них эта должность называлась — менеджер по работе с клиентами. Она со всеми встречалась, рассказывала про туры, заключала договора. Просто в лицо знали только ее. И когда оказалось, что нет ни денег, ни поездок, все сбежали, а она осталась.

Среди предприятий, чьи деньги бесследно исчезли, оказалась коммерческая структура, которая оплатила отдых в Испании примерно тридцати своим сотрудникам. Структура находилась под «крышей» казанцев. И казанцы, когда к ним обратились за помощью, осуществили наезд по полной программе.

Саратовские, в свою очередь, нанесли серию ответных ударов. К тому моменту, когда стороны, устав от сражений, перешли к переговорам, прерванным вмешательством правоохранительных органов, в пассиве уже числились три погибших под пулями активных бойца, одна сгоревшая сауна и один взорванный автомобиль. И Лика. Ее исчезновение поначалу никак не связывалось с боевыми действиями, и только из показаний одного из задержанных громил стало известно, как с ней разобрались и где ее искать. В статье подробно и смачно описывалось, как казанцы пришли в офис турфирмы; как, обнаружив, что, кроме Лики, там никого нет, вели ее до самого дома и взяли в подъезде, набросив на голову мешок; как впятером насиловали ее целую неделю на снятой даче, а натешившись, забили лопатами, после чего закопали труп в припасенном хозяевами дачи навозе.

— Когда ее нашли, — ровным голосом продолжала рассказывать Настя, глядя куда-то за окно, — стали искать родственников. Для опознания. А в газете статья появилась раньше. Я сразу поехала в Москву. И мне показали труп. Я не смогла смотреть. Мне стало плохо, и я упала в обморок. Потом я им сказала, чтобы посмотрели на левый мизинец. Он у нее был сломан. Еще в детстве. И плохо сросся. Они посмотрели и сказали, что так и есть. Тогда я поняла, что это она.

Лику похоронили в Москве, на Хованском кладбище. Похороны оплатили замирившиеся со своими недругами саратовцы. За гробом шла Настя, еще две девочки из Ликиного офиса и присланная начальством месткомовская женщина из главка.

— Дальше рассказывать? — спросила Настя, продолжая глядеть в окно.

А дальше было вот что. После похорон Настя, оставшись одна в снятой Ликой московской квартире, всю ночь проревела, а к утру, окончательно осознав, что осталась на свете совсем одна и что, кроме диплома об окончании приборостроительного техникума, у нее за душой ничего нет, залезла в ванну и вскрыла вены. Очнулась она уже в больнице, где ее откачали, неделю продержали на постельном режиме, а потом разрешили вставать. Улучив минуту, когда она осталась в палате одна, Настя влезла на подоконник и шагнула вперед. Но, видать, не судьба ей была умереть по своей воле. Когда Настю подобрали, то не обнаружили ни переломов, ни даже сотрясения мозга, просто глубокий обморок. А так как администрации больницы суицидальные пациенты были без надобности, Настю перевели в психиатричку, где и предоставили возможность приходить в себя в веселой компании из трех выживших из ума бабуль и двух сдвинувшихся на почве непрерывного пьянства шизофреничек. Через две недели ее изнасиловал санитар, насмерть перепугавшийся, когда узнал, что оказался ее первым мужчиной.

Психиатрическое начальство перепугалось не меньше и перевело Настю в отдельную конуру, чтобы исключить распространение заведомо ложных сведений о порядках в лечебном заведении. Спасло Настю неожиданно открывшееся кровотечение, в результате которого она оказалась в гинекологии. Там ей сообщили, что она беременна. То есть была беременна, а сейчас уже нет. И больше ей это никогда не грозит.

До Санкт-Петербурга Настя добиралась два дня, то на поезде, то на попутках. Проводники, бравшие в вагон безбилетницу, имели на нее определенные виды, но быстро разочаровывались и сгружали неуступчивую путешественницу на первой же станции. Так же вели себя и водители, все, кроме одного, который вез Настю последние сто пятьдесят километров, доставил домой и даже не спросил номер телефона.

Январь девяносто второго Настя просидела дома на картошке и остатках мясных консервов. Время от времени она выходила в город на поиски работы, но неудачно. Когда картошка закончилась, Настя взяла газету, ткнула пальцем в первое же объявление, обещавшее работу для красивых молодых девушек, и позвонила по указанному там телефону.

Хозяйка заведения, узнав об отсутствии у Насти какого-либо опыта в известной области, если не считать санитара из психиатрички, откровенно заскучала, но взяла Настю на пробу, поручив более квалифицированным сотрудницам провести с ней серию теоретических занятий, а потом уже перейти к практическим упражнениям. Теоретически Настю подковали дня за три, объяснив ей, как устроены мужики, что им нравится больше всего, чего надо остерегаться и зачем нужны презервативы. Потом наставница объявила, что подготовительный курс завершен, предложила отметить начало новой трудовой жизни и, напоив Настю сперва шампанским, а потом коньяком, затащила ее в постель. К утру Настя, дрожа от немыслимых ощущений, уже не удивилась, обнаружив рядом не только подругу-наставницу, но и одного из охранников, потом еще одного, а к вечеру подруга, гордо демонстрируя хозяйке новую ударницу фронта сексуальных услуг с черными кругами под запавшими глазами, отрапортовала об окончании обучения.

Вскоре выяснилось, что навыков, приобретенных Настей, для успешного выполнения служебных обязанностей далеко не достаточно. Потому что проявить их она могла только в постели, а туда еще надо было попасть. Вот с этим-то и была основная проблема. Во-первых, Настя всячески уклонялась от того, чтобы надевать типичную униформу, и придерживалась консервативного стиля, который не находил понимания у обычных клиентов из гостиницы «Москва», и взгляды их, затуманенные предвкушением экзотических приключений, скользили мимо новоявленной жрицы любви в сторону ее более ярких товарок. А во-вторых, полковничья дочка, воспитанная в строгости и в лучших традициях русской классической литературы, так и не смогла овладеть техникой съема клиентов. Сама мысль, что она может первой заговорить с незнакомым и, скорее всего, нетрезвым мужчиной, приводила Настю в ужас, несмотря на то что к последующему развитию событий она уже была готова относиться более или менее спокойно. В результате пару раз ей все-таки доставались пьяные до изумления командированные, которые забредали в бар гостиницы, когда все девочки были уже разобраны, но по итогам месяца заработок Насти оказался столь незначительным, что она начала ловить на себе косые взгляды хозяйки. Вот тут и подвернулась работа в «Инфокаре».

Нанимая Настю, Лева детально описал хозяйке гостевой квартиры круг ее будущих обязанностей, сделав особое ударение на том, что поддержание хорошего настроения высоких посетителей является задачей номер один. Однако гости вели себя на редкость индифферентно. Платон всегда наезжал в Питер со спутницами, причем с разными; как-то он намекнул Насте, что в следующий раз обязательно приедет один, но этого так и не произошло. Все прочие появлялись на несколько часов, одобрительно осматривали Настю, но дальше дело не шло. С тоски она закрутила роман с одним из водителей. Любовная история продолжалась месяца два, после чего соответствующая информация дошла до Левы, он рассвирепел, уволил водителя и пообещал, если подобное повторится, выгнать и Настю.

— Если вы хотите, — закончила свой рассказ Настя, — я вам скажу, как найти могилку. Там две территории — старая и новая. Могила — на новой. Эти, у которых она работала, хотели поставить большой памятник, но я попросила просто положить камень. И прикрепить табличку с фотографией. Я им вот эту фотографию дала.

— Она про меня рассказывала? — сипло спросил Сергей, борясь с комком в горле.

Настя кивнула.

— Она мне про вас письма писала. Что вы ученый и что она вас очень любит. И что вы смешной, ничего не умеете по хозяйству делать. Она мне написала, как вы ей детские колготки купили. И как вы один раз заправили салат вместо уксуса эссенцией, а потом промывали его под краном. Она говорила, что когда я закончу учиться, то перееду к вам в Москву и буду жить у вас, а вы меня возьмете к себе в институт и я буду за вами присматривать, чтобы к вам никто не приставал. А потом она позвонила и сказала, что вы разводитесь. И очень сильно плакала. Я ей говорила, что, может быть, все еще наладится, а она сказала, что обманула вас и вы ее никогда не простите. И что она во всем сама виновата. Она очень хорошая была, ее мама с папой больше любили. Я даже думаю — хорошо, что они погибли раньше и не видели, что с ней сделали.

— Я пойду к себе, — сказал Сергей, старательно выговаривая слова. И начал быстро одеваться.

У двери Настя его догнала.

— Можно, я пойду с вами? — жалобно попросила она. — Я не буду вам мешать, честное слово. Пожалуйста!

Сергей, пряча глаза, решительно замотал головой, погладил Настю по плечу и побежал вниз по лестнице.

Все эти годы он старательно вытравливал из себя память о Лике. Она слишком многое привнесла в его жизнь, а унесла почти все. История с Сержем Марьеном и Бенционом Лазаревичем, которая привела к разрыву и первоначально воспринималась как совершеннейшее крушение всего и вся, со временем стала казаться Терьяну малозначительной по сравнению с простым фактом — он своими руками разрушил лучшее, что у него когда-либо было. И год лежания на диване был лишь малой частью заплаченной им цены. За этот год он несколько раз звонил Лике — сперва на работу, потом по добытому им домашнему номеру, но, услышав ее голос, сразу клал трубку. Она же не позвонила ни разу. Первые месяцы Сергей находился в непрерывном ожидании — думал, что она придет. Или позвонит. Потом ожидание закончилось. Остались только боль и пришедшее в тот день, когда все открылось, понимание, что жизнь кончилась. Эпизодические женщины, возникавшие в его постели, всего лишь утоляли физический голод, но ни с одной из них Сергей не испытал того чувства полной и всепоглощающей близости, которое дала ему смуглая, коротко постриженная девочка, случайно оказавшаяся в его квартире и насовсем оставшаяся где-то в самой глубине сердца. Он часто представлял себе, как вдруг встречает Лику на улице, трогает за руку и говорит слова, которые все время, что они были вместе, так и копились бессмысленно, потому что он считал их слишком сентиментальными, даже избитыми, поскольку эти слова были взяты из книжек, а других слов Сергей не знал. Даже в минуты наивысшей близости, когда слова эти стремились выплеснуться сами собой, он сдерживался, понимая всю их неточность и даже грубость. И Сергей готов был мычать от бессилия и неумения выразить себя, как первобытный дикарь, пытающийся поведать соплеменникам о событии, выходящем за рамки его восприятия.

А теперь он больше ее не встретит. И слова эти так и останутся невысказанными. Потому что неизвестные ему скоты, вызванные к жизни новой экономической политикой, надругались над Ликой, а потом закопали ее истерзанное тело в куче навоза. А перед этим они долго убивали ее, молотя лопатами по голове, которая столько ночей пролежала у него на плече. И все, чем он жил, превратилось в жалкую кучку перебитых зверской силою костей, опознать которую можно было только по сломанному в детстве мизинцу на левой руке.

Сергей отупел от горя и выпитого. Опустевшая бутылка виски валялась на полу. Теперь пришла очередь джина. Он сидел, обхватив голову руками, и скулил, как издыхающий пес. И поэтому не услышал, как открылась дверь, а почувствовал только, как чьи-то руки поднимают его со стула. Больше он ничего уже не помнил.

Ему приснился очень странный сон. Будто сидит он в кабинете Еропкина, а вокруг полно народу. Еще больше народу, судя по голосам, в приемной. Рядом с ним — Платон. Платон держит в руках пистолет Еропкина, и пистолет этот вовсе не духовой, а настоящий, что-то вроде кольта, с барабаном. И все смеются, потому что Еропкина больше нет и дела идут на редкость хорошо. А потом в кабинете неожиданно темнеет, все люди убегают куда-то, и Сергей остается с Платоном вдвоем. «Смотри, — говорит ему Платон, — в окно смотри. Кажется, началось». И он видит в окне силуэты автоматчиков. «Возьми», — снова говорит ему Платон и протягивает что-то длинное. Сергей понимает, что это автомат, и ему становится смешно, потому что Платон ничего не знает про Илью Игоревича и про то, что эти автоматчики пришли пугануть Еропкина. «Иди, — настойчиво говорит Платон, — иди в коридор, не подпускай никого к двери, я прикрою тебя отсюда». И тогда Сергею становится ясно, что эти люди пришли не от Ильи Игоревича, что это казанцы, убившие Лику, и на него накатывает. Он выскакивает в коридор, автомат в его руках трясется, выплевывая огненные сгустки, потом раздается страшный грохот, и он проваливается в темноту. А потом темнота начинает потихоньку отступать, к Сергею возвращается способность анализировать ощущения, и до него доходит, что он лежит на чем-то твердом и не может пошевелить ногами.

Сергей открыл глаза. Голова болела так, что простое усилие лицевых мускулов привело к появлению красно-зеленых кругов. Судя по всему, он лежал на полу в своей квартире. Сергей попытался подвигать ногами. Что-то тяжелое сползло с его ног на пол, и тут же, как сквозь туман, он увидел лицо Насти.

— Вы проснулись? — спросила Настя. — Я не смогла поднять вас на кровать. Вам что-то снилось? Вы кричали...

— Что у меня с ногами? — прохрипел Сергей.

Настя посмотрела в сторону.

— Ничего. А что такое?

— Что там у меня было на ногах? — Сергей обнаружил, что напугавшая его неподвижность начинает проходить.

— А! Это диванная подушка упала. Я хотела вас на подушки положить, чтобы не было твердо, но у меня тоже не получилось. А ночью она на вас упала. Как вы себя чувствуете?

— Вроде жив. Послушай, здесь найдется что-нибудь — анальгин, аспирин, что угодно? Посмотри, пожалуйста. Если есть, дай сразу две таблетки.

Сергей снова закрыл глаза, опасаясь, что голова развалится на части. Он слышал, как Настя пробежала куда-то в другую комнату, чем-то шуршала и брякала, а потом вернулась, принеся стакан воды и несколько таблеток. Сергей трясущейся рукой запихнул таблетки в рот, запил водой, снова откинулся на подушку и закрыл глаза.

— Вы полежите вот так, — услышал он голос Насти. — Я сейчас быстренько сбегаю к себе, оденусь, а потом приготовлю вам завтрак.

Отмокнув в ванне, побрившись, поковыряв вилкой омлет и блинчики и выпив подряд три чашки кофе, Сергей немного пришел в себя. Настя, снова в платье с белым воротничком, сидела напротив и смотрела, как он ест.

— Вы долго еще у нас в городе пробудете? — спросила она.

— Не больше месяца. Начиная с сегодняшнего дня. А почему ты спрашиваешь?

Настя опустила глаза и стала водить указательным пальцем по скатерти.

— Просто так. Мне, наверное, надо было вам раньше сказать… Ну, что я — сестра Лики. Вам, наверное, неприятно теперь со мной разговаривать… После вчерашнего… Я не думала, что так получится…

— Это я сам виноват. — Сергей отодвинул чашку и закурил. — Я же тебя в постель затащил.

— Все равно. Если бы я сразу сказала, то ничего не было бы. Правда?

— Вот что, — сказал Терьян. — Давай об этом не будем. У меня была жена. У тебя была сестра. Она о тебе заботилась, звонила тебе, помогала. Теперь ее нет. Считай, что остался я. А дальше — как фишка ляжет.

Тень в коридоре

Ах, как нехорошо обстояли дела в северной столице! Поначалу все складывалось, казалось бы, наилучшим образом. Сплетенная с помощью Федора Федоровича и его коллег интрига увенчалась оглушительным успехом. Затеявший свою игру Еропкин был посрамлен и изгнан с захваченного им предприятия. Сергей Терьян и примкнувший к нему Лева Штурмин с блеском завершили оформление документов и провели беспощадную чистку личного состава, избавившись от доверенных еропкинских лиц. Обещанные «Инфокаром» два миллиона инвестиций как-то сами собой сократились до шестисот тысяч, которые немедленно и поступили, но Москва заверила, что пришлет еще, поэтому стройку можно было начинать, и она началась.

— Послушай, — кричал по телефону Муса, — ты человек или кто? Да помню я, что обещал. Но ты пойми, сейчас просто не до этого. Мы здесь зашиваемся, даже не могу сказать тебе как. Мы тут такое дело затеяли... Ну, это не по телефону... Даже на час прилететь не могу... Продержись хотя бы месяца два, как друга прошу... Я тебя там ни на одну лишнюю минуту не оставлю, нам здесь люди нужны. Просто наладь все, чтобы можно было передать человеку... Или отсюда пришлем, или сам найди... Только не Леву! Все, обнимаю тебя!

* * *

— Мне Еропкин звонил, — сказал Платон. — Уже пять раз.

— Что ему нужно?

— А я как раз у тебя хотел узнать.

Ларри подумал немного.

— Знаешь что? Ты с ним не говори. Скажи своим, что тебя нету. Пусть переведут на меня.

Еропкин прорезался через час.

— Здорово, Сашок, — сказал Ларри. — Как ты там?

— Нормально. Сижу на даче. Зимним, понима-аешь, сторожем.

— Так это ты с дачи звонишь?

— Угу.

— Хорошая дача. — Ларри помолчал. — Ну так что?

— Повидаться надо бы. Поговорить.

— Есть тема?

— Тема, понима-аешь, всегда есть.

— Подъезжай.

Еропкин появился следующим же утром и с порога обрушил на Ларри кучу информации.

— Ну и чего? Прислали своего комиссара — и чего? Ты хоть знаешь, чем он там занимается? А я тебе расскажу. Он на головку больной. Баню закрыл. Я ее строил, чтобы самому, что ли, париться? Уэповцы местные вечером толкнулись — бани нет. Покрутились и ушли. Потом мне звонят — мы, говорят, Саня, объясним этому, новенькому, что он не прав. А мне что? Пусть объясняют. Или другое. Фирма пришла, «мерседесы» покупать. Говорят ему по-людски — покажи в справке-счете тридцать штук, остальное наликом получишь. Все же понятно — кто хочет за постановку на учет переплачивать! Нет, этот залупаться начал. Они развернулись, пошли к другим — теперь уже с номерами ездят. Он что у вас — профессор? Я месяц назад взял партию «нив» на реализацию. Все за неделю улетели. Ага, думаю, часть выручки на котельную пущу, на остальное куплю ГСМ и запчасти, прокручу два раза и рассчитаюсь. Да вот не успел. Этот пришел, посмотрел кредиторку и тут же все скачал поставщику. Слушай, Ларри! Над ним уже полгорода хохочет. Ты понима-аешь или нет? И еще. Машины, которые у меня стояли, он продал. Ну, дурацкое дело — нехитрое. А еще три штуки у меня на складе в Котке были. Он их привез, растаможил, выставил на продажу. Знаешь, что будет? Они так и сгниют! Ни один дурак не купит. Ему на таможне сколько сказали отдать, столько он и отдал. Нет бы поучиться сперва, как таможат машины и почему, понима-аешь, они все у меня на частников ввезены. Теперь у него сто пятьдесят штук в машинах заморожено да еще таможня. Вы где его выкопали?

Ларри почернел лицом. Еропкин мог сто раз быть ворюгой и проходимцем, но дело он знал. И умел делать бабки. Под присмотром, конечно. Сергею же, при самом наилучшем отношении, он, Ларри, бизнес не доверил бы никогда: воспоминания о компьютерах и трусиках были еще свежи в памяти.

И вообще, слишком много народу крутилось вокруг еропкинских станций.

Назначал-то Еропкина Ларри, а потом началось: сначала Марк Цейтлин попытался «выстроить схему» и довыстраивался до того, что станции чуть не уплыли; потом рулил Муса, вмешивался Ахмет… Да и Платон не остался в стороне: он как-то залетел в Питер и раздал такие руководящие указания, что до стрельбы только чудом не дошло. А закончилось тем, что в питерскую ссылку отправили Терьяна.

Кое у кого желание убрать Сергея из Москвы было настолько сильным, что он практически получил карт-бланш на любые действия. А потом, ни с кем не посоветовавшись, Муса назначил его генеральным директором вместо свергнутого Еропкина.

Ах, как же не хочется кое-кому, чтобы Сергей вернулся в Москву! Нет, дорогие мои, так нельзя. Давайте сначала поймем, кто и за что отвечает.

— Ну и какие у тебя планы? — поинтересовался Ларри, меняя тему.

— Кое-что есть. Но сначала я хотел поговорить…

— Говори.

— У «Инфокара» для меня дело в Питере найдется?

Ларри надолго замолчал, размышляя. Еропкин, не дождавшись ответа, задал другой вопрос:

— Чего вилять-то? Если этот ваш придурок отойдет, я смогу вернуться?

— Он — наш человек, — пробурчал Ларри. — Его Муса назначил. Что значит — отойдет?

Еропкин широко осклабился и подмигнул.

— Да я же понимаю. Он просто не выдюжит. Ты видел его? — тощий, кашляет… Думаешь, он долго потянет — по пятнадцать часов вкалывать? А я за дело болею. Ну так как?

— Что — как?

— Если он отойдет, я возвращаюсь?

— Смотри, — сказал Ларри. — Я тебе кое-что хочу объяснить. Он — наш человек. Понял?

— Понял, понял. Ну так как?

Ларри подумал и чуть заметно кивнул головой.

Еропкин поднялся, вышел в приемную и вернулся, таща в руках что-то огромное.

— Я тебе подарок захватил. Дай, думаю, привезу.

— Спасибо, — сказал Ларри, не вставая с места. — Значит, ты усвоил, что Сергей — наш человек? Больше повторять не буду. А это поставь здесь, в угол.

Личная жизнь

Уже месяц Сергей возглавлял бывшее еропкинское предприятие. Самые первые шаги дались ему легко. Оформление и регистрация документов — неделя. Кадровая чистка — три дня. Он с удивлением обнаружил в себе ту самую жесткость, о которой, отправляя его в Питер, говорил Муса. Терьян внимательно выслушивал каждого вызванного работника, тихим, вежливым голосом задавал несколько вопросов и ставил напротив фамилии красный или зеленый крест. Красный — на отстрел, зеленый — можно оставить. Многие, меченные красным, возвращались качать права, кричать про трудовое законодательство и свои прошлые заслуги.

Сергей снова выслушивал их, кивал головой и протягивал для ознакомления уже подписанный приказ об увольнении. Если кому-либо было что-то еще непонятно, в приемной его встречали ахметовские джигиты. И вопрос считался исчерпанным.

Джигиты появились у Сергея в первый же день его директорства и заявили, что им поручена безопасность предприятия. Они кое-чего прикинули и считают, что эта безопасность стоит пять штук в месяц. Пока что. А потом видно будет. Плюс две машины и каждому по пейджеру. Сергей вежливо попросил их пойти пообедать, связался с Ахметом, потом с Мусой, потом снова с Ахметом, а когда сытые джигиты вернулись, объявил, что эти условия его не устраивают. Он купит две машины, один пейджер для старшего и будет платить тысячу долларов в месяц, пока станции не войдут в строй. Один человек должен постоянно находиться здесь — с утра и до ночи. Если это не устраивает, то большое спасибо, можете позвонить в Москву и отказаться от работы. Джигиты немного побузили, потом позвонили из кабинета Сергея в Москву, что-то кричали в трубку на неизвестном Терьяну языке, а закончив разговор, с предложениями Сергея согласились.

Илья Игоревич порекомендовал Сергею взять заместителя по строительству.

Анкета у заместителя была любопытной: Ленинградский университет, факультет вычислительной техники, потом какая-то воинская часть, потом Высшая школа профдвижения, снова воинская часть, но уже другая, два года в должности культурного атташе в Осло… Последнее место работы — институт социально-экономических проблем, замдиректора по общим вопросам.

— А он в строительстве-то понимает? — спросил Сергей, изучив анкету.

— Он только в нем и понимает, — почему-то раздраженно ответил Илья Игоревич. — На этот счет можете не сомневаться.

Посетив своего будущего зама сначала на его городской квартире, а затем на даче в Репино, Сергей понял, что в строительстве тот и вправду разбирается здорово. И еще он понял, что за замом придется серьезно приглядывать.

Стайка еропкинских секретарш разлетелась в первые же дни. Как выяснилось, официально числилась в штате только одна, та самая Танька, а остальные проходили нечто вроде испытательного срока.

Вместо них Сергей взял на работу Настю.

Это было непросто. Лева, узнав, что Сергей забирает девушку к себе, устроил дикую сцену.

— Это мое хозяйство! — обиженно кричал он. — Ты отсюда через месяц свалишь, а где я другую такую найду? Ты что, не знаешь, что в «Инфокаре» людей из одного предприятия в другое не сманивают? Это, если хочешь знать, не по-товарищески!

— Насчет «по-товарищески» ты бы лучше молчал, — посоветовал ему Терьян, двигая по столу микрофон, снятый со шкафа в Левином офисе. — По-товарищески мы с тобой потом будем разговаривать. Через месяц она у тебя все равно работать не будет, я ее увожу в Москву. А этот месяц я так или иначе буду жить там, на квартире. Так что, если кто в гости и заявится, тебе придется его куда-нибудь в другое место пристраивать.

Через три дня после снятия Еропкина Настя перебралась ночевать в гостевую квартиру. Она приходила, когда Сергей уже доедал ужин, мыла посуду, готовила еду на завтра. Спала она в гостиной. Та начавшаяся с поиска отвертки ночь больше не повторялась. Дверь между гостиной и спальней оставалась открытой, и Сергей, просыпаясь ночью от навязчивого и порядком уже надоевшего сна, слышал ее тихое дыхание.

А со сном и вправду творилось что-то непонятное. Сергею все так же снился Платон, снились загадочные автоматчики, выстрелы и взрывы, каждую ночь он отчетливо видел руки Платона, вставлявшие патроны в никелированный барабан кольта, с пугающей четкостью ощущал в руках тяжесть автомата, сперва холодного, потом раскалившегося от стрельбы и снова начинающего остывать.

Это ощущение было настолько жизненным, что когда Сергей внезапно, рывком, просыпался, чувствуя, как и в первое пришествие сна, что не может пошевелить ногами, то сразу же смотрел на руки, дабы убедиться в отсутствии оружия. Постепенно ощущение тяжести автомата проходило, ноги начинали шевелиться, Сергей прислушивался к дыханию Насти и снова засыпал. Но с каждым днем ему становилось все труднее.

Как бы ни выматывался Сергей на работе, когда бы он ни заявлялся в квартиру, стоило ему опустить голову на подушку — и убойное желание спать пропадало немедленно. Настя пыталась кормить его таблетками, лекарства не помогли, только весь следующий день Сергей маялся с сильнейшей головной болью.

Он стал глушить себя спиртным, выпивая на ночь когда двести, а когда и триста грамм водки. Бесполезно. И как-то ночью, глядя в потолок и борясь с желанием разыскать отбираемые Настей на ночь сигареты, он понял, что сам не дает себе заснуть, потому что боится навязчивого сюжета, который неминуемо придет, боится вновь испытать жуткое веселье, с которым он во сне нажимал на спусковой крючок автомата, боится почувствовать, как отнимаются ноги, и услышать непонятные, но грозные шаги по битому стеклу и кирпичной крошке.

Вот тогда Сергей и решил вышибать клин клином. Надо приучить себя к идиотскому сну. В конце концов, любой кошмар — не более чем бред, дурацкая игра подсознания. Старый детский рецепт — скажи себе, что все это выдумка, и кошмар разлетится в пыль. Теперь, закрывая глаза, Сергей сам начинал вызывать из памяти эпизоды преследующего его сна — вот они сидят у стола, вот Платон выдвигает ящик и достает пистолет, вот его пальцы вставляют патроны в барабан, вот затянутые черным лица за окном… Детский рецепт работал. Терьян тут же проваливался в темноту и досматривал продолжение независимо от своей воли.

Бессонница, таблетки и водка достали Сергея настолько сильно, что он добровольно выбрал еженощный кошмар.

Со временем он настолько привык к нему, что даже стал досадовать на внезапные пробуждения, не позволяющие понять, кто же это размеренным и неторопливым шагом подбирается к его неподвижному телу, отбрасывая ногой осколки стекла, лежащие на пути. Однажды, уже понимая, что он проснулся, Терьян в последнее мгновение сна вроде бы почувствовал какое-то движение в воздухе коридора, затянутом пылью и дымом. Усилием воли — оно-то и пробудило его окончательно — Сергей вызвал из темноты смутное видение мужской руки с короткими, усеянными веснушками пальцами, однако на этом все и кончилось. Как он ни старался продлить сон, ничего не получалось. Осталось только отчетливое понимание, что перестрелка, взрывы и пугающая его неподвижность ног — это ерунда и детский лепет по сравнению с неведомой угрозой, приближающейся по битому стеклу.

Каждое утро, измученный неумолимо повторяющимися ночными событиями, Сергей брился, принимал душ, равнодушно поглощал завтрак и, стараясь не разбудить Настю, тихо прикрывал за собой входную дверь. У подъезда его ждала машина. От штурминского «вольво» он отказался вскоре после памятного собрания, на еропкинский «мерседес» пересесть не захотел, предпочтя продать его, на вырученные деньги купить «Волгу», а оставшиеся деньги пустить на строительство.

Водителя Терьян нашел, дав объявление в вечернюю газету. Алик был вежлив, безотказен, распахивал перед Сергеем дверцу машины, спрашивал разрешения закурить и включить радио, никогда не отпрашивался, постоянно был под рукой и, во сколько бы ни закончился рабочий день, назавтра обязательно ровно в восемь уже стоял у подъезда в выглаженном костюме и белой рубашке с галстуком. Правила дорожного движения Алика интересовали постольку поскольку, за рулем он руководствовался исключительно соображениями целесообразности и сбрасывал скорость только перед ухабами и рытвинами, которыми изобиловали дороги в граде Петра. Если Алика тормозили гаишники, он разбирался с ними сам, тут же отсчитывая положенную мзду. Поездив с новым водителем неделю, Сергей прикинул в уме и сообразил, что зарплаты Алику хватает аккурат на штрафы и взятки. Когда же он попытался дать водителю денег, тот вежливо, но решительно отказался.

— Это моя работа, Сергей Ашотович, — сказал он. — Я нарушаю — я плачу.

— Так ты же всю зарплату раздаешь. — Сергей пожал плечами и засунул в бумажник отвергнутые Аликом купюры. — Давай я тебе прибавлю, что ли.

— Если вы мной довольны, прибавьте. Только штрафы тут ни при чем. — Алик улыбнулся Сергею, пересек осевую и погнал по встречной полосе.

Когда Терьян взял Настю к себе, они стали по утрам ездить на работу вместе. Вечером Сергей отпускал Настю пораньше, Алик отвозил ее и возвращался за ним. С ней, как и с Терьяном, Алик был вежлив и предупредителен, называл Настю по имени-отчеству, по ее указаниям объезжал магазины и рынки, покупая продукты. Однако у Сергея довольно быстро возникло ощущение, что Настя Алика недолюбливает. Прямо она этого не говорила, но, когда утром они садились в машину, Настя сразу же умолкала, отворачивалась к окну и на вопросы Сергея отвечала односложно.

— Он тебе не нравится? — спросил как-то вечером Сергей.

— Почему же, — ответила Настя. — Нравится.

Но из того, что она, ничего не уточняя, поняла о ком идет речь, Сергей сделал соответствующие выводы.

Если бы не ночные сны, если бы не постоянная, непривычная, отбирающая все силы нервотрепка на работе, если бы не новый ритм жизни с постоянной необходимостью принимать решения, определяющие судьбу проекта, многотысячных инвестиций и подчиненных ему сотен людей, Терьян, скорее всего, чувствовал бы себя счастливым. И он прекрасно понимал, что обязан этим Насте.

Все сложилось как бы само собой. Переехав к Сергею, Настя держалась так, будто была его младшей сестрой. Она сразу перестала называть его по имени-отчеству, отбросила обращение на «вы» и в один из первых дней сказала Сергею, что если он захочет кого-нибудь привести, то все нормально, пусть только сначала предупредит, но Терьян понял по ее тону, что Настю это вовсе не обрадует. Она всегда ждала его с работы, отнимала на ночь сигареты, реквизировала будильник и сама приходила будить его по утрам, уже одетая в неизменное темное платье с белым воротничком. Как-то в субботу Сергей повез ее в магазин, дал денег на покупки и устроился в углу с газетой. Настя долго возилась в примерочной, потом вышла с двумя большими пакетами. Дома оказалось, что она купила три платья — одно на выход, открывающее спину и длиной до пола, а два — точно таких же, как ее домашнее, только других цветов, плюс несколько белых отложных воротничков.

— Зачем тебе одинаковые платья? — недоуменно спросил Сергей, когда примерка закончилась.

Настя, устав бороться с молнией на спине, подошла к Сергею и, глядя на него через плечо, сказала:

— Мне очень нравится этот фасон. Всегда нравился. У нас мама такие платья носила. Она была красивая. Разве мне не идет?

— Идет, — согласился Сергей, справившись с молнией. — Тебе, пожалуй, все идет.

Ему очень нравилось, как Настя говорит, смеется, ходит. Несколько раз он заставал ее, когда она занималась своими волосами, накручивая их на маленькие разноцветные расчески, которые торчали в разные стороны, как маленькие рожки, и это ему тоже нравилось. Сергей редко общался с кем-либо, кроме своих сверстников, и с интересом выслушивал всякие новые словообразования, появившиеся за последние годы. Они много беседовали. О Лике Настя говорила так, будто та была еще жива, и Сергей испытывал к ней за это благодарность. И еще — Настя никогда ни о чем не спрашивала, за что Сергей был благодарен вдвойне.

Лишь однажды разговор зашел о том, как Сергей познакомился с Ликой, и он рассказал о случайно поехавшей машине, о том, как Лика кормила его курицей.

Сергею нравилось, когда Настя смеялась.

Однажды в воскресенье Настя, как обычно, потащила Сергея гулять. Он плохо знал город, для него Ленинград всегда начинался в Эрмитаже и заканчивался в Русском музее. Настя же водила его по местам, о существовании которых он и не подозревал, — по закрытым со всех сторон дворам, в которых росли неизвестные Сергею огромные деревья, по церквям и мечетям, заставляла в строго определенное время приходить к какой-нибудь точке на набережной Невы, откуда именно сейчас и обязательно в солнечную погоду должен был открыться совершенно невероятный вид.

Она показала Сергею все питерские пригороды; конечно же, они побывали в Петергофе и Царском Селе, целый день провели в Павловске, промеряли ногами Репино, где пообедали на даче у зама по строительству. А сегодня было запланировано знакомство с мостами.

Август в Санкт-Петербурге был каким-то необычным. По-июльски жаркое солнце раскаляло асфальт, вдруг откуда ни возьмись набегали облака, небо темнело, потоки воды слизывали с улиц грязь, прохожие разбегались, а через полчаса снова начиналась летняя жара.

Один такой шквал застал Сергея и Настю на набережной. Через секунду они, схватившись за руки, уже неслись к находящемуся неподалеку обшарпанному двухэтажному домику, чтобы найти защиту от дождя и ветра.

Крыши у дома практически не было. Но были стены, и была лестница, пролеты которой обеспечивали вполне надежное укрытие. За короткое время, пока Сергей и Настя бежали под дождем, оба успели вымокнуть до нитки, и сейчас, спрятавшись под лестницей, переводили дух, капая водой на пол, покрытый толстым слоем мусора.

Дождь прекратился так внезапно, словно кто-то наверху перекрыл кран, и сквозь наполовину разобранную кровлю снова протянулись солнечные лучи.

— Постой здесь, — сказала вдруг Настя. Опершись на руку Сергея, она легко перескочила через дыру в лестничном пролете и поднялась на несколько ступенек вверх.

Уже два или три раза Сергей замечал, что, собираясь на воскресную прогулку, Настя берет с собой какой-то продолговатый футляр. Но до сегодняшнего дня его содержимое так и оставалось для Терьяна тайной. В футляре оказалась темная, отделанная перламутром свирель. Настя достала ее, улыбнулась Сергею, отбросила с лица мокрые волосы, поднесла свирель к губам и заиграла.

Великий город, вызванный к жизни волей великого императора… Выстроенный на гиблом месте и унесший жизни сотен тысяч людей, которые легли в фундаменты православных храмов и перенесенных с далеких берегов Адриатики палаццо. Проклятое место, где ночами, по продуваемым морскими ветрами проспектам блуждают тени запоротых, повешенных, посаженных на кол. Где задушенный император все еще взывает об отмщении, поименно перечисляя своих убийц. Где окровавленный топор Родиона Раскольникова открыл для человечества новую эру и где впервые было сказано: «Бога нет. Все позволено». Город красного террора и голодных смертей, город призраков и легенд, город белых ночей, где тьма все еще не отделена от света. Сумасшедший, немыслимый город, в котором все люди и здания куда-то исчезли, остался один только дом без крыши, и в этом доме, посреди накопившейся за много лет грязи и мерзости, совершенно мокрая, удивительно красивая девочка играет на старой свирели в столбе солнечного света…

— Вот, — сказала Настя, доиграв и спрыгнув вниз к Сергею. — Так мы и живем. Надо поцеловать.

И она, зажмурившись, подставила Сергею щеку.

Точно так же и с той же интонацией произнесла когда-то эти слова Лика в самое первое утро, когда, ощущая припрятанный под подушкой молоток, она проснулась на квартире Терьяна. Целуя Настю, Сергей вдруг понял, что длинная дорога, начавшаяся четыре года назад, подходит к концу...

Девочка Настя

— Ты только не думай ни о чем, — неразборчиво шептала Настя, чуть шевеля щекочущими его плечо губами. — Тебе не нужно ни о чем думать. Пусть все будет как будет. Мне Лика про тебя много рассказывала. И я все время завидовала ей. Надо же, думала, все у нее есть — и старшая, и родители ее больше любят, и красивая, и муж вот такой попался...

— Какой? — спросил Сергей, поправляя ее волосы.

— Такой. — Настя, свернувшись в клубок, спрятала лицо в подушку. — Я, еще в школе, все хотела, чтобы у меня был такой же... Нет, нет, — заторопилась она, заметив, что Сергей пошевелился, — я ничего больше не буду говорить, пусть будет как будет. Все равно ты у меня уже есть. Я сама этого очень хотела. И больше мне ничего не надо.

— Не надо, — повторил задумчиво Сергей. — Или надо. Смотри, я здесь еще немного побуду — может, месяц, может, чуть больше, — а потом мы все равно переберемся в Москву. И ты будешь моей женой. Я этого очень хочу.

Настя чуть слышно сказала «спасибо», замолкла, перебирая пальцами у него на груди, а потом стала очень быстро, одно за другим, сыпать слова:

— Ты хорошо подумал? Ты правда хочешь? Ты же меня не любишь, ты Лику любишь, я ведь знаю, я чувствую, а со мной это потому, что я на нее похожа... И у нас детей не может быть, я же говорила... Помнишь? И у меня другие мужчины были. Помнишь, я говорила? За деньги. Ты же все это будешь помнить, да? Ты не сможешь любить меня как Лику, ну скажи, ведь не сможешь, да? Ты потом пожалеешь, а я уже буду твоей женой. Ты пожалеешь потом, да?

— Я. Не. По-жа-ле-ю, — выговорил Сергей, делая ударение на каждом слоге. — Выброси эту ерунду из головы. Это я должен тебе дурацкие вопросы задавать, все-таки я тебе по возрасту в отцы гожусь.

— Ой, — сказала Настя. — Папочка. Прелесть какая. Тогда вылезай отсюда и делай мне настоящее предложение. С цветами и шампанским. В смокинге и бабочке. А то взяли моду — затащат бедную и доверчивую в постель и думают, что уже насовсем победили.

Через час, несмотря на глухую ночь, безотказный Алик, в костюме и галстуке, уже звонил в дверь с огромным букетом роз и бумажным пакетом, из которого выглядывали два затянутых серебряной фольгой горлышка. Спросив, в котором часу утром подавать машину, он без всякого удивления выслушал ответ и отбыл досыпать.

Больше в эту ночь не ложились. И утром Сергей в черном, ни разу до того не надеванном костюме торжественно вывел Настю из подъезда к поджидавшей их машине. По дороге Сергей попросил остановиться, скупил у бабушек все имевшиеся в наличии белые хризантемы и положил их Насте на колени.

В тот день все заходили в кабинет к Сергею с одним и тем же идиотским вопросом: «У вас событие, Сергей Ашотович, можно поздравить?» Терьян краснел, как мальчишка, и бурчал в ответ что-то неразборчивое. Настю, похоже, тоже достали расспросами, потому что около пяти она отпросилась у Сергея и сбежала домой.

Информация распространялась. К вечеру заехал Лева, вроде бы по делу, долго обсуждал то да се, ходил кругами, косился на Сергеев костюм, спросил, как вообще жизнь, выпил три чашки кофе, не задал ни одного прямого вопроса и уехал.

Потом начались звонки из Москвы. Первой на связь вышла Ленка.

— Привет, — сказала она. — Как живешь?

— Нормально, — ответил Сергей. — А что?

— Ничего, — рявкнула в трубку Ленка. — Вижу, что нормально.

И шмякнула трубку на рычаг.

Через десять минут позвонил Марк.

— Ну как ты там? — поинтересовался он, и по его бархатному голосу Сергей понял, что Марк тоже в курсе дела. — Тут слухи ходят… Говорят, ты наконец-то делом занялся. А то все стройка, стройка, о простом человеческом счастье подумать некогда. Я всегда знал, что ты настоящий русский интеллигент, они в былые времена тоже на прислугах женились. И поднимали их до своего уровня.

Так что принимай поздравления. Нет, я искренне говорю, — заторопился он, почувствовав в молчании Терьяна неладное, — я рад, что у тебя все складывается. От души поздравляю и желаю всего наилучшего. Что молчишь?

— Я не молчу, — ответил Сергей. — Я слушаю. За поздравления спасибо. Только немного рановато. Еще ничего не произошло.

— Ну да, — хохотнул Марк. — Тебе виднее. На работу вместе, с работы вместе. Конечно, не произошло, просто некогда было. Ладно, ты давай заканчивай дела в Питере и приезжай. А то замотаешь свадьбу, с тебя станется. Ну бывай.

После Марка позвонил Муса.

— Послушай… — начал Тариев, и по голосу было слышно, что он улыбается. — Мне тут сказали… Это правда?

— Не знаю, что тебе сказали. Но, наверное, правда.

— Старик, ты даешь! Когда только успеваешь? Мы тут вкалываем сутками, вся личная жизнь побоку, а у тебя, видать, свободного времени до черта. Надо же, еще кричал — не справлюсь, не справлюсь… А тут не просто справился, даже план перевыполнил. Слушай, это правда, что вы уже заявление подали?

— Нет.

— А мне сказали, что уже все. Так ты женишься или нет?

— Женюсь. Но в Москве. А кто вас всех информирует, интересно знать. Лева?

— Есть люди, — уклончиво ответил Муса. — Ладно, привози молодую жену, обмоем в Москве. Привет тебе от Тошки. Обнимаю.

Последним был Ларри.

— Послушай, — протянул он в трубку, — я хотел выяснить… Как у тебя «мерседесы» продаются?

— На прошлой неделе ушли три штуки, — отчитался Сергей. — А что?

— Разве деньги за них ты в Москву не переводишь? — недоуменно спросил Ларри.

— Я договорился с Мусой, что деньги остаются у меня. В счет финансирования стройки.

— Погоди, погоди. Ведь машины я даю. Как это ты договорился?

— Не знаю как. Я сказал Мусе, что у меня кончаются деньги, и он разрешил пустить выручку за машины на строительство. Разве он с тобой не согласовал?

— Я вообще ни фига не понимаю, — раздраженно сказал Ларри. — Просто ни фига. Мне звонят немцы, спрашивают, где оплата за машины, я не знаю, что отвечать, а тут все между собой договариваются. Почему за твою стройку надо моими бабками платить?

— Ларри, дорогой, — начал оправдываться Сергей, — я откуда знаю, какие там у вас отношения? Стройка, между прочим, не моя, она инфокаровская. Мне обещали деньги и не дают. Я спросил, как быть, мне ответили. Значит, Муса тебе из какого-нибудь другого места отдаст.

— Вот именно. Из другого места. Откуда же еще он может отдать, если все деньги в машинах?

— Ну так скажи мне, что надо делать. У меня еще порядка ста тысяч осталось, я могу перевести...

— Зачем? Не надо. Если ты с Мусой договорился, оставь деньги на свою стройку. Я здесь разберусь. Послушай... Правда, что ты там семьей обзавелся?

Дурацкий сон наконец-то оставил Сергея в покое. Он больше не видел ни Платона, вращающего барабан кольта, ни расплывчатую фигуру в затянутом дымом коридоре офиса. Тихо и незаметно Сергей уплывал куда-то в теплую и беззаботную страну, где не было места врагам и бизнесу, где ему были рады друзья, где ждали его выросшие дочки и где, взявшись за руки, ему улыбались две сестры — старшая и младшая. Так же тихо он приплывал обратно и встречал взгляд Насти.

— Тебе хорошо со мной? — спрашивала Настя шепотом.

— Мне с тобой счастье, — тоже шепотом отвечал Сергей. — Ты сама не знаешь, что ты для меня сделала.

— Я ничего для тебя не сделала, — возражала Настя. — Я для себя сделала. Я тебя просто очень люблю. А ты меня любишь?

— Не знаю. Я просто очень счастлив. Не обиделась?

— Нет, что ты! Я как раз этого и хотела. Чтобы ты был счастлив. Со мной. Мы всегда будем вместе?

— Всегда. Пока живы.

— Почему ты со мной никогда не разговариваешь о работе? — спросил Сергей за завтраком.

Настя помедлила, наливая кофе, а потом ответила лаконично:

— Не хочу.

— Почему?

Она уселась с чашкой в кресло, подумала и сказала:

— Не знаю, как тебе объяснить. Мне кажется, что все это ненадолго. Эта работа, она не для тебя. Нет, нет, ты не подумай, — заторопилась Настя, боясь обидеть, — не потому, что у тебя не получается. Тебя слушаются, уважают, просто ты… как сказать… ты им всем веришь. Ты думаешь, что они все хотят того же, что и ты. А у них своя жизнь. Мне иногда даже страшно бывает, когда я вижу, что ты веришь человеку, а он совсем не такой…

— Ты про этого, по строительству? Да с ним все ясно. С чего ты взяла, что я ему верю?

— Нет, я не про него. Он смешной. Я про других.

— Про Алика, что ли? Я давно заметил, что он тебе не нравится.

— Не скажу, — Настя допила кофе, спрыгнула с кресла и, убежав одеваться в спальню, крикнула оттуда: — Я сегодня пораньше уйду, ладно? Я мастера вызвала.

— Какого мастера?

— Поменять замки на входной двери. Ключ заедает.

Когда Сергей вернулся вечером, мастер еще возился у двери. Сергей прошел мимо него, увидел, что Насти нет дома, и вернулся.

— А где девушка? — спросил он.

— Выскочила за хлебом, — ответил слесарь. — Слышь, хозяин, давай я тебе сейчас одну штуку покажу.

На кухне он аккуратно постелил на стол газету, положил на нее личинку извлеченного из двери замка и стал быстро развинчивать ее черными от масла пальцами.

— Посмотри сюда, — сказал слесарь, закончив операцию по разборке.

Из личинки высыпалось немного странного светло-коричневого песка.

— Что это? — равнодушно поинтересовался Сергей.

— Кто-то с твоего замка слепок делал. Только не получилось. Потому и заедало. У тебя квартира на сигнализации?

— Нет, — ответил Сергей, чувствуя смутную тревогу. — А может, это просто грязь?

— Не бывает такой грязи, — объяснил слесарь. — Так что имей в виду. Сейчас я новый замок врезал, он похитрее будет. Но против лома — сам понимаешь. Если заинтересовались квартирой, жди гостей.

— Так, — сказал Сергей шепотом, заметив, что Настя входит в квартиру. — При ней молчим. Спасибо. Я разберусь.

Вечером, когда Настя была в ванной, он позвонил Илье Игоревичу.

— Вас понял, — медленно произнес тот. — Я должен подумать. Вы там на всякий случай поосторожнее. По сторонам почаще оглядывайтесь.

Но воспользоваться предостережением Ильи Игоревича Сергей не успел.

Случилась беда…

Как создаются вакансии

Зам по строительству, близко принявший к сердцу происшедшее, сделал так, что беседа между Сергеем и следователем из соседнего отделения милиции состоялась в офисе станции. Был уже первый час ночи, следователь неукротимо зевал и фиксировал на бумаге ответы белого от волнения Терьяна.

— Значит, так, гражданин. В котором часу машина выехала со станции?

— Около семи вечера. Примерно в семь пятнадцать. Или без четверти семь. Не помню.

— Так. Запишем, что в семь. Когда вы обнаружили, что машина не вернулась?

— В девять ровно.

— Что вы предприняли?

— Я позвонил домой. Там никто не ответил. Тогда я поехал домой на дежурной машине.

— Хорошо. Вернемся назад. В каких отношениях вы находитесь с гражданкой Левиковой Анастасией Николаевной?

— Она моя невеста. Мы собирались пожениться.

— Сколько времени вы знакомы?

— Два месяца. Чуть больше.

Следователь едва заметно ухмыльнулся и почесал нос.

— Что вы предприняли, когда выяснилось, что гражданка Левикова домой не возвращалась?

— Поднялся наверх, в ее квартиру. Там ее тоже не было. Вернулся к себе, подождал час, потом вызвал дежурку и поехал сюда.

— Почему вы не обратились в отделение по месту жительства?

— У меня все документы на работе. Номер машины я не помнил. Адрес водителя — тоже. Только домашний телефон. Я позвонил туда, там никто не ответил. И я вернулся на работу.

— Что вы предприняли, приехав на работу?

— Продолжал звонить домой и водителю. Около одиннадцати стал звонить в ГАИ и «скорую». Потом уже вам.

— Как давно у вас работает Дружников Александр Иванович?

— Месяц. Около того. Не помню.

— Вам его рекомендовали? Кто?

— Нет. Он пришел по объявлению. Я объявление в газету давал.

Следователь бросил взгляд на приклеенную к анкете фотографию Алика и снова ухмыльнулся.

— Видный парень. Женат?

— Вроде нет.

— Понятно. Кого из знакомых гражданки Левиковой вы знаете?

— Никого. Она никогда о своих знакомых не говорила. К нам никто не приходил. И не звонил.

— Интересно получается, — сказал следователь. — А что вы о ней знаете? Конкретно? Где бывает, чем интересуется? С кем встречается? Этого, впрочем, вы не знаете. А все-таки?

— Мы все время вместе… Здесь. Или дома. Больше нигде.

— М-да. — Следователь снова зевнул и потер затылок. — Короче, я вам так скажу. Не волнуйтесь. Никуда ваша красавица не делась. Ездит где-нибудь.

— Вы поймите, — начал объяснять Сергей, — этого не может быть. Она мне точно сказала, что направилась домой. Сначала в магазин по дороге, а потом сразу домой. Понимаете?

Следователь с сочувствием посмотрел на Сергея.

— Понимаю. Знаете, сколько у нас таких случаев? То жена пропадет неизвестно куда, то муж, то сын пойдет погулять — и с концами. К утру все находятся. Или к вечеру. Так что вы зря дергаетесь.

— Как мне вам объяснить! Понимаете, она никуда не могла деться. Неужели нельзя какой-нибудь запрос, что-то официальное… Я сейчас заявление напишу.

Услышав о заявлении, следователь подтянулся и напустил серьезный вид.

— Насчет заявления, гражданин, разъясняю вам, что мы принимаем подобные заявления по истечении трех дней с момента пропажи человека. Исключительно. Что же касается запросов, то органы ГАИ и отделения «скорой помощи», равно как и больницы, имеют четкую инструкцию немедленно реагировать на обращения граждан и обеспечивать их необходимыми сведениями. — Посмотрев на Терьяна, следователь сменил гнев на милость. — Бросьте вы так убиваться. Я вам скажу, к нам почти каждый вечер бегут — ах, найдите, ах, спасите, ах, человек пропал. Знаете, почему три дня на прием заявлений выделено? Потому что через три дня уже никто не приходит. Как-то само собой все находятся. Заехала ваша дама в магазин, потом — вы же бизнесмен? — в какую-нибудь сауну-люкс или в массажный салон, сейчас сидит сохнет в парикмахерской. Или сама бегает по отделениям, вас разыскивает.

— Я вам одну вещь скажу, — вспомнил Сергей. — Вчера мы слесаря вызывали, дверной замок чинить. Он сказал, что кто-то пытался сделать слепок. А сегодня вот это...

Следователю явно надоело разговаривать.

— А какая связь-то? Ну пытался кто-то в квартиру влезть... При чем здесь ваша невеста? В квартиру за деньгами лезут, за золотишком. За техникой, в конце концов. Или вы думаете, что кто-то специально за вашей невестой лез?

— А что мне делать, если она так и не появится?

— Я же сказал. Приходите через три дня, подавайте заявление. По месту жительства. Да не дергайтесь вы, вот же черт! Спорить готов, что она уже дома. Или вот-вот будет.

Дома Насти не было. Ее не было всю ночь. А утром Сергей нашел в почтовом ящике записку.

Поиск

— Алло, Федор Федорович, это Илья. Как у вас там, в столице?.. Так... Так... А что у наших?.. Это не здорово... Творят, что хотят... Да... Да... Федор Федорович, вы просили меня позвонить? Какое-то дело?.. А, вы про это... Скажу честно, плохо все... Ну давайте расскажу по порядку. В среду вечером Сергей мне позвонил, сказал, что пытались забраться в квартиру... Нет, у них что-то с замком было, вызвали слесаря, он и заметил... А на следующий день и случилось... Подробно? Ну пожалуйста. Около девятнадцати она уехала домой на служебной машине. В двадцать один ноль-ноль машина на станцию не вернулась. Тогда Терьян поехал домой на другой машине, увидел, что никого нет, начал звонить водителю — телефон не отвечал. Вернулся на работу. Сперва, как водится, обзванивал морги, потом ему помогли вызвать следователя из соседнего отделения. Я был проинформирован уже ночью. Утром появилась записка. Что?.. У меня сейчас нет текста перед глазами, но там примерно так — спаси меня, сделай, что скажут, нечем дышать. Что?.. Ну мы же официально не можем... Почерк ее... Да, это установлено... Потом пошли звонки. Требуют двести тысяч... Он несколько раз ездил на встречи, никто не подошел... Машину нашли на Озерках. Облили бензином и сожгли... Водитель? Ну конечно. Паспорт с таким номером числится утерянным уже два года. Права на фамилию Дружникова не выдавались. Квартиру, где он жил, год назад снял некто Перфильев, заплатил за год вперед... Там милиция все перевернула, все чисто. Даже отпечатков пальцев нет... Ни одной бумажки, тряпки — и то исчезли. Ни пылинки! Думаю, дня три готовились... Что?.. Это, насколько я понимаю, версия номер один... К Еропкину? Ездили к нему, ездили. Сидит дома, настроение хорошее, на вопросы отвечает спокойно. Не знаю, не слышал, не общался. Очень уверенно себя чувствует. Начали оперативную разработку, но, если они деньги не возьмут, это все в пользу бедных. Он же не дурак, чтобы сейчас светиться... Есть и еще. У девочки, оказалось, богатая биография. У нее сестра погибла в Москве при похожих обстоятельствах. Вроде уже послали запрос или вот-вот пошлют. И еще — она тут у нас в бригаде при гостинице промышляла, потом резко бросила. Но это, по-моему, уже отработали. Кстати, к вашим здесь должны прийти... Что?.. Тут такое дело. Проверили на месте документы фирмы, оказалось, что они брали из Москвы машины на реализацию. «Мерседесы». Продавали, а деньги отдавать не спешили, около трехсот тысяч зависло. Терьян объяснил, что было устное указание из Москвы временно попридержать деньги и пустить их на строительство. Но документов нет. Так что ждите гостей. Если запахнет висяком, наши все сделают, чтобы дело в Москву сбросить... Что?.. Скорее всего. Если похищение с целью выкупа, то должны были уже хоть что-то предпринять. Они же его просто на встречи выманивают, а на контакт не идут. Здесь другое. Тут ведь целая история. Водитель этот с ним около месяца работал. Видать, присматривался. А тут пошел слух, что он на ней женится. Главное дело, он же этого водителя — сам потом вспомнил — посреди ночи за шампанским и цветами посылал. Тут-то они, видать, и решили, что пора… Нет, никаких других идей нет. Либо Еропкин, либо дела сестры, либо гостиничная бригада, либо рука Москвы… Да, тут еще. Про это милиция вроде бы не знает, Сергей только мне рассказал. Несколько лет назад он был женат на ее сестре… Вот именно… Которая погибла… Очень плох. Я привозил к нему нашего врача, тот говорит, что все вроде бы в норме. Но впечатление — как после инсульта. Понимаете, о чем я? Я с ним вижусь почти каждый день, так у меня даже появляется мысль, что он заговаривается… Передам… Передам… В общем, вот такие невеселые дела. Какие указания будут, Федор Федорович?.. Понял… Понял… Ладно… Жму руку.

* * *

Все вокруг происходило как в тумане. Приходили люди в форме, о чем-то говорили, спрашивали. Фиксировали вопросы и ответы, заставляли расписываться.

Забрали Настину записку, он не отдавал, полез с кулаками. Потом приходил врач.

Укол нокаутировал Сергея часа на два. И снова были лица в окне, грохот автоматных очередей и неясная фигура в пороховом дыму. Время от времени он видел встревоженные лица Ильи Игоревича, ребят со станции. Ходила по квартире женщина в белом халате, что-то делала, звенела посудой. Пахло спиртом, и в руку вонзалась игла. Он снова возвращался в заваленный битым кирпичом коридор, выныривал обратно и шептал чуть слышно:

— Я приношу несчастье. Я приношу несчастье.

По заросшему седой щетиной лицу текли слезы. Он не замечал их так же, как здоровый человек не чувствует, как дышит. А текли они практически непрерывно.

Иногда он вставал. С трудом передвигая ноги и придерживаясь за стенку, брел в туалет. О бешеной активности первых дней после исчезновения Насти вспоминал как о чем-то небывало далеком. Сейчас любое движение давалось ему с невероятным трудом, прежде всего потому, что постоянно кружилась голова и сильно тошнило.

В первые два дня после случившегося, когда еще жила надежда, он летал по городу, повинуясь поступающим по телефону указаниям похитителей. Первый звонок поступил, когда он, еще не веря своим глазам, вчитывался в несколько слов, написанных детским Настиным почерком на обрывке бумаги.

— Хочешь получить свою девку, — сказал глухой, как через меховую рукавицу, голос, — в половине девятого приезжай на Рубинштейна девять. Перейдешь на другую сторону. Там к тебе подойдут. Притащишь ментов — ей не жить.

До десяти утра Сергей метался по улице Рубинштейна, искательно заглядывая в лица прохожих, потом зачем-то позвонил к себе в приемную в сумасшедшей надежде услышать Настин голос, после восьмого гудка повесил трубку и стал набирать Илью Игоревича.

— Поезжайте домой, — приказал Илья Игоревич, выслушав сбивчивый рассказ. — Немедленно. Никто к вам уже не подойдет. Я сейчас буду.

Илья Игоревич застал Сергея за изучением второй записки, извлеченной из почтового ящика.

«Жди звонка, — значилось в записке. — Приготовь двести штук. К ментам не ходи. Иначе ей конец. Тебе тоже».

— Так, — сказал Илья Игоревич, — давайте срочно связываться с РУОПом.

Сергей схватил аппарат и прижал его к груди:

— Вы с ума сошли! Они же ее убьют!

Илья Игоревич уговаривал его долго. Он объяснял, что угрозы — дело обычное, что скрыть случившееся от милиции — непоправимая ошибка, что необходима надежная информация, а получить ее, сидя дома и ничего не делая, невозможно. Но так и не уговорил. Сергей отказывался даже обсуждать эту тему. А потом прозвучал очередной звонок.

— Приготовь деньги к четырем, — сказал тот же голос. — И сиди дома. Ровно в четыре позвоню, скажу, как передать. Понял?

В трубке раздались короткие гудки.

— Послушайте меня. — Илья Игоревич взял Сергея за руку. — Если бы милиция была оповещена, был бы реальный шанс засечь звонок. Пункт номер один. Номер два: предположим, вы пойдете передавать деньги. Предположим, на этот раз они явятся. У вас есть гарантия, что вас просто не пристукнут тут же при передаче? Поймите, вы неправильно себя ведете. Поверьте специалисту — за всю историю существования организованной преступности ни разу не было случая, чтобы такие вещи проделывались без участия соответствующих органов и привели хоть к какому-нибудь успеху. И ее погубите, и себя.

Сергей замотал головой и потянулся к телефону. Ни Платона, ни Мусы на месте не было, он нашел только Ларри.

Выслушав Сергея, Ларри молчал долго. Так долго, что Сергей даже решил, будто оборвалась связь. Потом злобно и витиевато выругался.

— Это плохо, — сказал он наконец. — Очень плохо. В милицию обращался?

— Думаю.

— Погоди пока. Я сейчас свяжусь с Левой, он привезет тебе деньги. И будь на телефоне, позвонит кто-нибудь от Ахмета. Поедешь встречаться, его с собой возьми.

— Ларри…

— Да, дорогой…

— Не говори никому. Я не хочу, чтобы Лева знал. И вообще…

— Не беспокойся. Хорошо сделал, что мне сказал. Звони.

Выслушав содержание разговора, Илья Игоревич кивнул.

— Неплохая идея. Если кто-то из ребят Ахмета будет рядом, это более или менее надежно. Знаете что… Давайте попробуем. А я постараюсь решить с телефоном. Мне надо будет отъехать. Сейчас пришлю Гену.

Вскоре позвонил Ахмет. Он долго выяснял, что произошло, потом прочел Сергею целую лекцию.

— Я всегда объяснял Платону, — говорил он. — И Ларри, и Мусе. Едете куда-нибудь, на переговоры или куда там, обязательно берите меня с собой. Просто встретился с человеком, покушать или вина выпить, — я тоже должен быть рядом. Тогда все будет нормально. Это ничего не стоит. Если только самую малость. Один процент, два процента… Зато безопасно. Вот ты же умный человек, профессор. Зачем ты все один хочешь сделать? Там у тебя мои пацаны сидят, хорошие люди. Посоветуйся, поговори — да они этому Еропкину тут же башку оторвали бы. Не веришь мне — спроси у любого. Тебе все расскажут про случай на стоянке. Их целая банда была, а я один поехал. Только крикнул — они все в штаны наложили. А Ларри уже деньги собирал, откупаться хотел. Понимаешь, что я говорю?

Сергей послушно кивал головой. Мерный голос Ахмета служил фоном для стучащего в ушах страшного рефрена: «Я приношу несчастье. Я приношу несчастье».

Выговорившись, Ахмет успокоительно произнес:

— Ты не беспокойся. У нас в Ленинграде все схвачено. У нас такие друзья есть — и в милиции, и в ФСБ. И среди бандитов. Всех знаем. Я ребятам скажу, чтобы поспрашивали. Узнают, кто сделал, — встретятся, поговорят. Надо будет — башку оторвут. Завтра у тебя все будет нормально. Я тебе клянусь.

Потом подошел Гена. Принес чемоданчик, устроился в спальне и попросил Сергея максимально затягивать разговор, когда позвонят похитители.

— Только аккуратно, — посоветовал он. — Если почувствуют, что тянете время, будут проблемы. Делайте вид, что плохо слышно, переспрашивайте, интересуйтесь гарантиями. Скажите, что хотите услышать ее голос. Это нормально.

Приехал Лева, привез завернутый в газету и заклеенный скотчем пакет. В квартиру Сергей его не пустил. Лева покрутился у двери, пытаясь с порога угадать, что происходит, не угадал и обиженно удалился.

Около четырех появился невысокий чернявый паренек по имени Руслан. Под тонким серым пиджаком угадывались хорошо накачанные мускулы.

— От Ахмета Магометовича, — отрекомендовался он. — Когда поедем?

В четыре никто не позвонил. В пять тоже. Гена сидел в спальне тихо. Руслан скучал и смотрел на часы.

— Не позвонят сегодня, — сказал Руслан, когда часовая стрелка перевалила за шесть. — Я поеду. На пейджер мне сбросьте, если что.

Звонок раздался в семь, когда Руслан уже стоял в дверях.

— Деньги приготовил? — спросил тот же меховой голос.

— Да, — торопливо прокричал Сергей, забыв, что он должен тянуть время.

— К ментам ходил?

— Нет.

— Ладно, проверю. Где в воскресенье был, помнишь? Подъезжай. Зайдешь в дом, станешь, где тогда стоял.

— Мне нужны гарантии, — спохватился Сергей. — Гарантии! Откуда я знаю...

— Будут гарантии.

И связь прервалась.

Высунувшийся из спальни Гена укоризненно поглядел на Сергея и покачал головой.

— Это кто? — спросил Руслан, спускаясь с Сергеем по лестнице. — Мент?

— Приятель, — неохотно пробормотал Сергей.

Руслан насупился, взял у Сергея пакет с деньгами и всю дорогу молчал, о чем-то сосредоточенно размышляя.

Сегодня солнца не было. Над городом нависали тяжелые, темно-серого цвета, тучи. Ветер с залива рябил черные лужи и забрасывал лобовое стекло «жигулей» мелкими запятыми дождевых капель. Руслан припарковал машину у того самого дома без крыши, взял у Сергея газетный сверток, бросил на заднее сиденье и сказал:

— Сейчас мы вместе выйдем из машины. Постоим. Потом я сяду обратно, а вы в дом пойдете. Пусть они видят, что у вас в руках ничего нет.

— Где они могут быть? — спросил Сергей, оглядывая пустое пространство вокруг дома.

— Могут быть внутри. Но навряд ли. Скорее всего, вон там, сзади. Смотрят, кто приехал.

И Руслан ткнул пальцем в отражавшийся в зеркале заднего вида жилой дом.

Сергей постоял с Русланом у машины, потом, подняв воротник куртки и сгорбившись, быстро зашагал к дому. Внутри было темно и пусто, пахло кошками и гниющим деревом. Сергей встал под лестницей, подождал минут пять, поднял с пола старую газету, щелкнув зажигалкой, поджег ее и в мечущихся желто-коричневых пятнах света увидел на лестнице Настину сумочку. В ней была видеокассета. И записка.

«Поезжай туда, где был утром, — значилось в записке. — У тебя десять минут».

Руслан долго вспоминал, где находится улица Рубинштейна, но за десять минут они успели. Улица было пуста. Руслан снова вышел вместе с Сергеем из машины, немного постоял и вернулся в салон. Терьян перешел улицу и встал рядом с мусорным баком. Прошло не меньше получаса. Ничего не происходило. Потом он заметил, что Руслан из машины машет ему рукой и показывает куда-то вниз. Сергей опустил глаза. На мусорнике была нарисована большая меловая стрела, и острие ее упиралось в торчащий из-под бака угол конверта.

Очередная записка приказывала ехать домой и ждать следующего звонка. На этот раз угроз не было. И не было никаких объяснений.

— Ладно, — сказал Руслан, прочитав записку. — Поехали.

Он отказался зайти в квартиру, продиктовал Сергею абонентский номер пейджера и укатил, разбросав в стороны дождевую воду.

На видеокассете был записан третьеразрядный американский боевик со стрельбой, горящими автомобилями и сокрушительным мордобоем. Название фильма отсутствовало. Да и сама копия была отвратительной: время от времени пропадал цвет, и по экрану постоянно бежали черные полосы. Сергей впился в экран телевизора. Рядом сидел недоумевающий Гена. Закончился фильм так же скоропостижно, как и начался, без финального поцелуя и надписи «конец».

— В сумочке больше ничего не было? — спросил Гена.

Сергей покачал головой, вытащил кассету из видеомагнитофона и протянул Гене.

— А мне она зачем? — Гена швырнул кассету на стол. — Непонятно как-то. Может, надо было внимательнее смотреть?

— Они ведь сказали, что будут гарантии… — Сергей заметался по комнате. — Как же теперь… Гена, скажите, что они могли с ней сделать? Может, они просто перепутали кассеты? Хотели одну положить, но ошиблись и положили другую, а?

— Да нет, — сказал Гена. — Я в этих делах, вообще-то, не очень. Скорее всего, на нервы действуют. Ну что? С телефоном я закончил. Поеду. Будут звонить, дайте знать.

На следующий день меховой голос звонил еще дважды, и дважды Сергей, вызвав Руслана, летал по Санкт-Петербургу, посещая хаотически разбросанные адреса назначаемых встреч. Но результатов не было. А потом звонки прекратились. И Сергею пришлось-таки подчиниться категорическому приказу Ильи Игоревича.

Квартира заполнилась милиционерами.

К моменту их первого появления Сергей — впервые за эти два дня — осознал, что все кончилось. Насти больше нет. И ничего нельзя сделать. Неведомая сила, повинуясь своим внутренним законам, скомкала его жизнь, как ненужный обрывок бумаги. В самом начале первого допроса перед глазами у него все поплыло, Сергей почувствовал, как стремительно убегают вдаль голоса и звуки, сложился, как складной нож, и с грохотом обрушился на пол, потянув за собой накрывавшую стол скатерть, старательно отутюженную Настей.

Терьяна привели в чувство, куда-то позвонили, вызвали врача. Что-то еще спрашивали, записывали. Он отвечал машинально, чтобы отвязаться. Заметил, что их почему-то интересует Руслан. И видеокассета. Капитан, который вел протокол, несколько раз недоверчиво спрашивал, уверен ли он, что отдал им в точности ту кассету, которая была в сумочке. Сергея поили водой, капали капли. Он назвал фамилию Еропкина, рассказал про Алика. Несколько раз терял нить, возвращался к началу, повторял одно и то же. Его поправляли, снова давали пить, тихо и вежливо спрашивали, в чем состояли обязательства его станции перед другими предприятиями, прежде всего перед Москвой, каково реальное финансовое положение.

— Это Еропкин, — упрямо шептал Сергей, боясь говорить громче, чтобы они не услышали, как рвется его голос. — Это Еропкин. Он хочет со мной посчитаться. Арестуйте его. Он должен все рассказать. Иначе они ее убьют. У нас нет времени.

— Так, — гнул свою линию капитан, — что вам известно о друзьях и знакомых гражданки Левиковой?

Когда же они удовлетворили свое любопытство, осмотрели обе квартиры, пощупали дорогую ткань оконных гардин и кожу кресел, составили опись всего обнаруженного и капитан, взяв Настину записку, небрежно швырнул ее в картонную папку, туман, окружавший Сергея, на мгновение рассеялся, он вцепился капитану в горло и стал душить его с пронзительным и неразборчивым криком. Нельзя допустить, чтобы забрали единственное письмо, полученное им от Насти, нельзя, чтобы к этому письму прикасались чужие руки! Но Терьяна тут же скрутили, надели наручники, отчего он сразу обмяк, перетащили на диван, вызвали врача. Он еще помнил, как милицейский капитан что-то обиженно говорил, потирая горло, но потом в руку Сергея воткнули иглу, все поплыло перед глазами, забрякал металл, загремели выстрелы и посыпалось стекло.

Больше ничего не было. Только чужие лица, прерывавшие своим появлением закольцованный сон, прохладное питье, частые трели телефона, напоминавшие ему о чем-то важном, торопливые шаги незнакомых людей… Потом неизвестно откуда возникло лицо Марка, он смотрел на Сергея с непонятной и пугающей жалостью, а рядом был еще кто-то, знакомый до боли…

— М-м-а-а-рик, — произнес Сергей, удивляясь, почему ему так трудно говорить, — М-м-а-а-рик, ты приехал. Видишь, я тут н-н-ем-н-ного т-того…

Он хотел сказать «здравствуй», но не смог выговорить. Ему показалось, что он махнул рукой, но рука висела бессильно, и только чуть пошевелились пальцы.

Потом снова обрушилась темнота.

Когда Сергей пришел в себя, то услышал гул двигателей. Поначалу показалось, что в маленьком самолете вообще нет ни одной живой души. Затем Терьян увидел Марка Цейтлина — он дремал в кресле по ту сторону прохода. Сам Сергей лежал на койке, укрытый пледом. Рядом послышался какой-то звук. Сергей с трудом повернул голову, увидел Ленку. Она смотрела на него и плакала.

Виктор, встретивший самолет в Шереметьево, не узнал Сергея. На носилках лежал седой старик с ввалившимися, заросшими сивой порослью щеками, перекосившимся ртом и бессмысленным взглядом гноящихся глаз, от которых тянулись мокрые дорожки. Старик тяжело, с присвистом дышал и пытался что-то сказать, но слова не получались.

Через три дня, когда выяснилось, что инсульта нет и транспортировка, с медицинской точки зрения, вполне допустима, Сергея на том же самолете перевезли в Австрию, в нервную клинику в Альпах. Платон распорядился не жалеть денег.

Настю так и не нашли. Никогда.

Конец дороги

За проведенные в Австрии месяцы Терьян почти полностью восстановился.

Внешне он выглядел так же, как и до событий, только волосы стали совсем белыми, и немного изменилась походка. Он чуть-чуть приволакивал правую ногу, но врачи утверждали, что физиотерапевтический и витаминный курсы свое дело еще сделают.

Из клиники Сергея выпустили, переведя на амбулаторный режим. Жил он в Вене, в небольшой квартирке на Лангегассе, принадлежавшей «Инфокару». Терьян взял напрокат почти новый «рено» и ежедневно ездил на процедуры. Потом обедал на Мариахильферштрассе, возвращался на квартиру, два-три часа спал, пил чай и шел гулять по Рингу. Если уставал, то заходил в кино на Грабене, затем ужинал, возвращался домой, смотрел телевизор и ложился спать, открывая на ночь окно.

Врачи говорили, что свежий воздух и физические упражнения полезны для здоровья.

Повинуясь их указаниям, Сергей бросил курить и слегка поправился. Отказался от спиртного, позволяя себе лишь одну кружку пива по воскресеньям. Резко ограничил потребление мяса, перешел на овощи, которые придирчиво покупал на рынке, внимательно рассматривая каждую редиску и расспрашивая продавцов о местности, где был выращен урожай, и особенностях ведения хозяйства.

Раз в месяц приезжал Ронни Штойер, швейцарский партнер «Инфокара», привозил деньги. Сергей встречал его с удовольствием, поил чаем, внимательно, шевеля губами, пересчитывал купюры, потом рассказывал гостю о самочувствии, особо упирая на полезность вегетарианского питания и ежедневно ощущаемое улучшение самочувствия. Когда же Штойер уходил, Сергей поднимался из-за стола, внимательно оглядывал комнату, брал щетку на длинной ручке и тщательно протирал пол. Потом мыл чашки, насухо вытирая их пахнущим жасмином посудным полотенцем.

Ему нравилось, когда вокруг все чисто, а вещи находятся на своих местах. Даже в кафе, куда Сергей заходил выпить воды или сока, он тщательно изучал столик и иногда пересаживался, заметив на скатерти темную полоску или пятнышко.

Он с удовольствием вспоминал, как в клинике, в первые недели, его привозили в специальную палату со светло-зелеными стенами и исходящим откуда-то рассеянным светом, включали тихую музыку и оставляли на полчаса одного. Уезжая из клиники, Терьян спросил у врача, что это была за музыка, аккуратно записал в блокноте название, потом купил несколько кассет и теперь по субботам перед сном регулярно и ровно на полчаса включал магнитофон. Потом ложился, натягивал до подбородка одеяло, аккуратно клал сверху руки и думал о чем-нибудь приятном.

Например, о планах на воскресенье. С утра надо будет сделать зарядку. Потом принять душ. Позавтракать. Потом, скорее всего, музей. Или пойти в скверик, послушать музыку, сидя под памятником Штраусу. В ресторанчик на Университатштрассе завезли отличные артишоки, там можно будет пообедать.

Потом… потом часок поспать… Он беззвучно зевал и, вытянув по бокам руки, погружался в здоровый семичасовой сон без сновидений.

Ему совсем перестали сниться сны, воспоминания тоже не тревожили.

Воспоминания были вредны для здоровья, от них пропадал аппетит, ухудшалась работа желудка и учащался пульс. А доктор Шульце специально советовал избегать ненужных волнений. Он правильно говорил, что нужно внимательно относиться к организму, не допускать перегрузок. Больше гулять. Поменьше эмоций. Правильно прожитый день, наставлял доктор Шульце, это увеличение жизни еще на три дня. А неправильно прожитый день — наоборот. И разумному человеку должно быть совершенно точно понятно, что надо выбирать. Сергей соглашался с ним, потому что доктор Шульце был прав.

Однажды, пролетая откуда-то куда-то, к Сергею заскочил Платон, спросил с порога, как дела. Терьян обстоятельно рассказал, что ему уже лучше, он много гуляет, сон наладился. Подробно описал ежедневные процедуры, в чем они заключаются и как действуют на организм. А когда через час Платон испарился, Сергей с удовлетворением отметил, что о жизни в Москве и о делах в «Инфокаре» не было сказано ни слова. Значит, он и вправду поправляется. Надо будет рассказать доктору Шульце. Может быть, пора пригласить его на ужин. Лучше всего это сделать, когда в следующий раз появится Штойер. Можно будет говорить по-русски, а Штойер возьмет на себя роль переводчика. Да и деньги окажутся кстати. Штойер ежемесячно привозил Терьяну по сорок тысяч шиллингов. Сергей аккуратно отсчитывал десять тысяч, распределял их по дням, а остальное убирал в секретер. Никаких особых планов на остававшиеся деньги у него не было, просто не хотелось зря транжирить. Потом можно будет приобрести что-нибудь солидное и полезное.

Дня за три до приезда Штойера Сергей, стоя перед зеркалом, с неудовольствием осмотрел свои волосы. Ему не так уж много лет, да и чувствует он себя уже вполне удовлетворительно. Может, пора привести голову в порядок?

Недалеко от Лангегассе была небольшая парикмахерская, и уже неделю, проходя мимо, Сергей останавливался и внимательно ее изучал. Ему понравилась чистота в зале, он оценил белизну халатов на мастерах, и ему показалось, что к своей работе они относятся ответственно. Хотелось бы знать, сколько здесь стоит постричься и покрасить волосы. Вполне возможно, что придется обойти еще несколько заведений, прежде чем удастся выбрать наиболее приемлемое, но потом Сергей решил, что в случае необходимости он сможет внести соответствующие изменения в свой ежедневный рацион, если цена вдруг окажется выше, чем он предполагает.

После парикмахерской можно будет прокатиться в какой-нибудь пригород Вены, например в Лаксенбург, и погулять там по парку, про который рассказывал доктор Шульце. Спустившись вниз, Сергей одобрительно осмотрел свой «рено», стер специальной тряпочкой каплю голубиного помета с дверцы, включил двигатель и немного подождал, пока он прогреется, прислушиваясь к урчащему на холостых оборотах мотору. Пристегнулся и медленно поехал к парикмахерской. Припарковался у входа, вышел из машины, проверил все двери и багажник, потом зашел внутрь.

Он решил слегка укоротить волосы и покрасить их в коричневый цвет. Когда-то они были совсем черными, но Сергей предпочитал что-нибудь посветлее.

Волосы будут отрастать, и снова появится седина. Тогда их придется подкрашивать, и лучше это делать реже, чтобы не расходовать попусту деньги на краску.

Им занимались около часа. Когда все закончилось, Сергей одобрительно посмотрел в зеркало. Совсем другое дело. Он выглядит намного моложе своих сорока с большим хвостиком лет. Даже моложе сорока. Теперь надо будет только лучше следить за собой, не допускать преобладания седины и поддерживать хорошее состояние прически. Да! Надо сразу же запастись правильной краской для волос.

Купить побольше, чтобы был запас.

Неуверенно выговаривая немецкие слова и мешая их с английскими, Терьян попросил мастера записать на бумажке название краски и все необходимые реквизиты, расплатился, оставив пять шиллингов на чай, и вышел к машине, испытывая удовольствие от хорошо начавшегося дня. Магазин, в котором продавалась краска, находился тут же, за углом. Но чтобы подъехать к нему, нужно было, из-за одностороннего движения, обогнуть два квартала. Сергей немного подумал, вынул из нагрудного кармана пиджака дымчатые очки, надел их и не спеша двинулся в сторону магазина пешком.

Народу в магазине было мало. Сергей дал стоявшей за прилавком девушке записку от парикмахера и стал с интересом изучать названия выставленных в витрине косметических и фармацевтических препаратов. Ему нравилось, что здесь продается много полезных витаминов, которые благотворно действуют на общее состояние организма. Он даже достал из кармана ручку и записал названия двух из них, чтобы в понедельник посоветоваться с доктором Шульце.

Когда девушка упаковала пакетики с краской и, сделав книксен, сказала Сергею «данке шен», он расплатился и неторопливо направился к выходу. У двери Терьян столкнулся с входящим в магазин молодым человеком в черной кожаной куртке.

— Пардон, — сказал молодой человек так, как говорят только русские. — Ай эм сорри.

Сергей недовольно буркнул, вышел через стеклянную дверь, направился в сторону «рено» и вдруг встал как вкопанный. Молодой человек был похож на кого-то, виденного им в прошлой жизни, и с ним было связано нечто страшное, о чем Сергей давно забыл, что осталось там, далеко позади, в городе с дворцами, шпилями и разбитыми мостовыми, где ветер с моря бросал в лицо дождевые брызги и через разобранные крыши домов тянулись вниз столбы солнечного света.

Что-то странное случилось с Сергеем, потому что на какое-то время он перестал воспринимать происходящее вокруг и не мог вспомнить, каким же образом он подогнал к магазину «рено» и припарковался на противоположной стороне улицы, на «елочке», нарисованной на асфальте. Что-то ему мешало — это были очки, Сергей сорвал их и бросил на заднее сиденье, туда, где лежал пакет с купленной зачем-то краской для волос. Терьян пристально, до боли в глазах всматривался в людей, проходивших мимо магазина, особенно в тех, кто выходил из дверей, но не отдавал себе отчета в том, зачем он это делает. Только смутное беспокойство из-за участившегося сердцебиения, которое может свести на нет усилия доктора Шульце, овладевало им все сильнее и сильнее.

Время исчезло, и только тихий звон, раздавшийся в ушах, когда молодой человек в кожанке наконец-то покинул магазин и подошел к сверкающему никелированному дугами джипу, вывел Сергея из оцепенения.

— Узнал! — с жутким весельем прокричал он. — Узнал!

И крутанул ключ зажигания, вдавив педаль газа в пол так, что непривычный к подобному обращению «рено» взревел, как реактивный самолет.

— Посмотри сюда! — крикнул Сергей в открытое окно машины водителю Алику на той стороне улицы. — Сюда смотри! Помнишь меня?

И через мгновение рванувшийся на таран «рено» размазал владельца черной кожанки по вдавившейся от удара двери джипа.

Непонятно откуда взявшаяся кровь заливала Сергею глаза. Он вытер ее рукавом пиджака, переключил передачу и подал «рено» на метр назад. Открыл дверцу и подошел к джипу. Расплющенное тело Алика надежно удерживалось в огромной вмятине. На асфальте образовалась лужа крови, в ней шевелилась постоянно увеличивающаяся в объеме куча серо-перламутровых змей. Остекленевшие глаза услужливо смотрели прямо в лицо Терьяну, как бы спрашивая — в котором часу подавать завтра, Сергей Ашотович? Сергей плюнул в лицо убитому, повернулся, сел за руль «рено» и погнал машину на предельной скорости...

* * *

Информация из австрийских газет просочилась в Россию, была перепечатана в «Известиях», где фамилии убийцы и убитого, в результате обратного перевода на русский язык, были безбожно перевраны, и на этом все закончилось. Объявленный на водителя Александра Ивановича Дружникова розыск закрыли в связи со смертью разыскиваемого.

Больше всех пострадал доктор Шульце, которого долго допрашивали и упоминали в газетах, а однажды назвали даже врачом русской мафии, что не могло не отразиться на репутации клиники.

Вот и все. Только как-то раз к воротам кладбища в Вене подкатили два «мерседеса» с берлинскими номерами. Оттуда вышли трое, поговорили со сторожем, подошли к могиле Терьяна, немного постояли. Один из них — среднего роста, очень подвижный, с черными волосами — положил букет ромашек. Потом достали плоскую бутылку, разлили по пластмассовым стаканчикам, выпили, не чокаясь. А один стакан так и оставили на могиле, прикрыв сверху куском черного хлеба. Еще через какое-то время у этой же могилы появились две молоденькие девушки, очень похожие одна на другую. Они стояли у могилы долго, о чем-то тихо разговаривали, старшая, в черном платке, плакала. Потом девушки ушли, и больше к этой могиле никто не приезжал.

* * *

В институте, откуда Терьян ушел навстречу «Инфокару», Насте и смерти, случившееся обсуждали шепотом. Никаких траурных некрологов не вывешивалось. А оттиски терьяновских статей, которые продолжали выходить в международных журналах, все так же поступали на институтский адрес вместе с приглашениями на конференции.

«Инфокар», в котором новый сотрудник провел всего несколько дней, утраты не почувствовал. Только Ленка походила несколько дней с заплаканными глазами, да бухгалтерии было дано указание оплатить его дочкам поездку в Вену и, до выхода замуж, назначить им небольшое содержание.

А в Питере заместитель Сергея по строительству, проворовавшись окончательно, был с позором изгнан. И новым генеральным был назначен Саша Еропкин, на чем настоял Ларри. В конце концов, предъявить ему, по большому счету, было нечего. А делать бизнес он вполне может. Только надо его жестко контролировать. Шаг влево, шаг вправо… Ларри слетал в Санкт-Петербург, провел там три дня, обозначил условия.

— Давно бы так. И спасибо тебе большое, — сказал ему на прощание Еропкин.

Так порвалась первая ниточка, соединявшая коммерческое настоящее с академическим прошлым. И невидимая рука стала выводить на стене огненные буквы непонятных и зловещих слов великого пророчества. Ибо экспансия — подлинный смысл жизни — может быть остановлена единственно смертью. А иных преград нет. И все в нашей власти. Поэтому — только вперед! Что там, за горизонтом? Добежим — увидим.

271

Часть вторая
ВИКТОР

Наряд милиции, появившийся одновременно с бесполезной уже «скорой помощью», так и не смог проникнуть в квартиру покойного через бронированную дверь. Пришлось спускаться с верхнего этажа по тросу, тем более что трос никто не убирал — он по-прежнему был зацеплен крюком за батарею в квартире соседа.

Один из милиционеров съехал вниз и открыл дверь остальным. При осмотре места происшествия было обнаружено: ключи от квартиры лежали на тумбочке в коридоре; на письменном столе в кабинете стояли две бутылки из-под водки: одна пустая, вторая — опорожненная на три четверти; рядом с компьютером — стопка старых писем и кредитная карточка. Денег или каких-либо ценностей не найдено. На огромной кровати было постелено чистое белье, одеяло откинуто, из чего следовало, что покойный собирался ложиться спать. Судя по всему, перед сном ему, на пьяную голову, взбрело вынести мусор, а ключи остались в квартире — не то покойный забыл их, не то дверь взяла и захлопнулась от сквозняка. Вместо того чтобы спокойно подождать до утра, протрезветь и вызвать слесаря из ДЭЗа, покойный решил обратиться к соседу этажом выше и спуститься с его балкона по буксировочному тросу. Дальше все ясно. Встал на свои перила, посмотрел вниз, голова закружилась, отпустил трос — и ухнул. Остальное медики доскажут. В общем, классический случай. Наворуют денег, нажрутся до зеленых чертиков — вот и результат.

Диссидент

К семьдесят восьмому году Виктор Сысоев уже продвинулся до старшего научного сотрудника, имел в своем подчинении группу из трех человек и занимался разработкой новых принципов построения вычислительных машин. Виктор обладал запоминающейся внешностью: густые черные волосы, черные глаза, густые брови, одна из которых была рассечена шрамом и у переносицы задиралась вверх, а под второй была родинка, из-за чего казалось, что бровь смотрит вниз. Суеверные бабушки, взглянув ему в лицо, обычно крестились. Виктор неплохо играл в бильярд, отлично плавал, любил теннис, попеременно ездил в Карелию и Цахкадзор кататься на горных лыжах.

Его родители были хорошо образованными людьми и воспитанием сына занимались всерьез. Литературу — и отечественную, и зарубежную — Виктор знал великолепно, неплохо разбирался в музыке, хотя слуха не имел, был сведущ в поэзии и многое держал в памяти. Когда собирались с девочками, Виктор читал стихи — если, конечно, имел на кого-то виды. Еще в губкинской «керосинке» он был капитаном институтской команды КВН, потом в Институте заведовал стенной печатью и организовывал все институтские капустники.

С Платоном Виктор познакомился в Совете молодых ученых. Как председатель Совета, Платон был вхож к директору Института, к секретарю парткома, сидел на всех важных заседаниях, ездил в Президиум Академии. Виктору же был поручен ответственный участок работы с молодыми специалистами, поэтому стихи ему приходилось читать часто.

Как попечитель молодых специалистов, Виктор следил за поддержанием одной старой институтской традиции. Институт был окружен огромным газоном, засаженным разнообразным кустарником. По легенде, много лет назад газон разбили тогдашние аспиранты, которые теперь стали профессорами, членкорами и академиками.

Традиция заключалась в том, что дважды в год, в мае и октябре, все молодые специалисты заступали на двухнедельную трудовую вахту: рыхлили землю под кустами, вносили удобрения, избавлялись от старых веток и листвы. Поскольку это рассматривалось как своего рода приобщение к большой науке, ответственность за газон была возложена на Совет молодых ученых.

Полностью контролируя единственное в Институте средство массовой информации — стенную газету, Виктор, естественно, старался максимально освещать события институтской жизни. И на этом чуть не погорел.

В одном из выпусков газеты, под привычной рубрикой «Вести с полей», была помещена фотография, запечатлевшая живописную группу молодежи. На переднем плане девушка Вика возлежала на своеобразной конструкции из двух молодых специалистов и одного аспиранта из Казахстана. На заднем плане отчетливо вырисовывался центральный вход в Институт, украшенный транспарантом с надписью: «Каждая минута трудовая к коммунизму приближает нас».

Подписи под фотографией не было, да она и не требовалась.

Газета была вывешена поздно вечером в среду, а утром в четверг ее на месте уже не оказалось. Обнаружилась она в кабинете старого чекиста Дмитрия Петровича Осовского, заместителя директора по режиму. Срочно вызванный с семинара Виктор обнаружил в комнате самого хозяина кабинета, секретаря парткома Лютикова, секретаря комитета комсомола Леню Донских, начальника отдела кадров Бульденко и Платона.

— Мы тут уже обменялись мнениями, — брезгливо сказал Дмитрий Петрович, не предлагая Виктору сесть и не глядя в его сторону. — Воспитанием вашим, товарищ Сысоев, я заниматься не буду, это дело коллектива и общественных организаций. Но свою позицию выскажу, а товарищи пусть решают, принять ее во внимание или как. У меня постоянно возникают замечания по содержанию стенгазеты — то полуприличные частушки напечатают, то пляжные снимочки из колхоза, но дело это не мое, и вмешиваться я не считал нужным. А теперь дошли просто до политического хулиганства. Ваше счастье, товарищ Сысоев, что имеете дело с порядочными людьми, которые это дело раздувать не намерены. И скажите спасибо, что я вашу мазню первым увидел и самолично снял. А вот выводы придется сделать. Вы ведь коллективом руководите, и в производственном, так сказать, плане, и в общественном. — Осовский на минуту замолчал. Взглянул на злополучную фотографию. — Считаю недопустимым. Буду ставить вопрос на дирекции. По общественной линии — вот тут комсомол сидит, это их дело, а в административном, так сказать, плане надо будет решать. И еще. Кто у нас вообще занимается приемом молодежи?

— Мы только оформляем, — мгновенно отреагировал Бульденко. Подумал и добавил: — Согласно штатного расписания.

— А где в штатном расписании указано, что надо взять именно эту оторву? — ядовито поинтересовался Осовский, ткнув пальцем в изображение Вики. — Она что, незаменимый научный кадр? Или ее по длине юбки выбирали? Вернее, по отсутствию длины?

— По заявке лаборатории, — мгновенно ответил Бульденко. — И направление к нам было. Заявку писал Борис Наумыч, а направление — из института стали.

— Ну не знаю. — Осовский скривил тонкие губы. — Если отдел кадров только бумажки подписывает, то я вообще ничего не понимаю. Забывать стали, товарищ Бульденко, как должен работать отдел кадров. Посылаем запросы в институты на специалистов, а получаем… — он на секунду задумался, — а получаем, товарищ Бульденко, вот такой результат. Все-таки научный институт, с мировым именем, а не кабаре какое-нибудь. Вы, Семен Никанорович, подумайте о стиле работы. Подумайте. Давно она у нас работает?

— С марта, — сообщил Семен Никанорович. — Так что еще молодой специалист.

По закону молодых специалистов в то время нельзя было трогать в течение двух лет.

— Ну ладно, — сказал Дмитрий Петрович и что-то отметил в настольном календаре. — Я поговорю с Борисом Наумовичем. Он тут подал бумагу в дирекцию о дополнительном выделении для лаборатории двух штатных единиц. Надо будет рассмотреть вопрос в комплексе. А как у нас дела в подмосковном филиале?

Подмосковный филиал Института находился в тридцати километрах от Москвы и служил местом ссылки для всех тех, от кого не удавалось избавиться иным способом. Было совершенно ясно, что Борис Наумович Хейфиц, только в этом году наконец-то получивший высочайшее разрешение набирать людей в лабораторию, сдаст Вику в филиал, не моргнув глазом. Тем более если у него будет надежда на сохранение за своей лабораторией ее ставки.

— В филиале, — доложил Бульденко, — текучесть кадров. Но мы принимаем меры.

— Вот и принимайте. Вы, Николай Николаевич, — Осовский повернулся к Лютикову, — задержитесь. Остальные — свободны. Идите и работайте.

Когда все вышли в коридор, Бульденко, не попрощавшись, двинулся вниз по лестнице. Леня Донских на мгновение замялся, а потом пошел за ним. Виктор и Платон остались вдвоем.

— Это плохо, Витя, — констатировал Платон. — Что будем делать?

У Виктора сильно заложило уши и закружилась голова. Беда пришла, откуда не ждали. Он отчетливо представлял себе, о чем сейчас Осовский говорит с Лютиковым. В понедельник вечером ВП вернется из Душанбе. Значит, во вторник Осовский потащит к нему газету. К четвергу — директорскому дню — уже будут готовы решения парткома и комитета комсомола. Надо думать, уже в четверг вечером появится приказ о снятии его, Сысоева, с должности руководителя группы. Наверняка начнутся проблемы с книгой. Но самое пакостное — все будут жалеть. Будут подходить, хлопать по плечу, сочувствовать, спрашивать, что произошло. Вот чего Виктор не переносил совершенно, так это жалости к себе. Если уж так сложится, он с легкостью плюнет и на положение в Институте, и на сделанную своими руками, безусловно перспективную тему, и на зарплату. Цену себе Сысоев знал и был уверен, что в любую минуту способен начать с нуля и наверстать упущенное. Но он не мог представить себе, что станет объектом сочувствия для людей, многих из которых он не уважал, а к иным относился просто с презрением.

— Пойду к Бульденке, напишу заявление, — подвел Виктор итог своим ощущениям.

— Ты рехнулся, — категорически заявил Платон. — Просто рехнулся. Ты пойми. Во-первых, подставлен Ленька. Потом подставлен я. Осовский так просто дело не оставит. Это надо ломать раз и навсегда.

— А может, придумать что-нибудь?

— Что?

— Можно сказать, что газету повесили, чтобы я на нее посмотрел, а пока я шел, Осовский ее уже утащил?

— Детский лепет. Повесили, утащил... Сам факт этой фотографии — уже криминал. И сейчас одно из двух. Либо мы эту историю выигрываем вчистую, либо весь Институт узнает, что нам дали по носу... Да... О чем я?.. Ага! Девку эту выгонят. Кстати, откуда она взялась?

— У Хейфица работает.

— Хорошая баба?

— Нормальная.

— Кто с ней спит?

— Никто.

— Ладно, ты просто не в курсе. С такими ногами — и никто не спит. — Платон задумался. — Давай так. Я это поломаю. У тебя все будет нормально, и девочка останется. Но ты мне твердо обещаешь две вещи. Первое — когда у тебя появится свободная штатная единица, возьмешь на нее кого я скажу. А про вторую вещь сейчас говорить не будем. Просто я приду с просьбой, и ты это сделаешь. Договорились?

— Единственное на сегодня свободное место — это мое, — напомнил ему Виктор.

— Все, забудь. Напиши на всякий случай заявление об уходе, но держи у себя. И иди домой. В понедельник я позвоню тебе и скажу, что делать.

К середине следующей недели Платон совершил чудо. Правда, материализация чуда произошла только через месяц, но в четверг на дирекции гражданской казни Виктора не состоялось, а еще через неделю — в очередной четверг — обсуждался и был положительно решен вопрос о расширении его группы с последующим преобразованием в лабораторию. Более того, группа Виктора вроде бы приобретала какой-то специфический статус — работы должны были финансироваться чуть ли не напрямую из Академии. А Осовский перестал здороваться не только с Виктором, но и с Платоном. Однако, встречаясь с Платоном в коридорах Института, поглядывал на него с опаской и как бы даже с уважением.

На самом деле Платон ничего не планировал и даже не ожидал, что результаты будут столь блестящими. Он всего лишь позвонил в Киев приятелю из института вычислительной техники, который пользовался доверием своего директора и был к нему вхож. Директор в это время находился в Москве и решал какие-то вопросы в Президиуме Академии. Платон сказал приятелю, что если его директору интересно узнать, как обстоят дела по части перспективных разработок в Институте, то он, Платон, может организовать встречу директора с ВП. Нимало не сомневаясь в успехе, он сообщил секретарше ВП о пребывании в Москве его киевского коллеги и о том, что последний хотел бы увидеться.

В то время киевский институт считался головным в Союзе по части разработки больших вычислительных машин. Соответствующие департаменты Академии и Комитета по науке и технике обращали на его работу особое внимание, а это прежде всего определяло объемы финансирования. Другие же институты, включая и Институт ВП, довольствовались крохами и, соответственно, занимались данной проблематикой в факультативном режиме. В свою очередь, киевляне, прекрасно понимая, какие силы сосредоточены в Москве, и прежде всего у ВП, очень ревностно относились ко всему, что происходило в московских кругах. Поэтому встреча двух директоров, безусловно, имела смысл. Конечно, они могли сто раз поговорить и без участия Платона, но платоновская активность послужила катализатором химического процесса синтеза.

Уже через час после приезда киевского директора в Институт ВП вызвал к себе Виктора. Можно было не сомневаться, что Осовский успел довести до ВП свою «точку зрения», но ситуация складывалась таким образом, что без Виктора — ну просто никак.

— Вот, Анатолий Сергеевич, — сказал ВП киевскому директору, — товарищ Сысоев у нас ведет эту тему, получил весьма любопытные результаты, сейчас монографию, кажется, заканчивает. Так что рекомендую.

Киевский директор пожал Виктору руку, поинтересовался, в каких изданиях публикуются его работы, спросил, когда у него в лаборатории (лаборатории!) бывают семинары, и, услышав от проинструктированного Платоном Виктора, что как раз сегодня, изъявил демократичное пожелание этот семинар посетить.

К четырем часам вечера весь сысоевский скарб, включая классную доску, был перенесен из десятиметрового чулана, в котором ютилась его группа, в просторную тридцатиметровую комнату, составлявшую часть неприкосновенного запаса ВП.

Помимо киевского гостя, на семинар пришел сам ВП, пять членов ученого совета, заинтересовавшиеся непонятной суетой, и, наконец, человек пятнадцать из молодежи, которые не могли упустить возможность посмотреть на ВП вблизи.

Последним прибежал Платон. Он скромно сел сзади, достал блокнот и авторучку.

Виктор любил и умел выступать, и свое сообщение сделал с блеском.

Киевлянина удалось серьезно зацепить. Когда доклад закончился, он задал Виктору серию вопросов, построенных по одной и той же схеме: «Правильно ли я понял, коллега, что вот эту проблему удалось решить?» На вопросы Виктор отвечал по-солдатски четко — да, нет, частично. Директор наклонился к ВП и стал что-то шептать ему на ухо. Виктор молча стоял у доски, аудитория тоже молчала.

Киевлянин закончил шептать, ВП немного подумал, после чего сказал:

— Спасибо, Виктор Павлович, сообщение ваше интересное, и результаты весомые. Надо будет послушать вас на большом совете. Товарищи, всем спасибо. Семинар закончен. — И, взяв киевлянина под руку, увел его из аудитории.

А дальше все покатилось само собой. Около восьми вечера ВП и киевский директор вышли из лабораторного корпуса, подошли к машине гостя, о чем-то переговорили, после чего киевлянин сел в машину, а ВП вернулся обратно. Через пятнадцать минут на столе у Виктора зазвонил местный телефон.

— Что у вас там за история со стенгазетой? — спросил ВП, когда Виктор вошел к нему в кабинет и воспользовался разрешением сесть.

— Честно говоря, Владимир Пименович, — начал Виктор со всей возможной искренностью и серьезностью общественного деятеля, — мы с ребятами, конечно, зарвались. Хорошо, что Дмитрий Петрович вовремя отреагировал, а то могли бы здорово подставить Институт. Тут ведь самое главное, когда все понимают, что мы делаем одно дело. Конечно, ребята молодые, у них такого чувства ответственности еще нет, но мы с Дмитрием Петровичем…

Виктор плохо понимал, что он несет, но точно следовал указанию Платона — через слово должен упоминаться Дмитрий Петрович Осовский в чрезвычайно почтительном смысле.

ВП достаточно повидал в своей жизни, чтобы придать значение произносимым Виктором словам. Он даже не слушал, что тот говорит. Для него вопрос был ясен.

Киевский коллега, похоже, всерьез заинтересовался этим мальчишкой. И сделал серьезные предложения. Так что надо просто дождаться окончания покаянной речи, а затем объявить о решении. Конечно, Осовский будет возражать. Но с этим будем разбираться потом. Так что там?

— Но свою ответственность, — закруглялся Виктор, — я, конечно, осознаю полностью. Я, Владимир Пименович, должен был все это контролировать. А так — чуть не подвел вас, Владимир Пименович, и Дмитрия Петровича тоже. Конечно, я не собираюсь уходить от ответственности, Владимир Пименович. Я, Владимир Пименович, написал заявление по собственному желанию. Потому что Дмитрий Петрович выразил мне недоверие. И правильно поступил. Вот. — И Сысоев протянул ВП заявление.

ВП немного помолчал.

— Это преждевременно, — сказал он наконец. — Впредь попрошу заниматься клоунадами за пределами Института. Заявление, впрочем, оставьте, я посмотрю. А сейчас давайте вот что обсудим. Анатолию Сергеевичу ваш доклад понравился. Он как-то в ключе их тематики в Киеве. Мы с ним завтра хотим попасть на прием к вице-президенту, обсудить вместе перспективы сотрудничества. Может быть, сделаем совместную лабораторию.

— В Киеве? — осторожно спросил Виктор, поглядывая на свое заявление.

ВП посмотрел на него и ничего не ответил. Помолчал. Потом сказал:

— Вы ведь у меня на приеме впервые? Прошу впредь усвоить — перебивать меня не следует, вы здесь не на семинаре. И приходить надо с бумагой и карандашом. Я второй раз никому ничего не повторяю, а на память рассчитывать не советую. Вот, возьмите чистый лист, ручку и пишите. Завтра оформляйтесь на пару дней в командировку в Киев. Предварительно позвоните, — он заглянул в блокнот, — Рядовичу вот по этому телефону. С ним обсудите содержательные вопросы. Когда вернетесь, составите подробный — подчеркиваю — подробный план работы на ближайшие полгода. Согласуете с Рядовичем, покажете нашему ученому секретарю и дадите мне на утверждение. Дайте предложения по ставкам, оборудованию — рассмотрим. Есть вопросы? Нет? Ну тогда до свидания.

Когда Виктор уже подходил к двери, ВП остановил его:

— Виктор Павлович, у вас домашний телефон есть? Продиктуйте, пожалуйста. А как зовут жену? Ну хорошо, все.

Так закончилась эта история. Через месяц Виктор был назначен исполняющим обязанности заведующего лабораторией, разместившейся в комнате, где проходил тот самый семинар, и получил в свое распоряжение две свободные инженерные ставки. Пришло время платить по счетам.

— Витя, — сказал Платон, — напиши ВП заявку вот на этого человечка.

Он протянул Виктору листок бумаги. На листке были написаны анкетные данные Вики, которая уже месяц трудилась в подмосковном филиале.

— Тоша, — развел руками Виктор, — ее же туда лично Осовский загнал. Ты понимаешь, что это невозможно?

И тут Платон — вероятно, впервые — произнес фразу, которую впоследствии, спустя годы, довелось слышать многим.

— Витя, — сказал Платон, — давай раз и навсегда условимся: слово «нет» ты мне никогда не говоришь. Я ей обещал, что она будет в Институте.

Окончательный расчет состоялся, когда Вика уже была оформлена инженером в лабораторию Виктора.

— Витюша, — проникновенно заговорил Платон, — когда был твой семинар, ну помнишь, тот самый, с киевским гостем, я очень внимательно слушал, кое-что записал, и, знаешь, у меня родилась одна мысль. Я занимаюсь сейчас одной штукой, связанной с оптимальной организацией вычислений при большом потоке задач. Там есть своя арифметика, но с ней все в порядке. Мы это делали с Сережкой Терьяном — помнишь, мы были вместе в Звенигороде? На нашей сегодняшней технике это не реализовать. По понятным причинам. На западной наверняка можно, но мне это неинтересно. А интересно вот что — чтобы эта моя задачка была встроена в машины завтрашнего дня, как раз в те, которыми ты занимаешься. Если у тебя будет хоть одно, пусть самое маленькое, возражение по существу, считай, что разговора не было. Предлагаю вот что. Собираем рабочий семинар, без начальников, только из своих ребят. Мы с Серегой рассказываем задачу. Если она годится для твоих дел, мы доводим ее до финальной стадии, а ты обеспечиваешь мне бумагу от Рядовича, что наша работа принята в качестве одной из компонент твоей машины будущего. По рукам?

Так Платон получил акт внедрения для своей кандидатской диссертации, до защиты которой оставалось четыре месяца.

Как жить будем…

…В восьмидесятом году Сысоев вернулся из Прибалтики загорелым, похудевшим и полным творческих планов. Правда, загар он приобрел в Крыму, куда ездил с Анютой и Верочкой. Отдых в Алуште не сложился, потому что Верочка заболела и им пришлось срочно возвращаться в столицу. Но зато позвонили старые друзья из Шяуляя и пригласили приехать недели на две — погулять по лесам, пополоскаться в озерах и вообще отдохнуть. Виктор быстро посоветовался с Анютой, сделал вид, что слышит все ее возражения, принял решение и тут же отзвонил в Шяуляй — встречайте.

Попасть в Шяуляй можно было либо самолетом, либо поездом. Поезд приходил в два ночи, а до хутора, где жил Павел, — час езды. Павел был человеком трудящимся, вставать ему приходилось рано, и не хотелось заставлять его встречать поезд без особой необходимости. Самолет был предпочтительнее, но и здесь возникала проблема: между Москвой и Шяуляем прямые рейсы отсутствовали.

Можно было купить билет от Москвы до Риги, а потом, уже в Риге, купить билет до Шяуляя. Однако получить в Москве какие-либо гарантии, что это удастся сделать, не представлялось возможным. И, конечно, Анюта никак не хотела лететь с четырехлетней дочкой без точного понимания — где они будут завтракать, обедать, переодеваться и ночевать.

Виктор пошел к начальнику аэровокзала, и, на удивление, тот принял его как родного.

— Вы, наверное, не знаете, — сказал начальник, убирая в ящик стола принесенный Виктором коньяк, — но мы к Олимпиаде, то есть не мы, конечно, а Аэрофлот, разработали и внедрили новый вид услуг. Это раньше нельзя было купить в Москве билет от Риги до Шяуляя. А теперь — можно. Вам надо только обратиться в седьмую кассу, и никаких проблем.

Зачарованный воркованием начальника, Виктор пошел в седьмую кассу, где действительно без всякой очереди купил билеты от Москвы до Риги и на тот же день билеты от Риги до Шяуляя. Девушка в окошке, любезно улыбаясь, взяла деньги, выдала билеты и объяснила, что в Ригу они прилетят в 14:15, а самолет до Шяуляя отправляется в 18:45. И они никуда не должны спешить, потому что багаж перегрузят без их участия. Московская регистрация действительна.

Единственное неудобство заключается в том, что разница между рейсами — более четырех часов, зато они будут в Шяуляе в восемь вечера, что намного лучше, чем при поездке по железной дороге. А как провести четыре часа в Риге, вы не хуже меня знаете, правда?

Виктор знал. В Риге ему приходилось бывать неоднократно, но без Анюты, и он очень хотел показать ей город. Кроме того, в эти четыре часа можно было уместить обед в ресторане «Вей, ветерок». С улицы туда не очень-то пускали, но Виктор был знаком с директором. И он точно представлял себе меню — малосольная форель с тонкими колечками репчатого лука и не виданными в Москве маслинами, роскошный мясной бульон, который нельзя ни солить, ни перчить, чтобы не обидеть шеф-повара, бараньи котлетки, творожный пирог. И по рюмке коньяка. А Верочке подадут тот же бульон, но в маленькой чашке, вместо творожного пирога — оладьи с медом и еще апельсиновый сок. В Москве так не кормят нигде. Потом можно будет взять такси — вызовет официант, там это делается быстро, — вернуться в аэропорт и улететь в Шяуляй.

Анюта сдалась.

Получив ее согласие, Виктор позвонил Павлу и сказал, что встречать их надо в восемь вечера в аэропорту, пусть готовит баню. А Анюта стала собирать разобранные было чемоданы.

В субботу, в день вылета, Виктор, Анюта и Верочка выгрузились у здания Московского аэровокзала. Виктор побежал выяснять, откуда в положенное время отходит автобус в Шереметьево-1. Все окошки в аэровокзале были закрыты, единственный попавшийся под руку милиционер был совершенно не в курсе дела.

Начальника, в связи с выходным днем, на месте не оказалось, так же как и его замов. Из всех касс по продаже авиабилетов была открыта только одна, и сидевшая в ней откровенно скучавшая женщина сказала:

— Вы что, гражданин, газет не читаете? Сегодня же олимпийский огонь по трассе несут. Какие автобусы? Все движение перекрыто.

Виктор понял, что влип. Против олимпийского огня, особенно с учетом международной обстановки, обострившейся вследствие братской помощи Афганистану, возражать было совершенно немыслимо. Выглянув в окно, Виктор увидел, что на Ленинградском проспекте, уже совсем рядом с аэровокзалом, начинают выстраиваться милицейские кордоны. Да и само здание аэровокзала было симптоматично пустым. Однако вернуться к Анюте и объяснить, что поездка в Шяуляй откладывается, Виктор, конечно, не мог. Тем более что видимая невозможность перенестись отсюда в Шереметьево вовсе не означала, будто самолеты прекратили летать.

Отвернувшись от кассы, Виктор потер подбородок, думая, как лучше поступить, и встретился глазами с малозаметным человеком в белой сетчатой футболке.

— Куда надо? — спросил человек.

— В Шереметьево-1, — ответил Виктор.

— За полтинник довезу.

— Ты с ума сошел? — искренне возмутился Виктор. — Туда хоть днем, хоть ночью никогда больше десятки не было.

— Тогда пойди и найди, кто тебя за десятку повезет, — посоветовал человек. — Ты понял, что трасса перекрыта? Я — довезу. Но это денег стоит. Хочешь, ищи другого.

Виктор попробовал поторговаться, но уперся в железную стену непонимания и в конце концов согласился. Человек загрузил в потертые «жигули» чемоданы, вежливо спросил у Анюты, не мешает ли ей музыка по радио, и рванул куда-то перпендикулярно Ленинградскому проспекту.

Судя по всему, чрезвычайные меры, предпринятые руководством в связи с доставкой в столицу олимпийского огня, не застали московских леваков врасплох.

Проселочная дорога, по которой со скоростью под девяносто летели «жигули» с Виктором и его семьей, интенсивностью движения напоминала Садовое кольцо в вечерний час пик. Когда машина свернула в лес, Виктор хотел было поинтересоваться, не сбились ли они случайно с пути, но, успокоенный стабильным потоком машин в обе стороны, промолчал. Наконец гонка кончилась.

— Все, командир, — сказал человек, принимая от Виктора две четвертные. — Бери свой багаж и топай вон туда, вдоль забора. Метров двести — и ты у аэропорта. Извини, довезти не могу. Там посты. Ловят нашего брата.

Анюта взяла Верочку на руки, Виктор подхватил чемоданы, и они влились в ручеек пассажиров, текущий вдоль бетонного забора. В аэропорту оказалось, что рейс задерживается. Пока что на час. Виктор прикинул, что на «Вей, ветерок» времени все равно хватит, пристроил Анюту и Верочку посидеть и потащил чемоданы к стойке регистрации.

— К Олимпиаде Аэрофлот разработал и внедрил комплекс дополнительных услуг, — сообщила приветливая девушка за стойкой, когда Виктор спросил, как будет происходить передача багажа в Риге с одного самолета на другой. — Вам ни о чем не придется тревожиться. Вот видите, я приклеиваю на ваши чемоданы дополнительные транзитные бирки — здесь указан номер вашего рейса на Шяуляй. Пока будете гулять по Риге, ваш багаж выгрузят и погрузят без вашего участия. Так что ни о чем не беспокойтесь. Только не опоздайте на посадку.

Когда Виктор выразил беспокойство в связи с задержкой рейса, девушка его успокоила:

— Через двадцать минут объявят посадку. Просто из-за олимпийского огня движение перекрыли, и наши службы не успели подтянуться.

Верочка, замученная непривычной суетой и к тому же не совсем оправившаяся после болезни, уснула еще до того, как самолет вырулил на взлетную полосу.

Улыбающаяся стюардесса, говорящая с чуть заметным прибалтийским акцентом, понесла по салону поднос, на котором стояли стаканчики с минералкой, пепси-колой и еще каким-то желтым пузырящимся напитком.

— Это что? — спросил Виктор, недоверчиво глядя на стаканчик с желтым.

— «Фанта», — любезно ответила стюардесса. — Новый напиток, мы стали предлагать его нашим пассажирам в олимпийском году. Попробуйте, пожалуйста.

Виктор взял два стаканчика с «Фантой», попробовал и, когда стюардесса пошла обратно, спросил у нее:

— Скажите, девушка, сколько ехать от аэропорта до Риги?

— От того, в котором мы сядем, — с готовностью объяснила стюардесса, — примерно полчаса на машине до самого центра.

— А сколько в Риге аэропортов? — на всякий случай поинтересовался Виктор, допивая «Фанту».

— Два, — ответила стюардесса.

— Погодите, погодите, — вдруг забеспокоился Виктор, — а мне еще надо лететь от Риги до Шяуляя. Это тот же самый аэропорт, где мы садимся?

— Нет, — сказала стюардесса, — до Шяуляя — из другого аэропорта. Он на противоположном конце города, и туда из центра можно добраться за сорок минут.

— Подождите, — окончательно расстроился Виктор, сообразив, что разработанный Аэрофлотом новый вид услуг отъел от запланированного обеда еще час, — у меня вот какая ситуация...

Он рассказал стюардессе про наклеенные на его чемоданы бирки, все еще надеясь, что какой-нибудь добрый ангел из наземных служб извлечет эти чемоданы из общей кучи багажа, погрузит их на скоростное транспортное средство и отправит во второй аэропорт, где их поднимут на борт самолета, вылетающего в Шяуляй. Причем все это должно произойти без участия Виктора, потому что если надо получать багаж самому, то не только обед накроется медным тазом, но и на самолет вполне можно будет не успеть.

Стюардесса, однако же, его разочаровала.

— Может быть, где-нибудь так и бывает, но у нас в Риге подобных услуг не оказывают, — сказала она, изящно пожимая плечами. — Впрочем, я не уверена. В любом случае я бы вам посоветовала, — стюардесса осторожно оглянулась, — получить багаж самому. Всякое бывает, знаете ли. Вы ведь в отпуск едете? Лучше самому.

Виктор покосился на жену. Анюта смотрела в иллюминатор, но было понятно, что разговор она слышит. И ей все это не очень нравится. Ясно — как только стюардесса удалится на приличное расстояние, Анюта скажет Виктору все, что она думает о его организаторских способностях.

— Скажите, — тихо спросил Виктор, начиная заводиться, — если мне в Москве говорят одно, а здесь все оказывается по-другому, я, по-видимому, имею право высказать, что я думаю по этому поводу? С той минуты, как мы сели в самолет, за все отвечает экипаж. Пригласите кого-нибудь.

Стюардесса явно не ожидала, что в голосе этого приветливого, интеллигентного молодого мужчины могут звучать такие металлические нотки. Она почему-то обиделась, но постаралась этого не показать.

— Минуточку, — сказала она, — сейчас приглашу... — и, не закончив фразу, быстро пошла в сторону кабины. Минут через десять вернулась. — К Олимпийским играм, — сказала стюардесса, ослепительно улыбаясь, — Аэрофлот разработал и внедрил совершенно новый вид услуг. Вы можете заказать такси прямо с борта самолета. В результате вы, не потеряв ни минуты, сможете быстро и комфортно прибыть в пункт назначения. То есть туда, куда вам надо.

— А что для этого нужно? — спросил Виктор, жалея, что рядом нет Марка Цейтлина. Уж он показал бы им всем олимпийскую козью морду.

— Вам следует заполнить анкету-заявку, — стюардесса протянула Виктору огромную желтую «простыню». — Услуга платная, стоит три рубля.

Анкета-заявка, как выяснилось при внимательном изучении, состояла из трех совершенно одинаковых частей. Каждая из них содержала стандартный набор вопросов: фамилия, имя, отчество, адрес, серия и номер паспорта, почему-то национальность, цель приезда в Ригу и многое другое. От обычной анкеты отдела кадров эту бумагу отличало отсутствие вопроса о родственниках, находившихся в плену или на оккупированной территории. Виктор закончил трудиться над заполнением бумаги минут за двадцать до посадки и, вызвав стюардессу, спросил, что делать дальше.

Стюардесса аккуратно оторвала одну треть, убрала ее в сумочку, а оставшиеся две трети вернула Виктору.

— В аэропорту после посадки вы подойдете к кассе разных сборов, — объяснила она. — Там поставят печати на обе копии, одну оставят у себя, а вторую дадут вам. В ней будет указан номер машины. Когда получите багаж, пройдете на стоянку такси, сядете в вашу машину и поедете. Желаю вам всего наилучшего.

— Ты в это веришь? — спросила Анюта, поправляя косынку на головке продолжающей спать Верочки.

— А что мне еще остается? — пожал плечами Виктор. — Вроде здесь сбоя быть не должно. Все равно мы ничего толком сделать не можем. Вернемся в Москву — я этого так не оставлю. А сейчас будем надеяться на лучшее.

Багаж удалось получить за какие-нибудь полтора часа. Виктор оставил Анюту и Верочку охранять чемоданы, а сам побежал искать кассу разных сборов. С самой минуты посадки его не покидала мысль, что касса будет закрыта и вся затея с заказом такси прямо из самолета окажется очередным олимпийским мыльным пузырем.

Поэтому когда он увидел открытое окошко, то приятно удивился.

— Мне сказали, вы должны поставить печать и сказать номер машины, — сказал Виктор, протягивая в окошко желтую анкету-заявку.

Сидевший за окошком мужчина неторопливо шлепнул штампом по обеим половинкам анкеты, оторвал одну из них, убрал в сейф и нажал на кнопку селектора.

— Эдик, — сказал он в микрофон, — дай номер.

Из динамика вырвался пронзительный свист, который сменился хрипом и неразборчивым шипением. По-видимому, эти звуки несли какую-то информацию, потому что мужчина послушал, кивнул и протянул Виктору его часть анкеты-заявки.

— Выйдете на стоянку и сядете в первую же машину, — сказал он. — Номер писать не буду, покажете квиток диспетчеру и — счастливого пути.

Когда Виктор с семьей и чемоданами оказался на стоянке, ни одной машины там не было. Был только с трудом держащийся на ногах диспетчер и еще человек двадцать пассажиров. У каждого в руках была знакомая желтая бумажка.

— Так, — сказала тихая Анюта, у которой явно лопалось терпение. — С меня хватит. Ты не забыл, что мы с ребенком? Сделай что-нибудь.

Виктор совершил единственно верный поступок — он поймал частника и сторговался с ним за десятку. Проснувшаяся Верочка, которая с утра ничего не ела, стала подхныкивать. Виктор взял девочку на руки. До аэропорта доехали за сорок минут — к шести вечера. Водитель, посматривавший на Виктора с явным сочувствием, помог внести чемоданы в здание аэропорта, взял десятку, вежливо попрощался и исчез. Виктор подошел к справочному бюро.

— Скажите, когда посадка на рейс шестьдесят семь двенадцать до Шяуляя? — спросил он, мечтая от всей души как можно скорее оказаться на месте, чтобы весь этот кошмар с олимпийской символикой наконец закончился.

— Нет такого рейса, — ответила ему девушка из окошка.

Виктора прошиб холодный пот.

— Как нет? У меня билеты на сегодня, на восемнадцать сорок пять. И я уже зарегистрировался. Вы что, издеваетесь?

— Покажите билеты, — потребовала девушка, явно не доверяя Виктору.

Виктор протянул ей билеты. Чем внимательнее девушка их изучала, тем отчетливее проступало возмущение на ее лице.

— Пойдемте со мной, — наконец сказала она и, выйдя из справочной, решительно зашагала в сторону служебных помещений.

Оказавшись в комнате дежурного диспетчера, Виктор узнал много интересного.

В частности, что все в Москве посходили с ума. Действительно, когда-то были два рейса на Шяуляй — номер 6712 по вторникам, четвергам, субботам и воскресеньям и номер 6714 по понедельникам, средам и пятницам. Но рейсы улетали незагруженными и, по согласованию с руководством, рейс 6712 отменили. Примерно год назад, а может, и раньше. И в Москве про это прекрасно знают. Когда из столицы прислали первого пассажира с билетом на несуществующий рейс, рижане сразу сигнализировали в Москву — был большой скандал. Виктор с его билетами — это уже второй случай. Диспетчер ему очень сочувствует, но сделать ничего не может.

Разве что переделать билеты на понедельник, и то — вряд ли, потому что после отмены злополучного 6712-го оставшийся рейс улетает набитый пассажирами под завязку и на понедельник мест нет. Брони тоже нет. И деньги вернуть не могут, потому что билет зарегистрирован, а рейса в расписании нет, следовательно, возвращать деньги могут только в Москве. Вот на среду можно что-нибудь придумать. Правда, есть проблема с ночлегом.

— Сезон, — диспетчер развел руками. — Все гостиницы битком. И в Риге, и на взморье. Наша гостиница — тоже полная. Транзитники в коридорах спят. Может быть, в комнату матери и ребенка? Только вас, товарищ, туда не пустят.

Перспектива поселить Анюту с Верочкой на несколько дней в комнату матери и ребенка, а самому остаться на улице Виктора никак не привлекала, о чем он честно сказал дежурному диспетчеру.

— А вы поездом не хотите попробовать? — осторожно поинтересовался диспетчер. — Три часа — и вы на месте.

Виктор сказал, что, соблазнившись олимпийским набором услуг Аэрофлота, он как раз и хотел уйти от идеи поезда, но, видно, не судьба.

— Вообще-то мы этого не делаем, — вдруг сказал диспетчер, — но тут уж трудно не войти в положение. — И он решительно снял телефонную трубку.

Из трубки ответили, что с поездом на Шяуляй все в порядке, в расписании он стоит и билеты есть.

— Поезжайте, молодой человек, на вокзал, — сердечно посоветовал диспетчер. — Там, в Москве, потом разберетесь. А сейчас не портите себе нервы. Счастливого пути.

Замученный пожеланиями счастливого пути, которых он выслушал за этот день не меньше десятка, Виктор попросил разрешения позвонить в Шяуляй и разрешение получил. Павел как раз вернулся домой и собирался ужинать, прежде чем ехать встречать Виктора. Сообщение об изменении планов его ничуть не смутило.

— Нормально, Витя. Завтра же все равно воскресенье, так что я в два буду на вокзале, и все путем. Баня топится, ничего не потеряно. Как там Анька?

Анька восприняла новости с виду спокойно. Только потребовала сначала покормить ребенка, а уж потом выбираться из аэропорта. Перекусили в буфете.

Верочка успокоилась, грызла купленное Виктором яблоко и крепко сжимала в левой ручке уже начавшую таять шоколадку. Виктор поймал такси. Загрузились, поехали на вокзал. По прибытии Виктор побежал в кассу.

— Нет билетов, — сообщила ему кассирша, слушая по транзистору репортаж об открытии Олимпиады.

— Как нет?! — рассвирепел Виктор, чувствуя — еще несколько минут, и он начнет разносить все в труху. — Из аэропорта звонили вашему начальнику, он сказал, что билеты есть.

— Ну так и идите к начальнику, — резонно ответила кассирша. — А у меня ничего нет. Если он лучше знает, то пусть и делает места из чего хочет.

В кабинет дежурного по вокзалу Виктор вошел, как нож в масло. Если бы сейчас в пределах досягаемости оказались все причастные к этой истории — начальник аэровокзала в Москве, девушка из кассы номер семь, председатель олимпийского комитета, стюардесса из самолета, мужик из кассы разных сборов и даже любезный дежурный диспетчер, — то произошло бы какое-нибудь кровавое преступление. Однако никого из этих лиц рядом не оказалось, зато дежурный по вокзалу произвел на Виктора исключительно благоприятное впечатление. Виктор рассказал ему всю историю, начиная с олимпийского огня и необычных услуг Аэрофлота и заканчивая заказом такси с борта самолета. Отхохотавшись и вытерев слезы, дежурный сказал:

— Да, Аэрофлот, одним словом. Это их штучки. Слава богу, что нас это не касается — у нас все-таки руководство соображает. Значит, так, идите в четвертую кассу, там Мария Сергеевна работает, скажете, что я распорядился продать два взрослых до Шяуляя.

Мария Сергеевна также оказалась приветливой женщиной. Взяв у Виктора деньги, она тут же выдала ему билеты в одиннадцатый вагон шяуляйского поезда и на его «спасибо» в очередной раз пожелала счастливого пути. Это пожелание Виктор воспринял как окончательный знак завершения их одиссеи. Прежде чем отправиться на посадку, он даже позволил себе выпить сто граммов водки в станционном буфете.

— Зря я расслабился, — говорил он, сидя на кухне у Платона. — Вышли на перрон и пошли не спеша к тому месту, где должен быть одиннадцатый вагон. Дошли — стоим. Подают поезд. Анюта посмотрела на него и говорит — что-то он больно короткий. Действительно, билеты проданы на четырнадцать вагонов, а состав подали из семи. Я — за чемоданы, Анюта схватила Верочку — и бегом. Кино про Гражданскую войну смотришь? Вот так же, штурмом, брали поезд. Я думал — живыми не доедем. В общем, прокатились в Шяуляй. Что скажешь?

С учетом того, что телефон у Платона звонил ежеминутно, рассказ Виктора занял больше часа. Но как раз на последнем — риторическом — вопросе Платон крикнул:

— Нелька, бери сама трубку, говори — меня нет, — и, повернувшись к Виктору, сказал: — Чего ты удивляешься? Все же развалено к черту! Еще лет десять покачаем нефть — и кранты. Жрать нечего, не смотри, что в Москве колбаса появилась. Это олимпийский допинг. Поезда уже не ходят — ты сам испытал. Как самолеты летают — тоже видел. Тут Ларри два дня на Завод улететь не мог — плюнул и уехал на машине. Бойкот Олимпиады — это ерунда, семечки. А вот если они, — Платон показал рукой куда-то за окно, — на ближайших выборах проголосуют за Рейгана, то за два года намотают нам кишки на голову. Ты представляешь, что у нас в оборонке творится? Пока тебя не было, какой-то полковник из «ящика» у нас кандидатскую защищал. В МИСИ такое даже на курсовые проекты стеснялись подавать. А здесь — на ура, внедрений до потолка, народнохозяйственный эффект — обалденный. Проголосовали в ноль. Я потом у Красавина справки навел. Оказывается, полковник от Викиного мужа, и за ним в очереди еще человек пять таких же талантливых.

— А что с Викой, уладилось как-то? — спросил Виктор.

— Потом расскажу, — Платон махнул рукой и продолжил: — У Нельки подруга живет в Сызрани. Зарплату платят исправно, два раза в месяц. А купить нечего. Она все лето грибы собирает — сушит, солит, маринует. По осени в деревне картошку берет мешками. Когда хочется чего-нибудь особенного — масла там, или мяса, или рыбы, — берет больничный на два дня и едет в Москву. День бегает по очередям, набирает центнер еды — и на поезд. Тут Сережка Терьян в Челябинск ездил с лекциями. В магазинах — хлеб, водка, аджика и болгарская фасоль. Все! Остальное по карточкам.

На человека полагается двести граммов масла в месяц — по семь граммов в день. У них там по домам гуляет приказ маршала Жукова от какого-то там мая сорок пятого года, что гражданскому населению капитулировавшего города Берлина полагается на душу по тридцать граммов масла в день. В четыре раза больше, заметь, чем нашим через сорок лет после войны. За что бы ни взялись, все проваливается. Вот, например, твой Аэрофлот. Построили шикарный аэропорт к Олимпиаде. Я там был, встречал делегацию. Он — пустой! Ноль десятых пассажира на сто квадратных метров. Наши не летают, потому что низзя. А ихние — потому что такого, как здесь, ни в какой Африке не найдешь: грязь, мат, пьяные рожи, и, если чего надо, ни за какую валюту не допросишься. Я, помню, еще студентом летал на юг: ужин приносят — курица, икра, еще что-то. А сейчас? Цены вдвое подняли, зато кормить перестали. А куда мы денемся? Надо будет — полетим как миленькие. И еще спасибо скажем, что вообще в самолет сажают, а не в кутузку. Нет, пока эти дуболомы наверху не сообразят, что под ними уже горит, так и будем загибаться. Я только не понимаю, куда все нефтедоллары идут. Ну не все же они в БАМ закопали? Вот скажи, Витюша, ты представляешь себе, сколько приносит Аэрофлот?

— А черт его знает, — честно признался Виктор.

— Я тебе скажу. — Платон выхватил из-за спины блокнот. — Тут даже считать ничего не надо. Берем, например, домодедовские рейсы. Я там как-то полдня просидел, ждал рейса на Завод, вот и посчитал от нечего делать. Так, число рейсов… загрузка… загрузку берем стопроцентную, у нас меньше не бывает… теперь средняя цена билета… умножаем, складываем — это выручка. Теперь считаем расходы. Это цена керосина. Зарплата — кладем по сто рублей на нос, на летчиков, стюардесс, грузчиков — на каждого. За тепло, электричество — вычитаем. Будем считать, что раз в год покупаем один самолет, парк же надо обновлять. А теперь смотри сюда.

— Ты, наверное, что-то не учел, — сказал Виктор, потрясенный увиденной суммой убытков.

— Не учел, — честно признался Платон. — На каждых пятерых работающих приходится один начальник. Половина билетов раздается просто так — бесплатно или со скидкой. Керосин разворовывают. Хочешь учесть? Да такого ни одна экономика не вынесет! Имей в виду, я все в рублях считаю, а у керосина, между прочим, и валютная цена есть. Так что не думай, что ты один за билеты в Ригу, или куда ты там летал, заплатил. За тебя, тунеядца, еще родное государство из своего кармана пару сотен рубликов выложило. Поэтому рейсы и снимают. Вот ты мне скажи — им что, Аэрофлота мало? На хрена их еще в Афганистан понесло?

— Ладно, — примирительно сказал Виктор, — раз понесло, значит, приспичило. Тебе что, хочется мир перевернуть? Все равно здесь никогда и ничего не будет, это очевидно. Будем тихо гнить. Мне, если честно, плевать на все это. У меня семья, я за нее и отвечаю. И должен для нее сделать все, что смогу. А революции делают те, кто больше ничего делать не умеет.

— Ну так через десять лет, Витюша, — тихо произнес Платон, разливая чай, — ты тоже по подмосковным лесам за грибками пойдешь. Только у нас с грибами похуже, чем на Волге. И ездить за маслом уже будет некуда.

— Через десять лет, — в тон ему ответил Виктор, — мы с тобой будем большими учеными, нас примут в членкоры, накинут за звание по двести пятьдесят рубликов и дадут академические пайки. Так что без масла не останемся.

— А я не хочу, чтобы мне давали, — заявил Платон. — Ты правильно говоришь — мол, все надо самим делать. Только ты считаешь, что надо все сделать, чтобы дали, а по-моему — надо все сделать, чтобы было. Улавливаешь разницу?

— Нет, — признался Виктор. — Здесь все будет, только если дадут. Ты на выезд, что ли, нацелился?

— Да какой выезд! — махнул рукой Платон. — Я тут в Италии посмотрел на наших — слезы одни. Конечно, через пару лет у них все устаканится, найдут работу, жильем обзаведутся. Так ведь эту пару лет прожить надо.

— Кстати, — снова вернулся к затронутой было теме Виктор. — Ты все-таки съездил? Ну расскажи про Вику...

Атака

К восьмидесятому году Платон и Вика разошлись окончательно. Произошло это само собой. Бурный роман, начавшийся еще до зачисления Вики в лабораторию Виктора, со временем покатился к естественному концу — без слез, сцен и иных осложнений. Во многом этому способствовало и Викино замужество, к которому

Платон отнесся довольно безразлично. Однако впоследствии стали происходить события, многих насторожившие. Суммарно их можно выразить так: Вика быстро пошла вверх.

Вскоре после окончательного разрыва с Платоном она вызвала Виктора из лаборатории в коридор и сказала:

— Витюша, я бы хотела с тобой серьезно поговорить. Мы уже давно работаем вместе, и я должна сказать, что перестала видеть перспективу. У меня есть хорошие наработки на диссертацию, но у тебя мне не продвинуться. Ты согласен?

Виктор был не то чтобы согласен или не согласен. Ему даже в голову не приходило, что у Вики могут появиться хоть какие-нибудь амбиции в плане научного, а тем более административного роста. С самого начала в лаборатории Сысоева повелось так, что любая работа обязательно рассматривалась как коллективная. И какая бы статья ни выходила из лаборатории, Вике всегда находилось в этой работе место — обычно ей поручали провести расчет по каким-нибудь уравнениям, сделать графики, привести в порядок библиографию. Раза два Вике удавалось придумать довольно экономные методы расчета — в общем, этим ее достижения и ограничивались. И то, что за Викой числилось полтора десятка написанных в соавторстве работ, было следствием сысоевских принципов работы с коллективом, а вовсе не результатом собственных творческих усилий.

— А про что ты хочешь написать диссертацию? — спросил, недоумевая, Виктор.

— Тема будет называться «Эффективные вычислительные методы в проектировании сложных комплексов», — спокойно ответила Вика. — У меня практически весь материал уже подобран. Кроме того, сейчас создается группа по этой проблематике, и мне предложено ее возглавить.

У Виктора появилось сильное желание расхохотаться, но, вспомнив про Викиного мужа, заместителя директора Института по режиму, он этого делать не стал. Пожелав Вике всевозможных успехов, Виктор дал согласие, а вечером рассказал о новой соискательнице Платону и Ларри. Платон огрызнулся:

— Да мне-то что? Ей хочется быть большой ученой и начальницей. А муж ее тащит. Ну и пусть тащит.

Ларри же поморщил лоб и больше никак на информацию не отреагировал.

Еще около месяца никаких событий не происходило. Вика эпизодически появлялась в лаборатории, с Виктором была подчеркнуто любезна, но установила дистанцию — попросить ее разобраться в компьютерной программе или сделать еще что-нибудь в этом роде было практически немыслимо. А потом вышел приказ о создании новой группы и назначении Виктории Сергеевны Корецкой ее руководителем. Группа разместилась не в лабораторном, а в административном корпусе и состояла из пяти человек, не считая начальницы: двух девочек, перетянутых Викой из других лабораторий, и трех мужчин со стороны. Мужчины эти выделялись на фоне расхлябанного научного сообщества строгими костюмами, дорогими галстуками и офицерской выправкой. Чем занималась группа, никому не было ведомо.

Через полтора года грянул гром. Вика вышла на предзащиту, и оказалось, что в ее диссертацию включены практически все сколько-нибудь существенные результаты сысоевской лаборатории за период, непосредственно предшествовавший уходу Вики в группу. Все было сделано довольно грамотно: к каждой идее, к каждой теореме Вика — или кто уж там ей помогал — пришпилила малосущественный бантик, который ничего не менял по существу, но позволял трактовать полученную декоративную конструкцию как некое обобщение. Такой пакости Виктор не ожидал.

Во-первых, получалось что все сделанное его коллективом принадлежит уже не лаборатории, а новоиспеченной группе, неизвестно откуда взявшейся и испопятно чем занимающейся. А во-вторых, трое из его ребят оставались без диссертаций, потому что если Викин фокус пройдет, то защищать им будет нечего.

Не успев ни с кем посоветоваться, Виктор прямо на семинаре пошел в атаку.

Вика, глядя на него ненавидящими глазами, пыталась отбиваться, но без особых успехов. Несмотря на заранее запрограммированное решение о высоком научном уровне диссертации и целесообразности ее представления к защите на специализированном совете, было очевидно, что вытянуть против Виктора соискательнице Корецкой будет очень трудно.

Когда семинар закончился, к Виктору подошел один из Викиных сотрудников.

— Я у вас человек новый, — скромно сказал он, приветливо улыбаясь Виктору. — Никак не могу привыкнуть к вашим порядкам.

У нас на старой работе к дамам душевнее относились, по-рыцарски, что ли.

Виктор, все еще разгоряченный схваткой, хотел было порекомендовать собеседнику вернуться на старую работу, но передумал.

— У нас тоже душевное отношение, — ответил он. — Вы просто еще не привыкли к атмосфере научных дискуссий.

— Ну зачем же вы так, Виктор Павлович? — укоризненно сказал Викин сотрудник. — Атмосфера — атмосферой, дискуссии — дискуссиями, но, наверное, обсуждение можно вести и в другом ключе. Знаете поговорку: кто женщину обидит, того бог накажет.

— Теперь понял? — спросил Платон, когда вечером Виктор рассказал ему о происшедшем. — Если что, то это тебя бог накажет.

— Да пошли они все! — отмахнулся Виктор. — Мне-то они ни черта не сделают. А эту стерву я просто собственными руками удавлю. Она ведь моих ребят обокрала. Надо же! Вырастил на свою голову.

О том, что Вика появилась в его лаборатории с подачи Платона, Виктор деликатно умолчал.

— Ну и что ты намерен делать? — поинтересовался Платон.

— Драться, — решительно ответил Виктор. — Эту диссертацию она защитит только через мой труп. Хочешь, поговори с ней, чтобы не доводить до скандала.

— Трудно с ней говорить, — задумчиво сказал Платон. — Всегда было трудно. У нас же все еще и через постель прошло. Знаешь что? Ты действуй, только не зарывайся. А если будут проблемы, я подключусь.

Проблема возникла через месяц. Как-то вечером на квартире у Платона появился бледный от ярости Марк.

— Помнишь, полгода назад я тебе рассказывал про одну задачку? — начал он, не успев даже снять плащ. — Там еще пример был про транспортировку нефти. Помнишь?

Платон с трудом, но восстановил в памяти, что осенью Марк действительно влетел к нему в комнату и, рванувшись с порога к доске, начал рассказывать про какую-то задачу, в которой подразумевался совершенно тривиальный ответ, а впоследствии он оказался далеко не тривиальным. Они еще говорили о том, что из этой задачки может вырасти довольно любопытная теория. Марк тогда сиял, как самовар, — было видно, что вопрос, о чем писать докторскую, для него решен.

— Припоминаю, — признался Платон. — Там еще Ленька был, кажется, Ларри, потом Вика и еще кто-то.

— А теперь посмотри сюда. — Марк швырнул на кухонный стол брошюрку в бумажной обложке. — Труды Минского совещания. Открой семьдесят вторую страницу.

На указанной странице под Викиной фамилией добросовестно излагалась постановка рассказанной когда-то Марком задачи. Только в примере речь шла о транспортировке не конкретной нефти, а какого-то абстрактного продукта.

— Все! — Марк налил себе воды из крана и залпом выпил. — Пока я вылизывал статью, она быстренько подсуетилась. Теперь во всех моих работах ссылка номер один будет на эту суку. Когда мне принесли брошюру, я сразу побежал к ней. Сидит — важная, ученая, говорит сквозь зубы. Сунул ей тезисы в нос. «Милочка, — говорю, — что ж ты делаешь?» А она мне отвечает: «Все нормально, у меня этот материал еще год назад был в отчете. Отчет же, как известно, приравнивается к публикации. Еще вопросы есть?» Я ей говорю: «А ну, покажи отчет». Она мне: «Отчет секретный, если у тебя есть допуск, можешь посмотреть в первом отделе». Понятное дело, там уже лежит то, что надо, да и допуска у меня нет. Я ей говорю: «У меня свидетели есть, что я при тебе все это рассказывал». А ей хоть бы что — пожалуйста, говорит, сколько угодно. И хоть бы покраснела.

— Краснеть она давно разучилась, — сказал Платон. — Я все понял. Она будет защищаться на закрытом совете, куда Витьке ходу нет. А из этого, — он показал на брошюру, — склепает докторскую. И тоже защитит на закрытом. Вот что значит правильно выйти замуж. Так что…

— А мне-то что делать? — У Марка в уголках рта выступила пена. — Я ей голову откручу. Мне плевать, кто у нее муж, я просто письмо напишу в совет. И со всех, кто тогда был, соберу подписи.

— Марик, — сказал Платон, продолжая о чем-то думать, — запомни раз и навсегда. Просто на носу заруби. С этой компанией письма не помогут.

Тут зазвонил телефон. Платон схватил трубку, послушал, сказал: «Давай, жду», — и, положив трубку на рычаг, повернулся к Марку.

— Сейчас Витя подъедет. У него тоже что-то случилось. Есть будешь?

Через четверть часа приехал Виктор. Выглядел он не намного лучше Марка.

Года два назад ему прислали на стажировку очень способного мальчика из Алма-Аты — Мишу Байбатырова. Мальчик отработал год, после чего ему по всем правилам полагалось поступать в аспирантуру. Но Сысоеву аспирантов не полагалось, а отдавать парня в чужие руки он не хотел. Поэтому Виктор быстренько обменялся письмами с институтом, откуда приехал Мишка, и оставил его на стажировку на второй год. А две недели назад повторил эту комбинацию. Диссертация у Мишки была практически готова, и Виктор собирался на днях зайти к ВП — поговорить о возможности московской прописки за счет академического лимита. Но сегодня его вызвал к себе Викин муж, положил на стол папку с Мишкиными документами и сначала тихо и вежливо расспросил о том, как стажер попал в Институт и чем он занимается, а потом так же тихо сообщил Виктору, что проживать в Москве — даже с временной пропиской — в течение двух с лишним лет стажер Байбатыров не имеет никакого права, что это нарушение всех существующих правил и что он покрывать такое безобразие не будет, а дает три дня — чтобы духу этого стажера в Москве не было. В завершение беседы замдиректора сообщил Сысоеву, что все связанные с ним, Виктором, бумажки лежат в некой папке, которая стоит кое-где на полке. И если Виктор будет продолжать своевольничать, то есть притаскивать в Москву черт знает кого и неизвестно откуда, то он, замдиректора, своими собственными руками переставит эту папку с одной полки на другую. Пусть тогда Виктор пеняет на себя.

— Скажи спасибо Марику, — объяснил Платон. — Ты Вике уже не мешаешь, она будет защищать кандидатскую на закрытом совете. А сегодня Марик выяснил, что она у него сперла эпохальный научный результат, и устроил скандал. Вот муженек и засуетился. Попомни мои слова — не сегодня-завтра они будут Марику козью морду делать. Если он не угомонится. А с тебя начали, потому что успели подготовиться. Ларри знает?

Ларри, как выяснилось, ничего не знал.

— Надо посоветоваться, — сообщил Платон удрученным товарищам. — Что-нибудь придумаем. Ларри, наверное, еще в Институте. Я с ним завтра потолкую.

Пожалуй, впервые Платону не удалось договориться с Ларри. То есть Ларри соглашался, что ребятам надо срочно помочь, но категорически возражал против того, чтобы Платон хоть каким-то боком касался этой истории.

— Я считаю, это неправильно, — упрямо отвергал он все доводы Платона. — Надо вытягивать, однозначно. Но ты лезть не должен. Если ты ничего не сделаешь — это одно. А если сделаешь — это совсем другое. Тогда тебе запомнят и, когда настанет срок, отыграются по-крупному. Я категорически против.

Платон все же настоял на своем и пошел к ВП с тщательно продуманной легендой. Суть легенды малоинтересна, но основная идея состояла в том, что возникло несколько чисто научных конфликтов, которые, безусловно, могут быть разрешены, причем не на каком-нибудь там ристалище, а в доброжелательной атмосфере товарищеской дискуссии, поэтому не хотелось бы вмешивать в этот процесс высокое руководство, тем более такое, которое держит в своих руках рычаги ненаучного воздействия. ВП, вообще не любивший никакой дипломатии, мгновенно сориентировался в ситуации, вызвал к себе Викиного мужа, к которому, в отличие от его предшественника, особых симпатий не испытывал, и, по-видимому, что-то ему объяснил. Потом позвонил Платону.

— Вы, Платон Михайлович, разбираетесь в данной ситуации? — спросил ВП. И, услышав утвердительный ответ, продолжил: — Встретьтесь с Викторией Сергеевной, обсудите все, только без эмоций, и давайте закончим эту историю. У Виктории Сергеевны серьезные результаты, хотя, конечно, есть пересечения. Вот по пересечениям и найдите компромисс. Тут никому никаких подарков не нужно. Что сделали другие — пусть у них и останется. А по спорным моментам договаривайтесь.

Платон понял, что принципиальное решение принято. «Серьезность» Викиных результатов означала только одно: ВП пообещал ее мужу беспрепятственное прохождение диссертации. А взамен ребята Виктора получат обратно все, что им принадлежит. За исключением того, чем не жалко пожертвовать. И нужно всего лишь, чтобы процессом урегулирования занялся человек, хорошо разбирающийся в проблематике. Не долго думая, Платон заявил ВП, что мог бы и сам заняться этим делом, но очень загружен работой по Проекту, поэтому со спокойной совестью рекомендует Мишу Байбатырова, стажера сысоевской лаборатории. Очень квалифицированный специалист, к тому же контактный.

По-видимому, ВП был в общих чертах знаком с планами Викиного мужа относительно Миши Байбатырова. Помолчав, он сказал Платону:

— Да, вроде бы по тематике они пересекаются. Давайте подумаем, как все правильно оформить. Пожалуй, следует этого стажера откомандировать на месяц-другой в группу Виктории Сергеевны. А то забились по своим углам и теперь результаты не могут поделить.

Нельзя сказать, что предложение ВП обрадовало Виктора, но когда Сысоев немного поразмыслил, то понял, что это, может быть, не единственный и не оптимальный, зато бесконфликтный выход из положения. К тому же Мишка здорово сечет в задачах и просто так ничего не отдаст. Байбатыров был на месяц откомандирован в Викину группу, а Платон перевел дух и направился к Вике заниматься проблемой Марка.

К его удивлению, Вика пошла на уступки удивительно легко и твердо пообещала никакого внимания к деятельности Цейтлина впредь не проявлять. У Платона даже создалось впечатление, что, отщипнув от Марка лакомый, на первый взгляд, кусочек, она усомнилась в своей способности сварить из него в дальнейшем что-либо съедобное.

— Что мне — заниматься, что ли, нечем? — резонно спросила Вика, разглядывая безукоризненно наманикюренные ногти. — Весь Институт помнит, как он разводился. Уж если разделом вилок и ложек партком занимался, то можно представить, что будет из-за авторства. В общем, Тоша, не бери в голову.

Платон обсудил еще два-три посторонних вопроса и уже направился к двери, когда Вика спросила вдогонку:

— Скажи, Тоша, этого мальчика ты мне сосватал?

— Ну я, — признался Платон. — А что?

— Классный мальчик, — обворожительно улыбнулась Вика и, встав из-за стола, потянулась, как кошка. — А я думала, что Сысоев. Ну ладно. Когда-нибудь я тебя за это отблагодарю.

Хотя Платон и не хотел рассказывать Ларри, как закончилась эта история, дня через два он не удержался и похвастался. К его удивлению, Ларри вовсе не обрадовался.

— Вспомнишь меня, — сумрачно сказал он. — Благодетель. Да еще ходишь — всем рассказываешь, что это ты устроил. Ты себе такую болячку на голову заработал... Она уж тебя отблагодарит.

— За что? — искренне удивился Платон. — Все же просто отлично получилось. И волчица сыта, и Витькины овечки целы.

— За то! Эта публика нас еще меньше любит, когда их по носу щелкают. Там ведь как заведено: схватил — значит, твое. А ты их делиться заставил. И сам же признался. Увидишь — ее муж так просто не успокоится. Это тебе не покойный Осовский. Дмитрий Петрович хоть из той же колоды был, но правила соблюдал. А этот волчара — пусть за грамм, за копейку, — но дождется и так куснет — мало не покажется. Увидишь.

Мрачные предсказания Ларри начали сбываться удивительно скоро.

За дело берется Эф-Эф

Большая делегация с Завода собиралась в трехнедельную поездку по Италии.

Платон тоже был включен в состав. Для него эта поездка имела очень важное значение. По нескольким причинам. Во-первых, предполагалось, что в делегацию войдут первые лица Завода, и, таким образом, участие Платона позволило бы вывести сотрудничество между Институтом и Заводом на качественно новый уровень.

Во-вторых, поездка в капстрану, минуя две обязательные поездки в социалистические страны, — это было сравнимо с чудом. Но главное все же было в том, что открывалась возможность непосредственного общения с руководством Завода: про директора и его замов по всей стране ходили легенды. Рассказывали, как директор богатырским матом крыл министра автомобильной промышленности, выколачивая из него не то финансирование, не то лимиты, как министр бегал от него по кабинету и не знал, что ответить, и как директор, оттолкнув министра и набрав по «вертушке» кого-то из членов Политбюро, потребовал того, что ему не смог дать министр, и тут же это получил. Еще рассказывали, как на Завод привезли большого друга СССР и личного друга Владимира Ильича господина Арманда Хаммера, который подарил директору пасхальное яйцо Фаберже из своей личной коллекции; директор покрутил яйцо в руках и вернул его Хаммеру, сказав: «Дареное не дарят». И как директор перед пуском Завода распорядился перетащить свой стол, кресло и все телефоны к главному конвейеру; он провел там трое суток, вставил всем фитилей, выгнал кучу людей ко всем чертям, а другой куче раздал тысячные премии, потом, черный от усталости, охрипший от крика и выкуренных сигарет, сам сел за руль первого вышедшего с конвейера автомобиля, выгнал его на площадку перед заводским корпусом и, сделав круг почета, пошел со всей сменой отмечать пуск. Много еще говорили всякого разного, чего на самом деле, может, и не было вовсе, но провести с таким человеком три недели стоило многого, поэтому Платон относился к этой поездке очень серьезно, понимая, сколько от нее зависит.

В протокольном отделе посмотрели его документы, покрутили носом и предложили зайти дня через два. Платон связался с Заводом, сообщил, что беспокоится, как бы не сорвалось, и попросил подтвердить необходимость его участия в делегации. Дирекция Завода соединилась с отделом загранкомандировок Президиума Академии, оттуда позвонили в протокольный отдел Института, после чего дело наладилось. Элеонора Львовна, заведующая протокольным отделом, угостила Платона чаем, поговорила о том о сем и наконец сказала:

— У вас, Платон Михайлович, все в порядке. Мы получили команду дать документы на оформление. Так что готовьтесь. Командировка у вас через месяц, выездную комиссию в райкоме пройдете в следующую среду, потом, дня за три до выезда, вас пригласят на Старую площадь, но это, я думаю, уже формальность. Так что счастливого вам пути. Вы ведь у нас раньше не выезжали? Нет? Ну ничего страшного. Напишите техническое задание, пройдите через инстанции, утвердите у ВП — и все.

Над техническим заданием Платон промучился недолго — любезная Элеонора Львовна снабдила его соответствующим образцом. После стандартной фразы «Во время командировки руководствоваться решениями XXV съезда КПСС, основными положениями и выводами, содержащимися в отчетном докладе Генерального секретаря…» и прочей белиберды надо было написать несколько героических фраз про отстаивание приоритета отечественной науки в какой-нибудь области. На выбор предлагались приоритеты либо в открытии радио, либо в создании периодической таблицы Менделеева. Посоображав, Платон спросил:

— Может быть, написать про приоритет в области машиностроения? Все-таки с делегацией Завода еду.

— Разве у нас там есть приоритет? — настороженно спросила Элеонора Львовна.

— А как же! — ответил Платон. — Паровоз, например. Братья Черепановы ведь изобрели. А они не признают.

— Про машиностроение можно, — согласилась Элеонора Львовна.

Она завизировала текст и послала Платона дальше по инстанциям.

Уверовав в неизбежность предстоящей поездки, Платон не стал ходить с техническим заданием сам, а послал секретаршу. За два дня она получила подписи Красавина, секретарей профкома и комитета комсомола, сдала документ в партком, трижды справилась о том, когда можно будет получить завизированное техзадание, чтобы отнести его на утверждение ВП, и, получив наконец уклончивый ответ, сообщила об этом Платону. Тот немедленно позвонил секретарю парткома Лютикову.

— Платон Михайлович, — сказал Лютиков по телефону, — ну что вы, право, тревожитесь? У вас еще месяц впереди. Мы же все равно не визируем техзадания без согласования с выездной комиссией парткома. Передали ваши документы туда, ждем, когда вернут. Хотите ускорить — позвоните, — Лютиков назвал фамилию Викиного мужа, — но Василий Иннокентьевич сейчас, наверное, просто занят. А так у нас с ним ни разу проблем не было. Это Осовский, светлая ему память, к каждой запятой придирался. А Василий Иннокентьевич человек молодой, современный, не бюрократ, так что не тревожьтесь.

Почуяв недоброе, Платон набрал телефон Викиного мужа. Вопреки всем ожиданиям, тот был изысканно любезен и тут же пригласил Платона зайти к себе в кабинет.

— Слушайте, а можно я вас просто по имени буду называть? — спросил Корецкий, пролистывая папку с документами. — Возраст у нас почти одинаковый, в Академии неформальный стиль общения в почете, зачем же нам церемонии разводить? Я с вами давно хотел как-то поближе. Бывает, идешь по Институту, только и слышишь: Платон, Платон… Я сначала думал, тут еще и философией занимаются, да потом супруга разъяснила. Она о вас, кстати, очень высокого мнения.

Корецкий широко улыбнулся Платону. Улыбка была добродушной и искренней.

Большие голубые глаза замдиректора по режиму тоже излучали неподдельную радость от близкого знакомства с Платоном.

— Где ваше задание-то? — продолжил он, перебирая бумаги. — А, вот. Ну-ка, поглядим.

Он взял в руки две странички с текстом и углубился в чтение.

— Знаете, — сказал он, пробежав текст глазами, — а вам не смешно было всю эту галиматью писать? Вы же умный человек, без пяти минут доктор. Едете с серьезной делегацией, вам предстоит изучение крупного производства. И что же — будете там руководствоваться решениями, положениями и выводами? Или вы посреди итальянского завода начнете объяснять, что паровоз братья Черепановы изобрели? У вас как с итальянским? Ведь на другом языке тамошний рабочий класс не понимает. А, Платон Михайлович?

— Есть правила, — аккуратно ответил Платон. — Их не я придумал. И не мне их менять. Мне ехать надо.

— Это, конечно, верно, — согласился замдиректора. — Только когда поездка как таковая ставится, по сути, впереди цели поездки — это, уважаемый Платон, нехорошо. Ну, мы люди свои, я вам сразу скажу — могут возникнуть вопросы. Не у нас, конечно, мы же все понимаем, а в другом месте. Чуете? — И Корецкий подмигнул Платону.

Тот счел за лучшее промолчать.

— Ладно, — сказал замдиректора, выдержав паузу. — Комиссию собирать не будем, считаю, что мы договорились. Я ваше техзадание визирую. Обычно мы его сами на партком передаем, но в данном случае, — он снова улыбнулся, — берите. Сами отнесете Лютикову. Удачи вам!

В результате Платон мгновенно получил подпись Лютикова и через неделю отправился на выездную комиссию райкома партии. Комиссия состояла из четырех человек: председателя, двух старичков и женщины непонятного возраста.

Сопровождал Платона сам Лютиков. Он представил Платона членам комиссии, коротко обрисовал цель поездки, сообщил, что партком рекомендует, и замолк.

— Какие вопросы будут к товарищу? — спросил председатель и, не дожидаясь реакции коллег, первый вопрос задал сам: — Скажите, Платон Михайлович, вам до этого приходилось бывать в загранкомандировках?

— Нет, — честно признался Платон.

Члены комиссии оживились. Один из старичков, глядя куда-то в угол, произнес тихо, но внятно:

— Вообще-то нарушение. Первый выезд — и сразу в капстрану. Пусть партком выскажется.

Лютиков пояснил, что Проект существует уже давно, что рекомендуемый к выезду стоял у самых его истоков, что он досконально разбирается в проблематике, поэтому партком счел целесообразным рекомендовать.

Старичок потянулся к характеристике Платона и стал читать, шевеля губами.

— Не по форме составлена, — подвел он итог, дочитав до конца. — Вот тут написано: «Политически грамотен, морально устойчив». А надо писать, — голос его внезапно сорвался на фальцет, — «Политически грамотен». Точка. С красной строки. «Морально устойчив». Точка. С красной строки. «Делу Коммунистической партии беззаветно предан». Вы, товарищ, член партии?

— Нет, — ответил Платон.

В комнате повисла гнетущая тишина. Председатель торопливо задал очередной вопрос:

— Платон Михайлович, расскажите, пожалуйста, как вы готовитесь к поездке.

Этот коварный вопрос появился в репертуаре выездных комиссий сравнительно недавно. Отвечая на него, люди, недостаточно подготовленные к беседе, обычно несли всякую чушь — кто-то говорил, что дописывает доклад, кто-то сообщал, что изучает историю и культуру страны командирования, а одна девица, кажется в Перовском райкоме, бухнула, что собирает чемоданы. Платон же, проинструктированный Лютиковым, ответил твердо, что завершает подборку материалов по всем пунктам технического задания, с тем чтобы по возвращении доложить о полном его исполнении, и уже приступил к их углубленному изучению.

Комиссия удовлетворенно зашевелилась.

— Еще вопросы будут, товарищи? — спросил председатель. — Нет? Хорошо. Вы, Платон Михайлович, свободны, а Николая Николаевича мы попросим на минутку задержаться.

Лютиков появился в коридоре через десять минут и поднял большой палец.

* * *

Вылет был назначен на субботу, а в четверг утром Платон уже получил билет на самолет и командировочные — по сто двадцать долларов в день на гостиницу, по двадцать долларов суточных и триста долларов на покрытие транспортных расходов. В итальянских лирах. Вечером, зайдя к Ларри, Платон сказал:

— Все, еду. Лиры видел когда-нибудь?

Ларри без особого интереса покрутил в пальцах цветастую купюру, вернул ее Платону и спросил:

— А паспорт тоже получил?

— Паспорт завтра, — ответил Платон. — Сказали к десяти подъехать.

— Так это ты еще никуда не едешь, — мрачно сообщил Ларри. — С бумажками советую быть поосторожнее. Не пришлось бы обратно сдавать.

— Брось, — отмахнулся Платон. — Все уже решено. Завтра прилетают с Завода, вечер не занимай.

Приехав к десяти утра в отдел внешних связей Президиума и отстояв очередь в паспортное окошко, Платон услышал:

— Платон Михайлович, а вы у куратора по Италии были?

— Это где? — спросил Платон.

— На втором этаже, вон туда по лестнице. Он должен передать нам распорядиловку, но еще не передал. Зайдите к нему, пожалуйста, попросите занести.

— А паспорт-то есть? — не удержавшись, спросил Платон, памятуя о словах Ларри.

— Да все есть! Еще вчера вечером привезли. Только побыстрее, прошу вас, а то мы скоро закрываемся до шестнадцати часов.

На лестничной клетке второго этажа Платон чуть не сбил с ног стоявшего у окна невысокого мужчину в сером костюме. От мужчины исходил какой-то невиданный заморский аромат.

— Извините, пожалуйста, — сказал, не поворачиваясь, Платон и, завернув за угол, влетел в комнату, номер которой ему назвали в паспортном окошке.

Куратора по Италии в комнате не оказалось. Выяснилось, что час назад он куда-то вышел и обратно не возвращался. Ему уже несколько раз звонили, в том числе и от начальства, но найти не могут. Распорядиловка, о которой так хлопочет Платон, находится у него: он еще вчера должен был спустить эту бумагу на первый этаж, но, видимо, не успел. Много работы. Впрочем, никаких проблем быть не должно, если вы подождете — нет-нет, не здесь, вон там, в коридоре, — то с минуты на минуту он подойдет.

Платон просидел в коридоре больше часа. Ничего не произошло. На всякий случай он сбегал на первый этаж и убедился, что никакой распорядиловки к ним не принесли. Через пять минут окошко закрывалось. Платон вернулся наверх. Серая фигура продолжала маячить у окна. Платон решил больше не отходить от комнаты куратора, но, просидев еще час, понял, что попал в цейтнот — у него были запланированы две встречи, одну из которых он уже пропустил, а на вторую никак нельзя было опаздывать. Платон заглянул в комнату, сказал, что вынужден уехать, но к трем вернется, попросил напомнить о себе куратору, снова пробежал мимо человека в сером и, схватив такси, полетел в Институт.

В вестибюле административного корпуса он столкнулся с Элеонорой Львовной.

— Ну как, все в порядке? — спросила она, приветливо улыбаясь Платону.

— Куратора не могу поймать, — махнул рукой Платон. — Он какую-то дурацкую бумажку не передал, я из-за этого потерял полдня, к четырем придется опять ехать.

— А что вам сказали в паспортном? — поинтересовалась Элеонора Львовна. — Паспорт — привезли?

— Да привезли. Только без бумажки не отдают.

— Тогда не волнуйтесь. Если паспорт у них, значит, все в порядке.

К четырем Платон снова приехал в Президиум. Распорядиловку по-прежнему не принесли. Не было и куратора, который, как выяснилось, появился через десять минут после отъезда Платона и тут же был вызван в какую-то инстанцию. На вопрос, передали ли ему просьбу ускорить перемещение распорядиловки со второго этажа на первый, Платон получил довольно холодный ответ, что передали. Без нескольких минут шесть мимо Платона в комнату быстро прошел человек. Как оказалось, это и был куратор.

— Я приехал утром за паспортом, — поздоровавшись, начал объяснять Платон, — но мне сказали, что от вас не поступила какая-то бумага. А ведь вылет завтра, и через полчаса здесь все закрывают...

— По вам нет решения, — сказал куратор, барабаня пальцами по столу и глядя в окно.

— Что это значит? — опешил Платон.

— Нет решения — не можем выдать паспорт, — туманно объяснил куратор, продолжая изучать природу.

— И что же мне теперь делать?

— Не знаю. Ехать домой. У вас в Институте есть отдел загранкомандирования? Вот в понедельник и спросите их, что делать.

Платон вышел за дверь как оплеванный. Посмотрел на часы. Вероятность застать Элеонору Львовну в Институте еще была, хотя и очень невысокая. Платон решил ехать — надо же выяснить, что происходит. По дороге его не отпускала одна мысль — где-то он уже видел этого куратора, причем совсем недавно. Только войдя в Институт, Платон понял, что показалось ему таким знакомым. Запах! Запах иностранного, дорогого то ли лосьона, то ли одеколона. Это куратор простоял на лестнице второго этажа все утро, пока Платон бегал, как наскипидаренный. Это его Платон чуть не сбил с ног. Платон два часа просидел под дверью, а куратор те же два часа торчал как столб у окна, только чтобы не заходить к себе в кабинет. Интересно, зачем ему это было нужно?

Элеонора Львовна, женщина добросердечная и отзывчивая, оказалась, к счастью, на месте, хотя уже собиралась уходить. Выслушав сбивчивый рассказ Платона, она заметно помрачнела.

— Странно, — сказала она. — Вчера все было в порядке. Вы, Платон Михайлович, поезжайте домой, а в понедельник мы выясним, что к чему.

Произнеся эти слова, она настойчиво замахала рукой, показывая Платону, что он не должен никуда уходить, а напротив — сесть на стул. После чего приложила палец к губам и потянулась к трубке.

— Сергей Федорович, — сказала Элеонора Львовна, — это Цветкова. Добрый вечер. Тут мы одного сотрудника в Италию направляем. На три недели. Я хотела бы узнать... Да, он... Поняла. Спасибо, Сергей Федорович. До свидания.

Повесив трубку, Элеонора Львовна выбралась из кресла и, не произнеся ни слова, направилась к двери, маня Платона рукой. Он двинулся за ней.

— Он мне сказал, — шепотом произнесла Элеонора Львовна, когда они оказались в коридоре, — переверните объективку!

— А что это значит? — тоже шепотом спросил Платон.

Объективкой называлась одна из многочисленных бумаг, которые он заполнял, — своего рода мини-анкета на одном листе. Платон хорошо помнил, что на обратной стороне ничего существенного, кроме сведений о близких родственниках, не содержалось, а с родственниками у него вроде бы все было в порядке.

Элеонора Львовна посмотрела на Платона с каким-то непонятным состраданием.

— Не знаю я, что это значит, — по-прежнему шепотом произнесла она, хотя в ее голосе уже прорезались официальные нотки. — Я спросила, мне ответили. И давайте считать, что этого разговора у нас не было.

Ясность внес Ларри, к которому Платон пошел сразу же от Элеоноры Львовны.

— Я тебя предупреждал — не лезь в эту историю, — говорил Ларри сквозь облако табачного дыма. — Теперь все понятно. Этот тип, замдиректора, договорился по своим каналам, что тебя проманежат ровно до того момента, когда уже ничего нельзя будет сделать. Как тот мужик называется — куратор? Если бы он утром сказал, что тебя прокатили, ты еще мог бы толкнуться туда-сюда. Вот он и прятался от тебя до вечера. В итоге — завтра все летят, а ты сидишь в Москве. И не просто сидишь, а в постоянном отказе. Ты понимаешь, что значит «перевернуть объективку»?

— Нет, — признался Платон. — Я как раз хотел у тебя спросить — что они могли вычитать на оборотной стороне?

— Да ничего они там не вычитали. И не собирались. Смотри. Я приношу начальнику важный документ. Он его читает, изучает, нюхает — я не обращаю внимания. Дальше так. Если начальник подписывает — значит, все хорошо. Если не подписывает — смотрю, как на стол положил. Лицом вверх положил — будет думать. Перевернул — значит, больше с этой бумагой к нему не ходить. Ты что, не знал про это?

— Да откуда же! — воскликнул Платон. — А почему прямо не сказать?

— Потому! — Ларри поднял вверх указательный палец. — Если подчиненному надо словами объяснять, такой подчиненный должен на стройке бетон месить, ему там прораб все как надо объяснит. Подчиненный чувствовать должен. И без слов. Тем более что не всегда и не про все сказать можно. Теперь тебя даже в братскую Монголию не выпустят. Все будет хорошо, все скажут «да», все документы сделаешь, но дальше Элеоноры бумаги не пойдут.

Она умная, порядок знает. Раз объективку перевернули, Элеонора будет гноить твои документы в сейфе до второго пришествия.

Некурящий Платон вытащил из Ларриной пачки сигарету, покрутил ее в руках, сломал и бросил в пепельницу.

— Что будем делать?

— Будем пить водку. — Ларри встал из-за стола и кивнул в сторону двери. — Сейчас поедем к заводчанам, они в «России» остановились.

В коридоре Ларри обнял Платона за плечи и стал что-то шептать ему на ухо.

Шептал долго. Потом спросил:

— Понял? Будем пробовать?

— Думаешь, получится? — в свою очередь спросил Платон.

— Должно получиться. Только договариваемся так — заводчанам про твои проблемы ни слова. Если дело склеится, то к среде ты уже будешь в Милане. Вот под этим соусом все и проведем. В понедельник сделаешь так, как договорились. Если получится, я во вторник выеду в Питер.

Однако до понедельника Платон не дотерпел и в субботу позвонил ВП домой.

— А вы что, не улетели? — удивился ВП.

Платон объяснил, что возникли непредвиденные трудности, и это заставляет его просить Владимира Пименовича о совете и помощи.

— Вы знаете, где я живу? — помолчав немного, спросил ВП. — Приезжайте к четырем часам.

Когда Платон приехал, у ВП был врач. Жена Владимира Пименовича, встретив Платона, проводила его в библиотеку и попросила минут десять подождать. Платон, впервые оказавшийся у ВП в доме, с интересом осмотрелся по сторонам. Такой подборки литературы по основной тематике Института он не видел даже в институтской библиотеке. Целый шкаф с работами самого ВП. На полках — Колмогоров, Понтрягин, Беллман, Канторович, Винер, Циолковский, Бурбаки, Шеннон. Первое издание «Теории игр» фон Неймана и Моргенштерна. Платон потянулся к полке — так и есть, с дарственной надписью. И фотографии, много фотографий.

Этот, с бородой, — конечно, Курчатов. А это старик Круг. Вот еще интересный снимок — Королев и ВП в лесу на прогулке…

— Это мы с Королевым по грибы пошли, — услышал он за спиной голос ВП. — А потом заспорили и так ничего и не собрали. Пришлось пустыми возвращаться.

— Я и не знал, что вы работали с Курчатовым, — сказал Платон.

— Работал. Время тогда было серьезное. Ну, это как-нибудь в другой раз расскажу, если интересно. Садитесь. Излагайте, что стряслось.

Платон подробно рассказал обо всех событиях вчерашнего дня, умолчав только о разговоре с Элеонорой Львовной.

ВП встал из-за стола, подошел к двери, приоткрыл ее и крикнул в коридор:

— Лиза, принеси-ка нам чайку и чего-нибудь погрызть. — Потом снова сел в кресло и сказал Платону: — Не для обсуждения, конечно, но покойник Осовский хоть и недолюбливал вас, однако никогда так себя не вел. Никогда и ни при каких условиях. Скажу вам прямо, ситуация непростая. Тут надо серьезно подумать.

Размышления академика продолжались до тех пор, пока на столе не появились стаканы с чаем, сахарница и блюдце с печеньем. Когда дверь закрылась, ВП продолжил:

— Он ведь заходил ко мне в начале недели. Понимаете, о ком я? И говорит: «Вы знаете, он очень рвется в эту поездку. Очень». Это про вас. И смотрит на меня. Я, говорит, такую ответственность на себя не брал бы.

— А он вам не передал, как мы с ним беседовали? — перебил Платон. — Он же мне прямым текстом сказал — как мне не стыдно, дескать, писать в техзадании такую чушь. А я ответил, что революций делать не хочу — мне ехать надо. Тут-то он мне и заявил, что я вроде как факт поездки ставлю выше цели поездки — или что-то похожее. И это, мол, очень подозрительно.

— А вы вообще думайте, когда с людьми беседуете, зачем и с какой целью они слова говорят, — посоветовал академик. Он откинулся на спинку кресла и закрыл глаза. — Напомните, Платон Михайлович, — сказал ВП, все еще не открывая глаз, — у вас допуск оформлен?

— По второй форме, — ответил Платон. — Уже четыре года. Тогда всем оформляли, кто в Проекте.

Академик открыл глаза.

— И еще один вопрос, вы уж извините, что задаю. Вы меня не подведете? Проблем не будет? — Не дождавшись ответа, ВП сказал: — Ладно. Давайте заканчивать. Вы в понедельник на работе будете? Зайдите ко мне часиков в одиннадцать.

Зайти к ВП в назначенное время Платону не удалось. Прямо с утра позвонила Элеонора Львовна и сказала, что ему надо срочно поехать в Президиум, забрать там паспорт и поменять билеты — вылет завтра. Но по дороге попросила заглянуть к ней. Когда Платон появился у Элеоноры в кабинете, она еще раз повторила то, что сказала по телефону, а потом вышла с ним в коридор и прошептала:

— Вы знаете, я очень рада, что все получилось. Желаю вам!..

Вечером Платон встретился с Ларри.

— Классный мужик, — сказал Ларри, имея в виду ВП. — Ты понял, что едешь под его личное поручительство? Сейчас таких стариков уже почти не осталось. Слушай, у него предки не из Грузии?

— Да ладно тебе, — улыбнулся Платон. — Ты мне вот что скажи. Мы ведь этого так не оставим? Ты сделаешь, как договорились?

Ларри полез в карман пиджака.

— Вот. Завтра «Красной стрелой» туда. День на месте и сразу же обратно.

— Ты ему звонил?

— А как же! Он тебе привет передал, сказал, что ждет.

На следующее утро, уже находясь у паспортного контроля, Платон зачем-то обернулся, и ему показалось, что где-то у барьера, по ту сторону таможни, мелькнула знакомая рыжая шевелюра. Когда через десять дней он позвонил Ларри из Италии, то сразу спросил:

— Слушай, старик, я когда улетал, мне показалось… Ты, случайно, не был в Шереметьево?

— Ну был, — признался Ларри. — Хотел увидеть, что ты улетел. А ты за этим и звонишь? Тебе про Ленинград неинтересно?

— Конечно интересно. Расскажи.

— Ага, вот прямо сейчас я тебе все по телефону и расскажу. Приедешь — сам увидишь.

— Ты только скажи, получилось или нет.

— Еще как получилось. Тут у меня одна бумажка лежит — ей цены нет. А от того, что в Институте происходит, ты просто офигеешь.

Ларри ездил в Ленинград, чтобы встретиться с Федором Федоровичем — тем самым, с которым Платон и все остальные познакомились на школе-семинаре, где товарищ из органов осуществлял общее руководство протокольными мероприятиями и надзор за контактами с иностранными коллегами.

Личный контакт произошел ближе к вечеру — в ресторане, который назвал Федор Федорович.

Ленинградский знакомец долго изучал содержимое кейса, привезенного Ларри.

— В Грузии этот коньяк подают только в двух местах, — объяснил Ларри. — Его даже в буфете ЦК нет. А это вино от моих очень близких друзей. Если будете в Грузии, я дам адрес. И еще — Платон просил передать вам пакет.

В пакете от Платона лежали томики Булгакова, Андрея Белого и Бальмонта.

— Большое спасибо, — растроганно сказал Федор Федорович. — Ну, как там ваш знаменитый Проект?

Ларри начал рассказывать. Из его слов следовало, что Проект вышел на качественно новый уровень, превратившись чуть ли не в межотраслевую программу государственного значения. В нее вовлечены огромные научные силы и фантастические ресурсы. А теперь осуществляется давно запланированный прорыв на международном уровне. При этом Ларри небрежно упомянул о наметившихся контактах с такими гигантами, как «Даймлер-Бенц» и «Дженерал моторс». Контакты действительно имели место, но были несколько односторонними. То есть Платон как-то написал туда и туда письма, предлагая сотрудничество, но ответов до сих пор не получил.

— Сейчас Платон Михайлович в Италии. С делегацией Завода, — закончил Ларри.

— Ну что ж, — сказал Федор Федорович. — Здорово раскрутились. Увидите Платона — передайте от меня большой привет. И Виктору тоже.

— Обязательно передам, — широко улыбаясь, пообещал Ларри.

Несколько минут оба молчали. Наконец Федор Федорович задал вопрос:

— Есть какие-нибудь проблемы?

— Пожалуй, что есть, — медленно сказал Ларри, ставя на стол рюмку и закуривая. — В Институте складывается не совсем здоровая обстановка. Это мешает работать. В том числе и по Проекту.

— А я могу помочь? — поинтересовался Федор Федорович.

— Не знаю. Давайте я расскажу. Хороший совет — лучшая помощь.

— Ну что ж, рассказывайте, — согласился Федор Федорович и придвинулся поближе к Ларри.

— У нас есть один замдиректора, — начал Ларри. — Ведает режимными вопросами. Его жена руководит группой. И он ей помогает. Кстати, вы ее должны помнить, она была у нас на школе. Такая яркая, с ногами.

В глазах Федора Федоровича мелькнуло понимание.

— Помню, помню. Так в чем вопрос? Если помогает, это нормально.

Ларри покрутил в руках зажигалку.

— По-разному можно помогать. Когда идет прямой нажим по его линии, это уже совсем другое.

— Поподробнее можно? — спросил Федор Федорович.

Ларри рассказал про историю с Виктором.

— Вы понимаете, какой уровень? Возьму папку, с одной полки на другую переставлю — и пеняй на себя. Так можно?

— А что за стажер? Может, к нему действительно есть вопросы?

— Может быть, — согласился Ларри. — Только когда его прикомандировали к Викиной группе, вопросы снялись. Дальше рассказывать?

— Давайте.

Ларри перешел к Марку.

— Сейчас никто не знает, когда был сдан отчет в первый отдел. Думаю, когда-то он и был сдан, только потом, задним числом, одну страничку вклеили. Своя рука владыка. Так можно?

Федор Федорович кивнул головой.

— Еще что-нибудь?

— Есть и еще, — сказал Ларри. — Мы же все-таки одна команда. Делаем общее дело. И Платон Михайлович, конечно, в стороне не остался. Он все сделал, чтобы ребята не пострадали. Знаете, чем кончилось?..

— Ну и как же он улетел? — спросил Федор Федорович, когда Ларри закончил рассказ.

— ВП помог, — объяснил Ларри. — Под свою ответственность.

— Да, дела, — задумчиво сказал Федор Федорович. — Эх, Вася, Вася. Ну ладно. Давайте так. Возвращайтесь спокойно в Москву.

А Платону передайте, чтобы не волновался. Эти вопросы мы еще в состоянии решить.

Через три дня после возвращения Ларри в Москву по Институту поползли слухи, что Викиного мужа куда-то переводят. Как выяснилось чуть позже, это были вовсе не слухи, а реальный факт. Викина группа просуществовала еще несколько месяцев, после чего, в порядке перевода, стройно удалилась в какой-то новообразованный институт с длинным и невнятным названием. Возглавлял его сын одного из членов Политбюро.

* * *

Промежуточная точка в этой истории была поставлена три с лишним года спустя, уже после смерти Брежнева. Платон должен был лететь в Штаты. Приехав за документами в Президиум, он столкнулся в дверях с Викой.

— Тоша, привет, — окликнула его Вика. — Как дела? Сто лет не виделись.

Вика была в длинной норковой шубе и белом платке тонкой вязки, резко контрастировавшем с ее черными волосами.

— Привет и тебе, — ответил Платон. — Все нормально. А у тебя как?

— Тоже нормально. — Вика оглядела Платона с головы до ног. — Собираешься куда-то?

— На неделю в Штаты, — сказал Платон. — По Проекту. А ты?

— А я только что из Англии вернулась, сдавала паспорт. — Вика помолчала. — Тоша, скажи честно, ведь вся та история — твоих рук дело?

Платон хотел что-то ответить, но удержался.

— Можешь не отвечать, — сказала Вика. — Я и так знаю. Я, между прочим, в разводе. Да ты не молчи, я на тебя больше не претендую. Слава богу, со мной в порядке. Просто хочу предупредить — как старый друг, что ли… Ты себе врага нажил до конца своих дней. И не просто моего Васеньку, а всю контору.

— Ну, наверное, все-таки не всю, — ляпнул Платон.

Вика улыбнулась.

— А я-то, дура, все голову ломала — как же это ты Васеньку на хромой козе объехал? Оказывается, все куда как просто. Интересно бы узнать, кого ты тогда на него натравил. Ну ладно, Тоша, может, еще увидимся как-нибудь.

Когда Платон отошел на несколько шагов, Вика снова окликнула его:

— Тоша, запиши мой телефон. Будет настроение — звякни. Поболтаем.

— Записал? — спросил вечером Ларри, когда Платон рассказал ему о встрече.

— Записал, — признался Платон, шаря по карманам. — Только я его куда-то засунул. По-моему, потерял. Вот черт!

— Не вздумай найти, — пригрозил Ларри. — Тебе что, аспиранток мало?

Гигант в пеленках

…В комнате, служившей когда-то прибежищем общественных организаций, стоял большой, некогда полированный стол, окруженный кольцом из шести стульев.

На стене висел лист ватмана с написанным печатными буквами призывом: «Все идеи и предложения писать разборчиво». Лист был сплошь покрыт идеями, изложенными карандашом, чернилами и цветными фломастерами. Часть записей вылезала на обои.

«Нужен свой банк. Цейтлин».

«Платон! А как мы доставим машины в Москву? Есть мысль. Виктор».

«У меня есть один знакомый охотник. Он же чучельник. Возьмем его под крыло? Лена».

«Сама чучело». Без подписи.

«Мария, нужно, в конце концов, организовать нормальные условия для работы. Сидим здесь сутками, а пожрать нечего. Цейтлин».

«Предлагаю всерьез заняться медициной. Цейтлин».

«Телефонная связь нужна нормальная. И хоть один копировальный аппарат. Тариев».

«Вот и займись». Без подписи.

«Предлагаю устроить День здоровья. Поедем за город на шашлыки. Сысоев».

«Сколько можно жить без транспорта? Когда Цейтлин перестанет забирать все машины? Мария».

Начальные месяцы жизни «Инфокара» прошли под знаком острого безденежья.

Чтобы выплатить первую зарплату, Муса продал часть мебели, оставшейся в наследство от папы Гриши. Деньги, перечисленные Заводом в уставный капитал, были частично потрачены на покупку двух автомобилей, остальное разошлось по мелочам. Водителей тот же Муса временно устроил на работу в свой Дом культуры, сумрачно заявив Платону, что идет на преступление. Ларри привез два компьютера, сохранившихся еще от операций «Инициативы». Платон, Муса, Ларри, Марк и Виктор работали бесплатно. Всем прочим — главбуху, Ленке, Марии и водителю Семену — платили: главбуху — пятьсот, Ленке и Марии — по четыреста, Семену — триста пятьдесят. Остальные водители явно рассчитывали на большее. Двести рублей, получаемые в Доме культуры, их не устраивали, равно как и ненормальный режим. И через некоторое время шоферская бригада устроила забастовку.

— Муса Самсонович, — сказал единственный штатный инфокаровский водитель Семен, — ребята бузят. За такие бабки по четырнадцать часов не вылезать из-за баранки… Надо добавить за сверхурочные. И за работу в выходные — двойную оплату.

— Обсудим, — туманно пообещал Муса, окидывая взглядом три папки с бумагами, которые еще вчера притащил к нему Марк.

— Только не тяните, Муса Самсонович, — вроде бы попросил Семен, но в голосе его чувствовалась угроза. — Главное, меня поймите — я против ребят пойти не могу. И еще они интересуются, почему оформлены у вас, а работают здесь.

— Хорошо, — сказал Муса. — Вернется Платон Михайлович, на следующей неделе решим.

— Так они не будут ждать, — продолжал настаивать Семен. — Ребята твердо говорят, что сегодня в шесть, если не решится вопрос, разворачиваются и уходят. Вы уж, пожалуйста, Муса Самсонович, поговорите с ними еще до вечера.

— Ты тоже, что ли, развернешься? — Муса посмотрел на Семена в упор.

Семен красноречиво пожал плечами.

— Сколько они хотят? — спросил Муса после минутного раздумья.

До сих пор стоявший Семен сел на продавленный стул и стал загибать пальцы.

— Ежели считать по рабочим дням, у них выходит по восемь рублей грязными. Значит, по рублю в час. Ежели переработка, то надо накинуть еще по полтора. Уже выходит под триста пятьдесят в месяц. В выходные двойная ставка. Получается пятьсот. Ну и мне, раз я над ними командую, надо столько же, да еще сотенку накинуть за беспокойство.

Муса, уже три дня ломавший голову над тем, как заплатить очередную зарплату, рассвирепел, но постарался сдержаться.

— Приводи их ко мне к пяти. А сейчас катись, у меня дел много. Зайди к Марии, она скажет, что сегодня делать.

Семен вышел из кабинета Мусы. Тот подумал и набрал номер. Объяснив Платону ситуацию и выслушав в ответ полуистерическую инвективу в адрес пролетариата, Муса сказал:

— Ну чего ты кричишь? Это я и сам умею. Я Семена чуть не придавил, когда он мне тут рассказывал, как они числятся в одном месте, а работают в другом. Лучше скажи, что делать. А то мы сейчас наживем себе геморрой и профсоюз в придачу. И останемся к тому же без колес. Я думаю — может, Ахмету позвонить? Пусть разберется.

— Ни в коем случае! — категорично сказал Платон. — Только этого не хватало. Здесь нужно что-то другое.

— Что?

— Откуда я знаю? Думать надо.

Платон немного помолчал.

— Вот что, — сказал он наконец, — у нас сколько машин? Ага… Сколько мы в месяц за бензин платим?.. Сколько?.. Это точно?.. Слушай, будь на месте, я тебе сейчас перезвоню.

Через десять минут Платон вышел на связь в исключительно свирепом расположении духа. По его словам получалось, что никто ничего не контролирует и деньги просто утекают сквозь пальцы. Он поделил что-то на что-то, и оказалось, что инфокаровские машины проходят до трех тысяч километров в месяц.

— Ты понимаешь, что происходит? — спросил он, наоравшись. — Они на наших машинах халтурят после работы.

— А когда им халтурить? Они же заканчивают хрен знает во сколько.

— Значит, находят когда. Вот что. Вызови этого придурка Семена и скажи ему, что с сегодняшнего дня все водители заканчивают ровно в шесть. Понял? В шесть вечера все ключи от машин сдаются тебе. А сами пусть домой на метро едут. Мы тут разберемся сами, кто из нас и как добираться будет. Ты рулить не разучился? Нет? Вот так и сделай. А потом отзвони мне и скажи, чем кончилось.

Муса объявил Семену волю руководства. Тот посмотрел в потолок, после чего вышел не прощаясь. Через час вернулся с виноватым лицом.

— Муса Самсоныч, — сказал он. — Мы... это самое... Короче, понимаем, что положение сейчас тяжелое... В общем, так... Ребята не возражают насчет и дальше работать по старой схеме... Пока что... Вы уж потом, когда разбогатеем, не забудьте. Надо будет подбросить рабочему классу на молочишко.

— Ну вот, — удовлетворенно сказал Платон, когда Муса доложил ему о результатах переговоров. — Так — нормально. А то сразу — Ахмет, Ахмет...

Подельники

Фамилия, имя, отчество: Сидоркин, Трофим Алексеевич.

Год и дата рождения...

Место рождения...

Паспортные данные...

Место работы, должность: Новороссийский участок, начальник...

По существу заданных мне вопросов имею пояснить следующее. В январе по железной дороге поступили два состава со строевым лесом. Как значилось в сопроводительных документах. Вагоны мною не вскрывались, осмотр груза не производился. Отправителем по документам числился леспромхоз в Карельской области. Точный адрес и название не помню. Предъявленные мне копии документов признаю, свою подпись на указании о перегоне вагонов в порт подтверждаю. С начальником порта гражданином Хейфицем Л. А. разговаривал дважды. Первый раз он позвонил и сказал, что́ в вагонах и где представители леспромхоза. Я сказал — не знаю, а по документам строевой лес. Он сказал, что там горбыль и обрезная доска и что это не сосна. Он запросил копии документов, я передал с курьером и больше ничего не знаю. Ко мне из леспромхоза никто не приезжал. Два раза звонили из Москвы из совместного предприятия «Инфокар». Один раз звонил гражданин Тариев. Второй раз не помню, кто звонил, было плохо слышно.

Говорили, что в вагонах должен быть строевой лес, я сказал, что вагоны пришли с пломбами и были переадресованы в порт. Больше никто не звонил. В феврале пришли еще два состава, тоже со строевым лесом, из Башкирии.

Вопрос: Вас не насторожило, что лес поступает из Башкирии?

Ответ: По должностной инструкции мы обеспечиваем передачу груза по назначению и следим за сохранностью пломб. И мы должны обеспечивать своевременный возврат вагонов. Эти вагоны тоже поступили в порт, но обратно к нам не вернулись, потому что гражданин Хейфиц Л. А. отказался их возвращать. Я ему звонил много раз, просил вернуть вагоны. Он сначала обещал, потом стал говорить, что ему некуда выгружать, а потом перестал разговаривать со мной на эту тему. Я сигнализировал в Комитет народного контроля и по инстанции в главк. Но вагоны обратно не вернулись. Всего поступило одиннадцать составов. Семь составов с передачей в порт я задержал, потому что думал, что гражданин Хейфиц Л. А. мне их тоже не вернет. Я подписал распоряжение об отправке составов на запасные пути.

Вопрос: Почему вы не приняли мер по возврату составов грузоотправителю?

Ответ: Мы связались с Башкирским отделением, там не подтвердили адрес грузоотправителя и отказались принимать составы. Я дал команду все равно отправлять, но мне пришло распоряжение из Москвы — задержать составы до выяснения. Это была телеграмма из главка. Тогда я дал распоряжение отправить составы на запасные пути.

Вопрос: Вы понимали, что тем самым вы блокировали работу вверенного вам участка железной дороги?

Ответ: Я действовал на основании распоряжения из Москвы. Когда составы простояли на запасных путях два месяца, я решил передать их в порт и позвонил гражданину Хейфицу Л. А., а он сказал, что принимать не будет. Вагоны от первой поставки он мне вернул и потом от второй тоже вернул, но больше вагонов не принимал. Куда отгружался лес, я не знаю. Когда в мае пришли государственные грузы под экспортные поставки, я сигнализировал, что принять грузы не смогу, потому что все пути заняты составами с лесом из Башкирии. Я получил два взыскания от руководства и строгий выговор по партийной линии, но я не мог принять государственные грузы, потому что мне некуда их было принимать.

С гражданином Хейфицем Л. А. лично не знаком, хотя мы встречались на партхозактивах. С руководством «Инфокара» лично не знаком, представителей башкирского леспромхоза не знаю. В июле приказом по главку был переведен на другую работу, и на меня был денежный начет, потому что не обеспечил. Про вагоны с лесом больше ничего не знаю.

С моих слов записано верно.

Фамилия, имя, отчество: Хейфиц Леонид Абрамович.

Год и дата рождения…

Место рождения…

Паспортные данные…

Место работы, должность: Новороссийский порт, начальник порта.

По существу заданных вопросов имею сообщить. В январе в порт поступили два состава с лесом для погрузки на грузовые суда. При погрузке обнаружилось вместо строевого леса горбыль и доска второго сорта. Я связался с гражданином Сидоркиным Т. А. и спросил, где строевой лес. Он сказал, не знает. В это время в порту находился представитель из Москвы гражданин Светлянский С. Л., который сказал, что не надо разгружать, и выехал в Москву решать вопросы. Гражданин Светлянский С. Л. предъявлял документы Министерства внешней торговли. Потом гражданин Светлянский С. Л. вернулся обратно и сказал: грузить на суда и отправлять по назначению в Италию. И я дал указание отправлять. Потом я вернул вагоны гражданину Сидоркину Т. А. Потом пришла телеграмма из Италии, что разгрузку судов запретили, потому что груз некондиционный, и суда арестованы в порту. Поэтому другие два состава грузить было некуда. Тогда снова приехал гражданин Светлянский С. Л. и сказал: разгрузить составы в порту, а в Италии все решится через день. И я дал команду разгружать. Получение мною денег от гражданина Светлянского С. Л. не признаю. Никаких денег гражданин Светлянский С. Л. мне не передавал, а я от него не получал. После выгрузки на склады я вернул вагоны железной дороге. Потом пришла еще одна телеграмма из Италии, что арест с судов снят, но они выведены за акваторию порта и разгрузка не производится, потому что товар некондиционный. И еще была телеграмма из Москвы, что надо срочно решить вопрос, потому что итальянцы не пускают наших на берег, а на судах кончаются запасы продовольствия и питьевой воды. Потом с железной дороги поступила телеграмма, что еще пришли семь составов. Но я отказался их принимать, потому что склады уже были забиты лесом с тех двух составов, и он начал уже гнить, и распространялся экологический запах. А суда стояли на рейде в Италии, и там кончалась питьевая вода. Поэтому я отказался. Я сигнализировал в министерство, и там были приняты решения. Лес со складов был вывезен в Казахстан. Приобретение моей дочерью кооперативной квартиры было произведено за счет моих трудовых накоплений.

С моих слов записано верно.

Интерлюдия
ДЕВЯНОСТО ПЕРВЫЙ ГОД

Ах, девяносто первый, девяносто первый... Помнишь, ты жила тогда на Ленинском, и Нескучный сад, куда мы бегали целоваться, был как раз напротив твоего дома. И ты все время боялась, что кто-нибудь из твоих увидит нас в окно, особенно сын. Почему-то муж беспокоил тебя намного меньше. А помнишь, как наступил этот самый девяносто первый год? Было около десяти вечера, и мы стояли в Нескучном, рядом с заваленной снегом скамейкой, и я грел твои руки, а ты говорила, что надо что-то решать, что ты никак не можешь сделать этот шаг и что впервые тебе не хочется идти домой, к гостям... А потом я проводил тебя до подъезда и встретил Новый, девяносто первый, глядя на твои окна, где горел свет и видна была новогодняя елка. А потом все медленно покатилось под откос, Наташка отказала нам от квартиры, и видеться мы стали все реже и реже. И Нескучный сад зажил своей, не имеющей к нам отношения, жизнью...

Что же еще было в этом девяносто первом? Ах да! Великий триумф и воняющая тиной горечь поражения.

Девяносто первый год начался в девяностом. Серия заявлений депутатской группы «Союз» прозвучала как шаги командора. Компартия громогласно сообщила, что вылезает из окопов, вылезла и замерла, пытаясь идентифицировать противника. Противник был легко опознаваем: малахольные прибалты, упрямо добивавшиеся независимости, вконец разворовавшие страну и взбесившиеся с жиру кооператоры, сорвавшиеся с цепи газетчики, принявшиеся забрасывать грязью вождя и учителя и потихоньку подбирающиеся к величайшему покойнику всех времен и народов, обнаглевшие межрегионалы, додумавшиеся до создания какой-то демократической платформы в святая святых, явно сдуревший Ельцин, больно укусивший кормящую руку, получивший за это по носу, но становящийся все более опасным, следователи Гдлян и Иванов, орущие на всех углах о миллионных кремлевских взятках... Список был бесконечен. Но и козыри имелись, да еще какие — три кита, три исполина: КГБ, МВД и армия. А еще на руках был джокер в лице основоположника перестройки, на челе которого все отчетливее просматривался колпак с бубенчиками.

Башня

Виктор вернулся домой около одиннадцати. Аня с дочкой были у родителей и собирались там заночевать. Виктор прошел на кухню, заварил чай, налил себе большую чашку и подошел к автоответчику, настойчиво мигавшему красной лампочкой. Виктор нажал на кнопку. «Здравствуйте, Витя и Аня, — раздался смутно знакомый голос. — Это вас беспокоит Павел из Шяуляя. Как у вас дела? Позвоните мне, а то я не могу до вас достучаться».

Механический голос отбарабанил время поступившего звонка и зазвучало следующее сообщение: «Витя, это снова Павел. Если сможешь, перезвони мне. На всякий случай напоминаю номер телефона».

Третье сообщение тоже было от Павла: «Витя, я очень прошу, позвони мне. В любое время. Это очень важно».

Виктор принялся набирать шяуляйский номер. Соединиться удалось только через час. Павел схватил трубку мгновенно.

-— Что там у тебя стряслось, Пашка? — спросил Виктор. — Все здоровы?

— Здоровы, — донесся к нему голос Павла. — Тут такое дело. Не знаю даже, как тебе сказать. В общем, может так получиться, что нам надо будет перебраться в Москву. Я хочу тебя попросить, чтобы ты помог снять квартиру или угол, все что угодно.

— Ты насовсем собрался?

— Пока ничего не знаю. Может, насовсем, может, на время. Не от меня зависит. Ты можешь договориться? Сколько будет стоить — неважно.

—А когда ты планируешь?

— Планируешь? — Павел помолчал. — Если по-умному, уже неделю как пора. Я тут сам дурака свалял. Все-таки дом, хозяйство. В общем, попробуем завтра. Либо самолетом, либо поездом, либо на машине. Как говорится, хоть тушкой, хоть чучелом…

— Я до завтра не успею, — сказал Виктор, машинально взглянув на часы. — И вообще, завтра — это уже сегодня. Ну несколько дней у меня поживете. Аньки все равно сейчас нет. А что случилось?

— Интересная у вас там жизнь в Москве, — в голосе Павла прозвучала горечь. — Как на Марсе, никто ничего…

— Ты можешь по-русски сказать, что случилось?

— Война случилась! — заорал в трубку Павел. — Радио включи. Войска вышли из казарм, в Вильнюсе танки, в Каунасе спецназ на улицах. Уже стреляют. А в Риге…

В трубке что-то зашипело, потом щелкнуло, и связь прервалась. Виктор нажал на рычаг, стал набирать снова и обнаружил, что телефон умер. Он включил радиоприемник. На коротких волнах шел громоподобный треск. Глушилки, затихшие было под влиянием теплых весенних ветров перестройки, включились, по-видимому, на полную мощность. Виктор нажал кнопку телевизора. На экранах в лучах улыбки Маслякова крутили пышными юбками девочки из варьете. По второму каналу шла «Карнавальная ночь» и Людмила Гурченко демонстрировала невиданно тонкую талию. На следующем канале тоже было варьете, но уже без Маслякова. Телефон по-прежнему не проявлял никаких признаков жизни. Чертыхнувшись, Виктор вырубил телевизор и попытался что-нибудь сделать с приемником. Треск и завывание не прекращались.

Виктор плеснул себе еще чаю и уселся в кресло, пытаясь осмыслить происходящее. Понятно было, что в Прибалтике что-то началось. И ясно, что этим не ограничится, поскольку те, кто все это затеял, шутить и ограничиваться полумерами не намерены. Если уж начали отключать телефоны... Виктор накинул куртку, нашарил в кармане мелочь и побежал на улицу к телефону-автомату.

Платон снял трубку мгновенно. Сысоев быстро отбарабанил услышанное от Павла, опасаясь, что с платоновским телефоном что-нибудь тоже случится и он не успеет договорить. Платон, судя по голосу, воспринял информацию спокойно.

— Чего-нибудь в этом роде следовало ожидать, — сказал он. — Спасибо, что позвонил. Я сейчас свяжусь с Ларри.

Виктор проснулся в восемь. Снял трубку. Телефон вернулся к жизни и успокаивающе гудел. Виктор хотел было опять набрать номер Павла, но передумал, опасаясь остаться без связи. По всем программам телевидения передавали мультфильмы. Треск в радиоприемнике продолжался с прежней силой. Когда зазвонил телефон, Виктор выключил радио и схватил трубку. Это был Терьян.

— Ты уже в курсе? — спросил Сергей, не поздоровавшись.

— Мне вчера приятель из Литвы позвонил, — ответил Виктор, даже не спрашивая, о чем речь. — Но он толком ничего не успел рассказать, прервали связь. А ты откуда знаешь?

— Слушай «Эхо Москвы». Все, пока, опять начали передавать. — И Терьян бросил трубку.

«Эхо Москвы» уже в который раз передавало информацию о ночных событиях в Вильнюсе. Вечером на улицах литовской столицы появились танки и части регулярных войск, двигавшиеся к телебашне. Вокруг нее плотным кольцом стояли литовцы. В свете прожекторов и под грохот танковых гусениц армия пошла на приступ. Защитников башни расшвыряли в стороны, как котят. Есть жертвы. В настоящее время башня занята военными. Ответственность за ночной штурм взял на себя самозванный комитет общественного спасения, возникший из ниоткуда несколько дней назад. Во время штурма литовские лидеры пытались связаться с Горбачевым, но им ответили, что президент спит и будить не велено. Спал министр обороны Язов. Отдыхал и председатель КГБ Крючков. И министр внутренних дел Пуго. Все высшее руководство Союза, все силовики, все, кто мог хоть как-то объяснить происходящее и отозвать войска в казармы, — буквально все дрыхли мертвецким сном. По последним сведениям, партизанскими тропами и на перекладных в Литву пробирается Ельцин. Межрегиональная депутатская группа требует срочного созыва не то съезда, не то Верховного Совета. А москвичи уже начинают подтягиваться на стихийный митинг к редакции «Московских новостей».

Виктор оделся, выскочил из дома и направился в центр. Никакого митинга на Пушкинской не было. Разрозненные кучки демократически настроенных интеллигентов толпились у расклеенных на стенах листовок с информацией о литовских событиях. Читали молча и сумрачно. Еще несколько человек слушали по транзистору «Эхо Москвы».

— Вот так, — сказал Виктору высокий мужчина в куртке и вязаной шапочке, оказавшийся рядом. — У этих хоть духу хватило выйти к башне. А у нас, если что-нибудь такое произойдет, по квартирам позапираются и будут ящик смотреть и водку квасить. Что ж за страна такая сволочная!

— А почему вы так думаете? — спросил Виктор, все еще пытаясь обнаружить признаки митинга.

— А чего тут думать! — мужчина махнул рукой. — Нас на всю жизнь испугали. Тут танки и не нужны, достаточно двух милиционеров. Через минуту всех как ветром сдует.

Около транзистора наступило непонятное шевеление, и один из слушавших крикнул:

— На Манежной митинг собирается! Только что объявили.

Когда Виктор оказался на Манежной, там уже находились сотни две человек. Между колоннами гостиницы «Москва» стояли какие-то люди с мегафонами в руках. Виктор узнал Станкевича, Илью Заславского, топорщилась рыжая борода отца Глеба Якунина, остальные были ему незнакомы. Станкевич что-то кричал в мегафон, но январский ветер разносил сказанное в клочья. Виктор разобрал слова «чудовищная провокация», «имперская политика», «жертвы среди мирного населения». Когда оратор на мгновение замолчал, Глеб Якунин бросил в воздух обе руки и рявкнул:

— Долой КПСС!

Раскатившись по площади, эти неслыханные, невероятные слова вернулись к гостинице многоголосым скандированием.

— Ельцин! Ельцин! — закричал кто-то недалеко от Виктора.

— Ель-цин! Ельцин! — гулко отозвалась толпа.

— Отойдем, — услышал Виктор за спиной знакомый голос.

Он оглянулся. Муса стоял рядом, засунув руки в карманы и подняв воротник, чтобы защититься от порывов ветра.

— А послушать не хочешь? — спросил Виктор.

— Ты что, никогда этого не слышал? — поинтересовался Муса. — Сейчас будут кричать «Горбачева на мыло!», потом — «Язова на пенсию!». Потом проголосуют за свободу Литвы. Единогласно. И пойдут по домам. Ты обязательно хочешь дождаться голосования?

Виктор подумал и стал вместе с Мусой выбираться из толпы.

— Я в контору, — объявил Муса, направляясь к припаркованной за углом машине. — Поедешь со мной? Или тебя нужно куда-то подбросить?

Три одновременно работавших радиоприемника создавали в «Инфокаре» стереофонический эффект. Платон прогуливался по коридору рядышком с человеком в джинсах и толстом сером свитере, и тот, заметив Мусу и Виктора, приветственно поднял руку и кивнул головой. Виктор узнал Федора Федоровича, куратора ленинградской школы.

Зайдя в кабинет, Муса спросил у Виктора:

— Выпьешь?

Не дожидаясь ответа, он достал из сейфа бутылку коньяка и две хрустальные рюмки.

Минут через пятнадцать вошел Платон.

— Проводил? — спросил Муса, достал третью рюмку и наполнил ее доверху.

Платон кивнул, залпом выпил и неодобрительно покачал головой.

— Я все-таки запрещу дымить в помещениях. К тебе же войти нельзя — будто в пепельницу попадаешь. И дым какой-то противный.

— Нормальный дым, — возразил Муса, покосившись на лежащую на столе пачку «Мальборо». — Ты бы посидел рядом с Терьяном, когда он свой «Дымок» садит. Я ему пару раз машину давал, так на него потом водители жаловались. Говорили, после него неделю в салоне такое амбре стоит, что хоть святых выноси. Они ж теперь у нас цивилизованные стали — отечественные сигареты не курят. Еще налить?

Платон кивнул, выпил вторую рюмку и, глядя в угол, спросил:

— Как тут твой подвал поживает? Не освоил еще?

— А что, так плохо? Что твой дружок говорит?

Платон сел в кресло, потянулся и закинул руки за голову.

— Ты же знаешь, эти ребята никогда в простоте слова не скажут. Так — байки и анекдотики. Но кое-что сказал.

Платон умолк. Потянулась длинная пауза. Первым не выдержал Виктор.

— Не могу поверить, что все это с подачи Горбачева. Единственный человек из начальства, к которому я всегда относился с уважением. Наверняка здесь что-то не так. Я почти уверен, что он сегодня выступит. К вечеру — обязательно. Перед ним же весь Запад на цыпочках стоит.

Платон прикрыл глаза и тихо сказал:

— Спать жутко охота. Марик не появлялся? Я ведь сегодня из-за него приехал. Вроде бы вчера договаривались… А насчет Михаила Сергеевича ты, Витя, сильно ошибаешься. Такие вещи — запомни раз и навсегда — без команды не делаются. Сам он эту команду дал, или его сильно уговорили, чтобы дал, — это второй вопрос. Но он в этой истории по уши — медицинский факт.

Виктор почувствовал, как внутри у него что-то защемило. За годы перестройки он, как и множество людей из научной интеллигенции, научился относиться к генсеку с уважением. Впрочем, уважение — это неточно, на Горбачева даже очень умные и битые жизнью люди смотрели как на чуть ли не единственную надежду и опору в смертельной схватке с поднимающими голову мракобесами сталинской закалки. Проводя свои решения или изобретая гениальные компромиссы, чудодейственным образом ломая настроение зала, Горбачев выходил победителем из ситуаций, когда многое, очень многое висело буквально на волоске. На его фоне даже новый кумир демократов Ельцин смотрелся не то чтобы слабовато, но странно, как вооруженный дубиной и завернутый в шкуру неандерталец рядом с изящным, облаченным в бархат и шелк мастером фехтования. Поверить, что Горбачев может играть одну игру с Крючковым, было просто невозможно. Не потому, что такого не могло быть, — раз Платон говорит, значит, в этом что-то есть, — но потому, что это означало бы крушение всех надежд, потерю вновь обретенной веры, начало падения в вонючее и черное болото, из которого только-только начали вылезать.

— Сейчас все зависит от того, как он сыграет дальше, — продолжал Платон. — Есть два варианта. Первый — такой. Горбачев до конца идет с этими ублюдками. Тогда он начнет заговаривать всем зубы, тянуть резину, начнутся разборки, комиссии поедут в разные стороны. А под шумок в Прибалтике наведут порядок. Немножко постреляют, покатаются взад-вперед на танках, местных лидеров — кого разгонят, кого припугнут, кого купят. В Москве на Манежной пошумят и успокоятся. А с Западом Горбачев договорится. Это легко. Объяснит, как ему трудно, с какими сволочами приходится иметь дело, докажет на пальцах, что лучше временно отдать часть, чем потерять все и насовсем. Там народ тоже понятливый, им такие рассуждения вполне доступны, так что за этот этап можно не беспокоиться. Интереснее, что дальше будет. — Платон помолчал. — Они ведь Литвой не ограничатся. Завтра грохнет в Латвии, послезавтра в Эстонии… Но это пока что первый акт под названием Прибалтика. Потом начнется второй. Может быть, Кавказ. Начнут наводить порядок в Карабахе. А третий акт будет в Москве. Они теперь Горбачева за собой потянут, как на веревочке. Один шажок, потом второй, потом третий. И так далее. И доведут его постепенно до момента, когда — еще один шаг — и он уже по уши в крови. Вот тогда ему конец. Потому что этот последний шаг он сделать не сможет, от него весь мир отвернется. Он, скорее всего, взбрыкнет, попробует вырваться. Только из этого ничего уже не выйдет. И они его тихо уберут. Уйдет в отставку по состоянию здоровья или в связи с переходом на другую работу. Или дорожно-транспортное происшествие произойдет. Тут опыт богатый.

— И как быстро это все случится? — спросил Муса.

Платон пожал плечами.

— Думаю — до конца года. Если не произойдет чего-нибудь экстраординарного. Тогда быстрее. На самом деле очень вероятно, что все кончится еще летом.

— Почему?

— Допустим, сейчас начнется какая-нибудь заваруха в Москве. Ельцин возникнет, демонстрации начнут каждый день устраивать. Если действительно народ сильно возбудится, то ублюдкам придется спешить. Тогда к лету танки по Москве ездить будут. И президент у нас будет уже другой. Но имейте в виду, что все это — только первый вариант. Михаил Сергеевич — мужик непростой и наверняка понимает, чем дело кончится, если он и дальше будет с этой командой играть. Все зависит от того, насколько он уверен в своих силах. Если у него имеются хоть какие-то козыри, про которые ублюдки не знают, он с ними до определенного времени поиграет, а потом свернет им шею. И здесь главное — сколько эта игра займет. В принципе, она может хоть сегодня закончиться.

— Это как?

— Легко. Горбачев наверняка никаких бумаг не подписывал, никаких явных приказов не отдавал, так — кивнул в нужный момент головой и отошел в сторону. Именно поэтому его Ландсбергис и не мог разбудить ночью. И теперь представьте себе, что он сегодня или завтра, по радио или на съезде, обращается к народу и заявляет, что резню в Вильнюсе затеяли враги демократии Крючков, Пуго и примкнувший к ним Язов. И он объявляет их вне закона, снимает с должностей и отдает под суд. Это был бы ход резкий, рискованный и очень сильный. Смотрите: оппозиция обезглавлена, это раз. Популярность, которую он здорово подрастерял, растет многократно, это два. Во всем мире он снова считается демократом и героем номер один, это три. А самое главное — Ельцину после этого можно уже отдыхать. Пока он что-то там из себя изображал, зачем-то в Прибалтику на чужих «жигулях» мотался, Горбачев решил проблему одним ударом. И сразу видно — кто политический деятель, а кто просто так и звать никак. У Горбачева наверняка такая заготовка есть. Все дело только в том, когда он решится ее использовать и решится ли. Если решится, то все кончится очень быстро. Эти ублюдки, конечно, просто так не сдадутся. Наверняка они такой вариант просчитали, и верные части на всякий случай подготовлены. Так что, если Горбачев сделает резкий шаг, они эти части тут же пустят в дело. Горбачев может реально рассчитывать только на тех, кто рядом с ним, да на народную поддержку. И в этом случае в Москве могут начать строить баррикады.

— В Москве никогда не начнут строить баррикады, — твердо сказал Муса.

— Вот если Горбачев думает так же, то будет первый вариант. В одиночку он против Крючкова не попрет. Кишка тонка. Это не Сальвадор Альенде. Да и терять есть что.

— Это все тебе Федор Федорович рассказал? — спросил Виктор.

— Ну прямо! Такие вещи он со мной в жизни обсуждать не будет. Да и ни с кем другим не будет. Тут элементарная логика. Просто бывает логика математическая, а бывает политическая. Почитайте Владимира Ильича или «Государя» Макиавелли, на худой конец. Федор Федорович мне другое сказал.

— Что?

Платон оглянулся на дверь и придвинулся к столу.

— Он мне сказал, на основании чего можно сделать вывод, какой вариант произойдет. Заранее. Интересно, что для этого никаких государственных секретов раскрывать не надо, шпионить не надо, а надо всего лишь в определенное время включить телевизор и две минуты внимательно послушать одного человека. И все сразу будет ясно. Мы с ним битый час по коридору гуляли. Я ему рассказываю свои соображения, всячески пытаюсь вытянуть на разговор, а он только отшучивается и байки травит. А под конец, когда уже прощались, он мне и говорит, как бы между прочим: знаешь, говорит, Платон, а ведь Саша Невзоров сейчас в Вильнюсе, ведет съемку, привезет он свой репортаж, покажет его по телевизору, и сразу все узнают всю правду. Подмигнул и ушел.

— А что может показать Невзоров? — удивился Виктор. — Как танки людей давят? Не наоборот же? И потом, он же мужик порядочный.

Когда Платон начинал злиться, это сразу становилось заметно.

— Витя, ты его считаешь порядочным только потому, что он ленинградских партбоссов громит и орет, что так жить нельзя? Ты пойми — порядочность, если ты этого еще не знаешь, меряется совершенно не этим. Это — во-первых. А есть еще и во-вторых. Это большая политика, и в ней нормальные человеческие категории просто не работают. Помнишь эту историю с покушением на Невзорова? Странная история, правда? А еще страннее, что ему после этого Горбачев звонил, чтобы узнать, как он себя чувствует. С чего бы вдруг? И с какой это стати кагэбэшник, пусть он десять раз свой и приличный человек, его Сашей называет? При мне! Ты что, не понимаешь, что это значит? Конечно, он не сам в Вильнюс поперся, его место в Ленинграде. Его послали. С точным заданием. И если он покажет, как танки людей давят, значит, Горбачев пошел в атаку. А если, как ты говоришь, наоборот, если пьяные литовцы топчут красный флаг и бросают в наших солдатиков помидоры, то однозначно первый вариант.

Для Виктора все это звучало крайне неубедительно. Конечно же, Невзоров, практически растоптавший крупного партийного руководителя в Питере, обнародовав историю о купленном за гроши «мерседесе», Невзоров, выпустивший в эфир следователя Иванова в тот самый момент, когда его и Гдляна практически добили, Невзоров, кожаная куртка которого была таким же знаковым символом борьбы за новую жизнь, как борода Юрия Власова, свитер Гавриила Попова и костыли Ильи Заславского, этот Александр Невзоров никогда не мог бы оказаться пешкой в игре спецслужб и Горбачева. Да и представить себе, что он выдаст в эфир то, что ему прикажут, а не очевидную для всех правду о вильнюсских событиях, было просто невозможно. И Виктор сказал об этом Платону.

Тот пожал плечами.

— Боюсь, Витя, что тебе на этой неделе придется сильно разочароваться сразу в двух твоих любимцах. Скорее всего, сначала Невзоров очень убедительно покажет, как литовцы из рогаток расстреливают советские танки, а потом Михаил Сергеевич будет долго объяснять общественности, что литовцы, как унтер-офицерская вдова, сами себя высекли. Может, конечно, и наоборот будет.

Очень скоро слова Федора Федоровича получили дополнительное подтверждение. В один из вечеров, когда Виктор включил ленинградскую программу, он увидел лицо первого секретаря Ленинградского обкома Гидаспова, который, глядя прямо в экран, успокаивал невидимую Виктору аудиторию.

— Я полагаю, — говорил Гидаспов хорошо модулированным приятным голосом, — что, во-первых, нет никаких оснований для беспокойства, а во-вторых — мы не располагаем достаточной информацией. Давайте подождем несколько дней. Сейчас в Вильнюсе находится наш Саша Невзоров. Он привезет абсолютно объективный репортаж, ему-то уж вы поверите…

Но еще до возвращения «нашего Саши» в «Московских новостях», «Курантах» и «Аргументах и фактах» появились списки людей, погибших во время ночного штурма башни, а по телевизору прошли жутковатые кадры, снятые западными журналистами. Поколение, выросшее без войны и убежденное пропагандой, будто наши солдаты заняты исключительно тем, что сажают яблоневые сады и гладят по головкам стеснительных афганских ребятишек, увидело, что такое удар прикладом автомата в голову.

А еще через день в эфир вышел репортаж Невзорова.

И расстановка сил полностью определилась.

— Прежде чем вы увидите этот репортаж, — говорил с экрана Невзоров, — я хотел бы попрощаться со многими из тех, кто в течение последних лет ежедневно смотрел мою программу. С сегодняшнего дня нам будет не по пути. Но я уверен, что люди должны знать, — и он выделил свои слова голосом и сжавшимися кулаками, — эту правду. Смотрите и прощайте.

Снятый Невзоровым фильм назывался «Наши».

Когда финальные титры погасли, Сысоев был потрясен. Невзоров снял игровой фильм, в котором было все — зажравшиеся литовцы, поправшие ногами дружбу народов и память о воинах-освободителях, брошенные на произвол судьбы и отчаянно обороняющиеся советские солдатики, совсем мальчишки, беззаветно исполняющие свой долг перед Родиной и обливаемые потоками грязи и наветов, омоновцы и спецназ, эти рыцари без страха и упрека, эпические былинные богатыри, которые, украшенные автоматами и базуками, двигались навстречу снайперским пулям, несущим неминуемую смерть. И сам Невзоров, который, отбросив камеру и блокнот журналиста, берет автомат и идет с ним на верную гибель, потому что нельзя иначе, и Родина зовет, и ни шагу назад, и еще потому, что все они — и солдаты, брошенные бездарными политиканами в литовскую мясорубку, и одинокие герои-спецназовцы, и забытые своей страной старики, вдруг оказавшиеся на чужбине, и секретарь какого-то неведомого парткома со слезящимися от бессонницы глазами, и те, кто лег в сорок первом и сорок пятом и потом, когда громили лесных братьев, — все они наши. Наши! Как когда-то в дворовых играх и драках. Наши! А эти — не наши! И говорить больше не о чем.

То, с какой силой и с каким фантастическим иезуитским талантом Невзоров вывернул наизнанку эту очевидную и неопровержимую, казалось бы, трагедию, только усиливало испытанное Виктором чувство омерзения.

Мрачные предсказания Платона продолжали сбываться. На следующий же день народные депутаты, до сих пор умудрявшиеся игнорировать литовские события и гасившие все попытки начать их обсуждение, неожиданно проснулись и, при полной поддержке Горбачева, потребовали наконец-то сказать народу правду. Всю правду! Дать объективную информацию! Немедленно! Куда смотрит Леонид Кравченко, пришедший на телевидение, чтобы исполнить волю президента? Народ хочет знать правду!

И депутатская правда, на девяносто девять процентов состоящая из невзоровского спектакля, пошла в эфир. Показали ее по всем каналам, кроме, пожалуй, общеобразовательного, да и не один, а три раза. И когда воля президента была надлежащим образом исполнена, на экране с комментарием к литовским событиям показался сам Михаил Сергеевич. Но услышать его комментарий Виктору уже не удалось, потому что его скрутила резкая боль в животе, он еле добежал до туалета, даже не успев прикрыть за собой дверь, и его трижды вывернуло наизнанку. Анюта страшно перепугалась и попыталась вызвать врача. Но Виктор, прислонившись к стене, превозмогая внезапно накатившую слабость и вытирая с губ густую и омерзительно пахнущую слюну, остановил ее.

— Погоди, не суетись. Мне, кажется, уже легче. Наверное, съел в конторе какую-то гадость. Ты выйди отсюда. Я сейчас умоюсь, а ты сделай мне крепкого чаю.

Но когда, умывшись и сменив рубашку, он сел в кресло с принесенной Анютой чашкой чая и вновь увидел и услышал лидера перестройки, приступ рвоты повторился, и теперь уже открутиться от вызова врача ему не удалось.

Появившийся через час врач «скорой помощи» пощупал Виктору живот, измерил температуру, оказавшуюся нормальной, задал несколько вопросов, назначил строгую диету и порекомендовал утром показаться участковому врачу.

В поликлинику Виктор, естественно, не пошел, и все как-то само собой рассосалось.

— Не могу я смотреть на эту морду, — говорил он Терьяну, случайно встреченному им через несколько дней на улице. — Все! Меня физически от него мутит. И от этого журналюги тоже.

— А от пива? — спросил Сергей, глядя куда-то в сторону.

— От пива?

— Ну да. Не хочешь зайти?

Пивная, в которой они оказались, была чуть ли не последним московским заведением, где еще сохранились столики и официанты, разносившие пиво. В большом полутемном зале было людно, шумно, накурено, а между столами лениво перемещалась седая толстая тетка, одетая в замусоленный синий халат и агрессивно тыкающая шваброй под столы. Пахло кислым пивом, креветками и сосисками.

— Так это ты про Горбачева? — Сергей махнул официанту. — Да успокойся ты. Обычный человечек, со всеми грехами и слабостями. Не Махатма Ганди, это точно. Сам подумай — на него давят справа со страшной силой. И ради какого рожна ему надо возникать? Чтобы его Витя Сысоев и еще человек пять-шесть уважали? Или за высокие идеалы свободы? Так ему свернут шею, как цыпленку, никто даже пикнуть не успеет. Народ, что ли, за него заступится? Да над ним уже в открытую смеются. Кому он нужен? Вот тебе пример, ярчайший. Кругом посмотри. На морды эти обрати внимание. Это тот самый народ здесь сидит. Он что, знает, где эта Литва и что там творится? Пивка и креветок — вот что он знает, остальное по фигу. А на Литву он положил. И все положили. Это только очень узкий круг настоящей интеллигенции побазарит немного на кухне за рюмкой чая да и поплетется поутру в присутствие.

— Ты тоже положил?

Сергей подвинул поближе принесенную официантом кружку, помолчал немного и сказал:

— Витюша, я хочу, чтобы ты меня правильно понял. Нам ведь уже давно не по двадцать пять, и не время сейчас начинать жить сначала. Я понимаю, конечно, я, как сейчас говорят, лицо кавказской национальности, а ты — человек русский, для тебя всякое там «что делать» и «кто виноват» — на первом месте. И я допускаю, что ты сейчас вполне в состоянии бросить все — работу, жену, дочку, — и податься в профессиональные революционеры, в «Демократическую Россию» какую-нибудь, демонстрации устраивать, ехать в Прибалтику сражаться за независимость Литвы, звать Русь к топору и все такое. Только давай рассуждать логически. Ты в шестьдесят восьмом на Красную площадь не ходил? Не ходил. А ходил ты в это время на политзанятия, слушал про нашу братскую помощь братской же Чехословакии и не возникал. А когда войска в Афганистан ввели, ты что, ночей из-за этого не спал и на всех углах кричал про агрессию? И спал прекрасно, и на тех же политзанятиях выступал с усердием. Неправда? Правда. Я ведь тебя не упрекаю, пойми меня правильно, я и сам такой же. Так что же ты сейчас пытаешься изобразить из себя? Я в какой-то книжке хорошее сравнение вычитал: интеллигент есть что-то вроде головы профессора Доуэля — думает много, говорит связно, а больше ни к чему непригоден. Вот давай на этой позиции и останемся. Или ты хочешь выйти сейчас из пивной и рвануть строить баррикады? Ты этого для себя хочешь?

— Я не знаю, чего я хочу. Ты все вроде бы говоришь правильно. Но не совсем. Пойми, тогда была одна ситуация, а сейчас — совсем другая. Десять лет назад мы были кто? Интеллектуалы, цвет нации. Мы тогда сами себе придумали классную сказку — что мы выше и умнее всех, что мы все видим и все понимаем и соблюдаем правила игры, на партсобраниях выступаем, на политзанятия ходим, играем как положено, но мыслим по-своему. Мы не трогаем их дурацкую политику, даже подыгрываем им немножко, а они не трогают нас…

— Ты что, с перестройкой перестал быть интеллектуалом? От того, что ты подался в кооперативы, а потом в «Инфокар», ты перестал мыслить?

— Не в этом дело. Ты не понял. Дай я договорю. Мыслить не перестал. Но я же не автомат, не компьютер, черт возьми. И я имею право на нормальные человеческие эмоции. Меня Горбачев заставил поверить. А вера есть категория внелогическая, надынтеллектуальная. Может, я ненастоящий интеллектуал, раз вот так и купился на слова. Но купился же! А теперь он на эту веру мою плюнул и ногой растер. Поэтому говорить: давай, дескать, останемся на прежней позиции — уже поздно. Это в восемьдесят пятом надо было говорить, когда он первый раз народу явился. Вот тогда и надо было кричать во весь голос — люди, не верьте, он из той же шайки, он обманет. Так не кричали же! Свежий ветер перемен голову задурил.

Терьян пожал плечами.

— У меня, например, никаких особых иллюзий и тогда, в самом начале, не было. Он же в Политбюро и потом в генсеки не сам пришел, его поставили. А уж тех, кто его туда поставил, мы с тобой хорошо помним. Так что он там вполне свой человек. Это-то ты знал?

— Ну знал. Дай я еще скажу. Вера — это такая штука, которая возникает не от многочисленных доказательств. Когда нужны доказательства, это уже не вера, это — знание. А вера есть штука иррациональная, она появляется не потому, что тебе доказали или ты что-то своими глазами увидел, она появляется из-за внутренней потребности. Вот ты всю жизнь жил-жил, ни во что не верил, а потом вдруг прихватило тебя — и поверил. И хорошо, если поверил во что-то путное, а то чаще всего — во что придется. Но не в этом дело. Человек без веры вообще жить не может, это нормальная внутренняя потребность. И каждый человек, который живет на Земле, обязательно во что-нибудь да верит. Бога нет — это мы с тобой прекрасно знаем, и для нас этот вопрос отпал. А потребность осталась. Вот каждый себе и выбирает веру по силе да разумению. Ты вот — извини, что напоминаю, — Лике поверил. Не хреново ли тебе потом было? А у меня — свое. И неправильно говорить, что Горбачеву нельзя было верить, потому что он из старой обоймы и все такое. Поверить можно во что угодно. Только если потом окажется, что поверил не в то, внутри все ломается. Да ты и сам это знаешь.

— «Сколько веры и лесу повалено, — кивнул Терьян, — сколько пройдено горя и трасс»… И тебя это ничему не научило?

— Это и не может научить. Я за эти дни многое передумал, Серега. Может быть, вся наша беда в том, что мы в бога не верим. Вот и ищем себе, что бы такое на веру взять, чтобы в одном ряду со старушками в платочках не оказаться. А был бы бог- — и заполнилось бы место. И не надо было бы нам ни товарища Сталина, ни президента Горбачева.

— Знаешь, — сказал Сергей, — ты меня успокоил. Мне ведь и Анька звонила, и с Платоном я говорил — они меня просто напугали. Я решил, что ты и впрямь решил на баррикады лезть. Очень я рад, что ты рассуждаешь как нормальный человек все-таки. Ну помучаешься немножко из-за своего говоруна. Ты про Лику правильно вспомнил…Только я думаю, у тебя это все быстро пройдет. Много отвлекающих факторов.

Виктор замотал головой.

— Не пройдет. Знаешь, чего я жду? Я хочу, чтобы бог все-таки был и чтобы каждому, как положено, воздавалось по делам его. Ведь не только же со мною одним сейчас такое творится, есть и другие. А про убитых в Вильнюсе — за них кто ответит? А мужик, которого вчера в Риге омоновцы положили? И пока Горбачев на моих глазах полное возмездие не получит, я не успокоюсь. Вот знаешь что — я верю, что пройдет еще немного времени, совсем чуть-чуть, и он плюхнется в грязь, да там и останется и будет там ворочаться на глазах у всего мира, а вылезти не сможет, так и будет там гнить вечно. Вот когда я это увижу, тогда и успокоюсь. Наверное.

— А ну как не увидишь? По делам, может, и должно воздаваться, только не обязательно при жизни и не обязательно у тебя на глазах. Спешишь ты очень. Поверил, разуверился, а теперь хочешь возникшую пустоту другой верой заполнить? А ты уверен, что эта вера правильной будет? Я тебя, конечно, не призываю с меня пример брать, но про Лику ты сам вспомнил. Мне, когда мы разбежались, знаешь, каково было? И соблазн найти кого-нибудь был ох какой. Только я год, никуда не выходя, на диване провалялся, чтобы никого впопыхах снова в душу не запустить. Пусть лучше там пусто будет, чем еще раз такое пережить.

— Так ты и сейчас один?

— Ну как тебе сказать? Тут одна приходила пару раз. Так, от случая к случаю. Ничего постоянного. Это все несерьезно.

— А от Тани слышно что-нибудь?

— Нет. Она вышла замуж. Приезжал тесть, просил подписать документы на удочерение девочек.

— Подписал?

— Подписал. Он мужик хороший, посидели с ним, выпили, он мне про нового Танькиного мужа рассказал. Вроде там все нормально.

— А Ленку помнишь?

Сергей кивнул. В «Инфокаре» он появлялся редко, знал, что Ленка там работает, но ни разу ее не видел.

— Как она?

— Сидит в приемной у Платона. Работает.

— Сколько ей сейчас?

— Давай посчитаем. Когда мы в Питер ездили, ей было девятнадцать, сейчас, значит, за тридцать уже.

— Замужем?

— Нет. И не была. Какие-то мужики звонят, но, по-моему, все разные. Да ей, при ее-то загрузке, не до этого. Сейчас Платон еще одну взял, так что Ленка через день работает. А раньше — по шестнадцать часов ежедневно. Привет передать?

— Не надо. Это все уже травой поросло.

— Ну смотри. Кстати, а ты не хочешь к нам перебраться?

— Да нет. У меня тут одна идея есть. Хочу сделать.

— По науке?

— Конечно, как же еще?

— А на что ты живешь?

— На зарплату. Я один, мне много не надо. Не будет хватать, тогда приду. Платон ведь уже предлагал.

— Правда? Я не знал. А что?

— Да бред какой-то. Позвонил мне ночью, говорит — Серега, бросай на фиг институт, иди ко мне главбухом, а то мой подворовывать начал по мелочам. Ну какой из меня главбух? Я же в этом деле ничего не понимаю. А он говорит — ничего, устраивайся на курсы, мы все оплатим и чтобы через сколько-то там времени имел документ по всей форме.

— Ну и как?

— Я ему сказал, что мне некогда на курсы ходить. Больше не звонил. А у тебя конкретное предложение есть?

— Да предложений сколько угодно. Так что, если созреешь, дай знать. Погоди, погоди, я заплачу. Вот когда будешь у нас работать, тогда и начнешь коммерсантов угощать, а пока терпи.

Когда Виктор, отстояв положенное в вечерних пробках, добрался домой и сел ужинать, ему позвонил Терьян.

— Витя, — сказал он, — ты ведь на персональной машине ездишь, общественным транспортом больше не пользуешься, правда?

— Ну, в общем, да, — ответил Виктор, удивившись вопросу. — А что?

— А то, что я обычно на метро передвигаюсь. И наблюдаю народ российский в непосредственной близости. И я сегодня одну любопытную штуку углядел. Она немножко в ключе сегодняшнего разговора. Хочешь, расскажу?

Виктор отодвинул тарелку, закурил и приготовился слушать.

— Помнишь, как на «Курской» устроена пересадка с радиуса на кольцо и обратно? — продолжал Сергей. — Не помнишь? Ладно, я расскажу. Там есть такой подземный, ну под станцией, переход. И в него ведут две лестницы. По одной поток идет с радиуса на кольцо, а по другой — наоборот. И эти потоки пересекаться не должны. Представляешь? Так вот, в час пик эти лестницы забиты до отказа, поэтому люди по ним идут очень медленно. Просто ползут. И некоторые умные люди, чтобы сэкономить время, пытаются пройти навстречу потоку. Их обычно не так много, но встречный поток в каждом направлении всегда присутствует. Я сам так иногда делаю и по опыту знаю, что действительно получается быстрее. А те, кто идут в правильном направлении, этих хитрожопых умников очень не любят. Обзывают их всячески, норовят портфелем по ноге садануть и так далее. Но это ничего не меняет. А сегодня я потрясающую сцену наблюдал. Иду на пересадку. Лестница забита. Все тихо ползут вниз, и узенький ручеек, как водится, навстречу. На вторую лестницу посмотрел — там такая же картина. Ладно, думаю, пойду по правилам. Иду, черепашьим шагом. А прямо передо мной ползет какой-то пенсионер, злой, красный, потный, бурчит что-то себе под нос. На середине лестницы он вдруг взрывается, хватает за воротник тетку, пробирающуюся против потока, и орет благим матом — куда прешь, да деревенщина, да лимитчица, да что ж ты не знаешь, что по этой лестнице надо только вниз идти, ну и все такое. Тетка сначала растерялась, замахала руками, а потом сказала ему удивительную вещь. Знаешь какую? Иди, говорит, старый хрен, посмотри, что на другой лестнице творится. Знаешь, говорит, сколько там ваших в неправильном направлении идет? Уловил?

— Пока нет, — признался Виктор.

— А зря. У нас народ особый. Он умеет внутри себя делиться на наших и ваших не по цвету кожи, классовой принадлежности, религиозным делам — это само собой. Он умеет на наших и не наших делиться по тому, кто в каком направлении по лестнице ходит. И Невзоров эту национальную особенность гениально угадал. И использовал на все сто. А ты со своими рассуждениями о времени, свободе, порядочности и прочем все равно дальше кухни не продвинешься. Потому что никто даже не поймет, о чем ты говоришь и почему столько от тебя шума. Ибо сказано слово — наши и не наши. И в этом вся альфа и омега русского национального характера состоит. Теперь понятно?

— Хорошая история, — признался Виктор. — А тебе не кажется, что ты упрощаешь?

— Я не упрощаю. Я утрирую. Но это — чистая правда. И знаешь, Витя, страшная судьба должна быть у народа, который по любому поводу способен делиться на друзей и врагов. А те, кто эту способность взращивает и культивирует, — они и есть самые большие грешники. Ты вот над этим подумай. Что Горбачев! Он всего лишь говорил одно, а сделал другое. Ты лучше Невзоровым озаботься. Во всей этой истории он — фигура наиглавнейшая, потому что он под весь нынешний мрак идеологическую подкладку подвел, да такую, на которую именно наш народ покупается безошибочно. Так что, когда будешь воздаяния ожидать, про Сашу Невзорова не забудь.

«Наши»

Но что-то у «наших» не сложилось. Бронированный кулак, занесенный над Прибалтикой, еще немного повисел в воздухе, отбрасывая угрожающую тень, а затем незаметно спрятался в рукав. Созданные по указке из Москвы «интерфронты», которые должны были противостоять соответствующим национальным образованиям, покинули авансцену. Комитет общественного спасения, взявший было на себя ответственность за вильнюсскую бойню, сгинул в мгновение ока. Те партийные вожди, которых людская молва не без оснований обвиняла, что они-то и были этот самый комитет, удрали в Москву и затаились, ожидая лучших времен. Литовские лидеры, вместо того чтобы отбивать телебашню, поступили мудро и развернули вещание с запасной базы под Каунасом. В свою очередь, оккупировавшие телебашню подразделения Советской армии просидели там дней десять, наблюдая через выбитые во время штурма окна пикетчиков с плакатами, которые подробно описывали отношение литовцев к случившемуся, после чего под покровом ночи были возвращены в места постоянной дислокации. А один из прибалтийских властителей дум в интервью на «Эхе Москвы» ехидно посоветовал Горбачеву поразмыслить над словами Гимна СССР: Союз — нерушимый? Республик свободных? Сплотила навеки? И так далее.

Невзоров снял и показал еще несколько опусов, воспевающих рижский ОМОН и прочих чудо-богатырей, но с его первым фильмом они не шли ни в какое сравнение. Зато появилось общественно-политическое движение «Наши», которое нигде не было зарегистрировано, из кого состояло — непонятно и особой политической роли не играло, являясь, скорее всего, рупором депутатской группы «Союз». В ответ остроумные демократы ввели в обращение новый политический термин «нашизм», а неуловимых членов движения стали называть «нашистами».

Все эти новшества мало сказались на общеполитической расстановке сил. С одной стороны выступала межрегиональная депутатская группа, опирающаяся на «Демократическую Россию» и россыпь карликовых партий и движений вроде христианских демократов Аксючица, консерваторов Льва Убожко и других. Очевидным и бесспорным лидером был Борис Ельцин, уверенно продвигающийся к посту президента России. Но за пределами его ближайшего окружения уже исчезали любые признаки организованности и начиналась обычная демократическая вольница, в которой на любых двух человек приходились три противоречивых мнения, категорически отвергаемые всеми остальными. Демороссы пользовались поддержкой шахтерских профсоюзов, за ними стояли все новые экономические структуры, возникшие за годы перестройки, но и рабочие и коммерсанты одинаково терялись, сталкиваясь с митинговыми страстями, которые заменили собой сколько-нибудь осмысленную программу действий.

Этому «клубу по интересам» противостояла все та же партийно-государственная махина. Но и она переживала не лучшие времена. Лидер российских коммунистов Полозков, чья густо татуированная рука была с издевкой продемонстрирована по всем телеканалам как символ ума, чести и совести нашей эпохи, проиграл Ельцину на выборах председателя Верховного Совета Российской Федерации и после этого уже ни на что не мог рассчитывать. Центральный Комитет КПСС по традиции смотрел в рот Политбюро, из которого сыпались бойкие, но совершенно невразумительные речи генсека. Над Горбачевым смеялись уже в открытую. Депутатской группе «Союз», еще сохранившей подобие железной структуры ордена меченосцев, удалось протащить в президенты СССР товарища Янаева, достоинства которого, как физические, так и умственные, стали очевидны еще при обсуждении его кандидатуры, когда на вопрос о состоянии здоровья он гордо ответил, что жена не жалуется. Впрочем, всерьез его и не воспринимали, поскольку нужно было всего лишь, чтобы он до поры до времени не раздражал Горбачева и не путался под ногами, а когда придет время — сделал, что скажут. Крючков, Пуго и Язов (КГБ, МВД и Министерство обороны соответственно) демонстративно держались в тени, продолжая нелегкую кротовью работу по консолидации сил. Общий мрачный фон несколько оживляла возникшая невесть откуда Либерально-демократическая партия, открыто заявившая о полной поддержке существующей власти и возглавляемая личностью яркой и уж точно незабываемой. И когда вздыбленная было литовскими событиями страна еще даже не успела перевести дух, власть сделала следующий решительный шаг.

Министр финансов Валентин Павлов объявил денежную реформу.

Суть ее состояла в том, что пятидесятирублевые и сторублевые купюры изымались из обращения и обменивались на такие же купюры, но нового образца. Потому что какие-то проходимцы, явно по заданию иностранных разведок, вывезли за границу несметное количество вагонов с советскими деньгами и теперь империалисты готовы по дешевке скупить всю Страну Советов. А обмен им в этом помешает. На все про все — три дня. И кто не успел, тот опоздал.

Водораздел

Виктор Сысоев довольно быстро понял, что существует определенный предел, за которым его понимание происходящего перестает чему-либо соответствовать.

После истории с кооперативом «Инициатива» он, приобретя отрицательный, но бесценный коммерческий опыт, чувствовал себя в «Инфокаре» как рыба в воде. И начальный период безденежья, и первые заработки, и фиатовская авантюра — все это не выходило за рамки уже знакомой ему деятельности. И пока инфокаровские доходы исчислялись сотнями тысяч долларов, пока в любое время можно было потрепаться с Платоном или Мусой о недавно прочитанной книге, о случайно встреченных старых знакомых, о ситуации в Институте, о бабах, наконец, он чувствовал себя достаточно комфортно. Но когда выручка перевалила за десятки миллионов, Виктор стал ощущать невыносимое физическое давление, не пропадавшее ни днем ни ночью. Платон, растянувший свой рабочий день до двадцати часов и умудрявшийся к тому же вклинивать в спрессованное донельзя расписание многочисленные романтические свидания, Муса, тянущий на себе всю инфокаровскую махину, Ларри, назначающий сверку расчетов с Заводом на два часа ночи и распределение машин по стоянкам — на четыре, Марк, в своей борьбе за место под солнцем упорно старающийся пересидеть Ларри, — все они как бы перешли в иную категорию людей. Они были готовы к этому новому вызову, к большой ответственности, к большим деньгам и непростому процессу их приумножения и безудержной экспансии, а он — нет. Риск, на который они ежедневно и ежечасно шли, бросая на заляпанный грязью и кровью игорный стол молодого российского бизнеса миллионы столь трудно заработанных долларов, выбор между весьма правдоподобной потерей всего капитала и эфемерной возможностью его удвоения, выбор, за которым, казалось бы, не стояло ни расчета, ни трезвого анализа — ничего, кроме потусторонней интуиции Платона, неодолимой воли Ларри и железной командной дисциплины, обеспечивающей невиданную и мгновенную концентрацию ресурсов, — этот риск и этот выбор были не для него. И Виктор, по-прежнему оставаясь заместителем Платона и формально занимая более высокое положение, чем Марк и Ларри, стал постепенно уходить в тень. Он вел несколько коммерческих проектов с невысокой нормой прибыли, организовал торговлю спорттоварами, самостоятельно распоряжался бюджетом в двести тысяч долларов, по сложившейся традиции присутствовал на всех заседаниях правления и переговорах, регулярно отчитывался перед Платоном о состоянии дел. Время от времени ему отдавали для проработки кое-какие куски основного бизнеса, потому что в грамотном анализе возможных последствий, точности планирования и обоснованности прогнозов равных Виктору не было, но от принятия ключевых решений он отстранился. Да и со здоровьем у него что-то не клеилось. Секретарша Пола — ее привел в «Инфокар» Платон после трехдневного романа где-то на Истре — держала у себя в столе целую аптечку и, если Виктора скрючивало, немедленно снимала трубки со всех телефонов, чтобы не звонили, после чего начинала приводить шефа в чувство. А еще в подчинении у Виктора оказался Леня Донских.

Случилось это так. Платон, державший в голове колоссальный объем информации, стал забывать о самых элементарных вещах. Надо сказать, что и в Институте он не отличался особой организованностью, но в вольготных академических условиях это всегда воспринималось с юмором и ни к каким нежелательным последствиям не приводило. Подумаешь, на семинар опоздал… В «Инфокаре» же платоновское неумение хоть как-то организовать свое время было чревато катастрофой, потому что все отношения с внешней средой, с властными структурами, банками, Заводом и представляли собой ту самую, заботливо сплетаемую им паутину. И когда в приемной у Платона неожиданно сталкивались люди, которым не то чтобы находиться вместе, но и знать, что каждого из них с Платоном что-то связывает, было категорически противопоказано, да еще при этом обнаруживалось, что хозяин кабинета два часа назад улетел в Англию, но забыл об этом предупредить, то создавалась ситуация просто опасная. Конечно, платоновской секретарше Марии удавалось их всех развести, что-то объяснить, кого-то замкнуть на Мусу, кого-то — на Марка, однако по мере развития бизнеса делать это становилось все труднее и труднее. Поэтому зачастую большие куски талантливо сплетенной, но временно оставленной в небрежении паутины рвались, и тогда жирные мухи, томящиеся в сладкой платоновской неволе, огорченно жужжа, вырывались на свободу.

Наконец случился и вовсе неприличный прокол. Приглашенный в «Инфокар» на собеседование видный деятель «Памяти» прождал два часа только для того, чтобы увидеть влетевшего в офис Платона в сопровождении трех представителей Еврейского конгресса. «Памятник» разразился проклятиями и, уходя, пообещал разнести это жидовское гнездо по кочкам. Вот тогда Муса в категорической форме и потребовал от Платона упорядочить свою жизнедеятельность.

— Тебе что, трудно хоть кого-нибудь информировать о своих планах? — выпытывал Муса, все еще переживая непростой разговор с озверевшим от обиды патриотом. — Ладно, сейчас я с этим типом договорился. А если бы нет? Ты понимаешь, что может случиться?

Платон, о чем-то сосредоточенно размышлявший, покорно кивнул головой и сказал:

— Угу.

— Что «угу»? — рассердился Муса. — Что ты мне тут угукаешь! Делай что-нибудь. Или я ухожу к чертовой матери. Мне и без твоих закидонов дел хватает. Сам не можешь нормально организоваться — найми себе няньку. Скажи, сколько надо платить, чтобы за тобой присматривали, — буду платить.

Платон посмотрел на Тариева стеклянными глазами, как бы пытаясь понять, что Мусе нужно и почему он его мучает, стряхнул оцепенение и крикнул:

— Мария! Зайди быстро! — Когда Мария вошла в кабинет, он сказал: — Так. Как у тебя дела? Знаешь что, я решил, что нам надо навести элементарный порядок. Давай я тебе каждый вечер буду говорить, какие у меня на завтра встречи, а ты мне с утра будешь напоминать. И следить, чтобы ничего не сорвалось. Ладно? Вот Муса тебе сейчас расскажет, как это делается. Берешь лист бумаги, пишешь, во сколько и с кем встреча, о чем будет разговор, все такое, а потом контролируешь. В общем, Муса объяснит. Поняла? Умничка. А сейчас найди мне… этого… ну он вчера звонил… Серегина!

Переговорив по телефону с Серегиным, Платон исчез. Две недели Мария упорно выстраивала новую систему организации труда и добилась существенных результатов. Платон все равно на встречи опаздывал, приезжал не туда и встречался не с теми, но теперь, по крайней мере, он хотя бы знал, что именно сорвалось или не состоялось. Впрочем, «Инфокару» от этого легче не стало. И Муса, сговорившись с Ларри, Марком и Виктором, снова пошел на приступ.

— Я не понимаю, — растерянно говорил Платон, вертя в руках изготовленный Марией план встреч на прошедший день. — Она вроде все правильно делает. Смотрите — вот в восемь встреча в Моссовете — было. Потом позвонить на завод — тоже позвонил. Потом позвонить в «Менатеп» — не успел, но зато сделал одну штуку, потрясную, потом расскажу. Потом поехал в «Менатеп», но не смог встретиться с этим, как его… — в результате вот эти две встречи полетели. Потом с этим встретился, все вопросы решили. А в итоге половина дел опять на завтра переложилась. Ларри, не смотри на меня так, я с этим, как его… опять не успел переговорить. Завтра в четыре, нет — в пять, как штык. Мария! Запиши, что я завтра должен переговорить с… ну, в общем, Ларри тебе скажет. В четыре! Нет, в пять.

— Так не пойдет, — решительно сказал Муса. — Я уже объяснял — тебе нужна нянька. Чтобы ты один ни на минуту не оставался. Чтобы тебя за руку водили. Чтобы твое время организовывали. А бумажки тебе подсовывать — из этого ничего не получится. Кстати, твой вчерашний план так и провалялся в конторе. И позавчерашний тоже. Хочешь, чтобы это была Мария, ради бога, я не против.

— Нет, Мария здесь нужна, — не согласился Платон. — Без нее тут все развалится. Мне бы мужика какого, знаешь, чтобы с комсомольской закалкой. И чтобы свой был. Надежный.

— Возьми Леньку, — посоветовал Виктор. — Свой в доску. Секретарем комитета был. В Институте ему делать совершенно нечего…

— Класс! — Платон вскочил и распахнул дверь. — Мария! Звони Донских! Срочно! Пусть сейчас же приезжает.

Лёне было вменено в обязанность неотлучно следовать за Платоном, напоминать ему о всех встречах, получая для этого у Марии ежедневные расписания, присутствовать на всех переговорах, конспектировать сказанное, заносить все в компьютер и осуществлять общее планирование кипучей платоновской деятельности. Первые несколько дней Леониду это вполне удавалось. Тем более что Платон, вроде бы осознав жизненную важность новшества, свои обязательства старался выполнять и вел себя более или менее дисциплинированно.

А потом все вернулось на круги своя.

— Петя, — говорил Платон, морща лоб и обнимая Леню за плечи, — ты с Леней не знаком? Нет? Это Леня. Познакомься. Он абсолютно доверенный человек, с ним можно обо всем… ну как со мной. Так… О чем я? Да! Тут такое дело. Ленечка, ты нас оставь на какое-то время, нам поговорить надо.

Потом Платон стал забывать брать Леню с собой, потом, как-то незаметно, опять начал забирать распечатки с расписанием непосредственно у Марии, минуя Леню, а примерно через месяц очень обрадовался, встретив Леню в «Инфокаре», и спросил у него, как семья и как дела в Институте. Все это время Леня старательно просидел в переговорной комнате, занося в компьютер колоду визитных карточек, принадлежащих платоновским партнерам по переговорам и случайным знакомым. В один прекрасный день на Леню наткнулся Муса, спросил, чем он занят, услышав ответ, чрезвычайно удивился и отправил Донских в подчинение Виктору.

Виктор с радостью передал Лёне все связи с магазинами, реализующими закупаемую им электронику и спорттовары, а сам сосредоточился на связях с поставщиками. И у него освободилась куча времени. Но зато место, которое он берег для Терьяна, оказалось занятым.

Большая политика

Летом все готовились к выборам президента России. На свет божий снова явилась старая история о загадочном падении Ельцина в реку с моста. Подконтрольные КПСС средства массовой информации напомнили народу о коротком визите Ельцина в США и публикацию в итальянской газете «Република» о более чем странном поведении высокого гостя, а по телевидению еще раз продемонстрировали видеозапись ельцинского выступления в Университете Джонса Хопкинса, зафиксировавшую, мягко говоря, неадекватное поведение фаворита нынешней президентской кампании. Прочие кандидаты в президенты России были представлены в существенно более выгодном свете. В «Правде» и других газетах прошла серия публикаций о славном трудовом пути Николая Рыжкова. Бравый генерал Альберт Макашов, глядя с экрана по-детски чистыми глазами, категорически отверг возможность вмешательства армии в политические процессы и даже поклялся в этом своей офицерской честью. Аман Тулеев — очень кстати, в одиночку и без оружия — обезвредил террориста, захватившего автобус. А Владимир Вольфович Жириновский потребовал проведения теледебатов между кандидатами в президенты и пообещал говорить до тех пор, пока всех его конкурентов не увезет «скорая».

Ельцин же ограничился тем, что выступил в паре с Александром Руцким, творцом политического тяни-толкая — движения «Коммунисты за демократию», которое раскололо коммунистическое большинство в Верховном Совете Российской Федерации. А на теледебаты вообще не явился, что, совершенно очевидно, характеризовало его уверенность в исходе выборов и заодно продемонстрировало избирателям, кто действительно собирается в президенты, а кто просто зашел постоять. Прочие кандидаты, не ожидавшие от Ельцина столь пренебрежительного отношения, начисто забыли, что должны дебатировать друг с другом, и принялись дружно поносить отсутствующего. Они так увлеклись этим занятием, что больше им ничего обсудить не удалось. Поэтому в массах окрепло ощущение, что Ельцину противостоят не самостоятельные политические фигуры, а статисты, выдвинутые на сцену некоей невидимой рукой.

А еще летом в подвалах Музея истории религии и атеизма в Питере совершенно случайно обнаружились мощи святого Серафима Саровского. И образованные люди вспомнили пророчество, что с обретением мощей святого старца Россия наконец-то возродится.

Все стали ждать развязки.

Девятнадцатое августа

Проснувшись от резкого звонка, Виктор стукнул кулаком по будильнику, который, впрочем, ни в чем виноват не был — звонил висевший на кухне телефон. Протерев глаза, Виктор бросил взгляд на будильник. Была половина седьмого утра. Чертыхаясь, он побежал на кухню. Звонил тесть Кузьма Александрович.

— Я так думаю, Витя, — забыв поздороваться, сказал Кузьма Александрович, — что наши уже пересекли границу, и это очень хорошо.

«Совсем сдурел на пенсии старый хрыч», — подумал Виктор, продолжая прижимать трубку к уху.

Уволенный в запас тесть поделил неожиданно появившееся у него свободное время на три примерно равные части — после завтрака он читал «Огонек» и «Московские новости», выписывая в блокнот новейшие демократические идеи, после обеда изучал «Правду» и журнал «Коммунист», черпая там силы для дальнейшей борьбы с антикоммунистической заразой, а вечера проводил в красном уголке при жэке, где обменивался с друзьями-ветеранами своими впечатлениями о ходе исторического процесса. Ему ничего не стоило позвонить Виктору, например, в полночь и сообщить о своем глубоком беспокойстве по поводу возможного раскола в руководстве компартии Финляндии. Но в половине седьмого утра тесть звонил впервые.

— Я сперва заволновался, — продолжал Кузьма Александрович, — а когда понял, что девочки уже на нашей территории, сразу успокоился. А то ведь ляхи сейчас начнут устраивать провокации, да мало ли что еще. Очень хорошо, что девочки как раз в такой светлый день возвращаются.

Виктор машинально взглянул в окно, увидел густой утренний туман и испытал серьезную тревогу за состояние здоровья тестя. При всех своих закидонах старик ему всегда нравился.

— Я так думаю, — не отставал Кузьма Александрович, — что теперь наведут порядок. И очень сбалансированный состав Комитета — товарищ Тизяков из промышленности, товарищ Стародубцев из сельского хозяйства, товарищ Павлов из правительства… Только вот партийное руководство представлено слабо. Но когда товарищ Горбачев поправится…

Продолжая держать трубку, из которой доносился дребезжащий голос старика, Виктор включил телевизор. Диктор с левитановской дикцией оглашал декреты зародившегося во мраке ночи Государственного Комитета по чрезвычайному положению. Президент Горбачев серьезно болен и не в состоянии принимать решения. Всю ответственность принимает на себя ГКЧП. В городах вводится чрезвычайное положение. Министерство внутренних дел и Министерство обороны принимают необходимые меры для поддержания общественного порядка. Органам прокуратуры дано поручение разобраться с целым рядом негативных процессов, имевших место в последние годы. Газеты закрываются. Обязанности президента СССР исполняет вице-президент товарищ Янаев. Труженики Ставрополья одобряют и поддерживают решения, принятые советским руководством. Каждому трудящемуся выделяется шесть соток земли для ведения личного подсобного хозяйства.

Виктор обнаружил, что из телефонной трубки доносятся короткие гудки, покрутил ее в руках и аккуратно положил на рычаг. Пророчества Платона сбылись полностью. Группа «Союз» осуществила окончательный захват власти. На всякий случай Виктор пощелкал переключателем программ. То же самое сообщение транслировалось по всем каналам. Он включил приемник. На волне «Эха Москвы» царило молчание, время от времени прерываемое морзяночным писком.

Лицо диктора сменилось заставкой с картинкой Московского Кремля. Через какое-то время заставка исчезла, вместо нее появилась надпись «Художественный фильм». Потом почему-то снова появилась заставка, а затем, уже без предупреждения, потянулись титры никогда не виденного Сысоевым фильма под названием «Всего три дня». Виктор переключился на первый канал. Там диктора уже не было — передавали «Лебединое озеро». А по второй программе зачитывали приветствия от тружеников заводов и фабрик, поступившие к этому часу в адрес ГКЧП.

Виктор снова схватился за телефон, набрал номер справочной Белорусского вокзала, услышал короткие гудки, подумал и бросил трубку. По расписанию поезд с Анютой и Верочкой должен был прибыть в Москву в семь вечера. От границы — не меньше двенадцати часов. Значит, если в шесть начали передавать, то у них еще был шанс услышать информацию по поездной сети и быстро принять решение. Анюта должна сообразить, что выезд из страны перекроют в первую очередь. И если в одиночку у него еще есть хоть какая-то возможность выбраться, то с семьей это совершенно исключено. Наверняка Анюта постарается выскочить из поезда хотя бы за метр до рубежей Родины.

Виктор набрал номер Платона. Никто не подходил. У Мусы — длинные гудки. Начал набирать номер Ларри, потом вспомнил, что тот на два дня улетел в Тбилиси. Позвонил Марку и Сергею, но у них было занято. Набрал охрану в офисе на Метростроевской. Начальник смены отрапортовал, что все спокойно и никаких происшествий за ночь не было. Виктор попросил прислать за ним первую же дежурную машину, как только она появится, и побежал одеваться.

Приехавший через полчаса водитель почему-то шепотом сообщил Виктору, что по Киевскому шоссе к Москве идут танковые колонны. И первые танки уже появились на Садовом кольце. Вскоре Виктор и сам увидел на Пушкинской два танка — на броне сидели пятнистые автоматчики. Танки занимали стратегически выгодную позицию, развернув стволы в сторону редакции «Московских новостей».

Офис «Инфокара» был закрыт. Обе подворотни, через которые можно было въехать во двор, блокировали невесть откуда взявшиеся бетонные блоки, а прогуливавшийся неподалеку охранник сообщил Виктору, что звонил Муса Самсонович — приказал въезды перекрыть и никого на работу до особого распоряжения не допускать. Только сейчас Виктор вспомнил, что на одиннадцать у него были назначены переговоры с представителями «Вольво».

— Хорошо, — сказал он охраннику. — Мне позвонить надо. И взять кое-какие бумаги.

Видно было, что охраннику очень неудобно, но нарушить категорический приказ Мусы он не может.

— Подождите в машине, Виктор Павлович, — сказал охранник мягко, но решительно. — Сейчас свяжемся по команде.

Повернувшись в сторону, он быстро заговорил в микрофон переносного радиоустройства, партия которых была закуплена Виктором же несколько недель назад.

— Виктор Павлович, — сказал охранник, когда переговоры «по команде» были закончены, — Муса Самсонович просил передать, что офис закрыт. До особого распоряжения. Он очень просит вас ехать домой и быть на телефоне. И еще он просит вас без крайней нужды из дома не выходить. Так что водитель вас отвезет и вернется сюда. А из дома вы сами можете позвонить Мусе Самсоновичу. Он просил сообщить вам номер телефона.

Виктор взглянул на протянутую охранником бумажку. На ней был написан номер инфокаровского телефона, известный только Платону, Мусе, Ларри и ему. Аппарат с этим номером был спрятан в ящике платоновского стола и не звонил, а мигал красной лампочкой, выведенной на пульт охраны. Этот телефон использовался для оперативной связи. Номер был распараллелен, и говорить по нему можно было только из кабинетов Платона и Мусы.

— Он все-таки здесь? — спросил задетый Виктор. — А Платон Михайлович?

Охранник чуть заметно пожал плечами и тихо сказал Виктору:

— Оба здесь. Еще ночью приехали. Просили никому не говорить.

Виктор подумал, посмотрел на плотно занавешенные окна кабинета Платона, махнул рукой и пошел к машине.

— Обратили внимание, Виктор Павлович? — спросил его водитель, когда они выезжали из переулка.

— На что?

— Там у подворотни черная «Волга» стоит. С тонированными стеклами. Не иначе как наш офис пасут. И у второй подворотни такая же, я ее засек, когда мы только подъехали.

Виктор оглянулся. В заднем стекле действительно мелькнул черный автомобиль, смотрящий фарами в глубину двора.

Повесть об электрической лампочке

«Задачу, считай, так и не поставили. Велено было выдвинуться на позицию по указанному адресу, припарковаться и фиксировать подъезжающие и отъезжающие автомобили. Всех входящих и выходящих. И ждать дальнейших указаний. При возникновении нештатной ситуации докладывать по команде. А что такое нештатная ситуация, никто не сказал. С пяти утра здесь ни одной живой души не появилось. Если не считать трех лопухов-охранников, заступивших на смену в семь, и какого-то фраера, приехавшего на машине с желтыми номерами. Машина была с водителем. Фраер покрутился у въезда во двор и укатил…

Спать хочется — дико. Вызвали-то нас еще вчера вечером, все группы наружки вызвали, в том числе и резервные. И до самого рассвета продержали в ожидании инструктажа. А потом вдруг — бах-тарарах — все по машинам, адреса в зубы и поехали. А зачем поехали, почему поехали… Ладно бы еще Ельцина пасти или из депутатов кого, хоть не скучно было бы. Да и на виду. А тут какие-то коммерсанты. Они уже, небось, на перекладных с липовыми документами за границу тикают. Попрыгают теперь! Вот она — власть-то. Поиграли в демократию — и хорош. Это вам не спекуляцией заниматься и не на демонстрации бегать. Тут сила! Танки небось только в кино видели? Теперь не забалуешься…

Хорошо хоть, что не жарко. Туман, туман… А то, если бы солнышко припекало, спокойно можно было бы копыта откинуть. Главное дело, когда вызывали, приказали всем быть в форме. Оно и понятно, конечно, — хватит прятаться, пусть знают. Как тогда сказали, партия вылезает из окопов. Это правильно. Но, с другой стороны, на нашей работе одежда по сезону — дело первостепенное. Сейчас бы хорошо рубашечку с короткими рукавами, свободную такую, апаш, брючки парусиновые, полегче, джемперок какой-нибудь — на случай, если придется на ночь задержаться. А тут — парься в кителе. Нет, то, что солнышка пока не видно, — это здорово…»

— Не спать! — приказал сидящий на переднем сиденье капитан. — Вести наблюдение!

— Так мы смотрим, товарищ капитан, — отозвался один из подчиненных. — Смотрим. Вы бы, товарищ капитан, Макарова пихнули, что ли, невозможно же такое переносить.

Водитель Макаров, пользуясь тем, что в его функции наружное наблюдение не входило, сладко храпел, откинув голову на спинку сиденья.

— Пусть отдыхает, — распорядился капитан, покосившись на Макарова и втайне ему позавидовав. — Оно ж непонятно, как все может повернуться. Так что пусть поспит. А то угробит нас где-нибудь на трассе.

Макаров почмокал губами и сказал, ни к кому не обращаясь:

— Вот недавно так же полдня на трассе просидели, а потом до ночи по Москве да по Подмосковью гоняли. Так я перед тем делом хотя бы выспался. А тут всю ночь, почитай, не спали, да еще неизвестно, когда сменят. Эх, жизнь собачья.

И опять захрапел.

Прошел час.

— Может, анекдоты порассказываем? — несмело предложил лейтенант с заднего сиденья. — А то скучно как-то.

Капитан промолчал. Не встретив поддержки, лейтенант затих.

Прошел еще час. На объекте ровным счетом ничего не происходило. Дважды на связь выходила база, но каких-либо осмысленных вещей, за исключением строгого приказа смотреть в оба, не сообщила. В машине было не жарко, но душновато.

Капитан открыл окно. В него тут же влетела жирная августовская муха и стала, противно жужжа, биться о лобовое стекло. Капитан пошарил в бардачке, достал старую газету и одним ударом прихлопнул назойливое насекомое, трупик которого так и остался на стекле в центре большого слизистого пятна. Брезгливо поморщившись, капитан оторвал от газеты кусок, поддел мушиные останки и отправил их за окно. Водитель Макаров приоткрыл глаза, медленно выудил из-под сиденья баллончик, брызнул на оставшееся после мухи пятно белой пенкой, достал из кармана чистый носовой платок и тщательно протер стекло. После чего снова закрыл глаза.

Капитан опять покрутил в руках газету, хотел было почитать, но передумал, вспомнив, что они находятся на задании. Вздохнув, засунул газету обратно в бардачок и попытался его закрыть. Почему-то у него это не получилось, и бардачок так и остался открытым. Снова потянулось время. Вокруг решительно ничего не происходило. Объект признаков жизни не подавал. Да и переулок, в котором стояла «Волга» наружки, как будто вымер. Только однажды мимо машины прошла бабка с полиэтиленовым пакетом — скорее всего, в булочную — и около одиннадцати резвой трусцой пробежал местный алкаш, таща сумку, набитую пустыми бутылками.

— Товарищ капитан, — подал голос неугомонный лейтенант с заднего сиденья. — Давайте что-нибудь споем. Потихоньку. А то скучно как-то.

Капитан передернул плечами, что можно было понимать как угодно. Лейтенант немного помолчал и петь раздумал.

Капитан протянул руку и от нечего делать стал рыться в бардачке. Его пальцы нащупали рифленую картонную упаковку с лампочкой.

— Смотри, не разбей, — предупредил водитель Макаров, продолжавший лежать с полузакрытыми глазами. — Вчера купил для дома, да из-за всей этой беготни не успел отвезти.

— Не боись. — Капитан извлек лампочку из контейнера и стал крутить ее в руках.

— Это чего, стоваттная что ли? — перегнулся через сиденье лейтенант. — Здоровая какая!

— Чего ж здоровая -то? — протянул капитан, продолжая изучать лампочку. — Я вот как раз гляжу, что нормальная. Даже маленькая для стоваттной-то. Макаров, где купил?

Макаров ткнул куда-то за спину.

— Да нет же, товарищ капитан, — не отставал лейтенант, — вы сами посмотрите: сорокаваттная — вот такая, — он изобразил большим и указательным пальцами кольцо, — шестидесятиваттная — вот такая, — кольцо стало чуть больше, — а эта вон какая здоровая. Шестидесятиваттная, если хотите знать, свободно во рту помещается.

— Да что ты несешь, лейтенант! — Капитан явно обрадовался неожиданному поводу для дискуссии. — Я тебе говорю — маленькая она для стоваттной. Скажи, Макаров. Если уж на то пошло, эта во рту тоже поместится?

Лейтенант недоверчиво посмотрел на лампочку, потом на капитана и решительно замотал головой.

— Нет, товарищ капитан. Эта — во рту не поместится.

— Спорим! — настаивал капитан. — На бутылку коньяка.

Лейтенант еще раз взглянул на лампочку и протянул капитану руку.

— Разбей, — приказал капитан второму лейтенанту, — Макаров, свидетелем будешь.

И, широко разинув рот, запихнул в него лампочку. Что-то негромко, но отчетливо треснуло.

Капитан повернул к лейтенантам лицо с выпученными глазами и жалобно замычал. Изо рта у него торчала металлическая пупочка с резьбой.

Лейтенанты остолбенели.

— Ух ты, мать твою, — выдохнул спорщик, — и вправду влезла.

Капитан замычал еще громче и стал трясти руками около натянувшихся вокруг лампочки щек.

— Плохо дело, мужики, — догадался водитель Макаров. — У него челюсть заскочила.

— Что ж делать-то? — засуетился разговорчивый лейтенант. — Может, разбить лампочку и вынуть по частям?

Капитан заблеял, из его глаз потекли слезы.

— Да ты что! — заорал водитель Макаров, хватая капитана за руку. — Она же ему все внутри порежет! Нужно срочно в травмпункт!

И он крутанул ключ зажигания.

Капитан уже не замычал, а заревел, как раненый носорог, и схватился левой рукой за баранку.

— Ехать нельзя, — угадал молчаливый лейтенант. — Объект бросать нельзя.

Капитан, продолжая издавать носорожий рев, попытался кивнуть в знак согласия, потом обхватил голову руками и затих.

— Вот что ребята, — принял решение водитель Макаров. — Я сейчас вызову из второй машины подкрепление, а вы хватайте капитана, берите тачку и гоните в травмпункт.

Капитан из последних сил поднял голову и потряс перед губами указательным пальцем правой руки.

— Не боись, — мрачно пообещал водитель Макаров, — не потреплюсь, не впервой.

Лейтенанты, выскочив из «Волги», стали вытаскивать капитана через заднюю дверь. Тот стонал и водил руками около торчащей изо рта металлической пупочки.

— Вы чего, мужики, охренели? — сурово спросил водитель Макаров. — Капитана госбезопасности в таком виде по улице поведете? Нате-ка, прикройте его...

Запустив руку под сиденье, он выудил оттуда сомнительной чистоты черный мешок.

В отличие от переулка, на Метростроевской было многолюдно. Народ кучковался у расклеенных на стенах домов листов с наспех отпечатанными воззваниями Верховного Совета РСФСР и декретом Ельцина, объявлявшим ГКЧП вне закона. Появление двух лейтенантов с голубыми погонами, тащивших под руки капитана госбезопасности с надетым на голову черным мешком, толпа встретила дружным молчанием.

— Кого ж это потащили? — спросил кто-то любопытный.

— А ты думаешь, в КГБ приличных людей нет? — ответили ему. — Наверно наш, за Ельцина. Ух, теперь будет ему.

— Товарищи! — зазвенел мальчишечий голос.— Неужели так и будем смотреть, как людей по одиночке хватают? Отобьем!

Человек десять бросились вдогонку.

Лейтенанты, оглянувшись и оценив оперативную обстановку, приняли единственно правильное решение и, покрепче подхватив капитана под руки, рванули по направлению к Садовому кольцу. Капитан, челюсть которого плохо переносила тряску, снова взревел. Преследователи восприняли этот рев как призыв о помощи и с криками «Стойте, сволочи!» стали сокращать дистанцию.

Тем не менее к Садовому кольцу лейтенанты все равно поспели первыми — сказались многолетние тренировки. Прямо перед ними стояли три бэтээра с задраенными люками. Какая-то старушка неистово колотила по одному из бэтээров клюкой, выкрикивая невнятное. Покинувшие машины экипажи стояли в окружении толпы и, смущенно вытирая со лбов пот, пытались объяснить, что они тут ни при чем — просто выполняют приказ. Чуть в стороне подпирали стену два солдата-автоматчика, делая вид, что оказались в этом месте совершенно случайно.

—Сержант! — завопили запыхавшиеся лейтенанты. — Помоги, браток! Срочно давай машину!

Автоматчики ожили. Один из них, сделав несколько шагов, оказался между лейтенантами и преследующими их освободителями жертвы коммунистического террора. Освободители замялись, а потом как-то сами собой растворились в тумане. Второй солдат вышел на проезжую часть и поднял вверх руку с автоматом. Раздался визг тормозов.

— Куда? — спросил бледный от страха водитель.

— Туда, — махнул рукой один из лейтенантов. — А потом налево.

У травмпункта молчаливый лейтенант выскочил первым, обогнув машину, записал ее номер, потом вернулся и, кивнув водителю: «Ждать здесь», помог разговорчивому вытащить из салона полуживого капитана.

Мужики, сидевшие в очереди к хирургу, увидев небывало живописную группу, никак не прореагировали. Только один, держа на отлете покалеченную левую руку, сказал:

— Во, блин! Гляньте, чего творится. Железная Маска...

Лейтенанты с каменными лицами распахнули дверь кабинета и скрылись за ней.

Врач, пожилой еврей, особого удивления при виде капитана — как в мешке, так и без мешка — не выказал. Сполоснув под краном руки, он скомандовал:

— Посадите его на стул. Ты держи сзади за плечи. А ты подойди сюда, возьмись за эту штучку. Когда скажу — потянешь на себя. Только не дергай.

Сам же врач, когда лейтенанты заняли исходные позиции, встал рядом с капитаном, нежно провел пальцами обеих рук за ушами пациента, удовлетворенно хмыкнул и, кивнув лейтенантам, резко нажал на какие-то только ему известные точки. Раздался щелчок, челюсти капитана разжались, и в руках лейтенанта оказалась освобожденная из плена лампочка.

— Вот и все, — сказал хирург. — Рот можете закрыть.

Капитан осторожно закрыл рот. Потом так же осторожно приоткрыл, снова закрыл. Подвигал челюстью.

— Скажите «мама», — приказал хирург.

— Мама, — неожиданно звучно произнес капитан.

— Молодец. Держите свою лампочку. Все у вас?

Чекисты кивнули, пожали врачу руку, забрали ненужный уже черный мешок и вышли из травмпункта, не глядя на очередь и стараясь соблюдать солидность. Разобрало их только в машине, когда разговорчивый лейтенант, глядя в пространство, задумчиво произнес:

— С меня коньяк, значит...

Капитан скрючился на переднем сиденье и, подвизгивая и нелепо помахивая руками, зашелся от хохота. Ему вторил басистый гогот молчаливого лейтенанта. Разговорчивый посмотрел на капитана, потом на напарника, потом на черный мешок, который все еще держал в руках, и тоже заржал.

— Товарищи, вы чего это? — поинтересовался водитель, все еще с опаской поглядывавший на своих пассажиров. — Когда сюда ехали, были такие... гм... странные, а сейчас... Вы чего?

— Понимаешь, — с трудом выговорил капитан, вытирая слезы, —мы тут поспорили с ребятами на бутылку коньяка, что вот эта лампочка во рту поместится…

— Эта? — водитель бросил беглый взгляд на лампочку, которую капитан продолжал держать в руках. — Ни в жизнь.

— Чего? — капитан побагровел. — А ну гляди.

Лейтенанты даже не успели среагировать, как капитан распахнул рот и небрежным движением руки вставил лампочку на прежнее место. Раздался уже знакомый им глухой треск.

— Стой! — завопил молчаливый лейтенант. — Тормози! Разворачивайся! Давай через осевую! Едем обратно.

Врач, снова увидев капитана в черном мешке, пробормотал что-то неразборчивое.

— Так, — сказал он, направляясь к умывальнику. — По местам.

Когда лампочка в очередной раз увидела свет, врач протянул было ее капитану, но потом, передумав, спрятал за спину.

— Пусть у меня останется, — объявил хирург. — Целее будет. — А когда троица была уже у дверей, сказал вдогонку: — Вы его лучше в нервном диспансере покажите. Если он еще раз себе лампочку в рот заткнет, я уже ничего сделать не смогу. Только оперативное вмешательство.

На объекте особых изменений не произошло. Как доложил лейтенант из второй машины наружки, примерно полчаса назад к въезду во двор подъехали два мерседесовских микроавтобуса. Оба числятся за совместным предприятием «Инфокар». Водители о чем-то переговорили с охранником, зашли в офис, через пять минут вышли. Потом развернулись и погнали в сторону Садового кольца. Отрапортовав, лейтенант вразвалочку двинулся к своей машине.

— Лампочка где? — спросил капитана водитель Макаров. — Смотри, капитан, за тобой должок. Сегодня, крайний срок завтра ты мне такую же добудь, а то моя заругается.

— Товарищ капитан, — оживился разговорчивый лейтенант, — смотрите, смотрите…

От объекта, пробираясь между бетонными блоками, к ним направлялся охранник с большой картонной коробкой.

— Эй, товарищи, — сказал он, подойдя к дверце, за которой сидел капитан. —Время уже давно обеденное, а вы тут сидите не жрамши. Начальство наше звонило, просило позаботиться.

И, открыв дверцу, охранник плюхнул коробку на колени капитану.

За все время работы в группа впервые столкнулась с ситуацией, когда объект вел себя подобным образом.

— Не положено, — буркнул растерявшийся капитан.

— Да чего ж не положено? — возразил охранник. — У вас своя работа, у нас своя. А есть-то все равно надо. Обстановка — сами видите какая. Может, вам тут до ночи сидеть. Я человек военный, знаю, как на голодный желудок служба идет. Берите, берите.

Охранник удалился.

— Посмотри, Егоров, что там. — Капитан передал коробку молчаливому лейтенанту.

Егоров зашуршал бумагой.

— Бутерброды, товарищ капитан, — доложил он. — С колбасой, ветчиной. И с рыбой. Минеральной воды восемь бутылок.

— А икры нет? — спросил капитан.

— С икрой нет.

— Суки, — определил капитан. — Сами-то небось икру жрут. А чекистов хотят на колбасу купить. Дай-ка, Егоров, мне бутербродик с рыбкой. И водички.

Вторая баррикада

— Где ты шляешься? — спросил Платон. — Я тебе три раза звонил уже. Думал, что ты угодил в какую-нибудь историю.

— Ты знаешь, что у офиса две машины наружки?

— Да плевать! Хоть десять! Они упустили Ельцина. Он сейчас в Белом доме. Представляешь?

— А откуда ты знаешь?

— Знаю, — сказал Платон. — Там же Хасбулатов, Руцкой, почти все депутаты. Представляешь, всю Москву забили танками, как Прагу в шестьдесят восьмом, комитетчики по улицам шныряют, а все нужные люди прошли сквозь пальцы. Цирк! Нас караулят, идиоты. Я звонил в «Менатеп», у них тоже наружка стоит. А у «Инкомбанка» — нет. На Российской бирже — стоят. Хочешь хохму расскажу? Они три танка послали к Белому дому. Пришли, встали. Час стоят, два стоят. Потом выходит на улицу Ельцин со свитой, подходит к этим танкам, жмет танкистам руки. Они рты пораскрывали, а он влезает на танк и на весь честной народ объявляет ГКЧП вне закона. Все орут «ура» и «да здравствует», танкисты тоже, Ельцин снова жмет всем руки и удаляется. Пока народ качает обалдевших танкистов, кто-то втыкает в танки российские флаги — и пожалуйста, теперь у Верховного Совета свой танковый корпус.

— Ты-то откуда про все это знаешь?

— Так ведь Ленька Донских живет напротив. Мы с Мусой его ночью подняли, дали бинокль, он каждые полчаса докладывает оперативную обстановку. И потом, мы туда микроавтобусы послали. Дали денег, водители затарились едой под завязку и повезли всех кормить — и защитников и танкистов. Вот только что вернулись. А ты ящик смотрел?

— Нет, я только вошел. А что там в ящике?

— Пресс-конференцию ГКЧП передавали. Ну рожи, скажу я тебе. Янаев сидит в центре, руки просто ходуном ходят. Видать, с такого бодуна… Девка какая-то, журналистка, его спрашивает — вы, говорит, понимаете, что совершили государственный переворот?

— А он что?

— Да ничего. Сидит, дрожит руками. Когда, говорит, мой лучший друг Михал Сергеич поправится, то вернется на работу и все будет хорошо.

— А что с Горбачевым?

— Темнят. Да они его заперли где-нибудь, чтобы под ногами не путался. Или по литовской схеме — заболел, скажем, коклюшем, они сейчас порядок наведут, а он, глядишь, и поправится.

— Так ты говоришь, у Белого дома народ? — спросил Виктор.

— Ну не то чтобы очень, — ответил Платон. — Ленька полагает — тысяч десять. Там же не разберешь, ему только одну сторону хорошо видно. Ладно, ты дома будешь?

— Как скажешь. Хочешь — приеду.

— Да нет, не надо. Пока вся эта история не закончится, работы все равно не будет.

И Платон бросил трубку.

Виктор покурил еще, выпил две рюмки коньяка, снова вызвал водителя и поехал на Белорусский вокзал.

Туман, упавший на Москву в ночь на девятнадцатое, продолжал сгущаться. Деревья, начавшие желтеть до срока, сбрасывали на асфальт первые листья. Из тумана вылезали фонарные столбы и отдельно торчащие башни танков. Вокруг листовок, призывающих к борьбе против ГКЧП, закручивались людские водовороты. На фасаде какого-то дома красовался метровый, исполненный белой краской лозунг «Долой хунту!». Рядом надпись — «Кошмар! На улицах — Язов». На проезжей части танков больше не наблюдалось — они заняли позиции на площадях и перекрестках. Экипажи, завернувшись в плащ-палатки, сидели, нахохлившись, на броне и глазели по сторонам. Утреннее ощущение реальной и неотвратимой угрозы стало постепенно отступать — бронетехника как бы вписалась в городской пейзаж и стала такой же его частью, как мусорные баки на тротуарах.

У Белорусского вокзала Виктор натолкнулся на цепь ОМОНа, проверявшего документы у всех, кто шел к поездам.

— Куда идешь? — хмуро спросил сержант в зеленом комбинезоне.

— Своих встречаю, — ответил Виктор.

— Кого это своих?

— Жену и дочку. Поезд из Варшавы.

— Проходи. — И вдогонку: — Нашли время.

Когда Виктор добежал до вагона, Анюта и Верочка уже стояли на перроне, рядом с чемоданом и синей спортивной сумкой. Виктор испытал смешанное чувство — досаду на недогадливость жены и радость, что они вместе и ему не придется разыскивать их по всей Европе.

Из первых же сказанных Анютой слов ему стало ясно, что советскую власть он недооценил. На всем пути следования поездная трансляция была отключена, а на вопрос, почему не работает радио, проводники, пожимая плечами, отвечали, что произошла досадная поломка и исправить удастся нескоро. Перед самой Москвой, когда чрезвычайный характер происходящих событий стал уже виден в окно, трансляция волшебным образом возобновилась. И все сразу стало ясно.

— Тут такое дело, — сказал Виктор, засовывая вещи в багажник. Он покосился на дочку и нагнулся к Анюте. — Народ гужуется у Белого дома. Хочу подъехать посмотреть.

Анюта сделала выразительное лицо, постучала себя согнутым пальцем по лбу и хотела было что-то сказать, но Виктор схватил ее за плечо и показал в сторону дочери.

Машина тронулась.

— К родителям поедем, — не глядя на Виктора сказала Анюта.

Когда, остановив машину у дома родителей, они отправили Верочку наверх, Виктору пришлось выдержать целую бурю. Он что, забыл, сколько народу положили в Вильнюсе? А сколько — при штурме здания МВД в Риге? Что он, собственно, собирается делать ночью на Краснопресненской? Хочет угодить под танк или под пулю? А о семье он подумал? Мало она проревела из-за его баб, так теперь он решил на баррикады лезть? И пусть он не считает ее за дуру! Две недели — пока она с дочкой была в Польше — мало было времени, чтобы нагуляться? А кто снимал трубку, когда она два раза звонила из Варшавы? Ах, номером ошиблась! Что-то уж больно голос был знакомый! Так что можешь катиться хоть к Белому дому, хоть к Черному морю, ей наплевать. Она остается у родителей.

Виктор чувствовал, что в нем медленно закипает злоба. Он прекрасно понимал, что у Анюты есть сотня веских причин и поводов, чтобы обвинять его во всех смертных грехах. И оба ее звонка из Варшавы действительно пришлись очень некстати. Но почему же такая несправедливость? Тысячи людей могут быть там, на Красной Пресне, а когда туда собирается он, Виктор, то единственное, что приходит в голову его жене — будто он опять намылился по бабам.

Когда Анюта, накричавшись, повернулась и скрылась в подъезде родительского дома, Виктор решил твердо — поеду.

Доехать удалось только до пересечения Калининского проспекта и Садового кольца. Дальше дорога была перекрыта — поперек проспекта в два ряда впритык стояли троллейбусы со вздернутыми усами. Около них дежурили машины ГАИ и несколько «Волг» без опознавательных знаков. Время от времени одна из «Волг» разворачивалась и мчалась по направлению к Кремлю, а ее место занимала новая.

Виктор критически осмотрел троллейбусное заграждение — машины не были связаны цепями; понятно, что для танков это не преграда — пройдут, как сквозь воду.

Чем ближе подходил он к Белому дому, тем плотнее становилась толпа. Люди двигались в обоих направлениях, но вниз, к набережной, народу шло больше. Надписи на стенах множились, и характер они приобретали все более откровенный. Хотя ровным счетом ничего не происходило, с каждым шагом Виктор все сильнее ощущал, что по эту сторону от бездарно расставленных троллейбусов протухшая власть КПСС и порожденной ею «чрезвычайки» кончилась, а началось что-то новое, не виданное ранее, но светлое, радостное, фантастически притягательное. Он пожалел, что Платона, Мусы и Сережки рядом нет.

Наступили сумерки. По периметру Белого дома горели костры, у которых стояли, сидели и лежали люди. Где-то на торцевой стене, смотревшей на здание СЭВ, по-видимому, находился громкоговоритель, из которого неслась передаваемая радиостанцией Белого дома информация. Справа, за маленьким горбатым мостиком, Виктор разглядел танки, о которых ему говорил Платон. Танки действительно были украшены трехцветными российскими флагами, люки задраены. Никаких следов экипажей не просматривалось, но у второй по счету машины стоял танкист, самозабвенно целующийся с молоденькой девчонкой в блестящем черном плаще. А между танками и Белым домом скромно припарковались два инфокаровских микроавтобуса.

Оба микроавтобуса были наполовину заполнены картонными коробками. Водители спали, разложив сиденья. Водитель Костя встрепенулся от стука в окно, вытер рукавом запотевшее стекло, узнал Виктора и распахнул дверь.

— Здравствуйте, Виктор Павлович, — сказал он, потирая заспанную щеку. — Вы от Мусы Самсоновича?

— Нет, — ответил Виктор, — я сам по себе. Как у вас здесь обстановка?

Костя рассказал, что с утра их вызвали в центральный офис, дали денег, приказали набить микроавтобусы едой, ехать к Белому дому, найти там какого-то Сашу, выгрузить продукты и ждать дальнейших указаний. Они здесь уже давно. Саша груз принял, коробки вернул, приказал никуда не уезжать и сгинул. Но зато они видели кучу интересных вещей. Например, живого Ельцина, который в середине дня вышел из Белого дома, долго общался с окружившей его толпой, потом разговаривал с танкистами, произнес речь, стоя на танке, и снова ушел в Белый дом. А еще здесь организованы отряды самообороны, которые будут защищать Белый дом, когда начнется штурм. Но оружия ни у кого нет — только у нескольких групп милиционеров имеются табельные пистолеты, да еще приехали ребята из охранного бюро с автоматами. Они сейчас внутри здания, а на улице только добровольцы из гражданских. Командует всеми какой-то незнакомый хромой дядька, а Саша, которому они передавали продукты, у него в подчинении. Мэр Москвы Попов прислал бригаду строителей для возведения баррикады. Строители покрутились у здания, потом приехал грузовик с трубами и арматурой, вывалил все это на площадке и уехал. Вместе со строителями. Но самое главное — что продукты Саша принял, а водку, тоже закупленную по приказу Мусы, оставил в автобусах и категорически приказал про нее забыть. Потому что обстановка критическая и пьяные здесь не нужны. Так что по пять ящиков у них лежит, и что с ними делать — непонятно. А еще остались коробка с бутербродами и ящик с консервами — в суматохе забыли выгрузить. Так что, Виктор Павлович, если хотите перекусить — милости просим.

Тут к машинам подошли двое. Одним из них оказался Саша, которого так долго дожидались водители. Он скользнул по Виктору беглым взглядом, поманил водителей пальцем, вызывая их из кабин на свежий воздух, и начал что-то объяснять. Второй же подошел к Виктору. Всматриваясь в его лицо, Виктор понял, что знает этого человека, когда-то с ним пересекался, и с этим связано что-то чертовски неприятное, но что именно — он вспомнить не мог.

— Здравствуйте, Виктор Павлович, — сказал неприятный человек. — Ну, как у вас дела?

— Да ничего, — ответил Виктор, все еще пытаясь вспомнить, где он видел этого человека, но не подавая вида, что не узнает его. — А у вас как?

— Вы ведь сейчас в «Инфокаре», — не то сообщил, не то спросил человек. — Ну-ну. А я вот, как видите, здесь. Ну что ж… — И уже удаляясь, крикнул: — Платону привет передавайте, Виктор Павлович!

И Виктор понял, что он разговаривал с бывшим заместителем ВП, первым Викиным мужем, Василием… нет, отчество вспомнить не удавалось, тем самым человеком, который когда-то чуть не зарубил поездку Платона в Италию, а ему, Виктору, пообещал кучу неприятностей, если он и дальше будет мешать Вике защитить диссертацию. Интересно, что этот тип здесь делает?

— Ну, — сказал Виктор, повернувшись к водителям, — получили руководящие указания?

— Сказали, что можем ехать, — ответил Костя. — Да завтра не понадобимся. Вас подбросить куда-нибудь, Виктор Николаевич?

— Нет, ребята, вы двигайте, а я тут похожу еще. Только знаете что — оставьте мне хлеба что ли, да консервов каких-нибудь. И бутылку.

Костя быстро загрузил в полиэтиленовый пакет буханку хлеба, две банки свиной тушенки, пластмассовые тарелочки и вилки, а потом замялся.

— Виктор Павлович, насчет бутылки… Тут строго. Мне не жалко, но вы имейте в виду — здесь за этим следят. Пару часов назад ребята распивали на газоне, их сразу же в милицию сдали.

— Клади, клади, — распорядился Виктор. — Я тут вечно находиться не буду, когда-нибудь да пойду домой.

Костя красноречиво пожал плечами и положил в пакет две бутылки водки вместе со стопкой пластиковых стаканчиков.

Виктор взял пакет и, подняв воротник куртки, пошел поближе к Белому дому.

Народ продолжал прибывать. Глядя на растущее население, возможно, единственного в Москве островка, свободного от ГКЧП, Виктор испытал странное чувство. То, что он видел, находилось в вопиющем противоречии со всеми его ожиданиями. Когда безоружные литовцы вышли к своей телебашне, когда латыши пытались отбить в Риге здание МВД, захваченное специальными армейскими частями, это было совершенно понятно. Напротив, показалось бы странным, если бы прибалты утерлись и продолжали бы жить как ни в чем не бывало. Но также понятно и очевидно было, что протест, естественный для других, здесь, в центре Москвы, невозможен. И вовсе не потому, что Москва — это вотчина КГБ и ГКЧП, вовсе не потому, что нафаршировать Москву танками — дело секундное, — а по другим причинам, намного более существенным и весомым.

Едва ли не главной из них была въевшаяся в генетические поры память о невиданном ярме, десятилетиями пресекавшем любые попытки повернуть голову — даже не то чтобы в другом направлении, а просто чуть раньше или чуть позже команды. Была старательно культивировавшаяся психология бараньего стада, покорно следующего за вожаками, которых специально подкармливали хорошо обученные пастухи. Была бесстыдная пропагандистская ложь, вбиваемая в головы с самой колыбели. Была позорная, недостойная, нищенская жизнь, в которой высшей ценностью стала зеленая, неизвестного состава, колбаса, а наиглавнейшим смыслом — совершенный с дозволения неведомого партийного руководства выезд в братскую Болгарию. Были копившиеся изо дня в день усталость и злоба, заставлявшие с яростью и остервенением набрасываться на таких же замученных и столь же озверевших сограждан, вся вина которых заключалась в том, что они имели несчастье родиться где-то в кормящей всю страну, но обделенной централизованной системой снабжения глубинке. И была еще водка, отравившая ныне живущее и будущее поколения.

Господи, продолжал думать Виктор, да просто ничего не могли эти люди, боящиеся собственной тени, равнодушные ко всему, кроме удовлетворения самых примитивных потребностей, эти мужики с серыми некрасивыми лицами, погасшими глазами и зубами, сгнившими до корней под коронками из нержавеющей стали. Они только и способны были, что вставать по будильнику, торопливо поглощать утреннюю порцию еды, с боем врываться в переполненные автобусы, выполнять нехитрые общественно полезные обязанности, по дороге домой распивать с приятелями неведомо как добытую водку, запивая ее дурно пахнущим кислым пивом из молочных пакетов, проверять дневники детей, слушать жалобы жен и снова проваливаться в сон, чтобы завтра начать все сначала. Что им Ельцин и вся депутатская рать! Конечно, они сделали Борис Николаича президентом России, отдав ему на выборах свои голоса. Но вовсе не потому, что так уж его любят, а с тем, чтобы вставить фитиль Горбачеву и всей старой гвардии — вы к нам вот так, ну и получите. И ты, Борис Николаич, тоже особо не рассчитывай, мы проголосовали — и иди себе, делай свое дело. А мы поглядим. Но чтоб под танки лезть — ищи дураков. За такие вещи — знаешь, что бывает? Нам это ни к чему. Ты президент, ты и разбирайся. А у нас свои дела. Прихлопнут тебя — другого выберем. Если разрешат. А не разрешат, так и хрен с ним. Жили же раньше — и ничего. Даст бог — дальше проживем. Лишь бы войны не было и картошка родилась.

И вот теперь, оглядываясь по сторонам, Виктор не узнавал своих соотечественников. Прибывавшие к Белому дому люди никак не напоминали ему оболваненное пропагандистской брехней и измочаленное унизительными условиями жизни стадо. Приходили люди с расправленными плечами, поднятыми головами, светящимися от возбуждения глазами. Находили знакомых, шумно и радостно здоровались, присаживались к кострам, разведенным у стен Белого дома, о чем-то говорили, смеялись.

Не чувствовалось ни страха, ни напряжения, которые, казалось, были бы совершенно естественны в данной ситуации, напротив — практически все вели себя так, будто пришли на неформальную, не обозначенную заранее и оттого еще более приятную встречу со старыми друзьями, которых не видели много лет. И только небольшие группки людей с белыми повязками на рукавах — подразделения самообороны, как сказали Виктору у одного из костров, — время от времени передвигались по прилегающей к зданию территории, сохраняя на лицах выражение озабоченности и деловитости. Однако все равно оставалось общее впечатление какой-то непонятной легкости и отстраненности от надвинувшихся событий. А еще Виктор заметил, что среди собравшихся очень много молодежи. Это тоже было необычно, потому что на митингах «Демократической России», куда он иногда захаживал, в основном собирались его сверстники. Здесь была та же демократическая Россия, но на удивление помолодевшая.

Проходя мимо костров, Виктор узнал много интересного. Только что подошла колонна шахтеров, которые давно уже толкались в Москве, пытаясь добиться решения своих вопросов в профсоюзных, партийных и советских органах. Шахтеры разместились со стороны набережной, а их руководители сейчас сидят у Ельцина. Минут тридцать назад был переполох, потому что по реке приплыла и встала прямо напротив Белого дома какая-то баржа, и шахтеры сразу заорали, что ГКЧП прислал новую «Аврору». Оказалось, впрочем, что баржа приплыла защищать Белый дом. Сейчас на ней размещается группа самообороны. В Ленинграде, судя по поступившей информации, все спокойно, войск на улицах нет. Командующий Ленинградским военным округом рванулся было исполнять указания ГКЧП, но Собчак встал грудью и командующего утихомирил. Что творится на Волге, пока непонятно, но доподлинно известно, что генерал Макашов, запамятовав, по-видимому, о своем честном офицерском слове не вмешивать армию в политику, рвется с подчиненными ему частями к Самаре. Жириновский попытался устроить на Манежной митинг в поддержку ГКЧП, однако его освистали, и Владимиру Вольфовичу пришлось укрываться в автомобиле. Из машины главного либерал-демократа доставать не стали, а вместо этого заплевали ему все лобовое стекло.

Про Горбачева известно только, что он на даче в Крыму и, по-видимому, сидит под домашним арестом. Видели, как еще утром в Белый дом приехал Гавриил Попов со своим замом Лужковым, внутри находится Белла Куркова, появился Евтушенко, ну и, конечно, Станкевич, отец Глеб Якунин, Илья Заславский, Юрий Власов, Руслан Хасбулатов… Оборону организует вице-президент Руцкой. Он же ведет переговоры с путчистами — именно сейчас Виктор впервые услышал это слово применительно к ГКЧП. Говорят, что на штурм Белого дома должна была идти Тульская дивизия, однако Руцкой поговорил с ее командиром генералом Лебедем, и дивизия не то отказалась выходить из казарм, не то вышла, но идет к Москве не для того, чтобы штурмовать, а наоборот — чтобы защищать Ельцина, словом, пока не ясно. И вроде бы московская милиция отказалась подчиняться приказам Пуго.

Соседний костер был окружен молодежью. Сидели там и танкисты из трех брошенных внизу машин. Танкисты жевали бутерброды и переглядывались с девочками из медучилища, устроившимися прямо у стены Белого дома. Молодежь, как выяснилось, состояла из брокеров Российской биржи Константина Борового. Утром они, узнав о чрезвычайном положении, закрыли торги, а затем, скроив из подручных материалов многометровый российский триколор, подняли его над головами и направились к Белому дому. Брокеры прошли по улице Кирова, потом по площади Дзержинского, по проспекту Маркса, Калининскому, и их никто не остановил. Теперь они находились в приподнятом и возбужденном состоянии, гордясь собственной дерзостью и отвагой и вспоминая, какие идиотские лица были у тех, кто по долгу службы обязан был им воспрепятствовать, но, очевидно, побоялся это сделать. Помимо триколора, который уже был свернут и лежал теперь на деревянных ящиках, брокеры захватили с собой две гитары, и сейчас неплохо слаженный хор исполнял «Варшавянку»:

> Вихри враждебные веют над нами,
> Темные силы нас злобно гнетут,
> В бой роковой мы вступили с врагами…

Следующий костер тоже оказался музыкальным. Только возле него сидели не брокеры, обращающиеся друг к другу не иначе как «господа», а публика более привычная для московских улиц. Рядом красовались три флага — российский триколор, черная анархистская простыня с улыбчивым черепом и белое полотнище с надписью «АССА». Здесь пели Гребенщикова:

А в небе голубом горит одна звезда,
Она твоя, о ангел мой, она твоя всегда…

Испытываемое Виктором ощущение невероятности, несовместимости и несообразности всего происходящего только усилилось.

Вдруг где-то у дальних костров началось какое-то движение — люди стали подниматься и двигаться к периферии. Зашевелились и анархисты, стали привставать и вглядываться. Виктор решил, что песен он уже наслушался, и побежал туда, где собиралась небольшая толпа. По дороге он наткнулся на какого-то человека в камуфляже и чуть не сбил его с ног.

— Поаккуратнее тут, — прорычал человек, — смотри, куда летишь.

— Простите, — извинился Виктор, — а что там такое?

— О! — Человек в камуфляже передернул плечами, и на лице его появилась брезгливая усмешка. — Книжек начитались, мать их так. Баррикады будем строить. Ответственное дело.

— А что — не надо?

— Баррикады, — с презрением сказал человек в камуфляже. — Против танков! Да для современного танка любая баррикада — на пару минут. Она ему вообще ничем не помешает. Встанет перед ней — и прямой наводкой. Это заведение, — он кивнул в сторону Белого дома, — между прочим, за полчаса взять можно, если с умом действовать. Два взвода автоматчиков — по коммуникациям в подвалы, да еще два — на крышу с вертолетов. Дворец Амина так и брали. И все дела! Но сказали строить — будем строить.

Через двадцать минут небольшая колонна потянулась к стоящим внизу брошенным танкам. Там ее встретил Саша, тот самый, что принимал продукты.

— Значит, так, — говорил Саша, морща лоб. — Лhome нет, но вот тут валяется арматура. Первым делом двигаем бетонные блоки. Ставим два ряда. Потом трубы подтаскиваем и кладем поперек, чтобы торчали вверх и туда. Вот здесь разбираем мостовую и сюда складываем. А потом сверху — колючую проволоку. Вопросы есть?

Вопросов не было.

К утру баррикада грозно ощетинилась трубами в направлении возможного наступления противника. С труб свисала колючая проволока. Перед баррикадой горели два костра, у которых сушились пропитанные все тем же густым туманом защитники Белого дома. Наверху, у здания, тоже были видны костры и человеческие фигуры, но число их заметно поубавилось.

Виктор зашвырнул на баррикаду последний камень и вытер лицо рукавом свитера. От непривычной физической нагрузки ломило спину, саднила расцарапанная колючей проволокой рука. Была половина шестого утра. Серый, необычно густой туман почти полностью закрывал Белый дом — смутно виднелся только шпиль. Баррикада выглядела устрашающе. Было совершенно очевидно, что ни один идиот в жизни не полезет ее штурмовать. Хотя, если принять во внимание слова ночного человека в камуфляже, зачем ее штурмовать — непонятно. Тем не менее и справа и слева высились такие же циклопические сооружения. Там тоже горели костры, и тоже сушились уставшие и промокшие люди.

— Послушай, — обратился Виктор к проходившему мимо Саше, — я думаю, что мне на сегодня хватит. Или тут еще что-то планируется?

— Вали, конечно, — кивнул Саша. — Полковник сказал, что при свете они не полезут. Так что отдыхай.

— Полковник? Это кто?

— А это тот, кого ты чуть с ног не сбил. — Саша наклонился к Виктору. — Полковник Беленький. Он брал дворец Амина в Афгане. У него обеих ног нет, он на протезах. Неужели не слышал?

Виктор смутно вспомнил газетные статьи про человека, прошедшего всю афганскую войну, подорвавшегося на мине и сбежавшего из госпиталя обратно в свою часть. Так вот, значит, кто это был — полковник Беленький.

— В общем, двигай домой, — продолжил Саша. — Сейчас метро откроют, вторая смена подгребет. Будет настроение — приходи вечерком. Я здесь все время. За жратву и вообще — спасибо.

День рождения Сережи Терьяна

Вагоны метро были густо оклеены листовками Верховного Совета России и огромными простынями с заголовком «Общая газета». Если не считать «Правды» и «Советской России», это была единственная газета, вышедшая в свет девятнадцатого августа. Выпустил ее Егор Яковлев, мгновенно сколотивший редакцию из журналистов неугодных ГКЧП изданий. Видно было, что какие-то ретивые люди пытались срывать и соскабливать листовки и газеты, но боевая печать снова и снова занимала все свободные пространства. Больше всего Виктору понравилось, что листовки были наклеены с наружной стороны дверных стекол. Метрополитеновцы славно потрудились.

Виктор наспех хватил стакан водки, закусил припасенными для вернувшейся из Польши семьи деликатесами, закурил, посмотрел на часы и набрал секретный инфокаровский номер.

Охранники сказали, что Платон Михайлович отдыхает и не велел будить, а Муса Самсонович выехал в город и скоро будет. Виктор попросил передать, что звонил и что у него все в порядке. Затем отключил телефон, упал на диван и тут же провалился в сон.

Он проснулся от настойчивого звонка в дверь и посмотрел на часы. Было без четверти пять. Натянув пропахшие дымом джинсы, Виктор открыл дверь. На пороге стоял Терьян с арбузом в руках и торчащей из кармана бутылкой коньяка.

— Привет, — сказал Терьян.

— Привет, — ответил Виктор, протирая глаза. — Ты чего?

— Войти-то можно? — Сергей перешагнул порог. — Держи арбуз.

Виктор взял арбуз и помотал головой, стряхивая остатки сна. Сергей прошел на кухню, вытащил из кармана бутылку, поставил на стол.

— Доставай рюмки. И ножик давай — я арбуз разрежу.

— Серега, — сказал Виктор, опускаясь на табуретку, — что случилось?

— Ничего не случилось. Во-первых, у меня сегодня день рождения. А во-вторых, похоже, что ты вчера победил самое что ни на есть ГКЧП. Включи радио — «Эхо Москвы» в эфире.

Из передач «Эха Москвы» следовало, что ГКЧП безнадежно утратил стратегическую инициативу. Руководители союзных республик вежливо уклонились от прямой поддержки так называемого советского руководства. Американцы, англичане, немцы и французы проявили обеспокоенность судьбой президента Горбачева и выразили надежду, что дальнейшее развитие событий в Москве будет проходить в рамках конституции, соблюдения законности и уважения прав личности. Прибалты высказались в том духе, что к Советскому Союзу они все равно не имеют никакого отношения, но президента Ельцина и его бескомпромиссную позицию по отношению к путчистам поддерживают безусловно. В Ленинграде и Свердловске идут многотысячные митинги в поддержку Ельцина и против ГКЧП. Сам Ельцин в жесткой форме потребовал немедленно вывести из Москвы войска — это раз, предоставить возможность связи с законным президентом — это два, созвать съезд народных депутатов — это три. Интересно, что на созыве съезда настаивает и Анатолий Лукьянов, близкий друг Горбачева, но, как намекнул комментатор «Эха», у Лукьянова могут быть особые мотивы, хотя формально он в ГКЧП и не участвует.

По-видимому, у микрофона «Эха Москвы» после вынужденного суточного перерыва собралась довольно многолюдная компания. Последние новости с переднего края обороны перемежались выступлениями видных деятелей демократического движения. Евтушенко прочитал написанное под влиянием происходящего стихотворение, в котором Белый дом уподоблялся белому лебедю, плывущему навстречу светлому будущему России. За лебедя выпили и закусили арбузом. Потом долго говорил Юрий Власов, после него — Юрий Афанасьев. К следующему выпуску новостей арбуз закончился.

— Я сбегаю, — вызвался Виктор, — мне все равно проветриться надо.

Когда через четверть часа он вернулся с арбузом в руках, Сергей слушал радио с окаменевшим лицом.

— Что случилось? — спросил Виктор, подходя к столу.

Терьян молча развернул приемник в его сторону.

Оказалось, пока Виктор бегал на улицу, выступление очередного оратора было прервано, и диктор «Эха» срывающимся голосом сообщил, что по сведениям, полученным из конфиденциальных, но заслуживающих доверие источников, руководство ГКЧП приняло решение о штурме Белого дома. Уже начата перегруппировка войсковых частей. В различных районах Москвы зашевелились танки, стоявшие со вчерашнего утра на приколе. С юга в Москву входит Тульская дивизия, получившая приказ о штурме и твердо намеренная его выполнить. А стоящим у Белого дома танкам и бэтээрам приказано отойти на новые позиции. Как раз в эту минуту они заводят моторы и готовятся к движению. Танки окружены толпой защитников Белого дома, которые пытаются их задержать, но из этого ничего не выходит и вряд ли выйдет.

Потом микрофон перешел к какому-то не известному ни Виктору, ни Сергею депутату, и тот сообщил, что обстановка крайне напряженная, все находящиеся в Белом доме и вокруг него полны решимости стоять до конца и умереть за правое дело, поэтому он, от имени свободной России, обращается к грядущим поколениям с призывом продолжить борьбу. Еще три или четыре человека сообщили слушателям примерно то же самое, затем что-то затрещало, щелкнуло, и в эфире наступила мертвая тишина. ГКЧП снова перекрыл кислород.

Виктор почувствовал, что внутри у него закручивается клубок, который мешает дышать. Ему даже показалось, что вместо августовского тумана за окнами виден снег той ночи под старый Новый год. Но теперь неотвратимость грубой и омерзительной силы, придвинувшейся к самому порогу, ощущалась намного сильнее. Ему захотелось выругаться, крикнуть от неожиданно придавившего его бессилия, что-нибудь разбить, но он сдержался.

— Ладно, — сказал он, вертя в руках рюмку. — Значит, вот оно как. Давай закончим арбуз, допьем коньяк, и я туда.

— Давай, — согласился Сергей. — День рождения как-никак. Я тоже поеду.

Когда они поднялись по эскалатору на «Смоленской», уже смеркалось. Не по сезону рано зажженные уличные фонари с трудом пробивали еще более сгустившийся туман. Казалось, в воздухе висит огромное облако холодного водяного пара, который оседал на одежде и волосах микроскопическими каплями. Через это облако пробивались темные человеческие фигуры.

Под аркой, выходящей на Садовое кольцо, стоял пьяный. Сгибаясь пополам и снова выпрямляясь, он бормотал что-то неразборчивое. Время от времени его голос повышался, но слова от этого не становились яснее. Когда Виктор поравнялся с пьяным, тот отделился от стены и стал хватать его за рукав.

— Дайкуррт! Дайкуррт! — хрипел он, пытаясь перегородить Виктору дорогу и брызгая слюной. — Дайкуррт!

Пьяный был страшен. На мертвенно-бледном лице его, помеченном глубокими морщинами и наполовину засохшими царапинами, из которых сочилась сукровица, часто моргали блеклоголубые слезящиеся глаза, а выплевывающие вонючую слюну растопыренные губы были покрыты сине-коричневыми пятнами. Свалявшиеся седые клоки волос прятали рваную рану на черепе, из которой медленно вытекала густая черная кровь. Разодранная и выбившаяся наружу рубашка не прикрывала большое мокрое пятно в паху.

— Дай кур-р-т! — требовательно произнес он, оказавшись прямо перед Виктором и протянув к нему руки с разбитыми и распухшими до уродства суставами.

Пытаясь уклониться от неминуемого столкновения, Вектор резко сделал шаг влево. Пьяный, утратив ориентацию, переступил ногами, сделал неуверенное движение вперед и мешком рухнул на землю. Потом он встал на колени и взглянул Виктору в лицо.

— С-сука, — с нечеловеческой злобой выговорил пьяный. — С-сука! Сдохнешь. Седни сдохнешь. Понял?

Проведя рукой по лбу, он с силой впечатал окровавленную ладонь в бедро Виктора, после чего повалился боком и уже не поднимался.

И все время, пока они шли к Белому дому, в голове Виктора назойливо стучало: «Сед-ни сдох-нешь! Сед-ни сдох-нешь!» С каждым шагом ему все труднее становилось передвигать ноги, будто к ним были привязаны пудовые гири.

Когда они проходили мимо троллейбусов, перегородивших Кутузовский проспект, Виктор толкнул Сергея и показал глазами налево. Рядом с троллейбусами копошилось не менее двадцати человек — они скрепляли машины толстыми цепями.

— Подойдем, — сказал Виктор, и они свернули на проезжую часть. Там распоряжался человек в плащовке, который стрельнул у Виктора ночью сигарету.

— Привет, — поздоровался Виктор. — Как обстановочка?

— Хреновая, — неохотно ответил человек в плащовке. — Ждем. Видишь, решили тут порядок навести.

— Отсюда пойдут?

— Черт их знает.

— Ельцин там?

Человек кивнул.

— Все там. И еще подтягиваются. Недавно Ростропович появился, знаешь такого?

Мстислав Ростропович, узнав о перевороте, срочно бросил все дела, прыгнул в самолет и прилетел в Москву. Узнавший его пограничник любезно поинтересовался: «На Конгресс соотечественников приехали?» — «Плевал я на ваш конгресс, — ответил маэстро. — Я умирать приехал». И прямо из Шереметьево рванул в Белый дом.

Обстановка у Белого дома резко отличалась от вчерашней. Костры, горевшие ночью у самых стен, переместились на периферию. Песни смолкли. Заметно увеличилось число людей в белых повязках и в камуфляже. Выстроенные к утру баррикады стали еще выше — поверх колючей проволоки были навалены бетонные балки, кирпичи, трубы и листы железа. Вновь подошедшие группы людей бродили вокруг здания, устраивались под стенами, собирались вокруг радиоприемников. Ни танков, ни бэтээров не было видно. Не слышались ни смех, ни громкие разговоры — все общались вполголоса. Тревога и гнетущее ожидание висели в воздухе, смешиваясь с серым туманом.

Виктор привел Сергея к «своей» баррикаде. Неподалеку, под натянутым брезентовым тентом, сидело около десятка белоповязочников. Потянулось время. Хотя вокруг ровным счетом ничего не происходило, разговаривать не хотелось. Предчувствие надвигающейся беды давило физически.

Несколько раз Виктору приходило в голову, что лучше всего было бы немедленно встать и уехать домой, но что-то удерживало его на месте. Им овладела странная нерешительность. Столь взволновавшая его встреча с пьяным, его слова, непонятно почему воспринятые как пророчество, отодвинулись на задний план. Зато Виктор все отчетливее понимал, что в эти часы решается многое — судьба страны, судьба «Инфокара», его личная судьба. И хотя повлиять на что-либо или что-либо изменить Виктор был, очевидно, не в состоянии, но представить себе, что он вернется домой, сядет у телевизора или будет слушать радио и ходить по комнате, поскольку заснуть все равно не удастся, Сысоев не мог.

Когда Виктор в очередной раз взглянул на часы, то с удивлением обнаружил, что метро уже закрылось. Единственный способ попасть домой — это отловить такси или частника. Виктор огляделся по сторонам. Толпы, стоявшие в начале вечера вокруг Белого дома, заметно поредели. Где-то возле набережной горел одинокий костер. Белоповязочники улеглись спать под брезентом, оставив двух дежурных. Умолк громкоговоритель, непрерывно вещавший в течение всего вечера. Туман гасил все звуки, и вокруг было удивительно тихо.

— Похоже, они передумали, — сказал Сергей. — Иначе давно бы уже что-нибудь началось. Может, это вообще утка была. Я предлагаю ехать спать. Приютишь меня на ночь, Вить? А утром можем и вернуться.

— Ладно, — согласился Виктор. — Завтра придем демократию защищать. Пошли на Садовое, поймаем машину.

Как только они вышли на Калининский проспект, по ушам ударил знакомый со вчерашнего вечера грохот моторов. И тут же впереди, в районе Садового кольца, поднялись в небо два языка пламени. Поперек проспекта появилась огненная полоса, прогремело несколько взрывов, перемежающихся хлопками выстрелов. А когда сзади послышался топот и не меньше сотни человек пролетели от Белого дома к месту пожара, увлекая Виктора и Сергея за собой, перед глазами Виктора снова возникла разбитая в кровь пьяная морда, с ненавистью повторяющая: «Седни сдохнешь».

Подбежав к перекрестку, они увидели, что горели связанные цепями и изуродованные тараном бронетехники троллейбусы. Между ними и Садовым кольцом стояла мрачная шеренга взявшихся за руки людей, перекрывающая всю улицу. А грохот моторов, многократно усиленный эхом, доносился из туннеля под проспектом имени всесоюзного старосты.

Виктор увидел, как люди соскакивают в туннель, перепрыгивая через парапет. Он чуть не сбил с ног стоявшего у въезда в туннель давешнего знакомого в плащовке. Тот стоял, широко расставив ноги, и держал в каждой руке по бутылке. Пустая сумка валялась на асфальте.

— Бросай, твою мать, чего стоишь, заорали откуда-то сбоку.

— Куда бросать? — закинув голову, прокричал человек в плащовке. — Ты что, опупел, не видишь, что там людей полно? Брезент есть? Я сейчас подбегу, кидай вниз.

Он хотел было положить бутылки обратно в сумку, но увидев рядом Виктора, сунул их ему в руки.

— Подержи пока. Я сейчас. Только аккуратненько.

И побежал под стенку туннеля, куда, чуть не придавив его, через секунду шлепнулся скатанный в трубку брезент.

Виктор никак не мог сосчитать, сколько бэтээров двигалось в туннеле, хотя машины были ярко освещены огнем пожара. Между бронетранспортерами, неожиданно оказавшимися в ловушке, бегало несколько десятков человек — уворачиваясь от гусениц, они лупили по броне палками. Наверное, приказа давить штатских не было, как не было возможности двигаться ни вперед, ни назад, поэтому бэтээры встали. Время от времени они устрашающе взревывали, газуя на холостом ходу. В открытом люке одной из машин появился размахивающий пистолетом офицер. Через мгновение в него запустили сверху чем-то тяжелым. Кирпич угодил в броню и разлетелся на куски. Несколько осколков, видимо, задели офицера, потому что он дернулся как от удара, дважды, не целясь, выстрелил вверх, нырнул обратно и захлопнул за собой люк. Раздался крик, от парапета кого-то потащили.

Раскручивая на ходу брезент, к бэтээру, из которого стрелял офицер, рванулось не менее десяти человек. Полотно взлетело над машиной и накрыло бы ее, лишив экипаж возможности обзора, но в ту же секунду водитель переключил передачу, бронетранспортер дернулся назад, и брезент обрушился на асфальт. Прежде чем его снова успели схватить, бэтээр вернулся на прежнюю позицию, надежно прихватив брезент гусеницами.

Вторая машина метнулась вправо, чтобы зажать очередной рулон брезента между стеной и своим корпусом, но водитель не рассчитал, и брезент оказался у стены на долю секунды раньше, чем требовалось. Бок боевой машины проскрежетал по стене, а брезент скатился по броне на асфальт. И снова был перехвачен командой человека в плащовке.

Теперь ловцы бэтээров изменили тактику. Человек в плащовке легким движением вскочил на броню и махнул рукой. Люди, стоявшие по обе стороны от машины, подняли и передали ему уже частично раскатанный брезент, человек напрягся, чтобы перебросить его через люк, но тут произошло непредвиденное. Бэтээр дернулся вперед, потом дал задний ход, человек не удержался на ногах и, выпустив из рук брезент, свалился прямо под гусеницы пятящейся машины.

Крик ужаса, прозвеневший со всех сторон, на мгновение заглушил рев моторов. Сразу несколько человек запрыгнули на бэтээр убийцу. Виктор почувствовал, как из его рук выхватили бутылки, которые он крепко сжимал, и две тени побежали в туннель.

Раздавленный еще жил. Пока толпа не отгородила его окончательно, Сергей видел, как резко мечется из стороны в сторону разбитая ударом голова, как скребут асфальт вытянутые вперед руки. Обе бутылки одновременно полетели во второй бэтээр, около которого людей не было. Прицел оказался неточным — бутылки разбились о стену туннеля, и на ней запылали два огненных факела. Бронемашина поспешно оторвалась от стены и прыгнула вперед.

Неудачная попытка прижать к стене брезент — попытка, на которую минуту назад никто даже не обратил внимания, — стоила жизни еще одному человеку. Переместившись на новое место, бэтээр открыл приклеенный к стене, расплющенный человеческий силуэт, на который теперь стекали языки пламени. Мертвец еще мгновение постоял у стены, а потом медленно, как вырезанная из бумаги фигурка, будто складываясь пополам, опустился на дно туннеля. Голубые язычки огня, уже начавшие плясать на его волосах и плечах, погасли в грязной, отливающей всеми цветами радуги луже.

Сергей, словно сквозь вату, услышал, как кто-то рядом выкрикивает его имя. Он обернулся. Виктор, согнувшись пополам и держась за живот, сползал на землю.

— Витя! — закричал Сергей. — Что с тобой? Ты ранен? Зацепило?

Виктор, смертельно бледный, помотал головой:

— Прихватило, черт. Помоги встать.

Но Сергей не успел его удержать — Виктор сперва лег плашмя, потом с трудом приподнялся. Его начало рвать.

— Отойди, — слабым голосом приказал он, — только запачкаешься. Сейчас… сейчас… вытошнит и будет легче…

Но легче не становилось. Виктор потерял сознание.

— Помогите кто-нибудь! — заорал Сергей. — Видите — человеку плохо!

Подбежали сразу двое, подняли Виктора.

— Скорую? — спросил один.

— Давайте оттащим его подальше отсюда, — скомандовал Сергей, увидев, что глаза у Виктора закатились и он стал громко, со свистом дышать. — Вот туда, дальше, во двор…

Пока вызывали «скорую», Виктор начал приходить в себя.

— Сейчас, Витя, сейчас, — говорил Сергей, стоя на коленях, — сейчас «скорая» приедет, все хорошо будет…

— Не приедет никакая «скорая», — прошептал Виктор, — не валяй дурака... сюда сейчас никто не сунется... кроме инфокаровских... звони... у меня бумажка с номером в кармане...

На заднее сиденье примчавшейся инфокаровской машины Виктора вчетвером затащили. Когда его уложили, Сергей залез через правую дверь и положил голову друга себе на колени.

— В Склиф? — спросил водитель.

— Нет, — неожиданно громко сказал Виктор, — домой. У меня там все есть, что мне нужно. В больницу не поеду.

— Так домой? — спросил водитель, теперь уже у Сергея.

— Давайте домой, — распорядился Сергей. — Надо будет — я оттуда вызову «скорую», быстрее получится.

— А что там происходит, на кольце? — поинтересовался водитель.

— Убивают людей, — ответил Сергей. Пережитый четверть назад кошмар окутал его промозглым черным облаком. Изуродованное тело размазанного по стене парня, царапающие мокрый асфальт руки человека в плащовке, окровавленная пятерня пьяного у метро... В голове все еще звенело от рева моторов и грохота выстрелов. — Танками давят. Стреляют в упор. Еще вопросы есть?

Водитель обиженно замолчал. Помог Терьяну поднять Виктора в квартиру и исчез не попрощавшись. Виктор постепенно приходил в себя.

— Извини, старик, — прошептал он, силясь улыбнуться, — у меня, понимаешь, какая-то хрень внутри творится... полгода уже...

— Ты у врача был?

— В том-то и дело... меня и просвечивали, и дрянь какую-то заставляли... глотать... все, говорят, в норме... а вот видишь, как получается... что-то сильно на этот раз... зря коньяк пили, наверное... слушай, посмотри в ванной, там шкафчик... синий пузырек... принеси... и воды...

— А «скорую» если?

— Если не поможет, то да. Но уже легче, я чувст... чувствую...

После таблеток Виктор уснул мгновенно. Сергей еще посидел рядом, отметил с радостью, что синюшная бледность с лица уходит, на цыпочках прошел на кухню, пошарил в холодильнике, нашел початую бутылку водки, колбасу, потом вернулся в комнату, еще раз убедился, что Виктор спит спокойно и дышит хорошо, устроился в кресле рядом и тоже уснул.

Проснулся он в восемь. Виктор спал. Хотел закурить, но не нашел сигареты. Решил выйти на улицу.

Ближайший к дому ларек был закрыт, пришлось бежать к метро. А там неожиданно для себя Сергей оказался в вагоне, проехал три остановки и вышел на «Смоленской».

Туман, два дня и две ночи накрывавший столицу, перешел в мелкий противный дождик. Но дождь этот так и не смыл кровь с места ночного побоища. Движение по кольцу было перекрыто, и в туннель, казалось все еще пахнущий порохом и соляркой, шли люди. На асфальте лежали груды цветов — розы, гвоздики, августовские астры… Больше всего их было там, где упал человек в плащовке. Не было ни митингов, ни криков, только плакали женщины и угрюмо стояли мужчины. Война, обрушившаяся этой ночью, на один, случайно выбранный ею московский перекресток, оставила на асфальте и стенах туннеля несмываемый след. Наверху были видны страшные, почерневшие от огня скелеты сгоревших троллейбусов. И тоже цветы.

Сергей вспомнил, что он хотел курить, достал сигарету и прислонился к стене туннеля. Затянувшись несколько раз, почувствовал, что закружилась голова, хотел было бросить бычок, но, передумав, загасил сигарету о бетон стены и засунул окурок в карман.

— Как там? — спросил он у стоящего рядом человека, кивнув в сторону Белого дома.

— Вроде не дошли, — ответил человек. — Люди говорят, что только здесь кровь. А там все спокойно.

— Точно?

— Да только что один оттуда наведывался. Сказал, оцепление вроде стоит, а больше ничего не происходит. Хочешь сходить?

Сергей помотал головой. Непонятная сила, доставившая его сюда, внезапно прекратила свое действие. Он вдруг ощутил беспокойство за Виктора, который может в каждую минуту проснуться и обнаружить, что он пропал, не оставив никакой записки. Черт знает, что ему придет в голову. Вполне может рвануться к Белому дому. Взглянув в последний раз на два черных пятна сажи в том месте, где бэтээр вдавил в бетонную стену живого человека, Сергей повернулся и зашагал обратно к метро.

Вопреки его опасениям, дома ничего не происходило. Виктор, когда Сергей вошел в комнату, приоткрыл глаза, перевернулся на другой бок и снова засопел. Сергей прошел на кухню, выпил водки, хотел было закурить, но незаметно для себя отключился.

Проснулся он от того, что рядом оказался Виктор, в одних трусах, размахивающий радиоприемником.

— Вставай! — вопил Виктор. — Хватит ночевать! Все кончилось! Они сбежали! Представляешь, все сбежали. Рано утром!

— Кто сбежал? — спросил Сергей, выбираясь из кресла. — Куда?

— Не знаю куда. Все сбежали! И Крючков! И Язов! Все! Слушай!

К этому моменту уже было известно, что основные главари хунты вылетели спецрейсом в Крым договариваться с Горбачевым. Их хотели задержать еще в аэропорту, но не успели, и сейчас в Крым отправляется еще один самолет с вице-президентом Руцким, российским прокурором Степанковым и взводом автоматчиков. Руцкой намерен освободить президента из плена, арестовать заговорщиков и доставить их в Москву. Вместе с заговорщиками вылетел Лукьянов, всегда считавшийся правой рукой Горбачева и впрямую ГКЧП не поддержавший, но теперь уже ясно, что он был одной из ключевых фигур. У Белого дома час назад начался митинг, продолжающийся и сейчас.

Информацию повторяли каждые пять минут. Сергей, уже понявший, что это не сон, впитывал в себя каждое слово. Виктор начал быстро одеваться.

Оглядев окружившую Белый дом многотысячную толпу, Виктор снова испытал чувство какого-то радостного удивления. Эти люди не были похожи на вчерашних — угрюмых, молчаливых, готовых к драке и одновременно страшащихся ее. Но и позавчерашнее скопище — веселое и беззаботное — они напоминали только внешне, несмотря на царящую вокруг атмосферу праздника. И уж совсем ничего общего не было с серой, безликой и неулыбчивой массой, населявшей такие же серые и безликие спальные районы и отстаивавшей часовые очереди за дефицитными сосисками в омерзительно пахнущей целлофановой упаковке. Недалеко от Виктора стоял высокий крупный мужчина в свитере на голое тело, с засученными рукавами и широкими кожаными браслетами на запястьях. Каждый раз, когда очередной оратор выкрикивал лозунг, требующий немедленной реакции собравшихся, человек с браслетами молча поднимал вверх сжатую в кулак правую руку.

Мог ли я видеть его здесь позавчера? — подумал Виктор. Конечно, мог. Наверное, он сидел у одного из костров, не с брокерами, а там, где спокойно и по-хозяйски заваривали в ведре и раздавали всем желающим пахнущий дымом чай, степенно разговаривали о погоде, видах на рыбалку, ремонте старого «москвича» или «запорожца», травили анекдоты, сушили отсыревшую в тумане одежду, прислушивались к последним известиям из громкоговорителя и спокойно, как бы заколачивая гвозди, материли придурков, устроивших эту заваруху. И вчера он тоже был бы на месте — здесь, у Белого дома, подтаскивая к баррикаде привезенные по приказу мэра Попова трубы, или там, в туннеле, рядом с раздавленным человеком в плащовке. Но совершенно естественно он смотрелся бы и у водочного прилавка, не в километровой очереди, конечно, а рядом с продавщицей, запросто называя ее по имени, рассовывая по карманам выхваченные с боем бутылки и обещая начистить хлебальник не по делу возникающим гражданам, а потом где-нибудь у метро, где он, цепляясь одной рукой за стену и с трудом держась на ногах, обводил бы прохожих налившимися кровью и ненавидящими глазами, ища ссоры и драки, чтобы излить пьяную злость и накопившееся раздражение на эту собачью жизнь.

И Виктор решил, что, по сути, эти сволочи из ГКЧП сделали одно хорошее дело, хотя наверняка на подобный исход не рассчитывали. Если бы не они, этот человек, как и многие-многие другие, был бы в отведенном ему стойле, где, как положено, втихаря складывал бы под верстак детали, приготовленные к выносу с родного завода, и размышлял бы о том, даст ли Клавка-продавщица бутылку в долг или нет. А вместо этого он сейчас стоит здесь, рядом с другими, такими же как он, мужиками, пришедшими сюда ночью, чтобы сражаться и, может быть, даже умереть, но победить, — и победившими, без танков, без оружия, потому что живой щит оказался намного прочнее и танковой брони, и наспех сооруженных, уже никому не нужных баррикад.

И как бы в подтверждение Викторовых мыслей с балкона Белого дома прозвучало: «Мы еще не народ. Но уже не толпа».

— Послушай, — сказал Сергей, — я что-то притомился уже. Может, поедем?

Виктор кивнул, рассматривая поднятый неподалеку плакат «Спасибо партии родной за наш трехдневный выходной». А когда они уже пробирались в сторону «Баррикадной», со стороны Белого дома раздалась частушка, вызвавшая взрыв хохота:

С нами Ельцин и Кобец,
Хунте наступил пиздец.

Вечером к столу на кухне перетащили оба телевизора. По одному смотрели вновь появившееся в эфире российское телевидение, по второму — освободившийся от Леонида Кравченко первый канал. Звук включали в зависимости от картинки. Пили по мере поступления новостей. За президента Ельцина. За вице-президента Руцкого, арестовавшего-таки заговорщиков. За «чтоб они сдохли». За генерала Лебедя и генерала Кобеца. За Руслана Хасбулатова и прокурора Степанкова. Узнав, что Жириновский скрылся из Москвы и его не могут найти, выпили, чтобы нашли. Встав и не чокаясь, выпили за погибших ребят.

Уже глубокой ночью выключили телевизоры и пошли спать.

Эф-Эф хлопает дверью

Федор Федорович стоял у окна в своем кабинете и смотрел вниз, на площадь. Свет был погашен, чтобы не дразнить гусей, но бегающие по площади лучи прожекторов выхватывали из темноты то его лицо, то край придвинутого к окну письменного стола, то висящий на стене портрет Дзержинского. На площади бесновалась толпа. Появившийся час назад подъемный кран уже зацепил петлей памятник рыцарю революции и сейчас, по-видимому, ожидал сигнала.

От всей этой затеи с чрезвычайным положением Федор Федорович с самого начала ее не ожидал ничего хорошего. Каша начала завариваться, когда Горбачев стал совещаться с республиканскими лидерами по поводу нового союзного договора. Либо что-то принесла на хвосте прослушка, либо были получены соответствующие агентурные данные, но уже в первых числах августа в комитете стало происходить странное. По характеру своей работы Федор Федорович не мог иметь отношения к этим событиям, но не заметить необычно возросшую активность было трудно.

Крах ГКЧП стал для него очевиден, как только он узнал о составе нового советского руководства, взявшего всю полноту власти. Гену Янаева Федор Федорович знал давно — и лично, и по работе, — так что здесь иллюзий не было. С Язовым тоже все было ясно — он солдат, будет делать, что скажут, но с инициативой выступать не станет. Тизяков и прочие штатские — не фигуры. Так что остаются только шеф и Пуго. Однако шеф умен и на первые роли никогда не полезет, а Пуго — при всем уважении — просто не потянет: возраст, да и отсутствие реальной власти. В таких делах игра в коллективное руководство — безусловный провал. Чтобы расставить все на свои места, нужен признанный лидер-диктатор. Это мог бы быть человек уровня Иосифа Виссарионовича или маршала Жукова, подошел бы и покойный Андропов, но не Гена же Янаев, хотя бы и в такой уважаемой до беспомощности компании.

Им даже не удалось сговориться с Горбачевым. По непроверенным, но заслуживающим доверия сведениям, они пытались повторить прибалтийский сценарий, однако в последний момент президент вывернулся и никаких гарантий не дал. Так что пришлось действовать под идиотским предлогом временной недееспособности Михаила Сергеевича, что, в случае неудачи, развязывало ему руки, а заговорщиков ставило в положение чрезвычайно опасное. Они не решились даже вколоть ему что-нибудь, чтобы превратить в дегенерата, хотя бы на несколько дней. Поэтому очевидная брехня о болезни президента давала в руки Ельцину козырь, о котором можно было только мечтать. В результате он, на почти легитимных основаниях, мог отказаться исполнять постановления ГКЧП до тех пор, пока не будет доподлинно установлено, что случилось с Горбачевым. И Ельцин это успешно провернул.

Помешать ему можно было только одним способом — изоляцией. Его следовало изолировать либо за четверть часа до начала событий, либо немедленно после начала. Но даже такой простой вещи эти кретины не сумели сделать. Зато изобразили бешеную активность, разослав по Москве все, даже извлеченные из резерва, группы наружки и понадавав им идиотских поручений. Адреса, судя по всему, брали из справочника «Вся Москва». Во всяком случае, другого объяснения тому, что машины наружки двое суток бессмысленно проторчали у офиса Платона, Федор Федорович не имел. О чем и сказал Платону открытым текстом, когда тот, сильно обеспокоившись столь необычным вниманием, позвонил ему, чтобы выяснить, в чем дело.

Днем девятнадцатого Федор Федорович, воспользовавшись своей невостребованностью, съездил к Белому дому, потолкался среди оцепивших здание москвичей, потом, предъявив удостоверение, прошел внутрь, поболтал с сослуживцами. И если у него до этих разговоров еще были какие-то сомнения по поводу возможного исхода, то теперь они немедленно испарились. В отличие от ГКЧП, сделавшего традиционную советскую ставку на грубую силу, Белый дом, несмотря на царящий внутри бардак и невнятную общедемократическую тарабарщину, играл, как стало ясно Федору Федоровичу, совершенно беспроигрышно.

На стороне Ельцина было международное общественное мнение. Он мог опираться на авторитет Горбачева и, следовательно, рассчитывать на поддержку великих держав как единственный защитник законно избранного президента. На его стороне были и кое-какие республиканские лидеры, подбирающиеся потихоньку к запретному плоду независимости. Ну а уж живой щит вокруг Белого дома выстроился сам собой. Проку от него, конечно, никакого — если будет нужно, спецназ перемелет этот сброд за пятнадцать минут, но после таких действий на судьбе Союза в мировом сообществе можно будет ставить крест. Германию отдали. Из Афганистана с позором ушли. Прибалтика теперь и пяти минут в Союзе не продержится. Что осталось? Мировой лагерь социализма? Ха-ха! Движение неприсоединившихся стран? Как только выяснится, что советская поддержка накрылась, все они очень быстро станут присоединившимися, тут нет никаких иллюзий. Так что остается только Фидель. Да еще Северная Корея с гениальными идеями чучхе. А в такой компании не погуляешь. Поэтому стрельбы не будет. Значит, еще несколько дней противоборствующие силы постоят друг против друга, а потом ГКЧП развалится как карточный домик.

Ну и черт с ними. Федора Федоровича больше интересовало, как представляют себе последующее развитие событий находящиеся в Белом доме сослуживцы. Здесь обнаружилось полное единство мнений. Ельцин Горбачева съест и не поморщится — это только вопрос времени. После чего начнется отстраивание системы заново. Без комитета — или как он там будет называться при новой власти, — разумеется, не обойтись, равно как и без других необходимых атрибутов государства. Профессионалы, безусловно, останутся. Не Гдляну же с Ивановым доверять изощреннейший механизм разведки и контрразведки. Ты ведь прекрасно понимаешь, Федор Федорович, Ельцин — мужик умный. Он очень хорошо знает, что комитет существует вовсе не для того, чтобы отлавливать нестриженых антисоветчиков. Так что люди, умеющие делать дело, будут продолжать его делать. Мы, собственно, потому так спокойно здесь и сидим, что это Ельцин, а не горлопаны из Демроссии, вроде Глеба Якунина или Юрия Власова. Если бы таким, как они, да хоть кусочек власти, уже назавтра от профессионалов в комитете только щепки бы остались. И вместо них явилась бы толпа немытых демократов, прямо с митинга, уж они бы нам наслесарили. Но этого, слава богу, не будет…

А сейчас Федор Федорович, полностью согласный со всеми этими доводами, с ужасом смотрел в окно. Происходившее на площади разительно отличалось не только от событий у Белого дома, но даже от самых бурных митингов на Манежной. Это был бунт черни, спокойно отсиживавшейся дома, пока не определился победитель, а теперь вывалившей на улицу, чтобы всласть поорать и покрушить наследие проклятого прошлого. Чего стоит хотя бы донесшаяся до него версия, что золото, пресловутое золото партии, сокрыто именно в постаменте памятника Дзержинскому, да и сам памятник тоже отлит из чистого золота девяносто шестой пробы! На самом деле, что может быть надежнее, чем укрыть золото партии прямо под окнами КГБ? Так что, пилите, Шура, пилите. И истерические призывы к немедленному штурму Лубянки, загубившей столько невинных душ и нависшей мрачной тенью над всем миром, временно сменились злорадным ожиданием того момента, когда захваченный стальным тросом памятник оторвется от пьедестала и уляжется в кузов изрыгающего черный солярочный дым КамАЗа.

В том, что ситуация вышла из-под контроля, Федор Федорович винил исключительно события предыдущей ночи. Дурацкое сплетение случайностей: два или три бэтээра, случайно оказавшиеся на Садовом кольце, и двигавшиеся даже не к Белому дому, а вовсе в перпендикулярном направлении, измучившиеся в ожидании штурма люди, принявшие заурядный маневр за появление боевого авангарда, невозможность договориться и хоть что-то объяснить, общая накаленная обстановка, в которой толчком к взрыву могло послужить все что угодно, — вот результат. Трое погибших. Черт знает сколько раненых. Поспешное бегство из Москвы всей верхушки. А теперь почуявшее запах крови стадо, уверенное в собственной безнаказанности, заполонило площадь и хочет отгулять свое.

Горе побежденным!

В то, что они попытаются захватить здание, Федор Федорович не верил. Даже самые тупые и бесшабашные должны понимать, что Лубянка — это не Белый дом и охраняют ее не прибежавшие из соседних подворотен пацаны, а совершенно другие люди, с надлежащей подготовкой и соответствующим оснащением. Но он боялся другого. Федор Федорович боялся влияния, которое эта взбесившаяся сволочь может оказать на обезглавленные силовые структуры, да и на Ельцина тоже. Если эти люди внизу чувствуют в себе достаточно силы, чтобы творить ТАКОЕ, то нет никаких гарантий, что завтра сюда не заявятся полусумасшедшие придурки, желающие установить новый демократический порядок. В этом и была главная опасность.

Федор Федорович боялся не за себя. В круг его профессиональных обязанностей вовсе не входила ни охота за диссидентами, ни подавление инакомыслящих внутри и вне страны. За свое место он тоже не держался — до заслуженной пенсии оставалось два года, и прожить их вполне можно было как в стенах комитета, так и вне их. Но Федор Федорович не мог допустить, чтобы складывающаяся десятилетиями, блестяще отстроенная и безупречно работающая система удовлетворения совершенно естественного государственного любопытства относительно новейших достижений научно-технического прогресса в развитых западных странах, система, на создание которой он сам положил столько сил и энергии, оказалась в руках дилетантов с непредсказуемым поведением. И конечно же, нельзя было позволить, чтобы к ним попали сведения о людях, которые за деньги или из идейных соображений, но всегда с колоссальным риском для себя, по крупицам добывали драгоценную информацию.

Федор Федорович оторвался от окна, окинул взглядом гору папок на столе и сел в кресло. Здесь было все об агентах, с которыми он работал все эти годы. Некоторых он знал лично, со многими его связывала только переписка, осуществлявшаяся с невероятными предосторожностями и через третьи руки, кое к кому он еще только искал подходы. Но за каждого из них Федор Федорович отвечал. И хотя для того, что он собирался сделать, нужна была санкция самого наивысшего руководства, согласованная с кучей инстанций, он понимал, что сейчас эту санкцию просить не у кого, а ждать с каждой минутой становится все опаснее и опаснее.

Зябко передернув плечами, Федор Федорович приступил к сортировке документов.

Даром ему это, конечно, не прошло. Недели через две, когда суматоха улеглась и все стало постепенно приходить в норму, он написал рапорт, в котором указал, какие бумаги были уничтожены и чем он при этом руководствовался. Его непосредственный начальник, читая рапорт, не поверил своим глазам и, поскольку ситуация была совсем уж из ряда вон, мгновенно довел информацию до сведения высшего руководства. Оказалось, что на самом деле потери не так уж и страшны, поскольку значительная часть уничтоженного восстанавливается легко, а все остальное тоже восполнимо, только потребуется какое-то время, однако терпеть подобное в стенах комитета было совершенно невозможно. И Федор Федорович из просто полковника превратился в полковника в отставке. И впоследствии считал, что легко отделался. Полгода он погулял, несколько раз съездил на рыбалку, а потом возглавил в «Инфокаре» информационно-аналитический отдел.

…Памятник Феликсу Эдмундовичу, как и следовало ожидать, оказался чугунным. Или из какого-то другого материала. Но уж точно не из золота. И постамент тоже.

Поражение

От своей загадочной болезни, которую примирившаяся с мужем Анюта называла «горбофобией», Виктор излечивался довольно долго. Непреодолимое желание дождаться торжества справедливости при жизни всех действующих лиц владело им настолько сильно, что публичная порка, которой Ельцин подверг Горбачева сразу же после возвращения того из Фороса, вызвала у Виктора мстительное чувство ликования. Однако ставшая уже привычной реакция организма помешала ему дождаться конца сцены, когда Ельцину принесли какую-то бумажку и он, бегло пробежав ее глазами, сказал: «Так. Указ о запрете Коммунистической партии. Подписываю».

Виктор заметил только, как Горбачев, сидевший рядом с президентом России в качестве бутафорского украшения, растерявший в форосском плену всю свою авантажность, сделал какое-то суетливое движение, будто хотел не то выхватить бумагу, не то придержать Ельцина, но спохватился и снова уткнулся глазами в стол.

В этот раз приступа рвоты не последовало, но жуткая резь в желудке скрутила Виктора, и окончания телевизионного репортажа он не увидел, а о дальнейших событиях узнал уже в пересказе.

То, что возмездие свершилось, Сысоев понял в декабре девяносто первого, когда новостью номер один стал роспуск Советского Союза, а новостью номер два — рождение непонятного образования под названием Содружество Независимых Государств. Виктор настолько зациклился на своей идее воздаяния за пролитую кровь и порушенную веру, что исчезновение страны, в которой он родился и вырос, которую в студенческие годы объездил вдоль и поперек, по которой были разбросаны могилы многочисленных Сысоевых — в Киеве, Могилеве, на Куршской косе, где-то неподалеку от Актюбинска, — исчезновение этой страны отошло для него на третий план по сравнению с важнейшим фактом: Горбачев больше не президент, Горбачев — никто. Но когда Виктор увидел на экране Горбачева, который трясущимися от унижения губами жалобно выговаривал Ельцину за то, что тот президенту США о Беловежских соглашениях доложил, а его, Михаила Сергеевича, даже не поставил в известность, Виктору вдруг стало его жалко. Кипевшая в нем ненависть ушла. Однако непонятные приступы, хоть и нечасто и без видимых причин, продолжали мучить его тело.

Странно: необычный выплеск энергии в те августовские дни привел к тому, что Виктор напрочь утратил интерес к политическим событиям. На работе все уже знали, что во время путча Сысоев находился в самой гуще событий. Но на вопросы Виктор отвечал неохотно и разговоров на эту тему всячески избегал. Как водится, даже в инфокаровском коллективе сразу обнаружилось большое количество людей, которые и Белый дом защищали, и баррикады строили, и чуть ли не троллейбусы переворачивали, так что рассказчиков и без Виктора хватало. А он отмалчивался — любая попытка заговорить об августовском путче немедленно приводила к тому, что перед глазами у него вставала страшная картина скребущих асфальт рук умирающего.

Единственным светлым воспоминанием об этих днях для Виктора остались лица защищавших Белый дом людей. Он часто ловил себя на том, что, выходя на улицу, пристально всматривается в окружающих, вызывая ответные недоуменные взгляды. Он смотрел на прохожих и не понимал — откуда, откуда же взялись все те, кто в августовские дни вышел в оцепление, кто пел песни у костров и бросался в туннеле под бэтээры. Ведь не могли они исчезнуть бесследно. Но в уличной толпе он не встречал никого, кто хоть как-то мог напомнить ему о тех нежданно появившихся и негаданно исчезнувших людях.

Вот тогда Виктору и начало казаться, что эта великая, эта несомненная победа не так уж и велика. И не так уж несомненна. Он думал, что она изменит души и лица. Но она всего лишь переменила власть.

А люди, пережившие ту же встряску, тот же звездный час, что и он, разбрелись по своим углам и вернулись к привычным, обыденным скучным занятиям. И испытанное Виктором чувство великого братства больше не приходило.

Последний раз он попытался вернуть его седьмого ноября. К этому времени потрясения от революционных событий уже миновали, сгладились, сторонники славного прошлого и коммунистической идеи потихоньку оклемались, организовались и решили по традиции отметить годовщину Октября. В пику им демократы собрались на Лубянке, у памятника жертвам репрессий. Виктор пошел, изо всех сил надеясь на чудо. Но чуда не произошло. ТЕХ лиц не было. Была обыкновенная демократическая тусовка, с обязательным скандированием, непременным голосованием за что-то и заклинаниями Сергея Станкевича:

— Нам нужна демократия! А ну-ка — де-мо-кра-тия! Де-мо-кра-тия!

— А теперь нам нужна конституция! Ну-ка — кон-сти-ту-ция! Кон-сти-ту-ция!

К дому Сахарова, куда, накричавшись, отправилась тусовка, Виктор уже не пошел. С него было довольно.

Он понял — революция закончилась. Как кончаются все революции.

Поражением.

А потом наступил новый, девяносто второй год.

Егор Гайдар отпустил цены.

Началась эра «Инфокара».

ЧАСТЬ ВТОРАЯ
ВИКТОР
(ПРОДОЛЖЕНИЕ)

Эс. Эн. Ка

Идею усиления своего влияния на Завод Платон вынашивал давно. Он чувствовал, что дальше так продолжаться не может. Золотое время, когда «Инфокар» существовал в одиночку, когда каждый рубль, вложенный в закупку машин, приходил обратно, ведя за ручку доллар, близилось к концу.

Воодушевившись инфокаровским примером, другие коммерсанты переняли передовой опыт, ринулись на Завод и начали активную вербовку людей из ближайшего окружения директора. Совсем уже рядом отбрасывала зловещую тень разрастающаяся империя Березовского. Но дело было даже не в том, что заводчане почувствовали запах денег и, не имея возможности внедриться в монополизированный инфокаровский бизнес, стали создавать свои каналы торговли автомобилями.

Серьезную опасность представляло то, что когда-то монолитная заводская команда фактически раскололась, распределившись между альтернативными источниками личного обогащения. Рано или поздно, но наметившиеся трещинки неминуемо приведут к обнажению глубинных противоречий, что чревато крайне нежелательными последствиями. И последствия эти уже начали проявляться. Вслед за коммерсантами, а зачастую даже обгоняя их, на Завод потянулись бандиты.

К концу девяносто второго года ни Федеральной службе безопасности, ни Министерству внутренних дел не было нужды тратить силы и средства на самостоятельное изучение географии и фауны преступного мира новой России.

Достаточно было хотя бы неделю провести на Заводе. Не скрываясь, по административному корпусу, по производственным цехам и складским площадкам блуждали представители всех криминальных группировок — тамбовцы и чеченцы, казанские и люберецкие, «спортсмены» и «афганцы». Машины распределялись еще на конвейере, выстраивались квадратами и прямоугольниками и брались под усиленную охрану. Было достигнуто соглашение, что на заводской территории разборки не производятся, поэтому здесь все вели себя тихо, пристально наблюдая за действиями конкурентов. А за заводской проходной уже гремели взрывы и выстрелы.

Большая автомобильная война захватила полстраны.

Хроника военных действий ужасала. В Москве, в районе «Войковской», развернулось настоящее сражение, в котором участвовало не менее пятидесяти человек. Результат — шестеро убитых, неизвестное количество раненых, три сгоревших автомобиля и разнесенная из гранатомета милицейская машина. Десять трупов на пустой даче в Комарове, изуродованных до неузнаваемости, с лицами, облитыми кислотой, отрезанными кистями рук и аккуратно вырезанными лоскутами кожи, чтобы скрыть следы многочисленных татуировок. Загадочный бунт в одной из колоний строгого режима, закончившийся сразу же, как только были удавлены три авторитета из Западной Сибири. Серия взрывов в карманных банках, обслуживавших те или иные группировки. Исчезновения людей. Налеты на сауны и рестораны, в которых лидеры преступного мира отмечали удачные автомобильные сделки. Пахло кровью и порохом.

Немногочисленные дилеры, сохранившиеся у Завода с незапамятных времен, сталкивались с бандитами прямо у заводских ворот. Были объявлены не подлежащие обсуждению условия: с каждой сотни отгружаемых автомобилей пять штук уходят в откат — иначе будем считать, что не договорились. После того как прямо на железнодорожной станции без видимых причин сгорели два вагона с машинами, дилеры капитулировали. На всякий случай обуглившиеся вагоны так и были оставлены на запасных путях — в качестве предостережения для особо несговорчивых.

В тяжелом положении оказались и заводские поставщики. Раньше они жили тихо и спокойно, поставляя на Завод металл и комплектующие, регулярно общаясь с отделом снабжения и финансовым управлением, а время от времени, по праздникам, — с высшим руководством. Теперь же у них неожиданно появились новые партнеры по переговорам — сопровождаемые головорезами в спортивных костюмах, они врывались в кабинеты и диктовали условия поставок на Завод. Директора одного из шинных заводов, не сразу сообразившего, что к чему, поставили на подоконник и спросили, знает ли он, на каком этаже находится его кабинет и каково расстояние до асфальта. Директор дрогнул и тут же подписал отгрузку составов с шинами, даже не спрашивая, когда и как за них заплатят.

Разгул беспредела создавал для бизнеса серьезнейшую угрозу. Было совершенно очевидно, что дальше так продолжаться не может. Но столь же очевидно было, что заводское начальство, крепко повязанное с нависшими над Заводом бандитскими «крышами», ничего конструктивного предпринять не сможет. Надо было что-то делать. И Платон решил сыграть ва-банк. Взять Завод под себя.

В редкие минуты, когда Платону удавалось остаться в одиночестве, когда кипящая внутри лава жизненной активности не заставляла его немедленно бросаться на телефон и звонить — начальникам, партнерам, многочисленным подругам, — он рисовал на бумаге квадратики, кружочки и стрелочки. Холдинговая структура, когда-то пленившая его своим изяществом, структура, в которой бизнес и ответственность сосредоточены в низовых звеньях, а высший менеджмент и финансовые ресурсы — в головной компании, структура, наилучшим образом отвечавшая его представлениям об агрессивной динамике развития, — эта структура перестала устраивать Платона. Да, она была защищена. Любой обвал бизнеса, любой налет налоговых, правоохранительных или таможенных органов могли вывести из игры одно или несколько предприятий нижнего уровня, но холдинг оставался нетронутым и мог восстановить позиции в течение нескольких дней. Однако защищенность эта имела весьма условный характер. Силовой прием в отношении головной компании мог развалить всю конструкцию в мгновение ока. А защита ее, даже с учетом нерядовых инфокаровских возможностей, стоила огромных денег.

Еще больших денег стоило дальнейшее развитие классической холдинговой структуры. Конечно, создать десяток новых предприятий, сбросить в них уставный капитал и необходимую оборотку было проще простого. Но если речь шла о включении в холдинг чего-то действительно стоящего, то платить за это приходилось немереные деньги. Ведь только не очень далекие люди, подсчитывая поступления в казну от распродажи бывшего государственного имущества, могли орать, что страна продается за бесценок. За сколько она продается на самом деле, знали только те, кто покупал. Может быть, и не за дорого. Но уж точно за много. А поскольку жить по экстенсивным, уже отработанным схемам Платону было противно, нужен был прорыв в область взрывного, интенсивного роста.

Поэтому и рисовались квадратики со стрелочками. Платона чрезвычайно привлекала идея перекрестного владения, когда одно предприятие обменивает свой контрольный пакет на контрольный пакет в другом предприятии. В этом случае захват можно производить, не тратя ни копейки. Конечно, приобретая по этой схеме контроль над кем-то, ты отдаешь ему контроль над собой. Но раз ты контролируешь его, значит, и себя контролируешь тоже сам. Надо только правильно нарисовать квадратики, верно расставить кадры и точно определить правила принятия решений. И надо еще посмотреть, что происходит с защищенностью.

Предположим, что вот этот квадратик накрывается медным тазом. Что тогда? Так, понятно. Общих правил здесь, по-видимому, нет. Погоня за надежностью может привести к потере контроля. Может быть и наоборот — усиливаем контроль, теряем защищенность. А если так? Ага, есть! Вот в этом примерчике есть и контроль, и ничего не происходит, если разваливается любое предприятие, закольцованное в схему перекрестного владения. Остается понять, что в этом примере такого особенного. Ну конечно! Есть же свободный параметр — число закольцованных предприятий. Если что-то не складывается, нужно просто ввести в схему еще парочку квадратов и правильно расставить стрелки.

По всему получалось, что одним только контрольным пакетом «Инфокара» Завод не взять. Как минимум, нужны четыре компании, причем одна из них — совершенно новая, но концентрирующая у себя основной капитал. И эти деньги надо где-то добыть.

Так родилась пустившая глубокие корни идея СНК — «Союза народного капитализма».

Никто, кроме Мусы и Ларри, даже не догадывался о роли, которая отводилась создаваемому «Союзу». Фасад выглядел безукоризненно, а при соответствующей пропагандистской подпитке должен был засиять и засверкать. Дымовая завеса предназначалась для того, чтобы на Заводе, упаси бог, не сообразили раньше времени, к чему тянется перепончатая лапа «Инфокара». И чтобы народонаселение, на которое возлагалась нелегкая задача финансирования всей операции, дисциплинированными рядами направилось к пунктам приема наличных денег.

Сергей Мавроди, скопировавший у «Инфокара» гениальную в своей простоте идею ценных бумаг СНК, был просто неумелым плагиатором. Потому что его пирамида развалилась от первого же толчка, похоронив под обломками и надежды десятков тысяч акционеров, взалкавших быстрого обогащения, и депутатскую неприкосновенность любителя экзотических бабочек. Платоновский же СНК возвысился как утес и устоял перед всеми натисками стихии.

Ибо ненадежных систем Платон создавать не умел.

Мальчишечка Лелик

Общая схема выглядела так: создать открытую компанию, выпустить внушающие абсолютное доверие акции, продать их населению, наполнив компанию живыми деньгами, а потом обменять контрольный пакет компании на контрольный пакет Завода. Вроде бы просто. Но за простотой скрывались серьезные проблемы.

Понятно, что денег надо собрать много. Очень много. Потому что иначе контрольный пакет Завода не заполучить. Значит, нужно распространить несколько десятков миллионов акций. Десятки миллионов человек отдадут деньги. И, следовательно, станут совладельцами компании. Взаимный обмен акциями им может не понравиться. Поэтому необходимо любыми путями заблокировать возможное противодействие.

Дальше. Умников, которые рассчитывают на будущие дивиденды, в стране не так уж и много. Есть, конечно, но столько не наберется. Акции станут покупать в нужном количестве только в том случае, если они будут представлять собой высоколиквидный товар, то есть товар, который можно купить и тут же перепродать с немалой выгодой. А значит, перепродажа этих чертовых акций должна происходить с той же легкостью, что и приобретение.

Вот тут-то и была зарыта собака.

Законодатели — чтоб им тысячу раз пусто было! — крича на всех углах, что в стране отсутствует необходимое правовое поле, успели-таки принять мерзопакостный закон об акциях. (Как будто нет других, более важных проблем.) И вставили в него обременительное требование — чтобы любые выпускаемые акции были обязательно именные. Это означает следующее: на каждой бумажке, называемой акцией, должно быть указано имя ее владельца. Однако именной характер ценной бумаги означает также и то, что человек, купивший акцию, уже не сможет перепродать ее немедленно за ближайшим углом. То есть, конечно, сможет, но для этого ему понадобится хватать следующего покупателя за шиворот, проверять, есть ли у него с собой паспорт, и тащить в специальное место, где имя старого владельца будут вычеркивать, а имя нового вписывать. Не приведи бог. А ну как покупатель не захочет идти? Или продавец не захочет светиться?

В общем, так, подвел черту Платон, хотите — ночуйте здесь, хотите — стойте на голове, но не может такого быть, чтобы мы не нашли в этом чертовом законе дыры, разрешающей выпуск акций на предъявителя. Не именных, а на предъявителя.

И чтобы ходили они по стране так же свободно, как деньги. Как рубли. Или даже как доллары.

Вначале было Слово. И Слово было Богом.

Изволите дыру в законе, Платон Михайлович? Пожалте вам дыру! Акции продавать не будем. Будем продавать бумаги, удостоверяющие, что их владелец имеет право в любое время обменять эти бумаги на акции, причем свободно и бесплатно. Уловили? Про такие бумаги в законе не сказано ни слова. А что не запрещено, то — ?.. Правильно — разрешено. И обращаться на рынке будут именно эти бумаги, а не какие-либо иные. Причем важен вот какой момент, прошу внимания: человеку должно быть выгодно не менять наши бумажки на акции как можно дольше. Как этого добиться? Ну, то, что человек в любой момент может свободно избавиться от бумажек и получить деньги, — это само собой. Однако невредно сразу обусловить следующее: поменял он бумажку на акции, не поменял — на выплату дивидендов это никак не повлияет. Подошел срок — шлепает клиент, к примеру, в сберкассу, показывает наш фантик и получает свою долю в прибылях.

Можно даже среди владельцев фантиков лотерею проводить. Скажем, машины разыгрывать. Но с условием: машины — только по фантикам. Поменял фантик на акцию — все, халява кончается. Это значит, что акционеров у нас будет — ты да я да мы с тобой. Плюс Завод, когда операция завершится. Мы-то и будем принимать решения. А остальные пусть до этого времени посидят с фантиками. Лучше всего, если наши бумажки так при них и останутся.

Есть один принципиальный момент. Никаких обещаний о выплате невероятных дивидендов. Наоборот, кричать на всех углах, что скорой прибыли не обещаем. И второе. Собранные деньги должны быть целы. В любой момент времени. Целее, чем в швейцарском банке. Иначе никогда не отмоемся.

Если по этим позициям мы договариваемся, можно начинать работать.

Договорились мгновенно.

Даже удивительно, с какой легкостью эта схема проскочила через все мыслимые инстанции. Через Минюст — за неделю. Через Минфин — за неделю. Там, правда, поежились. Вы представляете, сказали, ребята, какую брешь вы открываете? А ну как у вас идею скопируют и начнут с народа деньги стричь? Черт с ними, пусть копируют. А милиция на что? Прокуратура? Вы вот здесь черканите, что закону не противоречит. Пожалуйста.

Дольше всего мурыжили в Центробанке. Какой-то умник додумался до того, что в стране создается валюта, имеющая параллельное хождение. И уперся как баран.

Пришлось дождаться момента, когда умник ушел или был отправлен в заслуженный отпуск. Он, конечно, вернулся, да уже поздно было.

А вот с самими бумагами пришлось повозиться — не приведи господь.

Решили, что они должны быть красивыми, солидными, со всех сторон защищенными, — словом, в лучших традициях. Специально проштудировали книгу «Ценные бумаги Государства Российского». Наконец договорились, что для фантиков сделают специальную бумагу, где-то во Франции. Такую бумагу, на которой любые деньги можно печатать. И чтобы ни в прошлом, ни в будущем ни у кого такой бумаги не было. Спецзаказ! Только для данного случая! А на самих бумагах чтобы были портреты всяких капиталистов и просто известных людей. Генри Форд. Алексей Путилов. Альфред Нобель. Христофор Колумб. Натан Ротшильд. И так далее. Художник нужен! Где художник?

Нашли случайно.

В рекламное агентство Платон забрел потому, что ко всем вопросам, связанным с фирменным стилем, относился архисерьезно: стиль — это лицо компании. На переговоры был приглашен какой-то мальчишечка с косичкой, который скромно сидел у стены, внимательно прислушивался и что-то чертил у себя в блокноте. А когда разговор закончился, мальчишечка подошел к Платону и сунул ему листок с набросками.

Платон посмотрел на рисунки и расхохотался.

Мальчишечка со смешным именем Лелик изобразил Платона на броневике с вытянутой рукой, в которой была зажата кепка, потом на трибуне и еще на субботнике, с бревном. Было забавно и очень похоже.

— Ленин-то здесь при чем? — отсмеявшись, спросил Платон. — Потому что СНК?

Лелик пожал плечами.

— Не знаю. Так нарисовалось. Возьмите, это вам на память.

В офисе Платон показал рисунки Ларри. Тот покрутил листок в руках, хмыкнул и вернул Платону.

Через две недели глубокой ночью в квартире Лелика раздался звонок, оторвавший юного художника от еще не протрезвевшей, а потому особо активной сослуживицы. Чертыхнувшись, Лелик снял трубку.

— Здравствуйте, — сказали на другом конце провода. — Платон Михайлович хотел бы переговорить.

Лелик терпеливо держал трубку, поощрительно поглаживая сослуживицу по голове. Через минуту он услышал знакомый голос. Платон Михайлович приглашал его немедленно явиться на встречу. Судя по всему, категория времени имела для СНК чисто умозрительное значение.

Вырвавшись из объятий недовольной девушки, Лелик пообещал скоро вернуться и наверстать упущенное, быстро оделся, поймал такси и прибыл по нужному адресу.

Там он узнал, что СНК намеревается выпустить собственные ценные бумаги.

Изготавливаться они будут в Швейцарии, на фабрике, которая находится под Цюрихом и печатает, ни много ни мало, настоящие швейцарские франки.

Предполагается выпустить десять номиналов этих бумаг — они будут отличаться друг друга изображенными на них портретами великих людей. Лелику поручается чрезвычайно важная миссия. Он должен сделать все десять макетов, записать их на компьютерную дискету, слетать на два дня в Швейцарию, вставить эту дискету куда положено, получить пробные оттиски и вернуться с ними в Москву. За каждый макет — тысяча, пребывание в Швейцарии — за счет СНК, плюс премиальные, о которых будем разговаривать отдельно. Годится?

Когда художник поинтересовался, кто будет договариваться о командировке с его начальством, ответ был довольно резким: «Это ваша проблема». Подумав, Лелик согласился. Такие деньги плюс Швейцария... В общем, можно и заболеть на два-три дня. А чьи портреты надо рисовать?

Ему дали список и поинтересовались, когда будет готово.

Лелик начал размышлять. День-другой на то, чтобы где-то добыть их изображения. По два дня на портрет, меньше не получится. Дня четыре на изготовление дискеты. Короче, за месяц можно уложиться.

Как ты сказал? Месяц? Ты что, сдвинулся? Неделя на все! Найми десять человек, пусть рисуют.

Лелик попытался объяснить, что в таком случае портреты могут оказаться разностилевыми, нехорошо-с, но ему ответили — хрен с ними, со стилями, не об этом сейчас думать надо, договорились или нет? Если договорились, то вот комната, в которой он будет работать, вот администратор — он будет исполнять все поручения Лелика, вот официанты, которые будут его кормить и поить днем и ночью, а вон там, по лестнице, — спальня, где он сможет отдыхать. Три тысячи задатка. Виза есть? Нет? Давай сюда паспорт, начнем оформлять.

Только на третий день, потея над портретом древнегреческого бога Гермеса, покровителя коммерсантов, Лелик вспомнил, что дома его дожидается подруга, так и не добившаяся искомого удовлетворения, и ему стало тревожно. Но потом он отвлекся.

К середине недели портреты были готовы. Ничего, кроме отвращения, продукт коллективного творчества у Лелика не вызвал. Известный меценат и капиталист Савва Морозов производил впечатление много и тяжело пьющего человека. Колумб был изображен в виде профиля на медали. А Билл Гейтс, один из основателей корпорации «Майкрософт», выглядел совершеннейшей копией покойного киноактера Юрия Богатырева. На всякий случай Лелик показал портреты Платону Михайловичу.

Тот жутко расстроился.

— Что можно сделать? — спросил Платон, озадаченно взирая на испитое лицо Саввы Морозова.

— Нужно еще время, — боязливо вякнул Лелик. — Хотя бы дня три.

Платон задумался.

— Это плохо, — сказал наконец он. — Очень плохо. Два дня максимум. Договорились? Я прямо сейчас говорю, чтобы брали билет на Цюрих. Там тебя встретят.

Когда до самолета оставалось три часа, Лелик все еще сидел за компьютером.

Платон поначалу каждые двадцать минут выскакивал из кабинета, смотрел на часы, бурчал что-то под нос, затем начал подсылать к Лелику администратора, который стоял у художника за спиной и действовал ему на нервы. Когда же Лелик наконец вынул из компьютера последнюю дискету и потянулся за сигаретой, его тут же подхватили под руки, запихнули в машину, бросили в открытое окно паспорт, деньги и билет на самолет и отправили в аэропорт.

Все облегченно вздохнули. Но, как оказалось, напрасно.

— Кто его провожал? — бушевал Платон, когда на следующий день Лелик позвонил из Цюриха и сообщил, что шереметьевская таможня отобрала у него все десять дискет с макетами, а без них Лелик ничего сделать не может. — Кто контролировал? Выгоните его отсюда к чертовой матери. Немедленно! Чтобы я его больше не видел! Кто у нас есть на таможне? Срочно соедините меня с… ну с этим… С Федором Федоровичем! Быстро!

Единственным человеком, у которого была многократная швейцарская виза и который мог без особых проблем немедленно вылететь в Цюрих, оказался Сысоев.

— В Цюрихе встретишь этого парня в аэропорту, — инструктировал Виктора Платон, крутя в руках пакет с дискетами, спасенными Федором Федоровичем. — Отдашь ему. Скажи, что у него два дня. Потом садись на поезд до Берна, тебя встретит Штойер. Пусть подпишет вот эти бумаги. Позвони мне из гостиницы и утром вылетай в Москву.

— А как я через таможню пройду? — поинтересовался Виктор, отбирая у Платона конверт.

— Тебя Федор Федорович проводит, — отмахнулся Платон. — Через депутатский зал. Там все будет нормально.

В аэропорту Цюриха Виктора встретил пьяный в дым Лелик, который с трудом узнал московского эмиссара, а узнав, полез целоваться.

— Я о-фи-ге-ваю, — молол Лелик заплетающимся языком. — Просто офигеваю. Самолет — балдеж! Как называется? Свисер? Блеск! Только сел — подходят. Спрашивают — перед взлетом чего будете пить? Потом опять подходят — чего на аперитив будете? Перед правым поворотом. Перед левым поворотом. Перед посадкой. Балдеж. В гостинице поселили, номер — три комнаты, все бесплатно. Ну, мужики, вы даете! Ну вы крутые! Дискеты привез?

Виктор передал Лелику конверт с дискетами. Тот небрежно сунул его в карман куртки и помахал рукой двум намазанным девицам, сидевшим в баре.

— А это кто? — спросил Виктор, с недоверием покосившись на девиц.

— Это наши, — махнул рукой Лелик. — Студентки из Казани. Отстали от группы. Голодают. Я их у себя поселил, пусть подхарчатся немного. А чего — три комнаты же… Слушай, ты мне долларов сколько-то не подбросишь? На кисточки, краски… Хочу пару пейзажей написать.

Вернувшись в Москву с подписанными у Штойера бумагами, Виктор обрисовал Платону впечатления от встречи с Леликом. Платон встревожился.

— Говоришь, пьет? И девки? Черт! Надо срочно связаться с фабрикой, узнать, чем он там занимается.

На фабрике ответили, что господин художник заходил утром, побыл полчаса и обещал к вечеру появиться снова. С дискетами все в порядке, но они сделаны не совсем по стандарту, поэтому пришлось пригласить специального программиста, который их переделывает. А господин художник контролирует процесс. Что ему передать?

— Что! — взвыл Платон. — Процесс контролирует? Найдите его в гостинице!

Отыскать Лелика в гостинице удалось только на третий день, а до этого на звонки отвечал игривый девичий голос. Лелик был трезв и сумрачен.

— Ну что я могу сделать, Платон Михайлович? — осведомился он, дослушав Платона до конца. — Я же не виноват, что у них стандарт другой. Он у них уже сто лет другой. Откуда я знал? Они взяли человека, он ездит за пятьдесят километров. Я вообще тут обалдеваю. С восьми до десяти они пьют кофе. Не моги тронуть. Так что я прихожу к десяти, когда этот тип садится за компьютер. Полтора часа посидит — обед. Это у них святое. До полвторого обедают. Потом опять кофе пьют. Еще час поработают, и шабаш. Четыре часа — конец рабочего дня. В одну секунду пятого уже ни одного гада нет. Я ему намекнул, что хорошо бы вечерком посидеть, за два дня все и забацали бы. Так он на меня посмотрел как на недоделанного. Откуда я знаю, когда закончим? При таких темпах, Платон Михалыч, еще неделя как минимум. Платон Михалыч! Тут такое дело. Они мне говорят, что с завтрашнего дня я за гостиницу должен сам платить. А у меня… Понял… Понял… Спасибо, Платон Михалыч. Большое спасибо. Как зовут? Штойер? Большое спасибо.

Но когда Ронни Штойер, швейцарский партнер «Инфокара», появился в Арау, чтобы заплатить за гостиницу Лелика, ему сказали, что господин художник выехал и не сказал куда. Штойер тут же позвонил на фабрику. Ему сообщили: господин художник перебрался в Цюрих и появляется дважды в день, утром уже был, теперь ждем к вечеру. Ронни посмотрел на часы, плюнул и вернулся в Берн, оставив на фабрике свои телефоны. Лелик прорезался через десять дней. Он позвонил в «Инфокар» из Шереметьево и заявил, что все готово, пробные оттиски он привез, но нет ни копейки, чтобы выбраться из аэропорта. За Леликом послали дежурную машину.

Юный художник выглядел довольно жалко. Он весь как-то передергивался, почесывался, был грязен и небрит. Левую щеку украшали три длинные параллельные царапины. Дышать Лелик старался в сторону.

— Интересно, как его пустили в самолет? — поинтересовался Ларри, когда Лелик, отдав оттиски и подарив Платону пятидесятиграммовую бутылочку водки из гостиничного мини-бара, отбыл домой.

Лелик вернулся в Москву как раз в то время, когда война с несговорчивым клерком из Центробанка была в самом разгаре. Платон плел многоходовые интриги, и смотреть оттиски было некогда и некому. Когда же клерка удалось отвести в сторону и Платону сообщили, что последняя виза получена, а документы понесли руководству на подпись, он развернул оттиски и ужаснулся.

Нет, портреты были в полном порядке. Но три заветные буквы — СНК — были написаны не тем шрифтом, который заказывали, не шрифтом первых дней Советской власти, все еще вызывающим романтическую ностальгию, а отвратительными черными готическими буквами с заостренными засечками. Никто, кроме Платона, на такую мелочь не обратил бы и внимания, но для главы «Инфокара» она имела принципиальное значение.

— Так, — сказал Платон, отбушевав. — Витька! Ищи этого Дюрера. Полетишь с ним. Глаз не спускай. Даю три дня.

Доставленный посреди ночи Лелик объяснил, что нужной гарнитуры в компьютерной библиотеке шрифтов нет и никогда не было. По каковой причине три заветные буквы пришлось бы изготавливать на компьютере вручную — по точечкам. А это совершенно дикая работа, на которую в сверхтяжелых швейцарских условиях не хватило бы никакого времени. Посему он, Лелик, принял решение подобрать хоть сколько-нибудь похожий шрифт. И вообще, Лелик очень признателен и «Инфокару», и лично Платону Михайловичу за интересную работу и возможность побывать в прекрасной стране Швейцарии, но больше он туда не поедет. Ни за какие коврижки.

Потому что от всей этой затеи он жутко пострадал. Во-первых, у него серьезные проблемы дома. Когда его первый раз притащили в «Инфокар» и сразу запрягли, Лелик как-то забыл, что у него в квартире осталась девушка. А уезжая, он квартиру машинально запер. В общем, квартиры, считайте, нет. То есть стены еще существуют, и входную дверь он почти починил, но жить там нельзя. Во-вторых, Лелик выпросил на работе неделю, а не было его больше месяца. И его уволили ко всем чертям, даже не заплатив того, что причиталось. Ну да это бог с ним. Дело в том, что сейчас Лелик уже устроился в новое агентство, к американцам, где ему платят втрое больше. И работает он там всего неделю. А что такое три дня по-инфокарски или, если угодно, по-швейцарски, он уже знает и рисковать новым местом никак не хочет. Есть еще третья причина. Лелик не стал о ней распространяться, но было, в общем, понятно, что у него возникла определенная медицинская проблема и он должен регулярно посещать лечебное учреждение.

— Ладно, — сказал Платон, терпеливо дослушав Лелика до конца. — Ты мне скажи, есть возможность за три дня поменять шрифт? Принципиально?

Лелик подумал и кивнул.

— На фабрике не получится. Там в четыре все опечатывают. Но в Цюрихе я познакомился с одним художником, у него дома стоит такой же компьютер. У него можно плотно сесть и все сделать. Ну не за три дня, но за четыре можно.

— Вот видишь, — обрадовался Платон, — значит, без тебя никак.

Через час, после того как Платон трижды переговорил с новым начальством Лелика, сопротивление юного художника было сломлено. И на следующий день Сысоев и Лелик вылетели в Швейцарию.

— Вить, ты программирование не забыл еще? — спросил Платон, когда они прощались. — Нет? Возьми все под свой контроль. Ладно?

В самолете Лелик не пил, что-то напряженно обдумывал, а перед посадкой сказал Виктору:

— Знаешь, старик, тут есть одна идея. Только пообещай, что ты не начнешь суетиться и требовать, чтобы мы тут же вылетали обратно.

Виктор настороженно посмотрел на Лелика.

— Мне вот только сейчас в голову пришла одна мысль, — начал объяснять Лелик, получив от Виктора необходимые заверения. — Берем готовый оттиск. Я рисую на бумаге нужный шрифт, потом мы это вводим в компьютер с помощью сканера и совмещаем. Так вообще-то не делается, но можно попробовать. Если получится, за день управимся. Тогда два дня имеем свободных. Ну как, договорились?

— А куда ж ты раньше смотрел? — спросил Виктор, оценив идею.

Лелик пожал плечами.

— Со шрифтами так обычно не делают. Только с рисунками. Мне просто сейчас пришло в голову, что эти чертовы три буквы — тот же рисунок. Их редактировать не надо, менять не надо. Так что, закосим пару дней?

Виктор не стал соглашаться сразу, но про себя решил, что Лелик говорит дело, а отдохнуть денек-другой было бы невредно.

Приехав в Арау, они сразу же, не заезжая в гостиницу, рванули на фабрику.

Лелика там встретили как родного. Но не сильно любимого. Фабричные сразу же — с явной опаской — спросили: на какой срок прибыли дорогие гости и много ли предстоит работы. Услышав в ответ, что работы немного, нужно только скопировать дискеты и через два дня заново изготовить пробные оттиски, — вздохнули с явным облегчением. Лелик сделал копии на новеньком «макинтоше», потянул Виктора за рукав, и они отправились обратно в Цюрих.

В Цюрихе Сысоев никогда по-настоящему не бывал, разве что проездом. Все деловые контакты «Инфокара» сосредотачивались в Берне, Лозанне и Женеве. Виктор успел проголодаться и озирался по сторонам, отыскивая какой-нибудь ресторан. Но Лелик неумолимо тащил его куда-то параллельно железнодорожным путям.

— Пришли, — наконец вздохнул он с облегчением. Перед ними возвышались три четырехэтажных панельных дома с ржавыми потеками на фасадах. Земля вокруг домов была перерыта и усеяна кучами мусора. На ублюдочных балкончиках сушилось разноцветное белье. Стены домов украшали сделанные из аэрозольных баллончиков картины и надписи. Многие из них были на русском языке.

— «Раки, раки, жареные раки, — прочитал Виктор, прежде чем Лелик втолкнул его в подъезд дома — среднего из трех, — приходите, девки, к нам, мы живем в бараке».

В подъезде было темно и сыро, пахло мочой и жареной рыбой. Вместо отсутствовавшего нижнего пролета лестницы лежали доски.

— Где мы? — спросил Виктор.

— У своих, — ответил Лелик, подталкивая его вверх по доскам. — У меня здесь друзья живут. Художники. Давай, давай, двигай. Нам на третий этаж.

Дверь квартиры на третьем этаже была залеплена картоном с копией картины Шишкина «Утро в сосновом лесу». Правда, вместо симпатичных бурых мишек этот лес населяли грудастые нимфы в разных стадиях раздетости.

— Видишь… — Лелик ткнул пальцем в одну из нимф, которая сидела на поваленном дереве и поправляла чулок. — Это Милка. Профессиональное имя — Мишель. Живет этажом выше. Заходи.

Дверь в квартиру, видимо, не запиралась никогда. Из всяческого хлама, которым была завалена прихожая, выглядывали два раздолбанных велосипеда. Над ними висел портрет Ленина — вождь мирового пролетариата был изображен в феске и с мушкетерскими усами. Откуда-то, вроде бы из ванной, гремела музыка. В большой комнате, окна которой были заклеены газетами, стоял сильно поцарапанный белый металлический стол, явно из уличного кафе. На столе валялись банки из-под пива, грязные тарелки, пластмассовые вилки и окурки. Из трехлитровой банки, стоявшей на подоконнике, торчал циклопических размеров кипятильник. Над банкой жужжали мухи. На огромной кровати, у которой одну ножку заменяла стопка растрепанных книг, кто-то, накрывшись с головой, гулко храпел.

— Это не он, — констатировал Лелик, откинув заляпанное красками покрывало и изучив мужскую голову, покоящуюся на животе храпящей девицы. — Пошли дальше.

Их остановил пронзительный визг, и на шее у Лелика повисла вылетевшая из ванной мокрая девушка.

— Лелик, блин, — верещала она, болтая в воздухе ногами и осыпая Лелика звонкими поцелуями, — ты где, блин, был? Я тут засохла без тебя! Ты как вообще? Ты где вообще?

Лелик обхватил нимфу, покрутил, как на карусели, и поставил на пол.

— Здорово, Маруся, — сказал он. — Я в Москву летал. Вот вернулся. С приятелем. Познакомься.

Маруся, нимало не смущаясь отсутствием одежды, повернулась к Виктору, протянула ему руку, сказала: «Диана» — и даже изобразила что-то вроде книксена.

— А где Толик? — спросил Лелик, оглядывая комнату. — Мы к нему.

— Толик, — скажешь тоже! — Маруся-Диана покрутила пальцем у виска. — Ты чего? Посмотри, который час. Он на работе.

— Ага, — сообразил Лелик, взглянув на часы. — И вправду. Слушай, Манька, мы сейчас на его приборчике малость пошуршим. А ты нам сгоноши чего-нибудь пожевать, ладно?

— Пожевать? — озадачилась Маруся-Диана. — Макароны будете? С кетчупом? Я сейчас. И пиво, кажется, осталось.

«Макинтош» обнаружился в соседней комнате — он стоял на большом столе в окружении бумажных куч. Лелик сгреб бумаги в сторону, пошарил на стеллаже, достал несколько листов бумаги, карандаши, тушь и пристроился на табурете, указав Виктору место на диванчике.

— Поехали, — сказал он. — Попробуем к вечеру закончить.

— А в гостиницу когда? — спросил Виктор, осторожно усаживаясь на диван.

Лелик повернулся на табурете.

— Тебе здесь не нравится, что ли? Ну давай я тебя к Мишель ночевать определю. Она все равно здесь не спит, ее клиенты по гостиницам возят. Или как?

— Или как! — решительно сказал Виктор. — Я поеду в гостиницу.

— Ладно, — неожиданно легко согласился Лелик. — Я тогда тоже в гостиницу. Только сначала давай все доделаем, а потом и поедем.

Наблюдая за тем, как работает Лелик, Виктор прислушивался к голосам в соседней комнате.

— Кого принесло? — допытывался хриплый мужской голос.

— Да Лелик же! — объясняла Маруся-Диана. — Лелика помнишь? В прошлом месяце портреты на Банхофштрассе рисовал. Потом еще в «Какаду» сидели. Он с каким-то пиджаком приехал.

— Лелик! — оживленно отреагировал незнакомый женский голос. — Ой, умру — не встану! А ты чего это им тащишь? Ты чего, Манька, оборзела, что ли? Люди с дороги, а ты им одни макароны…

— Так нет же больше ничего, — обиженно отвечала Манька. — И потом, я же не просто так, я их кетчупом сдобрила.

— Ты и вправду здесь портреты на улице рисовал? — спросил Виктор, когда Манька, оставив на полу кастрюлю с макаронами и двумя торчащими ложками, деликатно удалилась.

Лелик, не отрываясь от компьютера, кивнул:

— Делать все равно нечего было. Утром на фабрике появлюсь — и в город. С ребятами познакомился. В пару мест зашел, деньги кончились. Ну, начал рисовать. То на улице, то в кафе… Нормально платили.

— А эти ребята… Они здесь что делают?

— Кто что. Толик рисует. Стас — который на кровати — на флейте играет, у вокзала. Манька с подружкой поют. Ну и блядуют помаленьку. Всяко бывает…

— А как у них там… паспорта, визы?

— Да никак.

— А полиция?

Лелик пожал плечами.

— Выкручиваются как-то. Да здесь особо на это не смотрят. Ко мне подошли один раз, когда я рисовал. Кто такой? — говорят. Я сказал, что у меня паспорт в гостинице. Спросили в какой. Покрутились и больше не приставали.

— А что это за дом?

— Черт его знает. Вроде под снос. Здесь его «Кошкин дом» называют. А народ заселился, живет пока. Тут кругом наши, из соцлагеря. Этот дом считается русским, слева — там поляки. В третьем арабы какие-то живут. Там жуть что творится, драки все время, режут друг друга. А у нас здесь тихо. Восемь квартир, в каждой человек по пять. Милка — та одна живет. Девки к ней краситься ходят, ну и если клиент попадется, тоже туда. Там у нас вроде как парадная приемная. А что, не нравится?

К вечеру Толик так и не появился. Лелик закончил правку макета, продемонстрировал Виктору результат, скопировал все на дискеты, засунул их в карман куртки и сладко потянулся.

— Ну что, не передумал в гостиницу тащиться? Пошли.

— Вы куда это, на ночь глядя? — влетела в комнату Маруся. — Лелик, что за дела?

— В гостинице ночевать будем, — объяснил Лелик, берясь за сумку. — Завтра загляну.

— Ой! — Маруся даже подскочила от радости. — И я с вами! Я провожу! Я тут такое место знаю, вы просто обалдеете…

Новая работенка

— Так, — сказал Платон, окинув взором Виктора, доставленного в офис прямо из аэропорта. — Это сильно. Мы тебя три дня по всем гостиницам искали. Ты что, на помойке ночевал?

— Вроде того, — ответил Виктор, запивая принесенные Полой таблетки. — Вот оттиски. Мы все сделали.

Платон бегло просмотрел оттиски, метнул папку на стол и зашагал по кабинету, засунув руки в карманы брюк.

— У меня к тебе есть предложение, — сказал он наконец. — Тут, пока тебя не было, произошли кое-какие изменения. Жалко, что не удалось с тобой связаться. Короче, я, скорее всего, из «Инфокара» уйду.

— Это как?

— Так. Не сейчас. Но к следующему лету наверняка. Генеральным останется Муса, а я возглавлю СНК. Предложение следующее. Ты бросаешь свою коммерцию и переходишь в СНК первым замом. Фактически тебе придется все тянуть. На мне будут стратегические вопросы. Сколько тебе нужно времени, чтобы подбить бабки по твоим спорттоварам?

— Подожди, — заволновался Виктор, — такое в одну минуту не решается. Я подумать должен…

— Некогда уже думать, — повысил голос Платон. — Думать надо было, пока мы тебя по всему Цюриху отлавливали.

Он потеребил двумя пальцами лацкан Викторова пиджака. Изделие Хуго Босса было красиво вымазано тушеной капустой и усеяно винными пятнами.

— В любом случае ты сейчас единственный человек, который разбирается в бумагах СНК, — продолжил Платон. — У тебя не больше недели. Если не сможешь полностью разделаться со своими адидасовскими делами, просто брось. Сколько у тебя там сейчас крутится? Тысяч триста? Забудь, фиг с ними. Можешь прямо сейчас сказать, что тебе нужно? — Заметив в лице Виктора странное выражение, Платон перешел на просительный тон: — Витя, пойми, это сейчас жизненно важно. Просто офигительно важно. Ты не представляешь даже, какую игру мы начинаем. Если сегодня мы не поднимем СНК, завтра нас просто не будет. А если поднимем… Впрочем, ты сам все понимаешь. Кроме тебя, и правда некому. Хочешь — считай, что это моя личная просьба.

Когда Платон начинал уговаривать, противостоять ему было невозможно. В такие минуты он засовывал руки в карманы и слегка наклонялся вперед, словно готовился к броску. И вовсе не яростный натиск, не психологический прессинг, не агрессивная аргументация решили вопрос. Виктор, еще полный цюрихских впечатлений, увидел перед собой не сорокапятилетнего мужчину, ворочающего миллионами долларов и выстраивающего головокружительные схемы приумножения капиталов, а старого институтского друга Тошку, с которым они вместе катались на лыжах, парились в бане, глушили водку, шепотом договаривались в коридоре, кто какую девочку уводит; того самого Тошку, который сто лет назад вытащил его из идиотской истории с «Инициативой», а еще за сто лет до того — из не менее дурацкого скандала в Институте, вытащил и сказал: «Я приду и попрошу, и ты не сможешь сказать мне „нет”». И Виктор не смог сказать «нет». Он сказал «да».

— Отлично! — возрадовался Платон, вроде и не ожидавший иного результата. — Что тебе нужно?

— Я возьму Полу, — начал размышлять Виктор. — Своего водителя. Надо будет найти приличного главбуха. Да, вот что! Мне нужен Сережка Терьян.

Платон помрачнел.

— У Сережки проблемы. Думаю, что сейчас он тебе не помощник.

— А что случилось?

— Ты разве не знаешь? Ах да, это же только позавчера... А тебя не было...

Четыре тонны долларов

Как и предсказывал Илья Игоревич, загадочное похищение Насти Левиковой оказалось классическим висяком. Еропкин, которого дважды выдергивали для дачи показаний, только пожимал плечами, обижался и — в первый раз сам, а потом устами нанятого адвоката, бывшего районного прокурора, — вопрошал, при чем здесь, собственно, он и какие имеются основания для подозрений. После того как адвокат написал длинную и обстоятельную телегу в городскую прокуратуру, от Еропкина отстали. Во всяком случае, перестали тревожить, ограничившись наблюдением.

Поиски водителя Алика тоже ничего не дали. В том, что он входил в преступную группу, осуществившую похищение, и исполнял там ключевую роль, никто не сомневался. Но розыск был безрезультатен. Фотографии Алика в картотеке не числились. Штатные осведомители пожимали плечами. Паспорт на имя Дружникова был заявлен как утерянный еще сто лет назад. Права на то же имя вообще никогда не выдавались. Поиски неизвестного Перфильева, на чье имя была снята квартира, в которой проживал Алик, закончились неудачей. Единственная ниточка, которая могла куда-либо привести, была связана с междугородними звонками. Удалось установить, что Алику несколько раз звонили из города Кургана. В принципе это укладывалось в общую версию «гастрольного» дела. Но курганская группировка сообщила, что никакого Алика они не знают, такими делами вовсе не занимаются, им хватает своего геморроя, а самодеятельности в своем городе не допускают, потому что прекрасно осознают ответственность за поддержание законности и порядка, каковую и разделяют с правоохранительными органами на местах. Так что если из Кургана кто и звонил, то либо баба, либо кореш по службе в армии.

То, что дело было взято на контроль Генеральной прокуратурой, милицию только раздражало. Питерские сыщики прекрасно понимали, что за спиной у «Инфокара» стоят серьезные силы. И им вовсе не улыбалось выступать в роли мальчиков для битья. Контролировать да командовать охотников много, а ты попробуй-ка за такую зарплату поработай. Да к тому же в условиях, когда ни одна сука не хочет говорить правду. А еще истерики устраивают, с кулаками лезут.

Хотя мужика и жалко. Но своя рубашка ближе к телу, да и показать козью морду этим московским умникам тоже не мешает. Во-первых, можно поинтересоваться этим пацаном Русланом, который здесь, в Питере, помогал Терьяну, — кто такой, откуда взялся, зачем да почему, какие и с какими группировками у «Инфокара» имеются связи. И так далее. А во-вторых, есть очевидная московская версия. «Мерседесы» брали? Брали. Деньги возвращали? Нет. Все эти ля-ля, будто бы кто-то там устно чего-то разрешил, пусть дуракам рассказывают. Так что московские оперы пусть почешутся. И заодно раскрутят этих, инфокаровских. А то обнаглели там, крутят бабки и думают, что им сам черт не брат.

В «Инфокаре» плотно обосновалась следственная бригада с Петровки.

Учредительные документы покажите, пожалуйста. Спасибо. Нас интересуют поставки «мерседесов» в Санкт-Петербург. Угу, понятно. Кстати, а вы «мерседесы» в Германии покупаете? Как интересно! Контракт со Штутгартом покажите. Спасибо.

Справку о взаиморасчетах — скажем, за последний год — подготовьте, пожалуйста, к завтрашнему дню. Как это зачем? В интересах следствия. Больше никаких машин в Санкт-Петербург не поставляли? Да что вы говорите?! Ну-ка, дайте контракт с Заводом посмотреть. Так, так… А вот эта швейцарская фирма — как бишь ее, ах да, «Тристар» — она ваш партнер? Документики покажите, будьте любезны. Данные по реализации за последнее время — это нас тоже очень интересует. Главного бухгалтера вызовите к шестнадцати ноль-ноль, мы его допросить должны. А вот это у вас что такое? Приход иностранной валюты… так… так… На каком основании вы принимаете валюту от российских юридических лиц? Указ президента читали? Ну ладно, это дело не наше, пусть данным вопросом УЭП занимается, мы их проинформируем.

И так далее.

Платон встретился с руководителем следственной бригады только однажды, при самом первом визите, после чего общение с сыщиками прекратил, поручив эти контакты Марку Цейтлину. Марк же каждую беседу со следователями начинал с того, что открывал уголовно-процессуальный кодекс и долго выискивал там основания для очередного следственного действия, вступая с гостями в длительные дискуссии относительно толкования тех или иных статей. После третьей встречи старший зашел к Мусе и сказал:

— Я понимаю, конечно… Но учтите — или это издевательство немедленно прекратится, или я вызову ОМОН, мы опечатаем помещение, заберем все бумаги и будем разбираться уже на Петровке. У нас сроки, в конце концов…

Муса, не на шутку обеспокоенный широтой захвата, предложил сделку — он дает следователям другого человека для собеседований, а они взамен не проявляют любопытства в смежных областях. Тем более что излишне подробное изучение материалов, не имеющих отношения к делу, как раз и может привести к срыву сроков.

А «Инфокар» в первую очередь заинтересован в том, чтобы тайна похищения его сотрудницы была раскрыта. Именно эта заинтересованность привела к тому, что дело контролируется Генпрокуратурой. Оттуда как раз вчера звонили и просили проинформировать, как дела. Очень не хотелось бы обострять… Вы меня понимаете?

Руководитель бригады оказался человеком понятливым, и следственный процесс пошел в более спокойном ключе. А Марка сменил Сысоев. Общался с ним в основном предпенсионного возраста майор, который каждую беседу начинал с двух вопросов, адресуемых потолку:

— И что ж это докторов наук в коммерцию потянуло? Куда катимся?

Виктора такая общественная нагрузка вовсе не радовала. Ему вполне хватало возни с СНК.

С майором он, конечно, беседовал, но главным его делом было планирование следующей акции. Ценные бумаги СНК уже вовсю печатались под Цюрихом, и теперь их надо было доставлять в Москву. Зная, что Платон будет придираться к каждой мелочи, Виктор старался предусмотреть все.

— Ты понимаешь, что мы везем? — на всякий случай спросил Платон. — Бумаги на предъявителя — те же деньги. Считай, что первый груз — все равно что четыре тонны долларов. Имей это в виду.

Вся операция по ввозу проводилась в режиме чрезвычайной секретности.

Отпечатанные бумаги были упакованы в деревянные ящики, перевезены под охраной в аэропорт Цюриха и надежно заперты на складе. Под перевозку был зафрахтован французский грузовой самолет. В Цюрихе его встречало нанятое Штойером охранное бюро, которое и контролировало процесс погрузки ценных бумаг. В Москве с помощью Федора Федоровича удалось добиться невозможного — службе безопасности «Инфокара» разрешили пройти на летное поле Шереметьева и взять самолет под охрану сразу же после посадки. Второе кольцо охраны обеспечивали пограничники.

Ящики с бумагами перегружались на КамАЗы тут же на летном поле, после чего машины в сопровождении инфокаровских охранников шли к таможенному терминалу, где происходило оформление всех документов. На операцию оформления отводилось не более часа. Ровно через час двум КамАЗам полагалось выехать за ворота, где их должны были поджидать еще четыре такие же машины. В дальнейшем трем парам КамАЗов, из которых только одна пара везла бумаги, а остальные — пустые ящики, следовало направиться по трем разным маршрутам в сопровождении трех групп охраны. Инструкции в запечатанных конвертах Виктор должен был лично выдать группам сопровождения непосредственно перед отправкой. Предполагалось, что во всех трех конечных пунктах в ожидании КамАЗов будут сидеть нанятые заранее грузчики.

Около месяца Виктор выбирал место для хранения бумаг и исколесил для этого пол-Москвы. Больше всего ему понравился один автокомбинат, разместившийся неподалеку от Садового кольца. Автокомбинат уже давно тихо загибался, а сейчас вообще доживал последние дни. Немногочисленные арендаторы сбежали, и территория, когда-то кипевшая жизнью, пустовала. Свет и тепло, за которые уже год как никто не платил, не отключали только потому, что на этих же коммуникациях сидел детский садик. Автокомбинат был особо интересен тем, что попасть на его территорию можно было только через туннель, ведущий в подвалы времен царизма. Оба конца туннеля перекрывались массивными железными воротами, за которыми Виктор разместил посты вооруженной охраны. По туннелю КамАЗы проходили примерно до середины. Там они останавливались, и ящики надо было перегружать в подвал. Для облегчения задачи Виктор нанял единственного сохранившегося на комбинате карщика — его машина должна была перетаскивать ящики до двери в подвал, а там уже эстафету принимали грузчики.

В день «икс» Виктор чувствовал себя отвратительно как никогда. Он давно уже заметил, что с наступлением осенних холодов мучающие его беспричинные боли в желудке усиливаются многократно. Первый день ноября с минусовой температурой и сыплющейся с неба снежной крупой только подтвердил общее правило. Мотаясь по городу, Виктор каждый час, морщась от боли, бросал в рот очередную таблетку, но лекарство действовало не более пятнадцати минут. Он дважды съездил в Шереметьево, удостоверился, что все в порядке, проинспектировал ходовые качества КамАЗов, еще раз лично проинструктировал охрану, раздал всем постам мобильные телефоны.

— Вы бы прилегли отдохнуть, Виктор Павлович, — с сочувствием сказал начальник службы безопасности, посмотрев на зеленое лицо Сысоева. — Что-то вы неважно выглядите.

Виктор отмахнулся.

— Мне еще вот какая мысль пришла, — сказал он. — Черт его знает, сколько мы с этой историей провалдаемся. Я распорядился, чтобы буфетчики накрыли стол там, на месте. Вы посчитайте, сколько народу будет, скажите им. А я поехал к Платону Михайловичу.

Платон, то и дело отвечая на непрерывные телефонные звонки, за какой-нибудь час полностью оценил ситуацию.

— Нормально, — кивнул он. — Класс! Знаешь, о чем я думаю?

— О чем?

— В каком месте будет прокол.

— А с чего ты решил, что он обязательно должен быть?

— А с того, что без этого не бывает. Ты сам как думаешь?

Виктор проглотил очередную таблетку, наморщил лоб и стал соображать. Единственным звеном, которое он не контролировал, было Шереметьево. Поэтому проблемы могли возникнуть именно там, хотя Федор Федорович был стоически спокоен и утверждал, что вопрос решен.

Виктор честно сказал об этом Платону. Тот недоуменно пожал плечами.

— Если Эф-Эф сказал, значит, все нормально. Ну да ведь ты в любом случае туда едешь. Будь на связи.

Проблема возникла в совершенно неожиданном месте. Хотя человек, хорошо знакомый с особенностями национального характера, вполне мог бы предсказать это заранее. Поначалу все шло как по маслу. Точно по расписанию приземлился и тут же был взят в кольцо охраны французский транспортный самолет. За рекордные сорок минут ящики с ценным грузом перекочевали в КамАЗы. Начальник таможенного поста лично пересчитал ящики, дал команду таможеннику, тот проштемпелевал декларацию и почему-то взял под козырек. Шесть КамАЗов гуськом дотянулись до окружной дороги и разошлись в разные стороны — два налево, два направо, два прямо, по направлению к центру. Виктор ехал в хвосте колонны вместе с охранником, посматривающим в зеркало.

— Все в порядке, Виктор Павлович, — доложил его спутник через пятнадцать минут пути. — Сзади никого.

Возле автокомбината головная машина охраны оторвалась, ушла вперед, и, когда КамАЗ подъехал к воротам, они были уже открыты. Колонна всосалась в туннель.

— Неприятность тут у нас, — сообщил Виктору старший поста охраны. — Просто ума не приложу…

— Ну что еще?

Избежав всех гипотетических угроз, Виктор раньше времени почувствовал уверенность в благополучном исходе операции. И теперь эта уверенность разваливалась на глазах.

Время близилось к полуночи. Карщик, тосковавший в конторке примерно с четырех часов, воспользовался отсутствием внимания к своей персоне и около семи вечера незаметно улизнул на улицу. Минут через пятнадцать он вернулся и сказал, что хочет вздремнуть — пусть, мол, его разбудят, когда придут машины, а до той поры беспокоить не следует. Это выглядело естественно и всех устраивало.

Но коварный карщик имел свои планы. За четверть часа, проведенные им на Садовом кольце, он затарился пивом, прочими напитками в ассортименте и килечкой в томатном соусе. И в то время, когда все ходили мимо конторки на цыпочках, боясь разбудить работягу, он с наслаждением ужинал, запивая портвейн водкой, водку пивом и заедая всю эту адскую мешанину килькой в томате. Закончив трапезу, карщик улегся в конторке на подоконнике и сладко уснул.

Когда с трассы пришло сообщение, что КамАЗы в пути, старший поста пошел будить карщика. Потом к нему присоединились еще два охранника. Объединенными усилиями им, с помощью мата и рукоприкладства, в какой-то степени удалось вернуть труженика автопогрузки к жизни. Но стоять на ногах карщик не мог категорически. Он сползал по стенке, заплетающимися руками пытался отпихнуть охранников и бессвязно мычал.

Когда труженика обнажили до пояса и вылили на него одно за другим четыре ведра воды, он неожиданно позеленел и стал извергать на охранников все ранее выпитое и съеденное. При этом карщик складывался пополам, хватался руками за живот и истошно вопил.

Виктор и КамАЗы появились в тот самый момент, когда надо было принимать решение — вызывать ли на засекреченный объект, да еще в решающей фазе операции, «скорую помощь» или соблюсти тайну происходящего и дать карщику умереть естественной смертью от острого пищевого отравления. С учетом того, что этому подлецу становилось все хуже, проблема была весьма серьезной.

— Тащите его сюда, к воротам, — скомандовал Виктор, оценив ситуацию. — Поставьте стулья, положите на них этого типа и укройте чем-нибудь. Телогрейкой, что ли. Вызывайте врача. И быстро найдите брезент: КамАЗы должны быть накрыты.

К приезду «скорой» карщик слегка оклемался, перестал орать и снова уснул, уже на стульях. Врач привел его на минуту в чувство, поколдовал и объяснил Виктору:

— Нажрался как свинья. Никакого отравления нет. Мы его не возьмем. Тут надо милицию вызывать, если хотите. Пусть отвезут в вытрезвитель.

— Это точно? — озабоченно спросил Виктор.

— Ой, не смешите меня. Все, мы поехали.

Милицию Виктор вызывать не стал — только ее сейчас не хватало! — он пытался понять, как подступиться к новой проблеме. Четыре тонны груза. В двадцати четырех ящиках. Делим одно на другое. Без погрузчика делать нечего. А эта сволочь напилась и спит.

Через час в туннеле происходило действо, напоминающее строительство египетской пирамиды. Из кузовов КамАЗов по деревянным лагам один за другим сползали ящики. Их удерживали человек десять, впрягшихся в канаты. Ящики грохались на уложенные вдоль туннеля направляющие из бруса, позаимствованного на соседней стройке, и под звуки «Дубинушки» медленно передвигались к открытому люку в подвал. Там под них подводилась люлька, сплетенная из металлического троса, и они, медленно опускаясь, исчезали внизу. Из подвала доносился гулкий мат снятой со всех объектов охраны, которая решала непосильную задачу штабелирования груза.

Дважды за ночь оживал гадюка-карщик. Охладившись у въездных ворот, он просыпался, клацая зубами, подходил неверной походкой к погрузчику, заводил его и подгонял к КамАЗу, пытаясь зацепить зубьями очередной ящик. При первом порыве трудового энтузиазма он сбросил на голову начальнику смены лаги, по которым спускались ящики. Очнувшись вторично, он умудрился набрать в тесном пространстве немалую скорость и разворотил один из ящиков, из которого тут же посыпались ценные бумаги. Рассвирепев, Виктор приказал скрутить вредителя и взять под стражу.

Несколько раз звонил Платон. Узнав, что происходит, он долго смеялся, а потом попросил Виктора связаться с ним, когда все закончится, и намекнул, что у него есть интересный сюрприз.

До самого утра Виктор, чувствуя себя все хуже и хуже, просидел в туннеле на заляпанной краской табуретке. Наконец последний ящик лег на место. Виктор с трудом поднялся, отряхнул джинсы и побрел вместе с прочими участниками процесса не то ужинать, не то завтракать. Одуревшие от бессонной ночи буфетчики разливали по стаканам шведскую водку «Абсолют» и раздавали бутерброды с красной рыбой.

Когда выпили по первой, Виктор позвонил Платону. Тот схватил трубку мгновенно, словно было не половина шестого утра, а середина дня.

— Ага, — сказал он, — как ты себя чувствуешь?

— Нормально, — соврал Виктор. — Мы закончили. Уже водку пьем.

— Ну расскажи. Как там вообще? Ящики целы?

— Один повредили немного. Но уже починили. Так что все в порядке.

Платон помолчал.

— Я тебе сейчас одну штуку скажу… Только пока никому. Понял?

— Понял.

— Завтра начинаем рекламную кампанию. По всем каналам одновременно. По тридцать минут в день. А главное — я сегодня договорился насчет места, где мы будем продавать наши бумаги. В жизни не угадаешь.

— В Мавзолее, что ли? — не удержался Виктор.

— Почти. В Колонном зале Дома Союзов. Нам его отдают на год.

Через неделю здание на проспекте Маркса опоясала очередь, какую Москва не видела со времен прощания с вождем и учителем. Место в очереди стоило пятьсот рублей. По всей России, как по мановению волшебной палочки, одновременно открылись пункты продажи ценных бумаг СНК. Из ничего возник колоссальный вторичный рынок.

Брокерские конторы встрепенулись и ринулись зарабатывать деньги. Под залог крупных пакетов выдавались банковские кредиты. Котировка бумаг СНК прошла на всех биржах страны. В договорах на поставку разнообразных товаров, в разделе «Условия оплаты», валютный эквивалент стоимости контракта стал вытесняться выражением «оплата производится ценными бумагами СНК по курсу на…».

Воздушный мост между Цюрихом и Москвой работал ежедневно. И все равно очереди не рассасывались. Весь этот ажиотаж Виктор наблюдал по телевизору. Дня через три после завоза первой партии бумаг он лег на обследование в институт гастроэнтерологии.

Перемена участи

Поначалу все складывалось нормально. Каждый день Виктора таскали по всевозможным процедурам. Он глотал резиновую кишку и вскоре делал это уже привычно, хотя и с неизменным отвращением. Пил какую-то белую гадость.

Вылеживался под разнообразными аппаратами, послушно переворачиваясь с боку на бок. Выслушивал рекомендации лечащего врача. Пить нельзя. Есть можно, но не все, потому что внутри воспаление каких-то оболочек, имеющее хроническую форму.

Курение исключить. Виктор кивал головой, глотал таблетки и с нетерпением ожидал, когда принесут обед. После обеда лечебная активность затихала, и воровато озирающиеся коллеги по «Инфокару» начинали просачиваться в дверь палаты, укрывая от посторонних глаз предательски позвякивающие пакеты.

К вечеру приходила нянечка Марфа. Она убирала остатки пиршества, проветривала палату и протирала влажной тряпкой пол, при этом разговаривая с Виктором о политике. Ее кумиром был Жириновский.

— Ну и что же, что еврей, — рассуждала няня Марфа, тыча шваброй под кровать. — Ленин, говорят, тоже был еврей. И Брежнев — с кучерявинкой. Может, и Сталин был еврей, кто его знает. А Хрущев вон не еврей, дак что он для народа сделал? А? Кукурузу посадил? По мне, пусть хоть негр будет, лишь бы при нем русскому человеку жилось хорошо. Правильно я говорю?

Виктор кивал, соглашательски хмыкая. Он был согласен и на негра, и на Жириновского, лишь бы поскорее остаться одному. Ему ежедневно приносили кучу бумаг по делам СНК. Пола собирала отдельную папку газетных вырезок, «Известия» и «Коммерсант» придерживались нейтралитета, давая более или менее объективную информацию. «Правда» и «Советская Россия» вели себя предсказуемым образом, поливая грязью саму идею СНК, в которой коммунисты видели способ очередного ограбления трудящихся. «Московский комсомолец» и «Мегаполис» почему-то объявили Платону личную вендетту и стали полоскать его грязное белье. В «Комсомолке» периодически появлялись интервью с Петей Кирсановым, который именовался там ответственным представителем СНК. Эти интервью Виктор изучал особо внимательно, потому что Платон куда-то пропал и связи с ним не было. Вообще, Петя стал часто мелькать и в газетах, и по телевизору. Один раз Кирсанова показали в компании Гайдара, потом Виктор углядел его в президиуме какого-то сборища, где Петя сидел неподалеку от Бурбулиса, перед Новым годом в «Московской правде» появилась фотография — впереди Кирсанов, за ним патриарх, а чуть поодаль сам мэр Юрий Михайлович Лужков.

Такое преобладание Пети Кирсанова в делах СНК не то чтобы настораживало, но вызывало определенные вопросы. А задавать их было некому. Как-то раз Виктор прямо спросил у Марии, забежавшей его проведать, — что, собственно, есть такое Петя Кирсанов и при чем он здесь вообще?

— Петя Кирсанов, — сообщила Мария, — это отдельная песня.

Ничего более содержательного она рассказывать не стала, лишь ограничилась историей о том, как Петя должен был приехать к Платону на важное совещание и не приехал. Найти его по каким-либо известным телефонам так и не удалось, а вечером из выпуска новостей выяснилось, что вместо встречи с Платоном господин Кирсанов полдня провел на отпевании последней представительницы некой дворянской фамилии, где стоял в первом ряду со скорбно опущенными глазами и сложенными пониже живота руками.

Да еще Пола проговорилась, что Петя ежедневно посещает недавно открывшийся инфокаровский клуб и присутствует там на всех связанных с СНК совещаниях.

Клуб построил Муса. Он давно вынашивал эту идею, самолично выбил двухэтажный особняк, в котором когда-то размещался Дом политпросвещения, и отразил все атаки Марка, требовавшего устроить там ресторан или казино, но уж баню — во всяком случае. Еще Муса разработал и реализовал гениальную схему реконструкции и отделки особняка.

— Угадай, — любил он спрашивать кого-нибудь из знакомых, демонстрируя качество отделки, темные двери из дуба с бронзовыми ручками, лепнину на стенах и потолке, — угадай, сколько нам это стоило?

Знакомый окидывал взглядом окружавшую его роскошь и называл сумму. Обычно от пяти до десяти миллионов.

— Не угадал, — торжествовал Муса. — Ни копейки!

На самом деле это было не совсем так. Муса договорился с одним из московских строительных начальников, и тот, пока еще аренда особняка не была оформлена, полностью реконструировал дом за городские деньги. За этот подвиг начальник получил треть стоимости ремонта наличными и на вырученные средства купил себе шестикомнатную квартиру на Тверской и дачку в ближнем Подмосковье.

Муса ежедневно пропадал на стройке, лично надзирая за ходом работ и воспитывая строителей. Когда отделка была завершена, он привез в дом Платона.

Тот пролетел по залам, потребовал убрать лежавший на полу ковер и перекрасить одну из стен, а потом сказал:

— Класс! Просто отлично! А на фига нам это?

— Гостей возить, — объяснил Муса. — Будешь здесь, скажем, завтракать с каким-нибудь банкиром, потом обедать с министром, ужинать, допустим, с губернатором. Делегации будем принимать по-человечески. Поваров наймем, обслугу. Ну как? Только офис не надо здесь устраивать.

Идея завтраков с банкирами и обедов с министрами Платону чрезвычайно понравилась. Но больше всего ему понравилось, что в доме было много комнат. И уже через неделю все они заполнились людьми, терпеливо ожидающими аудиенции у Платона Михайловича. Потому что организовывать свое время он так и не научился.

Те, кому назначалась пятнадцатиминутная встреча в четыре — нет! лучше в пять! — появлялись заблаговременно и заталкивались администратором в пустующую комнату.

Там им включали телевизор, туда же приносили напитки и закуску. А Платон, если, конечно, к этому времени успевал приехать, летал из одной комнаты в другую, проводя несколько встреч одновременно. Через некоторое время он задумчиво сказал Мусе:

— Слушай, а мы не можем здесь какую-нибудь пристройку соорудить? Как-то тесновато.

Довольно скоро приглашения Платона на встречи в клубе приобрели исключительную ценность. Небрежно брошенное упоминание о назначенном через час рандеву в клубе «Инфокара» поднимало социальный статус говорящего на недосягаемую высоту. И уже место под солнцем стало незаметно определяться тем, как часто имярек приезжает в клуб «Инфокара» и сколько времени он там проводит.

Ведь то, что этот самый имярек четыре часа ждет двух брошенных на ходу фраз, известно было только ему самому. Но водители, толпящиеся у припаркованных возле клуба машин, делали свои выводы. Позавчера приезжал, вчера приезжал, сегодня опять приехал, уже пятый час не выходит. О! С Платон Михалычем встречается!

Муса появлялся в клубе в основном по вечерам. Он неодобрительно оглядывал шевелящийся муравейник, ужинал где-нибудь в углу и уезжал. Ларри обходил клуб стороной.

— Некогда мне туда ездить, — ворчал он в своей комнатушке на Метростроевской, разгоняя висящий слоями табачный дым. — Работы много.

Зато Марк быстро вычислил связь между статусом человека и посещаемостью клуба. И еще он заметил, что вслед за Платоном из центрального офиса исчезли разные важные люди. Поэтому если раньше он просто перебрасывал бумажки в платоновский секретариат, то теперь принял за правило закладывать каждый документ, требующий внимания Платона, в красивую кожаную папку и выезжать с нею в клуб. То, что Платона могло и не быть либо он с кем-либо совещался, Марка не смущало. Выждав с пол-часа, Цейтлин вызывал администратора, требовал набрать номер своей приемной и грозным голосом интересовался, кто звонил и как продвигаются те или иные дела, после чего приказывал доставить ему в клуб такие-то бумаги, вызвать такого-то человека, передать такое-то сообщение.

Поэтому вокруг Марка в клубе все время кипели мини-водовороты, а обслуга бегала, словно наскипидаренная. Разные важные люди, слыша через приоткрытые двери, как Марк распекает очередную жертву, получали точное представление о том, кто есть кто.

Виктора эта идея так и не посетила, и в клубе он был всего дважды — на открытии и в тот день, когда Лелика отправляли в Швейцарию. А потом он мотался, организуя доставку ценных бумаг, и ему было не до социального положения. Тем не менее Сысоев уже начал постигать роль клуба в жизни общества, и то, что Петя Кирсанов туда зачастил, да еще в связи с СНК, его неприятно резануло. Еще Виктора насторожил изменившийся характер телефонных звонков. Все реже стали звонить те, кто был причастен к делам СНК. Практически прекратилась связь с Платоном. Муса объявлялся ежедневно, но разговоры шли исключительно о здоровье и погоде. По вечерам на минутку выбирались Мария и Пола, реже — Ленка. Однако Виктору было нужно другое, а этого другого не было. И он начал беспокоиться.

Если вспомнить, Сысоев и не рвался в СНК. У него было свое дело, которое Виктора вполне устраивало, но Платон швырнул его в эту кашу, и, вопреки всем ожиданиям, ему там понравилось. Уютный и полудомашний бизнес на спорттоварах, занимавший Виктора уже два года, бизнес, который можно было делать практически в одиночку, никем не командуя и ни за что, кроме денег, не отвечая, — этот бизнес сам собой померк и отодвинулся в тень рядом с ослепительной зарей СНК, колоссальным размахом новой деятельности и торжеством ничем не стесненной творческой мысли. Даже если бы Виктор не свернул свою прежнюю деятельность, заниматься ею теперь он был бы уже не в состоянии. Ему было смешно и странно вспоминать, как он целенаправленно выстраивал стену между собой и сердцевиной инфокаровской деятельности. Эта стена была нужна Виктору, чтобы отгородиться от ночных посиделок, пропитанных запахом табачного дыма, валокордина и коньяка, чтобы не слышать истошных воплей Марка, признающего свою и только свою точку зрения, чтобы не испытывать странного ощущения неприемлемости для себя новой системы отношений, складывающейся в «Инфокаре». А сейчас?.. Где она сейчас, эта стена? Исчезла? Пожалуй, да, но на ее месте возникло что-то новое.

Когда много месяцев назад, скучая и тоскуя, Сысоев говорил Терьяну, что в «Инфокаре» все непросто, он еще не отдавал себе полного отчета в том, что означают эти слова. Теперь же, в больнице, когда свободного времени оказалось сколько угодно, Виктор смог наконец-то свести воедино тревожащие его факты.

Самое простое было бы сказать, что все дело в Платоне. Он действительно сильно изменился за последние годы — стал более нервным, резким, в голосе его появились истерически-командные нотки. Он мог позвонить и навопить по телефону, не слушая никаких, даже самых осмысленных возражений и оправданий. Если потом оказывалось, что он был не прав, Платон извинялся знакомой академической скороговоркой, хватая обиженного за рукав и виновато улыбаясь. Но все это, с учетом колоссального груза ответственности, давящего на Платона, и безусловно признаваемого за ним лидерства, можно было легко объяснить и понять. Тяжелее было наблюдать, как ведут себя окружающие Платона люди. Как-то раз, беседуя с клиентом в секретариате центрального офиса, Виктор увидел, что к Платону в кабинет пригласили полковника внутренних войск, давно ожидающего приема, — толстого, важного субъекта с красным обветренным лицом и хорошо поставленным командным голосом. Полковник прогуливался по предбаннику, выпятив нижнюю губу, и время от времени пренебрежительным взглядом окидывал оранжерею, сотворенную Марией, — впрочем, при появлении очередной инфокаровской красотки в этом взгляде вспыхивали и тут же гасли искорки мимолетного интереса. Когда же прозвучало долгожданное приглашение, полковник мгновенно изменился — куда-то исчез выпирающий из кителя живот, втянулась в плечи голова, на кирпичном лице не знающего сомнений отца-командира появилась добродушно-растерянная улыбка, и он, чуть заметно приподнявшись на носки, засеменил в кабинет Платона, сжимая в левой руке папку с какими-то бумагами.

Вот таких — семенящих — становилось все больше. И то ли из-за их количественного превосходства, то ли по каким-то иным причинам, но представители старой гвардии, которые раньше спокойно вламывались к Платону в любое время дня и ночи, звонили по прямому телефону по поводу и без повода, просто потому, что захотелось потрепаться, пользовались правом «старого академического галстука», чтобы в любой обстановке называть Платона Тошкой и на «ты», — вся бывшая институтская интеллектуальная элита, крутившаяся в «Инфокаре» и вокруг него, стали сдавать позиции. Это происходило незаметно, и вовсе не потому, что Платон так захотел. Просто времени на фамильярный треп и на то, чтобы вступать в дискуссии с друзьями, гордящимися своим интеллектуальным первородством и имеющими собственное суждение по любому поводу, у него уже не оставалось. Для дела нужны были толковые исполнители, натасканные на командный окрик псы, впивающиеся в порученное им дело мертвой хваткой и понимающие язык хлыста в виде немедленной отлучки от кормушки и язык пряника в виде ежемесячной раздачи даров.

В больнице Виктору спалось плохо. Ночами, выпуская в форточку запретный табачный дым, он много размышлял и все отчетливее понимал, что за переменами в «Инфокаре», помимо объективной потребности развития бизнеса, стоит еще и чья-то непреклонная воля. Многие, вроде бы второстепенные события происходили не так, как замышлялись или как могли бы произойти. Приведенные Платоном из Института безработные научные кадры, получавшие задания той или иной степени расплывчатости, неожиданно сталкивались с непонятными препятствиями, с неизвестно почему возникавшими проблемами, путались в непростой системе взаимоотношений, совершали идиотские ошибки, искренне недоумевали, оказываясь втянутыми в цепочки кадровых перестановок, и через какое-то время исчезали или же оседали на далекой периферии инфокаровского бизнеса. А их места оказывались занятыми совсем другими людьми, которые появлялись неведомо откуда, отдавали водителям и обслуге категорические распоряжения и общались друг с другом на понятном только им языке. Они часами пропадали в мэрии и городской думе, в правительстве и аппарате президента, перезванивались по телефону с советниками и управляющими, при появлении Платона или Мусы вставали, изображая на лицах почтительное внимание, а потом снова рассаживались по креслам, перебрасываясь фразами, предназначенными только для посвященных.

На глазах создавался и костенел хищно нацеленный на извлечение прибыли аппарат со своей, подчиняющейся одной-единственной задаче логикой иерархического построения. И в этой иерархии ни уровень образования, ни былые заслуги, ни многолетняя дружба не могли иметь никакой ценности. Нарисованный на бумаге квадратик должен был наилучшим образом исполнять отведенную ему функцию.

А все остальное — от лукавого.

Появление в иерархии нового человека не могло не беспокоить, хотя Виктор и успокаивал себя тем, что с Петей Кирсановым, да и с кем угодно вообще, ему делить нечего.

Делить и вправду оказалось нечего. Когда Виктор вышел из больницы — врачи выпустили его, назначив строгий режим, прописав три медикаментозных курса и напугав последствиями несоблюдения предписаний, — он обнаружил в инфокаровской приемной новые лица. Секретаршу Пети Кирсанова. Охрану Пети Кирсанова. Водителя Пети Кирсанова, ждущего указаний. Сам Петя Кирсанов занимал кабинет Платона, окончательно переместившегося в клуб. Впрочем, в тот момент Пети не было, потому что он вместе с Мусой, Ларри и Марком находился в клубе же на важном совещании.

М-да… Когда все только начиналось, Платон говорил Виктору совершенно иные вещи. И оказываться теперь в унизительной ситуации, выяснять, почему раньше было одно, а теперь другое… Ясно, что Виктора отодвинули, забыв не только о том, что он сделал для СНК, но и обо всем, что было раньше. О многолетней дружбе, об Институте, о том, что «Инфокар» возник в том числе и на его с Сережкой Терьяном деньгах. Что же теперь? Ехать к Платону и плакаться, что у него нет работы, потому что старый бизнес он прикончил, а из нового его выперли?

Сысоев сказал Поле, что уезжает по делам и в шесть она может быть свободна, после чего отправился домой. Надо будет — сами вспомнят. А нет — пошли они все к черту.

Виктора разбудил звонок в дверь. Он откинул щеколду, дернул ручку на себя.

Странно. Дверь не поддавалась. Он потянул изо всех сил. Дверь поползла внутрь и втащила за собой Платона, который крепко держался за ручку и упирался обеими ногами.

— Привет, — сказал Платон, бросив ручку. — Напугался? Я тебя не разбудил? Как себя чувствуешь?

— Все шуточки шутишь… Когда же ты вырастешь? — Виктор покачал головой, провел Платона на кухню и зажег под чайником газ.

Платон плюхнулся в стоявшее у стола кресло, выложил перед собой два телефона, водрузил на стол промасленный бумажный пакет.

— Я тебе пирожки привез. Муса нанял повара, тот потрясно готовит. Вот эти — с капустой, эти — с курагой. Давай чай. Я с утра не ел.

— Ну так что? — спросил Виктор, разливая чай и выкладывая пирожки из пакета на блюдо. — Говорят, ты уже укомплектовал начальство СНК. Эф-Эф, Петя… Кто там еще?

Объяснение заняло часа два. Платон говорил с жаром и, как всегда, убедительно. О том, что самое трудное уже позади, что бумаги напечатаны, доставлены и исключительно успешно продаются. О том, что теперь наступает завершающий этап, когда акции СНК будут обменены на акции Завода, и тогда все будет хорошо. Что ключевая деятельность все равно сосредоточена в «Инфокаре». Что его, Виктора, потенциал в СНК вряд ли будет востребован — там по большому счету делать уже нечего.

Виктор слушал, кивал. Обида постепенно рассасывалась, хотя он чувствовал, что Платон лукавит и недоговаривает.

— А Петю ты зачем туда воткнул? — спросил он, когда Платон решил перевести дух.

— Ты не понимаешь! — Платон вскочил, прошелся по кухне и снова упал в кресло. — Весь проект зависит от того, сколько мы продадим. Абсолютно все от этого зависит. Петя гарантирует, что продадим на сто миллионов. И он может это сделать. У него в руках рекламное время, скуплены места в лучших изданиях, отношения со всей прессой налажены... Это сейчас — задача номер один.

— Ну хорошо, — сказал Виктор, — а мне куда деваться? Мой бизнес ты ликвидировал. В СНК мне делать нечего. На пенсию, что ли?

— Конечно же нет! — Платон даже оскорбился. — Ты с ума сошел! У меня для тебя есть классное предложение. Просто классное!

— Какое?

— Смотри. — Платон придвинулся к столу и стал рисовать на его поверхности какие-то фигуры. — Через два — максимум три — месяца мы забираем Завод. Практически становимся монополистами по продаже. Этим будет заниматься Ларри. Уже решили. Остается неприкрытым обалденный кусок по иномаркам. Ларри просто не потянет все вместе, он уже сейчас зашивается. Я предлагаю, чтобы этот кусок взял ты. Целиком. Ну как?

Виктор задумался.

— А что про это говорит Ларри?

— Что? Нормально! И Муса поддерживает.

— Ты совершенно уверен, что Ларри не против? — недоверчиво спросил Виктор, зная бульдожью хватку Ларри, который не выпускал из сферы своего влияния ни одной мелочи. — Что-то я сомневаюсь.

— Так! — Платон одной рукой схватился за телефон, а другой — отодвинул в сторону пачку сигарет, к которой потянулся Виктор. — Зачем куришь? Тебе нельзя. Сейчас же звоним Ларри.

Ларри отловили в центральном офисе.

— Так! — решительно сказал в трубку Платон. — Как у тебя дела?.. Отлично... Отлично... Я с Витей... Да... Да... Нормально... Вот и скажи ему сам... Все, обнимаю тебя.

— Привет! — жизнерадостно поздоровался Ларри. — Чего ты волнуешься? Мы все согласовали. Будет трудно — я помогу. Все, пока.

Веселый голос Ларри не убедил Виктора. Два заместителя генерального директора, толкающиеся боками на автомобильном поле... — картинка была довольно сомнительной. И Сысоев честно сказал об этом Платону. Тот не понял.

— Ерунду несешь! Полную чушь! Я же тебе все разжевал. Ну и что с того, что ты машинами не занимался? И потом — есть три месяца. Ну два! Начни с какой-нибудь одной задачи. Например, с таможни. Там у Ларри вроде бы проблемы. И постепенно войдешь в курс дела.

— Значит, я ложусь под Ларри? — догадался Виктор.

— Категорически нет! — Платон покраснел. — Ты абсолютно самостоятелен. Работаешь как и раньше, только со мной. Сейчас твоя задача — войти в этот бизнес. Больше ничего.

— Ну что ты со мной хитришь? — укоризненно сказал Виктор. — Все же очень просто. Вы посчитали, что в этой больнице из меня сделают окончательного инвалида, потому и выдавили из СНК. А я взял да оклемался. И теперь меня некуда девать, единственное решение — пристроить на подхвате.

— Дурак! — крикнул Платон. — Законченный кретин. Ты вообще соображаешь, что говоришь? Ты хоть знаешь, сколько этот бизнес приносит? На каком таком подхвате! Что ты несешь! Мы с каждой машины имеем пять штук. Чистыми! Неужели непонятно?

Но Виктору все уже было понятно. Наверное, на месте Платона он поступил бы точно так же. Неясно только, как сложатся отношения с Ларри. Там, где начинались автомобили, друзей у Ларри не было. Были только свои и чужие.

— У меня было право подписи, — устало напомнил он Платону. — На моих счетах. Теперь эти счета закрыты. Как быть дальше?

— Вот и отлично! — Платон вскочил и заторопился к двери. — Эти дела ты с Ларри согласуй. А мы с тобой обязательно должны сесть и подробно поговорить, как все организовать. Завтра. Или на той неделе.

А на следующий день Виктор узнал, что на таможне с недавних пор действуют новые правила. Совокупный таможенный платеж, состоявший из пошлины, акциза и налога на добавленную стоимость, равнялся теперь ста пятидесяти процентам от закупочной цены автомобиля. И по ту сторону границы стояли инфокаровские машины на двадцать миллионов долларов.

Льготники

Будто с неба свалились эти люди. Как манна небесная. Не успел Виктор появиться на работе, как Пола протянула ему телефонную трубку:

— Вас, Виктор Павлович. Из Ассоциации содействия малому бизнесу.

— Нет ли у вас проблем с таможней? — поинтересовалась трубка. — Имеем серьезное предложение.

— Можно обсудить, — осторожно ответил Виктор. — Скажите, куда подъехать.

Трубка помолчала, потом ответила:

— Мы сами приедем. Через час вам удобно?

Ровно через час появились двое в зеленых куртках, уселись в переговорной. С левой стороны, у подмышек, куртки сильно топорщились.

— Сколько у вас товару? — спросил старший. Его рябое лицо пересекал багровый, мокнущий шрам.

— На двадцать с лишним миллионов, — быстро ответил Виктор. — Вас точно интересует?

— Да нет, — сказал старший. — Так, для прикидочки.

В переговорной воцарилась тишина. Виктор изучал гостей. Несмотря на выпирающие из-под курток пистолеты, пришельцы не походили на бандитов. Старший мог бы сойти за золотоискателя из какого-нибудь рассказа Джека Лондона. Младший, лицо которого обрамляли длинные каштановые волосы, перехваченные черной лентой вокруг головы, и вовсе был похож на музыканта. Его тонкие пальцы лениво барабанили по краю стола. Наконец Виктор прервал молчание:

— У вас есть какой-то вариант? Может, расскажете?

Старший сделал движение в сторону музыканта. Тот выложил на стол тоненькую красную папку с гербом Советского Союза и вопросительно посмотрел на старшего.

— Докладывай, — приказал золотоискатель.

— Есть контракт, — высоким чистым голосом сказал музыкант. — На сто миллионов долларов. Зарегистрирован на таможне. Вас интересует?

— Можно посмотреть?

Контракт был заключен между неизвестной Виктору Ассоциацией содействия малому бизнесу и столь же неизвестной польской фирмой «Полимпекс», которая обещала поставить Ассоциации товаров на сто миллионов долларов с полугодовой отсрочкой платежа. Список товаров — в приложении. Виктор с интересом отметил, что этот список состоял исключительно из иномарок.

— Ну и что? — спросил Виктор, изучив контракт, который, вместе с приложением, умещался на двух машинописных страничках. — А как быть с таможней?

Из красной папки выполз очередной документ. Это была ксерокопия президентского указа, в соответствии с которым ряду общественных организаций и объединений предоставлялись льготы по внешнеторговой деятельности. Красным маркером были отчеркнуты строки, в которых вышепоименованные организации и объединения освобождались от уплаты таможенных пошлин, акцизов и налога на добавленную стоимость. Список осчастливленных организаций включал в себя общероссийские общества инвалидов, глухих, слепых и ветеранов-афганцев.

— А вы здесь где? — спросил Виктор, изучив список.

Музыкант достал вторую бумажку. Это было дополнение к указу, в котором к списку льготников добавлялись Национальный фонд спорта и Ассоциация содействия малому бизнесу.

Повинуясь кивку золотоискателя, музыкант сказал:

— Схема такая. Вы продаете «Полимпексу» все ваши машины. Мы их таможим, перепродаем обратно вам, вы реализуете. Надо нарисовать или так понятно?

Было понятно и так.

— Каковы ваши условия? — спросил Виктор, не верящими глазами глядя на разбросанные по столу бумажки.

— Мы работаем с половины, — сказал старший.

— С половины от чего?

— От прибыли.

У Виктора слегка закружилась голова. Он не в первый раз участвовал в коммерческих переговорах и прекрасно знал, что в специфических российских условиях, когда любая коммерческая сделка по бумагам оказывается убыточной, единственной приемлемой базой для достижения договоренности является объем оборота. Гости отметили замешательство Виктора и переглянулись.

— Интересное предложение? — подмигнул старший. — Имей в виду, если пойдешь к «афганцам» или к другим убогим, тебе объявят половину от таможенных платежей. У них конвенция. А мы сами по себе.

— Послушайте, — сказал Виктор. — Вы же умные люди. Вы что, никогда не видели, как прячут прибыль? Извините, что я так прямо спрашиваю, мне просто интересно. Вы меня не знаете, так?

Гости снова переглянулись.

— Тебя не знаем, — согласился старший. — А фирму знаем. У вас бизнес серьезный, в случае чего — найдется что взять. Да вы и сами мухлевать не станете.

— Не станем, — кивнул Виктор. — Но про это знаю я. У вас-то откуда такая уверенность?

Старший широко улыбнулся, отчего багровый шрам на его лице спрятался в складках бугристой кожи, и встал из-за стола.

— Вот тебе мои телефоны. Это — в офис, это — мобильный. Надумаешь — позвони.

Через час служба безопасности «Инфокара» сообщила Виктору, что оставленные золотоискателем телефоны числятся за Старой площадью, за помещениями бывшего Общего отдела ЦК КПСС.

Его светлость и их сиятельства

Колоссальная дыра, пробитая льготниками в таможенной границе России, мгновенно заполнилась товарами, ввозимыми в страну по баснословно низким ценам.

Крупнейшими импортерами водки, табака, автомобилей и прочего подакцизного изобилия в одночасье стали общества слепых, глухих и инвалидов детства. Пивной бизнес пошел через непонятно как примазавшуюся к указу Ассоциацию жертв сталинских репрессий. Коммерческие организации спортсменов протаскивали через границу эшелоны с фальшивым «Абсолютом» и фуры с «Мальборо». Официальный бизнес должен был либо закрываться, либо идти на поклон к льготникам. Десятки миллионов долларов, за которые покупалось право работать в льготном режиме, потекли в швейцарские, кипрские и багамские офшоры, где они оседали на неведомых номерных счетах, после чего материализовались в виде каменных замков с бассейнами и мавританскими башенками. Ближнее Подмосковье превратилось в грандиозную строительную площадку. Цены на недвижимость взлетели до небес.

— Через кого работаешь? — допытывался один коммерсант у другого в ресторане «Ле Шале», макая дольку апельсина в расплавленный шоколад.

— Через «слепых». А ты?

— Через «афганцев». Валеру Радчикова знаешь? Сколько твои берут?

— Половину с таможни. А твои?

— Примерно столько же. Совсем оборзели. Еще грозятся поднять.

— Как ты думаешь, сколько все это продлится?

— Черт их знает. Пока правительство не поумнеет. Ты посчитай, если все платить по закону, сигареты в рознице будут дороже, чем в Нью-Йорке. Это видано? Согласен со мной?

— А ну как прикроют лавочку?

— Не прикроют. Тут такие бабки крутятся… Знаешь, какая пальба поднимется?

Бабки и вправду крутились баснословные. Весь российский импорт ушел в льготное подполье.

— Послушай, — сказал Виктору золотоискатель, ловко опрокидывая рюмку водки и бросая ей вслед зажаренную на гриле креветку. — Хочешь стать бароном?

— Каким бароном, Саша?

— Обычным. Нашим российским бароном. И наследственным дворянином.

Виктору стало смешно. За две недели плотного общения с малым бизнесом в лице золотоискателя Саши и музыканта Геры он увидел и услышал многое. Как без пропусков, пренебрежительно махнув рукой, входят в Таможенный комитет. Как ленивым голосом делается телефонная выволочка заместителю министра финансов. Как от двух-трех тихо сказанных слов слетает гонор с оборзевших подольских бандитов. Но наследственное дворянство — это было что-то новенькое.

— А что для этого нужно? — на всякий случай поинтересовался Виктор.

— Да ничего особенного. Скажи, Гера. Рекомендации двух графов.

— С этим плохо, — признался Виктор. — У меня столько знакомых графов нету.

— Как это нету! А мы на что? Граф Александр Пасько и граф Герман Курдюков. Ну так как, хочешь?

Дня через два графья Пасько и Курдюков притащили Виктору свернутую в трубку бумагу и продолговатый деревянный ящик. Из трубки свисало что-то круглое на витом желтом шнуре.

— С баронством промашка вышла, — сокрушенно признался граф Пасько. — Пошли мы договариваться, а нам — по соплям, чтобы не жмотничали. Такой, говорят, уважаемый человек, а вы его — в бароны. Так что поздравляем тебя с княжеским достоинством.

Трубка оказалась свернутой грамотой. На документе, изукрашенном портретами всех царей и императоров, было множество печатей и витиеватых подписей. В деревянном ящике находилась сабля, на клинке которой Виктор прочел надпись славянской вязью: «Его светлости князю Виктору Сысоеву за заслуги перед Отечеством».

— Это кто же такие шутки шутит? — спросил Виктор, изумленно изучая саблю.

— Есть один придурок, — уклончиво ответил граф Саша. — Он уже многих произвел. И Ельцин у него князь, и Алла Пугачева. Так что не сомневайся.

— Давай, ваша светлость, наливай, — вмешался граф Курдюков. — Чай, не побрезгуешь отметить это дело с нашими сиятельствами.

— А это, — сказал Саша, выпив за здоровье новоиспеченного князя и дворянина, — передашь своему шефу. — Он показал на еще один рулон и второй ящик, поставленные гостями в угол. — Ему тоже обломилось. Да, кстати. У тебя жена есть?

— В разводе, — признался Виктор. — А что?

— Жаль, — огорчился Саша. — И к ней относится. Была бы теперь княгинюшка. Так что имей в виду. Будешь снова жениться, выбирай тщательнее. Не дворняжку.

Графья-дворяне оказались веселыми ребятами. К документам, которые сочинял Виктор, чтобы придать торговле таможенными льготами юридически безупречный вид, они относились легко, перебрасывали их друг другу через стол, перешучивались.

— А можем мы здесь использовать, например, вексель? — спрашивал Виктор, морща лоб.

— Можем, — охотно соглашались графья. — Можно вексель. Можно шмексель. Нам все едино.

Когда же Виктор начинал изображать на бумаге схемы передвижения товарных потоков и денег, графья придвигались поближе и умолкали, внимательно наблюдая за квадратиками и стрелочками и тщательно изучая проставляемые в кружках цифры прибыли, оседавшей в разнообразных местах. Иногда дворяне переглядывались, кто-нибудь из них брал мобильный телефон, отвернувшись, набирал номер и, отойдя к окну, что-то еле слышно бормотал в трубку. Возвращаясь, кивал, и обсуждение продолжалось. Или говорил: «Хватит на сегодня. Завтра докуем», — и назавтра в сысоевские схемы вносились некоторые уточнения.

Самая большая проблема упиралась в счет, на котором должна была концентрироваться вся выручка за машины. Виктор настаивал, чтобы этот счет принадлежал «Инфокару».

— Поймите, — убеждал он, — если хоть копейка уйдет мимо нас, меня никто не поймет. Мне просто не разрешат этого сделать. У нас за всю историю не было случая, чтобы мы работали с чужих счетов.

Графья стояли насмерть.

— Ты вот это видишь? — граф Гера тыкал пальцем в таможенный штамп на контракте с «Полимпексом». — Контракт зарегистрирован. И никто больше в таможню ни с какими исправлениями или дополнениями не сунется. Понял? Нарушать законы мы тоже не будем. Мы их уважаем. — Он подмигивал Виктору. — Пойми, чудак, если мы сделаем точно так, как написано, у нас потом проблем вовсе не будет.

В чистоту намерений обоих графов Виктору очень хотелось верить. Но было боязно. Фактически речь шла о том, что на счете Ассоциации содействия малому бизнесу в некоторый момент должна оказаться астрономическая сумма денег. И исключительно от подписи какого-то Горбункова, которого Виктор в глаза не видел и о котором сами графья пренебрежительно говорили как о зицпредседателе, зависело, будет ли эта сумма конвертирована в валюту и отправлена по указанному Виктором адресу или же, как это много раз случалось, бесследно пропадет.

«Никакого бизнеса на доверии», — стучала в мозгу у Виктора чеканная фраза Платона.

— А вот у «слепых», — начинал Виктор, уже обогатившийся кое-какими сведениями, — у «слепых» можно по их поручению платить за рубеж со своего счета...

— Ну и иди к «слепым», — разводил руками Гера. — Через год тебя возьмут за... за это самое место.

— Так с ними же черт знает сколько народу работает!

— Всех и возьмут. Можешь не сомневаться.

— Как же быть?

— Думай. И мы думать будем.

Наконец к Виктору пришла спасительная мысль.

— Ребята, мне нужны гарантии, — сказал он графьям, пригласив их как-то вечером в «Метрополь». — Вы ведь не сами по себе. Кто-то же за вами стоит. Тот, кто все это устроил. Познакомьте.

— Это тебе не нужно, — категорически заявил Гера. — Забудь. И вообще, мы уже с тобой кучу времени потеряли. Пока мы тут возимся, люди вовсю бабки делают.

Саша молчал, поглядывая на Виктора через стол, а в конце ужина неожиданно спросил;

— Так что, хочешь с нашим домовым поговорить?

— Хочу, — признался Виктор. — А почему с домовым?

— Да так, прозвали… Вроде как нечистая сила, но одомашненная. Я ему скажу.

Домовым оказался герой Афгана полковник Беленький. Скрипя протезами и морща покрытое красными пятнами ожогов лицо, он слушал сбивчивые объяснения Сысоева.

— Ну и что? — спросил он. — И вся проблема? Да хрен с ним! Гера! Сколько у нас сейчас на счете? В Швейцарии? Запузырь ему двести штук, куда скажет. Вот и будет ему гарантия. А из Ассоциации гони деньги траншами тоже по двести штук. Понял, Витек? Я тебе вроде как кредит даю. Ну, скажем, под десять процентов годовых. Ежели тебе в течение двух дней из Москвы деньги не поступили, эти двести тысяч твои. И разбегаемся. А если все в порядке, то, когда все закончим, вернешь мне двести двадцать. Тебе гарантия нужна? Бери, пожалуйста. Не бесплатно, конечно. Ну что, сиятельства хреновы? — обратился он к графьям. — Учитесь коммерции. Вы там две недели ковыряетесь и ни хрена, а я за пять минут двадцать штук срубил.

— Паша, — обратился к нему Виктор, перешедший с полковником на «ты» с первой же минуты, — у меня один вопросик есть. Ответишь?

— Валяй.

— Ты ведь афганец? Почему ты в этой Ассоциации, а не в их фонде?

— Жить хочу, — лаконично ответил полковник Беленький. — Они там еще работать не начали, а уже перегрызлись. Каждый на себя одеяло тянет. Я говорил там, — он потыкал пальцем вверх, — чтобы им льготы не давали, пока между собой не договорятся. Не послушались. Хотели меня туда старшим поставить, да я отказался. Я эту братву хорошо знаю — и Валеру Радчикова, и Мишку Лиходея. Это все добром не кончится.

— А ты мне не можешь объяснить, какой смысл, вообще говоря, в этих льготах? На кой черт надо таможенные пошлины вздувать до неба, а потом льготы раздавать?

— Если я тебе скажу, что государство вдруг вспомнило про Пашу Беленького и решило дать ему подзаработать, ты ведь мне все равно не поверишь, — резонно заметил полковник. — А других объяснений у меня для тебя нет. Если сам придумаешь, будешь молодец. Имей в виду, каждая копейка у меня под контролем. Да еще под каким! Понял? Еще одну вещь я тебе хочу сказать. Про то, что ты меня видел, забудь. Если твои умники обо мне узнают… В общем, есть Ассоциация, и все тут.

Когда Виктор вернулся в «Инфокар», то у дверей бывшего платоновского кабинета столкнулся с Федором Федоровичем.

— Как здоровье, Виктор? — дружелюбно поинтересовался Эф-Эф. — Ничего? Ну и ладно. А бизнес? Я слышал, вы теперь автомобилями занимаетесь.

— Вроде бы идет потихоньку, — осторожно ответил Виктор. — Совет не дадите, Федор Федорович?

— Если смогу. — Эф-Эф распахнул дверь в платоновский кабинет, пропуская Виктора вперед.

— Ситуацию на таможне знаете? — спросил Виктор, усаживаясь в кресло. — Дождавшись кивка, продолжил: — Хочу воспользоваться льготниками. Как вы на это смотрите?

— Весь вопрос в том, какие льготники. — Взор Федора Федоровича слегка затуманился. — Если «афганцы», то на это я смотрю однозначно плохо. И со «слепыми» тоже не советую связываться.

— Есть одна организация. Ассоциация содействия малому бизнесу.

Федор Федорович чуть заметно дернулся.

— А откуда вы про них знаете?

— Сами пришли.

Федор Федорович взял листок бумаги и подвинул его Виктору.

— Напишите фамилии. Кто приходил.

Виктор написал фамилии графьев. Федор Федорович прочитал, кивнул, аккуратно сложил бумажку и убрал в карман.

— Так в чем вопрос?

— С ними можно иметь дело?

— С ними можно, — ответил Федор Федорович. — Только не надо никому говорить, что это я сказал. Ладно?

— Договорились. Спасибо, Федор Федорович.

— Погодите. Теперь у меня вопрос. Вы, кроме этих двоих, еще кого-нибудь оттуда знаете?

Виктор замешкался с ответом, потом кивнул.

— Понятно. Об этом тоже лучше помалкивайте. И вообще, имейте в виду — это очень серьезно. Если, не дай бог, вы этих людей подведете — понимаете, о чем я? — будут крупные неприятности. Очень крупные.

— Так, может, имеет смысл с кем-нибудь другим договориться? С теми же «глухими» или со «спортсменами»?

— Может, и имеет, — согласился Федор Федорович. — Только здесь понадежней будет. Насколько я знаю. Впрочем, это вам решать. А насчет того, что я сказал, еще раз прошу вас — никому.

Через минуту после того, как Виктор оказался у себя в кабинете, к нему вкрадчивой походкой забрел Марк.

— Ну как? — спросил он. — Что слышно с таможней?

— Потихоньку, — ответил Виктор, не желая особо распространяться на эту тему.

— А что это к тебе за бандюганы зачастили?

— Это не бандюганы. Это представители Ассоциации содействия малому бизнесу.

— Ага, — кивнул Марк и уселся на стол. — Очень малому. А зачем они тебе?

— У них льготы по президентскому указу. Все, что хочешь, имеют право привозить без таможни.

Марк пожал плечами.

— Не свисти. Такого быть не может.

— Не может. Но есть. И не только у них. Еще у «афганцев», у инвалидов и у кучи других.

— И ты с ними со всеми переговоры ведешь?

— Нет, только с этими. А что?

— Так просто. И что-то вырисовывается?

— Вроде да. Они предлагают свои услуги за половину прибыли.

— Ну, прибыли-то не будет, — заявил Марк. — Просто ни копейки. Уж такое дело мы обеспечим.

— Нет, — сказал Виктор. — Это не разговор. Мы уже всю схему прошли. И цифры известны.

— Да? — заерзал на столе Марк. — Ну-ка покажи.

— Извини, дорогой, — вежливо отказал Виктор. — Мне сказано было, сколько я должен зарабатывать на каждой машине. Вот это могу сообщить. А насчет схемы… Я этим ребятам пообещал, что схема предметом обсуждения не будет.

Марк хотел взорваться, но сдержал себя в руках.

— Ты уверен, что это будет работать?

— Не знаю, — признался Виктор. — Попробую втянуть один автовоз. Тысяч на двести. Есть такое волшебное число.

— Ну ладно. — Марк соскочил со стола, потянулся. — Не хочешь говорить — не надо. Пойдем пообедаем.

Интерес Марка к планируемой операции возрастал ежечасно. Наведя по своим каналам справки, он убедился, что льготные схемы действительно существуют и уже начинают работать. И Марк клял себя за то, что поторопился сложить лапки и собственноручно уступил Сысоеву такой лакомый кусок. Но кто же мог знать, что удумают эти, наверху! Обиднее всего, что дело решил один месяц. Один! Если бы он не поспешил тогда затеять эту идиотскую интригу с Сысоевым, то сейчас вполне мог бы и сам договориться и с «афганцами», и с «глухими», и с этими, как их там, малыми бизнесменами. Тогда Марк был бы на коне, вытащив из прорыва двадцать миллионов долларов. Попробовал бы потом Ларри не пустить его в автомобильный бизнес! Впрочем, ладно. Еще не все потеряно. Витька — не Ларри.

Его вполне можно подмять под себя. Это он, пока своими «адидасами» торговал, не был никому интересен. А сейчас, когда все договора в руках, его можно заставить так побегать, что мало не покажется. Так или иначе, хоть с одним договором, но Виктор придет к нему за визой. И пока Сысоев не расскажет, что затеял и где зарабатываются деньги, хрен он эту визу получит. А когда расскажет — дальше все уже будет просто. Останется только встретиться с этими таинственными льготниками, объявить новые условия сотрудничества и замкнуть ситуацию на себя.

Пусть потом будущие поколения разбираются с тем, кто больше сделал для бизнеса.

И Марк, овладевший стратегией и тактикой бюрократических игр не хуже, чем в молодости шахматами, пошел в атаку. Окончательно согласовав с графьями систему договоров, Виктор подписал контракт о перепродаже инфокаровских машин «Полимпексу» и послал Полу в отдел кадров ставить печать. Пола вернулась через минуту.

— Они не ставят печать, Виктор Павлович, — взволнованно сказала она. — Говорят, что есть приказ без визы Марка Наумовича печать не ставить.

Виктор выругался про себя, забрал у Полы контракт и пошел к Марку.

— Оставь, — сказал Марк, глядя на него стеклянными глазами. — Мои ребята посмотрят. Сегодня. Крайний срок — завтра.

Назавтра к вечеру Марк позвонил Виктору по местному телефону.

— Я что-то не понимаю, — раздраженно сказал он. — Мне тут посчитали, и оказалось, что мы продаем машины этим твоим польским приятелям с наценкой в среднем, — Марк пошуршал бумагами, — сто долларов на машину. Это ты такой бизнес делаешь на машинах? Если бы я не знал тебя много лет, точно решил бы, что по пять штук с машины ты решил себе в карман положить. Я такой контракт не выпущу.

Виктор молчал. Возразить Марку по существу было нечего. Зарабатываемые на машинах деньги вылезали совершенно в других местах, но рассказать про них — значило засветить схему. Показать боковые контракты с номерами счетов, названных графьями только ему и под категорическое обещание ни с кем этой информацией не делиться, Виктор, естественно, не мог.

— Значит, не будешь визировать? — переспросил он, закончив размышлять. — Ладно. Верни мне контракт, я посмотрю, что можно сделать.

— Забирай, — хладнокровно ответил Марк. — Только хочу тебя предупредить, что я сделал с него ксерокопию. И я ее всем покажу — и Платону, и Ларри. Чтобы они знали, какой у нас странный бизнес затевается.

Марк не упомянул Мусу только по причине своей полной уверенности в том, что тот и слушать не захочет про какие-то иномарки. Платон был неизвестно где, Ларри — в Германии, и Виктор, почуяв объявление войны, пошел с извлеченным из канцелярии Марка контрактом именно к Мусе.

— Да он совсем рехнулся! — вспылил Муса, узнав, что Марк завернул договор. — Это он в каждой бочке хочет затычкой быть. Придурок! Сейчас я сделаю...

Тариев нажал кнопку внутренней связи.

— Таня! — скомандовал он, когда в кадрах сняли трубку. — Зайди ко мне быстро. С печатью.

— Ставь печать, — приказал Муса, когда в кабинет влетела Таня. — Сюда.

Он разложил перед ней оба экземпляра сысоевского договора.

— А как же... — замялась Таня.

— Ставь, говорю.

— Он же кричать будет, — кивнула Таня в сторону двери.

— Пусть хоть охрипнет. Ставь.

— Муса, а ты не мог бы тоже здесь расписаться? — попросила Таня. — Иначе он меня убьет. Марк специально насчет этого контракта предупреждал, три раза заходил.

Выхватив из внутреннего кармана ручку, Муса размашисто изобразил свою подпись.

Таня боязливо покосилась на дверь и дважды плюхнула печатью на последние страницы контракта.

— Теперь надо идти к нему регистрировать, — вздохнула она. — Витя, ты подожди, пока он уедет, тогда у девочек зарегистрируешь. Ой, втравили вы меня в историю.

— И как же мне быть дальше? — спросил Виктор, когда за Таней закрылась дверь. — По автомобильным счетам у меня права подписи нет, я с Ларри так до сих пор и не договорился. Кто будет подписывать платежки?

— Носи ко мне, — махнул рукой Муса. — Пока Ларри не приедет, я пущу весь оборот через центральный счет. А там разберемся.

Разразившийся через неделю скандал был только первым предвестником надвигающихся бедствий. К удивлению Виктора, Марк, узнав о появлении на контракте не санкционированной им печати и последовавшей затем контрабандной регистрации договора, не стал устраивать сумасшедший дом. Он просто тихо исчез на три дня. Как выяснилось, Цейтлин сначала слетал на Завод, где выловил Платона и побеседовал с ним, а потом — в Германию, где накачал Ларри. В результате и Платон, и Ларри появились в Москве хорошо подготовленными. В изложении Марка все выглядело действительно кошмарно. Затевается какая-то авантюра с президентским указом. Якобы президентским. Кто этот указ видел? Никто не видел. В газетах публиковали? Не публиковали. А вот, например, липовые платежки с поддельным банковским штампом встречать приходилось. Может, и указ из той же серии? Ходят с этой бумагой явные бандюги, вооруженные. Приезжают на «шестисотых». Он, Марк, им дохлую кошку не доверил бы. Жуть! Один такой здоровый, весь в шрамах, второй вообще на наркомана похож. Кличка — Граф. И ведь что интересно! Говорят, такие же льготы имеют общества инвалидов, слепых, глухих и так далее. Но есть совершенно точная информация, что никаких переговоров с ними даже не велось. А ведь, казалось бы, так естественно — встретиться со всеми, выяснить условия, выбрать наилучшие… Почему это не сделано? Дальше — больше. Посмотрите на этот контракт. Без всяких гарантий, без денег, с отсрочкой платежа на полгода, инфокаровские машины стоимостью двадцать миллионов долларов отдаются какой-то польской шарашке «Полимпекс». Тоша, ты про «Полимпекс» слышал что-нибудь? А ты, Ларри? Вы бы отдали двадцать миллионов долларов просто так, за тьфу, да еще неизвестно кому? Ну ладно, предположим, здесь есть такой баснословный профит, что можно рискнуть. Давайте посмотрим. Аж целых сто двенадцать тысяч долларов зарабатывается на этой сделке века.

Возьмите калькулятор, посчитайте. Один процент годовых. Класс! Если это не афера, то я вообще ничего не понимаю. Идем дальше. Еще год назад железно договорились, что все автомобильные деньги проходят через специальные счета. Чтобы не запутаться и чтобы, в случае неожиданностей, не ставить под удар центральный счет. А теперь обратите внимание, что за счет указан в контракте.

Обратили? То-то же. И с каких это пор автомобильные контракты подписываются не Ларри, а Сысоевым и Тариевым? Может быть, пора начать задавать вопросы? Да, это я предлагал, чтобы Сысоев занялся таможней. Но вместе со мной! Под контролем!

Или вы считаете, что нам контроль уже не нужен? Тогда так и скажите, я чем-нибудь другим займусь, слава богу, дел хватает. Ладно, я даже готов согласиться, что мне про эти переговоры и контракты знать не полагается. Но при условии, что хотя бы кто-то из вас в курсе. А если и вы не в курсе — тогда я просто не понимаю, что происходит. Хорошо, если мы потеряем на этой деятельности миллионов пять — десять. А скорее всего — все двадцать. Да еще вляпаемся в какую-нибудь уголовку. Отвечаю! Вы бы видели эти рожи. Тьфу!

Ларри внимательно выслушал горячую речь Марка и практически никак не отреагировал. Он вообще не любил проявлять эмоции. Только увидев на контракте подпись Мусы и номер центрального счета, сдержанно сказал:

— Это нехорошо. Я поговорю с Мусой.

Платон же вскипел, как брошенный в воду карбид. Он рванулся к телефону, чтобы немедленно со всеми разобраться, потом передумал, набрал номер Виктора и сказал:

— Витя, меня совершенно не устраивает то, как ты ведешь дела. Давай так. Сейчас все останови. Я через два дня приеду с Завода, и мы все обсудим.

— А что ты про это знаешь? — поинтересовался Виктор.

— Неважно. Вся история с льготниками — жульничество. Понял?

— А то, что я сегодня первый автовоз растаможил, это тоже жульничество? — спросил Виктор. — В ноль. Без каких-либо платежей.

— Правда, что ли? — Платон задумался. — Ну тем не менее. Все прекрати до моего приезда.

Остановить запущенную машину было невозможно. Это означало отдать уже заказанные автовозы другим дилерам. И встать в длинную очередь. Нельзя было притормозить ни продажу машин, ни процесс перевода выручки «Полимпексу». Слова полковника Беленького о контроле за каждой копейкой и предостережение Федора Федоровича стучали в грудь Виктора, как пепел Клааса.

— Я не могу остановить, — взвесив все, сказал Виктор.

На том конце провода воцарилось зловещее молчание.

— Ладно, — угрожающе произнес Платон. — Я вылетаю завтра.

* * *

От участия в обсуждении Ларри устранился. Он пришел в самом начале, радушно поздоровался с Мусой и Виктором и сказал:

— Я здесь зачем? Теишвили здесь не нужен. Витю Платон назначил. Муса вызвался вести эту работу, пусть ведет. Я не в курсе, счета не мои. Мне все это по-другому представлялось, что уж теперь… Я пойду.

За годы знакомства с Ларри Теишвили Виктор привык к тому, что раздвигающая желтые усы добродушная улыбка вовсе не обязательно служила признаком хорошего настроения. Для людей понимающих она была чем-то вроде сирены сигнализации, срабатывавшей в случае несанкционированного проникновения на тщательно охраняемую территорию.

«Зря это он, — подумал Виктор, провожая Ларри взглядом. — Одно ведь дело делаем. Нашел что делить…»

Марк завелся с первых же слов. Он бушевал, как осатаневший от вынужденного безбрачия павиан. Муса, едва сдерживаясь, терпел, но, когда Марк в очередной раз провозвестил, к каким грандиозным потерям приведет эта бесконтрольная авантюра, и прозрачно намекнул, что ежели в одном месте убудет, то в другом непременно прибавится, причем понятно где, Муса вскочил и обрушил на Марка поток отточенной еще во времена детства и отрочества ругани.

— Пошел вон отсюда, — закончил он. — Если что, я отвечу. Попробуй еще раз хоть словом намекнуть, что тут кто-то ворует, — я тебе башку откручу. Без предупреждения. А ты, Платон, тоже даешь. Мы что, только вчера познакомились? Витьку не знаешь? Наверняка он этих своих… как они там называются… досконально проверил. Проверил, Вить? Ну вот. И правильно, что не рассказывает. Значит, серьезные люди.

— А если он ошибся? — тихо спросил Платон, размышляя о чем-то.

— Пошли бы все к черту! — не выдержал Виктор. — Хватит с меня. Я вам один автовоз привез? Привез. Растаможил? Растаможил. Половину уже продал. Деньги пошли к Штойеру. Дня через два можете поинтересоваться. И точка на этом! Цейтлин все лучше всех знает, пусть он и втаскивает остальные машины. Хотите тут еще месяц коллективное мнение вырабатывать — валяйте. Милости прошу. Только без меня.

— Так, — сказал Платон. — Стоп. Все сели. Я должен знать всю схему. Лично я. Тогда и решим.

— Тоша, — Виктор развел руками, — уволь ты меня от этого, за ради бога. Мне еще не хватает, чтобы ты что-то знал! Да если я тебе хоть одно слово на бумажке напишу, ты эту бумажку уже через полчаса потеряешь. Первый раз, что ли? Клянусь, эти ребята не зря секретничают. Я им железно обещал — никому и ничего. Что ты от меня хочешь? Ну давай я уйду на фиг. Нет у меня другого выхода.

— Хорошо, — сказал Платон. — А ты сам не знаешь, что когда начинают секретничать, то вслед за этим либо деньги пропадают, либо приходят эти… бритоголовые? Тут же все что угодно может быть. Не знаешь? Или не подумал?

— Мы можем вдвоем поговорить? — спросил, помолчав, Виктор.

Когда Муса и Марк вышли, Сысоев подсел к телефону и набрал по мобильному Сашу Пасько.

— Тут небольшая проблема, Саша, — сказал он. — Наш главный хочет знать, с кем я работаю. Просто за горло берет.

— Понятный вопрос, — без удивления отреагировал граф Пасько. — Как ему позвонить?

Виктор назвал номер Платона, попрощался и положил трубку.

— Ты что, Марика не знаешь? — спросил он. — Или тебе непонятно, из-за чего весь сыр-бор?

— Ты мне лучше объясни, на кой черт ты поперся к Мусе? Ларри обиделся насмерть.

— А что я мог сделать? Марик просто под дверью караулил, чтобы на контракт печать не поставили. Тебя не было. Ларри не было.

— Надо было сесть на самолет, полететь в Германию и там все решить с Ларри, — разъяснил Платон. — Тогда все было бы нормально. А так ты сам себе понасоздавал…черт знает что. Я сколько раз говорил, что в бизнесе мелочей не бывает? Тыщу раз! Если бы я так же подходил к отношениям с людьми, мы бы до сих пор с хлеба на воду перебивались.

Зазвенел звонок. Платон схватил трубку.

— Э-э… здравствуйте, — произнес он, и на лице его изобразилось изумление. — Здравствуйте… очень приятно… да… да… спасибо большое… спасибо вам за звонок… до свидания.

Повесив трубку, он какое-то время смотрел в окно, барабаня пальцами по столу, потом схватил листок бумаги, нацарапал на нем несколько слов и протянул Виктору.

— Этот?

Виктор прочел и кивнул.

— Ничего себе… — протянул Платон. — Это интересно… Очень интересно. Ладно. Давай так. Со всеми вопросами — только ко мне. Марку я скажу, чтобы отстал. И попробуй урегулировать с Ларри.

Еще какое-то время Марк пытался вскочить на подножку уходящего поезда — вызывал директоров, пытался выведать у них, что, собственно, происходит, тормозил платежи, периодически забрасывал факсами Штойера, интересуясь прохождением денег, — но поезд все-таки ушел без Цейтлина. Виктор стал для Марка врагом номер один. Хотя внешне все выглядело вполне благопристойно.

Платон вьет петли

И началось. Сквозь брешь в таможенной границе, определенную президентскими указами, рекой текли деньги и акцизные товары. По таможенным постам вовсю гуляли добытые правдами и неправдами копии с льготных внешнеторговых контрактов: для многих фирм главное было — добыть такую копию, а уж подделать прочие документы, чтобы соответствовали, — дело техники.

Руководство фондов и ассоциаций, облагодетельствованных президентом, реально контролировало не более трети поставок. На остальном беззастенчиво грели руки фирмы-однодневки и бандитские «крыши». Подходило время считать деньги, а денег не было. И кто-то должен был за это ответить. Но сначала следовало остановить льготную вольницу.

Легко сказать! Разве не понятно, что такие указы сами собой не пишутся и такие поблажки на кого попало с неба не сыплются? А ну попробуй, останови.

Таможня прекратила давать «добро» в конце августа. Действие президентского указа было приостановлено на неопределенный срок. До перерегистрации всех действующих контрактов. А когда действие указа — несколько измененного — возобновилось, стало ясно, что лафа с беспошлинным ввозом накрылась. Хватит, льготнички, погуляли… Теперь заплатите все, что положено. Но не сейчас.

Отсрочку вам даем, на полгодика. Возите как возили, а рассчитываться будете позже.

— И как теперь быть? — спрашивал Виктор у полковника Беленького.

— А что ты дергаешься? — отвечал полковник. — Ты давай таскай машины. Никто же сейчас пошлин не требует. Только со мной не забывай вовремя расплачиваться.

— Погоди, — возражал Виктор, — тебе ведь теперь пошлины начисляют в полном объеме, а ты мне машины отдаешь по той же цене, что и раньше. Как ты будешь отчитываться, когда отсрочка по таможне кончится?

— Никак не будем отчитываться, — бурчали графья, когда полковник, утомленный непонятливостью Сысоева, разводил руками. — Отвяжись, ради бога. Ну плохие мы коммерсанты. Покупаем дорого, продать норовим подешевле. В убыток работаем. Так и скажем, что проторговались. Не дергайся.

Однако не все рассуждали так, как полковник. Испуганное сгущающимися тучами общество инвалидов, которое попало в указ явно за компанию, резко свернуло работу по льготам. Сотрудничавшие с ними коммерсанты стали нести огромные убытки. Сначала инвалидов пытались переубедить, но потом, столкнувшись с явным непониманием ситуации, коммерсанты объявили, что отныне будут говорить по-другому. Начался отстрел непокорных. Строптивых сотрудников фондов гасили из армейских карабинов и пистолетов иностранного производства, взрывали в машинах и подъездах, поджаривали утюгами и паяльниками. Министерство внутренних дел, знакомое с разгулом уличных войн только по методическим пособиям, зашевелилось всерьез, но сделать ничего не могло. Нужна была свежая мысль, а ничего такого в голову не приходило.

— Ты что такой нервный? — спросил Виктор у полковника, заскочив к нему как-то на Старую площадь.

Полковник, беспорядочно передвигавшийся по кабинету на поскрипывающих протезах, цветисто выматерился и погрозил в окно кулаком.

— Да ну их всех! — объявил он. — Городят невесть что.

— Есть проблемы? — встревожился Виктор, у которого на подходе был очередной миллион на колесах.

Полковник махнул рукой.

— Ты же видишь, что творится. Заварили эту дурацкую кашу с отсрочками… Льготники напугались, боятся, что потом взыщут. И объяснить им никак нельзя. А у людей из-за них бизнес встал. Конечно, никто не будет этого терпеть. Позавчера еще одного в подъезде грохнули, слышал? Короче, меня вызвали и приказали что-нибудь придумать. Чтобы льготники перестали трястись и смогли нормально работать. А что я им придумаю? Я кто — финансист, что ли? Я говорю, давайте отсрочки отменим на хер, будем работать как работали. Нет, говорят, нельзя. — Он снова выругался. — Слушай, Вить, а этот твой главный... Он же толковый мужик вроде. Если его попросить... Можешь сделать?

На встречу с полковником Платон согласился мгновенно, что при его загрузке было просто удивительно. Выслушав по-военному четкий рассказ Беленького, он сразу оценил ситуацию.

— Ни с кем не соединяйте, — приказал Платон администратору клуба. — Значит, так. Сначала была отмена всех таможенных платежей. И льготники работали нормально. Потом сказали, что за таможню придется платить. Через полгода. Так? И льготники напугались. Я правильно понимаю, Паша?

— Правильно, — кивнул Беленький, прихлебывая апельсиновый сок.

— А теперь на них из-за этого наехали, и начался беспредел. Верно?

— Все верно.

— У нас в связи с этим проблемы есть? А, Вить?

— У нас нет.

— Угу. Тогда при чем здесь я?

— Мы все по одному указу идем, — напомнил полковник. — А сейчас уж больно напряженная обстановка. Мне сказали тут... — Он ткнул пальцем за окно. — Короче, если не возобновится нормальная работа, все могут прикрыть. В МВД уже справку готовят. Лично для Самого.

Платон задумался.

— Я просто так ничего делать не буду, — объявил он. — Какой у нас будет интерес, если я скажу, как надо поступать?

— Процент хочешь? — догадался Беленький. — Это нормально. Могу переговорить. Думаю, что договоримся.

— Паша, — сказал Платон, размышляя о чем-то, — мне как-то один человек звонил... Когда все начиналось... Помнишь? Ну насчет тебя... Пусть он мне еще раз позвонит. Это ведь и в его интересах, правда?

— А чего ж не позвонить? — согласился Паша и выудил из внутреннего кармана мобильный телефон. — Сейчас сделаем.

— Павел Беленький на проводе, — доложил он в трубку. — У себя? Соедини. — И полковник протянул аппарат Платону.

Платон схватил телефон и выскочил за дверь. Через несколько минут вернулся улыбающийся.

— Договорились? — поинтересовался Беленький.

Платон кивнул.

— Садитесь поближе. Рассказываю, как надо делать.

Виктор оценил изящество идеи мгновенно, тем более что он познакомился с ней еще в ту пору, когда Платон и Ларри подбирали под себя «Информ-Инвест». Это была слегка модифицированная схема «мельницы».

— Я с НИМ согласовал, — сообщил Платон, указывая пальцем на мобильный телефон полковника Беленького. — Тут нужен будет всего лишь документ, утвержденный Министерством финансов. ОН обещал, что сделает без проблем.

Значит, идея такая. Президентский указ гласит, что он обеспечивает государственную поддержку всяким там… объединениям и фондам. Так вот… Освобождение от таможенных платежей — это не годится. Абсолютно! И отсрочка тоже… Это все противозаконно. Надо что сделать… Выбираем банк. Там открываются такие счета — спецсчет Минфина, счет Таможенного комитета и счета всех льготников… Я просил ни с кем не соединять! Неужели непонятно?.. Кто? Пошел он к черту. Скажи, что перезвоню через полчаса… О чем я?.. Да! К льготнику поступил товар. Он тут же со своего счета оплачивает таможню. В полном объеме, без всяких льгот и отсрочек. Это понятно. Деньги за пять минут поступают на таможенный счет… потому что все в одном банке… тут же с него списываются… и поступают на спецсчет Минфина. Здесь же. Вот и все.

— Я что-то не понял, — нахмурил лоб полковник Беленький. — А где же… — Он пошевелил пальцами.

— Ах да, — огорчился Платон. — Забыл совсем. Льготники для оплаты таможни берут в этом же банке кредит. Под очень низкий процент. Практически бесплатно. Им-то и расплачиваются с таможней.

— Где же ты такой банк найдешь? — иронически спросил полковник. — Который даст дешевый кредит, да без обеспечения, да еще и безвозвратный?

— Почему это без обеспечения! — обиделся Платон. — Я же объясняю, что президент хочет обеспечить государственную поддержку инвалидам и малому бизнесу... Вот пусть Минфин и прогарантирует возврат кредитов. На один день. А если через день льготники не вернут банку кредит, то Минфин, как гарант, рассчитается с банком со своего спецсчета.

Полковник уставился на Платона, как на возникшего из ниоткуда инопланетянина.

— Что-то я не врубился, — признался он. — Переведи.

— Еще раз объясняю, — терпеливо сказал Платон. — Предположим, я должен один рубль тебе, ты должен рубль Витьке, а он должен рубль мне. Ни у одного из нас денег нет. Тут приходит кто-то, администратор, к примеру, и покупает у меня за один рубль... не знаю что... квартиру. Он дает мне рубль. Понял? Я отдаю этот рубль тебе, потому что я тебе должен. Теперь мы с тобой в расчете, так? Ты отдаешь рубль Витьке. С ним ты теперь тоже в расчете. Он отдает рубль мне. Все! Больше никто из нас никому ничего не должен. А у меня остался рубль. За проданную квартиру. Тут опять приходит этот... администратор... и говорит, что квартиру покупать раздумал. Я ему его рубль и возвращаю. В результате я при своей квартире, администратор с рублем, а мы все без долгов.

Полковник долго молчал, переваривая услышанное.

— Все равно не понял, — объявил он наконец. — Выходит, мы платим за таможню? Так или нет?

— Так, — согласился Платон. — Кредитными деньгами. Потом эти деньги проходят по цепочке, попадают в Минфин, и Минфин за тебя рассчитывается с банком. Уловил?

Полковник уловил, потому что глаза его вдруг заблестели.

— Ну ты голова! — восторженно сказал он. — Башка! А твой интерес где будет?

— Не переживай, — рассмеялся Платон. — Себя я не обижу. Просто банк, через который будет идти вся работа, назову я. И маленький, ма-аленький такой, процент по кредиту — он и будет моим интересом. Но зато сразу со всех льготников. Именно это, кстати говоря, я только что согласовывал.

Только поражение всегда остается сиротой, а у победы много отцов.

Видоизмененная «мельница» вошла в новейшую историю российского бизнеса и наречена была в честь заместителя министра финансов, который впоследствии использовал эту же схему, но в интересах совсем других людей. И другого банка.

Полковник Беленький, воодушевленный открывшимися перспективами, развернул бешеную активность. При поддержке таинственного собеседника Платона «мельница» уже через неделю закрутилась в полную силу. Поредевший строй льготников сомкнул ряды и с новыми силами потащил через границу легализованную отныне контрабанду.

* * *

Однако на стене продолжали появляться новые огненные буквы, выводимые все той же невидимой рукой. И пророчество постепенно обретало смысл и кристальную ясность.

После того как несколько групп первопроходцев были выведены из строя, незыблемые когда-то конвенции и договоренности утратили исходную силу. Раздел рынка, определенный в самом начале, перестал существовать. Захват чужих территорий стал повседневной реальностью. Автомобили, которые раньше были исключительной прерогативой полковника Беленького и его аристократов, стали ввозиться всеми кому не лень. То же самое происходило на водочном и сигаретном рынках. Льготники, выступавшие в прошлом единым фронтом, стали беззастенчиво сбивать цены на свои услуги, перетягивая одеяло каждый на себя. Всех подстегивало ощущение, что очень скоро таможенный бизнес может закончиться.

Великая война льготников началась с мелочей.

— Мы знаем, что вы работаете через «глухих», — заявляли «афганцы» Радчикова, появляясь в офисе коммерческой фирмы. — Они с вас дерут тридцать процентов. Мы будем брать по двадцать пять. Но с условием — весь завоз товара только через нас. Договорились?

На Смоленской таможне неделями стояли многокилометровые хвосты. Фуры табачных королей съезжали с дороги на обочину, на предельной скорости обходили очередь и подлетали к таможенному посту. Нам ждать некогда! Народ желает курева.

Однажды Виктор, обеспокоенный необъяснимой задержкой автовозов, поехал на Смоленскую таможню вместе с графом Пасько. То, что они увидели, потрясло обоих.

455

Когда партнеры стояли возле покрытых пылью и грязью автовозов, мимо них стрелой пролетела колонна. Впереди шли два джипа, на подножках которых стояли автоматчики. За ними — две фуры. Из кабин торчали ружейные стволы. Замыкал движение грузовик с людьми в камуфляже. В руке одного из них Виктору померещилась граната на длинной ручке.

— Табачники, — сплюнул в грязь водитель автовоза. — Общество слепых. Сегодня уже четвертый раз проходят. А мы тут торчим…

— Надо будет Паше рассказать, — произнес расстроенный граф. — Просто беспредел.

Когда Павлу Беленькому рассказали про увиденное на таможне, он только скрипнул зубами.

— «Слепые», говоришь? Ладно. Я знаю, кто у них там заправляет. Надо стрелку забивать.

Первые выстрелы

Льготники вовсе не хотели воевать друг с другом. Обостренные отношения с коммерсантами уже нанесли им трудновосполнимые потери. Однако нервозная неуверенность в завтрашнем дне создала поистине взрывоопасную обстановку, и для начала кровавых разборок достаточно было самого ничтожного повода. Такой повод не заставил себя ждать.

Славянские группировки издавна воевали с кавказцами. После серии крупных стычек, выведших из строя немало бойцов, было достигнуто что-то вроде неустойчивого перемирия. На сходке в ресторане «Метрополь», вотчине «славян», куда съехались, помимо хозяев, чеченцы и ингуши, армяне и грузины, азербайджанцы и дагестанцы, внешне царила атмосфера согласия и взаимопонимания.

Потягивая из высоких стаканов свежевыжатый апельсиновый сок и минеральную воду, вчерашние непримиримые враги договаривались о том, что жить надо по справедливости, разбираться только по понятиям и по закону, а допускать беспредел во взаимоотношениях никак нельзя. Такая постановка вопроса устраивала совершенно всех, хотя на самом деле никто не собирался сдавать позиции — практически каждый держал фигу в кармане или камень за пазухой.

И все же открытая война, с использованием как оружия, так и прирученных ментов, совершающих заказные налеты на базы противника, стала надоедать даже самым принципиальным. Сережа Красивый, еще вчера оравший, скрипя зубами, что он есть самый злейший враг чеченского народа, сегодня дружески беседовал с Большим Маном, который согласно кивал, слушая рассказ Сережи о его недавней поездке в Лондон.

Сережа закатился в Лондон проведать старых друзей, а заодно проветрить одну знакомую. Относился он к ней вполне нормально, однако последнее время эта знакомая стала выступать с несусветными посягательствами на Сережину личную жизнь, и поездка должна была красиво завершить затянувшиеся отношения. За ужином в ресторане «Грин Рум», незадолго до возвращения на родину, Сережа объявил об этом подруге, а чтобы она не очень огорчалась, предложил организовать для нее какой-нибудь бизнес. Подруга и не думала огорчаться.

— Ювелирку какую-нибудь, — сказала она. — Не намного. Так, для раскрутки.

На следующий день, в субботу, в ювелирный магазин на Бонд-стрит зашла парочка: он — в лакированных сапогах на высоком каблуке, черных узких брюках и ослепительно белом пиджаке, она — в умопомрачительно короткой юбке и черном же топе. Сопровождая неуверенно выговариваемые английские слова выразительной жестикуляцией, клиенты потребовали показать им что-нибудь.

— Where you come from?[34] — с дежурной вежливостью поинтересовался продавец.

Услышав, что из России, продавец изменился в лице, быстро юркнул за дверь и вернулся с четырьмя подносами. Парочка кивнула, взяла подносы и устроилась у окна в углу.

Через четыре часа они все еще продолжали изучать содержимое подносов. Пора было закрывать магазин, но парочка с места не двигалась. Продавец, уже утратив надежду продать что-либо этим экскурсантам, подошел, покашлял в кулак и сообщил:

— Sorry, but we are closing. You like something of this?[35]

34. Откуда вы?
35. Извините, мы закрываемся. Вы хотите что-нибудь из этого?

— Чего он лопочет? — спросил Сережа. — А? Скажи ему, что берем.

Продавец воодушевился.

— What of this would you like to buy?[36]

— Он что, тупой? — возмутился Сережа. — Скажи ему — все берем.

Услышав перевод, продавец изменился в лице и исчез. Появился он через минуту, в сопровождении менеджера. Тот взглянул на подносы с драгоценностями и тоже изменился в лице.

— You mean you are going to buy all of this?[37] — спросил начальник дрожащим голосом.

Сережа возмутился. Он никогда не любил всяких чучмеков, и английские не были исключением. Отсутствие элементарной понятливости просто выводило его из себя.

Утихомирив спутника, девушка наконец втолковала обалдевшим англичанам, что именно все они и собираются купить. И большая просьба — не задавать лишних вопросов.

— How you are going to pay? — прошептал начальник, боязливо оглядываясь на грозно хмурящегося Сережу. — Credit card?[38]

— Скажи этому недоделанному, — приказал Сережа, расслышав знакомые слова, — что платим наличными. Пусть пошевеливается.

Пока англичане с трудом усваивали, что рассчитываться с ними будут звонкой монетой, и пытались представить себе размер дисконта, девушка отвела Сережу в сторону.

— Слушай, — сказала она, — давай позвоним Марте. Пусть приедет, посмотрит. А то я в этих стекляшках не очень. Ты как, не возражаешь?

Сережа кивнул. Черт его знает, сколько может стоить это барахло, так что лучше спросить у знающего человека.

Подруга подошла к англичанам и стала втолковывать, что им нужно посоветоваться со специалистом. Англичане, услышав, что люди, которые желают приобрести у них бриллиантов миллиона на полтора, ни бум-бум не понимают в драгоценностях, утратили на какое-то время дар речи, но покорно притащили затребованную Сережей телефонную трубку.

36. Что из этого вы хотите купить?

37. Вы хотите сказать, что купите это все?

38. Как вы будете платить? По кредитной карте?

Номер Марты не отвечал. Попробовав несколько раз, Сережа небрежно швырнул трубку на зеркальную поверхность стола и скомандовал:

— Скажи им, что мы зайдем завтра. Часиков в десять. А то она блядует где-то, я ее знаю.

— Impossible, — заблеял старший англичанин. — Tomorrow is impossible. Only on Monday[39].

— Да объясни ты ему, — Сережа в очередной раз убедился в том, что нерусские люди явно неполноценны, — мы завтра в три улетаем. В понедельник к нему некому будет приходить. Скажи этому недоноску, что так бизнес не делают. Я бабки плачу. Понял, ты? Чтоб завтра в десять был здесь как штык. А то яйца на уши натяну.

Подруга с трудом перевела, микшируя наиболее выразительные обороты.

— Чао, — произнес Сережа и, не глядя на англичан, с достоинством удалился.

* * *

Впервые за всю историю Бонд-стрит магазин открылся в воскресенье. Ровно в десять. В пять минут одиннадцатого появился Сережа, сопровождаемый все той же подругой и измочаленной бессонной ночью Мартой.

— Ну-ка глянь, — кивнул Сережа в сторону отобранных подносов.

Марта без особого интереса оглядела предполагаемую покупку и одобрила:

— Вроде годится.

— Тогда лады. — Сережа аккуратно положил на столик принесенный с собой чемодан. — Спроси почем.

Старший англичанин, заикаясь, назвал сумму. Сережа открыл дипломат, вытащил несколько пачек и протянул англичанину.

— Тут на пять штук больше. Переведи, что это ему на чай.

Теперь подруга Сережи пыталась наладить в Москве торговлю ввезенной без всякого декларирования, а следовательно, контрабандной ювелиркой. Но Сережу эти мелочи не интересовали. Он сразу обозначил, что с каждой побрякушки должен иметь покупную цену плюс пять процентов, а остальное его не волнует. Если

____

39. Невозможно. Завтра это невозможно. Только в понедельник.

же ему подворачивались интересные клиенты, то он их сам посылал к подруге, но в этом случае брал уже семь процентов — два за агентские услуги. Послал он к ней и Большого Мана.

Тот приехал на «шестисотом», посмотрел коллекцию, поцокал языком, спросил цену, поднял брови и позвонил Сереже, чтобы узнать насчет скидки для уважаемого человека. Сережа, уже частично утративший чувство эйфории от наметившегося было единения с кавказскими братьями, вежливо, но твердо объяснил, что бизнес есть бизнес. Большой Ман поблагодарил его и от покупки отказался.

* * *

Дальше было вот что. В одну ночь случились два чрезвычайных происшествия.

Один из ребят Сережи Красивого, возвращавшийся домой на машине с законной супругой, у самого подъезда влетел в ураганный огонь из всех видов стрелкового оружия. Супруга умерла тут же, прошитая автоматной очередью. Муж выскочил из машины, добежал, истекая кровью, до кустов и упал. Его добили двумя выстрелами в голову. Еще один парень, поставив свой джип на охраняемую стоянку, вышел за ворота и вдруг почувствовал, что к его затылку приставлен ствол. Удивительное дело, но пистолет дважды дал осечку, после чего у нападающего сдали нервы и он бросился бежать. Сережин боевик, который все равно что заново родился, ничего толком не разобрал, но в темноте ему померещилось, будто с пистолетом в руке удирал какой-то черножопый.

Потом, правда, выяснилось, что братва Большого Мана ко всему этому отношения не имела. Простое совпадение — Красивого пытались достать и по другим делам. Однако Сережа связал нападение на своих людей с отказом Большого Мана от покупки бриллиантов, закипел злобой и замыслил страшную месть.

Сережа Красивый был не простым бандитом. Его хорошо знал тот самый чрезвычайно засекреченный человек, с которым Платон дважды договаривался о чем-то по телефону. Сережа лично отвечал перед этим большим человеком за безопасность людей и коммерческих операций полковника Беленького. А Большой Ман прикрывал «слепых», с которыми у полковника незадолго до этих событий была серьезная беседа. И Сережа решил не просто

460

отомстить за своих ребят, а посчитаться так, чтобы впредь отбить у этой нерусской сволочи всякую охоту зарабатывать бабки на русской земле. Лишить их, так сказать, экономической основы для существования. Поэтому он, слегка схитрив, сказал Беленькому, что его ребят грохнули именно «слепые», недовольные состоявшимися переговорами.

Паша Беленький, никогда не отличавшийся кротким нравом, осатанел и просигнализировал о случившемся на самый верх. Оттуда последовала немедленная команда «фас».

Большая война началась.

«Слепых» стали доставать по всем линиям. Руководителей общества, конечно, не тронули, потому что шуму было бы — не приведи господь. Да они и не имели прямого отношения к механике льготных операций. А вот дочерние фирмы общества, через которые велась бойкая торговля льготами, пошерстили изрядно. В один прекрасный день на дочерние фирмы — с интервалами в час-полтора — высадился сложного состава десант, укомплектованный офицерами налоговой полиции, руоповцами и сотрудниками ФСБ. На десантниках были зеленая пятнистая форма, высокие грохочущие ботинки и черные намордники, из-под которых раздавались командные звуки:

— Всем к стене! Руки за голову! Ключи от сейфов на стол!

Во второй половине дня обнаружился богатый улов. Тридцать тысяч баксов в перетянутой скотчем коробке из-под шоколадных конфет, хранившейся в одном из сейфов. (Прислоненный к стене генеральный директор не смог объяснить происхождение коробки и только беспомощно мычал.) Записная книжка с фамилиями и телефонами, по которым надлежало звонить в случае наезда. Спрятанная за шкафом сабля в дорогих ножнах с выгравированной дарственной надписью и именем вождя чеченского народа Джохара Дудаева. (Ага, незаконное хранение холодного оружия! Очередного генерального директора, который лепетал, что эту саблю видит впервые в жизни, тут же дактилоскопировали, после чего он забился в угол и перестал реагировать.) Пачки таможенных деклараций. Выяснилось, что льготную очистку любых товаров «слепые» проводят через один и тот же таможенный пост. К концу дня разгромили и пост, арестовав прибывшие фуры с табаком и водкой. В последней по счету фирме обнаружили шикарно отделанный кабинет — его занимал Аслан, один из людей Большого

Мана, который ни в каком штатном расписании, понятное дело, не числился. На всякий случай Аслана поучили уму-разуму, перебив кастетом нос.

Погуляли, короче.

Большой Ман почувствовал, что запахло паленым. Конкурентов он не боялся, а вот спецслужб остерегался, и не зря. Здесь было очевидно, что работает государственная машина. Поэтому Большой Ман убрал из зоны активных действий наиболее ценные бригады, перевел их на нелегальное положение, а сам через депутатский зал рванул в Польшу. Там он задерживаться не стал: на специально купленной для таких целей машине вернулся в Белоруссию и вечером следующего дня был в Москве. К этому времени ему уже подготовили информацию из надежнейших источников, сводившуюся к тому, что спецслужбы на людей Большого Мана натравил полковник Павел Беленький, не удовлетворенный поведением несговорчивых «слепых».

Большой Ман разозлился еще больше, чем Паша Беленький. По всем понятиям, полковник пошел на беспредел. Вместо того чтобы встретиться и поговорить, он начал войсковую операцию. Но это еще полбеды! Остановлен бизнес, арестованы товары, и «крыши» коммерсантов, которым они предназначались, могут в любую минуту выкатить людям Большого Мана счет. Платить было нечем, а против войны на два фронта предостерегал еще великий Бисмарк. Разумеется, про Бисмарка Большой Ман ничего не знал, но ему и так было ясно: упираться рогом против десятка группировок — пустое дело. Как будто спецуры недостаточно! И Большой Ман приказал трубить общий сбор.

Собрались не в Москве, где продолжали бушевать люди засекреченного человека, а в Ногинске, на турбазе, контролируемой ассирийцами. Сбор носил интернациональный характер, поскольку осада, учиненная против «слепых», попортила жизнь и «славянам», и неславянам. Пока курбаши совещались за закрытыми дверями, рядовые басмачи, окружив турбазу джипами и «мерседесами», жарили шашлыки и общались с местным населением.

— Подойди сюда, бабка, — приказывал джигит в черной меховой безрукавке, — шашлык хочешь?

Бабка махала руками, отбиваясь от приглашения.

— Бог с тобой, сынок, вам, наверное, самим мало...

— Зачем мало? Это мы вашего участкового жарим. Будет мало, поймаем другого.

Под гогот собравшихся бабка, крестясь, исчезала в кустах.

А внутри решались серьезные вопросы. Силовые акции в Москве затронули всех присутствовавших. С разных сторон коммерсанты сигнализировали о приостановке операций через «слепых» и связанных с этим миллионных потерях. Большой Ман был еще и большой хитрец. Не защитив тех, кто ему доверился, он тем не менее предвосхитил неизбежные претензии, проявив инициативу и собрав уважаемых людей в нужное время и в нужном месте.

То, что Большой Ман вознамерился погасить неизвестно откуда взявшегося беспредельщика, было воспринято собравшимися с чувством глубокого удовлетворения. Ему пообещали всю необходимую помощь. В первую очередь следовало успокоить Сережу Красивого. Внушить ему, чтобы не трепыхался. Потом будут непростые разговоры с «крышами» коммерсантов, которые работают с беспредельщиком. Впрочем, там по-серьезному только одна фирма, правда, не рядовая, но и это преодолимо. Сложнее сказать, как поведут себя спецслужбы.

Здесь требовалось посоветоваться с умным человеком.

Умного человека срочно вызвали из Москвы. При советской власти он заведовал маленькой сапожной мастерской, разговаривал тихим, вежливым голосом, а на вопрос, как его фамилия, неизбежно отвечал, поднимая кустистые брови:

— Фамилия? Простая такая фамилия. На ней вся Россия держится.

— Иванов, что ли? — недоумевал собеседник, не верящий своим глазам.

— Зачем Иванов! — заведующий мастерской торжествующе улыбался. — При чем здесь Иванов! Рабинович моя фамилия.

Выслушав постановку задачи, умный человек только пожал плечами.

— Ха! Мне бы ваши проблемы… Льготник работает с коммерсантом. И вы мне хотите сказать, что коммерсант льготнику ничего не должен? Конечно должен, мамой клянусь. И ежели с льготником, не приведи бог, что случится, первым подумают на коммерсанта. А вы здесь при чем?

План действий, определивший судьбу полковника Беленького, сложился к ночи.

Но сначала было решено разобраться с Сережей Красивым.

Большая война льготников

Сережа лихо мчал по направлению к Жуковке. Ему нравилось самому сидеть за рулем «тойоты» и, небрежно высунув левый локоть в открытое окно, топить педаль газа, оставляя позади все движущиеся в том же направлении транспортные средства. Хотя после нападений на его ребят Сереже, по всем правилам, следовало бы перебраться на бронированный «мерседес» и сидеть сзади рядом с вооруженными пацанами, в эту ночь он решил на правила наплевать. Достаточно «хаммера», идущего по следу и оттирающего все соседние машины. Тем более что в этом году Сереже не удалось получить спецталон, лишающий ментов права проверять документы, и лучше, чтобы он, Сережа, был отдельно, а оружие — отдельно.

Увидев впереди белую портупею гаишника, Красивый сбросил скорость. Не потому, что чтил правила дорожного движения, а просто чтобы помахать рукой прикормленному Петровичу, который любил внешние знаки уважения.

Исполнив положенный обряд, Сережа снова нажал было на педаль газа, но тут заметил в зеркале, что идущий следом «хаммер» тормозит и останавливается. Это бывает. Петрович иногда придерживал ребят, если была важная информация.

Например, если ожидался проезд по трассе какой-нибудь важной шишки. В этом случае следовало переждать, чтобы не мозолить глаза федералам. Сережа пристроился на обочине, выключил музыку и стал ждать, когда пацаны отрапортуют по ручнику, что все в порядке и можно двигать дальше. Однако пацаны не спешили звонить. Обернувшись, Сережа увидел, что гаишник стоит у открытой дверцы джипа и ведет с пацанами беседу. Совсем оборзел мужик! Не видит, что ли, что задерживает!

Сережа взял валяющийся на сиденье мобильный телефон, набрал номер и сказал в трубку:

— Вы чего там застряли? Дай ему десять баксов и поехали. Меня люди ждут.

— Ща, — ответили из трубки. — Любопытный попался. Документы смотрит.

Это интересно. На кой ляд Петровичу смотреть документы? Он же знает эти машины как свои пять пальцев. Сережа включил заднюю передачу и не спеша приблизился к «хаммеру».

Рядом с джипом стоял незнакомый сержант и, шевеля губами, изучал техпаспорт. Увидев подъезжающую задним ходом «тойоту», сержант отвернулся от «хаммера» и лениво побрел к Сереже, продолжая держать техпаспорт в руках.

— В чем дело, командир? — спросил Сережа, испытывая смутное беспокойство.

— Предъявите документы. — Сержант небрежно козырнул.

Показать документы Сережа не успел. Из двух взвизгнувших тормозами «жигулей», остановившихся впритирку, на дорогу высыпали люди в милицейской форме.

— Выйти из машины! — рявкнул человек в капитанских погонах. — Ноги шире. Руки на капот.

Сережа не успел опомниться, как уже стоял в унизительной позе, а в салоне «тойоты» вовсю шуровали менты. Краем глаза он успел заметить, что пацанов вытащили из джипа и, обезоружив, уложили на травку лицом вниз.

— Товарищ капитан! — раздался из «тойоты» радостный голос. — Кажись, есть.

— Это что у тебя? — спросил командный голос, и в возникшей перед глазами Сережи татуированной лапе нарисовался прозрачный запаянный пакетик с белым порошком.

Утром в «Последних известиях» передали, что милицейский наряд в ходе проверки документов задержал представителей одной из московских преступных группировок. Они были вооружены, но при задержании сопротивления не оказали.

Поскольку выяснилось, что документы на оружие оформлены правильно, отпустили всех, кроме главаря, у которого при обыске машины были обнаружены наркотики. По этому факту возбуждено уголовное дело.

Из следственного изолятора Сережу вынимал один из лучших московских адвокатов. Участники сходки в Ногинске лично против Сережи ничего не имели и вовсе не собирались отдавать своего на съедение. Поэтому умный человек Рабинович переговорил с адвокатом, вручил ему извлеченный из общака задаток и попросил:

— Вы уж постарайтесь, Юрий Петрович. Очень просили, чтобы дня через три выпустили.

Юрий Петрович связался с нужными людьми и быстро выяснил, что изъятие наркотиков было проведено с грубейшими нарушениями закона. Более того, задержанный, как его ни просили взять пакетик в руку, для чего даже раза два приложили головой о машину, этой глупости, будучи человеком тертым, не сделал.

И посему можно говорить лишь о факте обнаружения в известной машине непонятно кому принадлежащего пакетика с веществом белого цвета, а вовсе не о хранении наркотиков конкретным человеком.

При такой постановке вопроса человек выходит на свободу через несколько часов и идет с приятелями пить пиво. Когда Юрий Петрович сообщил о своем мнении умному Рабиновичу, тот очень обрадовался, долго расспрашивал адвоката о всяких подробностях, а потом сказал:

— Отлично, Юрий Петрович, дорогой. Просто отлично. Но вы все же подойдите к этому делу ответственно. Пусть проведут — как это у вас называется — экспертизу, что ли. Проверят порошок. Установят, что на пакетике нет пальцев вашего подопечного. Все как положено. Чтобы ни тени сомнения не оставалось. Но хотелось бы, чтобы максимум через три дня его выпустили.

Юрий Петрович был в адвокатуре не первый год, с тихим и незаметным Рабиновичем ему уже приходилось иметь дело, и он прекрасно понимал, что когда тот дважды произносит слова про три дня, то вовсе не потому, что плохо разбирается в обстоятельствах дела. Просто такова постановка задачи.

Поэтому Юрий Петрович написал ходатайства о проведении всех мыслимых и немыслимых экспертиз. Между прочим, они и не понадобились: в пакетике оказалась питьевая сода.

Через три дня, как было задумано, Сережа Красивый оказался на свободе. Он оценил обстановку и свалил в Карловы Вары на неопределенный срок. Потому что другого выбора обстановка ему не оставляла.

Исполнение

Павел Беленький ездил на особой машине. Какое-то время назад кремлевская служба охраны заинтересовалась информацией о партии необычных автомобилей, сделанных по спецзаказу для сопровождения одного палестинского лидера. Но с лидером еще до того, как машины были изготовлены, произошла неприятность, и заказ повис. Кремлевская охрана поразмышляла, поцокала языком, спросила цену, выяснила возможности оплаты, убедилась, что столько денег в стране нет, и отошла. А машины остались. Между тем у Паши, благодаря успешному сотрудничеству с «Инфокаром», деньги были. И теперь он гонял по Москве на растаможенном через его Ассоциацию новом джипе.

Внешне Пашин автомобиль мало чем отличался от обычного «гранд-чероки».

Скромный темно-синий цвет, слегка тонированные стекла, шестилитровый движок, широкие, специально для протезов, ступеньки. Но сходство это было обманчивым.

Автомобиль был защищен по наивысшим натовским стандартам. Правильнее даже сказать, что таких стандартов еще и не существовало. Автоматная очередь, выпущенная в упор, оставляла на стеклах только едва заметные оспинки. Капсула, в которую был погружен салон, выдерживала экстремальные ударные воздействия.

Если бы под днищем машины произошел взрыв, то водитель и пассажиры испытали бы лишь секундное неудобство. Во всяком случае, на видеокассете, которая прилагалась к машине и фиксировала испытания опытного образца, было ясно видно, как в результате взрыва вылетают окна в макетах домов, переворачиваются рядом идущие автомобили, а этот чертов танк всего лишь слегка подпрыгивает, потом снова встает на четыре колеса и как ни в чем не бывало продолжает путь.

Но если бы только это! Что мы, броневиков не видели? Машина была нашпигована разнообразнейшей электроникой. Если она оставалась одна, то уже через десять секунд включался телевизионный передатчик. Стоило кому-либо к ней приблизиться, как из прикрепленного к ключам брелока раздавался резкий писк и хозяин мог увидеть на миниатюрном экране лицо возможного злоумышленника. Если машину окружала враждебно настроенная толпа, мешающая движению, то путем нажатия в салоне особой красной кнопки можно было вывести на корпус напряжение, в результате чего автомобиль начинал действовать в режиме электрического ската.

Убивать разряд не убивал, но ощущения были весьма болезненными.

Еще одна кнопка поднимала два незаметных квадратика на крыльях. Это были ружейные порты, из которых вкрадчиво выползали стволы автоматических винтовок.

Из них, как Паша убедился на испытаниях за городом, трудно было вести прицельный огонь, но нагнать страху на нападающих спереди ничего не стоило. Для нападающих сзади или преследующих тоже был приготовлен сюрприз. Нажатие на рычаг у правого колена водителя приводило к выплескиванию на дорогу нескольких литров машинного масла. При перемещении рычага еще на одну позицию вслед за маслом летели две дымовые шашки.

Самое интересное находилось на багажнике, укрепленном на крыше. Внешне это устройство походило на байдарку в чехле или рулон линолеума. На самом же деле наверху находились две миниатюрные ракеты класса «земля-земля» с гарантированным радиусом поражения до километра. Наведение на цель осуществлялось рукояткой, напоминавшей джойстик для компьютерных игр.

Все, кроме ракет, Беленький уже опробовал в действии и убедился, что покойный палестинец знал, чего хочет. Если бы такая штука была у Паши в Афгане, глядишь, и ноги остались бы целы.

На следующий день после того, как Сережа Красивый загремел в кутузку, Паша ехал на Белорусскую, где его должна была ждать девочка. У полковника Беленького имелись проблемы с женщинами.

Паша был женат дважды. Первая жена ушла сама, не выдержав совместного проживания с человеком, которого в любую минуту дня и ночи могли выдернуть по тревоге. Второй раз Паша женился незадолго до ввода советских войск в Афганистан. Когда его, изувеченного, без ноги, не приходящего в сознание, привезли на транспортном самолете в Ташкент и тут же отправили на операционный стол, молодая жена, с которой он и прожил-то всего ничего, уже ждала в больничном вестибюле. Из Паши вынули восемнадцать осколков, ампутировали вторую ногу, еще державшуюся на обрывках мышц, после чего перетащили в палату, где врачи еще две недели продолжали бороться за его жизнь. Потом Паша пришел в себя, узнал, что жена рядом, посмотрел на свое тело, укоротившееся от взрыва мины и ножа хирурга, потребовал бумагу, карандаш и написал жене записку.

Записка была короткой и категоричной. В ней Беленький объяснил жене, что там, в Афгане, встретил другую женщину, она должна вот-вот приехать, поэтому свою прежнюю семейную жизнь Паша считает законченной и желает бывшей супруге счастья. Жена, конечно, не поверила, долго пыталась пробиться к Паше в палату, но ее не пустили, поскольку Паша пообещал пристрелить главврача, если его категорический приказ будет нарушен. Человек, бравший дворец Амина в декабре семьдесят девятого, заслужил, чтобы к подобным обещаниям относились серьезно. И жена вернулась в Москву.

Тогда еще никто не догадывался, что Паша отлежится, встанет, научится ходить и рванет через границу обратно в свою часть. Сделал он это не потому, что ему так уж понравилась афганская война, и, конечно, не потому, что Павлу Беленькому не давал покоя пример Алексея Маресьева. Просто влачить существование на капитанскую пенсию, передвигаясь в инвалидной коляске производства Ижевского завода, ему было противно и особого смысла в такой жизни он не видел. Поэтому, вернувшись к своим, Беленький откровенно искал смерти, лез под пули, но пули его не брали, и вместо смерти Паше доставались ордена и очередные звания. Когда начался вывод войск, он даже расстроился, потому что так и остался недостреленным.

Павел Беленький вернулся в Москву героем, человеком-легендой, увешанным наградами полковником. В старые времена быть бы ему членом всевозможных комитетов, бессменным делегатом партийных съездов, депутатом Верховного Совета, обязательным и почетным гостем комсомольских конференций и пионерских собраний.

Но жизнь поменялась, и после того, как роль Беленького в обороне Белого дома получила должную оценку, ему досталась Ассоциация содействия малому бизнесу, которая на деле была призвана содействовать чему-то совершенно другому, а на Пашу возлагалась ответственная обязанность — контролировать, чтобы содействие этому другому осуществлялось максимально эффективно. Шаг влево, шаг вправо…

Бешеные деньги, проходившие через его руки, сильно изменили Пашину жизнь.

Заходя в дорогие кабаки, где раньше ему и в голову не пришло бы появиться, посещая всякие приемы и презентации, он слышал за своей спиной тихий шепоток.

Длинноногие красавицы, сошедшие с глянцевых страниц журналов, вовсю соперничали за право оказаться рядом с хромающим и поскрипывающим протезами полковником. Но Паша окидывал красоток безразличным взглядом, опрокидывал рюмку за рюмкой и предпочитал не замечать делаемых ему авансов. Раз уж пошла такая коммерция, то лучше что-нибудь попроще и без понтов.

Поэтому Беленький открыто предпочитал проституток, но не подбирал их ни у «Метрополя», ни на Тверской. Выбрав в «Московском комсомольце» объявление, обещавшее изысканный досуг, он съездил, познакомился с хозяйкой и обо всем договорился.

— Если хоть одна блядь вякнет насчет моих протезов, я ей уши отрежу, — пообещал он хозяйке. — А потом и тебя навещу. Понятно?

Раз или два в неделю Паша сбрасывал хозяйке на пейджер сообщение, вызывал когда одну девочку, а когда и двух, и заказ присылали на Белорусскую, в один из переулков напротив вокзала. Девочки должны были скромно стоять и ждать, когда Паша подъедет на своей джеймс-бондовской машине. Притормозив метров за десять, он оценивал предложение. Если товар нравился, подъезжал ближе и открывал дверцу. Девочки были проинструктированы, что обращать внимание на отсутствие у клиента ног, во избежание неприятностей, не следует, вели себя идеально, деньги брали в точности по тарифу плюс на такси и, исполнив положенную работу, отбывали восвояси.

Сегодня Паша ждал новенькую. Еще в понедельник Танечка, которую он вызывал чаще всего, обмолвилась, что появилась новенькая, из Кишинева, и что это нечто. Паша заинтересовался, узнал, как зовут, и отправил хозяйке заявку.

Подъезжая, он увидел в условленном месте и вправду роскошную телку — с ярко рыжими волосами, в белых джинсах, обтягивающих великолепные ноги, и зеленом свитере. Телка была настолько хороша, что у проходящих мимо автоматически поворачивались головы. Около нее уже увивался, притягиваемый как магнитом, какой-то пацан с косичкой — не то выпивший, не то подкуренный.

Когда Паша остановил машину прямо возле телки, пацан уже настолько осмелел, что схватил товар за руку и стал тянуть куда-то в сторону. Телка вырывалась и обиженно лопотала. Не глуша мотор, Паша перекинул протезы через порожек, вылез из машины, подковылял к правой дверце и широко ее распахнул.

— Отойди, придурок, — спокойно сказал он пацану, — оставь телку. Не для тебя, сопляка, припасена.

— А я чего? — удивительно быстро согласился пацан. — Я ничего…

И, отпрыгнув в сторону, он исчез за углом дома.

Те, кого впоследствии удалось допросить, показали, что сразу после исчезновения пацана из-за того же угла показались двое. Среднего роста, без особых примет, в вязаных шапочках, закрывающих лицо. В руках у них были такие длинные трубки… с набалдашниками. Сразу же началась пальба.

Пули крупного калибра, выпущенные практически в упор, буквально зашвырнули полковника Беленького в салон автомобиля через открытую правую дверцу. Наружу торчали только ноги с задравшимися брючинами. Протезы бессильно скребли по асфальту. Девка ойкнула и припустила по переулку. Через мгновение слева от бронированной машины, все же не уберегшей полковника, притормозила белая грязная «Волга». Убийцы швырнули стволы на землю и запрыгнули на заднее сиденье. Из переднего окна высунулась рука с пистолетом, направленным точно в голову Паши. Прозвучали два хлопка, и «Волга» умчалась, исчезнув через сотню метров в подворотне.

Схоронившиеся в подъездах случайные прохожие через минуту узрели чудо.

Убитый полковник зашевелился, втянул в салон машины непослушные протезы, поглядел остекленевшими глазами прямо перед собой, захлопнул обе дверцы, и джип, вихляя колесами, неуверенно тронулся вперед. С каждым метром машина набирала скорость, потом двигатель взревел, и автомобиль исчез за поворотом. На асфальте остались брошенные пистолеты, стреляные гильзы и небольшая лужица крови.

Через полчаса разговаривавший по телефону граф Пасько услышал звонок в дверь своей квартиры. Похоже было, что развлекается какой-то псих, потому что звонок не прерывался ни на мгновение. Пообещав собеседнику разобраться с шутником, граф подошел к входной двери и отодвинул защелку.

Он не сразу узнал полковника. В проеме, держась обеими руками за косяки, стоял окровавленный призрак. На рубашке, пробитой в нескольких местах пулями, запеклись красно-коричневые круги. Светлые волосы полковника, пропитанные кровью, превратились в корку, из-под которой медленно сочились розоватые струйки, проделывавшие бороздки в коричневой маске лица. А из-под маски на Сашу Пасько гневно и требовательно глядели ярко-голубые глаза.

— Они меня достали, — прохрипел Беленький. — Чай есть?

Отодвинув Пасько в сторону, он проковылял на кухню и тяжело плюхнулся на табуретку, положив на стол руки.

— Ставь чайник, — скомандовал полковник. — Быстрее. Да не полный, мне быстрее надо. Налей воды на одну чашку. И слушай сюда. Сейчас чайку попьем, пойдем вниз, сядешь за руль. Я машину вести не смогу. Поедем в Серпухов, к Жоре. Там отсидимся. Позвони Гере, пусть уходит. Немедленно.

— Кто? — коротко спросил Пасько, расплескивая заварку.

— Чечены. Выманили из машины — и из двух стволов. Сережу найди. Пусть собирает бригаду.

— Ты «папе» звонил?

— Нет. Оттуда позвоним. Свяжись с Сережей. Пусть вышлет две машины на Симферопольское. Туда, к посту ГАИ. Понял? И Геру предупреди. Пусть сейчас же уходит.

Идиотская мысль о вызове «скорой» вспыхнула в голове графа Пасько лишь на долю секунды и тут же погасла. «Скорая» будет ехать час. За этот час они уже пройдут почти всю трассу. А ждать нельзя. Если Паша не ошибается и это вправду чеченцы, то с минуты на минуту их надо ждать здесь. Может быть, уже сейчас во дворе стоят неприметные с виду «жигули» с форсированными двигателями, а в подъезд входят люди, скрывающие правые руки под полами пиджаков. Словно угадав его мысли, полковник сказал:

— Оружие возьми. Нам еще из подъезда выйти надо. Мой «люгер» у тебя? Дай сюда.

— Может, Геру тоже в Серпухов наладить? — спросил Пасько, беря телефонную трубку. — Вместе веселее будет.

— Давай.

* * *

На черном приборчике, установленном в припаркованной на улице машине, игриво замигала зеленая лампочка. Сидящий рядом с водителем человек торопливо погасил окурок и схватился за наушники. Немного послушал, потом стал нажимать кнопки на панели мобильного телефона.

— Слышишь меня? — спросил он. — Они сейчас выходят. Садятся в машину. Поедут по Симферопольскому. Что делать будем?.. Понял… Понял… Нормально… Нормально… Сейчас… А с третьим что?.. Понял… Окей… Окей… Быстро пацанов отзови, — приказал он, повернувшись назад. — Быстро давай. Пусть уходят. Дворами.

Через мгновение по двору прошмыгнули торопливые тени и растворились в темноте.

* * *

— Идти можешь? — спросил Саша Пасько, с сомнением глядя на полковника, сжимающего столешницу перемазанными кровью руками, чтобы не сползти на пол.

Беленькому с каждой секундой становилось все хуже. Первоначальный выброс энергии, заставивший его, по всем правилам медицины уже мертвого, добраться до квартиры графа, сходил на нет. Горевшие под кровавой маской синие глаза начали подергиваться пленкой. Он помотал головой, пытаясь стряхнуть наплывающее на него оцепенение.

— Дай… — сказал он неразборчиво и протянул правую руку. — Дай…

Когда Пасько поставил перед ним хрустальный фужер с водкой, лицо полковника исказила странная гримаса. Он простонал, и в гаснущих глазах отразилось бешенство.

Дрожащая рука продолжала висеть в воздухе. Пасько понял и вложил в протянутую руку «люгер». Беленький слабо кивнул, посидел еще минуту, глядя перед собой, потом взял левой рукой фужер, залпом выпил, отвел руку и разжал пальцы. Фужер мягко упал на линолеум и откатился, не разбившись. Полковник тяжело оперся левой рукой о столешницу. Поднялся.

— Может, «папе» позвоним? — на всякий случай еще раз спросил Пасько.

473

Беленький что-то пробурчал и, обхватив Пасько левой рукой, двинулся к двери.

Смотреть в глазок было бессмысленно. Если их ждут на этаже, то не у лифта, а в лестничном пролете. В глазок не углядишь. Палить начнут, когда выйдут оба.

Стараясь не шуметь, Пасько отбросил защелку, прислонил Беленького к стене, вытер о штаны вспотевшие ладони, перевел дух. Рывком открыл дверь и отработанным в десантных войсках броском метнулся к лифту, попеременно накрывая оба лестничных пролета зажатым в руках пистолетом.

Пролеты были пусты.

Саша перевел дух, прислушался внимательно, не идет ли кто, потом нажал кнопку лифта. Чеченцы не дураки. Зачем ждать на этаже, мозолить глаза жильцам, давать себя рассмотреть, прислушиваться к звукам открывающейся двери? Куда легче схорониться внизу, в темном предбаннике перед лифтом. Когда лампочка покажет, что лифт движется с седьмого этажа на первый, времени, чтобы передернуть ствол, будет вполне достаточно.

По правилам, надо было бы аккуратно пройти лестницу, заглядывая за перила.

Лифт — братская могила. Место упокоения для недоумков. Но семь этажей с Пашей…

Пасько выволок полковника из квартиры, захлопнул дверь, втащил обмякающее на руках тело в лифт и нажал кнопку первого этажа.

— Ты как, Паша? — спросил он, с тревогой заглядывая в лицо раненого.

— Нормально, — неожиданно звучно ответил Беленький. По-видимому, водка начала действовать. — Ты что, мудак, в лифте меня везешь? Жить надоело? Посади меня на пол. И сам сядь. Моли бога, чтобы у них автоматов не было и чтобы шмалять поверху начали. Приготовь пушку.

На первом этаже тоже не было ни души. Все ясно. Ждут у машины.

— Ты где припарковался? — спросил Пасько, ставя полковника на ноги.

Беленький мотнул головой куда-то влево.

Но и у машины, вопреки всем ожиданиям, не было ни души. Это совсем ни на что не похоже. Таких ляпов чеченцы не делают.

Если даже допустить, что они почему-то решили оставить Пасько в покое, либо — а это уж вовсе невероятно — не знают о его связи с полковником, все равно — хоть кто-то из них ведь должен был видеть, что Беленький ушел. Ни по каким законам чеченцы не могли его выпустить, коли не получилось погасить с первого раза. Чувство облегчения, так и не успев окрепнуть в душе Александра Пасько, сменилось тяжелой тревогой.

— Теперь нормально, — пробормотал Беленький, когда Саша уложил его на заднее сиденье. — Лишь бы по дороге не сдохнуть. В этой машине нас не возьмут. Гони, Санек. Гони, дорогой. Оклемаюсь — все потроха из них выну.

Только на Варшавке Пасько вспомнил, что не успел позвонить Сереже Красивому и вызвать машины сопровождения. О том, что звонить некому и Сережа уже второй день парится в СИЗО, он не знал. Как не узнал и того, что лежавший на заднем сиденье полковник Беленький, легендарный герой Афгана, защитник Белого дома и доверенное лицо большого человека, которого они меж собой уважительно звали папой, умер минут через десять после того, как машина выехала со двора. Врачи, если бы им довелось увидеть полковника, сказали бы, что из семи пулевых ранений четыре точно несовместимы с жизнью.

Взлом

Гера жил в Ясенево. Вылетев из дома сразу же после звонка Пасько, он меньше чем через час уже подъезжал к даче, которая принадлежала его старому другу Жоре. С тех пор как Жора подался в бизнес, старый дом, стоящий на берегу Оки, перестал его устраивать, и он затеял новостройку по Казанке. А ключи от дома оставил Гере.

Поначалу Гера возил сюда девочек. Потом по случаю пригласил Пасько. Пока разгоралась печка, он показал Саше дом. Тот облазил все, от погреба до чердака, стряхнул с брюк паутину и сказал:

— Не дом, а крепость. Здесь недельную осаду выдержать можно, лишь бы жратвы хватило. Интересно, Жорик здесь когда-нибудь появляется?

— А зачем ему? — искренне удивился граф Курдюков. — Он поближе строится. Сюда в лучшем случае да на хорошей тачке час с лишним пилить... На фига козе баян?

— Продавать не думает?

— Пока нет. Ему не надо. У Жорика бабок — море. Да и кто этот дом купит? Те, у кого есть деньги, сюда не поедут. А остальные… разве только подарить кому.

— Может, он тебе и подарит?

— А мне зачем?

— Мало ли, — загадочно сказал Пасько. — Как здесь с безопасностью, по-твоему?

С безопасностью в доме дела обстояли здорово. Он был сооружен сразу же после войны каким-то генералом, получившим в награду за боевые заслуги участок в полгектара. Для строительства особняка генерал нагнал сюда без малого две роты солдат. Дом был построен по всем правилам фортификационного искусства и при желании превращался в глухую консервную банку, вскрыть которую, не зная правил, было практически невозможно. Окна закрывались снаружи бесшовными металлическими щитами сантиметровой толщины — эти ставни впритирку входили в проемы, окаймленные вмурованными в стены швеллерами. В ставни были вделаны стальные болты, которые проходили сквозь стену внутрь дома, и с той стороны на них навинчивались стальные поперечины. Бронированную входную дверь снаружи закрывала железная занавеска, в которой при всем желании нельзя было найти никаких признаков замочной скважины. Чтобы поднять занавеску, надо было додуматься проникнуть под крыльцо и там, в кромешной темноте, открыть два сейфовых замка. Замки эти, в свою очередь, были скрыты под стальной полосой. С чуть меньшими предосторожностями, но столь же надежно были заперты и все двери внутри.

Достаточно сказать, что операция запирания дома, когда Гера и его гости готовились уезжать, занимала не меньше часа. При этом гости тосковали в машине за воротами, а Гера громыхал железом, завинчивал гайки и ковырялся под крыльцом, поминая изобретательного генерала недобрым словом.

Именно эта система безопасности и привлекла внимание сначала графа Пасько, а потом уже и полковника Беленького. Лучшего места для проведения гарантированно секретных переговоров и хранения документов придумать было нельзя. Приехавший из Москвы с целью осмотра Паша Беленький обошел дом, потребовал дважды его законсервировать и расконсервировать, после чего сказал:

— Эту халупу из пушки не развалить. Посмотрите, какие стены. И ни один дурак сюда не полезет. Классное место. Хорошо, что дом ни за кем из нас не числится. Берем. Надо будет только сейф сюда притащить.

— А что, на Старой площади бумаги хранить негде? — спросил Гера.

— Ты бы их еще на Красной площади хранил, — посоветовал полковник. — В центре ГУМа у фонтана. Откуда я знаю, кто их читает, когда мы уходим. Думаешь, у «папы» врагов нет?

Сейф, чтобы не светиться, купили за наличные в отделении Сбербанка в городе Чехове. Затем привезли на грузовике на дачу, и Саша с Герой, чертыхаясь, перетащили его в дом. Полковник сидел на травке и потягивал баночное пиво.

Когда сейф установили на место, он с трудом поднялся с земли, вскарабкался на крыльцо, открыл металлический ящик огромным ключом, торжественно положил туда оригинал контракта с «Полимпексом», снова запер сейф и протянул ключи Гере.

— Пусть у тебя будут. Понял, что это значит?

Это значило, что в любую минуту дня и ночи Гера должен быть на связи.

Когда Гера проезжал Подольск, его мобильный телефон отрубился, и он выматерился, пожалев, что в спешке не успел набрать Саньку. Едут они или нет? И как там Паша — жив ли еще? Семь пуль, сказал Санька. Две в голову. И после этого полковник еще смог завести машину и доехать до проспекта Мира. Мужик!

Гера сильно уважал полковника Беленького. Когда Пасько, узнав, что Герина торговля дамскими зонтиками накрылась, взял его под крыло и привез на встречу к Беленькому, Гера не сразу понял, с кем его знакомят. Понимание пришло позже, в Кремле, когда он увидел, с каким уважением относятся к Паше подчиненные «папы».

А потом Беленький учил Геру стрелять, и Гера, испытывавший перед оружием мальчишечий восторг, смотрел на полковника, как на бога.

— Брось ты эту херню, — приказывал полковник, отнимая у Геры пистолет, когда тот пытался применить увиденные в вестернах приемы. — Ты свой приборчик таким манером вытаскивай, когда с бабой ложишься. Смотри сюда. Целиться надо — словно пальцем показываешь. Понял? На-ка, попробуй еще раз.

Про Афганистан полковник вспоминал неохотно. Иногда, сильно выпив, рассказывал одну и ту же историю про штурм дворца Амина. Но на этом воспоминания неизменно заканчивались. К известности он не стремился и частенько говаривал:

— Я человек необщественный. Хочешь поговорить — иди к другим. Там тебе расскажут.

Первое время за полковником охотились журналисты. Он мастерски от них уворачивался, а потом они и сами отстали, когда Паша предложил особо ретивой журналистке с телевидения в обмен на интервью помыть у него дома пол.

Журналистка сперва не поняла, но полковник объяснил:

— Обычное дело. Швабры у меня нету. Тряпочку в ручки возьмешь и вымоешь. А я посижу, посмотрю. Понравится — может, и сговоримся.

Гера присутствовал при встрече полковника с Сережей Красивым, когда тот рассказывал, как чечены, прикрывающие «слепых», наехали на его ребят. Одного из Сережиных бойцов, того, кто уцелел, Паша знал лично. По лицу полковника, залившемуся краской, Гера понял, что он этого так не оставит. Попрощавшись с Сережей, Беленький тут же созвонился с «папой», договорился о встрече и рванул в Кремль. Его не было часа три. Потом он вернулся довольный и сказал:

— Порядок. Завтра им начнут кишки мотать. Жаль, что посмотреть не удастся.

* * *

Но, видно, до конца кишки не домотали. И теперь Гера приближался к воротам дачи, а где-то там, далеко позади, по трассе летела чудо-машина, в которой истекал кровью человек, научивший его стрелять. Чуть-чуть не дождавшийся, пока домотают кишки тем, кто прикрывал «слепых».

Осень… Темно, холодно, под ногами чавкает, шуршат опавшие с березы листья. Слышен шум поезда. Пахнет грибами, гниющими яблоками и водой. Чуть впереди виден край спускающегося к Оке обрыва. За забором, в глубине участка, чернеет громада генеральского дома. Ни души…

Гера открыл ворота, загнал «вольво» на участок и поставил в стороне, чтобы Саньке было где встать. Доставая на ходу фонарик, пошел к крыльцу. Значит, порядок такой. Открыть люк слева от крыльца. Пролезть внутрь. Отвернуть стальную полосу, прикрывающую замки. Отпереть замки. Вылезти из-под крыльца.

Поднять железную занавеску. Отпереть бронированную дверь. Отпереть вторую дверь. Открыть дверцу распределительного щита, включить свет. Потом можно будет заняться печкой. Ставни лучше не открывать — деревья уже почти голые, и свет в окнах будет видно издалека. А береженого бог бережет. Приготовить для Паши постель. Начистить картошки. Поехали.

Стоп! Надо позвонить в машину. Спасибо генералу, протянул-таки сюда телефон. Интересно, сколько стоил тогда, в начале пятидесятых, городской московский номер в ста километрах от столицы? Гера сбросил старые пальто, которыми был заботливо укутан аппарат, и набрал номер телефона в машине полковника. Никто не ответил — трубка сообщила, что аппарат абонента отключен или находится вне зоны обслуживания. Это было странно, но, поразмыслив, Гера решил, что при расстреле полковника вполне могли угодить и в телефон. Или повредить антенну. Отсутствие связи его встревожило. Интересно, успели они позвонить «папе», в Кремль? У Геры имелся какой-то номер, но уверенности, что его соединят, не было. Лучше подождать, пока приедет Саша с полковником. Там разберемся.

Гера набросал в печку загодя наколотые дрова, чиркнул спичкой. Посмотрел, как занявшийся огонь начал ерзать между поленьями. Потом вышел на веранду, набрал в котелок воды, постелил на стол газету, взял Пашину финку и принялся снимать с картофелин узкий слой кожуры. Гере нравилось приезжать сюда, он любил вечера в этом доме, особенно осенью или зимой. Когда за окнами гулял ветер и шумел лес, дом жил своей жизнью. Он скрипел, кряхтел, потрескивал дровами, под полом шуршали мыши. Эти звуки, в отличие от тех, что доносились снаружи, были родными. От них становилось тепло и спокойно. Вот и сейчас, отходя от нецельного небрежения, дом потихоньку прогревался, из комнат на веранду вытекало приятное тепло. Старое дерево, почувствовавшее приезд человека, начинало добродушно ворчать.

Бросив в котелок очередную картофелину, Гера поднял глаза к висевшему над столом зеркалу. В нем отражались закрытые наглухо окна веранды, край висящего над столом абажура и верхняя часть лестницы, ведущей на второй этаж. На этой лестнице Гера увидел человеческие ноги.

Какое-то время он сидел неподвижно, чувствуя, как по спине стекает холодный пот, и боясь пошевелиться. Потом он увидел, как ноги на лестнице очень медленно сделали несколько шагов вверх и исчезли из виду. Гера перевел взгляд на свои руки. Они тряслись, знаменитая Пашина финка ходила ходуном. Гера перевел дух, аккуратно положил финку на стол, вытер мокрые ладони о газету и сказал громко:

— Что-то не едут… Сходить, что ли, в сортир…

Он встал из-за стола и нарочито медленно сделал несколько шагов к двери в комнату. По мере того как дверь приближалась, но ничего не происходило, ужас овладевал им все сильнее, и последний метр Гера преодолел прыжком. Куда же он бросил куртку? Здесь? Нет. Где? А, вот она… Ощутив в ладони тяжесть подаренного Пашей полицейского кольта, Гера почувствовал некоторую уверенность.

Это он знает, что в доме есть чужие. А они не знают, что он знает… «Иль думал, что я думала, что думал он — я сплю», — усмехнулся Гера, хотя понимал серьезность ситуации. Интересно, сколько их? Двое? Трое? Если гости не догадываются, что он их раскрыл, можно положить одного или двух, прежде чем начнется ответная пальба.

Гера включил фонарик и быстро прошел по комнатам первого этажа. Внизу — никого. Значит, все наверху, и, возможно, на улице отирается еще несколько человек. Но те, кто на улице, неинтересны. Входную дверь он запер за собой автоматически. Черта с два кто-нибудь пролезет в этот дзот. Стоп! А как же эти, которые уже внутри? Они-то каким образом просочились через наглухо запечатанные двери?

Гера задумался. Появление в доме чужих противоречило всем законам природы, и это тревожило. Он не понимал, как такое могло произойти. Но факт есть факт — чужого он видел сам. Значит, дом его не защитит. Надо попытаться понять, что они собираются предпринять. Скорее всего, будут ждать, когда подъедут Саня с Пашей, чтобы взять всех вместе. Гера схватился за телефон, уже зная, что это бессмысленно. Трубка была мертва. Но в то же мгновение он услышал где-то наверху зуммер мобильного телефона, и вслед за этим — через полминуты, не более — по лестнице загромыхали уже не таящиеся шаги нескольких человек.

Когда, сжимая в правой руке кольт, Гера вышел на веранду, его уже ждали. Их было трое — в черных джинсах, свитерах, беретах. С удивлением Гера заметил, что все трое были русскими. Какие, к черту, чеченцы! Паша что-то напутал. У высокого в руках был автомат Калашникова, но он уставил его дулом в потолок и стрелять вроде бы не собирался. Остальные двое держали руки в карманах курток.

— Положи-ка ты свою артиллерию на стол, — досадливо проговорил кто-то невидимый.

Оглянувшись, Гера увидел за своей спиной невысокого человечка в куртке.

Человечек досадливо морщился, прыскал в нос из аэрозольного баллончика и строил гримасы:

— Положи, как человека тебя прошу. Еще пальнешь ненароком. Или убери в карман. Мы к тебе с серьезным делом…

Гера помедлил, посмотрел на парней и заткнул кольт за брючный ремень. Тот, кто был с автоматом, нагнулся и поставил оружие в угол. Остальные двое расслабились, вынули руки из карманов.

— Ну вот и ладненько. — Человечек с аэрозолем подошел к столу и сел. — Прохватило где-то, черт. Слушай, у тебя аспиринчику здесь не найдется? Свалюсь еще. Дай пару таблеток за ради Христа.

— Сейчас, сейчас, — засуетился Гера, чувствуя невероятное облегчение от того, что никто не собирается его убивать. — Где-то была аптечка.

Он кинулся в комнату, захлопнув за собой дверь, и ему стало еще легче и радостнее от того, что никто его не окрикнул, никто из парней не двинулся следом.

«Господи, сделай так, чтобы все обошлось, — приговаривал Гера про себя, — Господи, прошу тебя, сделай так, чтобы обошлось…»

Но сегодня был не его день. Когда, держа в руках упаковку аспирина, он распахнул дверь на веранду, на пороге стоял простуженный человечек, а рядом с ним возвышался один из парней. Дуло ТТ смотрело Гере прямо в живот.

— Здорово как, — обрадовался человечек, отбирая из Гериной руки аспирин. — Сейчас приму — полегче будет. Покажи дом-то.

Отодвинув Геру в сторону, он вошел в комнату и огляделся.

— Нормально, — одобрил человечек. — Усадьба целая. А это что? Сейф, что ли? — Его сузившиеся глаза просверлили Геру насквозь. — Садись сюда, на стульчик, — пригласил он Геру, ложась на приготовленную для раненого Паши кровать и закидывая руки за голову. — Поговорим. Ключи от сейфа у тебя? Или у приятелей? Только не ври. Я этого не люблю.

Дуло ТТ уперлось Гере в затылок. Он посмотрел в глаза лежащего на кровати человека и понял, что сейчас умрет. Сейчас. Или через десять минут. Или через час. Гера подвинул правую руку ближе к пряжке ремня, почувствовал колебание воздуха, и на голову его обрушился страшной силы удар. Свет погас.

Когда он пришел в себя, пистолета за поясом уже не было. Не было пояса, не было брюк. Гера лежал голый на постеленной для Пашки кровати, а рядом сидел мордатый парень и держал в руках два зачищенных с концов провода.

— Голуба моя, — сказал простуженный голос, — ты уж сам решай. Либо сразу скажи, где ключи, тебе ж легче будет, либо… — Человечек сделал знак в сторону мордатого.

Судорога невероятной боли изогнула тело Геры. Это продолжалось всего долю секунды, но, когда затих крик, от которого зазвенели стекла, перед глазами истязаемого побежали радужные круги, а в протопленной комнате резко запахло калом.

— Голуба, — продолжил простуженный, — говори быстренько. Нам ведь недосуг. Да и мучить тебя нету никакой охоты. Опять же посмотри, ты у нас тут обделался немножко, прямо как маленький. А ведь мы еще и не начинали как следует. Где ключики-то? Скажи — и мы уйдем. А то придется дружков твоих подождать. Не по-товарищески получится. Ну так как?

Еще трижды Гера, продолжавший цепляться за жизнь, которая стоила ровно столько же, сколько информация о спрятанных за иконкой ключах, дергался под ударами тока. А потом жизнь перестала быть для него интересной.

— Т-т-там, — провизжал он, мотая разламывающейся от боли головой, — там, за и-и-и….

Человечек понял, достал ключи, бережно поправив покосившуюся икону.

— Вот и ладно, — по-доброму сказал он, присев на кровать и погладив Геру по мокрым, спутавшимся волосам, — вот и ладно, милый ты мой. Спасибо тебе. Водички попьешь? Валюша, дай водички. Видишь, дрожит весь.

— К-как в-вы в д-дом по-п-пали? — спросил Гера, клацая зубами. Почему-то ему казалось, что важнее этого вопроса ничего нет.

— Как попали? — человечек пожал плечами. — Обыкновенно. Крышу разобрали на хер и попали. Чего тут сложного? Ты мне другое, голуба, скажи. Ты крещеный? Православный?

— Нет, — прошептал Гера.

— Это плохо, — человечек расстроился. — Как же нам быть-то? Повторяй за мной, что ли… Отче наш… иже еси на небесех… Повторяй, милый человек. А то не по-людски будет. Да святится имя твое… Да приидет царствие твое…

Через некоторое время сквозь разобранную крышу к небу взметнулись языки пламени.

Машин на трассе практически не было. Полковник на заднем сиденье лежал тихо — наверное, заснул или потерял сознание. Пасько гнал бронированный джип на предельной скорости, притормозив только дважды — за Подольском и у третьего кольца. Свой пистолет он засунул в бардачок. На кой черт нужен пистолет при таком арсенале! Вдавливая в пол педаль газа, Саша изучал расположенные перед ним кнопки и рычаги управления хитроумными приспособлениями. Из всего, что есть в машине, самое практичное — это автоматические винтовки в ружейных портах: попасть, скорее всего, не попадешь, но пугануть получится. А вот против кого могут понадобиться две ракеты, Пасько даже не представлял. Молодец полковник!

Они, дураки, еще смеялись, когда Паша пригнал это чудовище. Зато теперь можно плевать на все. При таком доме и при такой тачке никто даже близко подойти не сможет.

У разграбленного ларька, громыхающего на ветру оторванными листами жести, Пасько свернул направо на бетонку. До дачи оставалось километров десять. Он сбросил скорость, сунул в рот сигарету и тихо включил радио.

Вдоль бетонки слева и справа тянулся черный лес. Летом здесь было грибное раздолье. Неподалеку находилась воинская часть, поэтому садовых участков тут не раздавали. Да и в самом лесу можно было без труда напороться на патруль или уткнуться в колючую проволоку, огораживающую участки с надписями «Запретная зона». Когда они ходили здесь, чтобы набрать грибов на супчик, их несколько раз останавливали, но Паша показывал красную книжечку, и этим все заканчивалось.

Впереди на повороте, там, где с левой стороны лес разрубала ведущая к воинской части просека, показалась какая-то черная громада. Пасько переключил свет, слегка притормозил, вгляделся и не поверил своим глазам. На съезде с бетонки стоял танк. Пушка смотрела прямо на машину.

Перед Пасько распустился оранжево-красный цветок. Грохота выстрела он уже не услышал. Прямое попадание снаряда подхватило броневик, машина перевернулась в воздухе и, снеся несколько деревьев, отлетела в кустарник. Потом раздался взрыв. К темному осеннему небу поднялся огненный столб.

Задраенный люк танка откинулся, изнутри вылезли двое. Спрыгнули с брони.

Еще трое, с автоматами на изготовку, вышли из кустов.

— В машину, — коротко приказал один из танка. — Уходим. Проверьте быстренько, что там.

Автоматчики подошли к горящей машине. Прикрывая лица от нестерпимого жара, пошуровали рядом. Потом, закинув автоматы за спину, побежали к выехавшей на бетонку «Волге».

Газета «Московский комсомолец». Рубрика «Срочно в номер». В Подмосковье начали угонять танки.

На одну из воинских частей, расположенных в Подмосковье, было совершено дерзкое нападение. Вечером в четверг неизвестные люди, вооруженные автоматическим оружием, оказались в расположении части, захватили оружейную комнату, согнали всех солдат и офицеров в помещение казармы и заперли. Только через четыре часа прапорщику Селиверстову удалось, высадив зарешеченное окно, выбраться наружу и освободить товарищей. Каково же было удивление начальника в/ч полковника Крячкина, когда выяснилось, что нападавшие угнали с территории части танк с полным боекомплектом. Розыскные мероприятия, проведенные силами незадачливых военнослужащих, позволили довольно быстро обнаружить танк — он был брошен похитителями примерно в трех километрах от расположения части.

Неизвестные произвели из танка всего один выстрел, которым был подбит автомобиль «гранд-чероки». Сгоревшую машину нашли в кустах неподалеку от бетонки. В ней находились два трупа, один с множественными пулевыми ранениями.

Прокуратурой Московской области по данному факту возбуждено уголовное дело.

Донос

Полковник Василий Корецкий, старый знакомый всей инфокаровской компании, бывший заместитель директора Института по режиму и первый муж Вики, слушал умного человека Рабиновича и морщился.

— Я что, должен объяснять это своими словами? — раздраженно произнес полковник, дождавшись паузы. — Иначе вам не понятно? Без моих объяснений? Вы не уразумели, что происходит, да? Извольте, я вам растолкую. Он, — Корецкий показал пальцем вверх, — просто в ярости. Понимаете, что это значит? Всех уже подняли. Если оперативная информация подтвердит, что разборку устроила ваша шпана, мой вам совет — собирайтесь и мотайте отсюда. На историческую родину или куда хотите. Убийство Беленького «папа» никому не простит. И своим передайте. Все, ребята! Погуляли — и хватит. Порезвились, постреляли… Я только сейчас с МВД говорил. Они уже занимаются. Главная военная прокуратура подключилась. Но разбираться с вами, чтоб уж до конца понятно было, будем мы.

Умный человек Рабинович слушал Корецкого, сокрушенно кивал головой, теребил в руках потертый портфель, но явных признаков испуга не обнаруживал.

— Василь Иннокентьич, — вклинился он наконец, когда полковник остановился, чтобы перевести дух. — Василь Иннокентьич, вы послушайте меня. Вы же меня знаете. Если что, я бы к вам никогда не пришел. Мамой клянусь, все было не так. Ну недоразумение. Ну погорячились. Но ведь все понимают, с кем имеют дело. Не дураки же кругом. У всех бизнес, семьи, дети, наконец. Вы мне скажите, вы знаете такого дурака, который на вас полезет? Знаете вы такого глупого идиота?

— Знаю, — произнес Корецкий. — Это вы. И ваши костоломы. Вы мне сейчас будете объяснять, что это он сам себя застрелил? А потом танк угнал?

— Василь Иннокентьич, — проникновенно сказал Рабинович, — вы меня сколько лет знаете? Я когда-нибудь глупости делал? Или водил компанию с идиотами? Я ведь вам сам позвонил, чтобы вы здесь ошибок не наделали...

— Благодетель. — Полковник потер затылок. — О нас беспокоитесь? А я вам так скажу: ваша компания сейчас — это версия номер один. И номер два тоже. Потому что, кроме вас, некому.

— Ошибаетесь, Василь Иннокентьич, — поправил Корецкого собеседник. — Насчет того, что некому, это вы очень даже сильно ошибаетесь.

— И вы хотите, чтобы «папа» поверил в эту чушь? — иронически спросил Корецкий. Он так рассердился, что дважды назвал своего непосредственного начальника «папой», чего при посторонних никогда себе не позволял.

— А это уж вы, Василь Иннокентьич, сами решите, — развел руками Рабинович. — Вы поймите — у меня с собой документы есть. Они мне немалых денег стоили. Стал бы я платить, если бы вопрос стоял менее остро?

Видно было, что платить Рабинович не стал бы.

— Ну давайте, — неохотно согласился полковник. — Показывайте ваши документы.

Рабинович положил портфель на стол.

— Я их вам оставлю, Василь Иннокентьич, — сказал он. — Здесь подлинники, имейте в виду. Давайте я вам для начала словами расскажу.

Полковник кивнул.

— Есть одна фирмешка, — начал Рабинович. — Крупная довольно. А известно про эту фирмешку вот что. «Крыша» у них — чеченцы. Это раз. Их склады охраняет военная техника. Танки, между прочим. Это два. С покойным у них были дела. Это три. И они ему должны деньги, причем немалые. Это четыре. Интересно?

Полковник пожал плечами.

— Понятия не имею. Чеченскую «крышу» полстраны имеет. И все друг другу что-нибудь да должны. Это все?

— Нет, не все, — не согласился Рабинович. — Я вам еще не сказал, как фирмешка называется. — Он выдержал паузу и произнес театральным шепотом: — «Инфокар».

Кажущееся безразличие полковника Корецкого к полученным сведениям могло обмануть кого угодно, но только не такого опытного и умного человека, как Рабинович. Прежде чем начать прикармливать его, еще в восемьдесят девятом, Рабинович собрал исчерпывающее досье. И был в этом досье малосущественный пунктик — про первую жену полковника, про ее старого приятеля, возглавившего впоследствии коммерческую структуру, про конфликт на полунаучной-полуинтимной почве, про то, как полковник решил сделать приятелю своей жены пакость, а в ответ этот приятель неведомо каким образом выкинул полковника с должности.

Господин Рабинович был бы плохим психологом и знатоком жизни, если бы не понимал, что такие вещи не забывают.

Конечно, можно было бы просто вручить полковнику портфель и объявить, какую премию он, Рабинович, выплатит, если расследование пойдет по правильному пути. Ведь хоть Корецкий и выкрикивал всякие слова и грозил немыслимыми бедами, делал он это исключительно для поддержания своего офицерского гонора, что Рабинович ему снисходительно прощал. Пусть себе порезвится — бабки все равно возьмет как миленький. Но куда интереснее, если Корецкий увидит в этом деле персональный интерес. Ясно, что и в этом случае все будет не бесплатно, однако личный энтузиазм в сочетании с материальной заинтересованностью может сотворить чудеса. А чудеса в данной ситуации очень не помешали бы.

Вернувшись в свой кабинет после встречи с умным человеком, полковник Корецкий вывалил на стол бумаги из старого портфеля и начал читать. Через час картина сложилась полностью. Абсурдность и идиотизм поисков на том пути, по которому все рванулись, стали совершенно очевидными. Искать надо было в другом месте. Что же, будем искать. Будем искать…

Ну, Платон Михайлович, теперь ты увидишь небо в алмазах, узнаешь, почем фунт лиха, хлебнешь горюшка!

Я тебе напомню, сука, восьмидесятый год…

Тревога

Виктор как-то незаметно оказался в одиночестве. Платон утратил интерес к его деятельности, целиком погрузившись в высокую политику, волны которой все сильнее захлестывали СНК. Однажды Виктор подобрался к нему с сообщением о том, что грузы задерживаются и надо бы позвонить такому-то человеку в таможне.

Платон долго смотрел на Виктора, явно пытаясь понять, о чем речь и почему к нему пристают, а потом сказал:

— Сколько там? Два автовоза? Тыщ двести? Плюнь на фиг.

И Виктор понял, что Платон ему не помощник.

С Марком тоже все было ясно. Он нависал над бизнесом с иномарками, как коршун, выжидая момент, когда можно будет нанести смертельный удар. Частенько Виктор заставал директоров, для которых он, собственно, и поставлял машины, выходящими из кабинета Цейтлина. Свою власть над документами Марк виртуозно превратил в архимедов рычаг, позволяющий ему выкачивать из каждого нужные сведения. И он знал о делах Виктора много, слишком много. Хотя и не знал главного — полковника Пашу Беленького и того, кто стоял за ним. «Папу».

Зато Ларри Теишвили, радушно улыбавшийся Виктору при каждой встрече, похоже, это главное знал. Наладить с ним отношения, как настоятельно советовал Платон, Виктору так и не удалось. Внешне все выглядело великолепно. Для любого нового человека, который повстречался бы с Теишвили, первым впечатлением — совершенно естественным и очевидным — было бы ощущение полной и всесторонней гармонии отношений между Ларри и окружающими людьми. Но Виктор знал Теишвили не один десяток лет. И улыбка Ларри — улыбка Шер-Хана — заставляла его очень аккуратно смотреть под ноги, прежде чем он делал очередной шаг. Именно в присутствии Ларри Сысоев ловил себя на том, что думает над каждым произносимым словом.

Временами Виктору казалось, что Ларри чего-то от него ждет. Их эпизодические встречи, когда в воздухе повисала пропитанная сигарным дымом тишина, будто подталкивали его к тому, чтобы сказать нечто ожидаемое собеседником. Но Виктор уже был связан негласным соглашением с Мусой, и встречи эти заканчивались дежурными объятиями и заверениями в вечной дружбе. Со временем Сысоев пришел к выводу, что Ларри, несмотря на затаенную обиду, относится к нему по-прежнему хорошо. Как к человеку. Как к старому другу. Ларри просто не принимает складывающуюся систему деловых отношений по бизнесу, потому что она ломает существующее равновесие сил. И ощущение того, что Виктор своими руками, по недомыслию, желая сделать как лучше, поломал это равновесие, не давало ему спокойно спать. Тем более что его тревожило поведение Мусы.

Нет, Муса, как и в самом начале, подписывал все, что приносил ему Виктор.

Но теперь он это делал совсем не так, как раньше. Если три месяца назад Муса вникал в каждую мелочь, немедленно отзывался на телефонные звонки Виктора, задавал вопросы по существу и проявлял живой интерес, то теперь он порой выпадал из связи на два-три дня. Потом появлялся в офисе, проводил на ходу расческой по влажным после бассейна волосам, говорил Виктору «уважаемый», не глядя, подмахивал накопившуюся кучу платежек и запирался в кабинете с очередной командой, затевающей под его руководством очередную стройку века.

Между тем два дня задержки были для проекта подобны смерти. Потому что расчеты с графьями велись в рублях, а расчеты с «Полимпексом» — в долларах.

Рубль летел вниз, как с горы на санках, и каждый день промедления увеличивал неформальную, но строго учитываемую задолженность «Инфокара». Двести тысяч, щедро сброшенные Пашей Беленьким на счета «Инфокара» в качестве гарантии от возможных потерь, ужались до неприличных размеров. Сейчас долг превысил уже полтора миллиона, и надо было либо что-то срочно предпринимать, либо идти к графьям на поклон, нести повинную голову и мямлить — извините, дескать, ребята, малость просчитались.

Виктор несколько раз пытался выяснить с Мусой отношения, потом плюнул и сел за расчеты. Получалось, что все не так страшно. Если приостановить выплату графской доли хотя бы на месяц, бросить все деньги на закупку машин и заложить в схему действий три дня задержки платежей как мировую константу, то к Новому году все закончится более или менее нормально. Показатели проекта будут чуть хуже, да и хрен бы с ними. За режим работы Мусы и сложившуюся систему отношений Виктор отвечать не может. Будут вопросы — пусть все вместе и разбираются.

Но тут грянул очередной кризис. За один день рубль ухнул вниз так, что заложило уши. К обеду Виктор разослал всем директорам категорический приказ немедленно прекратить продажу машин. Салоны закрылись. Но это мало на что повлияло. Долг перед графьями на глазах вырос вдвое.

Заметку в «Московском комсомольце» Виктор даже не читал. У него было особое отношение к этой газете. Когда-то, еще в комитете ВЛКСМ, Сысоеву довелось заниматься распространением подписки, и с тех пор при любом упоминании «Московского комсомольца» у него начиналось что-то вроде изжоги. На это не повлияли даже полное изменение имиджа издания и баснословный взлет тиража.

Виктор прекрасно понимал, что «МК» читают все. Но среди людей, мнением которых он дорожил, обсуждать прочитанное в данной газете было не принято — это считалось неприличным, как разговор о порнофильме. Поэтому когда Платон, не выходивший на связь черт знает сколько времени, вдруг позвонил ему и спросил: «Слушай, Витя, а мы этим ребятам… ну твоим… из Ассоциации… должны что-нибудь?» — Виктор не понял ни вопроса, ни почему он был задан.

— Немного должны, — ответил он. — До Нового года рассчитаемся. А что?

В трубке наступило непонятное молчание. Потом Платон раздраженно сказал:

— Ты бы меня информировал все-таки, что происходит. Почему я должен… Черт знает что!.. Почему я должен узнавать… неизвестно как…

И связь оборвалась.

О том, что Ассоциация содействия малому бизнесу оказалась обезглавленной, Платон узнал от Ахмета. По экспресс-почте преступного мира информация прошла мгновенно. Сначала Ахмет не придал ей особого значения, потому что даже не подозревал о связи «Инфокара» с разгромленной Ассоциацией. Но через некоторое время стали поступать тревожные сведения. Из неведомого источника начал по капельке просачиваться слух, что у «Инфокара» перед Ассоциацией большой долг. А как поступают, если есть долг, но должник не платит, — известно всем. За Ассоциацией стоят серьезные люди. Очень серьезные. Поэтому всем рекомендуется отойти. Паны дерутся — у холопов чубы трясутся.

Обо всем этом Ахмет, сосредоточенно хмурясь и важничая, сообщил Платону.

Он тут же добавил, что, конечно же, защитит «Инфокар» от всех и вся, но в данной ситуации это будет очень трудно. А чтобы ничего подобного впредь не возникало, надо обязательно привлекать его, Ахмета, ко всем коммерческим переговорам. Это недорого — процент или два. Зато все будет хорошо.

Проводив Ахмета, Платон позвонил Виктору, потом задумался. Все это чертовски неприятно. Главное, непонятно, что делать. Ахмету Платон доверял, но с оговорками. Тот вполне мог услышать где-нибудь звон и прибежать, чтобы продемонстрировать осведомленность. Но вообще-то дыма без огня не бывает.

Можно, конечно, позвонить кое-кому... Так, без повода. Прощупать в разговоре, откуда, а главное — с какой целью дует ветер. Но если в словах Ахмета есть хоть крупица правды, такой звонок может быть воспринят как прямое или косвенное свидетельство ощущаемой вины. Мол, знает кошка, где нашкодила, вот и засуетилась. И Платон решил пока ничего особенного не предпринимать, а выждать и посмотреть, как будут развиваться события. Не ко времени все это, ох как не ко времени!

Первым делом он вызвал в клуб Виктора. Платона интересовал механизм образования долга. Выяснилось, что по большому счету источников задолженности два. Двести тысяч полковника Беленького, сократившиеся до неприличного минимума из-за необходимости поддерживать объем поставок. И постоянно подвисающая на инфокаровском счете рублевая выручка. В сумме чуть меньше трех миллионов долларов.

Выложенную Виктором на стол папку с бумагами, в которых прослеживалось все движение денег и машин, Платон смотреть не стал. Все и так было ясно. Муса опять схватился не за свое, немножко поиграл, остыл и вернулся к более привычным и приятным для него делам. Так бывало уже не раз. А Ларри, как опять же не раз происходило в прошлом, немедленно отошел. Играть в команде — не значит гонять вдвоем один и тот же мячик. Здесь он абсолютно прав.

Что же делать со всей этой компанией? Отцы-командиры словно с ума посходили. Вроде бы у каждого свой кусок, свое дело, своя точно определенная ответственность. У Ларри — машины, у Мусы — общее руководство, у Марка — вселенский контроль. Но суммарная выручка, все финансовые потоки сосредоточены в руках Ларри, и это не дает никому спокойно спать. Каждый пытается влезть, поучаствовать, вставить своего человека. Будто им там медом намазано. Мало им питерской истории, смерти Терьяна... Просто патология какая-то.

— Ладно, — устало сказал Платон Виктору. — Поезжай. Я разберусь.

— А мне что делать? — спросил Виктор. — Дальше-то как?

— Дальше? Работай. Что ж еще? Погоди. Давай я переговорю с Ларри. Пусть он сейчас возьмет все под контроль. У тебя с ним как?

— Вроде нормально.

— Хорошо. И давай без обид. Что-то мне все это не нравится.

Виктору тоже все это не нравилось. Но он не очень понимал, где была допущена ошибка. И главное — что теперь делать? Беленький и Пасько убиты. Курдюков погиб при пожаре. Зиц-председатель Горбунков еще функционирует, но ничего осмысленного насчет продолжения бизнеса сказать не в состоянии. Значит, остается около трех миллионов долга. Дело, в общем-то, обычное. С чего это Платон так заволновался?

«Папа». Второй звонок

Вскоре на связь с Виктором вышел старый знакомый. По настоянию графьев — увы, ныне уже покойных — Виктор установил на свой офисный телефон громоздкое приспособление. Оно состояло из экрана и пульта управления с красной кнопкой и рычажком. Когда раздавался зуммер, нужно было нажать на красную кнопку. Через секунду на экране высвечивался номер, с которого звонили. Но это был не простой определитель номера, а нечто усовершенствованное: высвечивались номера не только городских, но и любых мобильных телефонов, даже если звонили из-за границы. Рычажок имел три позиции. Нулевая — нейтральная. В позиции «1» рычажок включал запись беседы, при этом начинал подмигивать зеленый индикатор, а позиция «2» позволяла определить, записывался ли разговор на другом конце или где-то по дороге. Если записывался, экран из белого становился синим.

…Телефон зазвонил, и одновременно произошло несколько событий, никогда ранее не наблюдавшихся. Номер звонившего не высветился вовсе — на экране загорелись семь звездочек. Экран из белого стал не синим, а ярко-зеленым. Когда же Виктор, ошарашенный увиденным, включил запись беседы, индикатор, вместо зеленого подмигивания, продемонстрировал устойчивое красное свечение.

— Виктор Павлович? — прозвучал в трубке смутно знакомый голос. — Это вы? Можно вас попросить перейти к нормальному аппарату? Очень сильные помехи, невозможно говорить. Я сейчас перезвоню.

Полковник Василий Иннокентьевич Корецкий был изысканно вежлив. Он напомнил Виктору про старое доброе академическое время, посетовал, что нет времени встретиться и просто так поговорить, упомянул про героические дни обороны Белого дома от зарвавшихся путчистов.

— Заехали бы как-нибудь, Виктор Павлович, — наконец пригласил он. — Посидим, поболтаем.

— А куда к вам заехать-то? — спросил Виктор.

— Да уж! — Можно было почувствовать, что полковник на том конце провода улыбается. — У нас адрес известный. Москва, Кремль. Не заблудитесь. Поговорим про общих знакомых. Как там Платон Михайлович? Ларри Георгиевич? Этот… Марк… Цейтлин, кажется? Ну так как?

— Насчет сегодня… боюсь, что трудно будет. — Виктор начал тянуть время, не понимая, как реагировать на приглашение. — У меня тут деловые переговоры…

— Бросьте вы, — в голосе Корецкого прорезался металл, — какие у вас дела, какие переговоры… С кем вы там еще можете переговариваться? Давайте, давайте, собирайтесь. Я машину высылаю.

— У меня своя машина, — брякнул Виктор.

— Ха-ха! — У полковника явно улучшилось настроение. — Своя — не своя… У нас тут, понимаете ли, бюрократия. Пока я вам пропуск на машину буду выписывать, рабочий день кончится. Так что уж давайте лучше на моей.

— Ладно, — сдался Сысоев, прикидывая, сколько времени ему надо, чтобы доложиться Мусе или Ларри. — Минут за двадцать успеете доехать?

— Обижаете, Виктор Павлович, — серьезно сказал Корецкий. — За окно посмотрите. Видите черную «Волгу» у подворотни? Это за вами.

— С вещами, что ли? — попробовал пошутить Виктор, выглянув в окно.

Полковник помолчал секунду и бросил трубку.

Виктор набрал внутренний телефон Мусы. Номер не отвечал — Муса был на «переговорах» с массажисткой.

— Пола, — приказал Виктор, — срочно найди мне Ларри. Где хочешь. Или Платона. Скажи Марии, пусть быстро ищет. У меня пять минут. Максимум.

Пола, воспитанная на необременительной торговле кроссовками, встрепенулась, почувствовала неладное и набросилась на телефон. Первым обнаружился Ларри.

— Что там у тебя? — резко спросил Ларри. — Говори быстро.

Виктор рассказал про звонок и про ждущую у въезда во двор машину. Ларри долго молчал.

— Я что-то не понимаю, — сказал он наконец. — Почему ты должен куда-то ехать? Ты никому ничего не должен. Так не делается. Хотят вызвать — пусть пришлют официальный документ. Пошли ты его знаешь куда. Согласен со мной?

У Виктора отлегло от сердца. Наконец-то он услышал серьезный совет серьезного человека. Каким же он был идиотом, что с самого начала пошел к Мусе, увидев в нем единственную защиту от Марка!

— А ты думаешь, это правильно? — осторожно спросил он. — Он же приглашает неофициально. Может, лучше съездить, узнать в чем дело?

Интересно все-таки, сколько нужно времени, чтобы по-настоящему узнать человека?

— Может, и лучше, — медленно сказал Ларри. — Съездишь. Узнаешь, в чем дело. Потом обсудим. Пока.

* * *

Черная машина влетела в Кремль мимо застывших в приветствии часовых.

Водитель провел Виктора через пост и проводил до кабинета полковника Корецкого.

— Садитесь, коллега, — не слишком любезно сказал полковник, кивая в сторону кресла. — Поговорим.

— Здравствуйте, Василий Иннокентьевич, — произнес Виктор, устраиваясь в кресле.

Полковник спохватился и протянул Виктору руку через стол.

— У меня только один вопрос, — заявил он Сысоеву. — Очень простой. Мне известно, что вы, в нарушение таможенного законодательства, ввозили на территорию Российской Федерации автомобили иностранного производства без уплаты таможенных пошлин. Это так?

— Нет, не так. Мы не ввезли ни одного автомобиля. За последние месяцы мы приобретали машины только на внутреннем рынке.

Полковник кивнул головой, раскрыл лежащую перед ним пухлую папку и углубился в чтение.

— А вас не заинтересовало, почему вы их так дешево покупали? — спросил он наконец. — Если посчитать таможню, получится чуть ли не в два раза дороже.

Виктор дернул плечом.

— Нам за столько продавали. Что мы должны были делать — просить, чтобы нам продали подороже?

— Вот именно.

— Это почему же?

— А потому, — принялся наставительно объяснять Корецкий, — что вы фактически оказались соучастником преступной сделки по ввозу и реализации товаров без уплаты установленных государством налогов. Поэтому товары подлежат изъятию и обращению в доход государства, а на вас будет наложен штраф в размере их стоимости. И еще. Поскольку сделка совершалась в особо крупных размерах, то это повлечет за собой также уголовную ответственность. Теперь понятно?

— Был президентский указ, — напомнил ему Виктор. — Могу представить ксерокопию.

— Не надо, — отмахнулся полковник. — Не надо шуточки шутить. Льготы были даны общественной организации, а не вам. Это они должны были деньги зарабатывать, для решения уставных задач.

— Так они и зарабатывали, — согласился Виктор, в душе помянув добрым словом Беленького и графьев, заставивших его гнать все деньги на счет Ассоциации. — Мы всю выручку переводили им. Себе только три процента оставляли — накладные расходы. Это очень легко проверяется. Могу показать все документы.

Судя по безразличию, с которым Корецкий выслушал ответ, он не явился для него неожиданностью.

— А вот про эту бумажку вы ничего не хотите сказать? — спросил он, перебрасывая Виктору вынутый из папки листок.

Виктор взглянул и почувствовал, что сердце ухнуло куда-то в пятки. Руки покрылись противным холодным потом, под ложечкой засосало. На листке его собственным почерком было написано: «Дорогой Паша! Сообщаю тебе реквизиты, по которым надо отправить согласованную сумму. Туда же должна поступать стоимость машин и наша часть маржи. Привет ребятам».

Ниже приводились реквизиты одного из счетов Ронни Штойера.

— Так, — удовлетворенно произнес полковник, заметив реакцию Виктора. — Значит, говорите, всю выручку платили Ассоциации? Ну-ну. А теперь что скажете? Кто же кому все-таки платил?

Виктор отвел взгляд от Корецкого и уставился в окно. Полковник выждал паузу.

— Ладно. Пойдем дальше. Эта бумажка вам знакома?

Эта бумажка тоже была знакома. Дней десять назад Виктор вместе с Беленьким подводили промежуточные итоги совместной деятельности и зафиксировали наличие инфокаровской задолженности в размере почти трех миллионов долларов. По настоянию Виктора здесь же было отмечено, что «Инфокар» погасит задолженность к Новому году за счет очередных поставок машин.

— Мы договорились, что рассчитаемся, — сказал Виктор, снова отводя глаза к окну. — Из будущих поставок.

— Из каких это будущих поставок? — с явным удовольствием спросил Корецкий. — Вы и дальше собирались обманывать государство? Разбазаривать бюджетные деньги? Вы что думаете, я не в курсе вашей аферы с компенсацией таможенных платежей? Между прочим, уже имеется запрос прокуратуры — что это за компенсации и почему все расчеты ведутся через неизвестно какой банк. А высшую меру за хищения в особо крупных размерах никто еще до сих пор не отменил. Это вам известно?

Сысоев промолчал. Ему очень хотелось запулить чем-нибудь тяжелым в голову этому шуту, начальник которого как раз и пропихивал президентский указ по льготам, но Виктор терпел, понимая, что от дыры в голове собеседника его положение не улучшится.

— Короче, так, — сказал Корецкий, не дождавшись ответа. — За вами должок. Три миллиона. Мы еще потом разберемся, что это у вас за счета в Европе, откуда они взялись и все такое, а вот три миллиона чтобы к понедельнику были. Мне прекрасно известно, что вы их можете сюда принести и вот на этот стол положить. Наличными. Так и передайте Платону Михайловичу. И Ларри Георгиевичу. И Марку… как его… Цейтлину. Привет им, скажите. От полковника Корецкого.

— Я могу идти? — спросил Виктор, вставая.

Корецкий махнул рукой.

— Идите. Вас проводят до ворот. А я с вами прощаюсь. До понедельника.

От Кремля до офиса на Метростроевской Сысоев шел пешком. Он ожидал чего угодно, но только не такого наезда. По сравнению с той информацией, которая оказалась в руках у Корецкого, требование выплатить три миллиона наличными представлялось совершенно несущественным. И надо полагать, этот сукин сын вывалил на стол далеко не все, что у него есть в запасе. Главное — он делает свои пакости прямо-таки с садистским удовольствием, можно сказать, с пионерским азартом. Неужели до сих пор помнит ту старую историю с Викой? Сволочь, какая сволочь! И ведь не успокоится, пока не угробит «Инфокар». Как хотелось бы узнать, что еще у него в папке…

Стоп! Виктор резко остановился, пропустив мимо ушей ругань прохожего, налетевшего на него сзади. Какие бумаги показывал Корецкий? Платежную инструкцию по переводу денег Штойеру. Акт о состоянии взаиморасчетов. Что-то еще. Да! Сами расчеты, которые он и Пасько выверяли, сидя на конспиративной даче под Серпуховом.

Что-то было с этими расчетами… Паша с Герой жарили шашлыки. Они уже дважды кричали — кончай, ребята, идите сюда, мясо стынет, водка греется. Пасько стоял у окна. А он, Виктор… Он переписывал страницу с расчетами, потому что на даче не было ксерокса, а ему был нужен свой экземпляр, чтобы без спешки проверить все в конторе. Помнится, у него закончилась паста в ручке, тогда Пасько дал ему синий карандаш и сказал — черт с тобой, оставь мне карандашную копию, потом разберемся. Именно эту карандашную копию только что, не давая в руки, показал ему Корецкий.

Но если дача сгорела вместе с Герой и со всеми бумагами в сейфе, то откуда у Корецкого эта страница?

Империя наносит удар

— Почему вы считаете, что это так важно? — недоуменно спросил Федор Федорович. — Мало ли откуда мог взяться оригинал документа.

— Поймите, — объяснял Виктор, — они же специально держали все в сейфе на даче. Паша у себя на Старой площади ничего не хранил. И бумаг с собой не возил. То есть возил, но только в одну сторону — на дачу. В газетах писали, что все бумаги в сейфе сгорели. А этот листок Пасько туда при мне клал. Он физически не мог уцелеть.

— Неубедительно, — пожал плечами Федор Федорович. — Там расчеты по вашим долгам. Беленький ведь тоже должен был отчитываться. Он вполне мог взять эту чертову бумажку в Москву.

— Мог, — согласился Виктор. — Но что-то здесь не так. Я сейчас точно не помню, но, кажется, остальные документы, которые Корецкий мне показывал, тоже были не копии, а оригиналы. Я на эту бумажку обратил внимание только потому, что она написана синим карандашом. Если у Корецкого в руках оригиналы, то это значит, что Паша весь архив перевез в Москву. А что же тогда сгорело в сейфе?

Федор Федорович посерьезнел.

— И вправду интересно. Ладно, попробую поспрашивать.

Следствие по делу о сгоревшей даче ни шатко ни валко вела прокуратура области. После того как знакомые Федора Федоровича начали задавать вопросы, в прокуратуре взъерошились, решили, что невредно было бы прикрыть задницу, и с радостью воспользовались ненавязчиво сделанным им предложением привлечь к следствию коллег из военной прокуратуры. Все-таки рядом воинская часть, танк угнали именно оттуда и есть серьезные основания полагать, что между трупом на даче и двумя трупами в джипе есть какая-то связь. Так в состав следственной группы вошел некто Аксинькин. Следователь Аксинькин носил задрипанный старый костюмчик непонятного происхождения, в холодную погоду надевал под пиджак малиновую кофту, а над влажным от напряжения мысли лбом топорщился непокорный желтый хохолок.

Недуг у Аксинькина тоже был старый. И в перестройку, и в капиталистическую эпоху следователь страдал алкоголизмом.

Болезнь прогрессировала. Аксинькин напивался часто и, будучи в соответствующем состоянии, вел себя буйно и шумливо. Начальство, хотя и измученное его непотребными выходками, было вынуждено терпеть, потому что чутье у Аксинькина было отменное, следовательским ремеслом он владел как никто и потрошил самых тяжелых клиентов, словно цыплят. Если он позволял себе нечто совсем уж несуразное, его отправляли проветриться в санаторий. Аксинькин возвращался оттуда присмиревший, неделю-другую пахал как вол, потом дело доходило до получки, и все начиналось сначала.

За возможность откомандировать Аксинькина в область его начальство ухватилось с радостью. Дня два назад он во время ночного дежурства слегка перебрал, нашумел и даже запустил табельным пистолетом в заместителя начальника службы внутренней безопасности. Дошло до наручников. На санаторий из-за нехватки фондов денег не было, поэтому Аксинькину выписали суточные и сплавили буяна с глаз долой.

Перед отбытием к месту назначения Аксинькина пригласили в кабинет его непосредственного начальника и предложили побеседовать с незнакомым товарищем.

Тот угостил Аксинькина сигаретой, щелкнул зажигалкой и сказал:

— Я с вами, товарищ, буду говорить откровенно. Следствие есть следствие, порядок мы все знаем. Но есть один момент. Если заметите что-нибудь странное, не откажите в любезности… Проинформируйте. Есть причины, по которым мы не можем этим сами заниматься. Вот мой телефон. Звоните в любое время.

Аксинькин покосился на своего начальника. Тот стоял у окна и делал вид, что внимательно изучает пробегающие по улице машины. Аксинькин подумал немного и кивнул. На связь он вышел уже в середине следующего дня.

— Товарищ подполковник, — сказал Аксинькин трезвым голосом, — можно попросить этого… с которым вчера виделись… тут малость помочь надо.

— Объясни, в чем дело, Леша, — поинтересовался начальник.

— Запишите телефон. Это криминалистическая лаборатория в Серпухове. Пусть позвонит кто-нибудь и прикажет им не валять дурака. Если я прошу заключение сегодня, то это значит — сегодня. А не через две недели.

— Что-нибудь нащупал, Леша? — спросил начальник, который, постоянно общаясь с Аксинькиным, разучился удивляться.

— Что есть, то и нащупал. Конечно, если скажете, я могу здесь целый месяц груши околачивать, но больше тут ловить нечего. Если по делу, то меня только это заключение и держит. А дальше уж ваша воля.

Кто кому звонил — неважно, но утром Аксинькин, шмыгая носом, возник на месте постоянной работы и гордо прошествовал в кабинет начальника.

— Можете сказать этому... позавчерашнему, — сказал он, — пусть запросит материалы экспертизы. Остальное могу устно доложить.

— А как там вообще? — деликатно поинтересовался начальник.

— Там никак. Все дела в Москве. А там нормальный висяк. Помаются с недельку и бросят. Обычное дело.

Незнакомый товарищ встретил Аксинькина у «Мзиури» на Арбате, поздоровался за руку, проводил в тихую комнатку на задах, усадил в кресло, в котором когда-то, очень давно, сидел Сережа Терьян, плеснул в рюмки коньяк и приготовился слушать.

— Значит, так, — начал Аксинькин, с интересом поглядывая на коньяк. — Убийство чистой воды. Но это они и сами понимают. Телефонный провод перерезан. Дом только что из шланга бензином не поливали. Во дворе стояла машина, судя по следам — иномарка. На ней приехал покойный. Преступников было минимум трое.

— Почему?

— За домом, по ту сторону забора, следы еще двух машин. Всего, значит, три машины. Но самое интересное не в этом.

— А в чем?

— Лопухи они там, — махнул рукой Аксинькин, опрокидывая рюмку и важничая. — Они увидели, что в сейфе все бумаги сгорели, ну и перестали им интересоваться. А я только дверцу открыл — мама родная! Оттуда бензином несет, да так, что хоть святых выноси. Этот сейф сперва вскрыли, потом плеснули туда бензинчику для верности, спичку бросили и закрыли обратно, когда бумаги нормально занялись. Я пепел поворошил, и что-то он мне не показался. Поэтому экспертиза и понадобилась.

— И что же показала экспертиза? — спросил Федор Федорович, наливая Аксинькину еще.

— Нормально показала, — туманно ответил Аксинькин, начиная впадать в нирвану. — Сейф был битком набит газетами. Они и сгорели.

* * *

— Та-ак, — протянул срочно прибывший из Штатов Платон. Он крутил в руках записочку Федора Федоровича и глядел поочередно то на Виктора, то на Ларри. — И что все это значит? А, Вить?

— Я теперь точно помню, что Корецкий мне показывал оригиналы! — глотая окончания слов, выкрикнул Виктор. — Точно! Они убили Геру, взяли все бумаги из сейфа, потом напихали туда газет и подожгли дом. И все!

— Кто? Кто?

— Как кто? У кого я видел документы?

— Брось, — даже обиделся Платон. — Этого не может быть. Ты ведь знаешь, где он работает.

— Хорошо. В Кремле работает. А документы у него откуда? На улице нашел?

Платон посмотрел, как Ларри лениво обрезает кончик у сигары, аккуратно проводит горящей спичкой по всей ее длине, потом медленно раскуривает, погружаясь в клубы дыма, и сказал:

— Между прочим, это вариант. Есть над чем подумать.

— Нет, — очень тихо сказал Ларри. — Не надо думать.

И прикрыл глаза, будто засыпая.

В клубной комнате Платона воцарилась тишина. Платон, не отрывая глаз, смотрел на дремлющего Ларри. Потом, словно восприняв телепатическую волну, произнес:

— Ладно, Витюша, спасибо тебе. Ты иди отдыхай, а то уже утро скоро. Мы тоже сейчас поедем.

— Ну что? — каким-то извиняющимся голосом спросил он у Ларри, когда за Виктором захлопнулась дверь. — Опять что-то не так?

На мгновение Платон поймал сверлящий взгляд желтых глаз Ларри, а потом они снова исчезли в облаке сигарного дыма.

— Ты очень умный, — промурлыкал Ларри, — очень… Ты же знаешь, как я к тебе… Ты гений. Но ты иногда делаешь такие вещи… Такие неправильные. Зачем ты при нем, — Ларри кивнул на дверь, — при нем про такое говоришь? Он тебе может в чем-то здесь помочь? Он тебе здесь ни в чем не может помочь. Тогда зачем ему нужно знать лишнее? Он засвечен. С кем имеем дело, мы знаем. Зачем рисковать? Когда ему начнут яйца дверью зажимать, он долго молчать будет?

— Но ведь это же Витька все разнюхал. Ты что думаешь, он дальше сам не в состоянии додумать?

— А зачем ему знать, что мы с ним согласны? — спросил Ларри, изучая тлеющий кончик сигары. — Он додумался. Мы не согласились. И кончили на этом. А потом — если по сути, то все не так.

— Не понял.

— Брось, слушай. Ты ведь сам мне говорил, кто стоит за этой затеей с льготами. Ясно же, что эти… в машине… и в доме… работали на него. Так на фига ему устраивать возню с танками и пожарами? Если что не так — вызвал к себе. Туда вошли, обратно не вышли. Согласен со мной?

— Пожалуй, согласен, — медленно кивнул головой Платон.

— Конечно, ты со мной согласен. Потому что это правильно. И потому что это наш единственный шанс. Понимаешь почему? Если бы это «папа» сделал, нам конец. Сегодня нам против него не вытянуть. А если это кто-то другой устроил, а «папе» подбросили туфту, тогда совсем другое дело. И тогда, если в правильном месте спросить, откуда, мол, подлинники документов, да вот эту бумажку показать, — он поддел пальцем записку Федора Федоровича, — может очень даже красиво получиться. Я правильно говорю?

Платон задумался и вдруг расхохотался, запрокидывая голову, как в молодости.

— Господи! — сказал он. — Бедный Вася. Уже второй раз нарывается. Я бы на его месте повесился.

— Правильно говоришь, — пошевелил усами Ларри. — Я бы тоже на его месте повесился. Знаешь, чего я боюсь?

— Чего?

— Боюсь, что он сейчас не повесится. Придется еще поработать. Слушай, давай по рюмке выпьем. Я привез из Германии классный французский коньяк. Просто офигительный. Эй! — крикнул он, не оборачиваясь. — Принесите сюда бутылку… Которую я привез. И рюмки.

Мобилизация

Созданный Платоном «мозговой центр» замыслил атаку на Завод по двум основным направлениям. Первое было стратегическим и предполагало обмен акций Завода на акции СНК, за которые были выручены живые деньги. Второе направление являлось вспомогательным — часть ценных бумаг СНК обменивалась на ваучеры, гениальное изобретение Анатолия Чубайса. В нужный момент предполагалось выбросить эти ваучеры на чековый аукцион и скупить на них приличный пакет заводских акций.

Но штурм все не начинался. Не получалось со штурмом. Как говорил один очкастый умник из «мозгового центра», для такой операции в стране малость не хватает народонаселения. Катастрофически недоставало живых денег. Народ, быстро ощутивший, что ваучер не так-то просто обменять не то чтобы на две обещанные «Волги», а даже на две поллитры, в нарастающих количествах попер ваучеры в фондовые магазины СНК. «И вправду, Коль, чего я туда деньги понесу? Ежели за ваучер тоже акцию дадут».

К целевой установке, определенной в семьдесят миллионов долларов, не удалось приблизиться даже наполовину. Компьютеры «мозгового центра», отслеживая динамику продаж, оптимистично предсказывали дальнейший рост. Но предупреждали при этом, что поступление наличных вот-вот сойдет на нет.

А это не просто ставило под удар всю затею. Дело обстояло намного серьезнее. Если ты собрал с народа деньги и задачу решил, и пусть не ту, которую декларировал, но все-таки решил, — и собранные деньги, начав работать, станут приносить вкладчикам хоть что-то, — это одна история. А вот если деньги собрал, а задачу не решил, то получается совсем другой коленкор. Тридцать миллионов долларов — это три миллиона вкладчиков. А ну как они в один прекрасный день придут и спросят — где бабки? Выпиской с банковского счета никого не успокоишь.

Три миллиона вкладчиков, как говаривал тот же очкастый умник, это много.

Это, прямо скажем, до хера.

И тогда Платон, все взвесив и скрестив на обеих руках пальцы, дал команду: начинаем крутить деньги. На все про все — два месяца. К августу семьдесят лимонов должны лежать на столе. И чтобы ни копейки не пропало. Деньги, имейте в виду, не наши!

Марк возликовал. Пусть не удалось контролировать Виктора. Пусть Ларри не подпускает его к машинам на пушечный выстрел. Зато здесь наконец-то настоящее дело. Что значит крутить деньги? Это значит — выстраивать схемы. А уж что умеем, то умеем.

Возглавляемое Марком подразделение перешло на круглосуточный режим работы.

Два человека непрерывно звонили по телефонам, выясняя эффективность краткосрочных инвестиций. Специально нанятые девочки вгоняли добытую информацию в компьютеры. Зеленый от недосыпа Марк, бешено таращя слипающиеся глаза, орал на инфокаровских программистов, поносил их за непонятливость и грозился поотрывать всем гениталии.

Тем временем Ларри без шума изъял из кассы СНК десять миллионов, мгновенно превратил их в машины, сбросил Пете Кирсанову сто тысяч на рекламную кампанию и через три недели положил на место уже тринадцать миллионов. Плюс миллион «Инфокару».

— Еще можешь? — спросил Платон.

— Сейчас не могу, — признался Ларри. — Это штука разовая. Просто повезло.

Муса провел удачную операцию с недвижимостью. Найдя покупателя на особняк, ранее приобретенный «Инфокаром», он посоветовался с Платоном, продал особняк Союзу народного капитализма за ту же сумму, за которую брал сам, плюс четыре процента, а уже СНК получил с клиента то, о чем договаривались.

Еще двести тысяч. Но этого мало. Мало! Давайте, ребята, ройте землю.

Вексель

Виктор держался от всей этой суматохи в стороне. За последние полгода он успел серьезно подумать о своей роли и своем месте в «Инфокаре». И вообще — о месте в жизни. Как ни крути, а начальник из него никак не получался. Не потому, что он не мог бросить тяжелый взгляд на подчиненного из-под насупленных бровей, подобно Мусе, завопить дурным голосом, как Марк, или, под стать Ларри, озабоченно сказать: «Это плохо», но сказать так, что у услышавшего подгибались ноги. Не это было главное, да и научиться таким приемам особого труда не составляло. Коммерческая жилка у Виктора была — ведь вел он свою деятельность по спорттоварам, и вел довольно успешно. Ему хватало и силы характера, и упрямства, и умения придумывать и планировать. В конце концов, это же Сысоев напечатал и привез те самые ценные бумаги, за которыми до сих пор стоят многочасовые очереди. И это Сысоев выстроил всю схему по ввозу и продаже иномарок, вытащив инфокаровские деньги из безнадежной дыры, в которую их запихнуло рехнувшееся от бюджетных проблем правительство.

Но, наверное, что-то было не так во всей предыдущей сысоевской жизни, и это что-то не позволяло ему сделать следующий шаг. Виктор мог выиграть сражение, однако стратегического гения, который превратил бы череду мелких выигрышей в сокрушительную военную победу, ему недоставало. И в этом было главное отличие Сысоева от Мусы, Ларри и, конечно, Платона.

Виктор воочию наблюдал великий закон естественного отбора — как в однородной густой массе хаотично блуждающих букашек незаметно возникают центры взаимного притяжения и отталкивания, как они растут, набирают силу, кого-то вовлекают в поле своего влияния, а оставшаяся мелюзга продолжает трепыхаться, совершая перемещения, все более и более подчиняемые чужой воле. Как ни унизительно было Виктору представлять себя в роли такой букашки, он чем дальше, тем отчетливее понимал, что это чистая правда.

А еще тяжелее было осознавать, что его друзья, вместе с которыми он рос и работал, создавал «Инфокар» и учился зарабатывать деньги, понимают все это не хуже его. И что никогда — никогда! — ему не утратить столь тяготящий его теперь статус заместителя генерального директора, положение небожителя и отца-основателя, перед которым тянется в струнку охрана и который никому не подотчетен в своих действиях: захотел — пришел, захотел — ушел, захотел — уехал куда-нибудь на Мальту и ни у кого не спрашивал разрешения. Потому что это «Инфокар» и вокруг его друзья. Они никогда не позволят себе обидеть его, ущемить интересы, поставить хотя бы на ступеньку ниже по иерархической лестнице. Они просто не возьмут его с собой в разведку, ибо существовавшего когда-то равенства более нет и никогда уже не будет.

Да, Виктор может уйти сам, чтобы не испытывать более этого жуткого ощущения собственной неполноценности. Только бы вокруг были не свои, а чужие, те, кто не знал его как всеобщего любимца, кумира институтских девочек, одного из лучших специалистов по вычислительной технике, доктора наук… Тогда было бы намного легче. Ему поручили бы дело, он исполнил бы его с блеском, потом поручили бы другое. Конечно, сорок пять лет — не самый подходящий возраст для перехода из одной коммерческой структуры в другую. Но и не самый безнадежный.

Потом будет тяжелее. Если сделать это сейчас, то Виктор наверняка избавится от позорного ощущения, не дающего ему спать, — ощущения, что он занимает не свое место и что терпят его только из жалости и по старой дружбе.

Сысоев теперь часто погружался в печальные раздумья и, пребывая в офисе, подолгу гулял по коридору, гоняя по кругу одни и те же мысли. В коридор он выходил еще и с той целью, чтобы пореже встречаться взглядом с Полой: гоня тоску, Виктор успел-таки переспать с ней несколько раз, а потом утратил интерес. В коридоре он и встретил как-то раз Петю Кирсанова, который шел навстречу Сысоеву, уткнувшись в какую-то бумажку.

— О! — обрадовался Петя, подняв глаза на Виктора. — Здорово как! Скажи, Вить, ты ведь у нас самый главный аналитик, так? В смысле очень умный. Не выручишь меня?

Схватив Сысоева под руку, он потащил его в бывший платоновский кабинет.

— Тут такая история, — начал Петя, усаживая Виктора в кресло. — Мне подсказали потрясающую штуку. Вот смотри. Есть банк, неважно какой. К ним можно положить три миллиона на депозит на два месяца. Процент вот здесь нарисован, видишь? В принципе, нормально. Но если на эти же деньги купить у них вексель, то получается в два раза больше. Представляешь? Ответ надо давать сегодня. Что скажешь?

Виктор пожал плечами, придвинул к себе чистый лист бумаги и начал считать. В банковских операциях он разбирался неплохо.

— Не очень ясно, почему такой отрыв, — сказал он, закончив вычисления. — Наверное, им так надо. А что за банк?

— Какая разница, — махнул рукой Петя, — я в компьютере у Марка нашел. Он тут целый месяц информацию собирал. Значит, считаешь, что нормально? Тогда, может, посмотришь договор? А то мне сегодня его подписывать, а я в этих делах не очень.

Виктор взял в руки договор о покупке векселя, каждая страница которого была украшена замысловатым вензелем Кирсанова, пробежал глазами и положил на стол.

— Вроде все на месте. К тому же, судя по визе, и юристы смотрели. Я, по правде, в договорах слабо разбираюсь. Вот если посчитать чего…

— Так ведь ты уже посчитал! — обрадовался Петя. — Нормально получается? Лучше, чем депозит? Слушай, не завизируешь?

— А почему я должен визировать? — возразил Виктор, против воли испытывая удовольствие. Петю он никогда особо не любил, и, уж конечно, неожиданные кадровые назначения в СНК не прибавили ему теплых чувств. Однако просьба Кирсанова была Виктору приятна — тем самым Петя в открытую признавал, что в финансовых делах Сысоев понимает намного больше, чем он. Да в конце-то концов!

Если уж подбирать себе место, то СНК ничем не хуже любого другого. Какая, собственно, разница? Ну станет Сысоев заместителем не у Платона, а у Пети Кирсанова. Зато рядом будет Федор Федорович, общаться с которым Виктору было все проще и проще, в то время как отношения со старыми друзьями становились все сложнее и сложнее. И Петя будет в нем нуждаться уж точно больше, чем Платон, и ощущение собственной никчемности быстро пройдет…

— Ни почему, — обиделся Петя. — Я же к тебе как к другу… Ты считал? Ну и завизируй. Мне через час уже на подписание ехать.

Пока Виктор делал вид, что все еще раздумывает, Петя затараторил скороговоркой:

— Я, кстати, давно хотел тебе предложить… Если только ты не против. Не хочешь пойти в СНК первым заместителем? Они меня совсем затрахали. За каждой мелочью надо в «Инфокар» бежать. Ладно бы еще к Мусе. А то — к Цейтлину. Ты же его знаешь. Мне не с кем, абсолютно не с кем посоветоваться. Кто у меня есть? Эф-Эф? Он не по этой части. А больше никого. Давай, а? Про зарплату не беспокойся — нормально будет. Все остальное тоже как у членов Совета. Мы вдвоем такого понаделаем… Кстати, ты ведь и начинал все это. Я имею в виду СНК. Я точно знаю. Это все Марк придумал, чтобы тебя отодвинуть. Я Платону еще тогда говорил, ну когда он меня ставил, что не по-людски получается. Вот давай и исправим все это. С Платоном я договорюсь. Ну как?

Виктор пододвинул к себе договор и размашисто поставил на последней странице подпись. Может, он зря так относился к Пете в прошлом? Что-то в нем есть. Не боится признаться, если чего-то не знает. Чувствует несправедливость. Способен по достоинству оценить человека.

— Погоди, — сказал Виктор. — Я что-то не понял насчет первого зама. Ты ведь и есть первый зам.

— Ну и что. Будет два первых. Обычное дело. У министра тяжелого машиностроения семь первых замов было — и ничего. А тут два. Так как, согласен?

— Я подумаю, — пробормотал Виктор, выбираясь из кресла. — Надо с Платоном посоветоваться.

— А я о чем? Сейчас позвоню ему, и все решим. Что там советоваться?

Виктору все же удалось отговорить Петю от немедленного звонка. Почему-то ему захотелось воспользоваться этими, может быть, последними остающимися ему часами свободной и не обремененной ответственностью жизни. В том, что Платон даст Пете добро, Виктор не сомневался.

Он просто не знал, что Петя и не собирался звонить Платону. Положение единственного первого заместителя генерального директора Петю вполне устраивало. На кой черт ему нужен еще один такой же, да с прямым выходом на Платона, Мусу, Ларри, и плюс ко всему с репутацией человека, начинавшего СНК?

Виза на договоре — это да, полезно. Лишняя закорючка никогда не помешает. А Платону звонить вовсе и не нужно. Тем более что сам Сысоев этого делать не будет — амбиции не позволят. Потом вполне можно будет сказать ему, что подходящего момента, дабы поднять этот вопрос, просто не представилось. И все будет совершенно нормально. Главное, чуть-чуть удалось растопить холодок в отношениях. Всяческие трения и сложности Петя недолюбливал. В отношениях с людьми лучше всего двигаться в сторону разрядки напряженности. Когда-нибудь, спустя время, можно будет предложить Виктору еще что-нибудь. Во! Должность советника. Или директора-координатора. Он теперь на крючке. Если немного поманежить, то согласится на что угодно и еще благодарить будет. Классная идея!

Расстрел

— Кто спрашивает? — поинтересовался Петя, с неохотой отрываясь от папки с вырезками про СНК. — Я же просил не беспокоить.

— Из Будапешта, — ответила секретарша. — Господин Дьердь Эстерхази. Говорит, что по срочному делу.

— А раньше он не звонил?

— Нет, никогда не звонил.

— По-русски говорит?

— Плохо. Но понять можно.

— Давай.

— Господин Кирсанов? — раздался в трубке голос с экзотическим акцентом. — Это Дьердь Эстерхази, будапештское бюро Дрезднер-банка. Здравствуйте, господин Кирсанов.

— Здравствуйте, господин Эс-тер-ха-зи, — прочел Петя записанное на бумажке имя собеседника. — Чем могу служить?

— Вы знаете Дрезднер-банк, господин Кирсанов?

В мировой банковской системе Петя разбирался неважно, но это название раньше ему встречалось. Поэтому он подтвердил Дьердю Эстерхази, что Дрезднер-банк знает прекрасно и слышал о нем много хорошего.

— Вы будете в четверг в Москве, господин Кирсанов? — продолжал любопытствовать Эстерхази. — Вы не планируете бизнес-поездку?

Петя перелистнул еженедельник. На четверг ничего такого записано не было.

— О'кей! — восхитился господин Эстерхази. — О'кей! Можно ли планировать, чтобы вы в четверг встречались с первым вице-президентом банка?

— На какой предмет?

— На какой… что? Господин Кирсанов, первый вице-президент будет возвращаться из Сеула и будет иметь время в Москве. Можно ли планировать, чтобы вы имели с ним ленч?

— А что мы будем обсуждать?

— О! Господин Кирсанов, что можно обсуждать с первым вице-президентом банка? Финансовые вопросы. Он будет иметь предложение к Эс-Эн-Ка. Да?

— А какие финансовые вопросы? — Петя тянул время, пытаясь сообразить, о чем и как следует говорить с первым вице-президентом Дрезднер-банка, чтобы тот не сразу потерял интерес к беседе.

— Господин Кирсанов, это определенно не есть телефонный разговор. Тема переговоров весьма конфиденциальна. Господин первый вице-президент хотел просить вас, чтобы вы соблюдали секрет. Про эту встречу не должны знать конкуренты. Это очень важно.

— О'кей, — сказал заинтригованный Петя. — Где мы встречаемся?

— Я позвоню вам завтра. Благодарю вас, господин Кирсанов, за то, что нашли время для этого разговора.

Петя записал на четверг: «Д-Б», обвел кружочком и снова уткнулся в папку.

Время от времени он мысленно возвращался к любопытному звонку. Дрезднер-банк — это где? В Германии? Интересно, что нужно немцам от СНК и откуда они узнали его телефоны? Может, следует взять на встречу кого-нибудь из спецов? Того же Витьку Сысоева? Пожалуй, нет. Еще затеют профессиональный разговор, а он будет сидеть и скучать. Лучше поехать одному, надуть щеки, попытаться понять, в чем суть дела. А потом, если окажется, что это интересно, уже подтянуть людей. Вот Платон удивится! Надо только выяснить: Дрезднер-банк — это и вправду серьезно или так себе?

Вечером в среду Эстерхази позвонил снова.

— Господин Кирсанов! — обрадовался Эстерхази. — Это очень хорошо, что я смог вас найти. Вы можете завтра планировать ленч с господином первым вице-президентом в отеле «Балчуг»? В двенадцать часов тридцать минут. В четырнадцать часов господин первый вице-президент должен будет ехать в аэропорт.

Петя сделал вид, что думает, а потом солидно ответил:

— О'кей. В двенадцать тридцать. «Балчуг-Кемпински». А как я узнаю господина вице-президента?

— О! Вам надо подойти к рецепции, так? Он будет там стоять. Его фамилия — господин Шмерлинг. Господин Рольф Шмерлинг.

— А по-русски он говорит?

— Нет, господин Шмерлинг говорит только по-немецки, по-английски, по-французски, по-итальянски и по-испански. По-русски не говорит. К сожалению.

— Мне надо будет взять с собой переводчика.

— Не надо переводчика, господин Кирсанов, пожалуйста. Я уже упоминал, что встреча должна быть очень конфиденциальной. С господином Шмерлингом будет сотрудник московского бюро банка, который будет проводить его в аэропорт. Он вполне владеет немецким и русским. Вы можете приезжать один, господин Кирсанов?

* * *

Ага! Вот откуда у них информация об СНК! У этого Дрезднер-банка есть московское бюро. Теперь все ясно.

На следующий день минут за пятнадцать до назначенной встречи Петя подъехал к «Балчугу». Перед входом в гостиницу поставить машину было негде, поэтому Кирсанов, высадившись, приказал водителю завернуть за угол и ждать там.

А сам через гостеприимно распахнутые швейцаром двери вошел в холл.

У стойки регистрации никого не было. Еще рано. Петя посмотрел на часы, махнул рукой официанту, попросил принести стакан апельсинового сока и устроился в мягком кресле. Через пятнадцать минут вице-президент не появился. И еще через пятнадцать минут тоже.

В очередной раз сверившись с часами, Петя подошел к регистрации и спросил:

— У меня здесь должна быть встреча. С господином Шмерлингом. Моя фамилия Кирсанов. У вас случайно нет информации?

— Одну минутку, — сказала девушка за стойкой, посмотрела в компьютер и с сожалением покачала головой:

— Нет. Господин Шмерлинг не поселялся. И звонков не было.

Странно. Очень странно. Звонили, беспокоили… Может, глупая шутка? Хорошо, что он не рассказал об этом Платону.

Петя еще раз оглядел холл гостиницы, недоуменно пожал плечами и направился к выходу.

Как только он вышел в тамбур, у черного «блейзера», стоявшего напротив дверей отеля, синхронно опустились оба боковых окна. Грохот автоматных очередей смешался со звоном стеклянных осколков, которые обрушились на дергающееся под ударами пуль тело Пети Кирсанова. Отстрелявшись, киллеры скрылись за тони-

511

рованными окнами машины, «блейзер» сорвался с места, свернул направо и полетел по набережной.

Собралась толпа. Встав перед мертвым Петиным телом на колени, не стесняясь, плакал прибежавший из-за угла водитель.

Ларри берет след

Секретарша Кирсанова, с красными пятнами на щеках, с трудом выдерживала перекрестный допрос.

— Зачем его понесло в «Балчуг»? — допытывался белый от ярости Платон. — С кем он должен был встретиться?

— Я не знаю, Платон Михайлович, — дрожащим голосом отвечала секретарша. — Он мне ничего не сказал. Он даже не из офиса уехал. Про то, что Петр Евгеньевич в «Балчуге», я только от водителя и узнала, потому что мобильный не отвечал.

— А это что? — Платон ткнул пальцем в Петин еженедельник, где пометка «Д-Б» была обведена кружочком. — «Даймлер-Бенц»?

Секретарша нагнулась, изучила запись и пожала плечами.

— Нет, Платон Михайлович, из «Даймлера» нам не звонили. А почерк его.

— Ладно, — устало сказал Платон. — Можете идти.

— Погоди, — вмешался Ларри, тихо сидевший в углу. — Ты телефонные звонки записываешь? Кто звонил, кому звонили?

— Конечно, — сказала секретарша. — Обязательно.

— Принеси.

Секретарша вылетела за дверь и тут же вернулась со скоросшивателем.

— Сядь здесь, — приказал Ларри. — Рядом. Будешь рассказывать. Начнем с конца. Это кто?

— Это жена. Видите, звонила два раза — в десять и в четыре вечера.

— А это?

Секретарша зарделась.

— Татьяна Аркадьевна. Из модельного агентства.

— Это?

— Стелла Викторовна. Тоже из модельного агентства.

— Из того же самого?

— Нет. Из другого.

— Хорошо, — сказал Ларри. — Обеих, из агентств, выпиши на отдельную бумажку. Мне отдашь. С телефонами. Поехали дальше. Это кто?

— Это вы, Ларри Георгиевич.

— Это?

— Платон Михайлович.

— Так. Дальше.

— Господин Эстерхази. Он вчера, в среду, много раз звонил, очень беспокоился.

— Кто такой?

— Я не знаю. Первый раз он позвонил во вторник. Назвался, сказал, что из Будапешта, и попросил соединить его с господином Кирсановым.

— Они разговаривали?

— Да, это было во вторник, а потом они еще раз говорили — в среду вечером.

— Этот Эстерхази свои телефоны не оставлял?

— Нет. Они просто поговорили — и все. Ой, Ларри Георгиевич, я вспомнила — в среду, как раз после звонка господина Эстерхази, Петр Евгеньевич вышел в приемную и спросил у водителя, где находится «Балчуг». Он всегда путал «Балчуг» и «Рэдиссон-Славянскую».

И секретарша заревела в голос.

Ларри невозмутимо вытащил из кармана белоснежный носовой платок, сунул секретарше, подождал, пока она перестанет всхлипывать, и вернулся к бумагам.

Через полчаса, просмотрев все записи за последние две недели, Ларри взял у секретарши скоросшиватель и заявил:

— Будет у меня. Если кто спросит, скажи, что никаких записей не велось. А память у тебя плохая. Поняла? Когда я скажу, тогда и будешь вспоминать. Иди пока. Умойся.

Оставшись наедине с Платоном, Ларри раскрыл папку и указал веснушчатым пальцем на фамилию Эстерхази.

— Почему ты так думаешь? — спросил Платон.

— Больше я никого здесь не вижу. Разве что звонил еще кто-то, совсем уж со стороны, кого мы не знаем.

— А этого ты знаешь?

— Не знаю, — признался Ларри. — Но я так думаю, что его вообще никто не знает. Ты слышал — она сказала, что после разговора с ним Петя спрашивал про «Балчуг». Если я правильно понимаю, этот тип его в «Балчуг» и выманил. А там уже ждали.

— Фамилия липовая?

— Наверняка.

— Так, — согласился Платон, немного подумав. — Давай пока это оставим. Еще что-нибудь есть?

— Все может быть. Бабы. Петя по этой части всегда хромал. Помнишь собачий аттракцион? Он же тогда практически всех через себя пропустил. С другой стороны, Петя мог наследить по каким-нибудь старым делам. Но я боюсь, что его уцепил именно этот... как его... черт венгерский.

— Как полагаешь, с чем это может быть связано?

— Не знаю, — хмуро сказал Ларри. — Ей-богу, не знаю. Думаю, здесь что-то очень нехорошее. Ты случайно не в курсе, Кирсанов по СНК ничего не напортачил? Ты все знаешь, что он делал?

— Обычно Петя согласовывал... Но черт его знает. Хорошо бы документы посмотреть. Он где их держит?

С изучением документов надо было спешить. Вот-вот могла нагрянуть следственная группа.

Все бумаги по СНК обнаружились в сейфах у Марка. Цейтлин долго и шумно протестовал, требуя объяснить ему, что замышляют Платон и Ларри, рвался принять активное участие, но его отодвинули. Девочки Ларри за два часа сняли копии со всех необходимых бумаг. Ларри вызвал Федора Федоровича и углубился в изучение.

Оно затянулось далеко за полночь, но обнаружить ничего не удалось.

— Раз уж мы этим занялись, — сказал Федор Федорович, потирая лоб, — надо проверять до конца. Смотрите, Ларри. Если Кирсанова заказали из-за СНК, то наверняка есть что-то такое, про что знал только он. Тогда в этих бумагах ничего интересного для нас нет и быть не может.

Ларри кивнул в знак согласия и нажал на кнопку внутренней связи.

— Быстро найди мне Гольдина, — распорядился он. — В банке или дома.

Додик Гольдин командовал инфокаровским банком, через который проходили все операции СНК. Его привел Муса еще в ту пору, когда СНК существовал только в замыслах. Банковского образования у Гольдина не было, но он покорил всех тем, что в первые дни существования банка, когда компьютерами еще не обзавелись, а надо было выполнить срочное задание Платона, послал водителя в магазин, приказал ему купить два десятка калькуляторов и засадил весь персонал за ночную работу. Такие пароксизмы исполнительности случались с ним и впоследствии, но в обычное время Гольдин предпочитал спокойный образ жизни, пейджеры постоянно терял, а от мобильного телефона отказывался, говоря, что банку это не по карману. Поэтому найти его в ту ночь не удалось.

Рабочий день в банке начинался в девять. Гольдин, нимало не подозревая, что его разыскивали чуть ли не до самого рассвета, появился около десяти, свежепостриженный и пахнущий одеколоном. Ему тут же сообщили, что звонили из секретариата Теишвили и просили срочно связаться.

Гольдин набрал номер Ларри.

— Мне срочно нужны все платежи по СНК, — сказал Ларри. — Все до единого. С момента создания.

— Два часа, — подумав, сказал Гольдин. — Мне понадобится два часа. А что? Что-то выяснилось про Петьку?

— Пока не знаю. — И Ларри бросил трубку.

Банковский кризис

На Старом Арбате происходила обычная толкотня. Стайки молодежи фланировали мимо пряничных фонарей, пили пиво, мальчики, несмотря на сравнительно раннее время, беззастенчиво тискали подружек. Подружки радостно попискивали и не сопротивлялись. Ближе к Смоленской наяривала гармошка, дружный гогот заглушал слова очередной частушки. Ленка вышла из машины в одном из ближних к банку переулков, прошла на Арбат и остановилась у клетки, в которой сидела флегматичная мартышка.

— Возьмите билетик, девушка, — раздался голос за ее спиной. — На счастье. Всего одна тысяча рублей.

Ленка подумала и протянула тысячную купюру хозяину мартышки, который раньше наверняка знавал лучшие времена и был, скорее всего, научным сотрудником не из последних. Мартышка с обидой посмотрела на Ленку, как бы говоря: «Ну вот, и ты такая же как все…» — протянула ей вынутый из большого кожаного кошеля билетик, потом отдернула лапку и равнодушно отвернулась.

Отойдя в сторону, Ленка развернула билетик.

«Вам удивительно везет в жизни, — было напечатано на бумажке. — Вас окружают друзья и любящие вас люди. Скоро вас ждет счастье. Но сегодня у вас не самый удачный день. Воздержитесь от путешествий и деловых встреч. Проведите этот день дома, с любимой книгой или у телевизора. Не подходите к окнам и к двери. И тогда все будет хорошо».

— Откуда вы берете эти тексты? — спросила Ленка у научного сотрудника.

Тот, явно обрадовавшись возможности поговорить, начал охотно рассказывать. Получалось, что предсказание судьбы — это целая профессия. Есть даже книги, в которых подробно описывается, как надо предсказывать судьбу по билетикам, вытягиваемым обезьянками или попугаями. Это вовсе не шарлатанство. Чтобы заготовить тексты билетиков на конкретный день, надо осуществить целую процедуру. Научный сотрудник так и сказал — «процедуру». Сначала по числу месяца и дню недели определяется место, откуда берутся слова для составления предсказания. Соответствующие словники приведены в специальной гадальной книге. Потом из указанного места случайно выбирается определенное количество слов. И только затем уже из набора слов составляются осмысленные фразы. А уж кто что вытянет — это судьба.

— Многие потом приходят, благодарят, — с жаром говорил хозяин мартышки. — Это удивительное дело. Лужкова знаете, конечно? Я ему предсказал, что он будет мэром Москвы. Еще в девяносто первом, когда мэром был Попов. Меня потом даже приглашали на работу в мэрию, но я отказался.

— А что будет, если я куплю еще один билетик? — поинтересовалась Ленка. — Или несколько?

Хозяин, будто испугавшись чего-то, загородил от нее клетку.

— Нет-нет, это нельзя, — решительно сказал он. — Это определенно нельзя. В таком случае, если первое предсказание было хорошим, оно не сбудется. А если плохое, то будет еще хуже. Что вы! Это никак нельзя.

— А могу я купить билетик для подруги и отнести ей?

— Нет, — с сожалением сказал торговец гаданиями. — И это нельзя. У вас могут перепутаться судьбы. Вы поймите — мне не жалко. Мне-то как раз наоборот — чем больше продам, тем больше заработаю. Но вам может быть очень плохо.

— Девушка! — окликнул торговец Ленку, когда она уже отошла на несколько шагов, направляясь к банку. — Девушка, скажите, а что вы делаете сегодня вечером? После работы? Я мог бы вам еще многое рассказать… И показать, как делаются билетики.

— Я сегодня дома сижу, — ответила Ленка. — В соответствии с вашим предсказанием. И не подхожу ни к дверям, ни к окнам.

* * *

— Привет, красавицы, — поздоровалась Ленка, входя в приемную Гольдина. — Где мои бумажки?

— У него, — кивнула в сторону кабинета пятидесятилетняя секретарша Гольдина. — Просил зайти.

Молодых девушек у себя в приемной Гольдин принципиально не терпел. Говорил — отвлекает от работы, что было чистой правдой, потому как слабость к женскому полу банкир имел немалую. Но обе интрижки, затеянные им сразу после открытия банка, неизвестно каким образом стали немедленно известны Ларри, и тот, дружелюбно улыбаясь — что многими воспринималось уже не просто серьезно, а суперсерьезно, — объявил при встрече: «Господин Гольдин у нас сильно устает. Или на работе, или после работы. Вон какие круги под глазами. Береги себя, дорогой».

Этого было достаточно, чтобы Додик Гольдин немедленно перетряхнул штат, наняв вместо набранных спервоначалу красавиц записных крокодилов. На стороне, однако, он себе ни в чем не отказывал и последнее время подбивал клинья к Ленке.

Гольдин специально попридержал у себя затребованные Ларри бумаги, когда узнал, что за ними приедет Ленка. Несмотря на все опасения, от каждой встречи с ней Гольдин ждал какого-нибудь сдвига в затянувшейся игре. Он ждал ее не раньше чем минут через десять, и появление Ленки в приемной, обнаруженное по монитору, застало Гольдина врасплох.

Ленка вошла в кабинет раньше, чем банкир успел выйти из-за стола ей навстречу, и быстро преодолела расстояние между дверью и столом. Обычно Гольдин встречал ее у двери и предлагал посидеть на миниатюрном диванчике, пока он не закончит с какими-то там неотложными бумагами. Эту уловку Ленка раскусила еще при первом визите. Диванчик был очень мягким и удобным, садившийся на него тут же проваливался, и Гольдину, якобы сосредоточенно изучавшему важный документ, открывалась соблазнительная перспектива. Ленка ничего не имела против, наоборот — глядя на лоб банкира, покрывающийся капельками пота, и прекрасно понимая, что Додик сейчас переживает, она чувствовала, как внутри нее тоже поднимается теплая волна возбуждения. Но сегодня Ленка решила на диванчик не садиться, а вместо этого остановилась у подоконника и, глядя на поднимающегося из кресла Гольдина, сказала:

— Я за бумагами. Готово?

— Сейчас, сейчас, — засуетился Гольдин, засовывая платежки в папку. — Минуточку…

Ленка отвернулась и стала смотреть в окно. Она знала, что Гольдин только делает вид, будто очень торопится, а на самом деле он ощупывает ее глазами и пытается придумать какой-нибудь заход. Ну, это его дело. Ленка уже лишила Гольдина обычного удовольствия, поэтому подойти к столу и начать разглядывать, как он мухлюет с засовыванием бумажек в полиэтиленовый презерватив, было бы просто неблагородно.

За окном был виден старый арбатский двор с двумя разломанными скамейками, валяющейся урной и грудой мусора посередине, на которой копошились голуби, ничуть не озабоченные гревшейся на солнце кошкой. В решетке окна торчал оставленный кем-то бумажный пакет, перевязанный бечевкой. В подворотне стоял мужик и, повернувшись к банку, с наслаждением мочился.

Ленка вдруг вспомнила, что сегодня ей не рекомендуется подходить к окнам, еще раз взглянула на бесстыжего мужика, голубей и бумажный пакет, отвернулась и подошла к Гольдину.

Это спасло ей жизнь. За спиной у Ленки что-то полыхнуло белым светом, раздался грохот, потом звон разлетающегося стекла, она почувствовала резкую боль в плече, услышала два негромких хлопка и, уже падая на Гольдина, увидела, что на столе у банкира и рядом, у двери, расцветают два огненных букета.

Находившаяся в бумажном пакете бомба разворотила стену кабинета, ударная волна внесла внутрь и впечатала в шкаф чугунную оконную решетку, засыпала кабинет осколками стекла. Влетевшие следом две бутылки с «коктейлем Молотова», метко заброшенные неизвестной рукой, вызвали к жизни весело заплясавшие голубые огоньки.

Когда Ленка пришла в себя, она лежала на полу, накрывая неподвижное тело Гольдина, а кругом бушевал огонь. Черный пепел сгоревших бумаг танцевал в ярко-желтых языках пламени. От съеживающегося на глазах синтетического ковра расползалось вонючее черное облако. Оно перекрывало дорогу к двери. Ленка попыталась крикнуть, но раздался только беспомощный щенячий визг. Ей показалось, что дверь в кабинет на мгновение приоткрылась, но тут же захлопнулась. Ленка метнулась к выходу и отступила, чувствуя, как начинают скручиваться волосы. Бросив взгляд на поверженного взрывом Гольдина, она увидела, что банкир пришел в себя и пытается что-то сказать. Надо выбираться.

Пока эта корова в приемной сообразит, что происходит, они тут обуглятся.

Закусив губу, Ленка стянула свитер и соорудила на голове что-то вроде тюрбана. Потом посмотрела на Гольдина, сняла юбку и замотала ему лицо. Черт!

Вот ведь мужики! Старый козел! Лежит, чуть дышит, а как увидел, что она без лифчика, губки все же облизал.

Ленка схватила Гольдина за руки, набрала воздуха в легкие и, несмотря на нестерпимую, дергающую боль в плече, потащила его к двери.

Корреспонденты «Московского комсомольца», появившиеся одновременно с пожарной командой, успели-таки сделать несколько уникальных снимков. Один из них на следующее утро появился в газете. Ленка, в ободранных до лохмотьев колготках, прикрывая двумя руками обнаженную грудь, сидит на каменном полу в вестибюле банка, а рядом, с обалдевшим лицом, лежит банкир Гольдин, держа в руках наполовину сгоревшую Ленкину юбку.

Взрыв в банке, последовавший сразу же за убийством Пети Кирсанова, создал множество проблем. Не стоит даже говорить о приостановке платежей, возникшей из-за того, что Гольдин, не то ушибленный взрывом и последующими впечатлениями от пожара, не то пришедший в состояние невменяемости от неожиданно близкого контакта с Ленкой, загремел в больницу с гипертоническим кризом, а обладавших правом подписи заместителей он не держал. Все обстояло намного хуже. Даже Платон с его стратегическим гением не мог увязать эти два события, а связь между ними, несомненно, существовала. Федор Федорович часами просиживал с Ларри за закрытыми дверями, но ход их мыслей оставался для широкой публики тайной за семью печатями. Самым значительным событием в первые часы после взрыва было происшествие с Мусой. Когда Сысоев, узнавший о теракте от водителя, вбежал в офис, он увидел Тариева у входа в приемную — на стуле для охраны. Муса сидел, закрыв глаза, и мерно постукивал сжатыми кулаками по бедрам. Услышав шаги, он открыл глаза, посмотрел на Виктора и сказал:

— Я не понимаю. Я просто ни хера не понимаю. Что происходит?

Потом Муса снова закрыл глаза, обхватил голову руками и стал медленно сползать со стула. Виктор закричал, набежала охрана, вызвали «скорую». Мария, с красными от слез глазами, звонила одновременно по трем телефонам, выбивала госпитализацию в Кремлевку. На шум вышел Ларри, посмотрел на Мусу, лежащего на диване с мокрым полотенцем поверх лба, приказал закрыть контору и никого не впускать, а потом, схватив мобильный телефон, мгновенно договорился, чтобы в больнице вместе с Мусой неотлучно находилась личная охрана. Затем Ларри вызвал Марию в коридор и сказал тихо, но внятно:

— Закажи быстренько чартер. В Швейцарию. Пусть ждет. Я тебе сейчас дам тридцать штук, отдашь как задаток. Поняла? Завтра Петю похороним, и Платон Михайлович сразу улетит. Поняла?

— Но Платон Михайлович... — начала было Мария, привыкшая получать указания из одного-единственного источника, — он мне ничего...

Никто толком не понимал, почему и из каких соображений у Ларри время от времени прорезался грузинский акцент. Однако когда это происходило, вопросов уже не задавали. Ларри посмотрел на Марию неожиданно потемневшими глазами, ласково взял ее за плечо и прошептал:

— Сдэлай, как говорю. Быстренько. А то мы найдем Платону Михайловичу другого личного помощника. Поняла мою мысль?

Взглянув в приветливо улыбающееся лицо Иллариона Георгиевича, Мария вдруг отчетливо поняла и его мысль, и тот непреложный факт, что сейчас есть только одна власть и только одна сила. И если Мария хоть на секунду попытается противопоставить себя этой власти, то на нее — пусть не сейчас, пусть через месяц — обрушится неминуемое возмездие, обрушится и молниеносно сломает ту хрупкую систему взаимоотношений, которую она так старалась выстроить все последние годы. И еще Мария поняла — эта власть не от мира сего. Неважно, с каким она знаком — с плюсом или с минусом. Но она настолько реальна и настолько огромна, что задавать вопросы и пытаться выяснить, кто в этом мире главный, просто кощунственно. И Мария, признававшая до сих пор исключительно Платона как альфу и омегу мироздания, вдруг ощутила невыносимое физическое давление, которое невозможно было ничем уравновесить.

— Я свои бабки плачу, — как бы угадав ее состояние, добавил Ларри. — Поняла? Свои. Если не надо будет чартера, я сам разберусь. Ты сделай, как я сказал. Ладно? Считай, что я просто к тебе с личной просьбой обратился. Хорошо?

Мария кивнула и, будто загипнотизированная, пошла к телефонам.

Дебют папы Гриши

Похороны Пети Кирсанова были назначены на субботу. Уже вечером в пятницу с Завода прилетела представительная делегация, возглавляемая директором и папой Гришей. Примерно час они прождали Платона в клубе, потом директор усадил всех ужинать, а сам поехал в больницу проведать Мусу. Когда появились Платон и Ларри, ужин под председательством Марка был в самом разгаре.

— А где уважаемый товарищ руководитель? — спросил Платон, оглядываясь по сторонам.

— Поехал навестить Мусу Самсоновича, — ответствовал папа Гриша, подходя с объятиями.

Платон расцеловался с папой Гришей и, садясь рядом с Ларри за стол, обратил внимание, что тот как-то необычно задумчив.

— Ты чего? — сквозь зубы прошептал Платон, следя, как в рюмку льется ледяная водка.

Ларри неопределенно покрутил головой и наступил Платону на ногу, призывая к молчанию.

Через полчаса, когда приличествующая печальному событию скорбь несколько развеялась и беседа за столом приняла непринужденный характер, Платон поднялся, незаметно потянул Ларри за рукав и кивнул в сторону двери.

— Случилось что? — спросил Платон, когда они уединились в коридоре.

Ларри помолчал немного, а потом ответил, тщательно подбирая слова:

— Мне кое-что не нравится. Мне не нравится, что директор поехал к Мусе. Зачем он к нему поехал? Он мог к тебе поехать, он тебя давно знает. Мог ко мне поехать. А он нас не дождался и поехал к Мусе. Почему? Может, они старые друзья? Или сейчас сильно подружились? Тогда почему мы про это ничего не знаем? Что скажешь?

— А с какой стати тебя это беспокоит? — ощетинился Платон. Он не любил, когда задевали Мусу.

— Меня ничего не беспокоит. — Ларри достал сигарету, покрутил в руках и спрятал в карман, вспомнив, что Платон плохо переносит табачный дым. — Я просто не понимаю. А когда я не понимаю, мне не нравится.

Платон задумался. Муса, замкнув на себя инфокаровские операции по недвижимости, решал попутно кое-какие проблемы заводского руководства. Поэтому с директором и папой Гришей ему приходилось общаться часто и накоротке. Но Ларри прав. Это не объясняет, почему директор Завода, приехавший на похороны Петра Кирсанова и в клуб к Платону, вдруг сорвался и понесся через весь город навещать больного. Надо будет как-нибудь похитрее разузнать, в чем тут дело.

Необычные вещи хороши, когда ты их устраиваешь сам, а не когда они происходят помимо твоей воли. Необычного же за последнее время поднабралось изрядно.

Непонятное ни по сути, ни по исполнению убийство Кирсанова. Загадочный взрыв в банке на следующий день. (Кстати, не мешало бы позвонить в больницу, узнать, как там Гольдин. И съездить к Ленке, поговорить с лечащим врачом. Вроде все стекла из плеча вынули, но лучше еще раз сделать рентген, подстраховаться.) Не менее загадочная настойчивость Ларри, настаивающего на немедленной эвакуации Платона из Москвы. Кстати…

— Может, объяснишь, зачем вся эта история с чартером? — спросил Платон. — Ты обещал.

— Сам не знаю, — признался Ларри. — Вот что хочешь, матерью клянусь, не знаю. Мне просто нехорошо на душе. Какое-то предчувствие, если хочешь.

— Тогда тебе тоже лучше свалить в Швейцарию. Давай вообще все уедем.

— Не лучше. Смотри. Мы принимаем решение прокрутить деньги. Это связано с СНК. Так? Начинаем работать. Через три недели убивают Петю. Он — твой зам по СНК. Так? Я посылаю в банк за документами по СНК. Банк взрывают, документов нет. Так? А ты — генеральный директор СНК. Что-то у нас произошло неправильное, а мы не знаем что. Лучше тебе посидеть пока в Лозанне. Кто-то начал охоту на СНК. Согласен со мной?

— А тебе не кажется, что это... — Платон кивнул в сторону банкетного зала. — Что-нибудь пронюхали...

— Мне уже все кажется, — сказал Ларри. — Мне не понравилось, что директор поехал к Мусе.

— Ты думаешь...

— Я не хочу так думать. Но смотри сам. У нас полная готовность. Через месяц СНК забирает Завод под себя. Все уже подписано, осталось только чуток денег подкопить. Самое время кому-нибудь взять СНК под себя. А? Почему ты должен быть главным? Кто это сказал? Почему директор не может быть главным? Или папа Гриша? Или назначат кого-нибудь, сговорчивого. Кто в курсе всех дел.

Ларри снова вытащил из пачки сигарету, но на этот раз закурил, аккуратно пуская дым в сторону.

— Понимаешь меня? Не хочу, чтобы через неделю мы здесь по твоему поводу собирались.

— Ты соображаешь, что ты мне говоришь? — спросил Платон. — Ты мне говоришь, что Муса...

— Я тебе этого не говорю, — обиделся Ларри. — И не могу говорить. У меня таких данных нет. Я тебе объясняю, где и какие интересы лежат. А уж кого и куда эти интересы подвинут — сейчас сказать трудно. Я знаю, про что ты думаешь. Друзья детства, росли вместе, туда-сюда... Пойми, тут же не место за столом обсуждается, когда никто не хочет на углу сидеть. За это не стреляют. Тут интересы стоят миллиарды баксов. Что, такой интерес никого подвинуть не может?

— Ладно, — не сдавался Платон. — Оставим это. А если бы он к Мусе не поехал, что бы ты подумал?

— То же самое и подумал бы. Мысли одни и те же. Я не о людях думаю. Я об интересах думаю. И считаю, что тебе лучше улететь завтра. Я на твоем месте и на похороны бы не ходил, но это могут неправильно понять.

— На похороны я, конечно, пойду, — сказал Платон задумчиво. — Хорошо, что мы поговорили. Как теперь быть с охраной?

— Менять надо. Всех. Особенно личников.

— Даже так? Потому что Муса набирал?

— И поэтому тоже. Он сейчас в больнице, а слушают они только его.

— Поеду-ка я, друзья мои, — раздался позади голос. — День был тяжелый, да и завтрашний не легче намечается. Не буду я, пожалуй, руководство дожидаться. А то они, видать, заболтались там, как обычно, забыли про малых сих.

За спинами Платона и Ларри стоял папа Гриша. При всей своей массивности он умел передвигаться быстро и незаметно, как большая кошка. И сейчас, глядя, как папа Гриша и Ларри ласково улыбаются друг другу, Платон с удивлением подумал, что в чем-то неуловимом они чрезвычайно похожи.

— Я уж шефа отговаривал, отговаривал, — продолжал папа Гриша, — говорил ему, что неловко, что Платон сейчас приедет, обидеться может, да и Ларри тоже, а он ни в какую. Должен, говорит, обязательно повидаться с Мусой. Они, как встретятся, просто оторваться один от другого не могут. И о том беседуют, и об этом. Я уж устаю по-стариковски от их разговоров, спать ухожу. А они иной раз до утра засиживаются. Я Мусе говорю — мы, дескать, в твоем возрасте все больше по ночам девок гоняли, а ты только о делах да о делах. Смотри, говорю, прозеваешь все на свете за своим бизнесом да за разговорами. Он слушает, усами шевелит и улыбается. Погодите, говорит, папа Гриша, сделаем тут одну штуку, все девки на свете наши будут. Я уж не спрашиваю, о чем это он. Вам тут, в Москве, виднее.

Папа Гриша испытующе посмотрел на собеседников, убедился, что слова его услышаны, расцеловал Платона, пожал Ларри руку и слегка раскачивающейся походкой зашагал к выходу. Платон и Ларри переглянулись.

— Сколько он слышал, как ты думаешь? — спросил Платон.

— Думаю, что почти все, — ответил Ларри. — Вот тебе и картинка с ярмарки. Он ведь шефу всем на свете обязан, тоже с пацанов в друзьях ходят. А как услышал, о чем мы говорим, сразу сориентировался. Если он нас убедит, что директор с Мусой за нашей спиной о чем-то сговариваются, глядишь — и на него, старика, первую ставку сделаем. И заметь, умница какая, сукин сын. Он же нам ничего не сказал — только послушал, о чем мы думаем, да и подыграл тут же. Понял, как надо работать? Высший пилотаж. Если его и прижмут, то ответ простой — дескать, сказал, что шеф и Муса друг дружку любят и оторваться один от другого не могут. Все дела. А нам теперь ночами не спать — будем ломать головы, кто же это против нас играет и не зря ли мы так своим партнерам доверяем. Папа Гриша небось едет к себе в гостиницу и хохочет. Согласен со мной?

Платон как-то странно посмотрел на Ларри. Он преклонялся перед его коммерческим талантом, высоко ценил фантастическую работоспособность, умение работать с криминальным миром, разветвленные связи и выдержку. Он знал, что сказанное Ларри слово будет с железной неизбежностью претворено в дело. Но выдающиеся исполнительские качества Ларри, похоже, служили лишь удобной завесой для чего-то тщательно скрываемого и потому существенно более ценного — Платон впервые отчетливо увидел, что рядом с ним все эти годы находился человек, чья способность к анализу не уступала его собственной. И он встревожился. Не потому, что встретил равного, а потому, что равенство это по каким-то, известным только самому Ларри, причинам было скрыто и тщательно оберегалось от постороннего глаза. Если бы не чрезвычайные обстоятельства, кто знает, сколь долго еще могла бы сохраняться эта тайна. Платон поймал взгляд Ларри, и ему вдруг показалось, что тот читает его мысли, как открытую книгу. От этого ощущения Платону стало зябко.

— Ладно, — неожиданно весело сказал Ларри и надул щеки, отчего его усы смешно растопырились. — Пойдем к столу. Слышишь, там Марик опять с Лукачевым сцепился. Объясняют друг другу, как надо машины торговать. Пора разнимать. Если директор через полчаса не объявится, надо расходиться. А то у меня в час переговоры начинаются.

Платон разгадывает ребус

Назавтра Платону так и не удалось улететь. Ларри позвонил ему в восемь утра, разбудил, говорил какие-то странные вещи и напоследок попросил, чтобы Платон обязательно дождался на даче, когда Ларри пришлет за ним машину сопровождения. Платон попытался взбрыкнуть, кричал, что у него и свое сопровождение есть, но потом сдался. Ночной разговор с Ларри встревожил его больше, чем можно было ожидать. И, конечно же, ему сильно не понравилось, что директор Завода так и не появился в клубе. В инфокаровский бизнес явно вторгалось неизвестное, беспокоящее начало. Платон начал понимать, что вся сложившаяся система взаимоотношений — система, построенная на допущении об абсолютной надежности тылов, на гипотезе о полной тождественности интересов, доказанной десятилетиями дружбы, — в любой момент может дать трещину.

Как ни странно, это понимание было вызвано к жизни вовсе не рассуждениями Ларри, логически, надо признать, безупречными, и не спектаклем, мастерски разыгранным папой Гришей. Оно возникло в тот момент, когда, глядя в желтые, с искорками, глаза Ларри, Платон внезапно увидел перед собой совершенно незнакомого ему человека. Ведь он всегда воспринимал Ларри всего лишь как исключительно надежную и безотказную машину для претворения в жизнь замышляемых им, Платоном, схем и принимаемых Платоном же решений. А машина оказалась мыслящей. Значит, подобное возможно и с другими. Как же он не увидел раньше и не почувствовал очевидного — того, о чем с такой легкостью говорил Ларри: если очень хочется, то можно, даже если нельзя. Ураган материального интереса способен разнести в щепки любую старую дружбу. Конечно, Платон сам виноват. Он должен был выстроить надежную защиту. Слишком многое он своими руками отдал Мусе, передоверив ему и значительную часть контактов с заводским руководством, и всю систему безопасности «Инфокара».

Он сам создал условия, когда любая интрига может быть реализована без каких-либо препятствий. Если, конечно, не считать препятствием сорок лет дружбы.

До сих пор Платон и на мгновение не допускал, что Муса его предал. Но то, что это может произойти в любую минуту и что последствия будут ужасны, он осознавал все отчетливее. Ему даже хотелось быть благодарным Ларри за это новое понимание, но благодарность гасла, не успев родиться, — мешало ощущение беды.

Платон вдруг увидел надвигающееся одиночество.

...Как завороженный, стоял Платон у могилы Петьки Кирсанова, слушал речь директора, что-то говорил сам. Потом бросил горсть земли на крышку гроба и отошел в сторону, прикрываемый плотным кольцом людей в бронежилетах. Вдруг рядом с ним, неизвестно как, образовался Ларри.

— Вот что, — решительно произнес Платон. — Пока не разберемся, в чем тут дело, из-за чего грохнули Петьку, почему взорвали банк и зачем весь этот цирк, я никуда не уеду. Пока я не буду точно знать, что у нас здесь творится, с места не тронусь. Скажи, пусть меня везут в клуб.

Оказавшись в клубе, Платон заперся у себя в кабинете, приказал ни с кем не соединять, на любые вопросы отвечать, что он улетел за границу, схватил лист бумаги, карандаш и стал рисовать загогулины. Он рисовал почти час. Потом потребовал соединить его с Марией и принялся диктовать. К вечеру в клуб, сквозь тройное кольцо охраны, потянулись курьеры с документами. Курьеры отдавали бумаги администратору, связывались по телефону с Марией, выслушивали дальнейшие указания, по-военному говорили «есть» и отбывали по назначенным им маршрутам.

Больше никого в клуб не допускали. Марк, появившийся после похорон с толпой посетителей, был отправлен восвояси под тем предлогом, что помещения срочно потребовали химобработки и вообще глобальной уборки. Он долго поводил носом, чувствуя нечто необычное, но был вынужден уехать. Администраторы стояли насмерть. Мария перевела офис на военное положение. Единственным человеком, получавшим точную информацию, был Ларри. Он съездил на поминки, выпил несколько рюмок, сказал речь, а потом вернулся в контору, вызвал Федора Федоровича, рассмотрел вместе с ним надиктованные Платоном заметки и впрягся в работу.

Около полуночи Ларри вызвонили из клуба по мобильному телефону.

— Можете сейчас приехать? — спросил администратор. — У нас есть для вас документы.

Это означало, что Платон зовет в гости.

— Что это? — спросил Платон, тряся листками бумаги, когда Ларри вошел к нему в кабинет. — Кто-нибудь про это знает?

У него в руках был договор с Первым Народным банком о покупке векселя на три миллиона долларов. И две платежки, подтверждающие перевод на счет этого же банка указанной в договоре суммы.

— Первый раз вижу, — констатировал Ларри, изучив бумаги. — Просто первый раз.

— Это Петина подпись?

— Да, — кивнули Ларри и Федор Федорович.

— Ну что? Нашли ответ? Что это за банк?

Федор Федорович повернулся на стуле и нажал на кнопку звонка.

— Снимите копию, — вежливо попросил он вошедшего администратора.

Нескучный сад

Я все время думаю о тебе. Смешно… Я даже не знаю, помнишь ты меня или нет. Сколько же у тебя было таких, как я… секретарш… аспиранток… Не пересчитать… Да еще жена, которую я страшно боялась, но не из-за себя, а из-за тебя. Я никогда не рассказывала тебе, как однажды случайно наткнулась на нее в магазине. Я узнала ее по фотографии, которая стояла у тебя на столе, на работе. А она меня никогда не видела, и не думаю, что даже догадывалась о моем существовании. Это было, когда у нас все еще было на взлете, и я только-только договорилась о квартире, и ты еще читал мне стихи, а я смотрела на тебя во все глаза и никак не могла насмотреться, и, когда ты провожал меня домой, мы целовались в метро, в подъездах, в лифтах… Но даже тогда я твердо знала, что ничего не будет, хотя будет все. Там, в магазине, я пошла за твоей женой и увидела, как она покупает тебе рубашки. Помнишь? Нет, конечно же, ты не помнишь, как через несколько дней, там, у Наташки, я завязывала тебе галстук и как бы между прочим сказала — жена, наверное, рубашку покупала, а ты покраснел и стал отнекиваться. И я окончательно поняла, что у тебя есть две жизни и в той, другой жизни мне делать нечего.

Какую же ошибку я совершила тогда! Помнишь, ты позвонил мне вечером под седьмое ноября и сказал, что утром приедешь и увезешь меня? Может быть, может быть, так оно и случилось бы, но я не могла придумать, как объяснить Славке, проплакала всю ночь и на следующий день не подходила к телефону. Я знаю, ты звонил много раз, но, услышав Славкин голос, вешал трубку. А потом ты пропал, не появлялся на работе два дня и не звонил. Только много позже я узнала, что твою дочку забрали тогда в больницу. И больше мы никогда уже об этом не говорили.

Потом ты ушел из Института, стал заниматься коммерцией, и все твои друзья ушли тоже, а я так и осталась в лаборатории, занимаясь неизвестно чем. И я стала стареть.

Однажды я встретила тебя на улице, ты был в большой компании, вы все смеялись и собирались рассаживаться по стоявшим у тротуара машинам, а я шла мимо с двумя тяжелыми сумками и увидела тебя, а ты меня даже не заметил.

Тем вечером я впервые рассказала про все Славке.

Я знаю, что ты давно уже живешь один. Мир тесен, и у нас намного больше общих знакомых, чем можно было бы ожидать. И развелся ты вовсе не из-за меня, а из-за кого-то другого, я знаю даже, из-за кого, только там все равно ничего не получилось, но и это уже не имеет значения. Наша жизнь давно сделана, а если и не сделана — все равно поздно.

Помнишь Нескучный сад?

Хорошо, что у нас это было…

Разборка

Срочно вызванный в клуб Сысоев долго не мог понять, что происходит. Откуда взялся улетевший сразу же после похорон Платон, и почему сменили охрану, и почему с ним так разговаривают, и откуда он может знать про какой-то Первый Народный банк. Но серьезность ситуации стала понятной ему с первых же секунд.

— У тебя с Первым Народным есть отношения? — в четвертый раз спрашивал Платон, черкая красным карандашом по бумаге.

— Я это название только здесь и услышал, — в четвертый раз отвечал Виктор. — Ты можешь объяснить, в чем дело?

— Так, — сказал Платон, переглянувшись с Ларри. — Только здесь, значит, только здесь. Оставим это. Ты посиди пока вон там. Нам переговорить надо.

— Не могу в это поверить, — категорично заявил Платон, когда за Виктором закрылась дверь. — Не могу. Чтобы Витька украл деньги…

Ларри пожал плечами.

— Я тоже не могу. Нам ведь всего-то и нужно узнать, с какого хрена на этом договоре появилась его виза. А он говорит, что про Первый Народный банк никогда не слышал. Вот ведь что странно. Почему ты не хочешь спросить у него прямо?

— Что спрашивать? Подпись точно его. Как он может ничего не знать про этот банк? Значит — врет. Но почему? Почему? Ты можешь объяснить?

Странно все как-то складывалось. Непонятный договор с неизвестным банком, необъяснимо засекреченный, хранящийся отдельно в личном сейфе Кирсанова.

Договор, почему-то завизированный Сысоевым, который тем не менее клянется, что никогда про этот банк не слышал. Взрыв у Гольдина. Взрыв, произошедший в тот самый момент, когда приехали за копиями платежек — единственным набором документов, точно фиксирующим движение всех денежных средств. Вовремя предотвращенная попытка устроить бойню на кладбище. Кто-то начал крупную игру, но логика ходов не угадывалась.

Ларри задумался и через несколько минут сказал:

— Давай просчитаем. Мы Сысоеву договор не показывали. Он не знает, что оригинал у нас. Забыли про все, про все отношения… Одно из двух. Либо он сыграл против нас и убежден, что мы до этого договора не добрались. Либо он вправду ничего не знает. Взял и подмахнул случайно. Что мы теряем, если покажем ему его подпись?

— Ничего не теряем, — уверенно ответил Платон. — Но ничего и не приобретаем. Ну ткнем мы ему в нос его подпись. Дальше что? Он тебе так и будет твердить, что не помнит, как подписывал. При любом раскладе. Согласен со мной? Единственное, чего мы добьемся, — ему немедленно станет известно, что мы напали на след. Если, конечно, Сысоев работает против нас. Мы можем так рисковать?

— Думаю, что можем, — промурлыкал Ларри, поигрывая зажигалкой. — Смотри. Мы считаем, что весь сыр-бор из-за этих трех миллионов. Кто-то решил их хапнуть через Первый Народный банк. Про то, что договор хоть где-нибудь да лежит, этому кому-то прекрасно известно. Значит, рано или поздно мы должны выйти на договор, весь вопрос только во времени. Почему-то время очень важно, отсюда взрыв в банке. Далее. Почему хлопнули Кирсанова?

Я так полагаю, хлопнули его не потому, что у него в сейфе договор лежал. Если бы этот текст был так важен, офис взяли бы штурмом. Я все-таки думаю, что Петю застрелили, потому что только он знал, с кем договаривался. И если это так, а Сысоев все еще жив, то он и вправду может быть ни при чем. Ведь про то, что на договоре его виза, знаем только мы с тобой. Судя по всему, те, кто грохнул Кирсанова, о Сысоеве и понятия не имеют.

— Ну конечно, — завелся Платон. — А тебе ничего другого в голову не приходит? Что, если именно Сысоев все это и устроил? Что, если именно он подставил Петьку? Тогда как?

— И тогда так же. Во-первых, после этого в Москве не отсиживаются, а летят куда-нибудь в теплую страну с пересадкой в Душанбе и делят там денежки. Во-вторых же, если Сысоев, как ты говоришь, все устроил, то он прекрасно должен помнить, чьи подписи стоят на договоре. И когда ты спрашиваешь у него про этот чертов Народный банк, он уже понимает, о чем речь. Так что, показав ему текст, мы в любом случае ничего не теряем. А узнать что-нибудь, если, конечно, Сысоев здесь ни при чем, можем вполне.

Рассуждения Ларри звучали убедительно и весомо. Через минуту Виктор снова сидел в кабинете Платона. Он с трудом припомнил, как Петя отловил его в коридоре, затащил к себе в кабинет и попросил посмотреть договор на покупку векселя какого-то банка. Как Петя заглядывал ему в глаза, рассказывая про полную невозможность работать с Марком Цейтлиным, как нахваливал его аналитические способности и осведомленность в финансовых вопросах, как предлагал должности в СНК. Впрочем, об этом Виктор умолчал, как и о том, что впоследствии Петя его элементарно кинул, свернул всяческое общение и к обсуждению совместной работы в СНК больше не возвращался. Говорить об этом Сысоеву не хотелось просто из гордости.

— Ты про этот банк что-нибудь знаешь? — в очередной раз устало спросил Платон.

— Сколько можно! — не удержавшись, вспылил Виктор. — Я названия банка вообще не видел! Петя попросил меня проверить условия, все ли нормально по процентам...

— Ну и как? — прошелестел из угла Ларри. — По процентам нормально?

— Что-то там было... — Виктор потер лоб. — Мне показалось, многовато для обычной сделки... Не помню. Дай посмотреть.

Платон протянул Виктору ксерокопию договора. Тот открыл завизированную им последнюю страницу, взял карандаш и стал писать на полях цифры.

— Действительно много, — подвел он итог через несколько минут. — Вексель покупался на два месяца. А процентная ставка как на год.

— Ты ему про это сказал?

— Не помню. По-моему, нет. Я просто сказал, что много получается.

— А Петр что?

— Обрадовался. Сказал, что это очень здорово.

Платон и Ларри переглянулись.

— Витя, неужели у тебя не появилось никаких подозрений? — стараясь подбирать слова, аккуратно спросил Платон. — Ведь бесплатно ничего не бывает.

Боль в желудке, давно, казалось бы, покинувшая Сысоева, неожиданно напомнила о себе легким покалыванием и тяжестью под ложечкой. Он не вел с этим растреклятым банком никаких переговоров, не имел ни малейшего понятия, ни где он находится, ни кто им командует, он просто произвел по просьбе Кирсанова несколько простейших арифметических действий и расписался в их правильности. А теперь его делают крайним во всей этой истории. И кто! Платон и Ларри! Люди, знающие его не один десяток лет.

Виктор отодвинул от себя бумаги и закурил. Так хреново ему еще никогда не было.

В кабинете наступило тяжелое молчание.

— Если завтра, — начал Платон, — вернее, уже сегодня... Если ты понадобишься... Тебя где искать?

— Дома, — отрешенно ответил Виктор, — Мне ведь в конторе давно уже делать нечего. Звони.

— Ты никуда не планируешь уехать? — как бы между прочим поинтересовался Ларри. — Отдохнуть? Здоровье поправить? Просто встряхнуться?

Виктор хотел было ответить, но, уткнувшись взглядом в желтые глаза Ларри, промолчал. Потом встал из кресла и, будто преодолевая невидимое сопротивление, прошаркал ногами к двери.

— Ты погоди, — прозвучал за его спиной голос Ларри. — Витя! Ты что? Офигел совсем? Думаешь, мы тебе не доверяем? Мы же просто выяснить хотим...

Виктор на мгновение задержался у двери, потом резко повернулся, снова подошел к столу и, схватив ручку, нацарапал на листе бумаги несколько слов.

Общему собранию акционеров. Совету директоров. Извещаю вас о своей отставке.

Подпись.

— Есть еще вопросы? — спросил он, чувствуя невероятную усталость и усиливающуюся боль. — Все, ребята… Я пошел.

И теперь уже ушел окончательно, игнорируя раздавшийся вдогонку окрик Платона.

Когда дверь закрылась, Ларри взглянул на Платона, что-то прочел в его глазах и медленно кивнул.

— Так правильно будет. Он не тянет. Давно уже. Пусть отдохнет.

Платон подошел к посветлевшему окну, потер обеими руками поясницу и надолго замолчал.

— О чем думаешь? — спросил через несколько минут Ларри, разрывая давящую на нервы тишину.

Платон не ответил. Впервые надвинувшееся на него… вчера? позавчера?.. ощущение почти космического одиночества усилилось многократно. За хитросплетениями бизнеса, многомудрыми схемами зарабатывания денег он и не заметил того момента, когда один за другим стали сначала отдаляться, а потом и уходить в темноту старые и верные друзья. Ведь это он сам, своими руками, послал в Питер Сережку Терьяна, такого неприспособленного к сегодняшней непростой жизни, да еще и ставил ему палки в колеса, воспитывал… что-то там объяснял… а он ввязался в бой, думая, что с ним будут играть по правилам… только правила ему никто не объяснил… и потом, уже наполовину сошедший с ума, он сам выучил правила, страшно отомстил за эту неизвестно куда исчезнувшую девочку и за свою загубленную жизнь и, затравленный, окруженный со всех сторон австрийской полицией, бросил свой автомобиль на бетонное ограждение трассы, а теперь лежит на старом венском кладбище… И расстрелянный из двух автоматов Петя Кирсанов, по глупости или из жадности отдавший неизвестным пока что ворам три миллиона долларов, засекретивший всю операцию и тем самым подписавший себе смертный приговор, Петя, всегда смотревший ему в рот и пытавшийся подражать даже в мелочах… А еще Витька Сысоев, лучший друг… какой уж там пуд соли… это ведь он сам, Платон, наладил его на дела СНК, разорив дело, которым Витька худо-бедно, но занимался, принося в «Инфокар» деньги… потом отодвинул, бросил на иномарки… а там опять стрельба и кровь… и Витька, снова оставшийся без дела, вляпался в эту историю с тремя миллионами… и теперь чувствует, что ему не верят… заявление написал… считай, и его больше нет… Кто еще? Муса… Муса… друг детства… сколько всего было… а теперь он лежит под капельницей, и вокруг закручивается что-то странное и тревожное. Ларри. Терпеливо ждущий за спиной. Ларри, преподнесший ему такой неожиданный сюрприз.

Почему-то Платон вспомнил свой детский сон. Будто идет он ночью по лесу, кругом темно и тихо, и вдруг где-то впереди появляется светлое пятно, он подходит ближе, уже зная, что он увидит, и, страшась этого до дрожи, с трудом заставляет себя приоткрыть плотно зажмуренные глаза и видит как раз то, чего боялся, — высеченное из белого камня, до жути спокойное лицо человека с закрытыми глазами, и невероятным холодом веет от этого лица, и глаза эти никогда не откроются, и никогда не будет нарушено это спокойствие, и нет в мире такой силы, которая хоть на волос поколебала бы неземную мощь, воплощенную в этом лице… Он резко обернулся.

Ларри продолжал сидеть за столом, сложив на груди руки. Его сходство с увиденным во сне белым человеком потрясло Платона.

— Так о чем ты думаешь? — снова спросил Ларри, не открывая глаза.

Платон потряс головой, отгоняя наваждение, и сел к столу.

— Идем спать. Хотя бы на пару часов. Утром вызовем Федора Федоровича, пусть займется. И в Центробанке надо навести справки. Согласен?

Ларри подумал немного и кивнул головой.

— Правильно. Ты давай ложись. Я еще должен кое с кем встретиться. В восемь мы приедем вместе с Эф-Эф.

Подведение итогов

Так… Дебет… кредит… сальдо… Сюда записываем… Друг Платон. В минус. Как он смотрел… как на мелкого воришку… Друг Ларри — туда же, в минус. Да он никогда в плюсах и не ходил. Сережка, ну тут все ясно. Муса… Марик Цейтлин. Так, обоих в минус. Все в минус, всю эту инфокаровскую опупею. С данным вопросом покончено.

Впрочем, нет... Минутку... Где-то здесь были и плюсики. Маленькие такие...

Это у нас что? Это у нас квартирка. Сто десять квадратов, на Кутузовском, по балансовой стоимости плюс шестьдесят штук под столом — разве не ощутимый инфокаровский плюс? Да еще кредитка из «Кредит Сюисс», семьдесят две тысячи швейцарских франков на счету, спасибо Штойеру. Положим ее вот сюда, на стол. Не забыть еще те одиннадцать тысяч из сейфа в стене, пусть тоже здесь будут, до кучи. Да! Еще подарки — золотые запонки от Платона, золотые часы от Ларри... а это от кого?.. от Ахмета... вот кто хорошо устроился.

Черт! Вроде бы еще полбутылки оставалось... Пролил, что ли? Или показалось? Идем к холодильнику, так, так... Спокойненько идем, чтобы ничего не опрокинуть... Что это у нас? Вшивас рыгал. Это мы оставим, пусть будет до кучи.

До кучи — смешно. Кучка получается какая-то маленькая. Ни фига себе — бизнесом занимаемся.

Стоп! Что ж у меня, кроме этого вонючего виски, ничего больше нет? Так...

Пошли обратно. Смотрим внимательно. О! Есть родимая.

Это для нас. Теперь бы закусочки, только попроще, не для новых русских, чтобы они все сдохли вместе с этим... отцом перестройки... Лучок есть, хлеб черный... Где солонка? Вот она. Ну, поехали.

Чмок-чмок. Хрум-хрум. Теперь закурить. Ладно, хрен с ним, курить придется «Мальборо», все равно больше ничего нет. Так на чем мы остановились?

Как он на меня смотрел...

Ладно, поехали дальше итоги подводить. Как это по-ихнему — бабки подбивать...

Труды научные, диссертация номер раз, диссертация номер два, дипломы...

Это в плюс, в плюс. Все это давно уже никому не нужно — значит, в минус.

Светлая голова выдающегося советского ученого — в плюс. Полная утрата квалификации за годы перехода к рыночной экономике, светлому будущему всего прогрессивного человечества, —

пожалуй что, в минус. На фиг нужна светлая в прошлом голова? Ни на фиг она никому не нужна.

Здесь у нас баланс получается правильный. Нулевой. Так и должно быть.

Неужели же, неужели весь этот сраный бизнес может так закрутить?.. Разве можно было так перечеркнуть все… все, что было…

Как он на меня смотрел…

А если порассуждать вот о чем… Квартиру можно продать, сейчас за нее, да вместе со всем оборудованием и мебелью, дадут не меньше двухсот. Плюс сто с чем-то на карточке. И паспорт с открытой американской визой. На самолет — и в Балтимор. Что, не возьмут на работу?

Нет, не возьмут. На кой черт им отставший от жизни компьютерщик? В лучшем случае, пристроят куда-нибудь на тридцать тысяч в год, а через полгода предложат освободить место для какого-нибудь молодого начинающего гения, каким я сам был лет двадцать назад.

Может, бизнесом в Штатах заняться? Да ладно…

Как же он мог, как…

Нет, все правильно. Правильно. Продолжим.

Чмок-чмок. Хрум-хрум. Закурим.

Теперь письма. Это у нас что? Письма… Это еще от Анюты. Из Прибалтики, из дома отдыха, открытки из Болгарии, из Польши, с Иссык-Куля… Верочкины записки, рисунки… Папа, поздравляю с днем Советской армии… Это сюда, в сторону… А это что? Угу… От Ленки… От Маши… От Тани… От Оли из Воронежа… От другой Оли, беленькой… Тоже сюда. Записные книжки… В сторону…

Это еще что такое? Рукопись. «Вычислительная техника третьего тысячелетия». Пылищи-то сколько! Так и не успел дописать. Сюда же…

Смешно было тогда — как Платон классно все устроил, с киевским академиком.

Всем носы утерли. Еще бы года три без перестройки — и быть бы мне замдиректора и членкором. Да что уж теперь… Все развалено, продано, пропито…

Приватизировано…

Вроде все. Нет! Надо еще вот про что… Жена Анюта была. Это в плюс. Жена Анюта ушла. Это в минус. Дочка Верочка была. Это в плюс. Ушла вместе с женой. Это в минус. Опять нулевой баланс получается.

Чмок-чмок. Хрум-хрум.

Печально устроена человеческая жизнь. Живешь, что-то делаешь, люди всякие кругом копошатся. А вдруг остановишься, чтобы оглянуться, и волосы дыбом встают. Либо то, что делал, никому на дух не нужно, либо доделать ничего толком не успел. А люди отвернулись, разбежались, и ничего не осталось. Пустое место.

И сам ты пустое место. Захочет кто-нибудь прихлопнуть — только ладонь отшибет.

Дерева не посадил. Дома не построил. Семью разогнал. Друзья сами выгнали.

Осталось всего ничего — кучка исписанной бумаги, чужая, купленная за неведомо как заработанные деньги квартира да сколько-то тысяч долларов... И все.

Молись, гусар...
Я расскажу вам сказку...
Когда курок на спесь не дарит спуску...
Вся наша честь — разорванная маска...
Где вместо глаз сверкают гной и мускул...

Записку мы писать не будем, это ни к чему. Первыми в квартиру войдут известно кто, и опять в «Инфокаре» начнется возня — как, да почему, да по какой такой причине... Конечно, по большому счету через две-три минуты будет все равно, но быть совсем уж сволочью за ради собственного гонора как-то неловко.

Где-то шнур от компьютера был... Черт... Уй! Набил шишку!.. Смешно... Ага, вот он... Так. Какой там код у инфокаровской электронной почты? Где-то же записывал в книжке... Есть! Ну, поехали...

Нет. Так не годится. Это что-то уж больно жалобно получается. В конце концов, надо помнить, кто я есть. Или был. Давай так попробуем. С шуточкой. С прибауточкой. Нет... Так тоже не пойдет. Все же дело серьезное. Как там Бухарин писал — «будущим поколениям членов партии...» Попробовать, что ли, — «будущим поколениям начинающих активистов-коммерсантов»?.. Ребята, не лезьте не в свое дело. Нет, не годится... Может, как у Штирлица, — «штурмбанфюрер, я смертельно устал»? Да ладно... Напишем так...

Интересно, кто прочтет первым…
Хорошо, что был Нескучный сад…

* * *

Утренняя встреча с Ларри и Федором Федоровичем не получилась. Вернее сказать, получилась, но вовсе не так, как было запланировано. Уже в семь утра Платона разбудил администратор. В клуб позвонил комендант дома, где жил Виктор Сысоев, и дрожащим голосом сказал, что произошло несчастье.

На Кутузовский проспект была срочно отправлена охрана. Через полчаса, пока Платон еще только пытался связаться с Ларри, люди из службы безопасности доложили по мобильной связи о подробностях случившейся трагедии.

Около трех ночи Сысоев позвонил в дверь к соседям этажом выше. От него сильно попахивало водкой, но на ногах Виктор держался нормально, говорил связно. В руках держал буксировочный трос и пустое ведро из-под мусора. Сказал, что вышел вынести мусор и случайно захлопнул за собой дверь, а ключи остались внутри. Можно ли ему спуститься по тросу на свой балкон? Сосед, не совсем хорошо соображавший вследствие внезапного пробуждения, сказал — милости просим.

Они еще немного поговорили насчет ремонта соседского «мерседеса», Виктор попросил позвонить ему после обеда на работу, прошел в гостиную, зацепил трос крюком за батарею, перекинул второй конец через балкон, посмотрел вниз и стал осторожно спускаться. Сосед стоял у окна и видел, что Виктор уже встал обеими ногами на перила своего балкона. Когда же он гасил сигарету, перед тем как вернуться в постель, то услышал крик…

Барин поехал в Америку

Средства массовой информации, вышедшие день спустя, имели разнообразные точки зрения.

«Московский комсомолец» опубликовал лихую статью, в которой вымысел соседствовал с домыслами. Было объявлено, что покойный полностью контролировал весь бизнес по ввозу иномарок, имел обширные связи в преступном мире и, действуя в соответствии с печально известными инфокаровскими традициями, не рассчитался с льготниками. Чтобы спрятать концы в воду, принял участие в организации покушения — к сожалению, удавшегося — на полковника Беленького и его ребят. Только очень неопытный человек может увидеть в происшедшем с господином Сысоевым несчастный случай. На самом деле перед нами — хорошо продуманное и мастерски исполненное убийство. Вопрос только в том, кто убил.

Это могла быть месть оставшихся в живых друзей полковника. Однако не следует сбрасывать со счетов и тот факт, что Сысоев был последним явным звеном, через которое еще можно было надеяться выйти на инфокаровскую верхушку. Прокуратура уже начала копать в непосредственной близости. Так кому же была выгодна смерть Виктора Сысоева?

По-другому прокомментировал ситуацию «Коммерсант». Там подняли биографические справки, раскопали старую историю с гибелью Сергея Терьяна, подробно остановились на расстреле Кирсанова, зачем-то приписали Виктору наличие собственной охраны, которой у него отродясь не было, сослались на неведомый источник в «Инфокаре», сообщивший о гибели всей без исключения охраны Виктора вместе с его личной секретаршей в автомобильной катастрофе накануне трагедии, и сделали глубокомысленный вывод о странной эпидемии смертей, обрушившейся на одну из крупнейших коммерческих структур в стране.

Кстати говоря, именно «Коммерсант» попался на глаза мужу Полы, который в это время отдыхал в Карловых Варах. В тот же вечер муж вылетел в Москву, бросил таксисту в Шереметьево сто долларов, ворвался в квартиру, увидел живую и здоровую жену, махнул с радости триста грамм, всю ночь не давал Поле спать, терзая ее нереализованными за два года семейной жизни сексуальными фантазиями, а утром отправился на поиски писаки из «Коммерсанта», сорвавшего ему отпуск. К вечеру гневный муж его нашел. Но это уже другая история.

Откликнулась и «Советская Россия». Заниматься собственным расследованием им было недосуг, да и таких возможностей, как у «Коммерсанта», не имелось, поэтому они перепечатали биографии Платона, Сысоева, Цейтлина, Терьяна, Кирсанова и перекинули не очень убедительный мостик от славного научного прошлого к позорящей всех честных людей бессовестной спекуляции, навязанной народу иудой Горбачевым. Откровенная ненависть к «Инфокару» вообще и к Платону в частности несколько испортила пафос статьи, поэтому впечатление от материала складывалось двойственное — не то подлые затеи американского наймита Горбачева загубили честных советских ученых, не то глубоко укоренившаяся в этих космополитах и захребетниках гниль наконец-то прорвалась наружу и теперь пожирает своих носителей. По-видимому, ближе к концу статьи автор перечитал свое творение, ужаснулся и начал быстренько лепить из Сысоева раскаявшегося грешника, который, испытав омерзение от соучастия в ограблении страны и трудового народа, сложил в аккуратную стопку свои выдающиеся научные труды, в последний раз взглянул на бережно хранимое им удостоверение ударника коммунистического труда и сделал роковой шаг в пустоту. «Будьте вы все прокляты, — якобы подумал он, — будьте прокляты…»

В то, что Сысоев свалился с балкона случайно, не верил почему-то никто.

Кроме правоохранительных органов, у которых, при всем старании, иных версий не наблюдалось.

И только в «Инфокаре» все — от Платона до самого занюханного водителя — знали правду.

Мария, появившаяся в офисе в половине девятого, связалась, как было заведено, с клубом и получила информацию первой. Она тут же бросила на телефоны весь свободный персонал — звонки в милицию, морг, на кладбище, в фирму «Ритуал». Всхлипывающие девчонки кричали в трубки страшные слова, ставшие за последние дни привычными:

— Нам нужно место… в старой части кладбища… Аркадий Львович, это личная просьба Платона Михайловича… Спасибо… Спасибо… Что?.. Номер продиктуйте, пожалуйста… Спасибо…

— Вячеслав Сергеевич, запишите номер… Сегодня приедет после шестнадцати… Надо отремонтировать машину по высшему разряду… Все расходы на центральный аппарат… Спасибо… Спасибо…

— Заказ на венки примите, пожалуйста… На послезавтра… С директором можно переговорить? Какой телефон? Спасибо… Спасибо…

— Господин Елабушкин, это из фирмы «Инфокар»… Да… Да… Из той самой… У нас проблема, господин Елабушкин. Нам нужно к послезавтра шесть венков… Да… Да… Конечно… Еще раз фамилию продиктуйте, пожалуйста… Нет проблем… Спасибо… Спасибо…

— Кирилл Иванович, это Мария. Добрый вечер… То есть утро… Да… Да… Кирилл Иванович, к вам сегодня приедет госпожа Симонова… Нет, не знаю… Она скажет, что от Елабушкина. От Елабушкина… Да… Да… Точно… Ей надо продать машину… Возьмите из резерва Ларри, пусть сама выбирает… Со скидкой… Кирилл Иванович, я это не буду обсуждать… Мне не интересно, как вы это сделаете… Пожалуйста… Пожалуйста…

Около полудня в центральной компьютерной раздался тихий вскрик. Случайно проходивший мимо охранник, получивший ненужное теперь высшее образование, заглянул внутрь, увидел трясущуюся от рыданий Ленку, позвал подмогу, а пока сбегались люди, успел прочесть на дисплее сообщение, поступившее ночью по электронной почте.

«Платон, дорогой, — было высвечено на экране, — в том, что со мной сейчас случится, никто не виноват. Поверь — никто. Просто так получилось. Помнишь, как у Федора Михайловича было — поехал, дескать, барин в Америку. Вот и я туда же собираюсь. В какой-то момент я понял, что мне лучше быть с Сережкой. Я все сделаю, чтобы в „Инфокар“ никто не приходил с вопросами. Мы много лет были хорошими друзьями — спасибо тебе. Не поминай лихом. Ты ни при чем. Я устал, и мне надоела вся эта возня. Я тебе напоследок одну вещь хочу сказать, просто так, в порядке бреда. Это у Галича было:

> И ты будешь волков на земле плодить
> И учить их вилять хвостом…

Помнишь, как дальше?
Витя».

Часть третья
МАРК

Человек, вошедший в здание детского сада, аккуратно прислонил пакет с бутылкой к стене, проверил, нормально ли открывается ведущая на улицу дверь, и сейчас сидел перед развернутой мешковиной. Карабин уже был собран, заряжен и оснащен оптическим прицелом. Хотя для стрельбы на двадцать шагов оптика, строго говоря, не нужна. Но таково было задание, и обсуждать его не приходилось. Около половины одиннадцатого из второго подъезда выйдет клиент. Может быть, чуть позже, но точно не раньше. Он пойдет к машине. В этот момент его и надо завалить.

Машина, в которую должен был сесть клиент, пришла с большим опережением, когда сборка карабина еще только началась. Довольно странно, что она пришла одна, без сопровождения. Это могло означать две вещи — либо сопровождение подтянется позже, либо охранники сидят внутри «мерседеса», скрываются за тонированными стеклами. Человек связался с группой обеспечения, доложил обстановку и попросил установить присутствие охраны. Ему сообщили, что в «мерседесе», кроме водителя, никого нет. Это облегчало задачу.

Общую картину портил неизвестно откуда взявшийся хлебный фургон. Он перекрыл обзор, и надо было либо менять точку, либо готовиться к тому, что человек увидит клиента только у двери «мерседеса». Человек встал и неслышными шагами перешел к соседнему окну, оставив карабин на мешковине. Нет, так не годится. Отсюда лучше видно, но до двери на улицу получается лишних пятнадцать шагов, а это потерянные секунды, в течение которых может произойти все что угодно. Человек вернулся на прежнее место, вдавил приклад карабина в плечо и стал примеряться, меняя позицию. Наконец ему удалось найти точку, с которой подход к «мерседесу» был виден вполне сносно. Главное — когда клиент попадет в прицел, он будет развернут лицом. Поэтому одного выстрела должно хватить. Не так, как с тем спортсменом, на которого пришлось потратить две пули — одну, чтобы развернуть его в нужную позицию, а вторую, чтобы окончательно завалить.

Человек отчертил ботинком крест на грязном полу, подвинул табурет, сел и снова примерился. Да, так все будет нормально. Теперь надо разобраться с фургоном. Водитель сидит внутри и ведет себя смирно. Даже если он и выскочит сразу после выстрела, то сначала спрыгнет с подножки, а потом должен будет сообразить, откуда стреляли. Если он герой, то побежит вокруг фургона... На все это уйдет время. Хуже, конечно, если и фургон, и «мерседес» из одного, так сказать, таксопарка. Тогда не исключено, что внутри фургона как раз сидит охрана, отсутствие которой уже начинало беспокоить.

Человек поправил темную вязаную шапочку, вскинул карабин и стал внимательно изучать заднюю дверь фургона через оптический прицел. Снаружи она была закрыта на железный засов, в петле которого висел внушительных размеров замок. Судя по всему, замок был в полном порядке. Вряд ли кто посадит в фургон вооруженную охрану и намертво запрет ее снаружи. Хотя... чем черт не шутит. Но тогда водитель фургона минуты за две до появления клиента должен подойти и открыть дверь. В этот момент его ниоткуда не будет видно, и придется начать с него.

Человек посмотрел на часы. Десять двадцать восемь. Пора. Он упер карабин в плечо, приложился к прицелу и стал ждать.

Клиент наконец появился и уверенно направился к «мерседесу», оказавшись в перекрестье прицела. Киллер навел карабин на левую сторону груди клиента, потом решительно поднял прицел выше. Задержал дыхание, досчитал до трех и нажал на курок. Аккуратно положил карабин на мешковину, бросил рядом вязаную шапочку, взял пакет с бутылкой и, стягивая на ходу перчатки, исчез за ведущей на улицу дверью. Через несколько минут трамвай уже уносил его по направлению к трем вокзалам.

Проехав одну остановку, убийца выскочил из вагона, немного постоял у газетного стенда, а когда трамвай исчез из виду, сел в припаркованный неподалеку «москвич» и по мобильному телефону доложил, что заказ исполнен.

Юное дарование

Марк Цейтлин в детстве подавал очень большие надежды. Как и полагалось мальчику из не богатой, но и не бедной еврейской семьи, ему были созданы все условия. Марка пытались учить скрипке, однако неудачное падение с велосипеда, приведшее к серьезному перелому правой руки, поставило на этой затее крест.

Тогда ему наняли учительницу французского, которая обнаружила у мальчика незаурядные способности к языкам. Реализации этих способностей помешала специфика французского произношения одной согласной. То есть у Марика с этой спецификой проблем не было. Но семья проживала в пролетарском районе, и, когда Марик общался во дворе со сверстниками, характер этих контактов, во многом обусловленный различиями в фонетическом строе языка, зачастую вызывал у мальчика далеко не положительные эмоции. Когда количество отрицательных эмоций превысило критический уровень, Марик наотрез отказался от занятий французским.

Это был поступок. Белла Иосифовна и Наум Семенович испробовали все без исключения меры воздействия, за исключением, конечно, непедагогичных, но сломить ребенка не смогли. С учительницей пришлось расстаться. А было тогда Марику всего семь лет.

В течение некоторого времени в семье царил разброд. Никто не понимал, что делать с ребенком дальше. Но тут в Москву приехал дядя Володя из Свердловска, родной брат Беллы Иосифовны, по профессии школьный учитель математики и в прошлом фронтовик. Дядя Володя поселился у Цейтлиных, мгновенно покорил Марика рассказами о войне и обучил игре в подкидного дурака. Именно дядя Володя как-то за чаем сказал Науму Семеновичу:

— Знаешь, Нема, а у мальчишки определенные математические способности.

— С чего это ты взял? — поинтересовался Наум Семенович. — Они цифр-то не знает.

— Знает, — с полной ответственностью заявил дядя Володя. — А если хочешь убедиться, я тебе сейчас покажу одну штуку. Марик! Иди сюда!

Марик вышел из другой комнаты. Дядя Володя достал из буфета колоду карт.

Наум Семенович не считал карточную игру, тем более в подкидного дурака, каким-то особым пороком, но играть ему приходилось редко, а уж мысль о том, чтобы сесть за карты с собственным сыном, ему вообще никогда не приходила в голову. Выигрыш Марика в первой партии Наум Семенович воспринял спокойно. Когда же было сыграно шесть партий, оказалось, что Марик выигрывает с роковой неизбежностью. Если же он проигрывает, то выигрывает дядя Володя, и никак иначе.

— Вы сговорились, — констатировал шестикратный дурак, оставшись в седьмой раз с третью колоды на руках.

— А вот и нет, — возразил дядя Володя. — Я тебе обещал кое-что показать. Сдаем еще раз.

Когда около половины карт ушло в сброс, дядя Володя спросил:

— Марик, какие карты на руках у папы?

У Наума Семеновича было девять карт. Марик безошибочно назвал семь из них, а у двух оставшихся определил масть. Дядя Володя передал свои карты Науму Семеновичу.

— А у меня?

Точность результата была той же.

— Ну как? — поинтересовался дядя Володя у Наума Семеновича.

— Не может быть, — сказал потрясенный отец. — Давай по новой.

Эксперимент был проведен еще трижды, причем в третий раз — в присутствии вызванной с кухни Беллы Иосифовны.

— Володя, — спросила Белла Иосифовна, когда Марик был отправлен спать, — а почему ты все-таки думаешь, что у него будет хорошо с математикой?

— А потому, — авторитетно ответил дядя Володя, — что я его учил, как держать карты в руках, как класть их на стол и что старше чего. До того, чтобы их считать, он додумался сам и делает это лучше меня.

В результате дядя Володя с общего согласия взялся развивать математические способности Марика. Способности действительно были. Всякого рода занимательные задачки Марик щелкал как орешки, не пренебрегая при этом и отработкой чисто технических приемов. В результате определение момента встречи двух пешеходов или степени наполнения бассейна не вызывало у него никаких трудностей, что и определило впоследствии школьную часть его биографии. На уроках арифметики, а потом алгебры и геометрии, Марику было решительно нечего делать. Все контрольные работы он писал мгновенно и если вместо ожидаемой пятерки получал четверку, то только из-за погрешностей оформления и арифметических ошибок, поскольку на такие мелочи Марик внимания не обращал. По два раза в год его посылали на математические олимпиады, откуда Марик неизменно возвращался с наградами. Один раз про него даже написали в «Комсомольской правде». К середине восьмого класса Марик был вполне готов к тому, чтобы сдавать вступительные экзамены по математике в институт.

Забегая вперед, скажем, что математика из Марка не вышло. Вышел человек, хорошо владеющий определенной математической техникой. И суть не в том, была в нем потребная для математического гения божья искра или ее не было. Как говорится, посеешь характер — пожнешь судьбу.

Во все последующие годы жизнь Марка складывалась по одной и той же схеме.

Выбиралась некоторая область деятельности, которая по тем или иным причинам представляла для него интерес. Выбор этот, как и в истории с математикой, происходил зачастую по воле случая. Поскольку способности у Марка, как уже говорилось, были действительно незаурядные и подкреплялись они удивительным упорством, то Марк довольно быстро выходил в избранной области на рубеж, который давал ему ощутимое превосходство над окружающими, после чего терял к повышению квалификации всякий интерес. Так было с математикой, где накопленная в молодые годы эрудиция соответствовала второму курсу мехмата — этот уровень так и остался неизменным во все академические годы. Марк начал играть в шахматы, дошел до какого-то разряда и остановился, потому что у всех знакомых он выигрывал, а большего ему нужно не было. Когда он смог купить машину (поначалу это был подержанный «запорожец»), то сжигал по баку бензина ежедневно, осваивая технику вождения. В итоге Марк научился обгонять каждого, кто ехал в одном с ним направлении, однако по-настоящему классным водителем все же не стал. И так далее.

Во всем, чем бы он ни занимался, Марк Цейтлин был полупрофессионалом, но всегда рвался сыграть первую роль. Со временем эта тяга к лидерству приобрела несколько болезненный характер. Скажем, если представить себе, что некоторая компания с участием Марка задумала бы поиграть, к примеру, в Чапаева, то можно безошибочно утверждать: во-первых, Марк лучше всех прочих знал бы историю чапаевских походов и без него игра была бы не такой интересной; во-вторых, если бы Чапаевым был назначен не он, а кто-то другой, то игра не началась бы ни сегодня, ни завтра, поскольку Марк втянул бы всех в серьезную дискуссию о правильном определении своего статуса; а в-третьих, если бы Марка все-таки, вопреки его желанию, назначили Петькой, то довольно быстро оказалось бы, что Петька пытается командовать Чапаевым, причем весьма настырно.

Марк находит новых друзей

С Платоном и Терьяном Марк познакомился в студенческие годы, на зимних каникулах, в одном из подмосковных домов отдыха, куда приехал с товарищем по группе Леней Донских за день до общего заезда. Когда Марк и Леня вошли в столовую, заведующая показала стол, за которым им предстояло завтракать, обедать и ужинать в течение ближайших десяти дней. Марк заметил двух молодых людей, сидевших за столиком у окна. Больше в столовой не было никого.

— Вы знаете, Зинаида Прокофьевна, — повернулся Марк к заведующей, — мы хотели бы питаться у окна. Все-таки мы первыми заехали, а природа здесь красивая, аппетит будет улучшаться.

— Пожалуйста, пожалуйста, — сказала заведующая, — только учтите, что у окна подают в последнюю очередь.

— Так надо, чтобы подавали в первую, — оживился Марк, обаятельно улыбаясь Зинаиде Прокофьевне.

Леня сразу понял, что Марик нацелился на подавление, и пошел к столику у окна, ближайшему к тому, за которым сидели ребята. Когда через двадцать минут он, разделавшись с ужином, наливал себе чай, к нему наконец-то присоединился Марк.

— Что ты бегаешь? — обрушился он на Леню. — Почему я один должен все разгребать? Тебе это не нужно? Я, между прочим, договорился, теперь надо официантке объяснить. Девушка! Вы не могли бы подойти на минутку?

Пятидесятилетняя девушка приблизилась к столу.

— Простите, пожалуйста, — Марк встал, — разрешите, я представлюсь. Меня зовут Марк. А как ваше имя?

— Елизавета Ивановна, — сказала несколько очумевшая официантка.

— Очень приятно, Елизавета Ивановна. Видите ли, мы с молодым человеком будем питаться за этим столиком. Я договорился с Зинаидой Прокофьевной, что нас будут кормить не в последнюю, а в первую очередь.

Леня обратил внимание, что ребята за соседним столиком перестали разговаривать и с интересом прислушиваются.

— Да мне хоть в какую, — спокойно ответила Елизавета Ивановна. — Только я с завтрева в отгулах на неделю, так что надо со сменщицей говорить.

— А где сменщица? — не сдавался Марк.

— Утром и будет, к завтраку, ее Надей зовут.

— Ладно, Елизавета Ивановна, большое спасибо. У меня еще одна просьба есть. Вот тут мальчонка, — Марк покровительственно обнял Леню за плечи, — у него организм молодой и растущий, ему надо много кушать, вы не принесли бы нам какую-нибудь добавку, и побольше?

— Сейчас посмотрю, — сказала Елизавета Ивановна и удалилась на кухню.

Через минуту она появилась с большой миской, в которой еле помещалась гора картофельного пюре и кусков десять жареной рыбы, а потом поставила на стол тарелку с тремя плавающими в рассоле худосочными солеными огурцами.

— Класс! — произнес Марк и, не садясь, прошествовал к столику, за которым сидели два молодых человека. — Ребята, давайте познакомимся. Меня зовут Марк, я из института связи, юное дарование рядом с миской — это Леня. Я предлагаю сдвинуть столы и доужинать вместе.

Ребята переглянулись. Тот, кто был ниже ростом, сказал:

— Вообще-то мы уже поели.

— Так ведь я предлагаю начать с того, что сдвинем столы, — резонно возразил Марк. — А потом разберемся.

Тот, кто повыше, улыбнулся и сказал:

— Поехали.

Марк повернулся лицом к кухне.

— Елизавета Ивановна, кормилица, можно вас попросить — две чистые вилки, хлеба, горчицы и четыре стаканчика.

Елизавета Ивановна покорно принесла требуемое и попросила:

— Только не курите тут, а то начальство ругается.

— Начальство не увидит, — пообещал Марк, после чего вытащил из карманов пачку «Шипки», коробку спичек, длинный костяной мундштук и алюминиевую фляжку.

Фляжка досталась ему в наследство от дяди Володи.

— Меня зовут Платон, — сказал высокий, — я из инженерно-строительного, а Сережа — из Новосибирского университета.

Марк разлил по стаканам коричневую жидкость.

— Коньяк? — с недоверием спросил Сергей Терьян, рассматривая жидкость на свет.

— Коньяк — не напиток, а дерьмо, — заявил Марк. — Это «Мурзилка», основные компоненты — спирт, кофе и еще кое-что по специальному рецепту. Готовлю исключительно сам. Ну, за знакомство и начало заслуженного отдыха.

Знакомство состоялось.

Марк влюбился в Платона, как говорится, с первого взгляда, и ему очень захотелось произвести на нового приятеля впечатление. Марк положил на это много сил, закручивая вокруг себя водоворот общественной активности и всяческих затей. Правда, с первоочередным питанием получилось не очень. Сменщица Надя оказалась женщиной с твердым характером, договоренность с Зинаидой Прокофьевной, как выяснилось, была не совсем окончательной, поэтому в первые дни в столовой постоянно вспыхивали скандалы. Они прекратились после того, как Марку пришлось посетить кабинет директора пансионата. Точное содержание их беседы так и осталось неизвестным, но после нее Марк стал затягивать появление всей компании в столовой.

С утра он затеял обтирание снегом, организовал футбольные матчи, удлинил на несколько километров лыжные прогулки. В результате, когда компания, разросшаяся до десяти человек, приходила в столовую с получасовым опозданием, все уже стояло на столах, и конфликт был исчерпан. Вот только в результате игры в снежки во время одного из утренних обтираний было разбито окно бухгалтерии пансионата, а футбольный матч во время «тихого часа» прекратился только после личного вмешательства директора. И еще был сигнал про дяди-Володину фляжку, неизменно возникавшую во время обеда и ужина. Так что со временем популярность Марка могла конкурировать только с раздражением, которое он вызывал у пансионатского начальства.

Угроза гонконгского гриппа, который в то время свирепствовал в Москве, не приостановила процесс активного отдыха. Марк неизменно появлялся в столовой с получасовым опозданием. Его голову окутывала шаль Ирочки Лепской из МИИТа, а на лице была марлевая повязка. Все остальное время Марк проводил в своей комнате, где было страшно накурено и где постоянно находилось не менее пяти человек.

Марк поил всех кофе, который варил тут же на привезенной из Москвы спиртовке. В один прекрасный вечер, как и следовало ожидать, спиртовка, стоявшая на стуле, опрокинулась и стул загорелся. Пока открывали окно и выкидывали стул на улицу, дым успел просочиться в коридор. Через пятнадцать минут в комнате появилось пансионатское начальство во главе с директором.

— Почему дым? — спросил директор, стараясь не смотреть в сторону Марка, который уже исчерпал запас директорского терпения.

— Накурили, — так же лаконично ответил Марк.

— Вы мне это бросьте, — отмахнулся директор. — Пахнет гарью. Что спалили?

Лекцию Марка о специфическом запахе отечественных сортов табака прервало появление завхоза с обгоревшим стулом в руках.

— Ну все, Цейтлин, — подвел итог директор. — Вести себя не умеете, в столовой скандалите в нетрезвом виде, окно в бухгалтерии разбили, нарушаете режим. Теперь устроили пожар. Давно вас надо было попросить отсюда со всей честной компанией, а уж теперь...

Не закончив фразы, директор вышел из комнаты. За ним потянулись остальные руководители.

Снести такое при Платоне было решительно невозможно.

— Много о себе думаете! — нарочно противным голосом затянул лежавший на кровати Марк. — Много на себя берете! Места своего не знаете!

Выходивший последним завхоз обернулся, взглянул на Марка и аккуратно прикрыл за собой дверь, погрозив на прощание пальцем.

С уходом начальства в комнате воцарилась тревожная тишина.

— Леня, собирай коллектив, — жизнерадостно сказал Марк, хотя понимал, что наступил перебор и будущее приобретает мрачную окраску. — Будем веселиться. У меня есть классная идея.

Собирать никого не пришлось, потому что половина компании уже была в комнате, а остальные, повинуясь привычному распорядку, быстро подтянулись без особых приглашений.

— Сегодня я предлагаю вспомнить далекое детство и сыграть в садовника, — сказал Марк. — Чур, я буду рододендрон.

Понятно, что именно Марк оказался в выигрыше. После нескольких выпитых бутылок и тридцати минут игры выяснилось, что практически никто не в состоянии правильно выговорить слово «рододендрон». Только Платону удалось подсадить Марка на один фант.

Фанты были разложены на столе, Марка развернули лицом к двери, и он приступил к раздаче заданий.

Звездой вечера оказался Терьян, которому выпало в одних трусах пробежать на лыжах по коридору, громко крича: «Пожар!» Сергей успел юркнуть обратно в дверь за секунду до того, как из комнат высыпали другие отдыхающие, поэтому скандал, по причине отсутствия видимого источника возмущения, не разгорелся.

Парочка любопытных, заглянув в комнату, получила возможность увидеть, как Ирочка Лепская, исполняя задание изобретательного Марка, пытается почесать ногой левое ухо.

Последним свой фант отрабатывал сам Марк. Если бы он знал, что из этого получится, то пожелал бы себе чего-нибудь полегче, но фант есть фант — Марк должен был, одевшись в модное платье и туфли на высоком каблуке, спуститься в холл и без очереди позвонить из телефона-автомата в Москву. Девочки начали обряжать Марка. Колготки и парик принесла Ирочка Лепская, подходящие по размеру туфли нашлись в восемнадцатом номере, а платье пожертвовала Ирочкина соседка Люда. Когда все было готово, Марик взял в левую руку несколько двушек, зажал в правой дымящуюся сигарету в мундштуке и развязной походкой двинулся в холл.

Остальные, давясь от смеха, потянулись за ним.

У единственного автомата в холле стояла очередь из пяти человек.

Неподалеку за столом сидела вахтерша, которую все называли бабой Маней. Марк подошел к автомату и, повернувшись к онемевшей очереди, сказал:

— Товарищи, позвольте беззащитной девушке позвонить без очереди. Невозможно, знаете ли, пройти по этому заведению, чтобы кто-нибудь не пристал. Надо срочно выписать воспитанного кавалера, чтобы подавал шубу и защищал от домогательств. Мужчина, отойдите, не видите, что мешаете благородной девице?

Нажав пальцем на рычаг, он прервав разговор коренастого парня с широким веснушчатым лицом, в спортивном костюме и вязаной шапочке. Парень неторопливо повернулся и положил Марку руку на плечо:

— Слушай, девица, хочешь я тебе прямо сейчас рыло начищу? Или как?

— Фи! Что за тон в общении с дамой! — Марк попытался свести все к шутке. — Где манеры, где воспита…

Парень с виду несильно толкнул Марка в плечо. Марк отлетел к столу бабы Мани.

— Вы что, вы что! — заверещала баба Маня. — Чего девку-то бить? Ой, матушки! — вскрикнула она, взглянув «девке» в лицо. — Это ты, что ли? Ну удумал! Ты хоть почитал бы, что про тебя пишут! — И баба Маня ткнула пальцем в доску объявлений.

— Прошу прощения, молодой человек, — Марк бросил тревожный взгляд на Платона и поклонился, пытаясь сохранить достоинство, — сейчас изучу настенную надпись, и мы продолжим беседу.

Настенная надпись представляла собой приказ по пансионату. Марк Цейтлин и Леонид Донских выселялись досрочно за многократные грубые нарушения режима, появление в общественных местах в нетрезвом виде, а также за сожжение «нового полумягкого стула».

Марк и обступившие доску ребята прочли приказ в гробовом молчании. Марк повернулся и изобразил на лице надменную улыбку. Побледнев, но еще сильнее раскачивая бедрами, он подошел к очереди.

— Видите, товарищи, что происходит. Директор пристает ко мне с гнусными домогательствами, я, как честная девушка, естественно, отказываю — и вот результат. Выбрасывают прямо на улицу.

Очередь захохотала. Коренастый перестал набирать номер, выудил из автомата свою монету и сказал:

— Черт с тобой, лишенец, звони.

Марк жеманно опустил монету в автомат, набрал несколько цифр и защебетал в трубку:

— Алло, это ВЦСПС? Дайте женотдел. Алло, женотдел? Это я, Нонна. Тут у нас происходит форменное безобразие. Ущемляют женщину. Меня ущемляют в правах. Директор — натуральная скотина и мужлан. Предупредите председателя — пусть примет меры. Нет, нет! Снять с работы и с волчьим билетом на комсомольскую стройку — пусть там мужским общежитием заведует. Да, жду решения до утра. Вот прямо сюда в телефон-автомат и доложите. Целую, милочка.

Марк повесил трубку на рычаг. Фант был честно отработан. Все находившиеся в вестибюле катались со смеху. Кроме бабы Мани, которая смотрела на Марка круглыми глазами и что-то неслышно шептала.

Компания удалилась в номер Марка. Допили последнюю бутылку. Настроение у всех было не очень. Досрочная выписка из пансионата означала направление соответствующей «телеги» в институт. В преддипломный год такой подарок никому не был нужен. Хуже всего чувствовал себя Леня, поскольку его вина заключалась лишь в том, что он шел у Марка на поводу. По доброй воле Леня ни одной из затей Марка осуществлять не стал бы, и вот — в результате должен пострадать за непротивление.

— Вот что, — сказал наконец напряженно думавший о чем-то Платон. — Давай я утром схожу к директору? У меня есть одна идея.

— Какая? — заинтересовался Марк.

— Потом скажу. А пока давайте собираться. Все равно до конца осталось три дня. Мы их в Москве не хуже проведем. Автобус на станцию уходит в полдвенадцатого, так что сразу после завтрака можем отваливать. Кто поедет?

Утром Марк и Леня на завтрак не пошли. В одиннадцатом часу к ним в комнату заглянул Платон.

— Директор сидит злой как собака. Секретарша, когда я пришел, печатала «телегу» в институт. Что ты вчера ляпнул, когда они выходили из комнаты?

— Да вроде ничего.

— Нет, что-то ты сказал. Он убежден, что ты обещал поставить его на место, и просто булькает от ярости. Какой-то сопляк, говорит, меня, заслуженного человека… И так далее. Я ему сказал, что сам был в комнате, ничего такого не слышал, наверное, его неправильно информировали. Тут директор мне и говорит: а то, что он вечером в Москву звонил, в ЦК КПСС, и требовал снять меня с работы, — это тоже неправильно информировали?

— Ну баба Маня! Ну разведка у них поставлена! — только и смог прокряхтеть Марк.

— В общем, я сообразил, что тут можно уцепиться. Я директору и говорю, что человек ты, конечно, дерьмовый, со всеми здесь отношения испортил, но родственник у тебя — большая шишка. И звонил ты как раз родственнику, просил заступиться. Поэтому наказать тебя надо и надо выгнать отсюда в три шеи. Но ты больше не будешь звонить родственнику, а директор не пошлет «телегу». Примерно в таком ключе. Директор еще поупирался, потом сообразил, что, выгнав тебя и не написав кляузу, он и авторитет сохранит, и неприятностей не будет. Помимо прочего, я ему пообещал, что с тобой уедет вся гоп-компания. Так он вообще на седьмом небе.

— Платоша, а он не обманет? — обеспокоился Марк.

— Не должен. Смысла нет. И потом — ты ведь ничего не теряешь. В том плане, что ситуацию уже не изменишь. Будем считать, что баба Маня его здорово пуганула. А вообще, есть одна идея. Дай двушку.

Платон забрал у Марка несколько двухкопеечных монет и побежал вниз к автомату. Через десять минут он вернулся.

— Все в порядке. Через сорок минут будь готов к отъезду.

— Так до автобуса еще час, — не понял Марк.

— А ты поедешь не автобусом. Свои лыжи отдай Лёне. И жди нас всех на станции. Все, больше ничего не обсуждаем, а то мы с Серегой не успеем собраться. Ровно через сорок минут жду тебя в холле.

Когда Марк спустился в холл, он сначала увидел сверкающую белую «Волгу» у главного корпуса и только затем Платона, который стоял у двери. Марк подошел к Платону.

— Сейчас ты выйдешь на улицу, — тихо сказал Платон. — Не вздумай хвататься за дверную ручку машины. Водитель выскочит из кабины, возьмет у тебя рюкзак и откроет дверцу. Прежде чем садиться, посмотри — просто посмотри, но чтоб было заметно — в сторону директорских окон. И все. Сядешь, водитель закроет за тобой дверцу, и поедете. На станции подождешь нас.

Расчет Платона состоял в том, что директор, конечно, не пропустит появления на территории пансионата машины, у которой в номере буквы МОС. Это поддержит версию о наличии у Марка неких могущественных заступников. А достать машину было очень просто — друг детства Платона Муса Тариев работал шофером в Управлении делами Совмина, и договориться с ним ничего не стоило.

Шер-Хан

Авторитетов для Марка не было. Но к одному человеку он относился с опаской, противоречить не решался, вел себя непривычно тихо и скромно еще с институтских времен. Почему — сам бы объяснить не смог, да и никакого логического объяснения, скорее всего, не было. Интуиция?

Работала в «Инфокаре» секретаршей одна девочка с поэтическим воображением. Так вот, она все время сравнивала фирму с «Книгой джунглей» Киплинга. И был там человеческий детеныш — естественно, Платон. И был шакал Табаки — Марк. Мусу Тариева эта девочка считала Шер-Ханом, а Илларион Теишвили, которого все и всегда звали Ларри, напоминал ей старого и толстого медведя Балу.

Как-то, сидя за праздничным столом — было не то двадцать третье февраля, не то восьмое марта, — она объявила об этих своих мыслях. Все расхохотались, потому что было уж очень похоже. И только Витька Сысоев, нежно держа под столом правую руку на ее коленке, сказал:

— Все верно, но ты, милая, перепутала медведя с тигром. На самом деле Шер-Хан — это Ларри.

Видимо, этот разговор дошел до Теишвили, потому что на день рождения девочка получила в подарок от Ларри букет цветов и огромного плюшевого медведя. С приколотой к лапе медведя визитной карточкой Ларри, на которой было написано: «От Шер-Хана».

Топ-топ, топает малыш…

Сейчас уже смешно вспоминать, как все начиналось. Смешно вспоминать первую зарплату, выплаченную за счет распродажи подержанной конторской мебели, что осталась в наследство от папы Гриши; битые старые «жигули» и «москвичи», на которых разъезжало инфокаровское начальство, мечтая о далеком будущем, когда удастся пересесть на новые машины; краснеющего от безысходности Платона, пообещавшего вечером какому-то начальнику распредвал и утром обнаружившего, что денег в кассе нет, купить обещанное не на что и вообще распредвалов в Москве нет ни одного…

«Инфокар» вырос на беспрецедентных по объемам поставках с Завода. Дело в том, что Завод, будучи государственной организацией, имел право продавать машины только по твердым государственным ценам. Поэтому машины не продавались, а распределялись — по звонкам, по лимитам, по карточкам… И значительная их часть перепродавалась тут же за забором, но уж по цене, более соответствующей реальности. «Инфокар» же, будучи структурой коммерческой, оттянул на себя все «подзаборные» продажи, получая на каждой машине сотни процентов защищенного от инфляции навара. Защищенного потому, что доллары ходили по стране наравне с рублями и продажа шла только за валюту. На худой конец — за рубли по биржевому курсу плюс несколько процентов на покрытие возможных потерь и с немедленной конвертацией.

Понятно, что любая схема быстрого обогащения может действовать только на исторически коротком отрезке времени. По мере возникновения внешних обстоятельств, осложняющих жизнь, появлялись все новые варианты действий.

Каждая законодательная или ведомственная новация получала достойный отпор, либо спокойно подготовленный загодя, либо возникший в результате интенсивного мозгового штурма с бессонными ночами, криками, взаимными оскорблениями и валокордином. Решения были изящны и сверхнадежны.

Бешеная инфляция требовала немедленного принятия эффективных мер для защиты капиталов. Платон разработал и реализовал схему с участием некой иностранной компании, через которую должна была проходить вся выручка за машины. При этом в «Инфокар» возвращались только те деньги, которые были необходимы для расчетов с Заводом и для поддержания жизнедеятельности фирмы.

Все остальное оседало в Швейцарии.

Расстановка сил в верхнем эшелоне «Инфокара» определилась сама собой.

Генеральным был Платон. Однако значительную часть времени он проводил за границей, отслеживая движение денег и определяя направления инвестиций, а если залетал в Москву, то начинал трудно предсказуемое передвижение по разнообразным инстанциям, плетя паутину интриг, цель которых определялась только в тот момент, когда все ниточки уже приобретали необходимую прочность на разрыв. В конторе Платон появлялся ближе к ночи, немедленно собирал всех, скороговоркой сообщал о достигнутых договоренностях, спрашивал, как дела и что нового, и, не дослушав ответы до конца, переходил к директивам, суть которых часто состояла в том, что такое-то количество машин надо продать такому-то по заводской цене.

Или отдать бесплатно. Но чтобы все по закону. Ларри, займись!

Поэтому первым лицом фактически был Муса, замкнувший на себя бухгалтерию, кадры, вопросы безопасности, взаимоотношения с городским и районным начальством, а также запутанные и неструктурированные вопросы внутреннего инфокаровского устройства. В коммерции он разбирался слабо и полностью передоверил эту область Ларри.

Ларри же, несмотря на то что через него шли все товарные потоки, приносившие в конечном счете живые деньги, значился в штатном расписании всего лишь коммерческим директором, правда с правом банковской подписи, и на большее не претендовал. Круг его внешних связей ограничивался Заводом, ГАИ и некоторыми другими структурами, которые могли оказывать хоть какое-то влияние на процесс приобретения и эксплуатации транспортных средств. Прочие контакты Ларри отсекал, а если, по настоянию Платона, ему и приходилось принимать участие в каких-либо протокольных мероприятиях, то он подчеркнуто держался в тени, в светских беседах дискуссий избегал и довольно талантливо изображал из себя застенчивого и скромного провинциала, занятого скучными и малоинтересными для окружающих делами, — этакого старательного крота-работягу.

И взгляды присутствовавших на этих мероприятиях людей, завороженных красноречием Платона, немногословным обаянием Мусы и бьющей через край общительностью Марка, скользили мимо пристроившегося где-то на периферии грузина, чье безразличие к происходящему плохо скрывала дежурная вежливая улыбка, робко прятавшаяся в соломенных усах.

Что касается Марка, то он, смирившись с тем, что при живом Мусе ему никогда не стать самым главным, решил сделаться самым нужным. Он попытался было влезть в деятельность Ларри, но потерпел сокрушительное поражение. Ларри, который демонстративно не вмешивался в чужие дела, к себе никого не допускал.

Попытки Марка принять участие в переговорах по автомобильным проектам, чему Ларри формально воспрепятствовать не мог, привели к тому, что переговоры эти стали проводиться за пределами центрального офиса, в местах, известных только Ларри.

Тогда Марк начал планомерную осаду Мусы. Памятуя о разоблачении директоров стоянок, состоявшемся в дни павловской реформы, он принялся методично заваливать Тариева разнообразными сведениями — мол, там-то и там-то, возможно, подворовывают, а там-то и там-то теряются большие деньги из-за бесхозяйственности, и знает ли Муса, как соотносится зарплата директоров дочерних предприятий с прибылями, которые они приносят в «Инфокар», и так далее и тому подобное. Сведения эти, как правило, ни на чем не основывались, поскольку квалификации, необходимой для такой агентурной работы, у Марка не было, однако законам природы и экономики они тоже не противоречили, поэтому Муса, задавленный текучкой, в ответ на требования Марка немедленно наладить всеобъемлющую систему контроля и учета покорно кивал головой и безропотно подписывал изготавливаемые Марком приказы. Постепенно Марк подмял под себя всю инфокаровскую систему документооборота. В самом процессе коммерческой деятельности это мало что изменило, поскольку процесс этот регулировался не бумагами, а негромкими распоряжениями Ларри, просачивающимися через табачный дым, но зато в организационно-бюрократической сфере произошла настоящая революция. Марк встал между теми, кто подписывал документы, и теми, кто хотел, чтобы их подписали. И всему среднему звену, всем директорам, небо показалось с овчинку.

Шурик — Петьке

Привет, Петюня!

Как ты там? Недавно Юрка ездил в ваши края, я просил его зайти к тебе, проведать. А он вернулся, говорит — три раза заходил, ни разу застать не мог.

Что за дела?

У меня все нормально. Месяц походил, поприсматривался, потом устроился на фирму. Называется «Инфокар». Торгуют машинами. Затащил меня сюда Костик, он у них охранником. Я сначала посмотрел, мужики все в порядке, все на «девятках», ну, думаю, годится. А мне выдали старую «шестерку». Сперва я был прикрепленный к ихнему буфету. Лафа! С утра на рынок, потом по магазинам, вечером официантов по домам развезу — и порядок. Месяц поездил, Костик меня устроил службу безопасности обслуживать. Тут уж пересадили на новую «девятку», штуку такую дали, представляешь, если тебе хотят чего-то передать, то звонят куда-то по телефону и штука эта сразу начинает пищать. Нажимаешь кнопочку, а там на экране сразу сообщение — куда ехать, чего делать. Все такое. Балдеж! Педжер, называется.

Короче, езжу с охраной, потом вызывает меня их главный охранник, говорит, о тебе, мол, хорошо отзываются, не пойдешь ли на машину сопровождения. Это знаешь чего? Едет впереди бугор на мерине, а ты за ним с охраной. И плевать на светофор или еще там на что: как есть пять метров дистанции, так и должно быть.

А если тебя кто-то обходит, надо шефа прикрывать, то слева, то справа. А чего ж, говорю. Давай в сопровождение. Дали мне американский джип. Ну я тебе скажу!

Навороченный весь, сверху люстра, впереди кенгурятник, телефон внутри стоит.

Да, три охранника со мной. И понеслась. Так вот и езжу теперь.

Со временем у меня никак. Раньше часов двенадцать оттрубишь, и в койку. И то считал — много. А тут сутками приходится не вылезать. Правда, сменщика дали, через день работаем. Только от этого мало проку. Вот вчера в шесть утра выехал, в четыре утра вернулся. День проспал — опять за баранку. Платят мало. Да еще говорят, чтоб никому не рассказывал сколько. Коммерческая тайна. Смех! Но охрана говорит, что шеф всем обещал лично подбрасывать. Так что ждем. Мужики говорят, что я попал в аристократы. Тут так считается: сперва разгон, потом охрана, потом персоналки, потом сопровождение, а потом начальство возить. Эти, которые с начальством, те самые крутые. А я зачуток пониже их. Только мне это до лампочки. Лучше всего живут — которые на разгоне. Его послали бумажку везти, он поехал и закосил часа на два. Или вечером, к примеру. Рванул куда-нибудь на Тверскую, телку снял — и хорош. И машина в его распоряжении круглые сутки.

Хочешь — калым, хочешь — девок снимай. А я джип загоняю во двор конторы, утром за мной разгонщика присылают, привозят к джипу, забираю охрану и еду за шефом.

И все время, пока я в машине, охрана при мне. Так что не забалуешь.

Такие дела. Как там Галка? Передавай привет, скажи, что в отпуск заскочу.

А ты в Москву не собираешься? Заезжай. Посидим, выпьем. Джип свой покажу.

Костик тоже про тебя спрашивал.

Привет передавай Слону, Вовке Кирпичеву и Димке. Витьке Большому скажи, что если будет к Ленке клеиться, то приеду и рыло начищу. Присмотри там, сестра все-таки. Ей я отдельно написал.

Все. Пока.

Шурик.

Эра «Инфокара»

Непонятна и пугающа была скорость, с которой «Инфокар» из рядовой коммерческой структуры превратился в одного из лидеров российского бизнеса. Но уже газетные страницы заполнились рекламой, призывающей покупать машины только в «Инфокаре», уже пошли по стране анекдоты типа «Вы думаете, это наш номер телефона? Нет, это наша цена». Уже ошалевшие от незнакомого словосочетания покупатели стали обрывать телефоны, интересуясь, как же все-таки выглядят эти «инфокары» и где их можно приобрести. И у всех сидевших за новогодними столами дрогнули в руках наполненные шампанским бокалы, когда за одну минуту до полуночи вместо традиционного обращения к народу главы государства прозвучало поздравление «Инфокара», а на привычном фоне кремлевской башни под бой курантов возник нахально подмигивающий инфокаровский глазок.

Сотни машин уходили с инфокаровских стоянок, принося в копилку до полумиллиона долларов ежедневно. Как грибы после теплого летнего дождика, росли по всей стране инфокаровские станции технического обслуживания, аккуратные, беленькие, с обязательным инфокаровским глазком на фасаде, при входе в которые сразу же хотелось если и не снять обувь, то, как минимум, тщательно вытереть ноги. И когда клиента встречала длинноногая красавица с инфокаровской эмблемой на трепетной груди и провожала его к начальнику приемки, элегантному джентльмену в тщательно выглаженном костюме и галстуке, когда, передав машину и ключи приветливому молодому человеку в безукоризненно чистом комбинезоне, клиент усаживался в баре, словно бы скопированном из иностранного журнала, и за счет фирмы накачивался кофе, чаем, пепси-колой или чем-нибудь еще, рука его уже непроизвольно тянулась к бумажнику и в копилку капала очередная увесистая капля.

А с начальником смены поговорить можно? Нет, нельзя. А с мастером? Тоже нельзя. Что? И с мастером нельзя? Слесаря вызовите сюда, я объяснить хочу.

Невозможно, это нарушение правил обслуживания. Слушай, дорогой, можно я в ремзону пройду, мне поговорить надо. Нет, вход в ремзону запрещен, если хотите посмотреть, как чинят вашу машину, пройдите, пожалуйста, сюда, вам сквозь стекло все будет отлично видно. Да что ж это за порядки такие? Правила фирмы.

Еще кофе желаете? И долго еще одуревший клиент мотал головой, отгоняя дорогие его сердцу воспоминания о дяде Сереже с Варшавки, долгих и проникновенных разговорах о непонятном скрипе при переключении передачи и фантастическом чувстве облегчения в момент передачи увлажненной трудовым потом десятки из рук в руки.

Со всей страны в бывшую княжескую псарню потянулись представители золотоискательских артелей и угольных бассейнов, металлургических заводов и еще не совсем разорившихся колхозов, творческих союзов и начавших входить в силу коммерческих структур, управлений внутренних дел и бандитских группировок. И все они — чистые и нечистые — были в инфокаровском предбаннике как в райском саду: никто никого не ел и седые опера с многолетним стажем мирно соседствовали с мрачноватыми, увешанными золотыми цепями образинами, а демократ с трясущейся от возвышенных идей козлиной бородкой стрелял сигаретку у типичного представителя партноменклатуры.

Черный верх, белый низ есть? Есть.

Белый верх, черный низ есть? Есть.

Чтоб внутри было мягенькое — есть? Тоже есть. Все есть. Вот утвержденные цены. Идите в кассу.

А вот такое тоже есть? Нет, вот такого нету. Остальное все есть, а такого нет.

Это не вполне соответствовало действительности. Было все. Но кое-что Ларри держал в неприкасаемом резерве, о чем, помимо директоров стоянок, не знал никто. И вокруг этого дефицита закручивались привычные людские водовороты, кипели страсти и разыгрывались нешуточные трагедии.

Тяжелый, блин, бизнес...

— Простите, как ваше имя-отчество?

— Зиновий Владимирович.

— Зиновий Владимирович, очень приятно. Можно к вам с просьбой?

— Слушаю вас.

— У меня большое горе, Зиновий Владимирович… — Посетитель тряс головой, смахивая слезу.

— Какое горе?

— Моя жена должна вот-вот родить.

— Поздравляю вас. А почему горе?

— У меня вчера угнали машину.

— Ай-яй-яй, как я вам сочувствую. Так в чем вопрос?

— Понимаете, жена пока еще не знает. Если узнает, страшная новость просто убьет ее.

— Что вы говорите!

— Настоящий ужас! Она так любила эту машину…

— Так чем могу?

— Зиновий Владимирович, дорогой, мне срочно нужно купить такую же. Помогите, пожалуйста.

— Какая модель?

— «Пятерка». Белая. Внутри кожа.

— Так в чем вопрос? Посмотрите в окно. Там стоит полтысячи белых «пятерок». Выбирайте и идите в кассу.

— Вы меня не поняли, Зиновий Владимирович. Машина должна быть точно такая же. Понимаете? Точно такая же. Чтобы нельзя было отличить.

— Понимаю. Ну так что?

— Дайте мне вашего человека, пусть лично со мной походит пару часов. Я посмотрю машины. Иначе жена просто не переживет…

— Понял вас, — говорил Зиновий Владимирович, косясь на дверь, за которой толпилось еще человек двадцать. — Вам механика надо. На пару часов. И все?

— Все! Вы не думайте, я компенсирую.

— Паша, — кричал по селектору Зиновий Владимирович, — зайди быстро.

— Вот клиент, — говорил он возникшему Паше. — Окажи ему особое внимание. Пару часиков походи с ним, покажи машины. Пусть выберет, что ему нужно. Понял?

Часа через два появлялся будущий счастливый отец.

— Зиновий Владимирович, — захлебывался он от восторга, — нашел! Представляете, нашел как раз то, что нужно. Вы меня спасли. Это вам! Нет, нет, не вздумайте отказываться, это от чистого сердца.

И сердобольный муж исчезал, кланяясь и прикладывая руку к груди.

Только глубокой ночью, проходя по уже избавленной от покупателей стоянке, Зиновий Владимирович узнавал, что обласканный им посетитель выбирал машину не один, а с женой, и никаких признаков приближающихся родов в ее фигуре не обнаруживалось, и что, пересмотрев несколько «пятерок», они перешли к «четверкам», потом, само собой, к «восьмеркам», а потом клиент потянул Пашу к стоявшим в укромном месте «девяносто девятым», ткнул пальцем и сказал строго:

— Беру эту!

— Тебе кто разрешил выдавать машины из резерва Ларри?! — вопил трясущийся Зиновий Владимирович, предвидя неминуемую расправу.

— Вы же и разрешили, — отбивался Паша, — вы мне что сказали? Особое внимание — раз, показать машины — два, пусть выберет то, что нужно, — три. А что, не надо было?..

Изощренность клиентов, всеми правдами и неправдами пытавшихся вышибить из «Инфокара» какую-нибудь халяву, превосходила самые изысканные деяния Остапа Ибрагимовича Бендера, Ходжи Насреддина и Жиль Бласа из Сантильяны.

— Заберите, — говорила случайно попавшемуся под руку Сысоеву рыдающая девица, и слезы с ее пушистых ресниц разлетались горизонтально, — заберите у меня эту кровавую машину, я вас умоляю, заберите ее, я ни спать, ни есть не могу...

— Что случилось? — бледнел и волновался Виктор, наливая девице воды.

Девица брякала зубами о стакан и постепенно успокаивалась.

— Вы продали мне машину. Месяц назад.

— Я?

— Нет же, не вы. На вашей стоянке. «Восьмерка», длинное крыло, «мокрый асфальт».

— Так, так. — Виктор кивал головой, пытаясь сообразить, каким образом девице удалось проникнуть в резерв Ларри. — Продолжайте, пожалуйста.

— Вон она стоит, за окном. Посмотрите.

За окном стояла «восьмерка», внешний вид которой однозначно свидетельствовал о недавнем близком контакте с уличным фонарем. Машину окружала кучка интересующихся инфокаровских водителей.

— Дайте, дайте мне сигарету. Спасибо. Я никогда, никогда больше не буду покупать у вас машину. Мне говорили, меня предупреждали, я, дура, не верила. Теперь я точно знаю, кто вы такие.

— Кто?

— Вы убийцы! — Девушка с ужасом озиралась по сторонам.

— Почему?

— А! Вы не знаете! Не прикидывайтесь, пожалуйста. Бандитское гнездо?

— Да почему же?

— Вы в милиции когда-нибудь ночевали? На вас наручники надевали? Нет? А на меня надевали! — И девушка протягивала Виктору дрожащие руки. — О! Я все теперь понимаю. Все! — переполнившись негодованием, лепетала она.

— Объяснить можете? В конце-то концов!

— Не притворяйтесь! Вы продали эту машину совсем другому человеку!

— Как — другому?

— Так! Узбекскому крестьянину из Ферганы. Я теперь все знаю. Когда он выехал за ворота, ваши убийцы напали на него, вытащили из машины, всего изуродовали и бросили. А машину вернули на стоянку и продали мне. Что, правда глаза колет?

— И где же сейчас этот крестьянин? — вопрошал сбитый с толку Виктор.

— Ага! Не смогли концы спрятать! Он пришел в себя, дополз до милиции и все-все рассказал. И сразу же умер.

— Что вы говорите?

— То и говорю! А когда я пошла регистрировать машину, они проверили ее по документам, арестовали меня, надели наручники и трое суток держали в камере. Пойдемте, пойдемте, я сейчас вам все покажу. — Девица тащила Виктора во двор. — Смотрите, — тыкала она наманикюренным пальцем в резинку уплотнителя на дверце. — Видите, отстает? Это он ногтями хватался, когда его тащили из машины. Видите? Мне все объяснили в милиции. А это видите? Здесь его головой о капот били. Видите? Убийцы!

Беседа продолжалась уже в кабинете, куда Виктор с огромным трудом уволакивал девицу от начинавшей собираться толпы любопытных.

— Что вы хотите?

— Я уже сказала. Заберите у меня эту кровавую машину. Заберите!

— Погодите минутку. Как это — заберите?

— Вот так! Заберите. А мне взамен выдайте любую другую.

— Стоп. — До Виктора начинало доходить. — А почему ваша машина в таком состоянии?

— А в каком же еще состоянии она может быть? Когда меня выпустили из милиции, я была совершенно разбита. Я три ночи провела в наручниках, у меня ни руки, ни ноги не слушались. Я не справилась с управлением. Но это неважно! Заберите у меня эту кровавую машину!

И у девицы начиналась истерика.

— Так, — беспомощно говорил Виктор. — Я все понял. Это вам не ко мне. Пройдите в соседнюю комнату, к юристам. Все напишите. Про крестьянина. Про наручники. Про машину. Все будет очень хорошо. Вам помогут.

Девица пропадала в лабиринтах фирмы, время от времени появлялась снова и наконец исчезала насовсем, но в анналах инфокаровской истории оставалась легенда о невинно убиенном дехканине.

— Стефан Львович? — вопрошал по телефону голос с непонятным акцентом. — Здравствуйте. Говорит шеф-директор московской штаб-квартиры ассоциации «Двадцать пятый век», моя фамилия — Кротон. У меня деловое предложение. Девяносто девятые модели. Все цвета. Любая комплектация. Партия от двухсот штук. Со склада в Москве. Берете?

— Беру! — радостно орал в трубку Светлянский, оценивая перспективу создания дефицитного резерва в обход Ларри. — Какая цена?

— Договоримся. Приезжайте в Измайлово на остров. Вас будут ждать.

На острове Светлянский мгновенно понимал, что ему пытаются запарить машины с инфокаровской же стоянки.

— Видишь? — вопрошал его предводитель группы бритоголовых, прибывшей на двух БМВ, и обводил рукой грандиозную панораму автомобилей, выстроившихся за забором из колючей проволоки. — Это все наше. Сколько берешь?

— Все беру, — отвечал Светлянский, интересуясь дальнейшим развитием событий. — Почем?

Называлась цена, долларов на триста превышающая инфокаровскую. Светлянский мрачнел и крутил головой.

— Смотри сюда. — Главарь бритоголовых брал Светлянского за пуговицу. — Сто баксов с машины дам тебе в откат наликом. Уловил? Сделаешь предоплату — еще сто баксов. Здесь пятьсот машин стоит. Сто штук твоих. Уловил? Сделаешь предоплату, конкретно?

Предоплата неизвестным бандитам за собственные автомобили, безусловно, объясняла стотысячный откат.

— А машины можно посмотреть? — интересовался Светлянский.

— Смотри. Тебе чего, плохо видно отсюда?

— Да нет. Внутрь зайти можно? Походить, посмотреть состояние?

— Ты чего, мужик? Не видишь, что ли, новина какая? Прямо с завода.

— А все-таки?

— Тогда давай завтра в это же время. Сегодня стоянка закрыта.

— Так попросим, чтобы открыли, — не сдавался Светлянский. — Ваша же стоянка. Пошли.

И он подходил к тянущейся в струнку охране.

— Все в порядке, Стефан Львович, — докладывал начальник смены. — Никаких происшествий. А господа с вами?

Обернувшись, Светлянский еще успевал разглядеть исчезающие за поворотом габаритные огни БМВ...

Первый наезд

Не все бандиты были столь просты, случались и конфликты. Если Институт, находясь в Москве, еще как-то держался на плаву, сдавая в аренду коммерсантам половину лабораторных помещений, то подмосковный филиал давно уже лежал на боку. Платон, пролетая как-то по Институту, мгновенно подсуетился и предложил ВП избавить его от непосильного и ненужного по нынешним временам бремени. В результате «Инфокару» достался трехэтажный корпус на территории в пять гектаров, окруженной глухим бетонным забором. Стратегическое значение этого объекта для автомобильного бизнеса даже не поддавалось оценке: железная дорога находилась в трех километрах, и вагоны с машинами можно было разгружать тут же, не завозя их в Москву. Было решено создать здесь гигантский накопитель для автомобилей, из которого они будут уходить в розничную продажу на московские и немосковские стоянки. Заведовать накопителем поставили Леню Донских.

Местная шпана, в мирные советские годы промышлявшая грабежами дачных участков и устрашающими пьяными набегами на населенные пункты с единственной целью — набить кому-нибудь морду и показать себя, — с началом борьбы за построение капитализма изменила свои стратегические установки. В лучших традициях юных тимуровцев бравые ребята появлялись на садовых участках ближе к завершению летнего сезона, находили председателя правления и предлагали ему свои услуги по охране территории.

— В месяц двадцатка с участка, — говорил предводитель, поигрывая пачкой «Мальборо» и с покровительственной ухмылкой поглядывая на корешей, картинно восседающих за забором на своих мопедах. — И никто чужой к вам не сунется.

Далеко не каждый председатель соглашался сразу. Первый, к которому они пришли, вообще попер их, пригрозив охотничьим ружьем. На следующую ночь у него пропала собака, а еще через день таинственным образом исчез и так и не был обнаружен окружавший участок забор из штакетника. Проснувшись поутру в чистом поле, председатель резко поумнел и пошел на переговоры.

— Теперь будет тридцатка в месяц, — сообщил предводитель. — Я всех своих уже распределил. Надо будет новых нанимать. А это большой расход. Понял?

Регулярно поступающая от садоводов дань создавала для «тимуровцев» необходимый ресурс для безбедного и приятного существования. Но не более того. А хотелось больше. Поэтому возникновение в ближайшем соседстве любой коммерческой точки, нацеленной на добывание денег, воспринималось как праздник.

Понятно, что мощная автомобильная река, вливавшаяся за бетонный забор подмосковного филиала, не могла не заинтересовать бравых ребят. Через какое-то время охрана стала сообщать Донских, что у забора крутятся подозрительные пацаны на мотоциклах. Было замечено также, что несколько раз к воротам подъезжали «жигули» с тонированными стеклами, из машины никто не выходил, и стояла она по часу, а то и по два. Обычно это происходило, когда шла разгрузка вагонов.

Возникало ощущение, что кто-то пытается подсчитать, сколько машин завозят в накопитель.

Леня Донских, никогда с подобными ситуациями не сталкивавшийся, но увлекавшийся в молодости детективной литературой, распорядился зафиксировать номер, как только появятся таинственные «жигули». Однако едва охранник вышел за ворота с бумажкой в руках, чтобы записать номер, как он был в считанные секунды исполосован велосипедными цепями и брошен в пыли. А «жигули» мгновенно скрылись.

Обращение в милицию ничего не дало. Районный участковый, обслуживавший территорию, на которой вполне могли бы поместиться три-четыре европейских княжества, снял с изувеченного охранника показания, осмотрел накопитель, поинтересовался ценой на машины, присвистнул, выпил с Леней водки и отбыл, пообещав принять меры. В Москве, когда Леня рассказал об инциденте, на него спустили собак и потребовали, чтобы он свою колхозную охрану разогнал к чертовой матери и взял профессионалов. На худой конец — ментов.

Сделать это Леня не успел. Посреди ночи Виктора разбудил телефонный звонок. Как сообщил начальник охраны центрального офиса, только что звонили из подмосковного филиала — там ЧП. Ларри уже едет в офис и просит Сысоева тоже прибыть в срочном порядке.

Выяснилось следующее. К вечеру у ворот филиала появились три мотоцикла и уже знакомые «жигули», номерные знаки которых были тщательно заляпаны грязью.

Из «жигулей» вышли два молодых парня и вежливо попросили проводить их к самому главному. Зайдя к Лёне в кабинет, они сообщили, что имеют деловое предложение и хотели бы провести беседу в присутствии главного бухгалтера.

Как рассказала бухгалтерша, молодые люди выложили на стол несколько листков бумаги, на которых довольно точно фиксировалось поступление автомобилей за последние три месяца, и сказали, что склад функционирует на контролируемой ими территории. То, что это не было с ними согласовано, они рассматривают как неуважение. Впрочем, нет ничего непоправимого, и молодые люди готовы забыть нанесенную им обиду, если будут предприняты определенные шаги. Стоимость обиды они определяют в двадцать машин. Этот вопрос не может обсуждаться, поскольку здесь затронута их репутация как деловых людей. Что касается остального, то после расплаты за нанесенный моральный ущерб деловые люди вполне удовлетворятся пятью машинами с каждой сотни, поступающей на склад. К тем четырем с лишним тысячам, которые уже поступили, это тоже относится. Взамен гости гарантируют свою помощь, всяческое содействие и вечную дружбу. Конечно, здесь разговор коммерческий, плата за дружбу может выражаться пятью машинами с сотни, а может, к примеру, — тремя, никто не мешает поторговаться. Однако ниже трех машин с сотни они опуститься не могут, потому что это унизительно.

Как выяснилось, за время беседы на территорию просочилось около десятка накачанных молодцов, а к воротам подтянулись еще мотоциклы и три автомобиля.

В ответ Леня сказал, что машины ему не принадлежат, что разговаривать на данную тему надлежит в Москве и что он может дать номер телефона человека, которому и следует делать подобные предложения. После этого ему дважды съездили по физиономии и объяснили, что Москва далеко, а здесь действуют свои правила. И правила эти заключаются в том, что он должен немедленно выдать ключи и оформить документы на двадцать машин, которые искупят нанесенное оскорбление. А если в Москве не хотят, чтобы неприятности продолжались, то вот номер телефона в Раменском, по которому надо позвонить и договориться о времени и месте встречи.

Но лучше не тянуть, потому что иначе гости могут упереться рогами, включить счетчик и забить стрелку. Понял? Или еще раз объяснить?

Леня не понял. Поэтому к моменту, когда гости уразумели, что со склада машины в розницу не продаются и оформить документы Леня физически не в состоянии, стены в кабинете уже были основательно забрызганы кровью. Умаявшись от деловых переговоров, старший посетитель объявил:

— Кончаем базар. Вот от тех двух тачек, — он ткнул пальцем за окно, — положи ключи сюда.

— Ларри Георгиевич, — ревела в голос бухгалтерша, — я больше не могла на это смотреть, они бы его убили, он уже стоять не мог, крови было — вы не представляете. Я принесла ключи и отдала.

Увольняйте меня, что хотите делайте, но я просто не выдержала. Они забрали машины, а Донских увезли с собой.

— Как тебя зовут, я не расслышал? — мрачно спросил Ларри. — Жанна? Ты все правильно сделала. Молодец. Они сказали что-нибудь?

— Сказали, что завтра, то есть уже сегодня, приедут за остальными машинами. И пока мы с ними не рассчитаемся, Донских останется у них.

— Ладно. Иди спать. Ни о чем не беспокойся.

К утру было решено вынимать Леню любой ценой. Черт с ними, с двадцатью машинами. Даже со ста двадцатью. Главное достояние «Инфокара» — это люди. Все должны знать, что они защищены, что за ними — система, что деньги, ресурсы, мощь — в нужный момент подключается и используется буквально все. А потом уже можно будет разобраться с этой шпаной.

Ларри, прекрасно представлявший себе действующую систему правил, вооружил Виктора полусотней бланков справок-счетов, а Марка — тридцатью тысячами долларов.

— Говорить будете так, — инструктировал он. — Вот двадцать справок. Вы готовы их тут же заполнить. Вот еще десять. Они привозят обратно Леню, ты им выдаешь эти десять. В знак уважения. А ты, — Ларри кивнул Марку, — даешь еще десять тысяч зеленых. В обмен на Леню. Остальное держите в резерве. Но я думаю, что должно хватить. Возьмите с собой человек пять с оружием. Договорились?

Неожиданно появившийся Ахмет внес в разработанный стратегический план некоторые изменения.

— Я тоже поеду, — сказал он, следя за тем, как Виктор и Марк рассовывают по карманам пакеты с документами и деньгами. — Давай я сначала с ними поговорю. Только мне нужно переодеться.

В филиал Виктор и Марк прибыли в сопровождении трех машин охраны и белого «мерседеса», за рулем которого сидел Ахмет. На нем был черный френч с накладными карманами. Коротко остриженные волосы Ахмета закрывала черная каракулевая папаха, в правой руке были зажаты четки.

— Так, — сказал он, осмотревшись. — Мне кабинет нужен. Пусть накроют стол. Шампанское, виски… Покушать пусть принесут. И чаю. Машину, — он бросил ключи находившемуся поблизости механику, — пусть помоют. И поставят у двери. А вы, уважаемые, — обратился он к Виктору и Марку, — пойдите куда-нибудь. Посидите пока. Надо будет — я позову.

Через час тишину разорвал треск мотоциклетных моторов. К воротам склада приближалась кавалькада из тридцати мотоциклов, сопровождавшая два джипа и «жигули». Исполняя приказ, охрана распахнула ворота, кортеж втянулся внутрь.

Три последних мотоциклиста остановились на въезде, прислонили мотоциклы к створкам ворот и, поигрывая велосипедными цепями, стали неторопливо закуривать.

* * *

Ахмет, сидевший за накрытым столом и аккуратно намазывавший на хлеб черную икру, при появлении гостей медленно приподнялся, продемонстрировав свой почти двухметровый рост, потом сел обратно и спросил, глядя из-под папахи:

— Кто старший?

Пятеро вошедших переглянулись.

— Я, — сказал один из них, бритый наголо и с увесистым золотым браслетом на запястье.

— Можешь остаться. Остальные пошли отсюда. В прихожей подождете.

Спутники бритоголового испарились, оставив дверь в приемную приоткрытой.

— Ты кто? — спросил Ахмет, откусывая от бутерброда.

— Иван, — ответил бритоголовый, опускаясь в кресло.

— Встань, зассыха, — дружелюбно посоветовал Ахмет. — Сидеть будешь, когда я разрешу. После того, как договоримся. А то придется кресло на помойку выбрасывать. Я жду.

Бритоголовый встал.

— Крутой, да? — спросил он срывающимся голосом. — Из Москвы, да? Чего выступаешь?

— Я тебе пасть раскрывать разрешил? — не понял Ахмет, переходя к следующему бутерброду. — Я тебе, козел вонючий, разрешил вякать? — Он положил бутерброд на стол и взял в руки четки. — Слушай меня. Ты сейчас заберешь своих придурков и отвалишь отсюда. Через час обе машины должны быть здесь. И мой человек тоже. Если он на тебя пожалуется, молись богу. В асфальт закатаю. Пшел! — рявкнул он так, что задрожали стекла. — Время пошло.

Ахмет посмотрел вдогонку бритоголовому и снова принялся за бутерброд.

Через полтора часа кавалькада вернулась. Бритоголовый и Леня вошли в кабинет, остановились в дверях. Ахмет искоса посмотрел на Леню, игнорируя бритоголового.

— Почему мне не сказал? — угрожающе спросил он. — Почему мне не позвонил? Зачем мне это беспокойство? Я тебя нанял, чтобы ты мне бабки приносил. А ты мне проблемы создаешь. Не умеешь с людьми договариваться, на хер ты мне нужен. Что скажешь?

Леня стоял у двери, не понимая, что от него хочет Ахмет. Ночь он провалялся взаперти на складе минеральных удобрений, к утру стало полегче, и Донских смог заснуть. Но его растолкали, заставили раздеться, долго поливали водой из двух шлангов, влили в него стакан водки, кружку пива, дали закусить хлебом и луком, какая-то накрашенная девица запудрила ему кровоподтеки на лице.

Потом Лёне сказали, что он может тут же трахнуть эту девицу в машине или на сеновале. Когда Донских отказался, его посадили в машину и привезли сюда. А теперь Ахмет пристает к нему с какими-то идиотскими вопросами.

— Ладно, — сказал Ахмет, выждав паузу. — Я здесь до вечера буду. Вечером принесешь пять штук, положишь сюда. — Он постучал пальцем по столу. — Штрафую тебя. За доставленное беспокойство. Подойди.

Леня приблизился к столу. Ахмет взял фужер, посмотрел на свет, неодобрительно покачал головой, налил до краев виски и протянул Лёне.

— А так ты нормально держался, — одобрил он. — Мне доложили. Можешь выпить. Иди отдыхай, — распорядился он, когда Леня выпил. — До вечера.

— Ладно, — сказал Ахмет жмущемуся у двери бритоголовому, когда дверь за Леней закрылась. — Я вижу, ты порядки знаешь. Можешь сесть. Сколько у тебя людей? — продолжил он, когда бритоголовый покорно пристроился на краешке стула. — Все, которые здесь? М-да. Набрал шантрапу. Выбери трех поприличнее, я их возьму на работу. Пусть здесь покрутятся. Положу я им, — Ахмет задумался, — по пятьсот баксов в месяц. Договоримся так. По двести баксов им плачу я. Оставшиеся Леня будет тебе передавать, дальше сам разберешься. Понял?

Бритоголовый кивнул.

— Дальше так. Я тебе сказал через час приехать. А тебя полтора не было. Мое время три штуки в час стоит. С тебя получается тыща пятьсот. Значит, за первый месяц ничего не получишь, за второй — соответственно часть. А потом, как я обещал. Понял? — Убедившись в покорности бритоголового, Ахмет изобразил улыбку и скомандовал: — Подойди сюда. — Он протянул бритоголовому граненый стакан с водкой. — Выпей. У тебя тяжелый день был.

— Я не пью, — промямлил бритоголовый, — у меня режим…

Ахмет вопросительно взглянул из-под сползшей на глаза папахи. Бритоголовый судорожно сглотнул и опорожнил стакан.

— Хорошо, — одобрил Ахмет, откидываясь в кресле. — Иди пока…

Цена вопроса

— Вот так все и было, — рассказывал Ахмет вечером Мусе и Ларри, сидя за столом в инфокаровском офисе. — Я на него только посмотрел, он сразу обкакался. Я как крикну — пошел вон отсюда, он — раз! — и нету. И через пять минут все вернули. Машины вернули, Леонида вернули.

Муса и Ларри слушали молча.

— А вы сразу — машины отдавать, деньги платить… — продолжал Ахмет. — Я же сто раз говорил — если что, я всегда «Инфокар» прикрою. Любому башку отверну, пусть только сунутся. Солнцевские, ореховские, подольские — мне все равно. Вот так я сижу, вон там он стоит. Только он хотел сесть, я как крикну. Он вскочил, стоит и трясется. А потом, когда Леонида привезли, я так сыграл, так сыграл, — Ахмет закрутил головой, — будто это все мое, будто я хозяин, Леонида оштрафовал, всех разогнал. Они теперь понимают, что хотели у меня деньги отнять. Знаете, как перепугались!

Ахмет долго еще ходил по кругу, вспоминая, как он сидел за столом и ел икру, а незадачливый налетчик переминался с ноги на ногу, как он влил в него стакан водки, как завербовал трех неплохих пацанов и обеспечил складу спокойное существование за полторы тысячи в месяц… Потом Ахмет выдохся и перешел к главной теме.

— Ларри Георгиевич, уважаемый, — начал он, поблескивая глазами, — у меня есть большая просьба. Пообещай, что не откажешь.

— Дорогой! — Ларри растопырил усы. — Как тебе можно отказать!

— Нет, ты пообещай, — не отставал Ахмет. — Скажи — все сделаю.

— Для тебя, дорогой, все сделаю. Как для лучшего друга.

Ахмет придвинулся поближе к столу.

— Очень трудно стало работать. Станция здесь, станция там, стоянки в разных местах. Если что, пацаны могут просто не успеть доехать. Надо обеспечить транспортом.

— А что, — спросил Ларри, продолжая радушно улыбаться, — разве не хватает машин? В прошлом месяце я тебе пять машин выписал, в позапрошлом три. У тебя сейчас восемнадцать машин. Я не ошибаюсь?

— Ай! — Ахмет с восторгом ударил себя по коленям. — Какой человек! Все помнит! Дай я тебя обниму. — Обняв Ларри, он продолжил: — Видишь, как получается — к Леониду сегодня целый час ехал. Из центра. А если пацаны поедут откуда-нибудь с окраины? Сколько времени уйдет? Надо обязательно еще четыре машины.

Через полчаса, приняв во внимание, что две машины Ахмет сегодня вернул, было решено передать их ахметовской братве.

Ахмет выставил вперед руку и загнул палец.

— Еще хочу попросить. Можно одну машину лично для меня?

— Погоди, погоди, — заинтересовался Ларри. — У тебя же есть «мерседес». Зачем тебе «жигули»?

Ахмет потупил глаза.

— Я жениться хочу. Познакомился с девушкой. Знаешь какая? О! Идет по улице — все оглядываются. Я ей говорю — такая девушка не может пешком ходить. Раз ее прокатил, два прокатил. Каждый день не могу, работы много. Вот сегодня. Я поехал Леонида спасать, она целый день дома сидит, плачет, ей в парикмахерскую надо, а я ей не разрешил на улицу выходить. Пожалей девушку.

Когда о машине для невесты Ахмета договорились, Ахмет загнул второй палец.

— Ларри Георгиевич! Еще хочу попросить. Ты не обижаешься? — Убедившись, что на лице Ларри сохраняется невозмутимо доброжелательное выражение, продолжил: — Понимаешь, она водить не умеет. Хочу тебя попросить, чтобы ты взял на работу водителя. Который ее будет возить. Пожалуйста.

— Конечно, — с неожиданной готовностью согласился Ларри. — Забирай любого из разгона.

— Нет, — замотал головой Ахмет. — Можно моего человека взять на работу? Я уже договорился. Такой хороший парень. Двоюродный племянник одного моего лучшего друга. Можно?

Ларри и Муса переглянулись и кивнули.

Ахмет загнул третий палец.

— У меня еще одна просьба есть, Ларри Георгиевич.

— А их много в запасе? — спросил Ларри.

— Клянусь, последняя.

— Давай, — сказал Ларри и посмотрел на часы. — А то я уже опаздываю.

Ахмет поерзал на стуле.

— Ларри Георгиевич, клянусь, мне стыдно на улицу выходить. Девушка хочет в ресторан, еще куда-нибудь. Поговорить с нужным человеком… Посмотри сюда. Вот мой кошелек. Что там? Тысяча рублей. Клянусь тебе, больше ни копейки нет. Просто неудобно.

Ларри покосился на возвращенный Марком пакет с долларами.

— Сколько?

Ахмет развел руками.

— Сколько дашь. Сколько не жалко.

— Пять хватит?

— Пусть будет десять. — Ахмет обворожительно улыбнулся.

— Держи. — Ларри протянул перехваченную аптечной резинкой пачку.

— Я пойду? — спросил Ахмет, убирая деньги в карман френча. — Дорогой Ларри, дай я тебя обниму. Знаешь, как я тебя уважаю. Муса, и тебя дай обниму.

— Не дороговато? — не утерпел Муса, когда Ахмет скрылся за дверью.

Ларри пожал плечами.

— Три машины. Водитель. Десять штук. Это недорого. Но много.

— А ты не думаешь… — начал Муса.

— Что он это сам устроил? Нет. Мог, конечно. Но здесь все так и было. Я проверил. История, однако, неприятная. Кстати, я считаю, Леню надо оттуда убирать. Он не тянет.

— Да ты что! — изумился Муса. — Если правда все, что рассказывают, ему орден давать надо…

— А я с этим и не спорю, — пожал плечами Ларри. — Орден давай вручим. Но со склада его нужно убирать — однозначно. Если там такой порядок, что и самого Леню, и машины всякая шпана может забрать, нам подобный директор не нужен. Нам нужен такой директор, который сам на кого хочешь наедет. Ты помнишь, я возражал, чтобы его назначили? Это вы с Платоном мне руки выкрутили.

— Погоди. — Муса покраснел. — Он в доску наш человек. Это раз. Умный. Это два. Честный. Это три. Держался молодцом. Это четыре. Дальше считать?

— Не надо. Умный, честный… Я же не спорю. Я говорю, что он не тянет. Другое дело, пас в сторону надо правильно провести, чтобы обиды не было. Подумай, куда его пристроить.

— А с Платоном ты не хочешь согласовать?

— Почему не хочу? Хочу. А ты пока подумай.

Закончилась эта история тем, что Леня был повышен в звании, брошен на фронт недвижимости под крыло к Мусе и получил солидную прибавку к зарплате. А складом стал заведовать один из людей Ларри.

Так началась давно замышлявшаяся Ларри операция по выдавливанию из автомобильного бизнеса старой академической когорты. Через полгода все директора стоянок и складов смотрели Ларри Георгиевичу в рот. И, что было для него принципиально важно, не имели прямого выхода ни на Платона, ни на Мусу, принадлежа Ларри душой и телом.

Легенда о Монтрозе

— Нет, ты объясни, — настаивал Марк, размахивая перед носом Ларри листом бумаги с пришпиленным к нему конвертом. — Объясни! Мы здесь что-то теряем?

— Ничего не теряем, — рассеянно отвечал Ларри, копаясь в бумагах на столе. — Совсем ничего.

— Ну так делаем?

— Нет. Не делаем.

— Почему? Объясни.

— Не знаю. Не хочется.

— Ладно. — Марк потерял терпение. — Черт с тобой. Сделаю сам. — Ткнув в пепельницу оставшуюся дымить сигарету, он вылетел из кабинета.

Ларри с неудовольствием помахал рукой, развеивая курящийся над пепельницей дым, и нажал на кнопку внутренней связи.

— Скажи, чтобы у меня убрали в кабинете, — приказал он. — И пусть воды принесут. С газом.

Марк был вне себя. Про иномарки Сысоев напел что-то такое, что теперь Марку туда ходу не было. В СНК приближался очередной, очень ответственный этап, и все операции получили гриф сверхсекретности. Переговоры проводились исключительно в клубе, в специально подготовленной комнате, которую каждое утро проверяли люди, приходившие от Федора Федоровича, и куда допускали только по спискам, составленным Платоном лично. Несколько раз в этих списках появлялась фамилия Марка, но, если ее там не было, проникнуть в переговорную, даже для того чтобы просто поздороваться, не представлялось возможным.

Марк бушевал. Директора, только услышав в телефонной трубке его голос, начинали бледнеть и дергаться. Но в общей расстановке сил это ничего не меняло.

И вдруг, прямо в руки, с неба свалилась изящная комбинация, которая могла принести не меньше двадцати миллионов.

Письмо появилось неизвестно откуда. Марк нашел его утром в общей почте.

Оно было адресовано в «Инфокар» и украшено экзотическими марками, на конверте фигурировал никому не ведомый герб с позолотой.

«Уважаемые господа, — гласило письмо. — Уже несколько лет я с интересом наблюдаю за процессами в Вашей стране, и Ваша фирма внушает мне доверие. Именно в связи с этим мне хотелось бы сделать Вам предложение исключительно конфиденциального характера, которое не потребует от Вас никаких особых усилий, но принесет и Вам, и мне значительную выгоду.

Как Вам должно быть известно, некоторое время назад в Республике Нигерия случился государственный переворот, в результате которого власть перешла к военной хунте. Одним из первых шагов нового правительства было назначение специального военного аудитора, которому вменили в обязанность тщательно проверить все внешнеторговые контракты, связанные с поставками нефти. Не секрет, что при свергнутом режиме в стране процветала коррупция, в результате чего цены на экспортные контракты в несколько раз занижались — и наоборот, цены на импортные контракты были значительно выше мировых. Все это приводило к оттоку из страны ресурсов и валюты и бесконтрольному обогащению кучки бесчестных чиновников. Первые же выявленные аудитом факты хищений привели к тому, что руководители Национальной нефтяной корпорации и Центрального банка Нигерии были в полном составе повешены на центральной площади Лагоса при большом скоплении торжествующего народа. После этой показательной казни, продемонстрировавшей нашему народу желание нового руководства страны навести порядок и покарать преступников, расследование внешнеторговой деятельности, с целью розыска похищенных денег и возвращения их в казну, было продолжено.

Я, доктор Жером Шенье, председатель чрезвычайной подкомиссии военного аудитора, лично обнаружил фиктивный контракт с одной английской компанией на поставку в Нигерию технологического оборудования для нефтедобычи.

Расследование, проведенное мною в одиночку, позволило установить, что упомянутой в контракте компании не существует, оборудование в Нигерию поставлено не было, а вся махинация была затеяна с единственной целью — перевести из Центрального банка Нигерии за границу 60 (шестьдесят) миллионов долларов. В настоящее время эти деньги находятся на корреспондентском счете Центрального банка Нигерии в одном из европейских банков, и, после казни вышеупомянутых преступников, о существовании означенных денег известно только мне одному.

Поскольку мне уже много лет и я страдаю от неизлечимой хронической болезни, я испытываю понятное чувство беспокойства за будущее моей многочисленной семьи и хочу обеспечить ее на случай моего безвременного ухода из жизни. В связи с этим я делаю Вам, господа, следующее выгодное предложение.

Я обеспечиваю перевод вышеупомянутых 60 (шестидесяти) миллионов долларов на счет Вашей уважаемой фирмы. Треть суммы, а именно 20 (двадцать) миллионов долларов, остается в Вашем распоряжении в качестве вознаграждения за участие в операции. Вторая треть должна быть передана моему дорогому сыну, который после моей кончины посетит Вашу фирму. Остаток же может быть предоставлен Вашей фирме в беспроцентный кредит на десять лет для выгодных инвестиций в Вашей стране и ежегодного распределения прибыли в соотношении 50:50 (пятьдесят на пятьдесят). Если Вы согласны с этим предложением, срочно вышлите по прилагаемому конфиденциальному адресу следующие документы:

— банковские реквизиты счета, на который должен быть осуществлен перевод 60 (шестидесяти) миллионов долларов;

— полное название фирмы, владеющей этим счетом;

— заверенные нотариусом копии учредительных документов этой фирмы;

— 5 (пять) официальных бланков этой фирмы, используемых для деловой переписки и платежных инструкций.

Обращаю Ваше внимание на необходимость соблюдения строжайшей тайны. Буду благодарен, если Вы сообщите мне номер телефона и факса, по которым можно передавать конфиденциальные сведения. Подпись».

Очаровательную непосредственность, с которой автор письма поносил воров и коррупционеров и тут же предлагал облегчить бюджет своей родины на приличную сумму, Марк отнес на счет особенностей национального нигерийского характера. А совершенно реальный шанс принести в «Инфокар» в это трудное время шестьдесят миллионов долларов было невозможно переоценить.

Марк уже представлял себе, как будет потрясен Платон, увидев деньги, как он, Марк Цейтлин, скромно пожимая плечами, объяснит, что двадцать миллионов — это насовсем, а еще двадцать нужно куда-нибудь проинвестировать, и как он будет дурить голову наследникам нигерийского проходимца. Значит, решено. Платону — ни слова, пусть будет сюрприз, И Мусе говорить не нужно. Пошел он к такой-то матери после скандала из-за сысоевских иномарок. Правда, непонятна позиция Ларри, единственного сохранившегося союзника. Почему-то он воротит нос от этой истории. Но, в конце концов, сложного здесь ничего нет, а то, что делить славу ни с кем не придется, — это даже хорошо.

В глазах Марка загорелись таинственные огоньки. Он немедленно сообщил доктору Жерому Шенье номер своего личного факса и уведомил хронически больного чрезвычайного аудитора, что в течение недели вышлет ему все требуемые документы. В качестве фирмы, которая радостно примет деньги, Марк выбрал багамский офшор, открытый Ронни Штойером по его настоянию. Марк был единственным человеком, который контролировал счета офшора, и там лежали кое-какие инфокаровские деньги, а также личные сбережения Цейтлина. Не так чтобы много. Марк представил себе, как удивится Штойер, когда узнает, что на счет упало шестьдесят миллионов, и, позвонив в Берн, намекнул Штойеру — мол, в течение ближайших дней на Багамах произойдут кое-какие события, готовьтесь к крупной финансовой операции.

Назавтра же от доктора Жерома Шенье пришел факс, в котором тот выражал глубокое удовлетворение от намечающегося партнерства с господином Цейтлиным и сообщал, что оформить сделку можно следующим образом. Господину Цейтлину следует на два дня прилететь в Лагос, чтобы на месте подписать необходимые документы.

Он, Жером Шенье, настаивает на этом, поскольку такова регулярная процедура. Кроме того, он будет счастлив лично познакомиться с господином Цейтлиным, представить ему старшего сына, а также познакомить с четырьмя своими дочерьми, младшей из которых уже пятнадцать, а старшей девятнадцать. Виза господину Цейтлину не понадобится, поскольку высокое служебное положение Жерома Шенье позволит ему встретить господина Цейтлина прямо в аэропорту и провести мимо паспортного контроля. Этого, кстати, требуют и соображения конспирации.

Жером Шенье искренне надеется, что тяготы военного положения не отпугнут господина Цейтлина, равно как и начавшийся недавно в Нигерии сезон дождей, совпавший, к сожалению, с эпидемией бубонной чумы. Но Жером Шенье убежден, что приятные и радостные впечатления, которые за эти два дня испытает господин Цейтлин, положат хорошее начало будущему сотрудничеству и полностью компенсируют возможные неудобства от поездки.

Марк совершенно не представлял себе, каким образом даже очень близкое знакомство с дочками Жерома Шенье может компенсировать возможное неудобство от бубонной чумы, но писать об этом своему новому нигерийскому другу не стал. Он просто коротко сообщил, что исключительно плотный график деловой активности, к величайшему сожалению, не позволит ему предпринять какие-либо путешествия в обозримом будущем. Поэтому, если доктор Шенье изыщет возможность оформить сделку в отсутствие господина Цейтлина, господин Цейтлин будет ему чрезвычайно признателен.

— Что у тебя за дела в Африке? — спросил как-то Платон, которому Мария сообщила о необычайно участившемся обмене факсами между офисом Марка и Нигерией.

— Узнаешь, — загадочно ответил Марк. — Своевременно.

Платон подозрительно посмотрел на него, но промолчал. Доктор Жером Шенье был невероятно огорчен тем, что личное знакомство с господином Цейтлиным в ближайшее время невозможно. Его опыт состоит в том, что подобные сделки, если они не основаны на близкой личной дружбе, часто срываются. Или заканчиваются весьма неудовлетворительно. Но господин Цейтлин вызывает у него весьма сильную симпатию и внушает столь непоколебимое доверие, что Жером Шенье готов пойти на личный риск и обратиться к Главному Государственному Нотариусу Нигерии с убедительной просьбой засвидетельствовать подпись господина Цейтлина в его отсутствие. Это непросто, и у Главного Нотариуса могут возникнуть нежелательные вопросы. Однако репутация доктора Шенье настолько безупречна, что он надеется на благополучный исход.

Однако в связи с этим доктор Шенье вынужден просить господина Цейтлина дополнить список перечисленных в первом письме документов доверенностью, текст которой прилагается. Марк облегченно вздохнул. На самом деле он и не сомневался, что черномазый мошенник найдет выход из положения, но приятно было убедиться, что интуиция его не подвела. Цейтлин исполнил требуемое и стал ждать результатов.

В связи с военным положением почта в Нигерии работала из рук вон плохо.

Отправленный Марком пакет путешествовал не менее двух недель, и в течение этого времени доктор Жером Шенье ежедневно высылал по нескольку факсов, выражая крайнее беспокойство. А один раз даже позвонил по телефону и умирающим голосом произнес несколько фраз на плохом английском. Оказывается, волнения последних дней настолько сильно подорвали его здоровье, что он боится не дожить до благополучного завершения операции, а посему тревожится за судьбу своего многочисленного потомства.

Однако страхи доктора Шенье оказались напрасными. И документы наконец поступили по назначению. Потому что в одно прекрасное утро Марку позвонил встревоженный Штойер. Ему сообщили, что сто с лишним тысяч долларов, лежавших на счете багамского офшора, больше там не лежат. Они списаны на совершенно законном основании — по подписанному Марком и заверенному нотариусом заявлению.

— Не беспокойся, — уверенно сказал Марк, чувствуя, что волосы у него встают дыбом. — Все это часть плана. Я контролирую ситуацию.

Положив трубку, он тут же поднял ее и стал трясущимися пальцами набирать номер в далеком Лагосе.

К великому облегчению Марка, доктор Жером Шенье оказался на месте и объяснил, что возникли непредвиденные и весьма нежелательные осложнения.

Главный Государственный Нотариус Нигерии, будь он проклят в потомстве своем и чтоб черви изъели его внутренности, оказался негодяем, мздоимцем и вымогателем.

Разорвав многолетнюю дружбу, связывавшую его с семьей доктора Шенье, и растоптав все предварительные договоренности, этот сын шакала притащил на последнюю решающую встречу, когда оставалось только скрепить документы печатью, ни много ни мало как Заместителя Начальника Тайной Полиции. Эти изверги заявили доктору, что он кончит свои дни на виселице, а перед тем будет посажен в темную и зловонную яму, если только не расскажет со всей откровенностью, что замышляет. И доктору пришлось во всем признаться. Тогда эти злонамеренные псы объявили, что дают ему двадцать четыре часа для выплаты им определенной доли от сделки в виде платы за молчание. Несчастный председатель чрезвычайной подкомиссии продал дом, собрал все, что мог, но денег все равно не хватило.

Поэтому ему пришлось воспользоваться средствами уважаемого партнера, за что он приносит свои извинения, но с известной оговоркой — по его мнению, в сделках подобного рода риск должен делиться партнерами поровну. Он, доктор Шенье, не только лишился всех своих сбережений, но и подвергался реальной опасности неминуемой и позорной смерти. Однако теперь все завершилось благополучно, документы подписаны, на них стоят все необходимые печати, и в самое ближайшее время шестьдесят миллионов долларов будут находиться на счете господина Цейтлина, после чего об этом досадном недоразумении можно будет забыть. Хотя здоровье доктора Шенье теперь подорвано окончательно.

Марк, которому потеря денег отрезала все пути к отступлению, в категоричной форме потребовал от уважаемого партнера немедленно выслать по факсу документы, которые обошлись «Инфокару» и ему лично в сто тридцать тысяч долларов. Угасающий на том конце провода доктор Шенье с тоской в голосе сообщил, что пока что это невозможно, поскольку данные бумаги, в соответствии с нигерийским законодательством, составляются в единственном экземпляре и в настоящее время они находятся в Центральном банке Нигерии. Впрочем, у доктора Шенье там есть надежные друзья, которые помогут ему получить эти важные документы. Вместе с тем господину Цейтлину совершенно не о чем беспокоиться — теперь уже можно определенно сказать, что шестьдесят миллионов долларов находятся в Лондоне, в отделении банка «Чейз Манхэттен», и чисто техническую операцию по их переводу будет осуществлять специально уполномоченный доктором Шенье человек, который свяжется с Марком в течение нескольких часов.

Специально уполномоченный человек не заставил себя ждать. Еще до конца дня Марк получил факс из Лондона. В нем сообщалось, что адвокатское бюро «Томпсон, Томпсон и Бейкер» готово исполнить поручение общего друга из Лагоса. Фамилию друга из соображений конфиденциальности не называем. Суть поручения тоже не упоминаем. Учитывая, что размер и характер сделки могут привлечь нежелательное внимание, настоятельно рекомендуем игнорировать любые сообщения, в которых не содержится присвоенное отныне Марку кодовое имя лорд Монтроз. Искренне ваши. Томпсон, Томпсон и Бейкер.

Лорд Монтроз вступил с лондонскими адвокатами в оживленную переписку.

Через какое-то время Томпсон, Томпсон и Бейкер сообщили, что операция перешла в решающую фазу, хотя они до сих пор не получили от общего друга некий документ.

Из соображений конфиденциальности документ не называется. Впрочем, это ничему не препятствует. Если лорд Монтроз соблаговолит оплатить прилагаемый счет на шесть тысяч двести одиннадцать фунтов стерлингов, сделка еще до исхода дня будет завершена. Томпсон, Томпсон и Бейкер.

Платить десять тысяч долларов сверх того, что он уже потерял, Марк не собирался, даже если бы эти деньги у него и были. Но вызволение доктора Шенье из зловонной ямы полностью исчерпало все возможности Марка. А рассказывать кому-либо эту историю до получения денег ему категорически не хотелось. Тем более что оснований сомневаться в добропорядочности нигерийского партнера было предостаточно. Раз все дело в какой-то бумажке, пусть председатель чрезвычайной подкомиссии соблаговолит оторвать от стула свою черную задницу и выслать в Лондон требуемый документ.

Разговор с доктором Шенье проходил под смутно знакомый музыкальный фон.

Доктор был весьма рад снова поговорить со своим уважаемым знакомым. Он совершенно уверен в успехе. Совершенно. Да, он знает про документ. Это одна из бумаг, которые переданы в Центральный банк Нигерии. К сожалению, цена этой бумаги известна. И банковские чиновники требуют взятку. Небольшую. Нужны четыре черных костюма. Четыре пары черных ботинок. Носки. Четыре белые рубашки. Четыре скромных галстука для деловых людей. Четыре пары наручных часов «Омега». Четыре карманных калькулятора. Размеры банковских чиновников доктор готов сообщить. Он глубоко скорбит, что не может самостоятельно решить эту простенькую задачу, но в настоящее время не располагает необходимыми средствами вследствие известных господину Цейтлину печальных обстоятельств.

Вся эта информация унылым голосом сообщалась Марку под веселую мелодию, которая звучала на том конце провода и что-то сильно Марку напоминала. Она просто въелась ему в память. Когда Марк вдоволь наорался, проинформировав доктора Шенье на русско-английском языке, что именно он думает о порядках в Нигерии вообще и в их Центральном банке в частности, то поймал себя на том, что время от времени напевает ее, хотя обстановка вовсе не располагала к веселью. Было совершенно понятно — надо идти к Ларри на поклон. Проще заплатить английским юристам, чем связываться с покупкой носков и рубашек для коррумпированных нигерийских чиновников.

Марк поплелся к Ларри, мурлыча под нос навязчивую мелодию.

Секретарша Ларри попросила немного подождать, пока Ларри закончит телефонный разговор, предложила чаю и, прислушавшись к издаваемым Марком звукам, сказала:

— А я не знала, Марк Наумович, что вы любите Пугачеву.

— Какую еще Пугачеву? — рассеянно спросил Марк.

— Аллу Пугачеву. Певицу. — И секретарша негромко воспроизвела несколько строк из гремевшей в восьмидесятые годы песни «Арлекино».

Марк остолбенело уставился на секретаршу, пытаясь уловить связь между Аллой Пугачевой и военным аудитором Жеромом Шенье, потом хлопнул себя по лбу и пулей вылетел из приемной. Только теперь он осознал масштаб обрушившейся на него катастрофы. Что-то ему попадалось в газетах… примерно полгода назад… про группу жуликов, проходивших когда-то обучение в Москве, чуть ли не в Университете дружбы народов имени Патриса Лумумбы.

Марк вбежал к себе в кабинет и стал лихорадочно копаться в старых подшивках. Есть! В «Известиях», несколько месяцев назад. Красноярский бизнесмен… фамилия изменена… письмо из Нигерии… шестьдесят миллионов долларов… треть ему, за услуги… приглашение прилететь в Лагос… загадочное исчезновение сразу же после прибытия… списание всех наличных денег со счета красноярской фирмы… появление оборванного бизнесмена в российском консульстве… его вылет на родину экономическим классом под заразительный хохот дипломатов… предупреждение Центрального банка Нигерии о деятельности международной группы аферистов, за которую упомянутый Центральный банк никакой ответственности не несет…

Купили!

Его размышления прервал звонок Ларри.

— Заходил, уважаемый? — поинтересовался Ларри ласковым голосом. — Извини, дорогой, что заставил ждать. Приходи, поболтаем.

Хорошее настроение Ларри всегда служило тревожным симптомом. Марк поплелся на встречу.

— Тут какая-то непонятная история…   В глазах у Ларри появлялись и исчезали желтые искорки. — Мне сейчас Платон позвонил. Сказал, что он говорил со Штойером. Что там произошло с багамским счетом? Ты в курсе?

— В курсе, — признался Марк. — Нас кинули.

— Как это — кинули? Нас?

— Помнишь, я тебе письмо показывал? — дребезжащим от стыда голосом произнес Марк. — Из Нигерии. Мы еще тогда решили, что ничем не рискуем…

— Извини, пожалуйста. — Ларри поднял вверх обе ладони. — Я что-то не очень… Говоришь, мы решили?

— Ну я решил. Короче, нас кинули.

— Ай-яй-яй! На много?

— Примерно на сто тридцать штук.

Ларри искренне расстроился.

— А твои личные деньги там были?

— Были, — сказал Марк. — Примерно половина.

Ларри расстроился еще больше.

— Я так и думал, — удрученно проговорил он. — И Платон тоже. Так что же у тебя теперь? Совсем ноль?

— Да нет. У Штойера почти столько же лежит. В Лозанне.

— Что думаешь делать?

— Покрывать убытки, — пожал плечами Марк. — Что же еще? Я виноват. Так что Ронни может переводить лозаннские деньги в общий котел.

— Это очень неправильно, — окончательно огорчился Ларри. — Как ты можешь так говорить?! Мы же друзья. О таком варианте и речи быть не может. Знаешь, как мы сделаем? Мы эти деньги отработаем. Ты пока не трогай лозаннский счет. Пусть Ронни с ним поработает. Тут намечается офигительный бизнес — просто офигительный. Через месяц-два он все бабки отобьет. А тебе… — Ларри нагнулся и выудил откуда-то бумажный конверт, — вот я тебе дам двадцать штук. Тебе же деньги нужны. Жена, семья… Возьми, пожалуйста.

Ночные мысли вслух

Это называется бизнес? Это называется глупость. Бизнес — это товар. Потом деньги. Потом снова товар. И так далее. По почте приходит письмо про шестьдесят миллионов. Что должен сделать бизнесмен? Он должен выбросить такое письмо в корзину и заняться делом. А профессор глотает наживку. Начинает переписываться. Посылать дурацкие факсы. Потом попадает на деньги. Сейчас над ним все африканские обезьяны смеются. Но главное не это. А что главное? Можем ли мы доверять серьезные дела такому человеку? Мы не можем ему доверять. Не потому, что он нечестный. Он честный. И не потому, что он глупый. Он умный. А потому, что он не бизнесмен. В чем проблема? Проблема в том, что он во все дела будет обязательно лезть. И других профессоров за собой тащить. А это никак нельзя допускать. Но Платон этого не понимает. Он не понимает, что старая дружба и бизнес — разные вещи. Совсем разные. Бизнес делать — это не разговоры разговаривать. Но он поймет. Потом поймет. А сейчас надо эту компанию задвигать. Хорошо, что он деньги взял. Жался, мялся, хотел благородство показать. Но взял. И хорошо, что Платон это правильно понял. Смеялся. Когда человек берет из рук деньги, у него весь гонор потихоньку уходит. Надолго.

Это неправильно. Все это неправильно. Почему? По многим причинам. Во-первых, за любое дело должен отвечать только один человек. Не зря говорится — у семи нянек дитя без глазу. Во-вторых. Что у нас во-вторых? Этот человек должен знать, как зарабатываются бабки. Именно — как зарабатываются бабки. А не как вообще делается бизнес. Неправильно, что мы поручаем важные дела всяким кандидатам и профессорам. Они хорошие люди. Но они не умеют зарабатывать бабки. Конечно же, к Платону это не относится. Гений есть гений. Его где угодно уважать будут. А на этих профессоров — на них же без смеха глядеть нельзя. Приходят, сидят нога на ногу. Платона Михайловича при всех Тошкой называют, показывают, что они с ним на равных. Ха! С такими поработаешь! В-третьих. Есть много важных вопросов. Например, отношения с братвой. Или с силовиками. Здесь нужно знать правила. Откуда профессор может знать эти правила? Он их ниоткуда не может знать. Поэтому получаются неприятности. Например, питерское дело. Конечно, Еропкин — ненадежный человек. Но даже с ненадежным человеком можно надежно работать. Если знать, как это делать. А если просто ему дать деньги, он их обязательно украдет. Давайте спросим так. Еропкин годится для бизнеса или он не годится для бизнеса? Отвечаю — годится. Спросим дальше: почему с ним возникли проблемы? Потому что его нашел один человек, а работал с ним другой и никто ничего не контролировал. Что потом получилось? Потом еще хуже получилось. Взяли на работу человека. Опять же профессора. Старого друга. Что надо было ему поручить? Надо ему было поручить маленький, но важный участок работы. Посмотреть, как справляется. Помочь. Подсказать. Потом принимать решение. А что сделали? Он здесь кому-то помешал. Кому? Известно кому. И сразу — без подготовки, не посоветовавшись— бросили на ответственнейший участок. Что он там сделал? Он нашел способ использовать Еропкина? Нет, он не нашел такого способа. Он его просто взял и выгнал. Надо было так делать? Не надо. А Еропкин — не профессор. Он знает правила. Он ничего не стал делать сам, приехал посоветоваться. С уважением. С почтением. Как положено. Обратился по имени-отчеству. Рассказал, что может сделать. Попросил помочь. Как старшего. Можно сказать, на животе приполз. К кому приполз? К Платону? Нет. К Мусе? Тоже нет. К этому горлопану? Конечно нет. Еропкин знал, к кому прийти. Как надо отнестись к такому человеку? К такому человеку надо отнестись внимательно. Что он хочет? Он хочет обратно на свое место. Если оно освободится. А почему бы ему не освободиться? Все может быть. Как ему надо ответить? Если освободится, тогда рассмотрим. Печально, конечно, что все так кончилось. Но кого можно в этом винить? Только тех, кто все это затеял таким образом. Один человек должен делать дело. И отвечать за него. А когда целая толпа суетится — никто ни за что не отвечает. И сейчас то же самое делается. Пришел, накричал, наобещал… Ничего не сделал, спрятался за Сысоева. Как должен был работать Сысоев? Должен был посоветоваться, рассказать, что хочет делать. А Сысоев как поступил? Решил, что он умный, что все может сам. Правильно это? Нет, неправильно. То, что он умный, это правильно. Тот, в Ленинграде, тоже был умный. Очень умный. А то, что сам все может, это неправильно. Зачем к Мусе пошел? Разве Муса занимается автомобилями? Муса не занимается автомобилями. Почему Муса стал подписывать бумаги? Хотел показать, что он тоже умеет делать бабки? Но зачем это показывать? Все знают, что Муса умеет делать бабки. Нет, он хотел показать, что он их умеет делать на машинах. Хорошо. Пусть покажет. На машинах можно делать бабки, если спать по два часа в сутки. Если все время голова будет за бизнес болеть. А если посреди дня в бассейн с массажем ходить да девок дюжинами брюхатить, на машинах бабки делать нельзя. Этого они не понимают. А когда поймут, поздно будет.

Да и уже поздно…

Посмотрим. Что у нас еще? Да, Сысоев… Тоже профессор. Он хорошо начал. Но сколько понаделал ошибок! Он неправильно думал, что быстро продавать машины и следить за деньгами — этого достаточно. Он не хотел оглядываться по сторонам. А настоящий бизнесмен обязательно должен оглядываться. Это как за рулем. Если шофер только вперед смотрит, ему рано или поздно в жопу въедут. Надо направо смотреть, налево. Обязательно назад надо смотреть. А Сысоев не смотрел. Зря не смотрел. И вот результат…

И в открытую форточку к постепенно светлеющему утреннему небу тянулся едкий сигарный дым.

Пусть уберут в кабинете. И водителя в машину. Я уезжаю.

Эл Капоне жив

Таганская группировка, одна из самых авторитетных в Москве, представляла собой выдающийся пример дружбы народов. Будучи славянской по своему духу, управлялась она азербайджанцем, который приехал из стольного града Баку еще в середине восьмидесятых. Сначала он контролировал поставки левой обуви, между прочим, посодействовал расширенным закупкам азербайджанского чая, изготавливаемого из отбросов чайного листа, с началом перестройки немного позанимался поставками оружия в Нахичевань, а потом, при падении платежеспособного спроса, и в Нагорный Карабах, несмотря на известные этнические противоречия. Испытывая неизбывную тягу к легальному бизнесу, подмял под себя два оптовых рынка, взял полностью Рязанский проспект и половину Волгоградки, дотянулся до Котельнической набережной, заимел свой банк на Яузском бульваре и еще один неподалеку от «Балчуга», открыл шесть ресторанов и две станции технического обслуживания «жигулей». Угнетало его только одно. Его фамилия, совершенно благозвучная на языке независимого азербайджанского народа, в Москве производила жутковатое впечатление. Даже привычные ко всему столичные чиновники, услышав это звукосочетание, икали и долго не могли прийти в себя.

Поэтому, намаявшись, бизнесмен вызвал юристов и сказал:

— Так. Я вам бабки плачу. Делайте что хотите, но фамилию надо поменять. Чтобы прилично было, поняли меня?

Юристы все поняли и через некоторое время сообщили хозяину, что никаких проблем с переменой фамилии нет. Существует закон — если фамилия неприличная, то вместо нее можно брать любую. Остается только придумать — какую именно.

Обрадованный хозяин собрал близкий круг друзей, выставил угощение, а когда застолье подходило к концу, объявил конкурс на лучшую фамилию. Кто-то из присных, еще державшийся к этому моменту на ногах, посоветовал:

— Эл Капоне. Фрэнк Эл Капоне…

И рухнул под стол.

С историей движения хозяин знаком не был, но звучание новой фамилии ему понравилось. Поэтому он тут же набрал юристов по ручнику и заявил:

— Эл Капоне будет моя фамилия, Фрэнк Эл Капоне. Чтобы завтра новый паспорт был.

Юристы изготовили новый паспорт одновременно с комплектом визитных карточек. Когда клиент, увидев визитную карточку, начинал медленно сползать по стене, специально обученный человек из сопровождения успокаивал:

— Что вы, что вы, не волнуйтесь, пожалуйста. Он даже не член семьи… просто однофамилец.

А из далекого Азербайджана шли и шли письма и факсы, адресованные Фрэнку Мамедовичу Эл Капоне-оглы.

Но это к слову.

Отодвинули

Марка просто трясло от ярости. Он чувствовал себя незаслуженно обиженным, задвинутым в тень, обойденным и несправедливо исключенным из игры. Ведь это же он когда-то заработал те самые первые деньги, на которые в течение многих месяцев существовал «Инфокар». Он сутками просиживал в офисе, влезал в любые мелочи, перехватывал всех приходящих на переговоры и по крохам выдавливал из них информацию о цели появления и планируемом бизнесе. Это он мотался по всей стране: утром в Саратове, вечером в Вильнюсе, завтра в Сургуте — нажил себе язву желудка и тахикардию. Это он — единственный из всей инфокаровской верхушки — так и не обзавелся приличной квартирой, продолжая жить в двухкомнатной конуре, купленной еще в институтском кооперативе, — с постоянными засорами водостока, вечно текущими кранами и мусоропроводом во дворе. Он продолжал ездить на «жигулях», когда все уже пересели на «мерседесы» и «вольво», и демонстративно отказывался от любых командировок за границу, иронизируя над Платоном, вечно мечущимся по Европе. Он тянул весь воз повседневной бумажной и организационной работы, замыкая на себя разрывающиеся от звонков инфокаровские телефоны...

А что в ответ? Где благодарность? Где признание заслуг? Где элементарная человеческая порядочность? Где хотя бы молчаливое, не высказанное вслух, понимание того, сколько он сделал для общего дела, чем пожертвовал, сколько вытерпел и перенес?

Ведь что-то же происходит! Иначе зачем вся эта сверхсекретность? Что за документы в запечатанных конвертах постоянно курсируют между клубом и офисом?

Почему за одну ночь весь секретариат во главе с Марией спешно и без объяснений переехал из приемной в кабинет соскочившего с балкона Сысоева? Почему у двери кабинета появилась охрана и никого не пускают внутрь? Кто распорядился вывести из подчинения Марка группу компьютерщиков и чем эти лоботрясы сейчас заняты?

Почему никто даже не считает нужным ввести его, Марка Цейтлина, в курс событий?

Он искал ответы и не находил их.

На самом деле ответы лежали на поверхности. Все, кроме, пожалуй, Платона, давно и откровенно тяготились Марком. Неумолимая логика бизнеса беспощадно проредила толпы предприимчивых авантюристов, рванувшихся на заре перестройки сколачивать капиталы. Лежавшие на земле деньги, за которыми достаточно было только нагнуться, кончились. Элементарные представления о законности или незаконности тех или иных операций, постигаемые, при наличии общей культуры, на чисто интуитивном уровне, утратили всякий смысл.

Вытесняя предпринимателей первой волны, в бизнес потянулись люди с профессиональной подготовкой, овладевшие — пусть даже умозрительно — головокружительной техникой банковских трансакций, небрежно бросающие слова «форвардный контракт» и «хеджирование», в совершенстве знающие два, а то и три иностранных языка, с легкостью работающие на компьютерах и общающиеся со всем миром через разнообразные сети. Во многих компаниях эти молодые волки вытеснили старое руководство, пришедшее из науки или комсомола, захватили ключевые посты и обеспечили себе фантастически высокие зарплаты, оставив владельцам право ежегодного принятия решений на собрании акционеров и полагающиеся дивиденды.

Сплошь и рядом зачинатели кооперативного движения охотно шли на предлагаемые условия. Почему я не могу платить этому пацану десять штук в месяц? Сколько там получается в год? Сто двадцать тысяч? Так он мне по итогам года принесет не меньше пяти миллионов чистыми. А еще построит дом на Рублевке, виллу в Монтрё или на Лазурном берегу. Плюс машины, телефоны, охрана… И если что — сидеть будет он, а не я, потому что он подписывает все документы, мое же дело — только голосовать на собрании. Конечно, нужно контролировать. Найму еще одного, лучше всего из налоговых органов, пусть за сто долларов в день проверяет, как тратятся деньги. Если они друг с другом пересекаться не будут, вполне можно заняться своими делами. А дел много! Вот на прошлой неделе кобыла Астра что-то захромала, и никто из этих чертовых ветеринаров не в состоянии вылечить. Привезли специалиста из Англии, а он требует поместить кобылу в клинику под Манчестером. Значит, нужно какие-то документы оформить, чтобы ее в самолет загрузить, да найти соответствующий чартер, да как она еще перелет перенесет… А дочка плачет, волнуется…

Конечно же, с Платоном все было по-другому. На вызов времени он, как и все, ответил решительным обновлением среднего звена менеджеров, однако бизнес в их руки не отдал. Потому что в бизнесе была вся его жизнь. Он часами просиживал с мальчишками, годящимися ему в сыновья, вникая в тонкости и технологию современного предпринимательства, влезая вместе с ними в базы данных, — и при этом никогда не стеснялся признаться в собственном невежестве, а любую новую информацию впитывал, подобно губке.

Но Платон мог себе это позволить, он был хозяином. Другое дело — его заместитель, Марк Наумович Цейтлин. Марк занимал административную должность, числился и был руководителем и, благодаря тесным дружеским отношениям с самим Платоном Михайловичем, а также благодаря причастности к сонму отцов-основателей, имел право отдавать приказы, не подлежащие обсуждению. В формальном смысле новая команда менеджеров обязана была эти приказы исполнять.

Вот только ни времени, ни возможностей, чтобы выучить язык, на котором с этой командой можно разговаривать, у Марка не было. Потому что превосходство Платона всеми воспринималось мгновенно и без сомнений, а руководящая роль Марка нуждалась в ежечасном и неуклонном утверждении, и на это уходило колоссальное количество времени.

Марк твердо знал: подчиненный только тогда правильно оценивает свое место в иерархической системе, когда пребывает в состоянии постоянной дрожи и трепета перед вышестоящим руководством, когда он в сортир без разрешения выйти не может, не говоря уже о каких-то иных надобностях. Поэтому Марк, продолжая, по традиции, гноить и гонять директоров, параллельно создал ежедневную систему давления на «мальчонок», как он пренебрежительно называл новое поколение.

«Мальчонок» было много, а он — один. И если у каждого из них на общение с Марком бессмысленно тратилось не более часа в день, то у Марка на то же самое уходило полдня. Плюс воспитание директоров. Плюс выведывание, что вообще происходит и куда дует ветер. И хотя время от времени его посещала мысль, что надо бы кое-что почитать — он даже купил себе книгу Ли Якокки, — ни к чему положительному, из-за острой нехватки часов в сутках, эта мысль так и не приводила.

Конечно, время, расходуемое на укрощение «мальчонок», можно было бы успешно потратить на то, чтобы заставить их поделиться сокровенным знанием, но этого Марк допустить не мог. Какой он, к черту, начальник, если знает меньше своих подчиненных! Поэтому Марк изо всех сил надувал щеки, пыжился и с невероятной цепкостью запоминал обрывки фраз и новые термины, которыми пользовался, совершенно не вникая в существо вопроса.

Никаких иллюзий насчет компетентности Марка у «мальчонок» не было.

Оставаясь в своем кругу, они довольно беспощадно высмеивали его, а встречаясь с Платоном, осторожно делились впечатлениями от общения с господином Цейтлиным.

Платон всегда ужасно расстраивался, порывался немедленно позвонить Марку, потом забывал, и история повторялась.

Но даже если бы Платон и поговорил когда-нибудь с Марком на эту тему, из такой беседы вряд ли что получилось бы. Поскольку на руках у Марка были неубиваемые козыри: старая дружба — раз, абсолютная преданность делу — два, фантастическая работоспособность — три, семидневная рабочая неделя по шестнадцать —

восемнадцать часов ежедневно — четыре, кристальная честность и неподкупность — пять, полный аскетизм в быту — шесть. О чем тут говорить? Чтобы Марк не лез командовать и руководить тем, в чем ни хрена не понимает? А кто будет все контролировать, кто будет ежеминутно стоять на страже инфокаровских интересов, следить, чтобы ни одна копеечка не ушла налево, чтобы буфетчики делали свое дело, а водители свое? Муса? Так он болеет. Ларри, что ли? Он вообще не умеет с документами работать, Платон? Ой, не смешите!

Тем не менее доводимая до Платона информация все же делала свое дело. И если на форпостах, уже захваченных Цейтлиным, ему был негласно предоставлен карт-бланш, то от новых проектов Марка потихоньку начали отсекать. И уж тем более не могло быть речи о том, чтобы допустить его до участия в складывающейся кризисной ситуации. От одной только мысли, что Марк полезет, например, в переговоры с Фрэнком Эл Капоне, будет орать, размахивать руками и сорить сигаретным пеплом, Платона бросало в дрожь. Поэтому он переселил секретариат в освободившуюся после смерти Виктора комнату, объявил Марии о режиме особой секретности, выдал ей собственноручно написанный список лиц, допускаемых в эту комнату, и категорически запретил данный список кому-либо показывать.

Цейтлина в списке не было. Зная, что ее ждет, Мария, в нарушение всех правил, задала Платону прямой вопрос — не забыл ли он вставить в список Марка Наумовича? Платон взвился.

— Тебе что, непонятно? Читать разучилась? Вот по этому списку... Все!

— Но он же... — не сдавалась Мария, — будет же скандал...

— Охрану поставь у дверей, — рассвирепел Платон. — Что тебе еще неясно?

Больше вопросов у Марии не было. В тот вечер она рано распустила девочек, уехала домой сама, а когда ей доложили, что Марк Наумович наконец-то угомонился и отбыл отдыхать, вернулась и в одиночку до утра перетаскивала в бывшую сысоевскую комнату папки с документами. В десять утра Марк был поставлен перед фактом.

И тут началось.

Увидев опустевшую приемную и двух охранников у сысоевского кабинета, Марк взбесился и с ходу рванулся к двери в кабинет, но был отражен. Навопив на охранников и пообещав им немедленное увольнение, он влетел к себе, трясущейся рукой набрал номер и вызвал Марию. Та выждала минут десять, накапала в стакан сердечные капли, выпила и побежала к Марку, предупредив девочек, что в случае звонка Платона Михайловича переключать на номер Марка Наумовича ни в коем случае не следует.

В кабинете Марка резко пахло валокордином. Сам он сидел не за большим, карельской березы столом, а на угловом диванчике, приберегаемом для чаепитий во время переговоров, и игнорировал заходящийся от звонков телефон. Марк был смертельно бледен, лоб его покрывали крупные капли пота, глаза покраснели, а лежащая на колене правая рука заметно дрожала.

Вопреки всем ожиданиям Марии, Марк не стал орать. Он уже понял, что ломиться напролом бессмысленно и что в эту минуту союзники или просто сочувствующие намного нужнее, чем враги. Поэтому впервые за все время их знакомства Мария увидела перед собой не наводящего всеобщий страх и оцепенение монстра, а глубоко страдающего человека, раздавленного неожиданно свалившейся бедой. Первые же слова Марка, слова, произнесенные обрывающимся шепотом, слова, в которых не было ни привычных агрессивных ноток, ни запредельной самоуверенности, а наоборот — отчетливо звучала чуть ли не мольба о помощи, — эти слова заставили Марию дрогнуть.

— Ты понимаешь, что сегодня произошло в конторе? — хриплым шепотом спросил Марк. — Ты понимаешь?.. Я что, заслужил это? За что?

Мария опустилась рядом с ним на диванчик. Не выполнить приказ Платона она не могла. Но также не могла спокойно смотреть на дрожащую руку Марка и не могла не понимать, какой силы удар нанесен по самолюбию этого внезапно отодвинутого в угол человека.

— Я же не сама придумала, — тоже шепотом произнесла Мария. — Я сделала, как сказали…

— Ларри сказал? — болезненно скривился Марк.

Мария покачала головой.

— Платон?

Она кивнула, глядя в пол.

— Я тебя прошу, — Марк с трудом выговорил непривычные слова, — как друга… Устрой мне встречу с Платоном. В клубе меня с ним не соединяют, на даче охрана снимает трубку... Как друга прошу...

— Но как... — начала говорить Мария, однако, посмотрев на Марка, осеклась.

— У тебя же есть способ. Ты знаешь, где он бывает. Просто предупреди меня. Я подъеду и подожду. Ты не беспокойся, я тебя не выдам. Все будет выглядеть совершенно нормально.

Способ был.

Много лет назад, когда «Инфокар» только вселялся в собственный офис, а Платон сосредоточенно размышлял, допустимо ли брать на работу девушку, еще вчера засыпавшую у него на плече, было достигнуто соглашение, что работа и постель несовместимы. Мария отчетливо понимала: любовь со дня на день сойдет на нет, тем более что безошибочные признаки этого уже стали явственно обнаруживаться, а совместная работа — категория более жизнеспособная. Поэтому она сделала единственно правильный выбор, положив немало сил, чтобы монополизировать все платоновские контакты и тем самым стать для Платона единственной и незаменимой связью с внешним миром. Время от времени в голове у Платона что-то щелкало, он осознавал невидимую, но непреодолимую зависимость от Марии и начинал совершать судорожные движения, пытаясь вырваться. Так было, когда он выдернул из Института Леню Донских. Конечно, головокружительный провал Лени во многом был вызван специфическими особенностями платоновского характера, но и Мария, почувствовавшая в появлении Лени немалую угрозу, сыграла здесь немалую роль. Ничего особенного ей и делать-то не надо было — Мария просто-напросто отсекла Леню от своей записной книжки. И когда Платон поручал Донских, скажем, организовать якобы случайную встречу неких А и Б, то у Лени были всего две возможности: либо выяснить у Платона, кто это такие и как их найти, либо идти к Марии на поклон. Из-за нарастающих трудностей при контактах с Платоном, откровенно не понимающим, почему нельзя сделать столь простую вещь не надоедая ему идиотскими вопросами, Леня вынужден был все чаще и чаще выбирать последний вариант. Мария кивала головой, что-то записывала на бумажке и с легкостью решала задачу. Нет, она никогда не отказывала Лёне, если он просил чей-либо телефон, но давала ему только номера приемных, где вышколенные секретарши привычно налаживали Леню по большому кругу.

А сама, выждав некоторое время, набирала либо прямой номер, либо номер мобильного телефона. И Леня довольно быстро ушел в тень, а потом перебрался на подмосковную базу, откуда, после известных событий, его убрал Ларри.

Попыток вторжения в деятельность Марии было еще немало, но она отражала их с той же решительностью и эффективностью. Вряд ли Мария отдавала себе в этом полный отчет, но чем больше проходило времени, тем необходимее для нее становилась близость к Платону, не имеющая никакой интимной основы, не подкрепленная материальными благами, не влекущая за собой даже эпизодических деловых встреч. Если в течение дня Платон долго не звонил в офис, чтобы скороговоркой справиться, как дела, и дать несколько поручений, на щеках у Марии загоралdouble красные пятна, голос становился резким и неприятным и попадаться ей на глаза в эти минуты было опасно.

Проще всего объяснял перемены в ее настроении Марк Цейтлин, который в таких случаях обычно говорил, пожимая плечами:

— Бесится баба. Обычное дело — ее трахать некому. Вот она и сходит с ума. Ей бы найти кого-нибудь, вот с таким членом, и все было бы в порядке.

Однако простые объяснения не всегда оказываются верными. При инфокаровском режиме работы с личной жизнью у всех было не очень. А у Марии, при канувшем в неизвестность муже, хуже, чем у других. Иногда, во время коротких отпусков, у нее завязывались курортные романчики, но они так ничем и не кончались и приносили мимолетное, скорее моральное, чем физическое, удовлетворение, потому что после первой же ночи Мария начинала откровенно тяготиться партнером. Вряд ли даже она сама отдавала себе отчет в том, что ее «я», перекипев в алхимическом инфокаровском тигле, попросту сублимировалось в насущную, требовательную и всепоглощающую потребность служения, конечной целью которого было бы полное слияние с человеком, олицетворяющим ныне весь смысл ее существования, — слияние не физическое, не плотское, но духовное, не подвластное ни времени, ни внешнему миру и не обремененное низменными человеческими страстями — страхом, жадностью или ревностью.

Мария с удивлением обнаруживала, что когда Платон, поглощенный важными государственными или коммерческими делами до полного забвения, поручает ей срочно связаться с какой-нибудь очередной Эммой или Кларой, послать машину, забрать эту Эмму из косметического салона и привезти в ресторан или же оформить швейцарскую визу, купить билет, провести через депутатский зал и проследить, чтобы Клара точно вылетела к нему в Лозанну, то она, Мария, которой, с учетом прошлого, полагалось бы испытать если не злость, то по крайней мере обиду, воспринимает поручение с какой-то непонятной радостью, чуть ли не с восторгом. Она встречалась с ослепительными длинноногими красавицами, подолгу разговаривала с ними, выслушивала интимные откровения, давала советы…

И оставалась лучшей подругой Эммы, даже когда ей на смену окончательно и бесповоротно приходила Клара. И не переставала общаться с Кларой, когда появлялась Элина.

Может, в этом было что-то противоестественное, но в калейдоскопической смене платоновских подруг Мария видела чуть ли не основу все усиливающегося единения между собой и Платоном. И чем больше было этих подруг, тем меньшую потребность ощущала Мария в налаживании своей собственной личной жизни.

Марк, будучи человеком сугубо земным, конечно же, ошибался, объясняя вспышки темперамента причинами физиологического характера. Все было куда сложнее. Именно эта сложность привела к тому, что, захватив полностью все деловые контакты Платона и осуществляя регулярное руководство его личными связями, Мария стала самостоятельно расширять круг его знакомств. Теперь уже девочки стали попадать в постель к Платону только через нее. Хотя сам Платон об этом, скорее всего, и не догадывался.

Ее знали во всех модельных агентствах. Она находила время, чтобы приезжать на просмотры и конкурсы, куда со всей страны стекались девочки в поисках славы и выгодного мужа, тихо садилась в углу, доставала блокнот и делала пометки.

Затем подолгу беседовала с возможными кандидатками. Беспощадно отсеивала непригодных. А тех, кого в результате выбирала, приближала к себе, шлифовала, давала не подлежащие обсуждению советы и наконец приводила на какой-нибудь прием, на котором должен был появиться Платон. Видя, как загораются его глаза, как он, отставив недопитую рюмку, начинает с мальчишеской застенчивостью протискиваться в сторону новенькой, Мария испытывала чувство, близкое к экстазу. А когда в конце вечера Платон увозил с собой ее творение, ошалевшее от неожиданно свалившегося счастья, Мария явственно ощущала, что это она сама сидит с ним сейчас на заднем сиденье «мерседеса», и у нее радостно перехватывало горло от ожидания того, что́ сейчас — через какие-то полчаса — должно произойти.

Именно это Марк и имел в виду.

Именно это Мария ему и обещала.

Ультиматум

Встреча с Фрэнком Эл Капоне оказалась очень непростой. Этого, впрочем, и следовало ожидать.

Началось с того, что Фрэнк категорически отказался входить в клуб в одиночку. С ним было пять человек — два кавказца и три славянина — огромные, накачанные, с торчащими из-под пиджаков рукоятками пистолетов. Когда Ларри вышел на шум, обстановка в холле уже накалилась. Фрэнк стоял у зеркала в углу и неторопливо причесывался, а две противостоящие группы вооруженных людей — сопровождение Фрэнка и инфокаровская служба безопасности — угрожающе рычали друг на друга.

— Выйдем, — предлагал начальнику смены кавказец, держа руку у пояса, — давай выйдем отсюда, я с тобой сейчас разберусь. У тебя три жизни, да?

Ларри, сделав своей охране чуть заметный знак и лучезарно улыбнувшись, пошел по направлению к Фрэнку, раскрывая объятия. Фрэнк отвернулся от зеркала и тоже заулыбался.

— Ларри Георгиевич? — утвердительно спросил он. — Салям алейкюм, уважаемый. Столько слышал, очень рад познакомиться.

— Мы встречались, — ласково напомнил Ларри, обнимая гостя. — Два года назад, в Саратове. На свадьбе у одного человека.

— Правильно! — Фрэнк осторожно хлопнул себя по голове. — Совсем плохая память стала, просто никуда. Все забываю, ничего не держится. Пора на покой, поеду на родину. Вот только бизнес передам партнерам, — он махнул рукой в сторону сопровождавших его людей, — и сразу же поеду…

Ссылаясь на то, что без «партнеров» он никаких разговоров вести не может, Фрэнк наотрез отказался от единоличной встречи с Платоном. А на доводы Ларри — мол, здесь не принято беседовать с оружием в руках, — резонно возразил, что есть и другие места, где к этому относятся намного спокойнее.

— Уважаемый, — сказал Фрэнк, — ты же знаешь, у нас на Кавказе оружие — первое дело для мужчины. Без штанов можно на улицу выйти, без пистолета никак нельзя. А твои шумят, кричат, требуют оружие сдать. Обидно, понимаешь.

— Эти тоже, что ли, кавказцы? — с уважением отнесясь к народным обычаям, спросил Ларри, кивая в сторону возвышающихся под потолок русских богатырей. — У них вроде бы и папы, и мамы русские.

Фрэнк рассмеялся дребезжащим голоском.

— Так тоже часто бывает, — пошутил он. — Папа русский, мама русская, а сам — кавказец.

Ларри по достоинству оценил юмор собеседника, но впускать во внутренние помещения клуба вооруженных до зубов «партнеров» отказался категорически.

Сошлись на том, что прямо сейчас, чтобы не тратить времени зря, все поедут в «Метрополь». Если уважаемым господам, которые так настойчиво требовали встречи с господином Эл Капоне, нужно взять с собой охрану, — пожалуйста. Нет проблем.

Там будет тихий отдельный столик на троих, за которым можно хорошо покушать. И поговорить о делах. В «Метрополе» присутствие на переговорах «партнеров» было для Фрэнка, судя по всему, излишним.

Фрэнк сел за накрытый стол последним, дождался, когда официант удалится на приличное расстояние, сунул руку во внутренний карман пиджака, вытащил диктофон с болтающимся на черном проводке микрофончиком и, небрежно положив его на скатерть, вопросительно посмотрел на Платона.

— У меня ничего нет, — сказал Платон, изъявляя готовность расстегнуть пиджак.

Он говорил чистую правду. Диктофон был вделан в лежавший на столе серебряный портсигар Ларри. Платон знал, что раз уж их привезли в «Метрополь», то жест Фрэнка был элементарным надувательством — наверняка столик и слушается, и пишется.

Ларри промолчал весь вечер, предоставив Платону самому выяснять отношения с Фрэнком. Выслушав претензии Платона, Фрэнк явно загрустил и чистосердечно признал, что к Первому Народному банку он действительно имел отношение. Но довольно давно. Год назад. Или два. А потом его это перестало интересовать. Вот рынок — он понимает. И ресторан понимает. А с банком трудно. Фактически ничего нельзя проконтролировать. Поэтому Фрэнк его продал. Вернее — подарил. И теперь этот банк принадлежит совсем другим людям. Иностранцам. Одному знакомому греку с Кипра и его партнерам. Три миллиона долларов? Ай-яй-яй, какая жалость… Так в чем вопрос? Да, держатель реестра — вроде бы из наших. Ну и что? Это же одно название — бумажки хранит, учет акционеров, то да се… «Балчуг»? Да, что-то слышал. Так это вашего человека там ранили? Что, убили?.. Пусть ему земля будет пухом, ах, горе какое… Наверное, семья, дети? Может, чем-нибудь надо помочь семье? Десять тысяч, двадцать тысяч? Хоть никогда и не были знакомы, но когда такое горе… Банк взорвали? Ай, что делается! Беспредел! Тоже всех убили? Нет? Ну слава Аллаху! А мы с вашим банком можем совместный бизнес делать?

Несмотря на ногу Ларри, безжалостно давившую под столом на его ступню, Платон в конце концов не выдержал издевательства и сорвался.

— Мы ищем тех, кто все это устроил, — отчетливо произнес он. — Думали, вы нам поможете. Жаль, что разговор не получился. Я хочу вам сказать, что мы намерены предпринять…

— Зачем же это? — искренне удивился Фрэнк Эл Капоне. — У вас свой бизнес, у меня — свой. Зачем мне знать лишнее?

Платон получил под столом ощутимый удар по коленке, на мгновение скривился, помолчал и сказал уже более спокойным голосом:

— А вдруг в течение ближайших трех дней вам — совершенно случайно — станет известно, к кому у нас претензии… Может быть, окажется, что эти люди вам знакомы. Возможно такое?

Фрэнк прикрыл глаза и зашелестел четками.

— Наверное, возможно, — продолжил Платон. — И три миллиона, и стрельба у «Балчуга», и взрыв в банке — у всего этого ноги из одного места растут. И кое-какие имена нам известны. Если в течение трех дней нам вернут наши деньги и выплатят компенсацию, мы будем считать вопрос закрытым. Если нет, то через три дня мы передаем всю информацию нашим людям в прокуратуре и МВД. Вам наши связи известны, правда ведь? Мы можем заставить этих людей работать, но не можем диктовать им, что надо делать, а что не надо. И я не исключаю, что они могут наехать не на тех. На кого угодно могут наехать, пока не выйдут на вашего знакомого грека с Кипра.

— Не понимаю я, о чем вы, — огорченно произнес Фрэнк. — Клянусь этим столом, не понимаю. Какие-то три дня… В моем бизнесе обычно год… Ну полгода…

— Три дня! — Платон поднялся, игнорируя подаваемые Ларри знаки. — Первый день начинается завтра в девять утра, в девять вечера заканчивается. До свиданья!

— Ахмету Магомедовичу большой привет передавайте при встрече, — сказал им вдогонку Фрэнк. — Его ведь сейчас нет в стране, правда?

В клуб Платон и Ларри возвращались на одной машине, но разговора не получилось. Платон искоса поглядывал на Ларри. Тот сосредоточенно молчал.

Заговорил он только в кабинете Платона, когда принесли чай и дверь плотно закрылась.

— Давай Федора Федоровича позовем, — сказал Ларри. — Надо посоветоваться.

Когда сверху спустился Федор Федорович, продремавший все это время в комнате отдыха, Ларри начал.

— Я очень волновался, — сообщил он, раскуривая сигару. — Очень. Потом я подумал и решил, что все правильно…

— Ты мне все ноги оттоптал, — пожаловался Платон.

Ларри ухмыльнулся в желтые усы и похлопал Платона по плечу.

— Надо посоветоваться, как быть дальше, — сказал он сквозь дым. — Тут такая история, Федор Федорович. Фрэнк крутит, говорит, что банк уже давно продал и вообще ни при чем. Ну, это понятно. Ему известно, что Ахмета в Москве нет, а если даже Ахмет и вернется неожиданно, то в это дело не полезет. Но про МВД и прокуратуру Фрэнк услышал и усвоил. И прекрасно понимает, что его вещевые рынки могут в два счета прикрыть на неопределенный срок. А Фрэнку это неинтересно. Если как следует покопают, могут и на поставки оружия выйти, и уж тогда он попадет на такие бабки, что не дай бог. Так что ему выгоднее всего разойтись с нами нормально.

— Какие-нибудь сроки назывались? — спросил Федор Федорович.

Ларри кивнул.

— Платон объявил ему три дня. Через три дня мы передаем все материалы нашим людям в прокуратуре. И на Октябрьскую площадь.

— А он что?

— Помотал головой. Говорит — сроки нереальные. Вот если бы год. Ну, может, полгода…

— А вы?

— А что мы? Встали и ушли. Он все понял.

— Ну что ж, — сказал Федор Федорович, — вы думаете, что они через три дня вернут деньги? Вряд ли. Надо готовиться к большой войне.

— Вот и я про это, — кивнул Ларри. — Так просто они деньги не принесут. Нам бы надо на опережение сыграть, но получится не по правилам. Если мы выйдем на прокуратуру прямо сейчас, то вроде как слово нарушим. Могут и другие проблемы возникнуть. Так что придется ждать. А они ждать не будут. И здесь надо хорошо подумать. Я больше всего за Платона опасаюсь. Слушай, может, мы отправим тебя куда-нибудь — в Швейцарию или в Киев? У меня в Киеве надежные люди есть. Или где-нибудь в шалаше поселим?

— Лучше в шалаше, — ответил Платон, о чем-то сосредоточенно размышляя. — В подмосковном Разливе. Или еще где-нибудь, чтобы поближе и связь была нормальная.

— Клуб закрываем? — полувопросительно, полуутвердительно произнес Федор Федорович.

— Угу, — кивнул Ларри. — Клуб закрываем. Центральный офис пусть работает, всем известно, что нас там не бывает. На станциях и стоянках надо усилить охрану. Я сейчас вызову директоров — пусть завтра же с утра установят прожекторы и пустят по периметру собак. Что еще?

— Кто пойдет в прокуратуру? — спросил Федор Федорович.

— Я, — ответил Платон. — Только я. Иначе все в пользу бедных.

Ларри и Федор Федорович переглянулись.

— Значит, если за три дня они вас не найдут, то останется только одна возможность, — сказал Федор Федорович, — Отловить вас по дороге в прокуратуру. Или на Октябрьскую площадь. Это трудно, но в принципе реально.

— Совершенно нереально, — твердо заявил Ларри. — Он же не идиот, чтобы в этой ситуации ехать в прокуратуру на своем «мерседесе». Понятно, что мы его отправим на «жигулях», на «запорожце» или в крайнем случае на «газели». Даже если они и перекроют все подъезды, то что? Будут все машины останавливать и проверять?

Федор Федорович покачал головой.

— Не будут. Просто посадят по соседству снайпера. Тот дождется, когда подъедут, и пальнет.

— Снайпера? Напротив прокуратуры?

— Ну и что? Я же говорю, что это трудно. Но реально. Поэтому я предлагаю вот что. Прежде всего, сейчас увозим Платона Михайловича в совершенно надежное место. Про которое вообще никто и ничего не знает. Организуем связь. Усиление охраны — это понятно. А может, вообще закрыть станции на три дня?

— Ни в коем случае, — возразил Платон. — Просто категорически нет! Потом два месяца будем налаживать бизнес. Ни под каким видом!

— Ладно, — кивнул Федор Федорович. — Хотя я бы закрыл... Значит, через три дня посылаем две бригады — одну на Пушкинскую, вторую на Октябрьскую. Пусть прочешут все окрестности. Потом надо еще будет продумать возможные пути отхода. Наверняка у них и там и там есть свои люди, и о приезде Платона Михайловича сразу же станет известно. Могут какую-нибудь гадость устроить на выезде.

— А уезжать я буду на своем «мерседесе». Он бронированный. Надо будет только взять пару джипов в сопровождение.

— Тут один уже ездил на бронированном, — мрачно напомнил Ларри. — По дороге с танком не разъехались. Ладно, это я решу. Приезд и отъезд — за мной.

— Какие у нас есть возможности насчет связи? — спросил Федор Федорович. — Этими мобильными пользоваться никак нельзя. Если их сейчас еще и не слушают, то завтра начнут.

Ларри вышел из кабинета и через несколько минут вернулся с небольшой черной сумкой.

— В Германии купил, — сказал он, вываливая содержимое сумки на стол. — Здесь пять аппаратов. С роумингом. У них прямые берлинские номера. На них с наших телефонов надо звонить как в Германию — восемь, десять, сорок девять и так далее. А с них на московские номера — вот так: набираешь крестик, потом сразу московский номер. Здесь ими никто еще не пользовался. Один я себе возьму, один — тебе. Этот — вам, Федор Федорович. Кому-нибудь еще даем?

— Пусть у тебя еще один будет, — приказал Платон. — А последний отдай Марии. Надо ей сообщить мой номер. И чтобы ни с каких других телефонов мне не звонила.

Ларри кивнул и сел переписывать номера телефонов на четыре оранжевые бумажки.

— Давайте черту подведем, — сказал он, закончив и раздав бумажки. — Со связью мы разобрались. Клуб закрываем — решили. Со станциями решили. Подходы к прокуратуре и к МВД в пятницу перекрываем — это вы, Федор Федорович. Приезд, отъезд — это я. Ничего не забыл? Значит, осталось только тебя куда-нибудь пристроить. Идеи есть?

— Дача исключается, — заметил Федор Федорович. — Нужно абсолютно незасвеченное место. Где Платон Михайлович ни разу не был. А на улице поставить наружку. Есть такое место?

— Есть! — просиял Платон. — Одно такое место еще есть. Эй! Быстро, вызовите сюда Марию. Пусть немедленно приезжает.

Когда он выскочил на минуту из кабинета, Федор Федорович вопросительно посмотрел на Ларри.

— Вы знаете, что он имеет в виду?

— Похоже, что знаю, — медленно ответил Ларри. — А что? Не так уж и плохо. Наверное, даже хорошо. Оттуда он точно три дня на улицу носу не покажет.

Лепорелла ошибается

Девушку Фиру Мария нашла не в модельном агентстве. Фира пришла сама — насчет работы — и нарвалась на Ленку, которая быстро выяснила, что печатать девица не умеет, компьютер видит впервые в жизни, а английским владеет в пределах пятого класса средней школы. Мария, спешившая с какими-то документами, увидела Фиру, когда та уже стояла в дверях и изо всех сил старалась не зареветь. Мария пролетела было мимо, потом поворотилась, осмотрела Фиру с головы до ног, вернулась, задала несколько вопросов, решительно взяла девушку за руку, отвела в кабинет Платона, осиротевший после открытия клуба, усадила под пальмой и потребовала у буфетчиков чаю, минералки и сигарет.

Отец у Фиры был московским узбеком, еще в конце восьмидесятых попавшим под колесницу, запущенную Гдляном и Ивановым. Куда он делся после этого, Фира либо и вправду не знала, либо не хотела говорить. В девяносто втором мать увезла ее в Ригу, откуда и была родом, а московскую квартиру сдала на два года иностранцам. В Риге мать нашла себе хахаля, с которым у Фиры не сложились отношения, и, когда Фира сказала, что хочет вернуться в Москву попытать счастья, мать особо не возражала. Тем более что будущее Фиры не вызывало у нее сомнений.

* * *

Фира унаследовала от матери стройную фигуру, высокую грудь, длинные ноги и густую гриву соломенно-желтых волос. От отца — темно-карие глаза, смуглую кожу и выдающиеся скулы. Попадавшиеся на ее пути парни шалели и теряли дар речи.

Фира прекрасно представляла себе, как она будет жить в Москве и чем будет заниматься. Конечно же, устроится на фирму, которая ведет большие дела. В эту фирму будут приходить на переговоры важные иностранцы, а она будет принимать их, угощать кофе и коньяком. Иностранцы станут дарить ей цветы и всякие безделушки, приглашать в рестораны. А потом появится ОН — наверное, американец, — потеряет голову и увезет Фиру навсегда в Штаты.

Фира возлагала большие надежды на квартирантов. Если люди платят за квартиру тысячу долларов в месяц, то, скорее всего, у них неплохой бизнес и, увидев Фиру, они вполне смогут предложить ей работу. Тогда-то она себя и покажет. Это ничего, что квартиранты не из Америки, а всего лишь из Индии. Для первого шага Индия тоже сгодится.

Но квартиранты Фиру разочаровали. Они два года успешно торговали индийскими самоцветами, потом вошли в клинч с налоговыми органами, разорились на взятках и теперь спешно сворачивались. Когда Фира появилась в квартире, исполнявшей по совместительству и роль офиса, индусов там уже не было.

Остались только пустые папки, сваленные в кучу на кухне, да пухлая визитница с карточками. Оттуда Фира и узнала про существование «Инфокара».

Мария мгновенно оценила, с каким материалом ей довелось столкнуться.

Внешние данные — исключительные. Наличие трехкомнатной квартиры в Москве — неоценимое достоинство. На прямой вопрос

608

девушка, несколько смутившись, ответила, что да, был один мужчина, еще в седьмом классе, но сейчас никого нет.

Значит, не шлюха, это тоже плюс. Остаются шлифовка и доводка.

Три месяца Мария доводила Фиру до кондиции — спортзалы, массажные кабинеты, четыре часа занятий английским ежедневно, парикмахерские и портнихи, — а потом повезла ее в Третьяковку, где открывалась выставка из частных коллекций и куда обязательно должен был приехать Платон.

Мария вооружила Фиру пейджером, надежно укрыла в одном из соседних залов и приказала появиться по сигналу в дверном проеме и там замереть. Сигнал поступил, когда официальные лица уже отговорили и слово дали Платону как генеральному спонсору.

Платон взял в правую руку микрофон, собрался с мыслями, открыл рот и тут увидел у входа в зал Фиру. Микрофон бессильно опустился вниз. Собравшиеся в зале повернулись к двери и онемели. Кто-то закашлялся. Продолжавшаяся минуту гробовая тишина ознаменовала абсолютное и бесспорное торжество Марии. Придя в себя, Платон что-то пролепетал, сунул микрофон охраннику и стал пробиваться сквозь толпу. Но Фиры уже не было. Повинуясь полученным от Марии инструкциям, она исчезла, как Золушка, не оставив ни хрустального башмачка, ни иных следов.

В тот же вечер Мария призналась Платону, что прекрасную незнакомку привела она, но у той практически не было времени, чем и объясняется поспешное исчезновение. На самом деле Мария приказала Фире сгинуть только потому, что Платон был не один, а с предыдущей пассией, тоже подобранной Марией, и она не хотела скандала. Тем более что через два часа Платон должен был улетать, и знакомство не имело бы немедленного продолжения. Сразу же после возвращения Платона началась заваруха, и ему стало не до Фиры. А теперь, когда понадобилась незасвеченная квартира, все складывалось просто наилучшим образом.

Платон, естественно, не стал рассказывать вызванной в клуб Марии, что ему грозит реальная опасность, а потому нужно надежное укрытие. Он просто сказал, что хочет отдохнуть и отвлечься и главное — чтобы его никто не дергал. Если эта девочка... ну та самая... с выставки... А? Только отсюда звонить не надо. Лучше поехать к ней и выяснить. Договорились?

Мария вернулась через час и утвердительно кивнула. Платон просиял, схватил бумажку с адресом, вызвал администратора и распорядился. В машину, которую определил Ларри, потащили шампанское и снедь. Платон протянул Марии один из немецких телефонных аппаратов и сказал:

— Вот… Это тебе, на три дня. По нему тебе могу звонить только я. И Ларри. И еще Федор Федорович. Вот тебе еще мой номер телефона. Если что-то неотложное, звони мне только по нему. Ларри тебе объяснит… Надо набрать восемь, потом десять, потом еще что-то. Он точно скажет. Больше ни по каким телефонам мне не звони. Считай, что меня нет. Поняла? В четверг вечером я сообщу, во сколько мне будет нужна машина в пятницу. Все, обнимаю тебя.

И Платон умчался.

Заручившись обещанием Марии свести его с запропастившимся Платоном, Марк вообще перестал давать ей проходу. Каждые полчаса он звонил Марии со всех телефонов, время от времени вызывал на собеседование в коридор, проникновенно заглядывал в глаза. Брал на жалость. Мария держалась, как партизанка. Тем более что Платон, похоже, всерьез обосновался у Фиры на все три дня. Ни одного звонка, даже по новому телефону. Сказать Марку было решительно нечего. Не может же Мария, в самом деле, сообщить ему засекреченный адрес. С Марка станется припереться туда для разговора, а Платон специально укрылся от всех, чтобы хоть немного передохнуть. Этого Платон уж точно не простит. Другое дело, если Марк случайно окажется по соседству, когда Платон будет в пятницу выходить из подъезда. Мало ли что — ехал мимо, увидел, подошел… Через некоторое время Мария сдалась и сказала Марку:

— Ладно. Только потому, что обещала. Он в четверг обещал позвонить и сказать, во сколько подавать машину.

— А куда?

— И куда — тоже, — солгала Мария. — Вот тогда и сообщу.

В четверг около девяти вечера Марк позвонил Марии по внутреннему телефону и трагическим голосом сообщил:

— Я сейчас должен отъехать. На переговоры. Наверное, уже не вернусь. Как только пройдет информация, дай мне знать по мобильному. Он будет включен все время. Или сбрось на пейджер.

Платон вышел на связь ровно в полночь, спросил привычно, как дела, и, не дослушав ответа, попросил прислать машину к половине одиннадцатого. А также проинформировать Ларри и Эф-Эф.

Мария все исполнила и стала звонить Марку. Тот не отзывался — противный голос сообщал из трубки, что мобильный телефон абонента выключен или находится вне зоны обслуживания. Так оно и было на самом деле. В соответствии с давней традицией Марк, готовясь к завтрашнему решительному разговору, пошел в баню.

Пейджер он оставил в пиджаке, который повесил в шкаф, а сумку с телефоном поставил на столик, рядом с пивом и едой.

Случилось так, что, когда Марк совершал свой первый заход в парную, официант нечаянно толкнул сумку и она упала на пол. Чертыхнувшись про себя и воровато оглянувшись, официант поднял сумку и поставил на прежнее место.

Конечно же, он не мог знать, что батарейка мобильника при падении отскочила и телефон благополучно выключился. А Марк обнаружил это лишь в третьем часу, когда уже было поздно что-либо изменить.

Отчаявшись добраться до Цейтлина по телефону, Мария набрала номер пейджинговой службы и сказала:

— Сообщение для абонента одиннадцать-шестнадцать. Марк Наумович, срочно позвоните в «Инфокар». Для вас есть информация.

Однако слабый писк оставшегося в шкафу пейджера не пробивался сквозь гремевшую в предбаннике музыку. Мария еще два раза посылала сообщение, но звонка Марка так и не дождалась. Она посмотрела на часы, разозлилась, снова набрала пейджинговую службу и передала новое сообщение:

— Марк Наумович, запишите адрес: Стромынка шесть, подъезд два, в половине одиннадцатого утра. Мария.

Это сообщение Марк прочел в третьем часу, когда одевался. Но он был не первым.

Профессионалы

В подвале на Пятницкой улице пахло свежемолотым кофе и трубочным табаком.

Шуршащие под потолком кондиционеры выгоняли дым в темный коридор. На длинном белом столе два компьютера перемалывали информацию. Через один из них, имевший сетевую связь с базой, осуществлялся перехват информации, курсировавшей в системах пейджинговой связи. Второй же отсеивал девяносто девять процентов поступающих сообщений, оставляя только необходимое. Когда экран второго компьютера заполнялся выловленной из эфира информацией, включался принтер, и в руки к сидящему в кожаном кресле и попыхивающему трубкой человеку сползала страница с распечатанным текстом. Человек просматривал текст, кивал головой и скармливал страницу ненасытному шредеру.

Примерно до девяти вечера принтер и шредер работали как заведенные.

Кто-то требовал немедленно прислать по факсу номера выписанных за сегодня справок-счетов. Ларри Георгиевича срочно разыскивал некто Юра. Мама просила Иру перезвонить сестре. Директорам напоминали о субботнем совещании в подмосковном филиале. Водителю Сергею приказывали немедленно подъехать в офис. Снова разыскивали водителя Сергея. Обычная суета. Ничего интересного.

После девяти принтер стал надолго замирать. Человек в кресле достал из портфеля толстый том Генри Миллера и углубился в чтение, время от времени поглядывая на голубые экраны дисплеев.

Около часа ночи второй компьютер ожил. Человек отложил книгу, подошел к столу и вгляделся в текст. Марка Наумовича срочно просили позвонить в «Инфокар». Через десять минут это же сообщение было повторено дважды. А еще через некоторое время на экране появилась новая информация.

Человек нажал кнопку на принтере, взял страницу в руки, снял телефонную трубку, набрал номер и сказал:

— Есть. Записывайте.

Гибель титана

Платон никогда и никуда не являлся вовремя. Уж кому-кому, а Марку это было доподлинно известно. Вызванная на половину одиннадцатого машина ничего ровным счетом не означала. Если к тому же принять во внимание, что рядом с Платоном находится девочка из летучего отряда Марии. Но лучше все-таки приехать заранее.

Надо, надо поставить все точки над i. Поэтому в девять часов Марк уже был на месте, вылез из своего «мерседеса» и прошелся по замусоренному двору, чтобы размять ноги. Он закурил, сделал несколько затяжек, потом отшвырнул сигарету в сторону. После вчерашнего курить не хотелось. Болела голова, и во рту было какое-то гадостное ощущение. Марк огляделся по сторонам.

Вот второй подъезд, откуда должен появиться старый друг Платон Михайлович. Тошка. Можно подождать его прямо у двери подъезда. А можно и вот здесь, у закрытого на ремонт детского садика. Судя по всему, ремонт так и не начался.

Можно и в машине. Нет, в машине не следует. Черт его знает, в каком настроении выйдет Платон. Если увидит машину Марка — может разозлиться. И пока Марк будет вылезать из «мерседеса», умчится по своим делам. Ищи его потом заново. Пожалуй, лучше всего отловить прямо в подъезде, тепленького.

— Я в подъезде буду, — бросил он водителю, приняв решение.

— Марк Наумович, — высунулся ему вслед водитель, — минут десять есть? За сигаретами сгонять?

— Я сколько раз говорил, чтобы меня этими глупостями не беспокоили! — вызверился Марк. — С вечера надо запасаться. — Но, посмотрев в красные от бессонной ночи глаза водителя и вспомнив, во сколько он отпустил его вчера, Марк сменил гнев на милость и разрешил: — Пять минут. Чтобы мухой. И телефон не занимай.

Марк зашел в темный подъезд, поднялся на один пролет, брезгливо протер подоконник купленной по дороге газетой и устроился поудобнее, положив рядом с собой мобильный телефон, сигареты и зажигалку. Сквозь заляпанное старой краской окно был виден двор, окруженный с боков заборами. Двор был пуст — те, кому нужно было на работу, уже ушли, а время бабушек еще не наступило. Только один человек в спецовке неспешно появился из-за забора, неся под мышкой что-то завернутое в мешковину, а в руке — полиэтиленовый пакет, в котором угадывалась бутылка, прошагал через двор и скрылся за дверью, ведущей в детский садик.

Сторож, наверное...

Через пять минут во двор влетел «мерседес» Марка. Лихо взвизгнул тормозами и встал неподалеку от подъезда. Водитель вылез из салона и стал закуривать.

Курить в машине Марк запрещал категорически.

Какое-то время Марк не обращал внимания на происходившее за окном — он прислушивался к звукам в подъезде и старался не прозевать момент, когда на неизвестном ему этаже откроется нужная дверь. Наконец он снова бросил взгляд на улицу и увидел, что рядом с машиной стоит странная женщина и о чем-то разговаривает с водителем. В обычной уличной толпе эта женщина, несмотря на некоторую своеобразность внешности, могла бы остаться и незамеченной, но во дворе времен массовой жилищной застройки, напротив детского садика с еще сохранившимся, хотя и выцветшим лозунгом «СПАСИБО ПАРТИИ ЗА НАШЕ СЧАСТЛИВОЕ ДЕТСТВО», рядом с переполненными и опрокинутыми мусорными баками, изуродованными скамейками и заваленной пустыми бутылками беседкой, — она притягивала к себе внимание, как магнитом. При этом ничего необычного в женщине не было — длинная, закручивающаяся вокруг тощих ног черная юбка, черная кофта, из-под которой виднелся аккуратный белый кружевной воротничок блузки, черные туфли с сильно стоптанными каблуками. Черная шляпка с остатками вуали, черные перчатки, в пальцах — длинная дымящаяся папироса. Ничем не примечательное, вытянутое лицо. Выбивающиеся из-под шляпки неопределенного цвета волосы. Таких женщин еще можно увидеть где-нибудь в центре на бульварах — они обитают в старых коммуналках и греются летом на скамейках у Патриарших прудов — или в старых фильмах, где они произносят пламенные речи против произвола и самодержавия. Но здесь, в районе бывшей новостройки, эта дама смотрелась как ворона на снегу.

Марк ухмыльнулся, закурил, дождался, когда странная женщина, закончив разговор с водителем, уйдет со двора, и неспешно набрал номер телефона в машине.

— Что этой старой курице было надо? — спросил он, когда водитель снял трубку.

— Да ничего, — ответил водитель. — Подошла, спросила, кого жду.

— А ты что?

— Да ничего. Кого надо, говорю, того и жду.

— А она?

— А что она? Усмехнулась и пошла.

Марк пожал плечами и выбросил непонятное создание из головы. И, конечно же, он не мог видеть, как женщина, зайдя за угол, выудила откуда-то из-под кофты телефон, нажала несколько кнопок и быстро заговорила в микрофон.

Когда время стало близиться к половине одиннадцатого, во двор въехал хлебный фургон и припарковался неподалеку от «мерседеса». Водитель согнулся над сиденьем, чтобы его не было видно снаружи, включил рацию и сказал:

— Передайте второму, прибыл на место. Все в порядке. Забираю пассажира, дальше следую по маршруту.

Фургон прислал Ларри.

Марк услышал, как наверху хлопнула дверь и как что-то неразборчиво произнес Платон. Он вскочил с подоконника, рассовывая телефон и сигареты по карманам. Теперь, когда до долгожданной встречи оставались считанные секунды, Марк сообразил, что сделал колоссальную ошибку. Ни в коем случае нельзя встречать Платона в подъезде. Он тут же поймет, что Мария выдала его местонахождение, и просто озвереет. Лучше натолкнуться на него на улице, пусть у самой двери подъезда, но на улице, изобразить удивление, соврать что-нибудь про тетку с материнской стороны, живущую по соседству...

Марк выскочил во двор, отлетел от подъезда на несколько шагов, развернул газету и стал мелкими шагами приближаться к двери, изображая увлеченное чтение на ходу. Поверх газеты он внимательно следил за происходящим. Когда в проеме распахнувшейся двери возник Платон, Марк сделал решительный шаг навстречу и столкнулся с ним нос к носу, громко пробормотав «Пардон».

Опустив газету, он изобразил удивление.

— Тоша, — сказал Марк, картинно раскрывая объятия. — Ты здесь откуда? Ты что в этой дыре делаешь?

— Встреча была, — настороженно ответил Платон, сделав шаг назад. — А ты?

— У меня же здесь тетка живет, — соврал Марк. — Да ты ее помнишь, тетя Хана, мамина двоюродная сестра, у меня на дне рождения... Помнишь? Она заболела. Вот я и заехал навестить, деньжат подбросить, продуктов... Вон в том подъезде живет. Помнишь ее?

Никакую тетю Хану Платон не помнил. Впрочем, он не вспомнил бы ее, даже если бы она и вправду существовала. Но появление Марка ему категорически не понравилось. Оно вносило в разработанный план действий элемент неожиданности. И Платон, который по мере приближения решающего дня становился, как ни странно, все спокойнее, почувствовал, что начинает дергаться. Радостно улыбающаяся физиономия Марка вызвала у него сначала раздражение, а потом — нарастающее бешенство.

— Надо поговорить, — торопливо сказал Марк, с тревогой наблюдая, как меняется лицо Платона. — Раз уж встретились…

— Сейчас не могу, — с трудом сдерживаясь, скороговоркой ответил Платон. — У меня важная встреча, и я опаздываю.

— Ну пять минут-то есть, — не отставал Марк. — Пять минут точно есть. Твоя машина ведь еще не подошла.

Сказать, что он едет на встречу на хлебном фургоне, Платон не мог.

Помолчав, он решительно произнес:

— Марк, я сейчас говорить не могу. Точно не могу. Иди к своей тете или куда хочешь, но сейчас никакого разговора… Понял? Это окончательно. Иди…

Платон поднял глаза, взглянул на Марка и понял, что вся его решительность сейчас улетучится. Губы у Марка дрожали, и слезы уже начинали пробивать дорожки по небритым щекам.

— Значит, все? — спросил Марк срывающимся голосом. — Все? Поэтому меня с тобой и не соединяют? Поэтому мы больше и не видимся? Я больше не нужен? Тогда так и скажи, только прямо скажи, а не через своих холуев. За двадцать лет дружбы я хоть правду-то заслужил? Или мне и этого не положено?

— Вот же черт! — в сердцах сказал Платон. — Как не вовремя все… Послушай, я совершенно этого не… Мы обязательно встретимся. Я хочу, чтобы ты знал — ничего между нами не изменилось. Все как было… Просто сейчас… Давай так… Сегодня или завтра разберемся тут с одним делом и обязательно встретимся. Знаешь что? Я, наверное, через пару дней улечу в Лозанну. Может, прилетишь ко мне туда? На денек? Я буду в «Паласе». И все обсудим. Идет?

Марк оживал прямо на глазах.

— Ладно, — сказал он растроганно, кладя Платону руку на плечо. — Забыли. Так я оформляю визу? Договорились?

Платон кивнул.

— Может, я постою с тобой, пока твоя машина не подойдет? — Марк обрел обычную уверенность в себе. — Есть много вопросов...

— Нет! — категорически заявил Платон. — Ты сейчас же уезжаешь. Все обсудим в Лозанне. А сейчас уезжай. Ни секунды нет...

Марк замялся на мгновение, пытаясь сообразить, стоит ли дожимать Платона, потом решил, что он уже отвоевал все, что было возможно, еще раз хлопнул Платона по плечу, повернулся и пошел к «мерседесу».

Платон посмотрел ему вслед и присел на корточки, чтобы завязать болтающийся шнурок.

Покончив с туфлей, Платон выпрямился и увидел, что Марк неподвижно стоит, взявшись за дверную ручку «мерседеса». Потом Цейтлин сделал левой рукой какое-то неловкое движение, будто забыл что-то и намеревался ударить себя по лбу, но рука замерла на полпути, бессильно опустилась, и Марк навзничь грохнулся на землю. Платон успел только заметить, как из кармана Марка вылетел мобильный телефон и волчком закрутился рядом с «мерседесом», и тут же почувствовал, что падает тоже. На мгновение он потерял сознание. Придя в себя, Платон ощутил, что его прижимает к земле невероятная тяжесть.

— Живы, Платон Михайлович? — донесся откуда-то издалека незнакомый голос. — Не задели?

Платон постарался повернуть голову, увидел краем глаза кожаную куртку лежавшего на нем человека и промычал что-то нечленораздельное.

— Только не двигайтесь, — прошептал человек, горячо дыша ему в ухо. — Не шевелитесь. Я сейчас, сейчас все сделаю.

Он волоком потащил Платона в сторону. Через несколько секунд металлическое днище хлебного фургона наползло на небо, по которому лениво ползли белые облака. Платон, чувствуя какую-то странную слабость, закрыл глаза. Как сквозь вату, он слышал хлопанье распахивающихся окон, топот бегущих ног, истошные женские крики и металлический лязг. Потом сильные руки подхватили его, подтянули вверх, и он оказался в кабине фургона.

— Бумаги, — прохрипел Платон, — где мои бумаги...

Человек злобно выматерился, исчез, потом появился и протянул Платону вывалившийся из его рук потертый кожаный портфель.

— Это? — спросил он и, не дожидаясь ответа, крутанул ключ зажигания.

Фургон взревел и вылетел на улицу. Платона швыряло из стороны в сторону.

Сквозь полуопущенные веки он видел, как сидевший рядом человек в кожаной куртке обеими руками бешено крутил баранку, крича что-то в мобильный телефон, зажатый между плечом и ухом. Минут через пятнадцать гонка прекратилась. Фургон остановился на пустыре, неподалеку от глубокого котлована. Водитель повернулся к Платону и стал ощупывать его обеими руками.

— Что случилось? — прошептал Платон, начиная понемногу приходить в себя.

— Ничего, ничего, — успокаивающе бормотал водитель, продолжая ощупывать Платона. — Ничего... вроде обошлось, слава богу.

— Что случилось, я тебя спрашиваю, — голос Платона постепенно креп.

— Мы попали в засаду, Платон Михайлович, — неохотно объяснил водитель. — Ждали вас там. Вот и пришлось уходить.

— А что с... что с Мариком? — Платон окончательно вспомнил все и выпрямился. — С ним что?

Но водитель не успел ответить. С ревом подъехали машины, захлопали дверцы, и в кабину всунулся Ларри.

— Жив? — спросил он.

Платон с удивлением заметил, что лицо Ларри было совершенно белым, из-за чего покрывающие его веснушки казались нарисованными.

— Ранен?

— Нет, Ларри Георгиевич, — поспешил отрапортовать водитель. — Все нормально. Просто шок.

— Врач нужен? Ты сам-то как?

— Нормально. — Платон пошевелил руками. — Вроде нормально. Дышать немного больно. Что с Мариком?

— Не знаю пока, — мрачно ответил Ларри. — В общем, так. На сегодня все отменяется. Сейчас пересаживаешься в мою машину — и в аэропорт. Билеты, паспорт, визу — все привезут туда. С тобой полетит Эф-Эф. Вечером созвонимся.

Платон попытался было возразить, но Ларри решительно заявил:

— Даже говорить не будем. Зачем нужны наши деньги, если нас не будет? Пока ты жив, мы их всех сто раз сделаем. В рот. И в другие места. Я этим сам займусь.

— Ты узнаешь, что с Марком? — Платон сдался. — Я видел, как он упал… Плохо…

— Узнаю, — пообещал Ларри. — Сразу же тебе сообщу. Не беспокойся, все будет нормально.

— Нормально… — Платон откинулся на спинку сиденья и закрыл глаза. — Ничего нормального уже не будет.

Часть четвертая
МУСА

За кустами два бомжа, непонятно как проникших на охраняемую территорию больницы, возились с заваленной на землю и совершенно растерзанной девушкой.

Муса увидел задранный на шею черный свитер, располосованную майку, обнажившую вздрагивающую от страха грудь, бессильно брыкающиеся ноги, с которых низенький в синей ковбойке, сладострастно урча, стаскивал замаранные зеленой травой джинсы. Второй, повыше, стиснув под мышкой руки девушки, окровавленной рукой зажимал ей рот. И еще Муса увидел валяющийся рядом пакет, из которого высыпались невероятно большие красные яблоки. Яблоки трещали и лопались под грязными ботинками бомжей.

Муса сделал шаг вперед, перехватив палку поудобнее, заметил неудовольствие, отразившееся на морде высокого бомжа, замахнулся, но опустить палку не успел. Где-то справа чуть слышно прошелестели шаги, и солнце погасло...

С детства друг — навсегда друг

Муса Тариев познакомился с Платоном, если так можно выразиться, когда оба еще не вылезали из пеленок. Родители Платона и родители Мусы жили вместе в коммуналке. Вернее сказать, во время войны родители Платона эвакуировались из Москвы, а когда в сорок восьмом вернулись, оказалось, что у них появились соседи: Самсон и Инна. Пока хозяева квартиры приходили в себя от этой неожиданности, произошло несчастье — Самсон попал под грузовик и скончался на месте. Инна в это время была на седьмом месяце, и Михаил Иосифович, отец годовалого Платона, не счел возможным начинать разборки из-за жилплощади. Тем более что вернуться в министерство ему не удалось — началась борьба с космополитами, — поэтому он устроился на существенно менее заметную, а следовательно, и нижеоплачиваемую должность.

Маме Платона — Анне Семеновне — тоже пришлось идти на службу, поскольку жалованья Михаила Иосифовича на троих не хватало, а отдавать Платона в ясли очень уж не хотелось, да и, по правде, мест в яслях не было. Подумав немного, платоновские родители как бы наняли Инну в домработницы. Стол в квартире был общим, Инне дополнительно платили сто рублей в месяц, да еще она получала пенсию за Самсона. Словом, все были при своем интересе: Инна могла нигде не работать, у нее имелась своя комната, и целыми днями она сидела с двумя детьми — Платоном, которому было чуть больше года, и своим пацаном, названным Мусой в честь деда, погибшего где-то в степях Поволжья.

Когда Платону было девять лет, а Мусе, соответственно, восемь, в столице развернулось массовое жилищное строительство. К этому времени Михаил Иосифович уже продвинулся по службе, дорос до замдиректора крупного института и с трудом, но организовал получение отдельных квартир и себе, и Инне. Квартиры эти находились в одном доме, в районе новостройки, и даже располагались на одном этаже: только у Михаила Иосифовича была трехкомнатная, а у Инны с Мусой — однокомнатная.

Ребята вместе ходили в школу, но в разные классы, вместе завтракали, обедали, ужинали, готовили уроки, лазили по чердакам и подвалам, бегали на танцверанду в парке, одновременно попробовали начать курить, но у Мусы это получилось, а у Платона — нет. Когда Платону стукнуло четырнадцать, а Мусе тринадцать, они одновременно влюбились в девочку Любу из восьмого класса, но она предпочла им какого-то десятиклассника, так что первое чувство оказалось неудачным. Платон записался в химическую секцию при школе и все время ходил с обожженными пальцами, а Муса — в драмкружок при Доме пионеров и школьников, где прозанимался год, потом кружок бросил и поступил в автошколу.

Когда Муса заканчивал седьмой класс, Инна простудилась и слегла. Врачи установили воспаление легких, а через два месяца выяснилось, что дело обстоит намного серьезнее. Сначала Инна лежала дома, потом ее забрали в больницу, выписали, снова забрали, а к зиме она умерла. Похоронили ее на Крестовском кладбище, рядом с Самсоном. Родственников у Инны не было, поэтому на похоронах была только семья Платона. Вечером того дня Михаил Иосифович сказал:

— Муса, мы всю жизнь прожили как одна семья. И мама, и ты для нас — родные. Мы с тетей Аней посоветовались и решили тебя усыновить. Ты будешь жить с нами, квартира твоя, конечно, за тобой же и останется...

— Нет, дядя Миша, — тихо, но твердо ответил Муса. — Спасибо вам, но я так не хочу. Я вас и тетю Аню очень люблю. Но мы с мамой решили, что я пойду в вечернюю школу и буду сам зарабатывать деньги.

На этом разговор не закончился. Прежде чем уступить, Михаил Иосифович пытался еще не раз переубедить мальчика, подключалась и Анна Семеновна, но у них ничего не вышло. Выяснилось, правда, что Муса был категорически против только усыновления, а все остальные варианты соглашался обсуждать. В результате Михаил Иосифович устроил Мусу в автомеханический техникум. Стипендию Муса отдавал Анне Семеновне, жил у них, так что внешне ничего не изменилось. Только вот с Платоном он проводил теперь меньше времени, чем раньше.

Муса закончил техникум, когда Платон уже учился в МИСИ. Он получил диплом слесаря-автомеханика, водительские права, и Михаил Иосифович взял его на работу водителем в свой институт. Первые полгода Муса возил директора института. Когда же директора перевели в министерство, а Михаила Иосифовича назначили на его место, сложилась не совсем удобная ситуация — вроде бы получалась какая-то семейственность. Михаил Иосифович позвонил своему бывшему начальнику и попросил совета. Начальник был о Мусе самого высокого мнения, но взять его к себе в министерство почему-то не мог. Тем не менее он пообещал что-нибудь придумать, и недели через две Мусу вызвали в какой-то высокий кабинет, предложили заполнить анкету. А через три месяца он уже работал в Управлении делами Совмина, что было настоящим чудом, потому как туда меньше чем с пятью годами водительского стажа никого и никогда не принимали.

К этому времени Муса здорово вытянулся, отпустил усы, не позволял себе никаких курток, ковбоек или кепок, всегда приезжал на работу в белоснежной рубашке, галстуке, выглаженном костюме и сверкающих ботинках. В багажнике возил спецовку и перчатки на случай непредвиденного ремонта. После года работы он, видимо с подачи начальника, поступил на вечернее отделение института культуры.

Когда Муса сказал про это Платону, тот развел руками: «Пустили козла в огород». Действительно, на курсе числилось всего шесть ребят, а в своей группе Муса вообще был единственным представителем сильного пола. Именно с этого времени Платон и Муса по-настоящему оценили преимущества отдельной квартиры, пусть даже однокомнатной и на одном этаже с родителями.

Основных опасностей, связанных с интенсивной личной жизнью, им удалось благополучно избежать. Один раз Платон попытался объявить родителям, что собирается жениться, но на этой попытке все и закончилось. У Мусы были свои проблемы — их удалось решить с помощью знакомой врачихи из роддома на Фотиевой.

Так что в целом переход от полового созревания к полной зрелости состоялся без видимых потерь...

Ура! Платона больше нет!

Газеты словно сошли с ума. «Инфокар» подбрасывал одну сенсацию за другой.

Еще не затих шум, поднятый вокруг так и не раскрытого убийства Кирсанова — в самом центре Москвы, на глазах у тысячи прохожих. Еще не успели забыть про загадочный взрыв в инфокаровском банке, уничтоживший добрую половину всей банковской документации. Еще продолжали строить разнообразные догадки о причинах, заставивших заместителя генерального директора «Инфокара» соскочить с собственного балкона. И вот очередная криминальная история — заказное убийство еще одного видного инфокаровца, где-то на Стромынке, где ему и делать-то было совершенно нечего. Изо всех сил муссировались просочившиеся в печать подробности: прибалтийский след обнаруженного на месте преступления карабина, женщина в черном, открыто интересовавшаяся у водителя, кого он ждет (прямо Фанни Каплан какая-то), а самое главное — замеченный очевидцами хлебный фургон, в который затащили еще одну жертву покушения и который немедленно скрылся с места происшествия, но так и не был обнаружен, несмотря на безошибочно зафиксированный теми же очевидцами госномер. Кто все-таки был этой второй, не обнаруженной и по сей день жертвой? Уж не сам ли легендарный Платон, бывший генеральный «Инфокара», а ныне генеральный СНК? Тем более что он исчез и никаких сведений о нем нет, а инфокаровский офис отвечает — Платон Михайлович в длительной командировке, где находится сейчас — неизвестно и когда вернется — непонятно. Ведь если его грохнули, то инфокаровской империи — крышка! И деньгам вкладчиков, потраченным на ценные бумаги СНК, тоже. Что будет, что будет... А тут еще эта история со взрывами на инфокаровских стоянках, прогремевшими сразу же после покушения.

Цейтлина застрелили в десять тридцать восемь. В одиннадцать пятнадцать двое неизвестных обстреляли из гранатометов станцию «вольво», развалив половину главного корпуса и уничтожив не менее десятка клиентских машин. Еще через полчаса сработало взрывное устройство на стоянке «жигулей», но там пострадал только забор да сгорела машина охраны. Ясно, что на такие вещи идут только тогда, когда фирма обезглавлена.

И, с общего согласия, Платона списали.

Расправа

Невидимая паутина безжалостно стягивалась вокруг «Инфокара»: нити крепчали, заплетались в узлы, перекрывали кислород. Деловые партнеры, много лет получавшие машины на реализацию под честное слово, почувствовали безнаказанность и перестали рассчитываться вовсе. Арендаторы, заколачивавшие деньги на инфокаровских площадях, сначала накапливали немалые долги, ссылаясь на объективные обстоятельства, а потом сбегали под покровом ночи, унося свой нехитрый скарб и не забывая при этом прихватить кое-какое хозяйское имущество.

До поры до времени все это происходило как бы в пределах разумного: должники ни от чего не отказывались, от встреч не уклонялись, при разговоре прятали глаза, говорили про трудности, проблемы с налоговой инспекцией, временный дефицит оборотных средств и предлагали погасить задолженность векселями или недвижимостью. Но уже ясно было, что деньги эти не вернутся и что на пороге время, когда об «Инфокар» начнут вытирать ноги.

Это время не заставило себя ждать.

Вдруг, ни с того ни с сего, бесследно исчезли двести машин, которые даже никому и не отдавались, а всего лишь были поставлены на несколько дней на территории чужого склада — отданы на ответственное хранение. Когда за машинами пришли автовозы, склад был уже пуст. Охрана, допрошенная с пристрастием, ответила, что не далее как позавчера ночью хозяин склада вывез все машины вместе с документами, после чего исчез и с тех самых пор о нем ничего не известно. Милиция, обычно рвущаяся в бой по первому зову, на этот раз индифферентно пожала плечами, позевывая, сказала, что уголовное дело завести никак нельзя, ибо здесь конфликт между двумя коммерческими структурами, и надо бы обратиться в арбитражный суд — там разберутся. Когда же вышли на «крышу» хозяина склада, то «крыша» лениво ответила — ничего не знаем, к исчезновению машин отношения не имеем, хозяина давно пора было снимать и ставить другого, словом, помочь ничем не можем, а если честно, то и не хотим. Кто прикрывает «Инфокар»? Инородцы? Инородцы. Ну и поделом вам, ребята.

Похожая история, но уже на уровне почти государственном, приключилась в одной из черноземных областей. Только-только отгрузили туда полторы сотни машин, как на партнера, явно по заказу, наехала налоговая полиция: обвинила в неуплате налогов и всех смертных грехах, арестовала автомобили и тут же, без суда и следствия, обратила их в доход области. Что? «Инфокар»? Да шли бы вы...

Вы машины фирме «Звездочка» поставляли? Вот с них и спрашивайте. А у нас свои счеты. Долг перед бюджетом гасить надо. Помните, как написано? Отдай кесарево кесарю. Вот кесарь и забрал свое. Есть еще вопросы? Кстати, имейте в виду: этими машинами по поводу успешного завершения уборочной страды награждены лучшие труженики сельского хозяйства. Передовики. Вы у них, что ли, хотите машины отобрать? Ну-ну... А если они все вместе приедут в Москву и разнесут ваш гребаный офис по кирпичику? А общественное мнение что скажет?

И это было далеко не все. Отличный бизнес открыло для себя невесть откуда взявшееся адвокатское бюро «Правовая защита». Набив руку на правах потребителей, бюро объявило, что отныне специализируется на охране интересов российских граждан, которым недобросовестные коммерсанты запаривают некачественную продукцию. Прежде всего технически сложную. Если точнее — автомобили. А так как отечественные автопроизводители, надежно защищенные от мировой конкуренции барьерами таможенных пошлин, стали гнать на рынок откровенную халтуру и бессовестный недокомплект, то дел у «Правовой защиты» немедленно образовалось хоть залейся. Что у вас с машиной? Ах, карбюратор... И коробка передач через месяц из строя вышла? Понятненько... Где брали? В «Инфокаре»? Ну так он вам и ответит за все — и за карбюратор, и за коробку, и за моральный ущерб. По всей строгости российских законов. А с заводом пусть сам потом разбирается.

Инфокаровские юристы мотались по судам, проигрывая один иск за другим, а между тем армия судебных приставов шла клином по банкам, накладывая аресты на инфокаровские счета и безжалостно списывая по исполнительным листам случайно задержавшиеся там деньги. Этот шабаш продолжался до тех пор, пока Ларри, доведенный до бешенства комариными укусами, не реализовал хитроумную вексельную схему расчетов, при которой вся выручка зачислялась на счета специально созданного мини-казначейства — оно вроде бы не имело прямого отношения к «Инфокару», но проводило платежи по его указаниям. Исполнительные листы стали покрываться пылью и плесенью. Время от времени особо прыткие потребители, сопровождаемые судебными исполнителями и газетчиками, все еще возникали в центральном офисе, однако блеска надежды в их глазах уже не было.

Старая история с иномарками и Ассоциацией содействия малому бизнесу тоже подверглась реанимации. Работников прокуратуры сменяли следователи УЭП и РУОП, за ними в очередь шли сотрудники отдела по борьбе с таможенными правонарушениями, приходили люди с военной выправкой, как бы из контрольно-ревизионного управления Минфина, потом снова прокуратура, и опять — по тому же кругу.

Захирел центральный офис, в котором когда-то круглосуточно кипела жизнь.

Со смертью Цейтлина угасла последняя искорка лихорадочной, хотя и отчасти бессмысленной активности. Замолчали телефоны. Невостребованные служащие лениво подтягивались к половине десятого, пили кофе и чай, обсуждали последние новости и перспективы повышения зарплаты, посматривали на часы и к шести вечера расползались по своим делам. Военная дисциплина стала ослабевать даже в клубе: администраторы стали потихоньку выпивать с официантами и охраной и, пользуясь тем, что большую часть времени клуб пустовал, начали водить на халявные выпивку и закуску знакомых девочек.

Автостанции так и не оправились от налетов, последовавших за покушением на Платона и убийством Цейтлина. Черные тротиловые пятна проступали сквозь наляпанную кое-как штукатурку; асфальт, наспех положенный на ямы, трескался и проваливался. Падали обороты. Клиенты теперь за три версты обходили станции, меченные взрывами: машины все же свои, лучше отогнать их куда-нибудь подальше, где нет разборок; на «Инфокаре» свет клином не сошелся.

Осложнились отношения с партнерами. Штаб-квартиры «Даймлер-Бенц» и «Вольво» дружно усомнились в правильности прежней политики. Верно ли они сделали в свое время выбор? Так ли уж надо было делать ставку на «Инфокар» как на единственного партнера? Вон что творится с этим самым «Инфокаром» — пора подыскать себе кого-нибудь понадежнее, чтобы не остаться, как говорят эти чертовы русские, у разбитого корыта. И партнеры вежливо и тихо, дабы не обострять отношений, затрубили отбой. По автомобильному рынку прошел слушок, что «Даймлер-Бенц» нынче снова на выданье.

Впрочем, со всем этим еще можно было разобраться, если б только было кому.

Ларри разрывался на части, но физически не мог успеть всюду. Муса по-прежнему болел, хотя болезнь эта и вызывала у Ларри смутно осознаваемую тревогу. А больше никого не было. Цейтлин, Сысоев, Кирсанов, Терьян… Никого… Платон за границей. Ларри постоянно был с ним на связи, знал, что Платон рвется назад, но понимал также, что люди Фрэнка Эл Капоне и полковника Корецкого так просто его в страну не впустят. А без Платона бизнес рухнет как карточный домик. Выбор был понятен.

Ларри принимает вызов

Нельзя воевать, если в доме твоем притаилась черная измена, ибо нет злее врага, чем старый друг. Развернув последние, истекающие кровью батальоны навстречу приближающемуся противнику, ты должен огнем и мечом истребить вражеские гнезда в тылу, потому что только надежностью и верностью тыла куется победа, и плох тот полководец, который, увлекшись надвигающейся битвой, позволит, чтобы в спину ему нанесли предательский удар отравленным кинжалом.

Оставался еще резерв главного командования, бесценный ресурс, неисчерпаемый источник сил. Завод! Флагман отечественной автомобильной промышленности, ни на минуту не останавливавший конвейеры даже в самое тяжелое время, когда российские рубли летели вниз, теснимые долларом и «черными вторниками»… Завод, наращивавший выпуск, несмотря на лавину неплатежей, захлестнувшую страну, и на равных говоривший с правительством… Завод, на продукции которого возрос и набрал силу «Инфокар», ежечасно превращавший тысячи автомобилей в самую твердую в мире валюту… Этот Завод был практически полностью взят под контроль — благодаря квадратикам и стрелочкам, накаляканным когда-то Платоном; благодаря Вите Сысоеву, изготовившему и втащившему в страну тонны акций; благодаря российскому народу, поверившему в эту затею и раскупившему сысоевские бумажки на свои кровные; благодаря Пете Кирсанову, да будет земля ему пухом… Покойный Марик тоже внес свой вклад… До тех пор пока мы держим СНК в своих руках, можно особо не задумываться о грозно надвинувшихся проблемах. Потому что тот, кто держит СНК, владеет Заводом.

Но так ли крепки наши позиции? Так ли надежна выстроенная Платоном схема? Так ли верны старые друзья? Вот вопрос! Всем вопросам вопрос. Ибо если ответ на него — «да», то все, что творится кругом, — это временные трудности, и они исчезнут, как утренний туман под яркими лучами солнца, когда, расправив плечи, двинутся вперед несметные инфокаровские силы. А вот если «нет», то первая же серьезная стычка обернется сокрушительным поражением и погибнет великая империя. Конечно, на ее обломках что-нибудь да построится, но нас там уже не будет.

Первые признаки грозящей катастрофы Ларри почувствовал уже через два месяца после покушения на Платона. Резко сократились денежные поступления. По причине задержек платежей начали останавливаться импортные поставки. Возник дефицит запасных частей, и станции технического обслуживания, переведенные на односменную работу при пятидневной рабочей неделе, стали терять клиентов.

Притормозились и расчеты с Заводом.

Не было ничего необычного в том, что платежи проходили на Завод с отставанием от графика. Такое случалось и в прошлом. Тревожило неожиданно изменившееся отношение Завода к «Инфокару». Сначала пришла телеграмма, в которой сообщалось, что вследствие неоплаты дальнейшие поставки автомобилей прекращаются на неопределенный срок. Когда Ларри позвонил директору напрямую, тот объяснил, что трудовой коллектив и без того давно уже интересуется взаимосвязями между Заводом и «Инфокаром», посему лучше не обострять, а быстренько рассчитаться, тогда все будет хорошо. К тому же пошли слухи, будто бы с каждой поставленной «Инфокару» машины директор лично получает мзду в сотню баксов наличными, так что в условиях, когда «Инфокар» ничего не платит за отгруженные и давно проданные машины, директор вынужден принять меры.

Слова директора звучали вполне убедительно, однако Ларри, никогда и никому, кроме себя и Платона, не доверявший, выкроил полдня и слетал-таки на Завод, чтобы посмотреть партнерам в глаза. Папу Гришу, отбывшего в законный отпуск на берега Адриатики, он не застал, но директору в глаза заглянул.

Глаза были в порядке.

— Ты пойми, Ларри, — сказал директор за ужином, — тут сейчас такое творится… Все началось с этих ваших разборок в Москве. У нас ведь информацию перепечатывают тут же. Народ почитал-почитал и начал потихоньку задумываться. Кому машины отгружаем? «Инфокару»? А там сплошная стрельба, взрывы, покушения… Денег за машины дождемся ли? Не копейки все же — там у вас товару на миллионы долларов. На большие миллионы. Идет невозврат средств. Как мне себя вести? Плюнуть на всех я не могу, меня ведь они в директора и выбирали…

— Выбирали, может, и они, — согласно кивнул Ларри, — а вот снять только СНК может…

Он оставил многоточие висеть в воздухе, в кольцах табачного дыма.

Директор искоса взглянул на Ларри и развел руками:

— Ты думаешь, я за свое место держусь? Я ведь на Заводе, считай, с первого дня, и не мальчик уже. Я не хочу, чтобы мое имя в городе полоскали. Пока мы держим СНК, все будет нормально. Только удержим ли? Ты сам посчитай — Платона нет, Кирсанова застрелили. Кто остался из замов? Этот ваш чекист? А он удержит ситуацию? Ты хоть знаешь, кто сейчас эти бумажки под шумок скупает? Не знаешь? То-то же. И я не знаю. Но скупают ведь. Мне служба безопасности докладывала — по цехам уже стали ходить, ставят стол, стул, выкладывают пачки наличных и платят не торгуясь. Только за последний месяц и только на Заводе не меньше сотни тысяч скупили. А сколько в Москве скупили? Или в Питере? Долго ли до беды?

— Мы же считали, — спокойно возразил Ларри. — Что бы ни было, у нас и у Завода всегда остается контроль.

— Это вы считали. — Директор начал терять терпение. — Этот ваш бородатый считал. А у нас здесь свои считалки. Если два миллиона бумажек попадут в одни руки, их тут же обменяют на акции. И тогда хана. Ты хоть понимаешь, что при этом покупатель сразу же возьмет контроль над СНК? Да и хрен бы с СНК. Но ведь покупатель возьмет контроль и над Заводом, и над «Инфокаром». И полетим мы все, как фанера над забором. Что такое два миллиона бумажек? Двадцать миллионов долларов! Тьфу! Да «Инфокар» Заводу втрое больше на сегодняшний день должен. Если бы вы со мной вовремя рассчитывались, я бы сейчас сам же их и перекупил. А ты деньги держишь, сам ни хрена не делаешь да еще приезжаешь претензии предъявлять — почему я тебе отгрузку останавливаю. Вот потому и останавливаю! Мне бабки нужны, чтобы и самому уцелеть, и вас, дураков недостреленных, вытащить. Как-никак, у меня в вашей конторе личная доля имеется.

Дальнейший разговор уже не сложился. Директор замкнулся в себе, глядел в сторону, на вопросы Ларри отвечал односложно, а на шутки и анекдоты вовсе не реагировал.

По дороге в аэропорт Ларри всячески клял себя за допущенную ошибку. Не надо, не надо было так в лоб угрожать, напоминать, что судьба директора в руках СНК. Надо было мягче, гибче… Ах, если бы не постоянная московская нервотрепка, не беспокойство за Платона, не надвинувшееся безденежье… Как бы правильно он построил беседу, если бы мог хоть чуточку передохнуть… Но похоже, что директор не услышал этих опрометчиво сказанных слов, его больше тревожили судьбы Завода и «Инфокара». И слава богу!

Ларри ошибся. Судьбы Завода, «Инфокара» и СНК директора действительно тревожили. Но прозвучавшую в словах Ларри угрозу он прекрасно расслышал и воспринял. Поэтому, попрощавшись с Ларри и вернувшись к себе, директор немедленно снял телефонную трубку, набрал многозначный номер и сказал:

— Вечер добрый! Ну как там?.. Нормально?.. И у нас нормально. В общем, я принял решение. Накатываем по полной программе… Да… Да… Когда?.. Хорошо, это годится. Ну пока.

А потом директор позвонил по другому номеру и говорил уже совсем другим голосом, не командным, а отеческим, добрым и расслабленным, обещал прислать икры и яблок, а о делах поговорить при личной встрече.

Ларри начинает войну

Уже через три дня Ларри окончательно понял, что с директором он ни о чем не договорился. Сначала с Завода пришла телеграмма о том, что в связи с задержкой платежей не только приостанавливаются дальнейшие поставки, но и отменяется ранее предоставленная скидка с заводской цены, поэтому инфокаровский долг Заводу возрастает чуть ли не вдвое. Ларри рявкнул на секретарей, потребовал немедленно соединить его с директором, но связи так и не произошло.

Занят был директор, очень занят. Проводил селекторное совещание. А потом уехал на прием к губернатору. А еще потом — на региональный слет НДР…

Полдня ушло, чтобы разыскать папу Гришу и вытащить его из теплого моря.

Григорий Павлович долго и сокрушенно вздыхал в трубку, потом объяснял Ларри, какая непростая обстановка сложилась на Заводе и как все они оказались подставленными, и наконец сказал:

— Ты, друг мой, дай мне пару часиков. Я сейчас переговорю кое с кем. Не волнуйся только. Что-нибудь придумаем. Нам ведь что надо? Остановить наезд? Ну так мы это и сделаем. А вернусь — встретимся, выпьем по чарке.

С кем переговаривался папа Гриша, так и осталось тайной. Но через два часа он сам вышел на связь и заявил:

— К тебе завтра прилетят из нашего финуправления. Аркадий Ким прилетит и с ним еще кто-то. Мы так сделаем. Ты им выдай инфокаровские векселя, на всю сумму долга. Месяца на два или на три, сам определишь, сколько тебе надо. Этими векселями закроется долг. Через три месяца рассчитаешься, правда же? Ну и лады. Все будет путем. Понял меня?

Однако подписанные Ларри векселя не решили проблему. Еще через несколько дней с Завода пришла очередная телеграмма, в которой «Инфокару» предписывалось немедленно прекратить продажу автомобилей и приготовиться к приезду делегации, которая опишет остатки на складе и тем самым обеспечит гарантию оплаты векселей.

Делегация появилась одновременно с телеграммой и ввалилась в кабинет Ларри, когда он как раз начинал разбирать почту.

Возглавлявший делегацию начальник заводской службы безопасности предъявил мандат, подписанный директором.

Ларри изучил доверенность, посмотрел ее на просвет, потом покрутил в руках только что прочитанную телеграмму, тоже посмотрел на просвет, сложил вместе с доверенностью вчетверо, провел ногтем по сгибам, аккуратно, не торопясь, порвал оба листка бумаги на мелкие доли и ссыпал обрывки в стоявшую перед ним пепельницу.

— Это вы зря, — с сожалением сообщил начальник заводской службы безопасности. — Это вы не подумали. Я бы вам не советовал…

— Мне есть кому советовать, — задумчиво сказал Ларри. — Мне здесь советуют. Там советуют. Я так думаю, что своей головой тоже не вредно иногда думать.

— У меня есть второй экземпляр доверенности, — признался начальник. — Мы сейчас с товарищами запротоколируем, что вы разорвали…

— Протоколируйте, — согласно кивнул Ларри. — Все протоколируйте. Хотите — я тоже распишусь? Признаюсь, что разорвал.

Делегация переглянулась.

— Не надо, — решил наконец начальник. — Сами разберемся. Значит, так. Вас, я считаю, мы поставили в известность. Транспорт у нас есть. Мы выезжаем описывать машины.

— Выезжайте, — с удовольствием сказал Ларри. — И транспорт у вас есть. И меня в известность поставили. Давайте я прямо при вас позвоню директорам. — Он снял трубку. — Стефан, здорово, — поприветствовал он Светлянского, первым вышедшего на связь. — Сейчас к тебе с Завода приедут. Наши машины арестовывать. Ты знаешь что, ты позвони в отделение милиции. Прямо Феде позвони, попроси, чтобы выслали наряд. Когда делегация приедет, пошлешь их… знаешь куда. Будут бузить — передашь милиции.

— Все в порядке, — отрапортовал он онемевшей делегации. — Сейчас остальным позвоню. А вы что сидите? Можете ехать.

Делегация замялась. Ларри с сожалением посмотрел на гостей.

— Хотите, юриста позову? — предложил он любезно. — Мы пока чаю попьем. А он вам объяснит…

— Послушай, — сказал Ларри влетевшему в кабинет юристу. — Я взял у Завода машины. В срок не заплатил. С меня сняли скидку.

Я выдал Заводу векселя. На три месяца. Они их зачли в оплату. Скажи, я Заводу что-нибудь должен?

Юрист посмотрел в потолок, пошевелил губами и ответил твердо:

— Нет, Ларри Георгиевич, вы Заводу ничего не должны.

— А когда я им буду должен?

— Когда подойдет срок оплаты по векселям, тогда и будете должны. Но не за машины. А по векселям. Тут разница есть…

— Хорошо. — Ларри наслаждался беседой. — А вот они приехали, хотят у меня машины описать. Имеют право?

— Чтобы коротко сказать — нет, не имеют.

— А если они будут рваться на мои стоянки, махать доверенностями всякими, я могу их не пустить?

— Обязаны не пустить. Вы отвечаете перед советом директоров и общим собранием акционеров. Если вы их пустите, вас снимут с работы.

— Ай-яй-яй, — огорчился Ларри. — С работы снимут. Надо же. А что же делать? Они ведь будут скандалить, требовать, прорываться силой… Вот и начальник заводской службы безопасности приехал. Не просто же так.

— Тогда вы обязаны вызвать наряд из местного отделения милиции, — заученно ответил юрист, — и попросить помочь в наведении общественного порядка. А милиция разберется.

— Иди пока, — расслабленно махнул рукой Ларри. — Надо будет, еще позову.

И он откинулся в кресле, наблюдая за реакцией гостей. Гости понуро пили чай, осознав, что кавалерийский наскок не удался и на Завод, похоже, придется возвращаться ни с чем. Но глава делегации не желал сдаваться.

— На обострение идете, Ларри Георгиевич, — тихо произнес он, глядя в чашку. — Зря вы это. Не советую. Большую ошибку делаете.

— Что-то я нэ понял, — признался Ларри медовым голосом. — Я, навэрно, по-русски плохо панимаю. Савсем плохо. Ты мне уг-ро-жа-ишшь? Или как?

Начальник заводской службы безопасности многозначительно промолчал.

— Нэхарашо, — сокрушенно признался Ларри. — Ты пришел ко мнэ, сидишь за столом, ешь мой хлеб-соль и мне уг-ро-жа-ишшь. Разве так гость поступает? Ты дума-и-шшь, я тэбя испугался? Нэт, нэ испугался. И ты мэня не бойся. Ты мой гость, это у нас святое. Кагда нэ будешь гость, тогда можешь бояться. Тагда тэбя всякий обидеть сможет.

— Так мы поедем? — начальник встал и отодвинул от себя недопитую чашку чаю.

— Конечно, уважаемый. — Ларри перестал коверкать язык и дружелюбно улыбнулся. — Поезжай. Сходи в ресторан, в кино, в театр. Хочешь, я распоряжусь — тебе куда угодно билеты достанут? В Большой, в Малый, в цирк. На самолет тоже достанут.

Когда гости ушли, он снова связался со Светлянским.

— Дай отбой, Стефан, — сказал Ларри. — Они не приедут. Это так — разведка боем.

Впрочем, было понятно, что разведка боем есть лишь начало военных действий. И что два месяца, оставшиеся до платы по векселям, — это всего лишь шестьдесят дней и время пошло. По своим каналам Ларри получил с Завода тревожную информацию: в кругу ближайших сподвижников, за чаркой водки, директор пообещал навести-таки порядок с долгами Заводу и для начала поклялся вытрясти деньги из «Инфокара». Это задание было поручено старому волку папе Грише, отцу-основателю, который и привел когда-то «Инфокар» на Завод. Не то чтобы в случившемся усматривали его прямую вину — конечно же нет, все виноваты, поверили на слово, — но если Григорий Павлович деньги не вернет, к нему возникнут вопросы.

Папа Гриша — это было серьезно. К этому человеку Ларри относился с опаской, чувствуя масштабность фигуры. Если папа Гриша возьмется за дело всерьез, надо сворачиваться и переезжать в теплые края. Тут уже дело не ограничится взорванным забором вокруг станции. И наемный киллер не сделает глупую ошибку — пуля попадет в того, в кого будет надо.

Ларри позвонил папе Грише, послушал в трубке успокаивающий рокочущий басок и договорился о встрече в Москве, в клубе.

За день до появления папы Гриши секретарши сообщили Ларри, что его пытается разыскать заместитель министра внутренних дел, с Октябрьской площади.

Он оставил телефон и попросил связаться с ним в любое время.

Ларри набрал номер Федора Федоровича.

— Меня ищет Караогланов, — сообщил Ларри. — Он кто?

— Заместитель министра, — сказал Федор Федорович. — Курбаши.

— В каком смысле — курбаши?

— В прямом. В свободное от основной работы время занимается вышибанием долгов. Он президент Ассоциации сотрудников правоохранительных органов, там у него все бывшие милиционеры, прокурорские работники, да и из наших кое-кто есть. И из ГРУ.

— Это серьезно?

Федор Федорович помолчал.

— Вообще-то лучше не по телефону, — наконец сказал он. — Серьезно. Я про них кое-что знаю. А зачем он вас ищет?

— Пока не сказал. Оставил телефон. Стоит перезванивать?

— Перезвонить всегда стоит. Потом расскажете?

Ларри взял бумажку с записанным на ней телефоном заммитистра и стал набирать номер. Караогланов снял трубку сам.

— Здравствуйте, — сказал заместитель министра. — Хорошо, что перезвонили. Я слышал, к вам тут Григорий Павлович собирается. Вы ему передайте, что я хотел бы увидеться.

— Чего уж передавать-то, — любезно ответствовал Ларри. — Мы с ним как раз завтра встречаемся, в семь вечера. У нас в клубе. Приезжайте, поужинаем вместе. Договорились?

Повесив трубку, он снова связался с Федором Федоровичем.

— Сволочи, — мрачно сообщил он. — Пугать начинают. Про папу Гришу спрашивает. Будто сам не знает, как его найти.

— А вы ему что сказали?

— Сказал, что мы завтра встречаемся в клубе. Пригласил приехать, поужинать с нами. Как вы думаете, приедет?

— Нет конечно. Ему это и не нужно. Он свое уже сделал — вы теперь знаете, что если не уладите с Заводом, то будете иметь дело с ним. Но папа Гриша-то — каков, а?

— Силен дед. Ладно. Подождем до завтра. Вы, Федор Федорович, тоже подъезжайте. Прощупаем вместе.

Тем не менее от участия в ужине Федору Федоровичу пришлось отказаться, потому что заместитель министра, он же курбаши, не смог устоять перед приглашением Ларри и объявил, что приедет, а светиться перед ним Федору Федоровичу совсем не хотелось.

Широкая дружеская улыбка на лице папы Гриши могла обмануть кого угодно, только не Ларри. Расправляя на коленях накрахмаленную салфетку, папа Гриша вещал басом:

— Конверсия — большое дело. Я имею право так говорить, потому что я все это сам организовал, еще пять лет назад начал, когда другие только языками трепали… У меня в Оренбурге четыре предприятия, в Самаре с десяток, в Нижнем… На это дело целая инженерная академия наук пашет. Мне предложили президентом… Я же не мог отказаться — скажут: что ты, парень, из себя строишь? Вот такие дела… Ну-с, давайте по тридцать грамм и перекусим немного, а то я с дороги… Ты что молчишь, Ларри?

Ларри, терпеливо дожидавшийся, пока папа Гриша немного выговорится, поднял рюмку.

— Григорий Павлович, — сказал он торжественно, — я вообще считаю, что вы сделали совершенно замечательную вещь. Во-первых, сами приехали. Во-вторых, познакомили нас. — Он кивнул в сторону заместителя министра. — Я рад, что вы организовали эту встречу, этот праздник. Вам спасибо, что вы так здорово придумали.

Папа Гриша ловко опрокинул рюмку, сопроводил ее бутербродом с икрой и тоже кивнул в сторону заместителя министра:

— Я при нем, вообще-то, мало что могу сказать. Не хочу, да и побаиваюсь, честно говоря. Жизнь, дорогой Ларри Георгиевич, настолько теперь для меня усложнилась… Я раньше проще на нее смотрел, а с возрастом стал ощущать недостаток внимания, недостаток понимания. Стал теперь больше вникать в психологию, в отношения между людьми. Я к чему это говорю? Последнее время я очень часто мысленно обращаюсь к Богу, прошу его дать мне разума — хочу понять, что здесь происходит. Но чем больше я это понимаю, тем мне печальнее и тем более одиноким я становлюсь в этой жизни.

— И я тоже, — вмешался в разговор заместитель министра. — Просто перестаю понимать и узнавать людей, вот что страшно. У всех в голове одна мысль — хапнуть, и ничего больше.

— Вот-вот, — закивал папа Гриша. — Маленькие деньги — маленькие беды, большие деньги — большие беды, а очень большие деньги… Я себе на днях честное слово дал — не заниматься больше торговыми предприятиями, а заниматься только такими, которые хоть что-то производят.

— Правильные слова, — согласился Ларри. — Когда производят — это конечно. Это лучше, чем когда только торгуют. Вы уж поучите нас, дорогой Григорий Павлович, покомандуйте.

— Я тебя, уважаемый коллега, в первую очередь хочу поздравить. Мы давно знакомы, ты знаешь, как я тебя уважаю. Люблю. Нам сейчас что нужно — строгая игра по строгим правилам. Вот так-то. Сегодня тебе нужно очень много мужества, чтобы правильно себя поставить. И нужно быть очень хорошо информированным, иначе можно сделать крупную ошибку.

— Вопрос можно? — Ларри, как на уроке, поднял руку. — С чем вы меня поздравляете?

— Ну как же! — Григорий Павлович изобразил на лице удивление. — Векселя подписал. Это честный и мужественный поступок. И я за это прямо сейчас готов обнять тебя и расцеловать.

— Ха! — сказал Ларри. — Я-то подписал. А через день ко мне приехали машины арестовывать. С этим вы меня тоже хотите поздравить?

Папа Гриша сделал вид, что вопроса не слышит.

— Вы, Ларри Георгиевич, — продолжил он, — по всем вопросам должны только сами думать. Лично. И всяких там… индивидуумов… которые будут вам советы давать или стараться приказывать, просто посылать подальше, и все! А на всякие там слухи, на молву людскую — плевать. Вам сейчас надо создавать новую команду. Совсем новую. Из своих людей. Старых-то — нет уже.

— Это как же? — спросил заместитель министра. — Насчет новой команды. Он ведь не какой-нибудь, родства не помнящий.

Папа Гриша развел руки.

— Я же не говорю, что одних надо выгнать, а других взять. Надо просто порядок навести, чтобы знали, кто хозяин.

Позиция обозначилась. Судя по всему, на Заводе приняли окончательное решение. Платон стал персоной нон грата. И теперь папа Гриша, с помощью кнута в виде сидящего рядом курбаши и пряника в виде еще не обозначенных посулов, будет переманивать Ларри на свою сторону.

— Ладно, — сказал Ларри. — Про команду ясно. Меня сейчас больше отношения с Заводом интересуют.

— Отношения должны быть честными, — отчеканил папа Гриша. — Пока что они таковыми не являются.

— Это как же?

— А вот так! Приоритеты у нас как расставлены? У тебя рассрочка — сто дней. А у всех остальных — только тридцать. И первое дело — поменять на тридцать. Чтоб без всяких исключений. Я теперь буду неотвратимо этого придерживаться. Потому что когда начинаются исключения, то приходят эти… бритоголовые. И разговоры всякие… Все должно быть честно и открыто.

— Договорились, — сказал Ларри. — С завтрашнего дня все будет открыто.

Папа Гриша изобразил на лице обиду.

— Для определенной категории доверенных лиц.

— А что, до сих пор наши отношения для этой определенной категории были закрыты?

— Были закрыты.

— Это как же?

— Мне не нравится «Инфокар», — неожиданно сообщил папа Гриша. — Мне не нравится «Инфокар» амбициями своими неумеренными. И тем, что он совершенно не управляется. Я не понимаю, как он управляется. И как СНК управляется — тоже не понимаю. Поэтому у нас будут сложные отношения.

— Ладно, — согласился Ларри. — Значит, вы не любите «Инфокар»?

— Как это — не люблю?

— Вы же сказали — я не люблю «Инфокар».

— Я сегодня не люблю «Инфокар».

— Сегодня не любите?

— А что это за барабанная дробь? На весь мир? — начал горячиться папа Гриша. — Как мне себя чувствовать, когда, например, приезжают и меня допрашивают? Мне такое зачем нужно? Я что, заработал такое? Или спрашивают все — ты что это создал? Что это за явление? Зачем ты нас наказываешь этим явлением? Вот я тебе и скажу, дорогой ты мой человек, такое явление получилось потому, что у вас мозгов нет. Потому что вы дискредитируете Завод. Тебе объяснить? — Папа Гриша принялся постукивать по столу кулаком. — Сережа Терьян, оппонентом у меня на диссертации был, в Вене погиб? Погиб. Ко мне приезжают, допрашивают. Вот зачем вы его туда посылали? Я все же член совета директоров, я должен знать, что вы тут затеваете? Нет, сделали втихаря, что-то там сварганили — и молчок. С льготниками связались… Со мной кто-нибудь посоветовался? Я был вообще против всех этих иномарок, с самого начала. Если вы работаете с Заводом, извольте вести себя прилично. Вы махинации затеваете, а на нас — на меня! — пальцем показывают. Мне это зачем надо? Я всегда против единоличных решений по крупным делам. А у вас здесь, в Москве, иначе не бывает. Когда решили крутить деньги СНК, со мной кто-нибудь переговорил как с членом совета? А я ведь с самого начала в «Инфокаре» был. Мне даже по телефону не соизволили сказать о крутеже. Я после этого что должен делать? Не рано ли вы меня за пешку брать стали? Ребята, я вас очень люблю, но я, по жизни, теперь такое заключение сделал. Вот собираются три человека, очень хорошие люди в нашей России. Когда денег нет, у них глаза горят, они последними копейками складываются, чтобы сделать дело. Идея хорошая, начало получаться, появились деньги — принялись смотреть друг на друга с некоторым подозрением. Появились большие деньги — еще меньше стали доверять друг другу. Появились очень большие деньги — все, конец! Ты не заметил, что у «Инфокара» такая траектория? Были бы вы одни — так и хер бы с вами. Но за вами же Завод стоит, вот что страшно. Вот вы сейчас обанкротитесь…

— А с чего вы взяли, что мы обанкротимся?

— Обанкротитесь. Машин-то набрали, а денег отдавать — нету! А вместе с вами СНК полетит. И останется Завод голым! Мы же в эту историю вместе пошли, поверили вам, подставились… А вы, ни с кем не советуясь, ударились в уголовщину. У нас так просто людей не стреляют, вот специалист сидит, — папа Гриша кивнул в сторону курбаши, — он скажет… И что получилось? Этого нет, того нет… Один ты остался. Да я. И надо срочно кумекать, как жить дальше. Я тебе так скажу, дорогой ты мой человек. Первое дело сейчас — это рассчитаться с Заводом. Если ты все сделаешь как надо, мы СНК сами вытянем. И еще поработаем с тобой. Но только тогда все уже будет по правилам. Все будем согласовывать. Что нам мешает все согласовывать? Вот взять меня. Я на Заводе двадцать восемь лет работаю, не последний человек. Но прежде чем что-то сделать, всегда иду к директору и говорю: «Разреши мне сделать такое-то дело». Он говорит: «Давай позовем мужиков». Зовет Борю, зовет Сашу. Собираемся, он и говорит: «Гриша предлагает то-то и то-то. Мужики, давайте посоветуемся, как в этом случае быть. Дело касается миллиардов». Переговорим — и договоримся. А если тебе тут из Рио да из Жанейро указания дают и ни с кем не советуются, эдак любое дело угробить можно. Вот ты мне честно скажи — у тебя сейчас бабки есть? Чтобы рассчитаться?

Ларри сузил глаза и закурил. Он знал, что отвечать необязательно.

— То-то же, — папа Гриша выдержал паузу. — А рассчитаться надо. Иначе вся работа псу под хвост. И Заводу кранты настанут, а в нем половина национального достояния России. Поэтому я тебе откровенно и говорю — ищи деньги. Сам не найдешь — я искать пойду. К Стефану пойду, к другим тоже. А не найду — не обессудь, обанкротим вашу контору, заведение это продадим, станции ваши туда же. Хоть что-то вернем, и то хлеб. Зато Завод спасем. Вот такое мое слово.

Когда беседа завершилась и гости отбыли на выделенном папе Грише «кадиллаке», Ларри вернулся за стол, выпил одну за другой две рюмки водки, откинулся на спинку кресла и закрыл глаза. Сунувшийся было в зал Федор Федорович посмотрел на него и тихо прикрыл дверь, решив не беспокоить. Ларри сидел в зале долго, потом вышел и приказал администратору соединить его с Марией.

— Сделай приказ, — распорядился Ларри. — С завтрашнего дня контора закрывается. На месяц. Всех отправляем в отпуска. С главбухом свяжись, пусть выдаст всем по пятьсот долларов. Каждому. Останешься ты, мой секретариат, охрана... Водителей оставишь человек десять, по своему выбору. На утро закажи самолет. Мы с Федором Федоровичем вылетаем... Да, к нему...

Люди с улицы Обручева

— Так, — сказал белый от волнения Платон. — Я ничего не понял. Расскажи еще раз.

— Я думаю, они насмерть перепуганы, — медленно произнес Ларри. — Они сделали ставку на СНК, а теперь испугались. Тебя нет. Рулить некому. Они боятся, что СНК попадет в чужие руки. Тогда им всем хана. Подожди. Не хватайся за телефон. Не надо никуда звонить. Сначала послушай. От всей этой стрельбы вокруг «Инфокара» они просто с ума посходили. Это раз. Ты уехал, когда приедешь — неизвестно. Они считают, что уже никогда. И выкатывают сейчас все сорок бочек... Терьяна вспомнили. Сысоева. Петьку и Марика — само собой. Прокрутку денег СНК... У них к тебе претензии. Лично. В то, что мы поднимемся и сможем удержать ситуацию, они не верят. Это два. Поэтому Завод решил забрать СНК под себя. Любыми путями. Для этого бабки нужны, а бабок нет. Для начала их из нас будут вышибать.

— Конкретно он что сказал?

— Конкретно он предлагает нам отдать деньги добром. Распродать все. А если нет — будут банкротить. У них наших векселей на шестьдесят миллионов.

— Сколько мы сейчас стоим?

— По последнему аудиту — около миллиарда.

— Нормально, — звенящим голосом сказал Платон. — Классный бизнес. Шестьдесят миллионов — это сколько? Шесть процентов? Значит, они нас за шесть процентов решили взять…

— Решили. Ты им не нужен. Совсем. А мне он предлагал в открытую — если я деньги сам верну, то меня посадят генеральным, буду у них на каждый чих разрешения испрашивать. Бандита какого-то с собой приволок…

— Да, замминистра! Кто он? Федор Федорович, расскажите.

Федор Федорович раскрыл лежащую перед ним папку и достал два листка бумаги.

— Ну, про Ассоциацию сотрудников правоохранительных органов вы уже знаете. У меня тут есть один матерьяльчик — я бы сказал, для иллюстрации. Вот, послушайте. Так… так… это опускаем… ага! «…Имеются достоверные сведения о многочисленных контактах К., — это как раз он, — с представителями одной из структур Министерства обороны и о тесном сотрудничестве К. с существовавшей нелегально безымянной группой этой же структуры, которая обеспечивала отдельные аспекты деятельности бывшего Главного управления одного из министерств РФ. Данная группа до 01.09.94 г. не входила в структуру этого управления, в ее составе были офицеры, имевшие продолжительный спецназовский опыт. Группа обладала совершенной материальной базой, не вела документирования своей деятельности, осуществляла разнообразные операции — от прикрытия определенных коммерческих и некоммерческих организаций (в том числе новозеландской золотодобывающей фирмы, скрыто принадлежащей одному из руководителей МО РФ) до запугивания и ликвидации, по заданию, неугодных лиц. Есть основания полагать, что именно этой группой осуществлена ликвидация Отари Квантришвили».

Платон и Ларри переглянулись.

— «Задача исполнителям была сформулирована так, — невозмутимо продолжал читать Федор Федорович, — акцию провести в течение месяца, при этом достичь абсолютной гарантии „зачистки“ концов. Исполнителям обеспечивалась поддержка в виде целенаправленной подачи выгодной точки зрения (компрометация объекта покушения) как непосредственно через средства массовой информации, так и через свои каналы в пресс-службах силовых структур, а также через дружественные организации, в число которых входят ведущие аналитические центры страны. Как известно, до покушения и после него проводилось грамотное масштабное активное мероприятие по дезориентированию как правоохранительных органов, так и общественности. Располагая точными и надежными данными о передвижениях объекта, было принято решение использовать стрелковую схему. Оружие было передано исполнителю через упомянутую выше безымянную группу силовой структуры в одном из занимаемых ею помещений на улице Обручева». Хватит, пожалуй?

— Сильно, — сказал Платон. — Крутой мужик. И ребята у него крутые. Нам бы таких. А, Ларри?

— Хорошо бы, — согласился Ларри. — Только в отношениях с Заводом они нам не помогут. Скорее наоборот. А так-то познакомиться было бы неплохо.

Платон встал из-за стола и потянулся.

— Ладно. На сегодня — хватит. Мне нужно подумать.

Ларри искоса посмотрел на Платона.

— Над чем думать будешь?

Платон неожиданно расхохотался, запрокинув голову:

— Над жизнью. Знаешь что? Мы их всех сделаем. Вчистую. Только немного подумать надо.

Раздумья затянулись. К вечеру третьего дня после прилета Ларри и Федора Федоровича никаких идей у Платона так и не появилось. Он сидел, запершись, в номере, непрерывно названивал по телефонам, выходил только к ужину и о делах не говорил. Но Ларри чувствовал, как что-то варится, ибо в глазах у Платона уже начинали свою пляску привычные чертики.

За ужином Платон молчал, лениво ковыряя вилкой форель. Не разговорился он и за кофе. Беседовали только Ларри и Федор Федорович — в основном на темы гастрономические. Разошлись рано. Ларри, не привыкший спать по ночам, сел за телефон. Звонков предстояло сделать много — надо было связаться с директорами, со службой безопасности, с администраторами. Кого-то разыскивали секретарши, кого-то он сам поднимал с постели, но в подавляющем большинстве люди, покорно подчиняющиеся его режиму, находились на рабочих местах и с трепетом и восторгом дожидались, не соизволит ли выйти на связь Ларри Георгиевич.

В самый разгар переговоров в дверь забарабанили. Ларри встал, воткнул сигарету в пепельницу, прошагал к двери. На пороге стоял Платон в белом махровом халате.

— До тебя не дозвонишься, — пожаловался Платон, кося глазом. — Ты с кем треплешься?

— С директорами.

Ларри вернулся к столу и без объяснений бережно положил трубку на аппарат.

— Позвони, — сказал Платон. — Пусть коньяка принесут. И фрукты. И Федора Федоровича разбуди. Пусть зайдет.

Трое в белых халатах сидели вокруг сервировочного столика на колесах.

— Я понял, — говорил Платон. — Мне с самого начала казалось, что здесь что-то не так. Теперь я точно все понял. Смотрите. Они нас просто пытаются напугать. Так, чтобы коленки затряслись. Чтобы соображать перестали. Им вовсе не деньги нужны.

Он крутанулся вокруг столика, выпил залпом рюмку, вскочил и забегал по номеру, подгоняемый внутренним напряжением.

— Во-первых! — Платон резко повернулся, захватив большими пальцами пояс халата. — Чисто по-человечески их можно понять — и директора, и папу Гришу. Им вся эта пальба вокруг нас на дух не нужна, у них всегда имелся и имеется свой и вполне нормальный заработок. То, что они меня списали, считают, что я уже никогда не вернусь, — это похоже на правду. Во-вторых! Им не хуже нас известно, сколько стоит «Инфокар». И что мы всегда можем расплатиться. Без всяких этих… курбаши… без банкротств. Не сегодня — так через полгода. Если пять станций выставить на продажу сразу, мы и половины денег не соберем. А за полгода — вполне. Если так уж приперло с деньгами, вполне могут пошерстить свою систему техобслуживания, те тряхнут мошной — и нет проблем. В-третьих! Почему папа Гриша к тебе поперся да еще этого… курбаши… с собой прихватил? Что, у «Инфокара» генерального директора нет?

— Я тоже об этом подумал, — кивнул Ларри. — Но ведь Муса в больнице…

— Ну и что! Хоть десять раз в больнице! Ты что, можешь такие решения сам принимать? Ты ведь все равно к нему побежишь, правда? Так в сто раз логичнее с ним и разговаривать. А он примет решение и тебя потом озадачит. Правильно?

Федор Федорович неожиданно встал, подошел к Платону, вгляделся ему в лицо, отошел к окну и отвернулся.

— Хорошо, — сказал Ларри. — Допустим. Что из этого следует?

Платон кивнул в спину Федору Федоровичу.

— А ты еще не понял? Федор Федорович, вы поняли?

— Понял, — глухо ответил Федор Федорович.

— Надо рассчитываться с Заводом?

— Обязательно. И чем быстрее, тем лучше.

— Мне объясни, — потребовал Ларри., — Я еще не понял.

— Они нас еще немного попугают, — сказал Платон. — В газетах шум поднимут. Счета будут наши арестовывать. А потом к тебе благодетель заявится.

— Какой еще благодетель?

— Я откуда знаю? Специально подготовленного человечка пришлют, гниду бесцветную. Он придет, когда тебя уже достанут, и скажет, будто знает, как проблему решить.

— И ты знаешь, что он скажет?

— Федор Федорович, — Платон тоже подошел к окну и обнял Эф-Эф за плечи, — Скажите ему.

Тем же бесцветным голосом Федор Федорович произнес:

— Он вам скажет, что сможет договориться… Если вы согласитесь обменять инфокаровскую долю в СНК на долги Заводу, то все уладится.

— Теперь понял? — Платон снова повернулся к Ларри. — Кто владеет СНК, тот владеет Заводом. Реально владеет! И мы, с нашими разборками, им в качестве совладельцев совсем не нужны.

— И сколько же этот человек с нас запросит за то, что он спишет долги? — задумчиво промурлыкал Ларри, выпустив одно за другим три синих кольца дыма.

— Откуда я знаю?! Тысяч сто. А вы как думаете, Федор Федорович?

Федор Федорович отошел от окна, встал напротив Ларри, помолчал немного, потом поднял голову.

— Может так случиться, что и ничего не попросит, — сказал он. — Может такое быть, Ларри Георгиевич?

Ларри посмотрел в глаза Федору Федоровичу — словно тонкая огненная ниточка на мгновение натянулась между ними и сразу же погасла.

— Может такое быть, Федор Федорович, — ласково сказал он. — Вполне такое может быть.

— Вы про что это? — нетерпеливо спросил Платон. — Я вот о чем сейчас думаю. Они ведь могли по-нормальному… Прилетел бы кто-нибудь сюда… А они… Не по-людски. Короче. Они с нами — как не знаю с кем. И мы тоже так будем. Я предлагаю сделать вот что. Долги заплатить, и немедленно. Но так, чтобы живых денег они никогда не увидели.

— Интересно, — пробормотал Ларри, продолжая о чем-то думать. — Очень интересно. Деньги отдать. Но так, чтобы не отдать. Слушай, это как же?

— Я потом скажу. — Бурлившая внутри Платона энергия будто погасла, он широко зевнул и потер лоб. — Давайте допьем и будем расходиться. Завтра вылетайте обратно. А на следующей неделе я позвоню и скажу, что надо делать.

Уже от двери он повернулся и сказал:

— Ларри, слушай, у меня к тебе просьба… Ты этого… благодетеля… когда он заявится… ты его сразу не отшивай, ты его поманежь. Пусть походит. Бумаги готовь, документы… Пусть они думают, что мы лапки подняли…

— Уж как-нибудь, — недовольно пробормотал Ларри. — А то я сам до этого не додумаюсь. Обязательно просить надо?

— Я не об этом. Просьба в другом. Когда рассчитаемся, а он еще не будет знать и придет в последний раз, возьми его за шиворот, выведи на лестницу и дай ему ботинком в жопу. Как следует. Чтобы до входной двери летел. Обещаешь?

Ларри снова поймал взгляд Федора Федоровича и кивнул:

— Обещаю. Будет лететь.

Круг

Платона, будто состоявшего из одних только острых углов и зигзагов, геометрический образ круга всегда пленял своим законченным совершенством. Он видел в круге альфу и омегу всего сущего, змею, пожирающую собственный хвост, сплющенную спираль мирового развития, незримую границу воздушной волны в первые секунды после взрыва. Самые удачные его идеи неизменно были связаны с кругом: «мельница» на заре инфокаровского бизнеса, когда ничего не созидающие веники лениво перемещались по кругу, принося фантастические дивиденды; хитроумные расчеты с таможней времен работы с льготниками...

И сейчас, когда совершалось покушение на святая святых, на проект, которому он посвятил столько времени и сил, на уже реально ощущаемую им власть над Заводом, Платон снова вернулся к идее круга, черпая в ней вдохновение.

Формально говоря, при перемещении по замкнутому контуру не совершается работа. Не расходуется энергия. Не выделяется тепло. Не растут огурцы и не воздвигаются дома. Из всех видов движения этот — самый бессмысленный. Из всех теоретических моделей эта — самая плодотворная.

Завод не зря считался флагманом отечественной экономики, хотя и существовал не благодаря, а вопреки всем постулатам экономического развития.

Его не интересовали ни законы рынка, ни предпочтения потребителей. Завод слишком долго сам был законотворцем и диктатором, чтобы вот так просто, в одночасье, измениться в эпоху рынка и нарождающегося либерализма. Белые телефоны, соединявшие в прежние времена заводскую верхушку со Старой площадью, Госпланом и Совмином, никуда не делись, они остались, сменились лишь собеседники на том конце провода. Да и то не все.

Что? Налоговая инспекция возникает? Николай, у нас проблемы с налоговой? Так... так... Ну вот что. Не умеешь решать вопросы — пошел на фиг с Завода. Понял меня?.. Иван Иванович, это я, здравия желаю... Как семья?.. Как там у вас обстановочка?.. Что вообще слышно? Тут у меня вопросик есть. Твои обнаглели совсем, лезут с проверкой, грозятся счета заблокировать. Ты же понимаешь, сколько на Заводе народу, да смежники, то-се... Рабочий класс нельзя обижать... Ты скажи своим, чтобы угомонились... Заплачу, конечно... В следующем квартале начну платить... Есть... Есть... Привет семье... Николай, пошли ты этих инспекторов сами знают куда и распорядись на проходной, чтобы больше не пускали... Решил я все... Работать надо, мил человек, работать...

И налоговики, на которых безжалостно давили и из центра, и из местной администрации, быстро понимали свое место и разве только в ногах не валялись, вымаливая хоть что-то, когда на улицы в очередной раз выкатывались толпы осатаневших пенсионеров и бюджетников и исполнительная власть, доведенная постоянными неплатежами до полного психоза, начинала метать громы и молнии.

Хоть что-то дайте! Хоть немножко! Хоть часть! Задницу прикрыть! Ведь выгонят же с работы, ей-богу выгонят!

Что-то, конечно, подкидывали. В местный бюджет старались платить побольше — все же свои. В федеральный — поменьше: Москва далеко. Во всякие фонды — да гори они огнем! Туда сколько ни плати, все равно непонятно, куда оно девается.

Пенсионному фонду Завод должен был какие-то уж совершенно немыслимые деньги. Завод считался — да и на самом деле был — градообразующим предприятием, в городе на нем работал каждый пятый. А если считать по семьям, то каждая вторая семья так или иначе кормилась вокруг Завода. Но как ни крути, а три четверти денег, уплаченных в Пенсионный фонд, из города уходили в область, но и там не задерживались — прямиком перекачивались в Москву. И так уж повелось, что четверть положенного Завод более или менее исправно отстегивал, а остальное — извини-подвинься. Неизвестно кого кормить — дураков нет. Одно время инстанции пытались наезжать, но белые телефоны исправно отрабатывали свое. Десяток-другой машин отгрузишь, куда скажут,   и все путем. Местный налоговый босс уже перестал трястись за свое кресло — удрученно вздыхая, он лишь сочинял и ежеквартально подписывал с заводским начальством сводку взаиморасчетов, в которой суммы долгов росли выше неба, да составлял очередной график погашения, зная, что он никогда не исполнится, как ни разу не исполнились все предыдущие.

Пожалуйста, заплатите налоги

...На банкете после ежегодного собрания трудового коллектива налоговый босс, приглашенный наравне с иным начальством, дождался, когда произнесут официальные тосты, когда наступит долгожданная расслабуха, и затем, скромно подойдя к директору, промямлил:

— Тут дело такое… Задолженность… Поговорить бы надо…

— Господи, — расстроился директор, — нашел время! Завтра приходи.

— У меня есть одна идея, — не отставал налоговик. — Я тут в газете прочел. Можно весь долг погасить сразу. Или частями. Как скажете. Главное, что без денег…

— Без денег? — директор заинтересовался. — Это как же?

— Выдайте мне векселя. Хотите — на всю сумму. Хотите — на часть. Я их приму в оплату долга. И пусть лежат. Вам это не будет ничего стоить, а у меня… ну, дыра-то… она и прикроется…

— Ага! — иронично сказал директор. — А больше ты ничего не хочешь? Я тебе векселя, ты их завтра продашь, а послезавтра ко мне судебный исполнитель придет. Умнее ничего не мог придумать?

— Да кто ж к вам придет? — налоговик даже расхохотался. — Кто же к вам сунется? А и попадет этот вексель к кому-нибудь, так что? Учтете его за десять процентов, да с выплатой в рублях, да без интереса, да в течение пяти лет. Впрочем, что я вам рассказываю? Вы же с поставщиками так и рассчитываетесь. Разве нет?

Директор призадумался. Налоговик говорил правду. И хотя на Пенсионный фонд директор давно махнул рукой, но что-то все-таки внутри подныло: не может ведь эта лафа длиться вечно, когда-нибудь да обломится. Может, и вправду лучше рассчитаться одним махом? Здесь все же не шутка — бюджет! налоговое законодательство! — а с векселями свой брат производственник или коммерсант придет, с ними понятно, как разговаривать.

И директор принял решение.

— Заходи завтра. В десять, — сказал он. — Потолкуем.

Назавтра договорились так. Заводские финансисты подсказали директору, что долго держать векселя в Пенсионном фонде негоже: долг — он и в Африке долг. Правильно будет, если налоговик от этих векселей избавится — и чем быстрее, тем лучше. Хотелось бы, конечно, знать, кому он их будет продавать.

— А у меня есть еще одна идея, — неожиданно сказал налоговик. — Я векселя вообще продавать не буду. Я их вложу.

— Куда ты их вложишь, дурья башка? — ласково поинтересовался директор. — Это тебе ваучер, что ли?

— Найду куда, — загадочно сказал налоговик. — В прибыльные предприятия. В уставный капитал. А дивидендами потом долг покрою. Вот так. Вот таким вот мягким шанкром.

— Ну-ну! А потом твои предприятия ко мне с векселями припрутся?

— А я не в любое вкладывать буду, — не сдавался налоговик. — Я буду только в такое вкладывать, где ваше участие есть. Где у вас доля. Списочек дадите?

Директор только руками развел.

— Ну шельма! Ну здоров ты, братец! Эй! Дайте ему полный перечень наших «дочек»! Пусть работает. Но смотри, ежели хоть один вексель на сторону уйдет, отвезу в лес — и голым задом на муравейник!

Когда налоговик уже уходил, директор окликнул его:

— Закончишь эту историю, бросай все, иди к нам на Завод. Хватит тебе в мытарях маяться. Найду тебе место. И с зарплатой не обижу. Будешь доволен.

Сделка века

— Так, — сказал Платон, не дослушав до конца, — все это никуда не годится, ни к черту не годится…

— Почему? — обиделся Ларри.

— Потому что очень медленно. Ты не понимаешь… У нас осталось тридцать два дня. Ты это понимаешь?

— Успеем.

— Ни хрена не успеем! Мы уже опаздываем. Ты письма разослал?

Ларри начал злиться.

— Я только что вернулся. Меня неделю не было. Когда я их должен был рассылать?

— Не знаю! Мне плевать! Все, хватит с меня! Сегодня же вылетаю…

— Погоди! — закричал Ларри в трубку, окончательно рассвирепев. — Ты что, совсем рехнулся? Заболел, что ли? Куда ты собрался вылетать? Забыл уже, как мы тебя вытаскивали? Говори быстро, что надо делать, и не зли меня. Идиот!

— Сам идиот! Кретин!

В трубке наступило молчание. Оба тяжело дышали.

— Ладно, — миролюбиво сказал Ларри. — Покричали — и будет. Говори, что делать.

— Значит, так. — Платон тоже сбавил тон. — Прости, пожалуйста. Я тут весь на нервах. Не знаю даже... В общем, слушай. Срочно рассылай всем нашим акционерам письма. Надо бы, конечно, по-другому, но сейчас уже не успеем. У тебя сколько процентов в «Инфокаре»?

— Два.

— Так. И у меня шесть. Два да шесть... Класс! Сделай письмо только от меня. Мария изобразит подпись. Письмо такое будет — я хочу продать все свои акции, все шесть процентов. И предлагаю акционерам купить. Цену такую поставь...

— Шестьдесят миллионов?

— Да ты что! Они сразу сообразят! Поставь так: один процент — сто тысяч. Всего шестьсот тысяч. Этого должно хватить. Ну как?

— Здорово, — искренне сказал Ларри. — Здорово. Знаешь что?

— Что?

— Давай по сто пятьдесят поставим. Всего будет девятьсот штук. Мне шестерки в итоговой сумме не нравятся. Могут связать с нашим долгом.

— Все! Договорились! По сто пятьдесят. Ладно. Теперь расскажи. Что там у нас?

А у нас в квартире газ. Как Платон и предсказывал, началась кампания в прессе.

Она стартовала в заводской многотиражке с письма, как водится, рабочего малярного цеха, потом была подхвачена местной прессой, дружно, как лесной пожар, прошла по области и перекинулась в центральную печать. «Инфокар»! Приют бандитов и мошенников! Фотографии роскошных иномарок и интерьеров клуба.

Фотографии Платона. Анфас и в профиль. С подсветкой снизу, отчего его лицо приобретало зловеще-потусторонний вид. Австрийский полицейский с автоматом наперевес на фоне разбитой машины Терьяна. Разнесенная очередями стеклянная дверь «Балчуга» и скорчившаяся фигура Пети Кирсанова. Снимок танка, расстрелявшего полковника Беленького. Сгоревший дом на Оке. Обведенный мелом абрис на асфальте во дворе дома на Кутузовском. Лицо Марка Цейтлина, белое, вытянувшееся, с черной дыркой точно в центре залитого кровью лба.

Астрономические цифры долгов перед Заводом. Интервью с директором — осторожное, дипломатичное — да, есть долги, да, страна катится в пропасть, только реальная экономика, только производство, мы не дадим загубить гигант отечественной индустрии, мы предъявим векселя день в день. Да, это мы в том числе создавали «Инфокар». Да, мы возлагали на него определенные надежды. Но не мы для него, а он для нас. И мы будем непреклонны. Как с СНК? Мы понимаем всю трудность положения. Сейчас, когда «Инфокар» явно не в состоянии исполнять свои обязательства, мы примем всю ответственность за СНК на себя. Деньги вкладчиков будут в полной безопасности.

Не бойся друзей…

— Ну вот, — сказал Платон. — Вот он и проговорился. Ответственность на себя возьмет. Ларри…

— Да?

— Я тебя прошу… Не надо… Ладно? Они свою шкуру спасают. Это ведь мы знаем, что выкрутимся. А они — нет… Ладно? Слушай…

— Что?

— Благодетель был?

— Нет еще. Рано. Я так думаю — вот-вот должен быть.

— Скажешь — кто?

— Скажу, — ответил Ларри после долгой паузы. — Потом скажу. Знаешь что?

— Что?

— Я думаю — ты его не знаешь.

— Да?

— Угу.

— Ну ладно. Обнимаю тебя.

Эф-Эф уходит

Федор Федорович и так был нечастым гостем на Метростроевской, а после закрытия центрального офиса вообще перестал там появляться. Тем неожиданнее было для Ленки, когда, выскочив из бывшего сысоевского кабинета, она увидела Федора Федоровича — он незаметно сидел в кресле под запылившейся пальмой. За последние недели Эф-Эф сильно похудел, даже как-то сдал, и на обычно гладком, даже зимой загорелом лице его отчетливо выступили глубокие морщины.

Федор Федорович сидел, повесив голову, и смотрел в пол. Ленка оглянулась на захлопнувшуюся дверь, подошла и осторожно положила руку ему на плечо.

— Что-то случилось?

Эф-Эф поднял глаза, посмотрел на Ленку и потерся щекой о ее руку. Щека была холодной и небритой. Потом снова молча уставился в пол.

Ленка присела перед ним на корточки.

— Ты… вы себя плохо чувствуете? Принести что-нибудь?

— Нет, — через силу сказал Федор Федорович. — Я Ларри жду. Просто чуть раньше пришел.

— Но все-таки? Что случилось?

Федор Федорович тоже покосился на дверь.

— Говорю же — ничего. Не дергайся. И встань, а то Мария выглянет — неловко будет. Мы же договаривались — не афишировать.

— Ты мне можешь сказать?

— Я и говорю — ничего не случилось. Просто я собрался уходить. Вот решил поговорить с Ларри. Сама понимаешь — это непросто. Все же столько лет…

— И когда же ты это решил?

Федор Федорович пожал плечами.

— Неделю назад… дней десять.

— После того, как слетал к Платону? Я тогда сразу заметила неладное. У вас что-то не сложилось?

— У нас сложилось, — пробормотал Федор Федорович, вставая и отходя от пальмы. — Встань, пожалуйста, прошу тебя. Это у вас здесь не очень сложилось.

— Можешь объяснить, что произошло?

Федор Федорович смотрел куда-то мимо Ленки. Она обернулась и увидела, что за ее спиной стоит Ларри, неслышно возникший в дверном проеме.

— Здорово, Федор Федорович, — радушно произнес Ларри. — Я не опоздал? Лена, ты нам чайку сделай.

Он окинул ее цепким взглядом чуть сузившихся желтых глаз, как бы спрашивая: а что это ты делаешь не на своем рабочем месте и что вы вдвоем можете обсуждать? Ленка поняла — Ларри слышал ее последнюю фразу и отметил, что с Федором Федоровичем она на «ты». Хотя для него это вряд ли было тайной.

В кабинете Ларри сразу же начал шуршать бумагами, перекладывать авторучки и портсигары, что-то бурча себе под нос. Федор Федорович воспользовался затянувшейся паузой, подошел к стене и стал рассматривать набор холодного оружия, который недавно подарили Ларри. Коллекция размещалась на двух огромных полукруглых держалках. Там были шпаги, сабли, эспадроны. Кинжалы и ятаганы. Секиры, палицы и боевые топоры. Один из топоров привлек внимание Федора Федоровича, и он аккуратно извлек его. У топора была длинная черная костяная ручка, украшенная полустершейся резьбой. Узкое вытянутое топорище переходило в стальной штырь с квадратным сечением.

— Это персидский, — сообщил Ларри. — Хорошая штука. Можно рубить. А можно просто долбать по голове. Вот эта хрень с той стороны череп насквозь прошибает. Давайте покажу.

Он взял у Федора Федоровича топор и без видимых усилий опустил его на край черного полированного стола. Стальной штырь исчез под поверхностью. По столу зазмеилась длинная трещина.

Ларри пошевелил рукой, и штырь снова показался на свет.

— Удобная вещь. Если шпагой ткнуть или кинжалом, то часто застревают — приходится с силой вытаскивать. Время теряется. То же и сабля. Застревает в человеке. А это — нет. Входит, как в воду, и выходит так же.

— Стол-то зачем уродовать? — неодобрительно спросил Федор Федорович.

Ларри махнул рукой.

— Старье! Это все скоро пойдет на помойку. Сейчас разберемся с Заводом, начнем новую жизнь. Другой стол купим. Так о чем вы хотели поговорить?

Федор Федорович сел за изуродованный стол и отхлебнул чаю.

— Я, Ларри, собрался уйти. Вот об этом и хотел поговорить.

Ларри помолчал.

Потом искоса взглянул на Федора Федоровича.

— А чего же говорить-то? Собрались — и собрались. Нам что-то решить надо? С машиной? С квартирой у вас вроде бы все в порядке.

— Это вы зря. Мы же друг друга не первый год знаем. И вы прекрасно понимаете, в чем дело. Правда ведь?

Ларри подумал и кивнул.

— Пожалуй. Я только вот что не понимаю. Почему вы со мной переговорить решили? Вы что, хотите меня от чего-то отговорить? Или просто свой гуманизм продемонстрировать? Ничего, что я так прямо?

— Сколько-то времени назад, — медленно сказал Федор Федорович, — ко мне пришел Сережа Терьян. Посоветоваться. Он, как человек интуитивный, с первого дня что-то такое почуял и встревожился. И вопрос мне задал — странный. Не знаю ли я, что ему не нравится.

— А вы ему что сказали?

— Сказал, что прекрасно знаю. Ему не нравится, что ваша замечательная дружная компания тоже подчиняется законам природы и общества. И вы можете друг друга любить, уважать и как угодно облизывать, но будет все, как в книгах написано. Я ему даже предложил тогда рассказать, чем все закончится.

— А он что?

— Он, по-моему, испугался. Сообразил, что ничего хорошего не услышит. И сказал, что не надо. Я потом много раз думал о том, что не испугайся он — может, и жив остался бы.

— Так вы и сейчас знаете, чем все закончится? — спросил Ларри. — Может, мне скажете?

Федор Федорович пожал плечами.

— Вы прекрасно понимаете, о чем речь, не правда ли? Мы-то с вами можем не лукавить.

— Вы знаете, что я собираюсь делать?

— Знаю.

— И вы, конечно, с этим не согласны?

— А вот этого я не говорил. Платон Михайлович должен вернуться в Москву. И его безопасность должна быть гарантирована на сто процентов. Здесь у нас с вами полное единодушие.

— Это хорошо, — признал Ларри и с шумом выпустил дым. — Это хорошо, что у нас единодушие. А как вы себе представляете стопроцентную безопасность? Вы же специалист, должны понимать, что она не охраной обеспечивается. Безопасность есть тогда, когда каждый индюк и подумать не смеет, чтобы выкинуть что-нибудь этакое. Когда только за одну такую мысль голову откручивают. Вы там про законы общества что-то говорили? Не так ли?

— Предположим.

— Да не предположим, а только так. Есть только один путь. И вам он известен. Напал — получи. Украл — получи. Предал — получи вдвойне. Иначе будут и предавать, и нападать. И воровать будут. И здесь никакой меры быть не должно. Кроме высшей. Вы не забыли, в какой мы стране живем? У нас, если не будут бояться, завтра же начнут о тебя ноги вытирать. Что, не согласны?

Федор Федорович невесело улыбнулся.

— Как я могу быть не согласен? Я это тоже проходил. Школа известная. Мне просто не хочется присутствовать при том, что должно произойти. С неизбежностью должно произойти, поймите меня. Я не про эту историю — с Фрэнком или с Корецким. Я про СНК. Мы ведь знаем, кто придет с предложением, правда? Но главное даже не в этом — я не хочу быть свидетелем того, что случится, когда вы наконец-то всех победите…

— А вы не сомневаетесь, что мы победим?

— Нет конечно! Победите и возвыситесь, как никогда ранее. Вот поэтому я и хотел бы отойти в сторону.

— Ха! — улыбнулся Ларри. — Не рано ли, сегодня-то? Нам еще драться и драться.

— Не рано. Самый раз. Потом ведь как будет: кто не с нами, тот — что?

— Правильно. Тот против.

— Вот именно.

— Ладно, — сказал Ларри, улыбаясь еще шире. — Будем считать, что поговорили. Так у вас просьба есть? Слушаю.

— А вы не догадываетесь?

— Как не догадываться! О таком деле люди никогда прямо не говорят. Виляют вокруг да около и глаза прячут. Вы пришли просить меня, чтобы я простил предателя. А вы бы простили? Если бы вы были на моем месте, а не собрались уходить?

— Нет, не простил бы. Я бы его выгнал, с позором…

— Ага! Из партии исключили бы, — кивнул Ларри. — Квартальную премию не выдали бы. Осудили бы на профсоюзном собрании. — Он перестал гипнотизировать Федора Федоровича взглядом, откинулся в кресле и уставился в потолок. — Удивляюсь я вам, Федор Федорович, — произнес Ларри, и в речи его отчетливо прорезался акцент. — Очень удивляюсь. Вы — человек тертый, такую школу прошли… С нами познакомились, когда мы еще пацанами были. Учили нас всему. Я вас очень уважал. И сейчас уважаю. Но вы себя ведете… как сказать… словно профессор какой-то… словно умник… Вы поймите. Мы с Заводом были партнеры. На равных. У них производство, у Платона мозги. Гениальные мозги. На сто заводов хватит. А теперь у нас непонимание получилось. Они хотят нас вышвырнуть. Как щенков. Мы такое можем позволить? Никак не можем. Что мы должны делать? Мы должны из равного партнера стать старшим. Чтобы им такие глупые мысли больше в голову не приходили. Чтобы ни один идиотский дурак и помыслить не мог без нас что-то делать. Вы задачу понимаете? Вы скажите честно, понимаете или нет? И что — если мы тут будем… общественные порицания выносить — мы эту задачу решим? Нет, не решим. А когда мы решим эту задачу? Когда меры будут — адекватными. Нельзя гвоздь веником забивать.

— Вы считаете, что в данном случае адекватны только крайние меры?

— Не считаю, дорогой. Уверен.

— И все-таки. Давайте так… Мне вам возражать трудно. Как я уже сказал, школа у меня хорошая. Я вас только попросить хочу… Если будет хоть какая-то возможность, хоть минимальная… Дайте ему шанс.

Ларри задумался надолго. Потом сказал:

— Не могу обещать, Федор Федорович. Если обещаю, буду все время думать — есть возможность, нет возможности. Так нельзя. Давайте я вам другое обещаю. Если он — пусть в самый последний момент — передумает и не придет, пусть будет по-вашему. Хотя это и неправильно.

— Спасибо. — Федор Федорович с трудом поднялся. — Ну что ж, будем прощаться?

— Погоди! — Ларри развел руками. — Так не делают!

Он пошарил в ящике стола и достал тяжелую деревянную коробку.

— Это вам.

Федор Федорович открыл коробку. В ней лежал хронометр в золотом корпусе и на массивной золотой цепи. На корпусе видна была гравировка. Он поднес подарок к свету и прочитал: «Дорогому Федору Федоровичу на добрую память. Л. Теишвили».

— А как вы догадались, что я ухожу? — не удержался он от вопроса.

Ларри расхохотался.

— Никак не догадался, дорогой. Мы же друзья. Я был во Франции, иду по улице, смотрю — красивые часы. Дай, думаю, куплю для Федора Федоровича. Купил, потом в Москве надпись сделали. Все искал случай, чтобы подарить.

— Спасибо, — сказал растроганный Федор Федорович. — Ну что же, я вам желаю…

Ларри задержал его руку в своей и вкрадчиво произнес:

— А вы не могли бы мне одолжение сделать? Большое одолжение.

— Какое?

— Помните, когда мы у Платона встречались, вы одну бумажку зачитывали? Там все так непонятно… Неизвестная группа, то-се…

— Помню конечно.

— Выведите меня на этих ребят. С улицы Обручева. А то мы Платона долго в Москву не привезем. А?

Круг замыкается

— Ну? — нетерпеливо спросил Платон. — Как он?

— В порядке, — ответил Ларри. — В полном порядке. Классный мужик. Только жадный очень.

— Объясни.

— Пожалуйста. Я его там, на месте, так обхаживал, так обхаживал… «Мерседес» подарил. В ресторан каждый день водил. В Крым на своем самолете повез, чуть не целый этаж снял в Ялте. Девочек каждый час менял. Мадерой поил. Коньяком. На теплоходе катал. Короче…

— Ну, а он?

— Понимаешь, сперва вроде все понял. Вернулись, наш друг сразу — к директору, начал впаривать ему про векселя…

— И что директор?

— Клюнул. Не сразу, взял день на раздумье. А потом наш друг взял и выкатил ему про инвестиции в дочерние предприятия. Тут все решилось в момент. Ты — гений.

— Так. Дальше!

— Туда-сюда, выдал ему директор список «дочек». Финуправление за три дня векселя оформило.

— На какую сумму?

— Тут вот заминка вышла. На пятьдесят восемь.

— Это что значит?

— Я посчитал… Нам полутора лимонов не хватает.

— Так… Понял. Дальше что?

— Дальше он ко мне подкатывается с этими векселями и начинает ваньку валять. Туда-сюда, да не много ли будет, да хорошо бы распылить… В общем, тянет резину.

— А что ты?

— Я у него прямо и спрашиваю — сколько надо?

— А он?

— Мялся, жался, бледнел-краснел, мекал, блеял… Потом говорит — сто тысяч наличными и квартиру в Москве, на Сивцевом.

— А ты что?

— Дал двадцать тысяч, остальное — после подписи, и послал к нашим. По недвижимости. Короче, еще тысяч в триста пятьдесят нам эта операция влетит. Как думаешь?

— Годится! Делаем! А как господа акционеры отреагировали?

— Не поверишь! Как по писаному. Я только факсы с твоим письмом разослал, так сразу же и ответы пошли. И от Завода, и лично от товарища директора, и от папы Гриши. Все как под копирку. Дескать, спасибо за предложение, в приобретении акций не заинтересованы, делайте с ними, что хотите. Хоть на помойку выбрасывайте.

— Так. Нормально. Когда он подпишет?

— У тебя есть что налить? Есть? Ну так наливай. Уже подписал. Час назад.

— Отлично. Отлично. Еще есть что-нибудь?

— А как же! Где полтора лимона взять?

— Сейчас… сейчас… погоди… Знаешь что? Позвони Гольдину. Скажи ему — пусть достанет полтора миллиона на месяц. На любых условиях. И оформи с ним кредит. Скажи — я прошу. Ладно?

— Он сейчас выкобениваться начнет…

— Тогда гони его в три шеи! Он что-нибудь вообще делает? На наших оборотах бабки стрижет! Пусть оторвет задницу от стула и хоть чем-то поможет. А иначе пусть катится в свой Урюпинск — или откуда мы его там вытащили. Так ему и передай. И чтобы завтра деньги были. Но на Завод их пока не переводи. В последнюю очередь. Понял? Благодетель был?

— Пока не было.

— Будет. Обязательно будет. Знаешь что... Можешь сейчас поехать на Завод?

— Зачем?

— Поваляйся в ногах. Попроси переписать векселя. Пообещай золотые горы. Пусть думают, что мы в заднице. Съездишь?

— Ладно. На один день.

— А больше и не надо. Договорились?

— Договорились.

— Все, обнимаю тебя.

Карты на столе

Ларри как раз ехал на работу, когда охрана сообщила ему, что несколько минут назад в офисе появился Муса. Не заходя к себе, Ларри сразу же направился в бывший платоновский кабинет. Муса встретил его у порога. За проведенное в больнице время он сильно сдал. Салатового цвета пиджак болтался на нем, как на вешалке, из воротничка рубашки трогательно торчала цыплячья шея, но черные усы, как и прежде, победоносно топорщились.

У порога кабинета они обнялись.

— Как ты? — спросил Ларри, заметив прислоненную к столу палку. — Все еще с подпоркой ходишь?

— Да нет, — ответил Муса. — Это так... Врачи требуют, черт бы их побрал! Говорят, еще месяц надо ее таскать.

— А чего приехал?

— Достали они меня там. Не поверишь — каждые полчаса пристают. То температуру меряют, то на массаж гоняют. Магниты какие-то на шею наклеивают.

Муса отвернул воротник рубашки и показал Ларри пластырь, сквозь который проступали контуры маленьких черных колец.

— После обеда самое время вздремнуть — так нет, они придумали физиотерапию. Токи какие-то через меня пропускают. В общем, ужас. Одно хорошо — сестрички там нормальные. Уколы на ночь приходят делать, а сами — в одних халатиках. Сперва мне не до сестричек было, потом присмотрелся — ну, думаю, жизнь продолжается. Правда, есть проблема — палаты изнутри не запираются. Но я приспособился — укол получу, полежу минут десять и тихонько шлепаю в ординаторскую. Там полный порядок.

— Что — девочки одни и те же?

— Да нет. Туда мединститут на практику ходит. Чтобы всех перепробовать, года не хватит. А вообще — осточертело валяться. Лежишь, как в могиле. Никто не звонит. Как будто умер.

Чуть припадая на правую ногу, Муса прошел к своему креслу и сел. Ларри опустился в такое же кресло напротив. Дожидаясь, пока принесут чай, они молча рассматривали друг друга.

— А ты похудел, — подвел итог наблюдениям Ларри.

— А ты постарел, — в тон ему ответил Муса. — Мне это кажется или на самом деле… Вроде у тебя цвет волос поменялся. Что, тяжело?

Ларри рассеянно провел рукой по волосам.

— Правда? Не обращал внимания. Досталось, конечно. Ты ведь про наши дела знаешь?

— Знаю.

— Ты когда улегся? Сразу же после взрыва в банке?

— Да. Можешь подробно рассказать? А то у меня там телевизор арестовали, чтобы не волновался, потом газеты запретили… По телефону много не узнаешь.

— Сразу после взрыва в банке принялись разбираться, — неохотно начал Ларри. — Стали смотреть документы. Обнаружили два банковских векселя — их Петя купил. Нашли договор с банком. Векселя и договор у Пети в сейфе лежали. Короче, это банк таганских. Про Фрэнка Эл Капоне слышал?

— Это в Чикаго, что ли?

— Если бы! В Москве… Знаешь, кто у него в банке верховодит? Ни за что не догадаешься. Помнишь Вику?

— Какую?

— Да из Института. Ну ту самую. Так вот — в этот банк ее первый муж перебрался, Корецкий, прямо из кремлевской службы. Он там музыку и заказывает.

— Не может быть!

— Как видишь, может. Корецкий хотел нас кинуть на три миллиона, но не успел. Сейчас мы у него все заблокировали, в последний момент остановили перевод на Кипр. Деньги висят на корсчете.

— Так Петю — это они?

Ларри кивнул.

— Очень спешили. Боялись, что кто-нибудь лишний этот договор увидит. Вызвали Петю в «Балчуг», через мартышку, и там грохнули. Потом банк взорвали, чтобы платежки никому на глаза не попались.

— Кто это раскрутил?

— Платон. Мы потом с Фрэнком встречались. Тут-то и началось.

— А Сысоев здесь с какого боку?

— Ни с какого, — неохотно ответил Ларри. — Это до встречи с Фрэнком было. В общем, стали смотреть договор, а там сысоевская виза. Мы же еще ничего не знали… Стали разговаривать. Как понимаешь, все на нервах… Ну и поговорили.

— Так он… сам?

Ларри снова кивнул. Муса с усилием встал, подошел к окну и отвернулся, глядя на сгущающиеся сумерки. Потом вернулся на место. Глаза у него блестели.

— Нервы никуда стали, — пожаловался он. — Скоро как покойный Леонид Ильич буду. Ну, давай дальше.

— А дальше так. Дали Фрэнку три дня. Чтобы вернул деньги. Объяснили кое-что. Клуб закрыли. Офис закрыли. Стали готовиться. Через три дня Платон должен был ехать в прокуратуру.

— Так.

— А потом, — преодолевая какое-то внутреннее сопротивление, продолжил Ларри, — вообще непонятно что получилось. До сих пор не пойму, как это вышло. Мы Платона спрятали. Знаешь как? Так, что даже я не знал, где он. А они его вычислили. Вот до сих пор не пойму — хоть убей. И подослали снайпера. Подвинь бумажку. Смотри… Вот дом, вот подъезд. Это, напротив, детский сад. На ремонте. Вот в этом окне — точно напротив — поставили снайпера. Улавливаешь? Я Платона потом сто раз спрашивал — кто мог знать о его логове?

— А он?

— Клянется, что никому не говорил. Похоже на правду. Там одна из девочек Марии живет, он у нее и отлеживался. Адрес только Мария знала.

— Может, она?

— Не знаю. Молчит, плачет. Она после этого случая сама чуть в психушку не угодила. До сих пор вся зеленая ходит. Девочку эту мои ребята потом потрясли… Тоже вроде бы никому ничего… А тут еще вот что. Знаешь, почему Платон уцелел?

— Ну?

— Только он вышел из подъезда — ему навстречу Марик Цейтлин. Тетка у него там живет рядышком, он ее навещал. Прикатил на «мерседесе». А за Платоном я прислал хлебный фургон. Они поговорили минуты две. Марк пошел к «мерседесу», а Платон отстал буквально на пару шагов. Шнурок у него, видишь ли, развязался. Короче, Марк его пулю и схлопотал. Мы Платона тут же в самолет — и за границу.

— Как он там?

— Нормально.

— А что за взрывы потом были?

— Обычное дело. Снайпер же отрапортовался. Они поняли, что дело сделано, и начали крушить направо и налево. Потом уже, из милицейских сводок, узнали, что завалили не того, и притихли. Сообразили, что Платон жив и теперь на них охота начнется.

— А сейчас как?

— Да так же. Фрэнк в Израиль смотался. Отсиживается там. Этот самый Корецкий — в Москве. С ним восемь человек ходят. Двое сзади, двое спереди, по бокам тоже. Так что его только авиабомбой можно взять, точечным ударом. Ну, понятное дело, пока он здесь, Платону в Москве делать нечего.

— Да... — сказал Муса. — Сколько меня не было? Месяца три? Будто Мамай прошел... Еще расскажи что-нибудь.

— Остальное как обычно, — скучным голосом сообщил Ларри. — Бизнес идет понемногу. Обороты здорово упали. А так все ничего.

Муса помолчал, словно собираясь с мыслями.

— На Заводе что слышно? — спросил он.

— Там все нормально. Работают, план выполняют. Были слухи, что кое-кто хотел остановить главный конвейер. Но потом обошлось. В общем — нормально.

— У нас сейчас сколько заводских машин?

— Немного. Тысяч пять.

— А следующая поставка когда?

— Послушай, — взъерошив усы, сказал Ларри, — ну что ты все о делах да о Заводе? Тебя лечат — и пусть лечат. Ни о чем не думай. У нас все нормально. И у Платона все хорошо. На Заводе полный порядок. Хочешь, я еще чаю закажу?

Но Муса, непонятно почему защитившийся на заводской теме, не отставал.

— Нет, ты мне скажи... Следующая поставка когда?

— Вот человек, ей-богу... Далась тебе эта поставка! Не помню. Через месяц, может, через два. Чаю хочешь?

— Не хочу!

На этот раз Муса молчал долго. Так долго, что Ларри уже приподнялся, собираясь уходить. На лице его было странное выражение — словно тяжелая ноша неожиданно свалилась с плеч и он смог наконец перевести дух.

— Ну не знаю, — выдавил Муса, заметив движение Ларри. — Что, с Заводом нет никаких проблем?

Ларри снова сел в кресло и медленно помотал головой, будто разминая шейные позвонки. Он поднес к глазам руку и начал пристально разглядывать покрывающий ее узор из веснушек.

— Нет, — сказал наконец Ларри. — С Заводом проблем нет.

Муса взвился, как бешеный. Все-таки темперамент есть штука трудноизлечимая, даже микроинсульт и больничный режим ничего не могут изменить. Скорее наоборот... В самых горячих выражениях Муса напомнил Ларри, кто в «Инфокаре» генеральный директор, потом остыл, извинился, подошел к другу, обнял его и, хромая, вернулся к своему креслу.

— Бережешь меня, — откашлявшись, пожаловался он. — На инвалидность перевел...

— Если хочешь знать, то берегу, — сознался Ларри, прикрыв глаза. На лбу у него выступили бисеринки пота — в кабинете было жарко. — И сам берегу — как друга, — и одному человеку обещал... Федору Федоровичу... Что буду тебя беречь. Может, не надо про Завод?

— Надо, — решительно ответил Муса. — Рассказывай.

— Послушай, — сказал Ларри, — что мы зря собачимся? Ты же у меня про «Даймлер» не спрашиваешь. Про «Вольво» не спрашиваешь. Про недвижимость, про нефть, про банк тоже не спрашиваешь. Раз тебя Завод так интересует — значит, ты про него уже знаешь. Так? Газеты видел?

— Видел, видел. Ну так что?

— Хорошо, — согласился Ларри, и глаза его загорелись зеленым светом. — Они там ошалели совсем. Мы им деньги должны. Не так чтобы очень... Приблизительно шестьдесят лимонов. Плюс-минус два. Сперва они отгрузку остановили. Я подписал векселя. Потом скидку сняли. Ну, с этим я управился. Потом прислали сюда комиссию — остатки машин арестовывать. Я их выгнал. Потом еще воспитывать приезжали, папа Гриша приезжал. Требуют деньги. Просто офонарели. Газеты подключили. Вот так.

— А чем отдавать — есть?

— А чем отдавать — нет.

— Совсем?

— Не совсем. Можно продать несколько станций. Можно взять кредит под нефть. Много чего можно. Только на это время нужно. Минимум три месяца. А они давят. Векселя истекают через двадцать дней.

— А за двадцать дней станции продать нельзя?

— Почему нельзя? Все можно. За день можно продать. Вопрос — сколько за них дадут. Теперь же все газет начитались. Станция стоит шесть миллионов — за нее пятьдесят тысяч предлагают. Идиотом надо быть, чтобы на таких условиях продавать.

— И что ты думаешь?

Ларри пожал плечами.

— Надо договариваться. Я другого выхода не вижу. Мы этот бизнес годами создавали. Не для того же, чтобы на ветер пустить.

— Я понял, — сказал Муса. — У Платона есть идеи?

— Какие! — Ларри махнул рукой. — Он там. Мы здесь. Был бы Платон здесь — что-нибудь придумал бы. Пока идея только одна. Просить отсрочку месяца на три. Переписать векселя. Объяснить.

— А если они не согласятся? — Муса напряженно задумался. — Знаешь что? Я сейчас еду обратно в больницу. Если мне понадобится найти тебя завтра, ты где будешь — в Москве?

— В Москве. Звони по мобильному.

— Может, у меня какая-нибудь мысль и появится…

— Обязательно появится, — сказал Ларри. — Звони.

Оба поднялись. Муса подошел к Ларри и обнял его.

— Досталось тебе. Ну ладно. Я попробую что-нибудь придумать.

Выйдя из кабинета, Ларри постоял немного в приемной, подумал, достал из кармана расческу, коснулся соломенных, тронутых ранней сединой волос, спрятал расческу и провел правой рукой по плечам. Словно отряхнулся.

Карты открыты

Назавтра Муса позвонил около полудня и сказал:

— Я знаю, что надо делать. Только это не телефонный разговор. Хочешь, я подъеду сейчас? Или сам приезжай. Ну как?

— Давай я приеду, — легко согласился Ларри. — Я ведь у тебя так ни разу и не был. Пропуск на машину сможешь заказать?

Через час Ларри уже входил в главный корпус больницы. Муса лежал на четвертом этаже, в правительственном люксе, где когда-то генсек Черненко успел перед смертью проголосовать за нерушимый блок коммунистов и беспартийных.

Теперь, вследствие нагрянувшей коммерциализации, в люкс укладывали тех, кто мог позволить себе заплатить триста пятьдесят зеленых за проведенный в клинике день. Несмотря на близость финансового коллапса, «Инфокар» такими деньгами располагал.

У входной двери на диванчике сидел личный охранник Мусы. Увидев Ларри, он вскочил и вытянулся в струнку. Ларри небрежно кивнул стражу и открыл дверь в палату. Охранник странно хрюкнул, будто попытался что-то сказать, но передумал.

В палате никого не было. На столике красовалась откупоренная бутылка шампанского, рядом стояли два недопитых бокала и лежало надкушенное яблоко.

Сквозь закрытую дверь второй — дальней — комнаты доносился писк мобильного телефона, заглушаемый звуками совершенно определенного происхождения.

Ларри ухмыльнулся, распахнул дверцы серванта, достал еще один фужер и хрустальный поднос. Налил себе шампанского, поставил все три фужера на поднос, положил рядом яблоко и ударом ноги распахнул дверь в дальнюю комнату.

Надрывающийся мобильный телефон, прикрытый сброшенным на пол белоснежным медицинским халатом, валялся недалеко от кровати. Хозяйка халата, единственной одеждой которой был свисающий с плеча бюстгальтер, ритмично двигалась, обхватив бедрами лежащего на спине Мусу. В ее правой руке находилась груша, которую она сжимала в такт движениям. Резиновая трубка соединяла грушу с черной повязкой на левой руке Мусы. По-видимому, шел процесс измерения давления.

Ларри поставил поднос на пол, поднял телефон и, подойдя к окну, нажал кнопку приема.

— Муса Самсонович, — сказала трубка, — к вам Ларри...

— Ладно, — буркнул Ларри, — сейчас передам.

Он прошел к креслу, стоявшему у изголовья кровати, и безмятежно уселся.

Через полминуты медсестра, случайно открыв глаза, заметила его и застыла с разинутым ртом.

— Как давление? — озабоченно спросил Ларри. — Не зашкаливает?

Муса повернул голову, увидел Ларри и широко улыбнулся.

— Как ты быстро! Я тебя раньше, чем через полчаса, и не ждал. Леля, — обратился он к сестре, — ты иди пока, нам поговорить надо.

Леля свирепо фыркнула и, натянув на себя простыню, соскочила с Мусы на пол.

— Это ты зря, — определил Ларри, окинув взором обнажившуюся фигуру Мусы. — Такие процедуры нельзя преждевременно заканчивать. Могут исказиться медицинские показания.

— Ладно, — сказал Муса, садясь на кровати. — Меня эти процедуры уже доконали. Я тебе вчера говорил. Лелечка! Не обижайся. Это старый друг. Познакомься.

Лелечка прошуршала за спиной Ларри халатом и возникла в поле зрения уже одетая.

— Леля, — представилась она, протягивая ладошку.

Ларри встал и поклонился, уважительно пожимая руку дамы.

— Ларри. Окажите нам уважение, побудьте еще минуту в нашем обществе. Я ваше шампанское принес. Выпейте с нами. Один бокал.

Он так незаметно, но убедительно подчеркнул слово «один», что Леля немедленно определила количество отпущенных ей секунд. Она опустилась в указанное ей кресло, сдвинула точеные колени, взяла протянутый Ларри бокал и скромно потупилась.

— За встречу, — сказал, улыбаясь, Ларри и подал бокал Мусе. — И чтобы у тебя с давлением всегда было как сегодня. Согласны, Леля?

Леля покраснела и кивнула. Потом залпом осушила бокал.

— Я пойду, ладно? — сказала она, вставая. — Меня еще больные ждут. А вам поговорить надо.

Ларри проводил ее одобрительным взглядом.

— Хорошая девочка. Понятливая. И из себя ничего. Студентка?

— Нет. — Муса вылез из кровати и натянул трусы. — Это штатный персонал. Замужем. Двое детей.

— Ты смотри! А по фигуре и не скажешь? Сколько ей лет?

— Двадцать два, если не врет.

— Так, говоришь, у тебя идея появилась? — Ларри посчитал, что пора сменить тему.

— Появилась, — оживился Муса, — слушай...

— Молодец! — перебил его Ларри. — Интересно, сколько у тебя здесь комнат?

— Три. Эта, еще одна и вон та. А что?

Ларри вышел в первую комнату, вернулся с коробкой и стал медленно ее распаковывать. В коробке были бутылки с виски, коньяком и «бабоукладчиком» — ликером «Амаретто». На свет появились бастурма, маринованный чеснок, остро пахнущее чесноком розовое сало, гранаты, мандарины, зеленые стручки грузинского перца...

— Я сегодня с делами завязал, — сообщил Ларри. — Решил отдохнуть. Я почему про комнаты спрашиваю? Позови свою Лелю обратно. Или другую какую-нибудь. И пусть подружку приведет. Посидим, отдохнем...

Муса изумленно уставился на Ларри.

— Ты серьезно? Ну давай. Только сначала о делах поговорим, а?

— Зачем? — в глазах у Ларри будто бы просквозило непонятное выражение брезгливости, появилось и тут же исчезло. — Я же сказал — мне сегодня надоело работать. О делах всегда успеем поговорить. Сегодня поговорим. Только потом. Или завтра. Давай отдохнем немножко. Позови своего раба, пусть сходит за девочками.

— Черт с тобой! — расхохотался Муса. — Раз уж ты меня на самом интересном месте остановил... Дай-ка телефон.

Когда за окнами стемнело, а осушившие бутылку «Амаретто» и на совесть поработавшие медицинские нимфы удалились сдавать дежурство, Ларри вышел из комнаты, которую Муса назвал «вон та», бросил взгляд на недвижное тело друга и стал бесшумно пробираться к выходу. Он был уже у двери, когда раздался голос Мусы:

— Ты куда? Мы же договаривались побеседовать по делу, разве нет?

— Да куда уж сегодня, — проворчал Ларри, продолжая двигаться к двери. — Я напился — просто ужас как. Ничего не соображаю. И девочка эта попалась — не девочка, а кошмар. Всего измотала. Нимфоманка. Каждая косточка болит. Давай в другой раз...

Но Муса становился все настойчивее.

— Нет, давай сейчас. Детали можно в другой раз обсудить, а идею я сейчас хочу озвучить. Ты куда? Вернись, я тебе говорю!

Ларри постоял в темноте, сжимая и разжимая веснушчатые кулаки, потом повернулся, медленно и тяжело ступая, прошел по комнате, сел в кресло рядом с кроватью и зажег торшер.

— Погибели моей хочешь, — добродушно сказал он. — Не жалеешь друга. Черт с тобой, рассказывай.

— Идея простая, — сказал Муса. — Я могу договориться, чтобы Завод принял у нас нашу долю в СНК. В обмен на долги.

— Да ты что? — искренне изумился Ларри. — Слушай, это же потрясающая мысль! Погоди! У нас двадцать шесть процентов, блокирующий пакет. По номиналу это... двадцать шесть миллионов. Ну да. А долг — почти шестьдесят!

— В том-то и дело! — радостно улыбнулся Муса. — Я долго думал. Мы им предлагаем весь блокирующий пакет целиком. Право на блокировку решений, ей-богу, стоит шестьдесят миллионов. Против такой сделки ни одна собака возражать не будет.

— Но при этом мы теряем свою долю в СНК, — напомнил Ларри. — И контроль над Заводом. Все, что задумывали, полетит к черту...

— А если станции за гроши продавать, то не полетит? Жить на что будем?

— Не на что будет жить, — честно признался Ларри. — Но Платон на это не пойдет. И знаешь что...

— Что?

— Мне это тоже не нравится.

Муса не сдавался. Завернувшись в простыню, он летал, забыв про хромоту, по больничному номеру и вываливал на Ларри один аргумент за другим. Ларри поворачивался, поскрипывая креслом, и сквозь полузакрытые веки следил за хаотичными передвижениями Мусы. Наконец он поднял руки.

— Ладно, уговорил. Но ты ведь понимаешь, это надо с Платоном согласовывать. Я ему попозже позвоню. Что будем делать, если он не согласится?

Муса перестал бегать по комнате и сел на кровать.

— Объясни ему. Передай все, что я сказал. Он должен понять — другого выхода нет.

— А ты сам не хочешь ему объяснить?

Муса поскучнел.

— Это будет неправильно. Он же знает, что я в больнице. Что я не владею ситуацией...

— Ну почему же? — На лице Ларри появилась и тут же исчезла нехорошая ухмылка. — Ты так здорово мне все растолковал. Будто и не выходил из офиса. Очень убедительно получилось. На Платона должно подействовать. Я бы сказал, что ты полностью в материале.

Муса озадаченно посмотрел на Ларри, помолчал, но потом нашелся:

— Я в общих чертах... А ты знаешь все детали... Я что — неправильно говорю?

— Правильно, — сказал Ларри. — Ты все правильно говоришь. — Заметив, что в глазах Мусы начинает расти тревога, он поспешил переменить тему: — А кто с Заводом будет договариваться?

— Это я могу взять на себя, — оживился Муса. — Позвоню директору...

— Вот прямо так?

— А что? У нас нормальные отношения. Сегодня же позвоню. Хочешь — прямо сейчас?

— Погоди. Сначала с Платоном... Послушай, а ведь Платон после этого уже не останется генеральным в СНК, так или нет?

— Скорее всего, не останется.

— Какие-нибудь мысли есть?

— Нет.

— А у меня есть, — медленно сказал Ларри. — Платона они, конечно, уберут. Если там поставят совсем не нашего человека, это будет плохо. Потеряем абсолютно все. Надо так договариваться, чтобы они оставили кого-то из нас. Смотри, что получается...

Ларри замолчал, думая, стоит ли говорить Мусе про уход Федора Федоровича.

Потом решил, что не стоит. Игра перешла в эндшпиль. Памятуя о данном Федору Федоровичу слове, он дважды пытался сбить Мусу с неизбежной темы: вчера в офисе и сегодня в больнице. Специально привез выпивку, потребовал девок... Хотя и понимал, что все бесполезно и отсрочка ничего не решит. Потому как судьба каждого написана в Книге и изменить написанное человек не в силах.

— Меня они даже обсуждать не будут, — признался Ларри. — После того, как я их людей погнал... А если тебя?

По блеску в глазах Мусы Ларри понял, что попал в точку. Скорее всего, заводчане начали обхаживать Мусу вскоре после гибели Терьяна. По вполне понятным причинам. Их насторожила начавшаяся возня, и они перестали верить в то, что «Инфокар» устоит и сможет удержать СНК. Сам Муса, перепуганный шумом вокруг иномарок, переживший после расстрела Кирсанова и взрыва в банке сильнейший стресс, который и загнал его в больницу, тоже перестал в это верить.

Под крики «Спасайся, кто может!» он занял стратегически важную позицию у случайно свободной шлюпки и сейчас занес уже ногу над бортом, внимательно следя за тем, чтобы никто из старых друзей не утянул его за собой на дно.

Если затеянный Мусой маневр удастся, если друзья ничего не заметят и увлекутся спасением обреченного корабля, шлюпка успеет отойти на безопасное расстояние, и спасение ему гарантировано.

За правильное понимание ситуации ему даже разрешат немножко порулить.

— Есть смысл вступить в переговоры, — сказал Муса. — На самом деле блокирующий пакет может стоить и больше шестидесяти миллионов. Если мы отдаем его за долги, то логично потребовать, чтобы должность генерального осталась за нами… За мной…

— А не обманут? — спросил Ларри. Он знал, что не обманут и что многое уже обещано. Ему было интересно, как далеко зашли сепаратные переговоры.

— У нас в уставе зафиксировано, — Муса продолжал раскрывать карты, утратив всякую бдительность, — что генеральный директор имеет право получить до десяти процентов акций в доверительное управление. Надо одновременно все подписать — и урегулирование долга, и мое назначение, и договор о доверительном управлении. Договор должен быть на два года — не меньше. За это время мы выкупим у них обратно шестнадцать процентов акций. По номиналу. С моими десятью будет тот же блокирующий пакет.

Понятно. Все посчитали. Черта с два они позволят «Инфокару» выкупить хоть одну акцию. А если это и случится, то «Инфокар» ждет маленький сюрприз. Никогда акции, переданные Мусе, не будут голосовать в одном пакете с инфокаровскими.

Неважно, как это будет сделано — преждевременным расторжением трастового договора или иным способом, — но будет именно так. Непременно.

Интересно, понимает ли Муса, что его покупают задешево? Что он нужен ровно до тех пор, пока операция не будет завершена? А потом свою нужность придется доказывать ежедневно и ежечасно, быстро-быстро перебирая ногами и думая, как лучше угодить.

Ладно. Пес с ним. Можно понять того, кто продает свою бессмертную душу за большие деньги, за сладкие коврижки, за полный набор земных и неземных благ. В конце концов, это бизнес. Но когда то же самое делается задаром, ради страха эфиопского...

Хорошо. Играем дальше.

— Нормально, — сказал Ларри. — Давай так... Я сегодня звоню Платону. Все объясняю. Если он дает добро, тут же перезваниваю тебе. Ты тогда разговариваешь с директором, и если все складывается... Документы за пару дней подготовим? Правда?

Ларри знал, что сделка такого масштаба готовится не меньше недели. Но у него было внутреннее ощущение, что документы уже готовы и лежат где-то здесь, в палате. Он даже обвел комнату глазами, пытаясь определить их местонахождение.

— За пару дней — нечего делать! — облегченно выдохнул Муса. — У нас там выпить ничего не осталось?..

Клятва вождя

Сев в машину, Ларри достал пачку сигарет и сжал ее в кулаке так, что от резкого хруста вздрогнул сидевший впереди охранник, а обломки сигарет разлетелись по всему салону. Старый друг! Генеральный директор «Инфокара»!

Сволочь последняя! Он же сам может подписать все, у него право первой подписи... Но — боится, не хочет, чтобы потом, когда все вскроется, ему начали задавать вопросы. Для этого и нужен старый глупый Ларри, который так легко поймался на эту удочку, заглотнул наживку... Для распыления ответственности. Я же не один! Мы же вдвоем! Ведь тебя, Тоша, в стране не было, а надо было решать. Мы посоветовались, мы сделали. Мы, мы, мы...

Ларри набрал номер Платона. Тот схватил трубку немедленно:

— Благодетель был?

— Был.

— Кто?

— Я же тебе говорил, что ты его не знаешь.

Платон помолчал.

— Странно. Ну ладно. Сделаешь, как я просил?

— Сделаю.

— Ботинки потяжелее надень.

— Не беспокойся. Надену.

Ларри валяет ваньку

Папа Гриша был суров и непреклонен.

— Ларри? Я хочу спросить — вы бабки отдавать намерены? Да или нет?

— Конечно, — с готовностью ответил Ларри. — Обязательно.

— А в чем тогда дело?

— А в чем дело?

— Я у тебя спрашиваю. Ты что сюда прислал?

— Что?

— Я у тебя спрашиваю, ты что сюда прислал? Кончай дурака валять, в конце концов. Договорились же — обмениваем акции СНК на долги, так или нет?

— Ну!

— И в чем дело?

— Ни в чем. Я все прислал.

— Что ты прислал? Филькину грамоту? Почему ничего не подписано?

— Где?

— Что — где? Почему документы не подписаны?

— Какие?

По телефону было слышно, как папа Гриша тяжело перевел дыхание.

— Документы, — стараясь оставаться спокойным, сказал он. — Договор. Передаточное распоряжение. Соглашение об урегулировании долга. Первый раз слышишь?

— Сейчас, — озаботился Ларри. — Договор. Передаточное распоряжение. Что еще?

— Ладно. Дурака решил повалять? Ну давай-давай. Давай и я, старик, с тобой немножко дурака поваляю. Еще соглашение об урегулировании долга. Вспомнил?

— Вспомнил.

— И где это все?

— У вас.

— У меня, — сообщил папа Гриша, — в руках ворох бумажек. С ними только в сортир один раз сходить.

— Это как?

— Это, милый друг, вот так. Тебе передали документы на подпись, сказали подписать и прислать на Завод. А ты что сделал?

— Что?

— Ну хватит! Двадцать второго наш юрист несет твои векселя к нотариусу. Тот пишет распоряжение — и все! Знаешь, сколько штрафу идет за просроченные векселя? Нет? Три процента в день! Я на тебя ежедневно миллион восемьсот зеленых буду накручивать. И давай закончим этот разговор.

— Погодите, — расстроенным голосом сказал Ларри, — погодите... Какие три процента, какой нотариус? Я же все сделал, как вы сказали. Вот передо мною лежит все, что вы мне прислали. — Он пошуршал у трубки старой газетной страницей. — Я все подписал и отправил. У меня ксерокопия в руках. Печать стоит. В чем дело-то?

— Я не знаю, что там перед тобой лежит, — не отставал разъяренный папа Гриша. — Передо мной лежат простые бумажки. Без печати, без подписи...

— Не может быть! — возмутился Ларри. — Сейчас! Трубку не кладите! — Он отстранился от телефона и грозно сказал в пространство: — Кто материалы на Завод отправлял? Кто? Вот мне сейчас звонят, говорят, что получили не то. Что? Кто? Передай в кадры — пусть немедленно уволят. Что? Какие трое детей? Я сказал — чтобы духу ее здесь не было! Выгнать немедленно! ...Я извиняюсь, — смиренно произнес Ларри, снова беря трубку. — Тут у нас промашка вышла. Небольшая. Сейчас исправим.

— Дорогой Ларри. — Папа Гриша, похоже, начал получать от разговора удовольствие. — Я тебя, мил человек, сколько лет знаю? Ась? Ты меня этими своими фокусами не обманешь. Со мной и не так шутили, да ничего не получалось. Короче, я получил точное указание. У нас нотариус работает до пяти. Двадцать второго числа без пяти пять — наш юрист у него. Хочешь, чтобы все нормально получилось, — прилетай сюда, привози документы, и мы закончим эту историю миром. Понял меня?

— Понял.

— Ну и ладно. Как там наш друг Платон?

— Хорошо. Привет вам передает.

— И ему передавай. Ну, до встречи.

Папа Гриша швырнул трубку на рычаг с такой силой, что на другом конце что-то пискнуло.

Ларри с сожалением посмотрел на телефон, нажал кнопку местной связи и приказал:

— Чаю с лимоном. Билеты на двадцать второе пусть закажут. Туда — на первый рейс, обратно на последний. Соедините с… с улицей Обручева, и пусть никто не заходит.

Игра сделана

Часы Ларри показывали шестнадцать ровно местного времени. Решив приехать заранее, чтобы исключить всякую возможность сбоя, он уже несколько минут прохаживался около конторы нотариуса. Скорее всего, заводской юрист появится не без пяти пять, а раньше. Все-таки пятница, завтра выходной, всем хочется домой побыстрее.

На Заводе никто не знал о приезде Ларри. Он намеренно не стал звонить и просить машину, чтобы добраться из аэропорта. Приехал на такси, погулял по городу, позвонил к себе в офис с переговорного пункта, пообедал в ресторане и теперь ждал юриста. В портфеле у Ларри лежали подтвержденная платежка на полтора миллиона долларов, которые уже лежали на корреспондентском счете заводского банка, копии писем Платона, извещавших о его намерении продать свои инфокаровские акции, отказные письма всех прочих акционеров, договор купли-продажи этих же акций между Платоном и непосредственно «Инфокаром», такой же договор между «Инфокаром» и Пенсионным фондом и пошедшие в оплату по этому договору заводские векселя на пятьдесят восемь миллионов долларов со всеми необходимыми передаточными надписями и круглыми печатями. А еще в портфеле лежала выданная Мусой доверенность, дающая Ларри право подписи любых документов, связанных с урегулированием взаимоотношений между «Инфокаром» и Заводом.

Заводского юриста Ларри знал в лицо, и, завидев его в переулке, ведущем к нотариальной конторе, он сделал шаг влево, перегородив вход.

— Здравствуйте, Юрий Иванович, — приветствовал Ларри юриста.

Юрий Иванович посмотрел на Ларри как на привидение.

— Здрасьте, Илларион Георгиевич, — растерянно сказал он. — Вы здесь? А в заводоуправлении все с ног сбились, вас разыскивают. Звонили в Москву, там сказали, что вы к нам вылетели первым рейсом. Почему же вы не предупредили, что вас встретить надо? Как добрались?

— Хорошо добрался, — ласковым голосом ответил Ларри. — Зачем, думаю, беспокоить занятых людей? На такси добрался. У вас здесь недорого…

Юрист настороженно посмотрел на Ларри.

— Илларион Георгиевич, — почему-то шепотом произнес он, — я к вам с большим уважением отношусь… Но поймите, у меня точное указание, можно сказать, приказ. Они до последней минуты ждали, что вы пришлете подписанные договора. А вы не прислали. Они у вас с собой?

— Вы про СНК? — поинтересовался Ларри. — Нет, знаете ли. Не с собой. Мы там посоветовались и решили, что этого делать не стоит.

— А как же?..

— А вот так.

— Вы что, заплатили деньги?

— Немножко заплатили, — признался Ларри. — Полтора миллиона. Больше пока нету.

Юрист покосился на портфель Ларри, и голос его неожиданно окреп.

— Взятку будете мне предлагать, Илларион Георгиевич? — взвизгнул юрист. — Не возьму! — И добавил шепотом: — Мне же не жить потом, достанут где угодно. — И снова громко: — Перестаньте загораживать дверь, в конце концов. Дайте мне пройти!

— Зачем взятку? — Портфель не помешал Ларри широко развести руками. — Почему взятку? У тебя своя работа, у нас своя работа. Проходи, пожалуйста. Я с тобой пройду тоже, не возражаешь?

По тому, как воровато быстро нотариус бросил телефонную трубку, Ларри безошибочно установил, что секунду назад у него произошел очередной сеанс связи с заводским руководством.

— Что у вас? — строгим голосом вопросил нотариус, неодобрительно глядя на Ларри, который без разрешения опустился в кресло.

— Векселя, — доложил Юрий Иванович, выкладывая на стол пачку бумаг. — На пятьдесят девять миллионов пятьсот тысяч долларов. Хотим опротестовать.

— Товарищ с вами? — поинтересовался нотариус, глядя поверх очков на невозмутимого Ларри.

— Товарищ представляет интересы должника, — пояснил Юрий Иванович.

— Доверенность есть?

Ларри пошарил в портфеле, достал доверенность и небрежным броском отправил ее на стол к нотариусу.

— Паспорт предъявите, — потребовал нотариус, тщательно изучив текст доверенности и даже посмотрев ее на просвет.

Ларри, не поднимаясь, перебросил нотариусу паспорт, извлеченный из внутреннего кармана пиджака.

В этот момент снова зазвонил телефон. Нотариус схватил трубку.

— Да, — сказал он, — да... — Бросил настороженный взгляд на Ларри. — Да... хорошо...

«Здорово они там задергались, — подумал Ларри, — каждые пять минут звонят. Ничего, пусть подергаются. То ли еще будет, когда узнают, что я привез».

— Ну что же, — сурово сказал нотариус. — Будем опротестовывать. У вас, товарищ, конечно, нет подтверждения оплаты?

— Конечно, есть. — Ларри с готовностью подвинулся в кресле. — Вот платежка. Деньги уже на корсчете, можно проверить.

Нотариус покосился на Юрия Ивановича. Тот чуть заметно кивнул головой.

Нотариус взглянул на платежку и презрительно отшвырнул ее в сторону.

— Вы что привезли? Где оплата? У вас пятьдесят девять... а здесь только полтора...

— Ай! — огорчился Ларри. — Что вы говорите? Можно платежку посмотреть? Действительно... Скажите, уважаемый...

— Я вам не уважаемый!

— Хорошо, — согласился Ларри. — Пусть не уважаемый. Просто так скажите — а наличие взаимных обязательств вы можете учесть?

— Если подтверждены Заводом, — отрезал нотариус. — И если сроки совпадают. Только в этом случае.

— Как удачно! — Ларри растянул рот до ушей и вытащил из портфеля пачку заводских векселей. — Проверьте, пожалуйста.

Нотариус бросил взгляд на векселя и побагровел. Юрий Иванович подошел на цыпочках к столу, тоже посмотрел и вернулся на место. На лице его, обращенном к Ларри, запечатлелся почти молитвенный восторг. Дрожащие губы сами собой складывались в гримасу улыбки.

Нотариус схватился было за телефонную трубку, но поймал взгляд Ларри, и рука его остановилась на полпути.

— Откуда?.. — начал он, потом передумал и сказал прежним железным голосом. — Я должен установить… я должен установить законность приобретения…

— Ай! — сочувственно кивнул Ларри. — Конечно! Вдруг я их где-нибудь нашел. Устанавливайте. Только имейте в виду — пока не установите, протестовать нельзя. А если сегодня не установите, то и протестовать будет нечего. Закон о вексельном обращении припоминаете? Сегодня последний день для протеста. В двадцать четыре ноль-ноль все эти векселя — и мои, и ваши — в пустые бумажки превратятся.

Нотариус окончательно справился с овладевшим им волнением.

— На каком основании вами приобретены эти векселя?

Ларри вытянул из портфеля договор с Пенсионным фондом. Нотариус протер очки и начал читать.

Читал долго.

— Предположим, — сказал он наконец. — А откуда у вас акции, которые вы продали фонду? Вы что, дополнительную эмиссию проводили?

— Не проводили, — признался Ларри. — Мы их купили у одного из акционеров. Такая удачная операция подвернулась. Хотите договор посмотреть?

Он протянул нотариусу договор между «Инфокаром» и Платоном. Нотариус пробежал договор глазами и возликовал:

— Я так и думал! У вас закрытое общество. Вы вообще не имеете права проводить такие операции без согласия прочих акционеров...

— Простите, пожалуйста, — вежливо перебил его Ларри. Он хотел сказать «уважаемый», но вспомнил, что нотариуса это слово почему-то расстраивает. — У меня есть вся переписка. Нотариально заверенная. Письма от этого акционера к другим акционерам. С просьбой купить его акции. Письма от остальных акционеров. Что они покупать не будут. Тоже нотариально заверенные. Они согласны. Чтобы он с этими акциями что хочет, то и делал. Он и сделал. Показать?

Нотариус машинально кивнул головой, начиная смутно понимать, что Завод обвели вокруг пальца, но настолько профессионально, что вряд ли имеет смысл придираться и искать дырки в документах. Еще вчера он получил точное указание оформить протест векселей без малейшего промедления, если заводской юрист не подтвердит урегулирования задолженности. И присмотреть за юристом, потому что он, судя по некоторым данным, испытывает к «Инфокару» определенные симпатии и вполне может сыграть в другую сторону. Насчет юриста информация, похоже, была правильной — вон он, сияет, как начищенный самовар. А что касается долга...

— Соглашение о взаимном снятии претензий будете писать? — спросил нотариус, разглядывая вываленные перед ним документы. — Или так обойдетесь?

— Написано уже. — Ларри вытащил из портфеля последнюю бумажку.

Нотариус пробежал бумажку глазами, кивнул, перебросил ее юристу и собрал векселя в две пачки — инфокаровские отдельно и заводские отдельно.

Юрий Иванович и Ларри поставили на соглашении свои подписи. Ларри выпростался из кресла, взял пачку инфокаровских векселей, покрутил их в руках и спросил у нотариуса:

— У вас ножниц не найдется?

Нотариус с удивлением на лице протянул Ларри ножницы. Тот аккуратно вырезал в середине каждого векселя маленькую круглую дырочку.

— На всякий случай, — объяснил Ларри, стряхивая на пол небольшую кучку конфетти. — Мало ли что… Пусть лучше будут недействительны. Они ведь с дырочкой недействительны, да?

Нотариус кивнул.

— Вы в заводоуправление поедете, Илларион Георгиевич? — спросил Юрий Иванович, когда они оказались на улице. Он смотрел на Ларри примерно с тем же обожанием, с каким маленькие дети в цирке глядят на фокусника, только что сотворившего чудо. — Надо бы доложить руководству…

— Без меня доложат. — Ларри мотнул головой в сторону нотариальной конторы. — Уже доложили. У него с Заводом постоянная связь. Так что я сразу в аэропорт, там поужинаю. До свидания, Юрий Иванович. Я вам сувенир из Москвы привез. — И он протянул юристу небольшую коробочку. В ней лежали золотые запонки и заколка для галстука от Пьера Кардена.

Юрист огляделся по сторонам и коробочку с благодарностью взял.

В аэропорту Ларри сразу же прошел в депутатский зал, спросил бутылку красного вина, устроился удобно в углу, раскрыл купленный в Москве детектив и с наслаждением выцедил первый стакан. Когда объявили посадку, он захватил с собой недопитую бутылку. И всю дорогу до Москвы читал не отрываясь. О несчастном случае, происшедшем с Мусой, ему сообщил встретивший его водитель.

Икс против Игрек

Муса полюбил прогуливаться по больничному парку. Парк был большим, как и полагалось — ухоженным, его пересекали асфальтовые дорожки, на которых белой краской указывались цифры пройденного и остающегося пути по маршрутам, просчитанным специалистами терренкура. Седовласые ветераны труда, облаченные в пижамы, старательно курсировали по этим маршрутам, следя за временем, отведенным на лечебную ходьбу. Изредка попадались и новые русские — с непрерывно звонящими мобильными телефонами, в адидасовских спортивных костюмах, в сопровождении боевых подруг и охраны. Ветераны злобно шипели им вслед, не в силах скрыть неусыпную классовую вражду.

Если не было дождя, Муса сворачивал с асфальтовой дорожки и уходил в лес.

Там не было ни ветеранов, остерегающихся сбиться с предписанного врачами маршрута, ни представителей новой экономической формации, избегавших прямого контакта между кроссовками фирмы «Рибок» и землей, усыпанной сосновыми иголками.

В лесу Муса мог быть один, и ничто не мешало ему следить за диалогом, начавшимся еще в те дни, когда он только-только начал вставать и делать первые шаги по больничному коридору. В этом диалоге участвовали двое — некто X и его оппонент Y, а Муса внимательно вслушивался в аргументы обеих сторон, соблюдая максимум объективности. Он не мог не отметить, что с каждым днем, с каждым часом доводы X становятся все более весомыми и убедительными, а Y просто-напросто упрямится, не желая признать очевидное поражение.

«Согласись, в конце концов, что ты не прав, — в сотый раз устало повторял Y, — согласись…»

«Не могу, — отвечал ему X, предвкушая близкую победу. — Не могу и поэтому никогда не соглашусь. У тебя нет ни одного аргумента».

«Ты говоришь, как Марик Цейтлин, — придирался к словам Y. — Он тоже всегда требовал аргументов. А я совсем про другое. Когда-то ты отлично понимал это».

«Я и сейчас понимаю не хуже, — обижался X. — Нельзя все сводить только к детской дружбе. Но если ты так хочешь, готов еще раз обсудить ситуацию на твоих условиях. Хочешь?»

«Пожалуй».

«Тогда я с тобой буду говорить так… Помнишь эту историю с подвалом, там, в центральном офисе, когда мы появились на Метростроевской в первый раз?»

«Конечно. А почему это так важно?»

«Потому что… Да, детская дружба, прямо с самого рождения, и все такое… Но мы же разные люди, совершенно разные. Мы и друзья потому, что мы разные. А если бы мы были как оригинал и отражение в зеркале, то друзьями могли бы и не быть. Даже наверняка не были бы».

«А при чем здесь подвал?»

«Я ведь пошутил тогда — когда сказал, будто в этом подвале можно, если что, отсидеться. Но во всякой шутке есть доля правды. Согласен со мной? Я не трус и не собираюсь прятать голову в песок каждый раз, когда запахнет жареным. Но я нормальный человек и понимаю, что всегда надо иметь запасные ходы».

Муса кивал головой, соглашаясь. Надо быть идиотом, чтобы не иметь запасной ход для любого развития событий.

«А ты помнишь, как он взвился, когда увидел подвал? — продолжал Х. — Просто как ненормальный. Потому что он по-другому устроен. Ему надо только вперед, он больше ничего не понимает. Помнишь? Вот то-то же. Я тогда ничего ему не ответил, не стал спорить и подвалом этим вовсе даже не занимался. Но давай представим, что я подвал все-таки оборудовал, втихаря. Ты ведь не будешь отрицать, что в жизни все может случиться?»

«Не буду».

«Вот! И если что — могу я взять его за руку и привести в этот подвал? Могу? Могу. А как ты думаешь — он пойдет?»

«Не знаю».

«А я знаю. Пойдет. Потому что при всех его завихрениях и ему нужно место, где можно остановиться и подумать, где можно хоть на минуту отдохнуть от гонки, где нет немедленной угрозы. Ну так вот, подвал, о котором я говорю, — это предательство или нет?»

«Нет».

«Тогда давай этот момент и запомним. Теперь будем рассуждать логически. Я утверждаю, что если подвал — это не предательство, то и во всем остальном я тоже прав».

«Ну-ка, ну-ка...»

«Изволь. Дальше все просто. Давай мы с тобой займемся самым элементарным анализом ситуации. Все началось с ленинградской истории, когда украли эту девочку. Вроде бы мелочь. Но нет! К нам, в центральный офис, органы пришли сразу же. Что, скажешь, у нас нет никаких нарушений? Да сколько угодно! У всех есть, а у нас-то — хоть лопатой выгребай. И деньги тоже есть — немалые. Ты не помнишь, сколько я лично отстегнул, дабы они не интересовались, чем не надо? Помнишь? Вот так-то... Но это же не значит, что на нас досье не завели. Я точно видел, какие документы они копируют. На целое собрание сочинений хватит. И это досье спокойненько лежит, ждет своего часа. Потом Австрия. Опять пришли, но уже другие. Опять плачу бабки, опять уходят, но документы тоже под шумок прихватывают с собой. И тут уже не только на фирму, но и на нас начинают личные томики заводить, потому что старый друг...»

«А я знаю, что ты дальше скажешь».

«Что?»

«Ты скажешь, что все твои действия — не что иное как оборудование подвала для Платона».

«Именно это и скажу. Только не сейчас, а когда закончу. Чтобы раз и навсегда стало понятно — другого выхода просто нет. Можешь не перебивать две минуты?»

«Ладно».

«Дальше началась эта эпопея с сысоевскими иномарками. Вроде как чужих людей постреляли, а приходят опять к нам. По третьему кругу пошло. Ты понимаешь, что происходит? Они к нам ходят уже как на работу. Я не буду сейчас ни про Петьку, ни про Витькино самоубийство, ни про Марка… Я про то, что ежели завтра, к примеру, в Японии или где-нибудь еще случится землетрясение, то послезавтра у нас объявится очередная следственная бригада. Спросят, нет ли контрактов с японскими фирмами, потом возьмут бабки и упрут очередную пачку документов. Мы под колпаком, уже воздух начали выкачивать, — и что мы делаем в этой ситуации?»

«Что?»

«Мы создаем СНК. Шум на весь мир! Под этот шум потихонечку прибираем к рукам Завод. На что расчет? Что нас не тронут, потому что тогда Завод грохнется? Да про эти дела от силы пять-шесть человек знают. А тогда на что мы рассчитываем? На авось? Давай в этом месте остановимся, и ты мне честно признаешься, что положение дел просто критическое. Признайся честно».

«Признаюсь».

«Но раз ты это признаешь, то должен согласиться, что сейчас, как никогда, надо сесть и крепко задуматься. Понять, как быть дальше, взвесить все варианты, приготовиться к любому — подчеркиваю, к любому! — развитию событий. Ты помнишь, что сказал Ларри? Кто сейчас против нас играет? Вася Корецкий! Бывший Викин муж. Был бы он сам по себе — хрен бы с ним. А кто может поручиться, что за ним не стоит вся старая команда? И это, если хочешь знать, лишний раз подчеркивает, что прав я, а не ты. Ты не хуже меня знаешь, почему погибли все великие империи».

«Почему?»

«Да потому что у них мания величия очень быстро развивалась. И не в том даже плане, что они больше и сильнее других, а в том — что они самые умные и умнее просто не найдется. Только я что-то сильно сомневаюсь, что мы и есть самые умные. В том, что Платон — самый умный. Или Ларри. Или я. Пойми, идиот, против нас сейчас играет государственная машина, сто процентов гарантии. И что — мы втроем собираемся их всех сделать и выиграть? Смешно, ей-богу! В этих условиях лучшее, что мы можем сделать, — это воспользоваться любой предложенной нам помощью. Тем более что она не откуда-то с Луны свалилась, а пришла от наших же стратегических партнеров. Если захочешь со мной дальше спорить, не забудь, что они, когда мы еще только в штаны писали, уже занимались делом. И во всяких правилах наверняка лучше нас разбираются, как бы мы тут ни пыжились. И первые бабки в этой стране сделали они, а не мы. И они до сих пор живы-здоровы, и ни черта их не волнует. А на нас идет наезд за наездом. Поэтому, что бы ты мне сейчас ни рассказывал, от того, что они на порядок умнее нас, ты меня все равно не отговоришь».

«Допустим. Но только допустим. Здесь есть о чем поспорить».

«А вот этого-то и не надо. Я прекрасно знаю, что ты мне хочешь сказать. Что Платон — гений? Я это и сам знаю. Только дело вовсе не в этом. Пусть даже он в сто раз умнее их всех. Только у нас и „Инфокар“, и Завод, и СНК, и „Даймлер-Бенц“, и черт знает что еще. Мы всем на свете занимаемся. А у них есть только Завод — и ничего больше. И о том, чтобы Завод уцелел, они думают день и ночь, все вместе. Их это по двадцать четыре часа в сутки гложет. Поэтому-то они первыми хоть какой-то рецепт придумали, как себя защитить...»

«Вот именно! Себя!»

«Так ты считаешь, что они только себя защищают?»

«А ты считаешь иначе? Не хочешь припомнить, как они начали тебя обхаживать, когда ты сюда угодил? Как папа Гриша тебе звонил каждый день? Как директор после похорон Кирсанова с тобой полночи просидел? Как посылочки с фруктами и икрой слали?»

«Ага! Вот ты и проговорился! Ты всерьез, что ли, хочешь сказать, что меня икрой купили? Что я Платона и Ларри за трехлитровую банку зернистой продал? Да я ее, если помнишь, в ту же ночь девочкам в ординаторскую снес и больше не видел. Они, на Заводе, просто поняли раз и навсегда, что я — единственный человек, с кем еще можно разговаривать. Что Платону сейчас не до них. Что он теперь будет ребусы разгадывать — кто, да за что, да что делать. А у них своя головная боль...»

«Почему же они со своей головной болью к Платону не сунулись?»

«Да потому, что это бессмысленно. Он послушает, головой покивает, поулыбается, потом скажет, что все будет нормально. И дело с концом! Если ты нормальный, только представь себе — у тебя не просто проблема, а вопрос жизни и смерти, буквально. Ты приходишь с этим к человеку, а он кивает головой и говорит, чтобы ты не дергался. И все идет, как шло. Тебя такое устроит? При этом ты не пенсионер, не инвалид, не дебил, и кое-что сам умеешь делать. Устроит тебя такое? Что молчишь?»

«А я не молчу. Не надо передергивать. У нас ведь разговор не о заводчанах — о тебе идет. А ты мне все время интересную штуку подсовываешь. Ты их оправдываешь и считаешь, что тем самым оправдываешь себя. Это будет правдой, только если ты и они — одно и то же. Но если ты и они — это все-таки разное, то ты мне ни на один вопрос не ответил. А если одно и то же — ты должен честно признать, что перебежал от Платона на другую сторону».

Этот аргумент звучал уже много раз. Сначала X горячился, нервничал, но потом научился отвечать спокойно и даже равнодушно.

«Ты первым заговорил про подвал на Метростроевской. Ну так вот, я прекрасно понимаю, что на Заводе в первую очередь думают о себе. И в этом смысле я с ними — не одно и то же, потому что представляю „Инфокар“. Но если речь идет о том, чтобы их же идеей воспользоваться, дабы спасти то, что еще можно спасти, а потом потихоньку вытащить все остальное, и Платона в том числе, — то я с ними».

«А ты уверен, что они хотят того же самого? Вытащить „Инфокар“ и Платона? Сегодня, когда Ларри отдаст им за долги СНК, не все ли им равно будет — есть „Инфокар“ или нет?»

«А я на что?»

«Ладно. Ты мне еще вот что скажи. Ты на это пошел не потому ли, что захотелось первую скрипку поиграть? Если бы директор это не тебе предложил, а кому-то другому, например Ларри, ты стал бы рассуждать так же?»

Здесь тоже был заготовленный и многократно опробованный ответ.

«Мы разговариваем не о теории какой-то, а о реальной ситуации. Директору больше не к кому было идти. Просто не к кому.

А если бы и был еще кто-то, то ситуация изначально выглядела бы по-другому. Давай подводить итоги. Положение — хуже губернаторского. Согласен?»

«Согласен».

«Надо было строить подвал. Согласен?»

«Уговорил».

«Я его построил. Пусть плохо, но построил. Теперь он есть. И для меня, скрывать не буду. Но и для Платона. Согласен?»

«Согласен».

«И он в любой момент может в нем отсидеться. Согласен?»

«Может, конечно. А тебе не кажется, что если Платон хоть час в твоем подвале посидит, то это уже не совсем Платон будет? И что вряд ли он тебе за такую помощь спасибо скажет. Фактически ты предлагаешь ему перестать быть собой и спрятаться за тебя. А ну как он пошлет тебя с твоей помощью и сыграет по совсем другим правилам? Что, если для него в подвале, на вторых ролях, жизни нету?»

«Лирика! Чушь! Полная чушь! Если бы я не сделал того, что сделал, он потерял бы все».

«А сейчас он не все потерял? Теперь „Инфокар", а значит, и сам Платон полностью под контролем Завода».

«Не полностью. Не надо забывать про меня. Да, какое-то время мне придется разводить эту историю. И я ее разведу. С директором — полное понимание…»

«Ты считаешь, что он так просто отдаст то, что ему прямо в руки свалилось? С твоей помощью».

«Именно с моей помощью. Поэтому и отдаст».

«Он обещал? Это обсуждалось?»

«Ну… не напрямую… В общих чертах. Сейчас о другом надо думать…»

Что-то помешало диалогу. Какой-то шум неподалеку. Шуршали кусты, трещали под чужой ногой обвалившиеся с сосен ветки. Вскрикнула, застонала и снова вскрикнула девушка. Послышался глухой звук удара.

Рефлекс сработал немедленно. Муса развернулся и побежал по направлению звуков, сжимая в правой руке подобранную с земли суковатую палку…

Через полчаса захлебывающаяся от рыданий девушка, с трудом прикрываясь разодранной одеждой, добежала до главного корпуса и, стуча зубами по краю стакана с валерьянкой, рассказала, как она шла коротким путем в инфекционный корпус к сестре, как на нее напали двое, как на крик о помощи появился человек и как кто-то третий вышел у него из-за спины и ударил неожиданного заступника по голове. Потом девушка потеряла сознание, а когда пришла в себя, то увидела, что нападавших нет. И того — третьего, которого она толком и рассмотреть-то не успела, — тоже нет. А ее заступник лежит в траве. И вместо головы у него — кровь.

Охрана больницы вместе со срочно вызванным из ближайшего отделения нарядом милиции прочесала территорию. Уже смеркалось, но место происшествия удалось обнаружить довольно быстро. Муса лежал лицом вниз и прерывисто, с всхлипами, дышал. Невероятной силы удар снес ему всю заднюю часть черепа, обнажив красно-желтую массу, в которой заплыли сосновые иглы. Вызванный по внутренней связи хирург только присвистнул.

— Чем это они его? — спросил позеленевший старший наряда.

Хирург пожал плечами.

— Не палкой. И не бревном даже. Мотыгой. Или ледорубом каким-нибудь. Первый раз такое вижу. Странно даже, что еще жив. Давайте носилки. Может, успеем донести до операционной.

Приехавшая со спецбригадой собака уверенно взяла след и довела оперативников до бетонного забора, окружавшего территорию больницы. Забор был цел, но натянутая поверху колючая проволока в этом месте отсутствовала.

— Когда последний раз был обход? — спросил старший группы, светя фонариком.

— Сегодня утром, — уверенно ответил охранник. — Два раза в день проверяем.

— Проволока была цела?

— Обязательно. Иначе тут же доложили бы.

К середине ночи картина стала более или менее понятной. Колючую проволоку, натянутую еще в середине шестидесятых и совершенно проржавевшую, перекусили, судя по всему, обычными садовыми ножницами, которыми трудолюбивые садоводы обрезают кустарник на своих шести сотках. С внешней стороны забора обнаружили деревянный ящик, встав на который злоумышленники и проникли на охраняемую территорию. Обратно выбирались иначе: первый подсадил второго — вдавленные в землю следы тяжелых ботинок были видны совершенно отчетливо, — а потом второй, уже сидя на заборе, подтянул вверх первого.

Больше никаких следов у забора не обнаружилось. Провели блиц-опрос жителей дома напротив. Нашли бабулю, которая вроде бы видела, как двое перемахнули через забор, постояли немного, потом один сел в автобус, идущий к метро, а второй немного подождал, перешел через дорогу и тоже уехал на автобусе, но в противоположном направлении. Установили маршруты, послали людей опрашивать водителей.

У глазастой бабули долго пытались выяснить, не видела ли она третьего.

Бабуля сначала не могла понять, что от нее хотят, потом обиделась и прошамкала:

— Двое их было. Кажный день лазиют. Двое…

А затем и вовсе начала нести непотребное про Горбачева и иуду Ельцина, разваливших страну.

Пришлось вместе с собакой возвращаться на место преступления. Но собака упрямо выводила следопытов все к тому же забору, и каких-либо признаков участия в преступлении кого-то третьего обнаружить не удалось. Либо девушке померещилось с перепугу, либо этот третий взял да и растворился в воздухе.

Чего, конечно же, быть не может.

А в это время в ярко освещенной операционной бригада нейрохирургов изо всех сил помогала душе Мусы, упрямо цепляющейся за бренную оболочку, удержаться на месте. К утру главный вышел за дверь и сказал личному охраннику:

— Жить будет.

А про себя подумал: «Только кому такая жизнь нужна… Жалко мужика…»

Часть пятая

ПЛАТОН

Платон очнулся от того, что Ларри незаметно пихнул его в бок. Лучи прожекторов передвинулись. Сережка Терьян с дымящейся в углу рта сигареткой, Витька в белом плаще и Марик с поднятой правой рукой ушли в темноту.

— Скажи слово, — шепнул Ларри. — Люди ждут.

Платон провел рукой по лбу, собираясь с мыслями, сделал шаг вперед и заговорил.

Федор Федорович, конечно же, знал о приезде Платона. Он подвез Ленку на площадь, высадил в сторонке и встал у своего «опеля» поодаль, не сливаясь с праздничной инфокаровской толпой. Он видел, как Платон вышел на лестницу, как постоял, вглядываясь в лица собравшихся и о чем-то размышляя, как начал говорить, разрубая воздух правой рукой.

Ему были хорошо видны и Платон, и стоявший справа от него Ларри. Они были одного роста, стояли бок о бок, и профиль Ларри, с пышными усами, наполовину прикрывал чеканный профиль Платона.

«Отличный кадр, — подумал про себя Федор Федорович. — Интересно, догадается кто-нибудь снять для истории?»

Он сел в машину и включил зажигание. Праздник только начинался, но ему здесь нечего было делать.

Автомобиль Федора Федоровича тронулся с места, замер на минуту перед светофором, а потом исчез в темноте.

— У меня есть одна идея, — пробормотал Платон, спускаясь вместе с Ларри к машине. — Классная…

— Какая?

— Расскажу. Сейчас поедем в клуб, там и расскажу…

Голыми руками

…Очередную встречу с председателем кооператива «Информ-Инвест» Бенционом Лазаревичем Ларри провел в ресторане «Пиросмани», неподалеку от Новодевичьего монастыря. Она была уже четвертой по счету, а в первой принимал участие сам Платон. Информация, полученная от Сысоева и Терьяна, заинтересовала Платона и Ларри чрезвычайно, и они решили узнать как можно больше про бизнес, творящийся вокруг главка.

Во время первой встречи говорил исключительно Платон — он рассказывал про Проект и как бы случайно приоткрывал разнообразные и многообещающие перспективы. Ларри слушал, курил, иногда вставлял пару фраз, нарочито утрируя акцент, и внимательно присматривался к Бенциону Лазаревичу и председателю «Технологии» Семену Моисеевичу. Разобраться в том, кто есть кто, не составило для него особого труда.

Оба кооператива, несмотря на то что каждый был вполне самостоятелен, представляли собой одно целое. Их задача состояла в том, чтобы выкачивать из главка фонды, перерабатывать их на полуподвальных производствах, еще несколько лет назад имевших нелегальный статус «цеховых», реализовывать произведенную продукцию через каналы, налаженные задолго до начала кооперативного рая, и снова пускать деньги в оборот, снимая довольно жирные пенки и распределяя их среди вовлеченных в операции лиц. При этом оборот собственно «Информ-Инвеста» и «Технологии» был совершенно незначительным, а основные деньги крутились в десятке других кооперативов — формально они не имели к главку никакого отношения, но жестко контролировались Бенционом Лазаревичем и Семеном Моисеевичем. А также еще одним человеком — его звали не то Махмуд, не то Ахмет, — который упомянут был только однажды и то вскользь. На вопрос, зачем нужна такая сложная схема, Бенцион Лазаревич ответил что-то невразумительное, но Ларри понял, что в прошлом у этой парочки были кое-какие проблемы с ОБХСС и потому, несмотря на лафу, наметившуюся в области экономических свобод, они свято исповедовали принцип «береженого бог бережет».

При первой встрече собеседники не проявили видимого интереса к возможностям Платона и Ларри, но по косвенным признакам Ларри определил, что одной встречей дело не закончится: выход на Завод, пусть даже через посредников, представлял для этой парочки немалую ценность.

— Займешься? — спросил Платон, когда Ларри отвозил его домой после встречи. — Как впечатление?

Ларри подумал и кивнул:

— Я думаю, это интересно. У них есть бизнес. Есть связи. Только с головами плохо. Ничего лучше, чем гонять деньги через пяток фирм и давать взятки, они не придумали. Ну и накалывать младенцев, вроде наших.

— Так ведь все так делают, — заметил Платон. — Эти двое не хуже и не лучше остальных.

— Вот все и погорят, — спокойно ответил Ларри. — Одни раньше, как Витя с Сережкой. Эти — чуть позже. Но погорят. У них ведь психология простая — схватить, а там хоть трава не расти. С такой психологией хорошо по карманам лазить, а не дело делать.

— У тебя есть идея? — тут же спросил Платон. — Расскажи.

Ларри помотал рыжей головой.

— Какая идея? С ними еще работать надо. Разговаривать. Тогда и идея будет.

* * *

После этого Ларри стал названивать Бенциону Лазаревичу и назначать встречи. В разных местах. А для решающей беседы, когда уже появилась серьезная перспектива, он выбрал «Пиросмани».

Ресторан состоял из двух залов. Из первого открывался великолепный вид на Новодевичий монастырь. Но для беседы Ларри выбрал второй зал, который у случайных посетителей популярностью не пользовался и был практически пуст.

Заняв столик, он подозвал официанта и, не заглядывая в меню, коротко объяснил:

— Сейчас ко мне придут люди. Двое. Проводишь сюда. И накрой стол, чтобы все было. Принеси вино.

— Вино только за валюту, — сообщил официант. — Еда за рубли, а вино за валюту.

Ларри пожал плечами, достал из кармана пачку десяток и протянул официанту.

— Директор здесь? Пойди скажи ему, что пришел Ларри. И двигайся быстрее, у тебя пятнадцать минут.

К приходу гостей стол был уставлен закусками в четыре этажа. На отдельно приставленном маленьком столике красовались бутылки «Киндзмараули», «Ахашени», «Цинандали» и огромный кувшин с домашним вином.

Экспозиция произвела на гостей впечатление. Ларри широко улыбался и излучал обаяние. Смешно коверкая слова, он рассказывал анекдоты и не уставал потчевать Бенциона Лазаревича и Семена Моисеевича, особо отмечая достоинства тех или иных блюд и их влияние на мужскую силу. Серьезный разговор начался, когда принесли кофе и коньяк.

— А у нас нет проблем, — заявил Бенцион Лазаревич, выслушав длинную фразу Ларри, содержавшую прозрачный намек на желательность сотрудничества. — Мы с Семеном — производственни-

694

ки, ведем легальный бизнес. Мы четыре проверки прошли, и никто не придрался.

— У вас только одна проблема, — ответил ему Ларри, — и состоит она ровно в том, что вы считаете, будто проблем нет. Если завтра проверят не вас, а главк, ваш бизнес кончится через неделю. Или через месяц. Объяснить, почему кончится и почему не сразу?

Бенцион Лазаревич почему-то развеселился:

— Ну объясни. Только так, чтобы я понял.

Он откинулся на спинку стула, предвкушая потеху.

Ларри не спеша полез во внутренний карман пиджака и достал сложенную вчетверо газетную вырезку.

— Вот этой бумажке три недели от роду. Тут напечатано постановление. Я его читать не буду, так перескажу. Кооперативы могут покупать у государственных организаций любую продукцию, любое сырье. Только три недели назад цены для всех были одинаковые, а теперь для кооперативов установлены в пять раз выше.

Бенцион Лазаревич расхохотался:

— Ты что ж думаешь, мы с Семеном это не читали? Или не знаем, как это обходить?

— Наверняка читали, — кивнул Ларри. — И знаете, как обходить. Беда в том, что и я знаю. И все знают. В том числе ОБХСС. Рассказать?

Бенцион Лазаревич перестал смеяться и оперся локтями на стол.

— Ну, если ты такой умный, то расскажи. А я послушаю.

Ларри улыбнулся и погасил сигарету.

— Я расскажу. Только мы договоримся. Если я ошибусь и расскажу не то, что вы придумали, я плачу вам пятьсот рублей. — Он вынул из кармана и положил на стол пухлый бумажник. — А если угадаю, — Ларри сделал вид, что задумался, — вы платите за этот стол.

В глазах у Бенциона Лазаревича мелькнула мгновенная настороженность, но тут же исчезла.

— Ладно, замазали. Рассказывай.

Ларри налил себе вина и начал:

— Вы из чего свои трусики строчите? Ну, скажем, из гипюра. Значит, главк получает на склад гипюр. На складе его съедают мыши. Главк его уценивает. В пять раз. И продает вам некондицию. В пять раз дороже, как по постановлению положено. Все дела!

У вас получается так на так. Только начальнику главка приходится чуть больше отстегивать наличными. Правильно?

Бенцион Лазаревич посмотрел сначала на Семена Моисеевича, потом на Ларри и промолчал. Ларри, наблюдая за выражением его лица, медленно взял со стола бумажник и снова убрал его в карман.

— В Грузии такие штуки уже сто лет делают. Без всяких кооперативов. Дальше рассказывать?

Бенцион Лазаревич кивнул.

— Приходит в главк проверка, — продолжал Ларри. — Почему приходит — неважно. Кому-нибудь недодали, кого-то обидели. С кем-то, — он сделал паузу, — не договорились. Смотрят акты уценки, смотрят — кому ушла некондиция. Если вы с начальником каждые две недели рассчитываетесь, вас возьмут через две недели. Если каждый месяц — значит, через месяц. Если вы первую некондицию уже взяли, можете начинать сушить сухари. Взяли?

Бенцион Лазаревич ничего не ответил, но Ларри понял, что некондицию они взяли.

— Что вы можете предложить? — спросил Семен Моисеевич неожиданно охрипшим голосом. — Если это шантаж, то я официально заявляю — этот фокус не пройдет.

— Дорогой! — Ларри широко развел руки. — Зачем шантаж! Не говори такие слова. Вам нужна совершенно легальная схема, а не шахер-махер. Мы дадим легальную схему. Вам нужно кормить главковское начальство? Зачем связываться с наличными? Мы дадим чистую схему. У вас есть бизнес, производство, канал поставок, каналы сбыта — все есть. Только надо это правильно отстроить. А когда я вам предлагаю вариант, вы говорите, что у вас нет проблем. Кино смотрели? Ну, то самое, с Высоцким? Помните, там говорят: «Самое дорогое на свете — это глупость и жадность, за них дороже всего платить приходится»? Как раз ваш случай.

— Ваши условия? — спросил Бенцион Лазаревич, переходя на «вы».

Ларри положил руки на стол ладонями вверх.

— Мы работаем с половины.

Кооператоры дружно возмутились. Пятьдесят процентов в уже налаженном, безотказно функционирующем деле было цифрой невиданной, не имеющей никакого оправдания и обоснования. Что, в конце концов, думает о себе этот рыжий нахал?!

— Вы меня не поняли, — терпеливо объяснил Ларри. — Мы на ваше дело не замахиваемся. Я говорю о простой вещи. Сейчас вы занимаетесь элементарным криминалом. Я же говорю о постановке дела на совершенно законные рельсы и его расширении. Вот от этого надо считать половину.

Еще немного посопротивлявшись, Бенцион Лазаревич и Семен Моисеевич согласились. Двигало ими в основном любопытство — интересно было, что могут придумать эти молокососы. И за удовлетворение чисто человеческого любопытства вполне можно было пообещать половину от мифического увеличения прибылей.

— И когда же вы нам расскажете, как надо делать деньги? — иронически спросил Бенцион Лазаревич, расплачиваясь по счету.

— Через два дня, — спокойно ответил Ларри. — После того, как вы, — он начал загибать пальцы, — дадите мне справку о ваших оборотах, нарисуете организационную структуру главка и мы подпишем соглашение.

— Ха! — сказал Бенцион Лазаревич. — Я вам скажу, что у меня оборот — миллион в месяц. Что дальше?

Ларри пожал плечами:

— Тогда будем считать, что мы не договорились. У вас оборот… — Он назвал цифру. — Плюс-минус десять процентов.

Кооператоры переглянулись.

— Ладно, — сказал Бенцион Лазаревич после минутного раздумья. — Устройство главка могу объяснить хоть сейчас.

Он достал из кармана блокнот и толстую ручку с золотым пером…

— Здорово! — оценил ситуацию Платон, когда вечером во вторник Ларри рассказал ему о результатах переговоров. — И что теперь?

Ларри развел руками:

— Я все сделал, как ты сказал. Теперь у нас есть два дня, чтобы придумать нечто сногсшибательное. Ты хоть знаешь, что мы собираемся делать?

— Понятия не имею! — рассмеялся Платон. — Впрочем, дай-ка мне эту картинку. Нужно подумать.

Думал Платон ровно два дня. Вечером в четверг он повел Ларри в одну из семинарских аудиторий, запер дверь, взял кусок мела и встал у доски. Через полчаса он положил мел и посмотрел на Ларри:

— Ну как?

— Класс! — сказал потрясенный Ларри. — Просто класс! Сам придумал?

Платон изобретает «мельницу»

Изобретенная Платоном схема казалась сложной только с первого взгляда. На самом же деле он изобразил структуру, которая в точности дублировала устройство самого главка, но состояла при этом из ряда кооперативных звеньев, через которые осуществлялся поток товаров и денег, причем, что особо важно, в полном соответствии с действующими законными и подзаконными актами. Это был первый элемент ноу-хау. А второй — очень существенный элемент — состоял в том, что платоновская схема совершенно исключала примитивные взятки как движущую силу экономического механизма. И наконец, платоновская схема давала ему и Ларри полный контроль над движением денежных средств, не позволяя Бенциону Лазаревичу и Семену Моисеевичу слишком уж резвиться.

Спустя несколько лет, когда в «Инфокаре» началось то, что стыдливо именовалось неприятностями, майор МВД, выясняя подробности биографии Сысоева, скорчил гримасу и сказал в никуда:

— И что это докторов наук в коммерцию потянуло?

Тогда Виктор мгновенно вспомнил платоновскую идею, которая впоследствии получила кодовое название «мельница». Ему стало смешно, и на фразу майора он решил никак не реагировать.

Не понимает человек, так что с него взять?

Главк отвечал за снабжение Москвы самыми разнообразными товарами. Он состоял из нескольких мощных отраслевых отделов, через которые двигались основные товарные потоки, а также восьми захудалых подразделений, называвшихся, с легкой руки инициатора перестройки, управлениями по оптовой торговле. Каждое из этих подразделений действовало на определенной части московской территории и снабжало школы, детские садики, больницы и прочие организации краской, кафельной плиткой, иногда паркетом, тряпками, мелом и всякой иной мелочью.

Если, например, директору школы надо было провести текущий ремонт, он составлял список требуемого, шел в свое управление по оптовой торговле и начинал клянчить. Иногда директор не получал ничего, чаще — процентов десять от того, что хотелось, редко — половину, но все не получал никогда. Потому что эти управления сами сидели на голодном пайке, снабжались по остаточному принципу и служили отстойником для тех главковских кадров, которым не могли найти решительно никакого применения, а также для тех, кто по неосторожности был уличен в мздоимстве. Соответственно и зарплата была — у начальника управления сто двадцать, у зама — сто десять и так далее. Обстановка там была унылой до чрезвычайности.

Представьте себе: директор приличного продовольственного магазина желает обновить обстановку в кабинете. Конечно, он идет прямиком в отраслевой отдел, открывает дверь ногой, потому что руки заняты, и четко и внятно объясняет, что ему надо. Разумеется, он немедленно все получает. Потому что начальник отдела вовсе не желает питаться гнилой свеклой и мороженой картошкой, а хочет чего-нибудь вкусненького. Директор магазина против этого не возражает — наоборот, он готов максимально содействовать. И даже будет рад плюс ко всему поучаствовать в формировании новогодних продовольственных заказов для сотрудников.

Совершенно другое дело, если приходит начальник управления по оптовой торговле. Он, может, и уважаемый человек, и — в прошлом — с заслугами, но разговор получается какой-то странный. Сидит и несет что-то невнятное насчет четырех ящиков плитки на ремонт — даже сказать неудобно — кожно-венерологического диспансера. С него точно ничего не возьмешь, ну а уж с диспансера-то… В общем, на тебе один ящик и скажи спасибо, что с тобой вообще разговаривают. И раньше, чем через месяц, не приходи.

Однако жить хотят все, и начальников управлений такая обстановка категорически не устраивала. Все они, конечно, воровали, потому что на сто двадцать особо не проживешь, но возможности резко отставали даже от самых скромных потребностей. Поэтому Платон, сделав основную ставку на люмпенизированный слой средних руководящих кадров, сыграл безошибочно.

Один за другим начальники управлений написали начальнику главка жалобные докладные, в которых обстоятельно перечислили все трудности со снабжением опекаемых ими детских садиков и прочих богоугодных заведений, нарисовали апокалиптические картины будущих бедствий и попросили разрешить им закупку всего необходимого на стороне, раз уж отраслевые отделы относятся к ним как к изгоям. А еще в этих докладных четко обозначалось, что управления по оптовой торговле ни в каком финансировании закупок не нуждаются, ибо в состоянии решить эту проблему, не залезая в государственный карман.

На первой из таких докладных начальник главка молниеносно нарисовал благожелательную резолюцию, читая вторую — задумался, а когда получил третью, то сообразил, что в низах происходит какое-то брожение и, похоже, кто-то решил состричь с его вотчины приличные дивиденды. Причем этот кто-то — явно не дурак и затевает нешуточную игру.

Начальник принял, как и полагается, начальственный вид и вызвал к себе Бенциона Лазаревича.

— Беня, — сказал он, — тут наши оптовики что-то крутят. Собираются самоснабжением заниматься. Твоя работа?

Бенцион Лазаревич, получавший от Ларри только ту информацию, которую Ларри считал невредным ему передавать, сделал важное лицо и промолчал.

— Смотри, Беня, — сказал начальник, делая в календаре какую-то пометку. — Это мой главк, и пока что я им командую. Я ведь пальцем двину, и ты со своими бебехами слетишь в минуту. Мы о чем договаривались? Ты что-то делаешь — я должен знать. А если ты мимо меня крутеж затеваешь, тебе же дороже встанет. Выкладывай.

Бенцион Лазаревич попытался рассмотреть пометку в календаре, не смог и сказал:

— Мы, Игнат Сергеевич, подумали и решили, что надо менять стиль работы. Совершенствовать то есть. Дела все те же, и договоренности наши в силе. Но надо, знаете ли, чуток соломки подложить. Мы люди торговые, чуть что — нас нету. А вы — государственный человек, мы о вас заботиться должны.

— Во спасибо! — перебил его Игнат Сергеевич. — Во удружил! Ну благодетель! Это ты, значит, обо мне заботишься? Ты кому яйца крутишь, Беня? Выкладывай, говорю, а то разнесу всю вашу лавочку по кочкам.

— Так я же и рассказываю, — продолжал Бенцион Лазаревич. — Мы нашли человека. Он пообещал все сделать, чтобы никаких концов и по закону. Как, что — не говорит. Работает сейчас с начальниками управлений.

— Я ему поработаю, — пообещал Игнат Сергеевич. — Я сначала тебе ноги повыдергиваю за то, что пускаешь в дело посторонних, а потом ему башку откручу. За самоуправство.

Бенцион Лазаревич, уже начавший проникаться к Ларри неподдельным уважением, попытался представить, как Игнат Сергеевич будет откручивать Ларри башку, но картинка получалась неубедительная.

— А вы с ним встретьтесь, Игнат Сергеевич, — предложил он. — Я могу попробовать договориться.

— Договориться? — Игнат Сергеевич побагровел. — Да я свистну — ко мне пол-Москвы на карачках поползет. Кто он такой, чтобы с ним договариваться?

Впрочем, потом начальник сменил гнев на милость и назначил встречу на завтра.

Во время беседы он узнал много интересного. Во-первых, у кооператива «Информ-Инвест» появились филиалы. В количестве восьми штук. И каждый из этих филиалов действует при своем управлении по оптовой торговле. Во-вторых, каждый филиал имеет своего директора. И директором этим является один и тот же человек. Ларри. В-третьих, филиалы «Информ-Инвеста» готовы поставить управлениям необходимые им товары, причем собственного производства и по ценам ниже государственных. С отсрочкой платежа.

— А где же?.. — Начальник главка поводил в воздухе руками, и Ларри его понял.

— Наш интерес состоит вот в чем, — начал объяснять он. — Если вы отпускаете товары кооперативу, то цены будут высокими. — Тут Ларри снова помахал в воздухе газетной вырезкой с постановлением. — Но если кооператив поставляет вам продукцию по госцене или ниже, то в качестве оплаты по взаиморасчетам вы имеете полное и законное право поставить им свой товар тоже по госцене.

Начальник главка и Бенцион Лазаревич уловили ситуацию мгновенно.

— Хитер, — начальник главка откинулся в кресле и посмотрел на Ларри. «Бешмет дырявый, а оружие в серебре», — почему-то вспомнил он школьную программу. — И кто же будет поставлять нам кооперативную продукцию?

— Филиалы «Информ-Инвеста», — ответил Ларри. — А отраслевые отделы будут рассчитываться с самим «Информ-Инвестом». Потом мы с Бенционом Лазаревичем проведем взаимозачеты.

— А оружие в серебре, — задумчиво повторил начальник. — Хитер, ничего не скажешь. Да, фирма веников не вяжет…

— Здесь вы, уважаемый, ошибаетесь, — невозмутимо заметил Ларри. — Мои филиалы как раз специализируются на производстве веников. Мы будем поставлять их в управления по оптовой торговле. Очень нужный для бюджетных организаций товар.

У начальника неожиданно сел голос.

— И сколько же этих самых — ну… веников… — вы нам поставите?

— Мы начнем с того, — Ларри по-прежнему был совершенно спокоен, — что филиал номер один поставит управлению номер один веников на миллион рублей. Заготовку мы произвели, сейчас идет производство.

— На миллион? — Начальник не поверил своим ушам.

— Да, — подтвердил Ларри. — Для начала. В дальнейшем мы нарастим объемы.

Начальник хотел было спросить, куда управления по оптовой торговле денут такую чертову прорву веников, но потом сообразил, что его это не должно особо волновать.

— Кроме того, — продолжил Ларри, — у нас есть кое-какие дополнительные возможности. Раз уж мы партнеры, так и быть, скажу. Мы ведем большую совместную работу с одним предприятием. И у нас есть разнарядка на легковые автомобили. В порядке шефской помощи можем посодействовать заслуженным работникам главка в приобретении транспортных средств.

— По какой цене? — у начальника загорелись глаза.

— По го-су-дар-ствен-ной, — видно было, что Ларри получает от беседы истинное удовольствие.

В то время на вторичном рынке машины стоили по меньшей мере втрое дороже.

— О каком количестве мы говорим? — начальник тут же схватился за карандаш.

Ларри назвал цифру, которую они до этого долго согласовывали с Платоном.

При любом раскладе интерес начальника, выраженный в автомобилях, возрастал весьма существенно. Кроме того, вместо наличных денег, получение которых было сопряжено с определенным риском и которые к тому же день ото дня теряли в покупательной способности, предлагались машины — товар дефицитный, постоянно растущий в цене и представляющий собой вековую мечту каждого советского человека. Крючок был заглочен.

Бенцион Лазаревич испытывал противоречивые чувства. С одной стороны, он, как человек деловой, не мог не оценить по достоинству изящество предложенной схемы. А с другой — он понимал, что Ларри захватил две ключевые позиции: поставку этих чертовых веников и учет интересов руководства посредством автомобилей. И если он, Бенцион Лазаревич, попытается лукавить, то Ларри мгновенно перекроет любой из этих каналов, прикончив бизнес раз и навсегда.

Если бы Бенцион Лазаревич обладал даром предвидения, то мог бы почувствовать, что присутствует при качественно новом явлении — вхождении в традиционный, совковый, доморощенный бизнес новой генерации людей — интеллектуальной элиты страны — с холодным расчетом, мертвой хваткой и выпестованной за годы активной умственной деятельности техникой стратегического планирования.

Через несколько месяцев в главке произошли революционные изменения. У Игната Сергеевича появилась личная «Волга». Начальники отраслевых отделов обзавелись собственными «жигулями», а начальники управлений по оптовой торговле — «москвичами». Стоянка перед главком была переполнена «запорожцами», на которых ездили рядовые, но облеченные доверием начальства сотрудники.

«Информ-Инвест» процветал.

Гениальность платоновской схемы так никем и не была оценена по достоинству. Прежде всего потому, что остроумная суть ее так и не стала достоянием широкой общественности. Речь идет о вениках. Они, конечно, были. По договоренности с Сысоевым и Терьяном, Ларри сначала немного попридержал деньги, вырученные от продажи трусиков и компьютеров, а потом купил на них несколько десятков тысяч веников, которые и поступили на склад управления № 1. Это была часть заявленной Ларри первой поставки. В «Информ-Инвест» пошли товары из отраслевых отделов по госцене. Через три дня Ларри, как директор филиала № 2 при управлении № 2, написал начальнику управления № 1 письмо, в котором предлагал избавить его от переизбытка веников. Тот немедленно согласился, и веники перекочевали в филиал № 2, а оттуда в управление № 2. Поток фондов из отраслевых отделов получил новую подпитку. Еще через три дня начальник управления № 2 получил такое же письмо от директора филиала № 3, того же самого Ларри. И «мельница», как ее потом назвали в «Инфокаре», закрутилась. Каждый поворот колеса приносил баснословные прибыли.

Учитывая скорость вращения, не было никакой необходимости в физическом перемещении веников со склада на склад. Они продолжали находиться все там же, в управлении № 1, и к сегодняшнему дню, наверное, благополучно сгнили. Впрочем, вряд ли это кого-нибудь расстроит.

Однако нет ничего вечного под луной, и опасности на нелегком пути к успеху поджидают каждого. После нескольких месяцев ударного труда на горизонте появились первые тучки. Нет, они возникли не из-за переизбытка веников, не из-за падения спроса на трусики, вовсе нет. В главк пришли проверяющие.

Камень в фундамент

Довольно быстро проверяющим удалось нащупать единственное слабое звено в платоновской схеме. Слабина эта заключалась в том, что каждый последующий филиал «Информ-Инвеста», приобретая у соответствующего управления по оптовой торговле веники, платил за них ровно ту же цену, по которой их сбывал предыдущий филиал. То есть государственную. А это как раз и было запрещено. И несмотря на наличие всех необходимых писем, обосновывающих полную невозможность реализации злополучных веников на каких-либо иных условиях, данное обстоятельство служило формальной зацепкой. Поэтому возникли дополнительные накладные расходы. К Ларри, как к директору всех восьми филиалов, и к Бенциону Лазаревичу, его непосредственному начальнику, все эти претензии никакого отношения не имели. Под удар попал только сам главк, но накладные расходы легли на «мельницу». Их размеры поставили рентабельность операций под серьезное сомнение. Нет, прибыль осталась, и весьма приличная. Но, по любым прикидкам, прямая торговля автомобилями выглядела куда как привлекательнее. Поэтому, посовещавшись, Платон и Ларри решили, что пора мало-помалу выходить из дела.

— Ларри, — сказал Платон. — Надо начинать что-нибудь свое. Только не кооператив.

Ларри кивнул. Присутствовавший при разговоре Марк Цейтлин хотел что-то сказать, но хмыкнул и промолчал. Муса Тариев вопросительно поднял брови:

— Папа Гриша?

— Может быть, — ответил Платон. — Ларри, ты как думаешь?

Ларри снова кивнул:

— Надо лететь и договариваться. Только тут нужна идея.

На следующий день Платон и Ларри вылетели на Завод первым же рейсом.

— А что? — Папа Гриша посмотрел на платоновские каракули. — Пожалуй, есть разговор.

— С директором? — подал голос Ларри, до этого сидевший молча.

Папа Гриша кивнул.

К директору пошли втроем. Платон не виделся с ним со времен той самой поездки в Италию. Да и в Италии им пришлось разговаривать всего раза три, причем на темы незначительные, поскольку основную часть времени занимали переговоры на высоком уровне, которые директор вел либо единолично, либо в присутствии двух-трех особо доверенных лиц, а Платону доставалось лишь завязывание контактов среди свиты. Тем не менее директор сразу вспомнил Платона.

— Платон Михайлович, здравствуйте, — сказал он и вопросительно посмотрел на Ларри, которого увидел впервые.

Платон думал, что папа Гриша представит Ларри сам, но этого не произошло.

Григорий Павлович повернулся к большому столу для заседаний и принялся вдумчиво наливать в стакан минеральную воду. Платон скороговоркой рассказал директору про Ларри и его роль в Проекте, после чего все уселись.

В кабинете воцарилось молчание. Наконец папа Гриша заговорил:

— Тут вот ребята пришли с предложением. Люди они не чужие, так что, может, обсудим?

Пока Платон рассказывал, директор не перебил его ни разу, а по завершении не задал ни единого вопроса. Подумав секунду, он сказал:

— Ну что ж. Наверное, что-то в этом есть. Посмотрим.

Это обозначало конец аудиенции.

Когда все выходили из кабинета, директор окликнул папу Гришу:

— Григорий Павлович, задержись на секундочку. — Уже при закрытой двери он спросил: — Ты чего их привел? Им что нужно — тридцать тысяч в уставный капитал?

— Ну да, — сказал папа Гриша.

— Дай ты им тридцать тысяч и пусть катятся.

Может, потому, что у директора, как у большинства крупных и физически сильных людей, чувственное восприятие мира преобладало над интуицией, может, из-за нервной жестикуляции Платона и смешно торчащих усов Ларри, совершенно не вписывавшихся в подавляюще солидную атмосферу кабинета, или, может быть, из-за очевидной смехотворности предмета обсуждения, — но директор не удержал в памяти деталей этой встречи и ничего особого не почувствовал. А зря. Именно в эти минуты завязался узелок и потянулась ниточка. Этой ниточке было суждено разветвиться в где-то видимую, а где-то невидимую, но неизменно прочную сеть, уловившую впоследствии и судьбу страны, и судьбу Завода, и судьбы очень многих людей, включая самого директора. И наверняка кое-кто из этих людей, обладая более тонкой нервной конституцией, вздрогнул в эту минуту и посмотрел на часы.

Потому что в фундамент финансовой империи «Инфокара» был положен первый камень.

Псарня

— Ты заметил, как папа Гриша вильнул в сторону? — спросил Ларри, когда они летели в Москву.

— Угу, — ответил Платон, думая о чем-то. — Не хочет подставляться. Это нормально.

Через неделю Платон и папа Гриша с подготовленными учредительными документами вылетели в Италию. Потом итальянцы прилетели на Завод. Начался мучительный процесс согласования и борьбы за каждую запятую. В конце марта документы были подписаны. А в середине апреля рядовое совместное предприятие «Инфокар» прошло регистрацию и было занесено в соответствующий реестр.

На торжественный банкет, посвященный появлению нового детища рыночной экономики, прилетел папа Гриша. Мероприятие проходило у Платона дома.

Присутствовали: сам Платон, папа Гриша, Муса и Виктор Сысоев как зачинатель кооперативного движения. Ларри не было — на дворе стоял восемьдесят девятый год, и в Тбилиси армейские подразделения отрабатывали на безоружных демонстрантах технику химической войны и основные приемы рукопашного боя с использованием саперных лопаток. Марк почему-то опаздывал.

После первых рюмок, подведших итог большой подготовительной работе, перешли к нерешенным вопросам. Таковых накопилось много: и не подписанный еще контракт с итальянцами, и предполагаемые объемы работ до конца года, и проблемы с перетягиванием в «Инфокар» основных наработок по Проекту, и полное отсутствие средств на оплату труда.

И тут папа Гриша сделал потрясающее предложение. Это случилось, когда Сысоев поинтересовался у Платона, где будет размещаться новое предприятие.

— В Институте, конечно, — ответил Платон, прерванный на полуслове. — С ВП я договорился о двух комнатах.

— Зачем же это? — спросил папа Гриша. — Если уж затеваем дело, нужны свои помещения. А еще лучше — здание.

— Конечно, лучше, — сказал Платон. — Только для этого много чего нужно. Деньги, например. И связи. Надо заниматься.

— Не надо, — возразил папа Гриша. — Смотрите сюда. У меня в районе Метростроевской есть особняк. Там сейчас сидит одна из моих служб. Но у нас происходит кое-какая реорганизация. Будем укрупняться. По плану, им надо съезжать, а дом остается пустой. Особняк, между прочим. Исторического значения. До революции там была псарня князя Юсупова, потом райотдел милиции, а последние годы — мои сидят. Нужен, конечно, ремонт. А мебель мы вам оставим, она старенькая, но еще послужит.

— Посмотреть можно? — немедленно загорелся Платон. — Прямо сейчас?

Папа Гриша оглядел уставленный бутылками и закусками стол.

— А чего ж. Дай-ка мне, Платон, трубочку. Сейчас свяжусь с охраной.

Переговорив по телефону, сказал:

— Ну что, друзья мои, съездим? Посмотрим дом, выпьем по чарке за будущее новоселье. Только надо кого-нибудь взять с собой — потом прибраться не грех. А то утром люди выйдут на работу — надо, чтобы все прилично было.

Пока Муса и Виктор собирали в спортивную сумку бутылки, стаканы и закуску, Платон кому-то дозвонился.

— Привет, это я, — сказал он в трубку. — Как дела? Ну хорошо, давай быстро одевайся и… — Прикрыв трубку ладонью, он повернулся к папе Грише. — Какой адрес? Ага. И подъезжай на Метростроевскую. Мы уже будем там. Есть дело.

Бывшая псарня князя Юсупова находилась во дворе, окруженном со всех сторон невысокими и тоже довольно старыми зданиями. Подъехать к ней можно было только через подворотню, над которой почему-то висел «кирпич». Судя по обилию машин вокруг псарни, знак этот все привычно игнорировали. Псарня была двухэтажной, выцветшей, зеленоватого оттенка. Окна первого этажа украшали решетки, изготовленные из арматурных прутьев. На лавочке, неподалеку от входа в псарню, несколько молодых ребят, терзая струны двух гитар, пытались что-то петь на неузнаваемо изуродованном английском.

Папа Гриша решительно забарабанил в дверь. Открыл невысокий мужичок в меховой безрукавке.

— Григорий Палыч, здрасьте! Радость-то какая, — зачастил он, стараясь дышать в сторону.

— Здорово, Кузьмич, — пророкотал Григорий Павлович. — Я к тебе с гостями. Ну-ка, зажги свет и открой помещения. Хочу показать наше хозяйство.

Внутри хозяйство оказалось трехэтажным, потому что под половиной дома тянулся сухой подвал со сводчатыми потолками. На первом этаже, судя по размеру комнат и их убранству, размещалось руководство, на втором — просто подчиненные.

****

— Смотрите, друзья мои! — Папа Гриша обвел рукой просторную приемную первого этажа. — Тут кабинет начальника, здесь секретариат, вот тут парторганизация вместе с профсоюзом размещаются, в этом закутке — кадры. Пойдем дальше?

Через двадцать минут, по завершении обхода здания, обнаружилось, что куда-то пропал Муса. Его несколько раз окликнули, услышали в ответ что-то неразборчивое, а потом Платон, Виктор и папа Гриша столкнулись с ним на первом этаже. Муса закрывал за собой дверь одной из комнат.

— Ты что там делал? — тихо спросил Платон, когда группа продвинулась к комнате общественных организаций, в которой было решено отметить первое знакомство с будущим офисом.

Муса пробормотал нечто невнятное.

Несколько минут спустя — Виктор уже начал распаковывать сумку, а папа Гриша принялся накрывать на стол — Тариев незаметно потянул Платона за рукав.

— Отойдем ненадолго. Покажу кое-что.

Муса провел Платона в комнату, из которой он недавно вышел, и, не зажигая свет, достал из кармана маленький фонарик.

— Гляди сюда.

В полу был виден квадрат размером примерно метр на метр.

— Подержи фонарь.

Муса вытащил из кармана пиджака складной нож и, просунув его в малозаметную щель между паркетинами, с усилием нажал. Паркетный квадрат со скрипом поднялся, под ним обнаружилась черная дыра. В свете фонарика Платон увидел искрошившиеся каменные ступени лестницы, уходившей куда-то вниз.

— Это что? — спросил он.

— Ход во вторую половину подвала, — ответил Муса. — А ты думал, библиотека Ивана Грозного? Когда папа Гриша показывал подвал, я еще подумал, что не может он быть только под половиной дома. И стал смотреть под ноги. Ну как?

— Ты спускался? Там что-нибудь есть?

— Четыре отсека. Сухо. И крысы бегают. Кладов нет.

Платон толкнул ногой люк. Паркетный квадрат легко лег на место.

— Если и вправду удастся захватить бывшую псарню, — сказал Муса, — чур, мой кабинет будет в этой комнате.

Платон посмотрел на Мусу и улыбнулся.

— Хочешь отсидеться с крысами, когда придут красные матросы с маузерами?

Муса немного обиделся.

— А ты думаешь, они на Тбилиси успокоятся? Сегодня Грузия, завтра устроят что-нибудь в Киеве, послезавтра здесь громыхнет. Придет какой-нибудь Железняк и скомандует — выходи по одному, лицом к стене становись! Это ведь покойный Иосиф Виссарионович умел перестройки проводить. А нынешний — только уговаривать мастер. Его же первого на фонарь пристроят, потом пойдут по кооперативам и СП.

— И сколько ты будешь сидеть в подвале? — спросил Платон, взявшись за ручку двери, но не спеша выходить наружу. — День, неделю, две? Будешь с крысами за кусок хлеба воевать?

Муса пожал плечами. Он уже был не рад, что затеял этот разговор. Однако Платон не отставал.

— Если так рассуждать, лучше сиди в своем Доме культуры. И хватай куски — здесь тысячу, там две. Зачем мы тогда все это затеваем? Ты пойми — сегодня мы принимаем решение. Когда мы договоримся, обратного пути уже не будет. Ни через подвал, ни через что. Сегодня как раз такой день, когда мы все должны либо плюнуть на то, чему нас учили в школе и детском садике, либо выпить водки и разойтись. Ладно, я понимаю еще, если бы Витька так рассуждал, но ты…

— А что я? — еще больше обиделся Муса. — Я тебе говорю, в этой стране из людей семьдесят лет все вышибали. Если завтра по радио объявят, что каждый третий должен прийти в райсовет и на пороге повеситься, то с утра очередь будет стоять, да еще половина со своими веревками притащится. Ты посмотри на Грузию! Ни за что побили людей, потравили газом, а они умылись и побежали по домам. И сидят тихо, только поскуливают. Да еще сто лет назад, если бы солдат старушку лопатой зарубил, через какой-нибудь час пол-Грузии под ружьем стояло бы. А сейчас что? И здесь тебе не Грузия. Здесь, братец ты мой, великая и неделимая Россия. У нас еще с петровских времен привыкли битые задницы почесывать. И не то людям обидно, что у них задницы битые, а то, что могут не дать почесать вовремя. Вот ты сейчас собираешься бросить свою науку и податься в бизнес…

— Не ты, а мы, — перебил его Платон. — Или ты все-таки передумал?

— Да не передумал я, — отмахнулся Муса. — Только ты должен понимать, что до самого конца с тобой если кто и пойдет, то, пожалуй что, Ларри. Или ты думаешь, Витька Сысоев забудет, что он доктор наук и будет с гордостью нести высокое имя коммерсанта? А Цейтлин?

— Я не про них, я про тебя спрашиваю, — напомнил ему Платон.

— А ты не спрашивай, — посоветовал Муса. — Если бы я раздумал, я бы здесь с вами водку не квасил. Взял бы свою балеринку — и на два дня в дом отдыха. Но ведь ты должен понимать, ты же не идиот. Вот ты мне скажи, я не прав, что обо всем этом думаю?

— Прав, — ответил Платон. — На сто процентов. Только выводы делаешь неправильные. Ты думаешь, как спрятаться и отсидеться, если повернут обратно. Так я тебе скажу — если повернут, то ни спрятаться, ни отсидеться, ни убежать не получится. Если на это рассчитывать, лучше уж действительно с балеринкой. Поэтому правильный вывод такой: если идти в бизнес — то зарабатывать деньги. Если зарабатывать, то не рубль, не два, а много. Очень много. Потому что если мы не хотим поворота назад, то у нас должно хватить и сил, и ресурсов, и воли, чтобы этого не допустить. Только в одном случае мы можем проиграть — когда у тех, кто против нас, силы окажется больше.

— И что же, из этого сарая ты собираешься начать поход на Кремль? — спросил Муса.

Но Платон не успел ответить. В открывшуюся дверь всунулся Сысоев.

— Вы куда запропастились? — поинтересовался он. — Там уже водка греется. Тошка, а к тебе какая-то баба пришла.

Платоновская гостья скромно стояла в приемной. Одета она была под невесту — белое шелковое платье со скромным вырезом, белые туфли, накинутый сверху ослепительно белый плащ. А еще — белая широкополая шляпа и белые кружевные перчатки. Муса, привыкший к экзотическим вариациям платоновского вкуса, осмотрел вновь прибывшую и одобрительно хмыкнул. Платон же как-то странно замялся, будто не понял, кто приехал и почему.

— Мария, — сказала гостья, протягивая Мусе руку.

Муса уважительно пожал руку и назвал себя. Платон всем телом произвел непонятного смысла движение и попытался что-то сказать, но у него ничего не вышло.

— С остальными я уже познакомилась, — сказала Мария. — Мне даже сказали, что вы собираетесь отмечать новоселье.

— Какие красавицы в столице! — крикнул из-за двери папа Гриша. — Ну что ж, друзья, пора к столу. Выпьем по чарке за успех.

Мария села между папой Гришей и Виктором. Григорий Павлович излучал обаяние, ухаживал и наливал Марии шампанское. Муса и Платон сидели напротив.

— Ты что воды в рот набрал? — тихо обратился Муса к Платону, когда папа Гриша начал рассказывать историю Завода, обращаясь прежде всего к Марии.

Платон помолчал секунду и столь же тихо ответил Мусе:

— Понимаешь, я, похоже, лопухнулся. Он ведь сказал, что надо будет прибраться тут, когда закончим. Вот я ей и позвонил.

— Она будет прибираться?! — Муса чуть не поперхнулся куском ветчины. — В таком виде?

— Да я как-то не подумал.

— Ладно, — сказал Муса. — Не бери в голову. Я с этим Кузьмичем договорюсь. Дам на бутылку — к утру все блестеть будет. А насчет Марии — ты и впрямь молодец. Нашел уборщицу!

— В библиотеке, — услышали они голос Марии, отвечавшей на вопрос папы Гриши. — Обычным советским библиотекарем.

Папа Гриша постучал по стакану, требуя внимания.

— Предлагаю, друзья, выпить за нашу даму. За счастье и удачу, которые она принесет в наш дом.

Выпили.

— А у кого все-таки новоселье? — поинтересовалась Мария.

Платон открыл было рот, однако папа Гриша не дал ему перехватить инициативу. Коротко, но внушительно он доложил о рождении «Инфокара», о грандиозных перспективах и замечательных людях, которые будут воплощать эти перспективы в жизнь.

— А Платон Михайлович теперь — генеральный директор, — закончил папа Гриша. — Кстати, за генерального мы еще не пили. Платон, за тебя, друг мой.

Выпили за Платона.

— Кстати, Мария, — сказал папа Гриша, закусив и откинувшись на спинку стула. — Вы не хотите к нам в «Инфокар» на работу?

— А мне, между прочим, еще никто ничего не предложил, — ответила Мария, сверкнув глазами в сторону Платона. — Я ведь и про предприятие ваше, Григорий Павлович, только сейчас от вас услышала. Если директор позовет, тогда и подумать можно.

Платон только улыбнулся. Улыбка эта могла означать все что угодно.

— Позовет, — уверенно сказал папа Гриша. — Как же не позвать такую красавицу! А вы чем хотели бы заниматься?

Мария пожала плечами.

— Не знаю. Дело ведь не в том, чем заниматься. Главное — положение.

— Должность, что ли? — не понял папа Гриша.

— При чем здесь должность? Положение! Если место первого лица в фирме уже занято, согласна на место второго. А должность пусть будет какая угодно.

— Вот это характер! — Папа Гриша снова наполнил рюмки. — Скажи, Платон, разбираюсь я в людях? Как угадал! Еще раз, друзья, предлагаю выпить за нашу даму.

И только Муса заметил, что у Платона резко испортилось настроение.

Действительно, инициатива папы Гриши по привлечению Марии к деятельности «Инфокара» застала Платона врасплох. И когда в третьем часу ночи он отвозил Марию домой, никаких готовых решений у него еще не было.

— Ну что? — спросила Мария, прервав затянувшееся молчание. — Возьмешь меня на работу?

— Я не знаю, правильно ли это, — ответил Платон, подчеркнуто внимательно следя за дорогой.

— Останови, — попросила Мария, посмотрев в боковое стекло. — Давай немного пройдемся. Я заодно покурю.

Платон с трудом переносил табачный дым, а Мария, впервые закурившая на Кубе, пристрастилась к кубинским сигаретам.

— Я развожусь вовсе не потому, что хочу тебя подцепить, — сказала Мария, когда они отошли от машины на несколько шагов и прислонились к парапету набережной. — Мне просто все надоело. У нас с тобой ничего толком не получится, уж как-нибудь я тебя узнала за последние месяцы. Поэтому на сей счет можешь не переживать. А насчет работы я тебе скажу вот что. Тебе в любом случае потребуется человек, который будет знать все — с кем встретиться, кому позвонить, что сделать. Лучше меня ты вряд ли кого найдешь. То, что мы с тобой — ну, в интимном, что ли, плане — либо уже разошлись, либо вот-вот разойдемся — не иллюзия, а факт. Значит, этот самый интимный план помехой не будет. А так... — ты меня ведь уже немного знаешь, я тебя не подведу и не продам.

Платон посмотрел на Марию и улыбнулся, отчего сразу же стал похож на мальчишку, получившего в подарок велосипед.

— Я всегда знал, что папа Гриша — гений, — признался он. — Ну я-то — ладно. А он тебя за пять минут разглядел. Договорились.

Когда Платон остановил машину у дома Марии и открыл ей дверцу, он, наклонившись, спросил:

— Я зайду?

Мария посмотрела на чертиков, бегающих в глазах Платона, и искренне расхохоталась:

— Все, солнышко мое! На работе — никаких романов. Ты это хотел услышать?

— Ну как тебе сказать, — протянул Платон. — Наверное. А все-таки жаль.

— Ничего. — Мария вышла из машины и легко поцеловала Платона в щеку. — Лучше так, чем по-другому.

За очень небольшими исключениями, в мире не бывает бесплатных приобретений. Если человек чего-то хочет, за это надо платить. Не обладая стратегическим гением и ничего не понимая в формальном анализе решений, Мария совершила в эту ночь исключительно выгодную и важную для себя сделку, обменяв то, что она все равно со дня на день теряла, на то, что ей очень хотелось приобрести и сохранить.

Так в штатном расписании «Инфокара» появилась должность руководителя аппарата с расплывчатыми полномочиями и конкретной персональной ответственностью.

Старый Новый год

Виктор сидел на диване и слушал, как Ахмет произносит тост. В этом тосте некая красавица познакомилась с неким джигитом и обнаружила в нем определенные достоинства, но ее это не слишком впечатлило. Тогда она познакомилась с другим джигитом, который тоже был неплох, но чего-то в нем недоставало. И следующий джигит ее никак не удовлетворил, и еще один, и еще. Поэтому красавица так и не смогла выйти замуж и умерла старой девой. Но вот если бы эта красавица жила не тогда, в незапамятные времена, а сегодня, и если бы ей выпала редкая удача познакомиться с нашим замечательным новорожденным, то она увидела бы в нем все то, что не смогла найти в незадачливых джигитах, своих современниках, и тогда у этой истории был бы счастливый конец.

Новорожденным был Платон, появившийся на свет в ночь старого Нового года.

В честь этого события у него дома собрался мальчишник — Муса, Ларри, Марк Цейтлин, Ахмет, Терьян и Виктор. Несмотря на обилие выходцев с Кавказа, запас тостов исчерпался, и день рождения постепенно начал сходить на нет.

Вот тогда Платон наполнил рюмку и встал.

— Ребята, я хочу кое-что сказать.

Никто не помнил, чтобы Платон когда-нибудь произносил тосты. И то, что он сказал, тостом, строго говоря, никак не являлось. Он говорил о том, что половина жизни уже позади. Что всем им невероятно повезло — они всегда занимались только тем, что им нравилось. И главное — что они вместе. И за все эти годы ничто не могло их по-настоящему разделить. Ни женщины, ни дети, ни работа.

— Мы — счастливые люди, ребята, — сказал Платон. — У нас есть один общий дом — это любое место, где мы собираемся вместе. И у нас есть одна общая семья — это мы все. Женщины будут приходить и уходить, дети будут вырастать, а мы всегда будем оставаться вместе. Мы ведь не просто знаем друг друга черт-те сколько лет, мы вместе выросли. И жили на глазах друг у друга. Мы знаем, что каждый из нас сделает через минуту, через час, через день. Я не буду говорить о дружбе и всем таком. Мы не друзья, мы — больше. Мы — одно целое. Мы — это целый мир, со своими правилами, со своими законами, своими радостями и своими бедами. И я хочу, чтобы мы сейчас выпили за этот мир, и за эту радость, и за беды тоже давайте выпьем, потому что без них все равно не бывает, но настоящей беды, когда кто-то из нас повернется спиной к другим и забудет об этом нашем братстве и о том, кто мы друг для друга, у нас не будет никогда.

Он долго еще говорил, глядя куда-то в угол и вертя в руках рюмку, из которой выплескивалась водка, и в голосе его звучало непонятное удивление — будто он сам не ожидал этих слов, и говорились они сами собой, помимо воли.

Когда Платон закончил и, выпив то, что оставалось в рюмке, сел, глядя перед собой все теми же удивленными глазами, за столом установилась абсолютная и не прерываемая ничем тишина.

Муса, простоявший все время, пока Платон говорил, у проигрывателя, вполоборота к столу, поставил рюмку на подоконник, подошел к Платону, молча обнял его и вернулся на свое место...

Комбинаторы

Разбор полетов затянулся за полночь. Еще в семь утра Платон, предупрежденный о планируемом правительством обмене пятидесяти- и сторублевых купюр, дозвонился всем директорам стоянок и строго-настрого предупредил, чтобы вся сегодняшняя выручка, до последней копейки, была сдана в банк до конца дня.

А кассовые остатки свести либо к нулю, либо к минимуму. Нет, к нулю! Причины Платон объяснять не стал и рассказал об этом только Ларри, которого отловил в «Инфокаре» днем.

— А ты директорам сказал, в чем дело? — поинтересовался Ларри.

— Нет, — сказал Платон. — Пусть делом занимаются. А то побегут сейчас личные проблемы решать.

— Думаю, что не совсем личные, — задумчиво протянул Ларри. — Это они могут думать, что личные. А по-моему, это наши проблемы.

Платон оторвался от комментариев юристов к договору с «Даймлер-Бенц» и посмотрел на Ларри.

— Ты на что намекаешь?

— Это мы с тобой уже как-то обсуждали, — сказал Ларри. — Навар на наших машинах.

Вопрос о том, сколько можно заработать на продаже одного автомобиля, не раз муссировался инфокаровской верхушкой. Помимо заложенной во всех расчетах маржи, известной только очень узкому кругу лиц и поступавшей в «Инфокар» совершенно официально, существовал целый ряд способов, которые права на существование не имели. К ним относились доплата за получение машины вне очереди, за цвет, за комплектацию, за наличие в багажнике инструмента и запаски, за исправность электрики и нужное количество галогеновых лампочек, за скорость оформления документов. Можно было предполагать также, что на стоянках с клиентов берут левые деньги за антикоррозийку и установку сигнализации. Информация о периодическом оказании подобных услуг, «Инфокаром» еще не освоенных, время от времени доходила до центрального офиса.

Возможны были и довольно экзотические каналы нелегального личного обогащения. Так, например, под давлением директоров и с согласия всех членов правления Платон подписал распоряжение, которое разрешало заключение агентских соглашений и выплату агентского вознаграждения каждому, кто приведет не менее десяти клиентов. В принципе, после этого директорам ничего не стоило в конце дня разбить все проданные машины на десятки, подписать нужное число агентских соглашений и заплатить соответствующую сумму себе или близким родственникам.

Какие каналы и с какой интенсивностью были задействованы, определить так и не удавалось, несмотря на бешеную активность Марка Цейтлина, которому уходящие из-под контроля доходы не давали спокойно спать. Время от времени он засылал на стоянки лазутчиков. Но, по-видимому, у директоров была хорошо налажена служба контрразведки, ибо лазутчики неизменно возвращались ни с чем, отмечая безукоризненность сервиса и полное отсутствие каких-либо поборов. Тем не менее наличие левых денег сомнений не вызывало, потому что директора стоянок, при оформлении на работу возникавшие в «Инфокаре» в свитерах и джинсах, сразу после назначения начинали заметно обрастать жирком, обзаводились приличным гардеробом и дорогими галстуками, поголовно переходили с «Пегаса» и «Опала» на «Мальборо», а по вечерам любили проводить время в ресторане на «Спортивной», где, по слухам, швыряли деньгами направо и налево.

Платон вопросительно посмотрел на Ларри.

— Что ты хочешь сделать?

— Все очень просто. Давай посидим и подумаем, что должен делать человек, у которого в заначке кое-что есть. Вот он неожиданно узнает, что завтра начинают менять деньги, причем до определенной суммы. И узнает об этом, к примеру, в три часа дня. Куда он побежит?

Платон пожал плечами.

— Черт его знает, куда он побежит. Золото побежит покупать. Или валюту.

— Возможно. Только если ему нужны деньги, то золото он потом продать будет должен, а это не так просто, и наверняка с потерями. Думаю, что и с валютой сегодня непросто. Не одни же мы про это знаем. Давай так. Оторвись от бумажек, давай позовем Мусу и попробуем что-нибудь придумать. Идея такая. Мы должны изобрести способ спасения денег. Железный. И чтобы все было под контролем. Тогда вызовем директоров, подсунем им этот способ, а завтра все посчитаем.

После часа напряженного мозгового штурма конструктивных идей так и не появилось. И тут в кабинет к Платону кошачьей походкой и с загадочным лицом зашел Марк.

— Новость знаете? — начал он с порога. — Завтра…

— Знаем, — махнул рукой Платон. — Садись. Как раз этим и занимаемся. Смотри сюда, у тебя много денег…

— Ну предположим. — Марк устроился в кресле и начал вставлять сигарету в мундштук.

— Задача состоит в том, чтобы завтра их не стало меньше. Думай.

Марк напрягся и через несколько минут сказал:

— Легко. Еду на аэровокзал, покупаю сто пятьдесят билетов на самолет до Хабаровска. На послезавтра. А завтра их сдаю. Ну, там что-то теряется, но это крохи.

— Гениально! — Муса обхватил Марка и закружил его по комнате. — Вот что значит наука!

— Хотите второй способ? — Польщенный Марк освободился из объятий Мусы и стал стряхивать с себя сигаретный пепел. — Еду на Казанский вокзал, покупаю те же сто пятьдесят билетов до Владивостока. Это даже дешевле станет. — Он наморщил лоб. — А вот совсем железная штука. У меня есть сто тысяч, у тебя есть сто тысяч. Идем на почту, прямо сейчас, я отправляю почтовый перевод тебе, а ты — мне. Через пару дней получаем свои деньги. Или еще лучше. Отправляю эти же деньги на свой адрес, например, на имя жены. Даже на свое. На почте ведь документы при отправке не спрашивают…

— Вот это класс! — Платон выхватил из кармана бумажник и вынул из него несколько сторублевок, доживающих последние часы. — Сейчас попробуем. Ленка!

Когда Ленка влетела в комнату, он скомандовал:

— Вызови кого-нибудь из водителей, пусть срочно летит на почту и отправит эти деньги переводом на мой домашний адрес. Потом пулей обратно.

— Пулей не получится, — сказала Ленка. — Это из-за обмена, что ли? Так во всех почтовых отделениях очереди — просто жуть. Люди с утра занимали.

Платон не хотел сдаваться.

— Тогда пошли его в кассу Аэрофлота. Пусть купит билет куда угодно. На будущий понедельник.

Ленка покачала головой.

— Там то же самое. Ребята из буфета только что вернулись, у них через два часа перекличка.

— Так, — сказал Муса. — Ну народ! Пока мы тут голову ломаем, они уже действуют.

— А нам эти варианты все равно не подходят, — пробурчал Ларри, сидевший у окна и рисовавший на листе бумаги круги и овалы. — Нам нужен вариант, который мы можем контролировать. А это мы контролировать не можем.

— Ну так предложи сам что-нибудь, — взорвался Платон.

— А ничего и не надо предлагать. Я тут поразмыслил немного. Все, до чего мы здесь додумались, народ уже с утра знает. И директора тоже знают. Так что нам не придумывать надо, а угадать, что они сделают. И тут есть одна идея. Ты правильно сказал, что народ побежит золото покупать. А у нас, между прочим, товар почище золота. И директорам покупать билеты до Магадана совсем не нужно. И почтовые переводы отправлять не нужно. Они на машинах сидят.

— Ты хочешь сказать…

— Вот именно. Пока мы рассуждаем, они давно уже всю свою наличку пустили в оплату за машины.

— Погоди, — медленно вступил Муса. — Значит, вносит он, к примеру, сколько-то там в кассу, оформляет на себя машину. Не на себя, конечно, на родственника…

— Нет, нет, — перебил его Платон, уловив в полузакрытых глазах Ларри какую-то искорку. — Здесь что-то другое. Ларри, давай!

— Давай… — снова пробурчал Ларри. — Все давай да давай. Сами догадайтесь. Я вам только вводную скажу. У каждого из директоров, по моим прикидкам, живых денег машин на пять-шесть. А то и больше. Так что замучаются оформлять…

— Есть! — Платон выскочил из-за стола и сунул руки в карманы. — Если они пооформляют машины на своих, то потом деньги-то все равно возвращать придется. Значит, машины надо будет гнать в комиссионку. Это морока, не дай бог. А значит… значит деньги будут приняты за неоформленные машины.

— О! — Ларри поднял палец. — Молодец! Они сейчас понапринимали авансов, а через пару дней клиенты откажутся от машин, и авансы придется возвращать. Вот такой простой способ превратить старые деньги в новые. Но все эти авансы сегодня же пройдут по кассовым книгам. Так что хотите сегодня вечером, хотите завтра утром, — но узнать, сколько они прикарманивают, можно легко. Надо только сумму авансов посчитать.

— Сегодня! — категорически сказал Платон. — Ларри, сейчас же свяжись со стоянками. Пусть, как только проведут инкассацию, немедленно звонят нам, и чтоб без твоего разрешения ни один человек домой не уходил. Ни один! А то начнется потом — бухгалтерия закрыта, сейфы опечатаны, кассовые книги под замком…

Не предвидящие грядущей расправы директора собрались в «Инфокаре» к восьми вечера с лицами триумфаторов. Никогда еще торговля не шла так бойко, как в этот предреформенный день. Ни на одной из стоянок не было продано меньше полусотни машин, что втрое превышало среднесуточный показатель. А на дальней стоянке, в конце Ярославского шоссе, продажа зашкалила за девяносто.

— Зачем кассовую книгу потребовали? — спросил директор дальней стоянки. — Она нам завтра с утра нужна будет.

— Есть у нас одна мысль, — обнародовал Платон согласованную с верховным трибуналом версию. — Мы сейчас размещаем на Заводе новый заказ, и нужно уточнить объемы. Марк Наумович заказал в одном НИИ прогноз продаж, но они требуют статистику. Поэтому мы сейчас скопируем книги, и через час получите их обратно.

— А большой заказ? — поинтересовались директора.

— От пятидесяти тысяч.

Директора переглянулись.

— Мы тут стол накрыли, — радушно улыбаясь, сказал Ларри. — Пойдите, господа, выпейте, попробуйте наше угощение. У вас был тяжелый день. А мы еще поработаем.

Когда директора, сметя со столов в переговорной все Ларрино угощение и забрав ненужные уже кассовые книги, удалились солидной походкой, четверка накинулась на скопированные материалы. Свою копию Ларри уступил Марку, а сам сел к телефону. Через полчаса нарисовалась ужасающая картина. Ситуация, когда человек вносил за машину аванс, а полностью рассчитывался за нее через несколько дней, была вполне типичной. В среднем за день таких клиентов по всем стоянкам проходило человек десять — двенадцать. Человека три-четыре в день, опять же в среднем, передумывали и просили вернуть деньги. Но сегодняшний день побил все рекорды. В сумме по всем стоянкам авансов было внесено за шестьдесят четыре машины, из них только на дальней стоянке — за тридцать восемь, более чем втрое выше среднего.

— Если хотим знать точно, — подвел черту Ларри, — надо дня два подождать и посчитать отказы. Но ориентировочно можно уже сейчас сказать. Муса, этот, с дальней стоянки, сколько работает? Три месяца? Значит, он продал около шестисот машин. Считайте, что с каждых наших двадцати машин он одну себе наваривает. За три дня работы человек зарабатывает себе на машину. Норма-ально! Похоже, что и у остальных то же самое.

— А вы куда смотрите?! — заревел Платон, весь вечер находившийся в состоянии кипения. — Понабрали ворья! Черт с ними, с деньгами! А если их какой-нибудь ОБХСС накроет с левыми бабками, отвечать кто будет? Я сколько раз говорил, чтобы не смели с клиентов деньги тянуть? Кто-нибудь контролирует, что у нас вообще происходит?

— А где я тебе других возьму? — набычился Ларри, заняв оборонительную позицию. — Им же машины надо продавать, а не мандарины и не пончики. Значит, должны разбираться. А те, кто разбирается, — все из автосервиса, у них целая наука по работе с клиентами выстроена. Ты думаешь, они этому только сейчас научились? Они с этим родились! Все эти фокусы ОБХСС еще сто лет назад были известны. Думаешь, их не пытались ловить? Еще как пытались! Да что-то не очень получалось. С чего ты решил, что у нас эта ловля будет лучше получаться?

— А мы и не должны никого ловить. — Платон не снижал тона. — Мы бизнесом занимаемся, а не сыском. Если воруют, значит, воровать выгодно. Сделай так, чтобы было невыгодно. Не страшно, а именно невыгодно!

Ларри развел руками и поглядел по сторонам.

— Слушай, я одну умную вещь сегодня уже придумал. Две умные вещи за один день — это для меня много.

— А здесь ничего особенного и не надо. Почему им деньги платят? Потому что у нас на машину — белая она, «зелень» или «мокрый асфальт» — цена одна. Что, трудно надбавку за модный цвет сделать? Или скидку за немодный? Официально! За «без очереди» платят? Посади дополнительно по паре механиков, им как раз на зарплату хватит и еще останется. Я сколько раз говорил, чтобы на каждой стоянке организовать установку сигнализации? Муса, сколько раз я про это говорил? Машины выдают наши люди, и сигнализацию они же ставят, но за забором. Личный бизнес на наших машинах устроили. Это же наши деньги налево идут. Мы для этого, что ли, гробимся здесь, на Завод мотаемся? Хватит! Марик, все делаем по-другому. Записывай!

Марк встрепенулся и схватился за блокнот.

— Этих всех — выгнать в шею! Как только посчитаем возврат авансов. Чтобы духу их здесь больше не было! И впредь директоров будем набирать только из своих. Из Института! Давай вызывай Сережку Терьяна, кто там у нас еще был? Не умеют? Ни черта — научатся. Зато воровать не будут. Все стоянки выделить в отдельные предприятия. Они у нас будут брать машины на консигнацию и продавать. Оптовые продажи — только через нас. Чтобы никаких агентских соглашений они больше подписывать не смели. Инкассация — только через нас. С каждой проданной машины — им процент. Как вознаграждение. С каждой установленной сигнализации — половина, к примеру, им, половина нам. С каждой антикоррозийки — тоже. Дифференцированные цены — обязательно. Нужна гибкая система — хоть каждый день меняйте прейскуранты, но такого, как сейчас, чтобы больше не было. И дать жесткие планы: продаж — не меньше чем, сигнализаций — не меньше чем. И так далее. Выполнил — бонус, не выполнил — гнать в шею. И чтобы ни одной копейки наличных по стоянкам больше не ходило.

— А это как? — хором спросили Марк и Муса.

Платон кивнул головой в сторону Ларри.

— Расскажи.

— Тут так получается, — медленно начал Ларри. — В принципе нужен свой банк. Но пока можно и без него. Я уже с Промстройбанком кое-что проговорил. На каждой стоянке открывается его отделение. А мы, в свою очередь, открываем там свой счет. Вся наличка сдается в кассу банка. И она, стало быть, сразу у нас на счете. Без штампа банка о приеме платежа ни одна машина не выдается.

— Все равно сигнализация мимо банка пойдет, — заметил Муса.

— Поставим нормальных людей — не пойдет, — категорично заявил Платон. — Короче, обсуждать заканчиваем. Будет, как я сказал.

— Хотите, я вам смешное скажу? — спросил Ларри, когда они вышли из кабинета Платона. — Мы тут сидели, кричали, изобретали. А свои-то деньги я так и не поменял.

Марк и Муса переглянулись. Они тоже упустили из виду, что грядущее великое событие может затронуть их самым непосредственным образом.

— У тебя много? — осторожно поинтересовался Муса.

Ларри кивнул.

— Ну и что же теперь будем делать? — забеспокоился Марк.

— Знаете что, — сказал Ларри. — Притащите мне завтра все, что у вас есть. Попробую что-нибудь сделать. А кстати…

Он снова засунулся в кабинет Платона.

— Тоша, тебе завтра деньги менять не надо? Надо? Ну тащи их с утра сюда. Я займусь.

Каким образом Ларри умудрился обменять сумму, более чем в сто раз превышающую установленный лимит, он никому не рассказывал. Так что по-серьезному от павловской реформы пострадал только Марк, который месяца через три после окончания обмена случайно нашел дома в каком-то детективе пятнадцать сторублевок — старую заначку, про которую он давным-давно забыл.

А «Инфокар» от этой реформы только обогатился — он сделал решительный шаг на пути преобразования в холдинговую компанию, усовершенствовав свою структуру и проведя кадровую революцию. Правда, Ларри от этой революции был не в восторге, поскольку занявшие директорские должности кандидаты и доктора наук творили одну несуразную глупость за другой. Потом они немного притерлись, но Ларри раз и навсегда сделал для себя вывод, что иметь дело с жуликом, знающим, что такое бизнес, не в пример легче, чем с бессребреником, ничего в делах не понимающим. Потому что жулика можно поймать и отвернуть ему голову. Это дело нехитрое. Умный жулик, дорожащий своей головой, быстро усвоит правила игры.

Воровать, может, и не прекратит, но принесет намного больше, чем сопрет. А вот обучить бизнесу случайно взятого знакомого профессора — это совсем другое. Это не для слабонервных. Для такого подвига здоровье нужно. А особенно нужно здоровье, если профессоров нанимают одни люди, а за прибыли отвечает он, Ларри.

* * *

И Ларри поклялся самой страшной клятвой, что при первой же возможности он перетянет кадровую политику на себя.

Потому что кадры решают все.

Рассказ чучельника

…У меня ж никаких проблем с этим не было. Поеду на Оку, палаточка там, еды и прочего с собой, как положено, дня на три. Лордик аж прыгает от счастья.

Постреляю, выхожу на третий день на пристань — и до Серпухова. А там Петр Захарыч уже ждет. Загружаемся и гоним в Москву. Назавтра первым делом начинаю оформлять. Дома все готово, холодильники забиты, сажусь — и две недели, не отрываясь, оформляю. У меня ж чего только не было! И тебе зайцы, и лиса, и белки… Птички там, утки-селезни, тетерева… Поставщики, на всяк случай, имелись. Один ханурик, к примеру, мне как-то трех лебедей припер. Не знаю уж, где взял. Ну там, барсуки, еноты — это я не считаю. Волки были, одного сам под Мещерой взял, двух принесли. Лосиную голову принесли — сохатый, дурак, где-то налетел на колючую проволоку, да там и остался. Деревенские мясо растащили, а знакомый рядом оказался, голову в багажник загрузил — и ко мне. Так вот две недели повкалываю на своем, а потом до следующего сезона сижу, жду, чего притащат.

Меня зна-али, не скажу, чтобы вся Москва, но кому надо — те знали. Обычно так — звонит кто-нибудь и просит: вот нам, мол, для украшения, для интерьера надо того-сего, пятого-десятого. Приезжай, говорю, выберешь. Ты ж понимаешь, если человеку для счастья в жизни только волчьего чучела не хватает, то остальное у него уже есть и платить он будет не думая. Тут ведь первое дело в чем? Надо ему сразу товар лицом показать, чтоб выбор был. Вот тебе птички, вот зверьки, белочки-барсучки, вот хищники. Правда, все наше, русское, никаких, понимаешь, тигров с крокодилами. Поэтому я всегда штук двадцать в готовности держал — для показу, — а остальное хранилось в холодильнике. У меня ведь не один холодильник был, как у всех, а восемь! И все заготовками набиты. Тут как-то заявилась ко мне одна, по этому делу: ой, говорит, Костенька, зачем тебе столько холодильников? Я ей и говорю — люблю, дескать, пожрать, а в одном холодильнике у меня все не помещается. Она шасть в холодильник, а там лосиная башка и еще чего-то. Визгу было!

Ты плесни себе еще пивка, чего сидишь?

И вот заходит ко мне соседка, не знаю, видел ты ее или нет. Ленкой зовут.

Она в каком-то там НИИ работала, помнишь, наверное, такая светленькая, с ногами. С ней еще этот гулял, как его, ну из двадцать четвертого дома, в кожаном пальто. Не помнишь? Ладно, хрен с ним. Заходит. А я как раз клиента жду, пол помыл, птичек расставил, рога развесил, чайник нагрел. Зашла. Ой, говорит, Костя, да как же у тебя интересно, да как же ты это все делаешь, да куда ж потом деваешь. Я, значит, объясняю — это у меня такой личный бизнес, вот-вот клиент должен зайти, намекаю, в общем, что сейчас для бесед не время и хорошо бы ей идти дальше по своим делам, если же чего надо, то через часок — милости просим. А она шасть на диван, сидит и не встает. Можно, говорит, я посижу. У меня, говорит, к тебе есть серьезное предложение, и я хочу послушать, как ты с клиентом будешь разговаривать. Ну, я-то ее еще вот с таких пор знаю, считай, у меня на глазах выросла. Ладно, говорю, сиди, хрен с тобой. Другого кого точно погнал бы, а от нее чего прятаться, соседка все ж. Иди, говорю, построгай колбаски, хлеб порежь, поможешь клиента принять.

Ладно, минут через несколько приходит клиент. Походил, поохал, отобрал тетерева и двух белок, сели за стол о цене договариваться. А белки были! Ветка такая, здоровая, с шишками, и на ней две белки играют. Одна другую так, знаешь, лапкой трогает, а та голову отвернула, в общем, видеть надо. Я их, считай, неделю пристраивал, то так, то эдак. Короче, сидим, торгуемся. Я с него запросил, конечно, до неба. Тут, понимаешь, и белки уникальные были, все на них прям любовались, и мужик такой весь из себя упакованный, лоснящийся такой. Да и перед соседкой мне чего-то вдруг пофорсить захотелось. Короче, объявляю я ему цену втрое. Он заскучал, спорить начал, а я чего-то уперся. Он два раза уходил, опять возвращался, потом я ему чуток скинул, в общем, договорились. Достает он свой лопатник, отсчитывает мне сумму, я ее так небрежно в ящик сгребаю, поздравляю, говорю, с удачным приобретением, заходите, мол, еще…

Да ты наливай, чего ждешь? У меня еще есть. Под рыбку-то хорошо.

Ушел он. У соседки, смотрю, глаза горят. Это что, Костя, говорит она мне, к тебе каждый день такие клиенты захаживают? А я и отвечаю, что да, только не просто каждый день, а по пять раз на день, и работать мне некогда, потому как я по полдня на клиентов трачу. Ежели бы у меня на работу побольше времени было, так и доходы получались бы совсем другие. Смотрю — о чем-то вроде соседка задумалась, а потом и рассказывает мне историю, что из своего института она ушла, и сейчас в каком-то эс-пе работает — это уж я потом слово «Инфокар» узнал, — и директор у нее ужас какой умный и деловой, и надо мне с ним обязательно познакомиться, потому что от этого всем будет очень хорошо, а мне в первую очередь.

Смотрю я на нее — сапожки на Ленке трехлетней давности, колготки выше колена поехали, курточка гэдээровская, лет пять назад купленная, эх, думаю, чего ж вы такие бедные, ежели вы такие умные? А вслух говорю: ладно, чего ж не встретиться с хорошим человеком. Она обрадовалась, прямо расцвела вся, вскочила, я, мол, договорюсь с ним, он тебе время назначит, когда можно подъехать. Тут мне смешно стало. Нет, говорю, соседушка, у меня дел — не продохнуть, и на директора твоего я клал с прибором. Некогда мне, дескать, разъезжать, ежели ему надо, пусть сам приходит. Адрес известен. Она вроде обиделась спервоначалу, никак, похоже, не могла в толк взять, как это ее умный и деловой директор вот так прямо возьмет и в мою бунгалу поедет. Потом согласилась, сказала, что договорится с ним, и ускакала. Телефон мой взяла.

Дня три жду — никто не звонит. Ну, я уж забыл про это дело, вдруг через месяц или около того — звонок. Ленка. И говорит она мне таким голосом, прям как в кино, — с переливчиками даже, представляешь? — говорит, мол, сейчас соединит меня с Платон

Михалычем. Соединила. Он вежливый такой, здравствуйте, говорит, извините, значит, за беспокойство, не может ли он ко мне в семь вечера подъехать. А мне минут за пять до этого Тамарка позвонила и сказала, что у нее там чего-то случилось, поэтому она никак не может. Так что вечер у меня свободный был. Чего ж, говорю, приезжайте. Вот так оно и случилось.

А может, водочки? Я когда про это вспоминаю, меня всегда выпить тянет. Не то смешно, не то грустно — не пойму. Плесни-ка мне.

Короче, в семь — никого. В восемь — тоже. Где-то в девять звоню Ленке домой, мать говорит, еще с работы не пришла. Посмотрел ящик, чайку попил, около десяти плюнул, лег спать. Только уснул — звонок в дверь. Я тренировочный нацепил, открываю — стоит Ленка, рядом с ней мужик, симпатичный такой, чернявый, и еще один, с какими-то пакетами, водитель. Мужик извиняется, говорит, что переговоры у него были, с иностранцами, поэтому они немного запоздали. Ни хрена себе, думаю, немного. А водитель — шасть на кухню и выгружает эти пакеты на стол. Я краем глаза вижу — бутылки какие-то невиданные, банки, закусь, мать моя, как в Америке. Так бы я его попер с колокольчиками за ночные приходы, а тут мне интересно стало — дай, думаю, хоть разгляжу, что люди пьют и чем закусывают. Пролетел он по моей квартирке, все посмотрел быстро, в холодильники заглянул — и к столу. Давайте, говорит, побеседуем.

Я рот раскрыть не успел, как он меня уже покупать начал. И что нельзя этим в своей собственной квартире заниматься, а надо производство открыть, чтоб и работать, и жить можно было нормально, и что он мне все условия создаст для — как же это слово? — не культурной, а по-другому как-то — во! цивилизованной деятельности, и что клиентов он мне обеспечит — море, и еще чего-то будет, и еще чего-то, и валюту я буду зарабатывать… Вот ты сейчас, когда я тебе рассказываю, смеешься. Мне и самому смешно, когда вспоминаю. А тогда, веришь, нет, — будто меня опоили чем. Смотрю ему в глаза, слушаю и понимаю про себя, что всю жизнь дураком прожил, что счастье неслыханное ко мне в дверь постучалось, и что сидит против меня какой-то особый человек, и научит он меня тому, чего я не знал, не ведал и даже не думал, что такое на свете бывает. Как под гипнозом, веришь, нет?

И потом так бывало. Иду к нему, ну, думаю, порву на куски. Прихожу — он пару слов скажет, ей-богу, забываю, зачем пришел. Вот так посижу, как с тобой, полчаса, поговорим, и будто все прошло, и проблем нет, и жизнь хорошая. Выхожу — понимаю, что обо всем договорились, все вроде бы решили, а через час — дак чего ж мы решили-то, е-мое? Все ведь как было, так и осталось. Раз к нему обратно, а его уже нету, и будет только через две недели, причем больше никто ничего сделать не может, потому как ни одна душа не знает, о чем мы с ним договорились. И я сам, что интересно, тоже не знаю. Так только, впечатление, что все хорошо. А где хорошо, почему хорошо — черт его знает.

Давай знаешь за кого, давай за Владимир Вольфыча выпьем. Нормальный мужик, дай ему бог здоровья. Башковитый! Еврей, но понимает нашего брата. Этот сможет.

* * *

Короче, часам к трем он меня обломал. Договорились, что я свой цех на дому закрываю, поступаю к нему на службу, выделяет он мне производственные площади, холодильники покупает настоящие, знаешь, не «ЗИЛ», не «Юрюзань» какую-то, а такие, что в гастрономах стоят, зарплату кладет невиданную, чуть не в полтора раза больше, чем сейчас имею, да плюс процент с выручки, ежели объемы выше чего-то вырастут, да боеприпасы оплачивает, и в заграницу я отдыхать ездить буду, должность моя теперь — директор чего-то там по развитию.

Сашок, ты ж понимаешь, с моей мордой да вдруг в директора! В общем, договорились. Уехали они, я обратно залег, сна ни в одном глазу. Ворочаюсь и думаю про себя, что наконец-то жизнь у меня повернула в правильное русло.

Все-таки возраст, еще лет десять с двустволкой пошастаю, а там тяжеловато станет. Директорство же — дело нехитрое, да с такой зарплатой, плюс ученичков можно подготовить — потом сиди, руководи, а денежки капают.

Через неделю, как договорились, прихожу к нему прямо в девять утра. Его нету. Сижу в предбаннике, Ленка меня чаем поит и, видно, переживает. Так, примерно к обеду влетает, меня увидел, сразу за руку и к себе в кабинет. И тут же на телефон, ты, говорит, ко мне зайди и ты зайди. Подваливают его заместители, и он им тут же повторяет все, чего неделю назад мне говорил: и что я директором буду, и что мне холодильники надо купить, и все такое. Причем так он здорово это им говорит и так они все головами важно кивают, что ежели б я и знал, что их сотрудникам уже два месяца как зарплата не плачена, все равно купился бы.

Ну тут и началось. Написал я заявление в кадры, показали они мне подвал, в котором я работать буду, и понеслось. Сначала все ничего было. Клиентов я обзвонил, сказал, что приходить теперь надо не ко мне домой, а вот по такому-то адресу, и начал к этой компании потихоньку привыкать. Народ интересный был, особенно бабы. Часиков в десять прихожу — они уже сидят, одна, знаешь, такая фифа, вся из себя разодетая, все любила рассказывать, как она из какого-то там дворянского рода, как она у себя дома кофе со сливками пьет, под торшером сидит, в плед заворачивается и книжку читает. Ну и все такое.

Спервоначалу эта фифа ко мне в подвал захаживала, то птичек посмотрит, то белочек потрогает. Не желаете ли, Константин, говорит, выпить со мной шампанского? Раз выпили, два выпили, пора, думаю, на «ты» переходить. Пойдем, говорю, Маша, куда-нибудь вечерком, посидим, отдохнем культурно, потанцуем. Она на меня глазами зыркнула и говорит: я вам не Маша, а Мария, и вечера у меня, говорит, все занятые на работе. А сама, как только чего, хватает служебный «жигуль», с водителем, и шасть куда-то. Потом, правда, обратно возвращается, трубку хватает и — тихонько так: «бу-бу-бу», — вроде секреты какие сообщает.

Платон Михалыч ей очень доверял. В общем, кончила она ко мне ходить. Утром «здрасьте», вечером «до свиданья» — и все.

Ленка — та подушевнее. Опять же соседка, и дворян в семье не наблюдалось.

Ей доставалось здорово. Сидеть полагалось, пока Платон Михалыч не отпустит.

Бывало до полуночи, а когда и до двух-трех часов. Она уж зеленая вся, сидит у телефона, голову на руки опустит и ждет. А он там носится — то у него переговоры, то встречи, то ужинает с кем-то, то в баню закатились. Но позвонить и отпустить домой никогда не забывал. На этот случай ей вроде бы машина полагалась — домой отвезти. Но был у них там один мужик — вроде начальник, вроде нет, я так и не разобрался. Еврей. Марк звали. С Платоном Михалычем он на «ты» был, при всех его Тошкой называл. Цирк!

Так вот этот Марк все норовил машину, которая Ленку домой отвозила, куда-нибудь да пристроить. Платон Михалыч в баню, он машину хватает — и тоже в баню, правда в другую. Тот ужинать — и этот ужинать. Ленка как-то пожаловалась, что ей домой не на чем добираться, Марк в крик — дескать, он деньги зарабатывает, всю контору кормит, ему нужна машина, ну и все такое. Я потому частенько на работе и задерживался, чтоб Ленку проводить.

Вот как раз с этим Марком у меня вышел первый раздрай. Отработал я месяц. Клиенты идут, правда, новых, которых мне Платон Михалыч обещал, пока что-то нету. Я с них нормально деньги собираю, с поставщиками потихоньку рассчитываюсь, остаток в сейф складываю. Да записываю в книжечку, сколько взял, сколько отдал, сколько осталось. В конце месяца делю эти деньги на две части — зарплата, о которой договаривались, и навар — и иду к Мусе Самсонычу. Он такой, вроде грузин не грузин, армян не армян, но оттуда откуда-то. У Платона Михалыча заместителем был. Прихожу, а Муса Самсоныч как раз куда-то уезжать собирается, и у него этот самый Марк сидит. Ну, Муса ему говорит — разберись, дескать, с Константином, а то мне ехать надо. Только Муса Самсоныч за дверь — тот на меня как понесет! И такой я рассякой, и чуть ли не вор, и сколько я денег набрал — никто не знает, и фирму я подставляю, и развонялся своими химикатами, и все такое. Мне обидно стало, прям чуть в морду ему не заехал. А он орет так, что на улице слышно. Ты понял, нет, — я свою работу делаю, получаю деньги, еще с ними же делюсь, а он за мое же доброе.

Короче, забрал я свои конверты, вышел, с Ленкой попрощался и двинул домой.

Завтра, думаю, приеду, заготовки заберу — и гуляйте, ребятки. Только дверь открыл — телефон. Платон Михалыч звонит. Дескать, приезжайте, Константин, сейчас разберемся, извините, если что не так. Мне бы послать его, да вот не могу: он как слово скажет — я уже сам не свой и люблю его как родного. Сейчас, говорит, свою машину за вами вышлю. Через полчаса заходит водитель. Хороший был парень, Кузьма, молоденький такой. Всегда вежливый, ко мне в подвал захаживал, чаек вместе пили. Ему, конечно, с Платоном Михалычем доставалось — тот же ненормальный, по шестнадцать часов по городу носится, ну и Кузя, конечно, с ним. Как уж он за рулем не засыпал — понять не могу.

Приезжаем — сидят. Платон Михалыч, Муса Самсоныч и этот. Начали говорить.

Марк уже не орет, а говорит ласково так, что ему, дескать, все нравится, и чучела мои — прям как живые, только надо все по-другому делать, и деньги не в книжечку записывать, а через кассу принимать, и договоры какие-то с клиентами подписывать, и еще чего-то. Эти, смотрю, кивают, вроде соглашаются. Тут уж я не выдержал, говорю: а на хрена вы мне сдались, с вашей кассой и договорами какими-то? Сидел я себе дома, занимался делом, нормально зарабатывал, мне за пятнадцать лет слова плохого никто не сказал, все только спасибо да спасибо. А тут… В общем, давайте, братцы, расходиться.

Тут Платон Михалыч их из кабинета погнал, остался со мной вдвоем и как начал меня обрабатывать. Веришь, нет, не помню, чего он мне такого говорил, но через полчаса выхожу я от него, иду к себе в подвал, счастливый, как телок, и никуда уходить уже не собираюсь. И насчет кассы мы с ним договорились, и что этот Марк мне какие-то договора напишет, и что работаю я только с ним, а остальных всех могу на хер посылать, и так далее. Через минуту заходит Муса — ну как, говорит, нормально все? Посмотрим, отвечаю. На него у меня злобы не было, это потом уже мы разругались. В общем, говорит, утром Марк даст мне договор, я буду туда вписывать, чего я для клиента делаю и сколько это стоит, а отдавать работу клиенту буду в обмен на ордерок из кассы. Иначе с властями могут быть неприятности. Я еще под впечатлением от разговора головой киваю, соглашаюсь на все, думаю про себя, что так, может, и вправду лучше будет.

Утром прихожу, первым делом — к Марку: давай, дескать, договор. Он, сука, опять в крик — мол, у него дел по горло, ему всякой фигней заниматься некогда, вот будет время, он мне договор и даст. А у меня клиент через час должен подойти. Ладно, думаю, сейчас тебе будет. Иду к Мусе Самсонычу — так, мол, и так. Тот за трубку — зайди. Ну, тут долго рассказывать, неделю этот Марк меня манежил. Я, конечно, работал потихоньку, и денежку брал — тут уж я с Мусой договорился. А через неделю новая жизнь началась. Приходит клиянт, я ему — здрасьте, пожалуйста, подпишите договорчик, идите в кассу, оплачивайте товар. Клиентам даже нравилось. Только Марк этот, он еще долго возникал. Как увидит, сколько я с клиента беру, — сразу на голос. Дескать, чего-то я не понимаю, чего-то там не знаю, вещи мои больше стоят и ежели он сам с клиентами договариваться станет, то денег будет в два раза больше. Ты понял, нет, — он лучше меня знает, сколько моя работа стоит!

В общем, вызывает меня Платон Михалыч и вежливо так начинает спрашивать, а не лучше ли будет, если Марк Наумыч за меня будет переговоры с клиентами вести и цену назначать? И опять он мне как брат родной, и люблю я его несказанно, и в рот ему смотрю, и вот-вот уже соглашусь. Но чую про себя — глупость они затевают и пойти на такое никак невозможно. Я ему говорю — мои клиенты ко мне привыкшие, они с другим говорить не будут, а вот когда новые пойдут, которых вы мне, Платон Михалыч, пообещали, тут уж воля ваша. Только все равно дурость это.

* * *

И вот с этого разговора что-то у нас с ним случилось. Не то и вправду он решил, что я с клиентов мало беру, а остальное в свой карман наликом наколачиваю, не то ему не понравилось, что я перечить взялся, — не знаю. Только видеться мы с ним перестали. Раньше, бывало, как приедет на фирму, сразу забежит, да и я к нему в кабинет захаживал, а теперь — как отрезало. Встретимся на улице или в коридоре, поручкаемся, спросит, как дела, и бежит дальше, даже ответа не слушает. Ну ладно. Работаю, в общем, себе, кое-чего уже про ихнюю контору понимать начал, зарплату дают, как договаривались, хотя делишки у них идут не то чтобы очень. Все разговоры-переговоры, иностранцы шастают, посиделки ночные, а денег мало. Но живем.

Ты, если хочешь, наливай себе еще. Я пропущу, что-то сердце стало пошаливать. Вот разве пивка.

Проходит так примерно с полгода, затеяли они ремонт. Сделали быстро, обстановку сменили, цветов каких-то натаскали. Ничего стало, нормально.

Вызывает меня Муса Самсоныч и говорит — давай, дескать, Константин, твою работу в приемной развесим. Во-первых, красиво будет, а во-вторых, у нас тут много народу ходит, в подвал к тебе они сами зайти не догадаются, в приемной же — вроде как бесплатная реклама. Я подумал — должно, дело говорит. Взял пять лучших работ, присмотрел, где лучше пристроить, поставил. Нормально получилось. Фифа эта, правда, фыркала, ну да я на своем настоял.

Была у меня кабанья голова, еще со старых времен, для себя делал. Сколько ко мне народу за ней переходило — не счесть, никому не отдал. Повесил ее в кабинет к Платону Михалычу. Представь, вот так он сидит, здесь стол, тут, значит, дверь, сбоку маленький столик, он за ним с особо важными людьми разговаривает. А голову я вот тут повесил. Улавливаешь? И вправду клиенты потоком пошли. Начал я большой запас делать. Куропаток, фазанов, перепелок — чего только не было.

Приносят мне как-то медвежью шкуру. Не знаю уж, где этого медведя взяли, но шкура была — брат ты мой! А выделана как! Ежели с ней как надо поработать — это большие тыщи долларов можно было бы взять. Положил я у себя эту шкуру в уголок, смотрю, прикидываю, как лучше взяться. Дело-то непростое. Все ходят, поглядывают, вроде нравится. Даже Платон Михалыч заскочил, уж на что редким гостем был у меня в ту пору. Сколько, говорит, можно на ней заработать, Константин? Да, говорю, вот столько вот, если нормально сделать. А сколько отдал? — спрашивает. Вот столько, говорю, да литр белого. Он меня по плечу похлопал — ты, говорит, Константин, настоящий коммерсант. И ускакал.

Ладно, давай еще по маленькой. Да ты закуси чем-нибудь, кто ж так водку жрет. Вот капустки возьми, чесночок с хлебом.

Проходит какое-то время, захожу я в приемную и вижу — мать моя! — еще вчера тут в углу чучело лисы стояло, а теперь горшок с цветами. Я к Ленке — куда моя работа делась? Она мне объясняет, что ночью у Платона Михалыча важные гости были, он им и подарил. У меня аж закрутилось все. Как, говорю, подарил?! А она мне — он еще и петуха подарил, и кабана из кабинета. Ну, как я про кабана услышал, думаю — убью на хрен! Я к нему в кабинет — заперто, умотал куда-то. Я к Мусе. Тот меня успокаивать начал. А я ни в какую, просто колотит меня. Что кабан! — фигня. Но он ведь у меня сколько лет был, никому не отдал. Уж какие люди просили, какие деньги давали, — никому. Ты смеяться будешь — он мне... ну как родной был, что ли. А тут без моего ведома, ночью, хрен знает кому. Муса смотрит — я весь белый. Он дверь запер, достал коньяк, давай, говорит, Константин, выпьем. И начал меня обрабатывать. Дескать, мы тут большое дело затеваем, с серьезными людьми говорим, надо их всячески улещивать, мы одна команда, да если б я знал, кому мой кабан достался, то сам бы подарил и еще спасибо сказал бы, и все такое. А я на него матом — ты что ж, говорю, мне только теперь про это рассказываешь? Когда вы тут ночами мою работу хрен знает кому раздаете — трудно трубку снять? Позвонить, сказать — Костя, так, мол, и так, вот такое у нас дело, дай свое согласие. Трудно разве? Смотрю, он злиться начал, а меня несет и несет. Короче, трахнул он кулаком по столу, катись, говорит, из моего кабинета, пока живой, со мной так никто разговаривать не будет.

Я вижу, он уже тоже не в себе, дверью хлопнул — и к себе в подвал. Сел, покурил. Ну, думаю, хватит с меня. Пойду домой. А холодильников у меня, ты слышишь, было два. И я туда уже дня три не заглядывал. Или больше. Ага, у меня чего-то горло тогда прихватило, я со среды на работе не был, потом выходные, а в понедельник ходил в поликлинику за бюллетнём. Так что это был вторник. Ну да.

И вот зачем-то лезу я в холодильник — а там хоть шаром покати. Ни тебе куропаток, ни фазана, перепелок восемь штук было — теперь ни одной. Только три барсука лежат. Я — во второй. Там такое же дело. Лисица лежит, а птичек нету.

Ах ты, думаю, мать вашу, куда ж вы все подевали? Я уж и забыл, что уходить решил. Раз за медвежью шкуру, а она — елки мои палки! — вся в пятнах, склеенная какая-то, обтерханная, края порваны… Ну разве на помойку снести.

Я — наверх. Заглянул в приемную, машу Ленке рукой — выйди, дескать. А фифа это заметила и говорит таким противным голосом — Елена, надо сделать вот это и вот это и очень срочно, Ленка и не вышла. Плюнул я пошел в кадры, нарисовал заявление и бумажку написал, чтобы трудовую книжку и расчет Ленке отдали — не приходить же за ними!

Поехал домой. И такая злоба на них на всех меня взяла — страшно сказать.

Взял пузырь, колбаски, еще кой-чего, посидел, подумал и решил, что сделал я все правильно. Считай, больше полгода у них протрубил, деньжат заработал, с людьми интересными повстречался, пора и честь знать. А что они со мной не по-людски обошлись, так это пусть у них на совести останется. Они ведь на моей работе тоже кое-чего срубили, мало-мало, но срубили. Так что разошлись, к слову сказать, как в море корабли, пора свою жизнь обратно отстраивать.

Вот только мне страшно интересно стало — куда ж они моих перепелок пристроили и что такое жуткое с этой шкурой произошло? Ты, Сашок, не поверишь, когда мне Ленка рассказала, я чуть со смеху не это самое. Они, оказывается, затащили к себе какого-то начальника, переговоры там, то да се. Дело было в выходные, ночью. Кончилась у них закусь, а взять негде. Так они распатронили все мои запасы и куропаточками этими, трехмесячной давности, да в глубокой заморозке, закусывали. Ты погоди ржать-то, это еще не все. А когда они мои заготовки сожрали, начальника на приключения потянуло. Они ему по телефону девку вызвали, и он трахал ее на медвежьей шкуре. Ты понял, нет, — ту шкуру, если как надо сделать, можно было за три штуки баксов не глядя сдать, а на ней какой-то хер девку драл. Это мне Ленка рассказала, когда расчет и трудовую принесла.

Не, думаю, ребята, вы уж давайте там сами как-нибудь. Мне такие ваши бизнесы непонятны. А все-таки, скажу тебе, Сашок, бывает, вспомню, и что-то у меня внутри делается. Иногда телефоны ихние по ночам слышу, у них звоночки такие были специальные — ту-ту-ту, ту-ту-ту. Хоть и разошлись не по-хорошему, а скучно у них не было. Интересный народ. Я вот сейчас Михалыча по телику смотрю, как он там то с президентами всякими, то с банкирами, и спрашиваю себя — а кто ж из них на моей шкуре девку драл? Иногда даже думаю — ежели б не та шкура да не те перепелки замороженные, может, он таким большим человеком и не стал бы.

А, Сашок? Давай по последней — и расходимся.

Бедный старый Фирс

Мария добилась всего, чего хотела. Не будучи причисленной к сонму небожителей, она занимала в «Инфокаре» максимально высокое положение. Только она из всех нанятых имела к Платону прямой доступ в любое время дня и ночи, через нее в обе стороны проходила наиважнейшая и сверхсекретная информация, она определяла, стоит ли связывать с Платоном того или иного человека, а если стоит, то когда это лучше всего сделать. Весь «Инфокар» трепетал перед ней — куда там Марку Цейтлину. Марк мог навопить, изматерить, стереть в пыль, но быстро отходил и переключался на другую жертву. Мария же не забывала никогда и ничего, и за любое отступление от установленных ею правил следовала пусть не мгновенная, но неотвратимая кара.

В ее отношениях с Платоном, если оставить за скобками интимную составляющую, ничего вроде бы не изменилось. Оставаясь с ним наедине, она частенько срывалась на обращение «Тошка», которое было в ходу в первые месяцы их близости, а теперь уже вышло из употребления. Он ласково называл ее «девочка» и всегда вставал, когда она входила к нему в кабинет, даже если в этот момент говорил по трем телефонам одновременно. И Мария видела, как при этом в глазах у него начинают прыгать коварные чертики, напустившие на нее порчу в городе Ялте.

На людях она всегда называла его подчеркнуто официально. По имени и отчеству. Платон Михайлович.

При этом Мария даже испытывала какую-то странную радость, деля с Платоном угольки тайны, скрытые за официальным обращением.

Однако в официальных словах есть своя магическая сила, и чем чаще перед глазами Марии вспыхивали угольки, тем больше они покрывались слоем пепла, огонь убивающим. Только Мария этого не замечала.

А потом у папы Гриши наступил юбилей. Круглая дата. Конечно же, вся инфокаровская верхушка, загрузившись ценными подарками, вылетела на Завод. И только Платон, увлекшись вязаньем узелков в очередной хитроумной паутине, застрял в Москве, чем довел папу Гришу до полного отчаяния.

— Завтра днем начинается торжественное собрание, — обиженно басил он Марии, уже в который раз прорываясь через сложную систему инфокаровских телефонных соединений. — Я просто не понимаю… Это же неуважение…

И хотя Платон, у которого что-то не склеивалось, рвал и метал, Марии после очередного звонка удалось все же вколотить в него, что папа Гриша смертельно обижен.

— Да, — сказал Платон, выныривая на мгновение из омута интриг, — черт… как не вовремя все. Давай так… Сегодня никак невозможно. Закажи чартер на завтра. На семь утра. Нет! Лучше на восемь. У нас завтра что? Суббота? Давай на восемь тридцать. И соедини меня с папой Гришей, прямо сейчас.

Узнав, что Платон все-таки вылетает и даже специально заказывает для этого самолет, папа Гриша мгновенно расцвел, наговорил Марии комплиментов, а потом сказал:

— Машенька! Красавица моя родная! А вы-то как же? Собрались бы, да с Платон Михалычем вместе. А? Какой подарок для меня, старика, был бы. Да и вам развеяться невредно. Сидите там в конторе, совсем уже к телефонам приросли.

— Это не мой вопрос, Григорий Павлович, — осторожно сказала Мария, чувствуя, как внутри у нее что-то приятно кольнуло и лицу стало горячо. — Я вас сейчас с Платоном Михайловичем соединю.

Она слышала, как Платон раскатисто хохочет, разговаривая с папой Гришей.

Потом у нее на столе загорелась красная лампочка вызова.

Когда Мария зашла в кабинет, Платон отсутствующим взглядом смотрел в стенку и сосредоточенно тер подбородок. Потом он перевел взгляд на Марию, поморгал глазами и сказал:

— Так… О чем я? Ах да! Послушай… Папа Гриша хочет, чтобы ты тоже прилетела… Ты как?

— Как скажешь… как скажете… — тихо ответила Мария, осознав вдруг, что ничего на свете ей так не хочется, как этого полета вдвоем.

— Да… — пробормотал Платон, о чем-то размышляя. — Сегодня ведь рейсов больше нет? Или есть?

— Сегодня больше нет, — ответила Мария, зачем-то взглянув в свою книжечку. — Последний улетел полчаса назад.

— Ладно. — Платон встал из-за стола и сладко потянулся. — Завтра полетим вместе. Нам надо быть в аэропорту в восемь. Давай вот как… Я за тобой заеду в семь. Будь готова.

Мария вернулась к себе, постояла немного, унимая дрожь в руках и коленях, решительно взяла телефонную трубку и вызвала дежурный секретариат в полном составе. Потом договорилась с косметичкой, массажисткой и в парикмахерской.

В ту ночь, чтобы не попортить прическу, Марии пришлось спать сидя на стуле и положив голову на руки. В центре комнаты с люстры свисало отглаженное белое платье, покачивающееся от ночных сквозняков. В гудках машин за окном Марии все время мерещился сигнал будильника, она просыпалась, трясла головой, включала настольную лампу, убеждалась, что утро еще не наступило, и снова проваливалась в беспокойный пунктирный сон.

Без пяти семь она, в белом платье, в новых, купленных вечером, белых туфлях на умопомрачительно высоком каблуке и с маленькой дорожной сумкой в руке, уже стояла у подъезда, глядя на угол, из-за которого должен был вылететь «мерседес» Платона.

За пятнадцать минут ничего не произошло. Только прошаркала мимо уборщица с пустым ведром и шваброй да сосед с четвертого этажа вышел прогулять собачку.

Но Мария достаточно хорошо знала, что время для Платона — категория потусторонняя. Поэтому она выкурила сигаретку и положила в рот пастилку, чтобы убить запах.

Она начала беспокоиться, когда часы показали половину восьмого. При всем платоновском разгильдяйстве опоздать на торжественное собрание он никак не мог.

Что-то случилось.

Мария схватила за рукав гуляющего с собачкой соседа.

— Вы будете здесь еще пять минут? У меня к вам огромная просьба... Я оставлю здесь сумку... Мне нужно срочно позвонить. И еще... Если подъедет черный «мерседес», скажите, что я поднялась на минутку и сейчас буду.

Мария влетела в квартиру, схватила трубку и стала набирать номер платоновского мобильного телефона. Телефон был глухо занят. Какая же она дура!

Наверняка он сейчас звонит ей. Мария бросила трубку на рычаг и встала рядом, дожидаясь звонка. Потянулись минуты. Телефон молчал.

Мария посмотрела на часы. Семь пятьдесят. Немыслимо! Она снова набрала номер Платона и облегченно вздохнула, услышав длинные гудки. На четвертом гудке Платон ответил.

— Да... — скороговоркой сказал он. — Это ты? Привет! Говори, только очень быстро.

— Ты где? — спросила Мария, чувствуя невероятное облегчение от того, что наконец-то дозвонилась и ничего страшного вроде бы не произошло.

— К аэропорту подъезжаю! Где я еще могу быть? Ты что, вообще уже?

Под ногами у Марии поплыла земля.

— Ты что молчишь? — не унимался Платон. — Что-то случилось? Да говори же в конце концов!

— Мы ведь договаривались... — срывающимся голосом пролепетала Мария, — мы ведь договаривались... что ты... что вы... я уже час стою у подъезда...

В трубке наступило тягостное молчание.

— Черт! — наконец прорезался Платон. — Черт! Почему мне никто не напомнил? Слушай, девочка... Ну совершенно вылетело из головы... Знаешь, что? Давай быстро, хватай такси и лети сюда. Я тебя ждать не могу, но тут сразу два рейсовых самолета...

Мария медленно опустила трубку, подошла к окну и встала, схватившись побелевшими руками за подоконник. Телефон звонил еще дважды, потом замолчал.

Раздался дверной звонок.

— Вы уж извините, — сказал сосед, удерживая рвущуюся вперед собаку. — Полчаса прошло. Никто не подъехал. Я вашу сумочку принес. А что с вами? Вам плохо?

— Нет, — ответила Мария. — Мне нормально. Все в порядке.

Шурик — Петьке

Привет, Петюня!

Ну ты пропал! Я тебе уже третье письмо пишу, а ты, конкретно, никак не отвечаешь.

Лето уже прошло, пора в теплые страны. Договаривались же как люди. Мне шеф лично пообещал подкинуть на отпуск. Если опять не ответишь, черт с тобой, поеду один. Думаю махнуть в Анталию, у нас тут ребята из охраны ездили, говорят — кайф. Я уже в турбюро был, присматривался. Такое показали! Знаешь, что такое шведский стол? Это когда вся жратва на столах — и ешь сколько влезет. Мне тут один дух рассказывал, что такая штука раньше была в одном ресторане у трех вокзалов, еще при советской власти. Плати трояк — и вперед. Они пару месяцев так поработали, а потом прогорели. Наши приходят, трояк платят и, пока десяток яиц вкрутую не схавают, не успокаиваются. Только потом начинают завтракать.

Интересно, как они в Турции с этим шведским столом не прогорают? Видать, наших мало ездит.

С турбюро главное дело, чтобы не кинули. А то красивые картинки покажут, понаговорят с три короба, ты бабки выложишь, а потом окажется, что отеля такого вообще нет или до моря три километра пешкодралом шлепать. Обычное дело. Жулья сейчас развелось — ты не поверишь. Я тут на оптовый рынок заскочил за сигаретами, взял три блока «Мальборо». Там это дешево. Приехал домой, распечатал, а внутри «Пегас» сраный. Я туда еще пару раз заезжал, все хотел найти духа, который мне это дерьмо запарил. Куда там!

А на днях был случай — обхохочешься! Шеф мой ездит на «мерине». Шестисотый, к слову сказать… Повезли его вечером на дачу, под Москвой. Там кругом начальство живет, министры всякие. По вечерам друг к другу в гости ходят, будто на работе времени поговорить нету. И у шефа там дача. Дом здоровый, а рядом пристройка для прислуги, охраны, водителей. Кругом забор, ворота, на воротах шлагбаум, охрана стоит с оружием. Все равно что у нас в части. Без специального пропуска хрен въедешь. Да еще документы у всех проверят, машину снизу зеркальцем посмотрят, чтобы мины какой не было или еще чего. Короче, люкс.

Значит, прибыли мы. Шеф как раз улетать собирался, вот и заехал переодеться. Пока он там ковырялся, мы к себе в пристройку зашли — чайку попить, на зуб чего-нибудь бросить. Минут десять нас не было, не больше, вот ей-богу не вру! Через десять минут выходим — шефовского «мерседеса» нет. Мой джип стоит, а «мерседеса» нету. Его шофер засуетился, забегал — нет «мерина», хоть ты тресни. Мы к воротам на джипе. Там кагэбэшники. Только что, говорят, просквозил ваш «мерс», мы думали, это как раз вы и проехали. Еще, говорят, удивились, что без сопровождения. Наша охрана на них наехала — кто, орут, за рулем был? Кого впускали-выпускали? Ну, с концами, конечно. Ничего не видели, ничего не знают, из чужих никто не проходил и не проезжал. Прямо какой-то дух сам собой из воздуха появился, за десять минут завел «мерс» на глазах у всех без ключей, сигнализацию отключил и слинял.

Во как!

Шеф выскочил, послушал охрану, аж почернел весь, ко мне в джип вскочил — и в аэропорт. Сильно расстроился. Обычно он и поговорит, и спросит про что-нибудь, а тут молчал всю дорогу, только по мобильному телефону названивал.

Такие дела… Короче, ты не тяни насчет отдыха. Оттянемся во весь рост.

Только девок надо с собой брать. А то, наши рассказывают, там за трах платить надо — немерено. Будто у них это самое место из золота сделано.

Все, Петюня. Жду ответа. Нашим привет.

Шурик.

«Папа» принимает решение

Есть ли на свете человек, застрахованный от ошибок? Разве только папа римский, и то — это вовсе не медицинский факт, а всего лишь результат всеобщей договоренности. Так за что же карать человека, многократно доказавшего свою преданность делу? И Борис Николаевич его помнит. Кого он увидел первым тогда, утром девятнадцатого августа, когда самые верные разбежались по углам, как тараканы? Полковника Василия Корецкого, который подошел к нему, отдал честь и сказал, что пришел служить новой России. Разве забываются такие вещи? Но в этом деле полковник, конечно, дал маху. Доверился ненадежной агентуре, взял бумаги из грязных, а возможно, окровавленных рук. Ему бы поинтересоваться, откуда документы, по какой-такой причине ему их принесли… А он поставил свои личные интересы выше интересов дела. Выше безопасности государства. Обрадовался, что есть возможность посчитаться с каким-то мозгляком. С его женой он, видите ли, когда-то спал… Смешно, право. Полковник — видный мужчина, настоящий русак, кровь с молоком, на тренировках двухпудовые гири по тридцать раз жмет. А этот — тьфу, смотреть не на что. Плюгавенький, вертлявый, слова сказать по-человечески не может, все «э-э э» да «бэ-э-э». Бутербродиков, говорит, не найдется? Весь день не ел. И видно ведь, что врет, ест через силу, давится, но тянет время, чтобы подольше в кабинете посидеть… Нашел, тоже мне, к кому ревновать… Но тут уж ничего не поделаешь. Слишком разошлась информация. Генеральный прокурор вчера спрашивал… министр внутренних дел тоже… Неужели он и у них бутерброды ест? Так, глядишь, до Бориса Николаевича дойдет. Надо, надо реагировать, хотя и жалко Корецкого. Не пропадет, впрочем. Завтра не забыть позвонить, просили толкового человека, чтобы возглавил аналитический отдел службы безопасности банка. И Корецкий нормально устроится, и надежный источник информации будет…

Пашку жалко… Эх, Пашка, Пашка… Какая же сука тебя все-таки грохнула? Ведь удумали же, гады, танк сперли. Тут еще подумать не мешает… Долг-то у этого, вертлявого, как ни крути, а был. С него станется! Заказать Пашку, взять документы, через своих черножопых переправить Корецкому, а потом на него же и свалить. Дескать, откуда бумаги, пусть объяснит… Да нет, слишком сложно. И потом, что ему три миллиона? Он одних «мерседесов» за год, почитай, штук пятьсот продает, не считая всего остального. Да отечественных — чуть не тридцать тысяч. И еще эта история с СНК. Заберет под себя Завод, ей-богу заберет. Надо будет приглядеться к нему получше. В большую силу может войти. И либо его сейчас приручать надо, либо потом воевать придется. Решено, короче.

Корецкий уходит.

Поминки по Остапу

Проблему урегулирования долгов по иномаркам Ларри полностью принял на себя. Виктору он сказал скупо:

— Посчитай все. Нормально посчитай, дай мне бумажку. И забудь про всю эту историю. Я разберусь. Если к тебе будут вопросы, переводи на меня.

Виктор снова остался без дела. Хотя пожаловаться на то, что ему скучно, не мог. Дела об убийствах Беленького, Пасько и Курдюкова довольно быстро перекочевали в Москву и были взяты на контроль Генеральной прокуратурой, после чего в «Инфокар» зачастили люди из следственной бригады. Вопросов они задавали много, а отвечать на них, кроме Виктора, было некому. Да, знал. Да, были дела. Покупали машины, потом продавали, потом рассчитывались. Да, есть задолженность.

Но она не просрочена, имеется акт выверки, в котором, с согласия сторон, окончательное урегулирование отношений перенесено на конец года. Обратите внимание, мы продолжаем платежи. Неделю назад заплатили, через пять дней заплатим еще.

По мере получения ответов следователи мягчели на глазах. Этому немало способствовала и весьма доброжелательная по отношению к «Инфокару» информация, поступавшая от зиц-председателя Горбункова — единственного уцелевшего руководителя Ассоциации содействия малому бизнесу. Горбунков был приглашен к Ларри на собеседование, провел в его кабинете без малого четыре часа, вышел задом и непрерывно кланяясь, после чего стал кричать на всех углах, что такой добропорядочной фирмы, как «Инфокар», нигде на свете больше нет.

В этом он был совершенно прав, потому что, как выяснилось, деятельность Ассоциации одним «Инфокаром» не ограничивалась. И если Виктор, вовремя предупрежденный Федором Федоровичем, никаких вольностей себе не позволял, то другие партнеры вели себя более свободно. Господин Горбунков, подписывавший все бумаги, но к переговорам, в силу своей малости и несущественности, не допускавшийся, под перекрестными взглядами следователей чувствовал себя чрезвычайно неуютно.

— Это ваша подпись на договоре? — спрашивали его.

— Моя, — честно признавался Горбунков.

— А на товарно-транспортной накладной?

— Тоже моя.

— Значит, товары вы поставляли?

— Выходит, что так, — с душевной болью говорил Горбунков.

— А деньги где?

Горбунков смотрел в окно, краснел и тосковал, пытаясь припомнить, что ему известно из области уголовного законодательства.

Ларри как раз и взялся по возможности отмазать Горбункова.

Руководствовался он, естественно, не альтруистическими соображениями. От Горбункова он хотел максимально лояльного отношения к «Инфокару». А главное — подробной информации о должниках Ассоциации. Должники эти — разнообразные АО и ТОО — после смерти Беленького скоропостижно захирели, телефоны в их офисах перестали отвечать, а банковские счета мгновенно опустели. Но то, что для следователей, бессильно матерившихся при обнаружении очередной зарегистрированной на имя давно скончавшегося человека фирмы являлось непреодолимой проблемой, для Ларри было достаточно открытой книгой. По своим личным каналам, через Федора Федоровича или же Ахмета он безошибочно выходил на настоящих владельцев, назначал встречи, проводил переговоры. И согласовывал условия, по которым будет гаситься задолженность. Если владельцы начинали брыкаться, Ларри разводил руками и менял тему разговора. Как правило, дня через два владельцы выходили на него сами и предлагали продолжить обсуждение.

Платон не зря называл Ларри коммерсантом от бога. Не менее трети инфокаровской задолженности было покрыто чужими деньгами. А Горбунков, плечи которого все заметнее распрямлялись по мере того, как на счет Ассоциации капали деньги, считавшиеся безвозвратно погибшими, смотрел на Ларри, как на мессию.

Кстати говоря, ни одного подлинника документов, увиденных Виктором в кабинете полковника Корецкого, у следственной бригады не оказалось. Похоже, начальник Василия Иннокентьевича решил, что с полковника хватит и увольнения. А лишние вопросы были ни к чему. Поэтому месяца через два коммерческая версия убийства сама собой отвалилась. Оставался только вариант бандитской разборки. И специалистов по экономическим преступлениям в следственной бригаде сменили другие специалисты. По организованной преступности.

Причем вовремя. В Москве случилась очередная вспышка уличной войны, в ходе которой на Митинском рынке положили двух боевиков, приехавших на разборку.

Подоспевшая милиция заинтересовалась автомобилем «вольво», на котором прибыли незадачливые ганфайтеры, и быстро установила, что документы липовые, а номер на двигателе перебит. Когда же определили настоящий номер и прозвонили его по компьютеру на предмет угона, то выяснилось, что ранее машина принадлежала некоему Герману Курдюкову.

Информация о том, что нашли машину Геры, мгновенно прошла по всем каналам связи. Просочилась она, естественно, и к высокому руководству. Сережа Красивый был срочно вызван в Москву с Кипра, где приторговывал для себя приличное бунгало.

А через несколько дней, когда мрачноватого вида бугаи, неся на могучих плечах два гроба, выходили из церкви, где проходило отпевание невинно убиенных, взлетел на воздух «москвич», припаркованный у церковной стены. Похоронную процессию скосило, как серпом. К двум покойникам добавилось еще шестнадцать.

Плюс сколько-то раненых.

Если бы Сережа Красивый читал когда-нибудь Гоголя, то мог бы повторить вслед за Тарасом Бульбой: «Это вам, чертовы ляхи, поминки по Остапу».

Следственная бригада немедленно переключилась с коммерсантов на более перспективное направление. Хотя после устроенного у церкви побоища число возможных фигурантов практически свелось к нулю.

Для справки. Пашу Беленького и графа Пасько похоронили на Крестовском кладбище, расчистив для них место среди старых могил. На обоих участках установили обелиски со звездами, но не из фанеры, а из белого мрамора. За памятники заплатил Ларри. А урну с прахом Геры Курдюкова замуровали в стену на Новодевичьем, где уже был захоронен его героический дед, генерал Советской армии, скончавшийся в сорок шестом.

«Инфокар» оставили в покое. Можно было спокойно торговать, качать деньги, продвигать вперед СНК. Никто больше не приставал, не мешал работать. И про Василия Корецкого, возглавившего аналитический отдел службы безопасности в каком-то там Первом Народном банке, никто не вспоминал. Честно говоря, не очень-то и хотелось.

Как выяснилось, зря.

Письмо барина из Америки

«И ты будешь волков на земле плодить
И учить их вилять хвостом…

Помнишь, как дальше?

Витя».

— Как дальше, помните? — спросил между прочим Федор Федорович, дочитав распечатку.

Платон, закрывший лицо руками, покачал головой. Федор Федорович не спеша встал, подошел к окну и произнес нараспев:

— «А то, что придется за все платить, так ведь это, пойми, — потом». — Помолчав немного, он продолжил: — Там еще есть. Точно не помню, но что-то в этом роде. Сейчас, сейчас… «И ты будешь лгать, и будешь блудить, и друзей предавать гуртом, а то, что придется за все платить, так ведь это, пойми, — потом…»

— Зачем вы про это? — спросил Платон, не меняя позы. — Я его предал?

Федор Федорович ответил не сразу. Он какое-то время постоял у окна, потом вернулся к столу, наполнил рюмки и подвинул одну из них к Платону.

— Успокойтесь, Платон Михайлович, — сказал он. — Я так не думаю. Это с моей стороны было бы глупо. Я же прекрасно понимаю, чем вы занимаетесь, осознаю весь размах вашего бизнеса. О ваших планах на будущее, в том числе и политических, тоже догадываюсь. На этом уровне рассуждения общеморального характера лишены всякого смысла. Это как раз та ситуация, когда соображения морали должны однозначно уступать место соображениям целесообразности. Причем неважно, как сия целесообразность обозначается. Когда-то была революционная целесообразность, теперь целесообразность бизнеса, но суть от этого не меняется. Раз уж у нас стали возникать литературные ассоциации, напомню вам еще кое-что. За неточность цитирования сразу прошу прощения, я ведь в этой области не очень. Это покойный Витя мог бы вам точную цитату выдать, он большой спец был. Есть такое стихотворение. Там сначала о времени: «А век поджидает на мостовой, сосредоточенный, как часовой», потом еще что-то, а дальше так: «Но если он скажет: „Солги“, — солги. А если он скажет: „Убей“, — убей». Я вас уверяю, что на этих строчках не зря целые поколения выросли. Нынче ведь на всех углах голосят — ах, непреходящая ценность человеческой жизни, ах, надо жить не по лжи, ах, забытые идеалы христианства… Что же раньше-то — эти красивые мысли никому в голову не приходили? Конечно, приходили. Но, как было сказано, время поджидало на мостовой, и дискутировать с его логикой было глупо и бессмысленно. Оно и сейчас ждет там же. Время другое, спорить не буду, и задачи ставит другие. Но логика его, Платон Михайлович, поверьте старому чекисту, в точности та же самая.

— Я не понимаю, — признался Платон. — Вы к чему все это?

— А вот к чему, — терпеливо продолжал Федор Федорович. — Может быть, мне надо было раньше с вами поговорить, да я убежден был, что вы сами все прекрасно понимаете. Собственно, я по-прежнему в этом убежден. Просто сейчас вам трудно, и вам хочется все, что вы и так знаете, от другого человека услышать. Что ж, извольте. Я революционных аналогий приводить не буду, они здесь излишни. Есть определенные законы… Например, такой: между большим бизнесом и большой политикой никакой заметной разницы не существует. Согласны со мной? Я это к тому, что в политических терминах мне удобнее объяснять. Представим себе: мы с вами желаем построить идеальную политическую систему. Можно по-всякому объяснять, что это такое, но два условия обязательны. Первое условие — ее универсальность. Два человека участвуют в этой системе, три или миллион — неважно, система должна работать без сбоев. Правильно? И второе условие — система обязана вырабатывать непротиворечивые решения, которые понятны всем и каждому. Иначе это не система, а бред. Вы можете теперь все что угодно сюда добавить, например идеалы христианства или диктатуру пролетариата, это только затушует общую картину, но ничего по большому счету не изменит. Знаете, как выглядит эта идеальная политическая система? — Федор Федорович залпом выпил рюмку и, нагнувшись к Платону, сказал шепотом: — Диктатура! Железная, беспощадная диктатура. И никак иначе. Любая другая система — либо не универсальна, а значит, непригодна, либо внутренне противоречива и с течением времени ничего, кроме насмешек над собой, породить не сможет. Если вы строите крупный бизнес, то делать это можно только и исключительно на такой основе.

— При чем здесь… — глухо спросил Платон, и Федор Федорович его понял.

— При том. Люди, пришедшие с вами в бизнес, либо не понимают эту простую истину, что маловероятно, либо, что скорее всего, считают, будто бы на них, по тем или иным причинам, этот закон не распространяется. Как должен поступить элемент идеальной системы, если к нему подошли с просьбой, поручением, вопросом? Он должен незамедлительно сопоставить эту просьбу или поручение с тем, что ему поручено непосредственным руководителем, и либо совершить действие в пределах своей компетенции, либо тут же довести до сведения руководства, что возникла нештатная ситуация, и передать решение вопроса на более высокий уровень. Именно по тому, насколько неукоснительно исполняется это правило, следует судить о пригодности человека к работе. Вы, Платон Михайлович, руководитель ровно до тех пор, пока вам нужны люди, которые будут поступать так, как вы придумали. А когда вам понадобятся люди, которые будут придумывать за вас, как им надо поступить, вам придется уйти на покой. Иначе всему вашему делу — конец.

Платон покрутил в руке налитую Федором Федоровичем рюмку, подумал, выпил и налил еще по одной.

— Вы хотите объяснить мне, что я ни в чем не виноват?

— Нет, конечно, — обиженно ответил Федор Федорович. — Естественно, что виноваты. Ведь человек погиб. Виноваты! Но не в том, в чем вы думаете. Я ведь вас не успокоить хочу. Я хочу вас предостеречь от последующих ошибок. Вы потеряли трех человек, которые были вашими близкими друзьями. Уже трех! Это много. Если вы не примете срочных мер, список потерь будет увеличиваться. И точно так же, как вы лично виновны в смерти этих троих, будете виновны и в том, что еще может произойти, если немедленно не примете соответствующих мер.

— Любопытный разговор у нас получается, Федор Федорович, — неожиданно произнес Платон. — То, что вы говорите, очень странно. Вы считаете, что в истории с Сергеем тоже я виноват? И с Петей? Вынужден просить вас объяснить — почему. Про диктатуру я с вами, предположим, согласен. Но как все остальное из этого следует?

Федор Федорович несколько ошалело посмотрел на Платона. То, что главе «Инфокара» надо объяснять прописные истины, как-то не укладывалось у него в мозгу. И возникло нехорошее ощущение, что Платон не вполне владеет информацией.

— Платон Михайлович, — осторожно начал он, — я с вашей компанией общаюсь уже не первый год и могу совершенно точно сказать, что единственный человек, который внутри «Инфокара» действует точно по обозначенным мною правилам, — это Ларри. Из верхнего эшелона, я имею в виду. Что касается всех остальных — их либо не надо было привлекать с самого начала, либо необходимо немедленно выгнать. В широком смысле слова. Дать самостоятельный бизнес, назначить приличное содержание — что угодно, только не использовать в непосредственной близости от вас. И лишить всяких полномочий. Не хочу быть пророком, но если вы немедленно не примете соответствующих мер, то потеряете и Мусу, и Марка Наумовича. Вы знаете, что Терьяна вы практически убили собственными руками?

Платон уставился на Федора Федоровича. Ему показалось на мгновение, что он ослышался.

— Да, да, — кивнул Федор Федорович. — Здесь я, правда, тоже руку приложил. До сих пор простить себе не могу. Вы знали, что я ему помогал в питерском деле?

Платон замотал головой.

— Помогал, — грустно покачал головой Федор Федорович. — А что делать? Он пришел ко мне, попросил совета. Я вижу — человека бросили в омут, а плавать научить забыли. Кто его туда послал? Не вы ли, Платон Михайлович? Интересно было бы сейчас узнать, чем вы при этом руководствовались. Какими соображениями. Не припоминаете?

Платон напрягся, но вспомнить так и не смог. Кажется, у него на Сережку были какие-то виды, но что-то там не сложилось, и, когда кто-то из ребят посоветовал послать его в Питер, он подумал, что это очень здорово, потому как в Питере проблема, а Сережку все равно сейчас некуда девать.

— Вот-вот, — сказал Федор Федорович, словно угадав платоновские мысли, — вы сейчас мучаетесь, стараетесь вспомнить. А вспоминать-то и нечего, потому что вы и на работу его приняли просто так, и в Питер послали просто так. А на самом деле и то и другое было ошибкой.

— Почему? — спросил Платон.

Федор Федорович снова удивленно посмотрел на него.

— Да потому, что он вас сто лет знал и вместе с вами из науки пришел. У него та же школа. А следовательно — способность к самостоятельному мышлению. Заметьте, к научному мышлению.

— Вы хотите сказать, что на работу надо брать идиотов?

— Конечно нет. В бизнесе мозги нужны не меньше, чем в науке. Но здесь необходима жестокая дисциплина мышления. Идеальный элемент системы должен быть чрезвычайно умен, но только в отведенной для него области, за пределами которой размышления, мягко говоря, не поощряются. А точнее — наказуемы вплоть до увольнения. Ваши люди, Платон Михайлович, этому условию не удовлетворяют категорически. Во-первых, все они из науки и считают возможным для себя размышлять о том, о чем им никто размышлять не позволял. А во-вторых, они ваши приятели и считают, что им все должно сходить с рук. Впрочем, это теоретические рассуждения. Давайте я вам на примере Терьяна все разъясню. Вы его взяли не потому, что он в бизнесе разбирается, а потому, что много лет его знали и хотели помочь в трудное время, так? Так надо было не на работу его брать, а дать тысяч пятьдесят подъемных и отправить куда-нибудь в зарубежный университет. Статьи писать. По сей день был бы жив-здоров и почитал бы вас за своего друга и благодетеля. Правильно? А вы его поманили и бросили в прорыв, даже не задумавшись — пригоден он для этого или нет. Вы ведь его по себе оценивали, вам же решить питерский кроссворд никаких трудов не составило бы. Так то вы, а то он. Интеллекта хватает, а силенок, знания жизни и, главное, знания правил игры — явно недостает. Да, получил он от меня информацию, каюсь. А не получил бы — так сам нашел бы рано или поздно. Но если бы он знал правила, то, выстроив стратегию поведения и правильно оценив свои возможности, отошел бы в сторону и попросил Москву прислать для окончательного решения проблемы специально подготовленных людей. А он решил сделать все сам. В одиночку. Это же у вас в науке так принято — сам идею рожаешь, сам формулы пишешь да сам же и на машинке печатаешь. Правильно? А в бизнесе так нельзя. Саша Еропкин мгновенно сообразил, что никакими универсальными полномочиями Терьян вовсе не наделен, работает в одиночку и потому уязвим. Вы знаете, что Еропкин приезжал в Москву, специально почву прощупывал? Нет? Покрутился тут, переговорил кое с кем и убедился, что за Сергеем никто не стоит, что к нему, Еропкину по большому счету особых претензий нет и что вернуться на насиженное место он вполне даже может. Продемонстрировал уважение к кому надо, негласной поддержкой заручился. Нет-нет, не подумайте, ему никто прямого указания на устранение Сергея не давал, просто на его предложения благосклонно качнули головой. Приехал домой, посоображал немного — в пределах своей компетенции, заметьте, — и организовал операцию. Он сволочь, конечно, но это наша сволочь, если так можно сказать. Если бы он устроил отстрел Сергея, этого ему никто и никогда не простил бы, потому что против правил. А он всего лишь никому не известную девочку заказал. И все! Дальше само покатилось. Платон Михайлович, вам понятно, о чем я? — Федор Федорович выждал паузу. — Надо ли объяснять вам, Платон Михайлович, как вы Петю Кирсанова под расстрел подвели? Извольте. Объясню. Про деньги СНК я говорить не буду, тема известная. Как надо было поступить в данной ситуации? Взять совершенно конкретного человека, передать ему определенные полномочия и работать исключительно с ним. Что вы сделали? Абсолютно противоположное. Мы же все свои, все из одного инкубатора, все интеллектуалы, поэтому — вперед, ребята, давай, как на субботнике, хватать больше да кидать дальше, а славой потом сочтемся. И вот результат — каждый рвется больше схватить и дальше кинуть, чтобы в первачи выйти. А риск при этом никто в расчет не берет. Либо грудь в крестах, либо голова в кустах. Вот голову в кустах и получили. Но если бы с самого начала все было отдано в руки Ларри или, к примеру, мои — глядишь, сейчас вы с Петей имели бы элитный досуг в сауне-люкс, он ведь по этой части большой мастак был.

— Вы, Федор Федорович, про Витю Сысоева мне так же внятно объяснить сможете? — тихо спросил Платон.

Федор Федорович махнул рукой.

— Могу, конечно, да что толку? Все мои объяснения, Платон, начинаются с того, что эти люди в бизнесе — лишние. Я больше скажу — они для бизнеса противопоказаны. Вы же умный человек, вспомните историю. Фюрер всех, с кем он начинал, расстрелял в одночасье. Почему? Да потому, что они претендовали на первородство, они с ним на «ты» норовили быть, они себе позволяли думать о том, о чем только он один и мог думать. Владимир Ильич этого не успел, его кондрашка раньше хватила, так за него вождь и учитель работу доделал. Это логика истории, поймите, Платон Михайлович. И вам трижды повезло, что эта логика помимо вас реализовалась. Еще год-два, и при нынешнем положении вещей вам лично пришлось бы отдавать Ахмету приказ разобраться со старыми друзьями. А иначе никак. Это, Платон Михайлович, наука, чистая математика. Марксизм, если угодно. Я уж вас тут достаточно литературными цитатами утомил. Но позволю себе еще одну, опять же из Галича. «И счастье не в том, что один за всех, а в том, что все — как один». Если вы немедленно не начнете подходить к вашему бизнесу в точном соответствии с этими словами, то либо бизнес бесславно закончится, либо сидеть вам, как Владимиру Ильичу, в подмосковном имении и получать газеты, напечатанные специально для вас в одном экземпляре. А делом вашим будет заниматься тот, кто эти слова усвоит раньше вас…

Переговорную комнату в клубе заполнила неприятная и гнетущая тишина.

Законы политики и бизнеса, довольно сумбурно изложенные Федором Федоровичем, сгруппировались и осадили Платона по всем правилам военного искусства. И он, всегда считавший себя свободным и всесильным, вдруг ощутил совершенно реальный барьер, превзойти который невозможно, ибо это против природы. Он старался умножить число ферзей на доске. Но ферзи эти были не нужны, более того — вредны. Партия выигрывалась тем, у кого в запасе были дисциплинированные пешки.

Да, с пешками не о чем говорить, им можно только приказывать, но выбор простой — либо разговоры, либо партия. И Платон снова испытал странное и жуткое ощущение одиночества, которое уже посещало его в последние дни.

— Давайте закончим этот разговор, Федор Федорович, — сказал он, двинув рукой будто отгоняя тяжелые мысли. — Я вас попрошу. Мне нужно знать все про этот банк. Сегодня к вечеру. Сколько стоит — неважно. Заплатите кому надо. Но мне нужна полная информация — кто за ним стоит, кто кому платит, почему именно мы. И так далее. Понятно? Потом я вас попрошу еще об одной вещи. Как вы сказали — счастье в том, что все — как один? Вот-вот. Приблизительно об этом. Давайте договоримся сразу. Я вас жду в четыре. Нет, лучше в пять!

Вопросы к Васе Корецкому

Пожалуй, впервые за все время работы в «Инфокаре» Федору Федоровичу не пришлось ждать сверх назначенного времени. Ровно в пять широко распахнулась дверь платоновского кабинета, и администратор заискивающе произнес:

— Прошу, Федор Федорович, Платон Михайлович ожидает.

Федор Федорович пришел с тяжелыми известиями. В потертой кожаной папке лежала бомба.

— Узнали? — спросил Платон с порога. — Есть результат?

Федор Федорович кивнул, подсел к столу и положил папку перед собой.

— Здесь все про этот банк. Копии учредительных документов, краткая история, справка из Центробанка, информация из ФСБ, короче — все. Будете смотреть? Почитайте, а потом я вам кое-что расскажу.

Федор Федорович достал из папки ворох бумаг, отделил две странички от конца, оставил их себе, а остальное протянул Платону. Тот немедленно начал читать. Читал долго. Добравшись до середины, злобно выматерился, с размаху ударил рукой по кнопке звонка и приказал вбежавшему администратору:

— С этого и вот с этого сними две копии. Нет — три. И принеси мне чаю. Федор Федорович, чай будете? Или кофе?

— Лучше кофе, — кивнул Федор Федорович. А когда администратор вышел, спросил: — Вы на держателя реестра внимание обратили? Да?

Платон кивнул и продолжил чтение.

— Так, — сказал он, добравшись до конца. — Значит, таганские? Я, в принципе, так и думал. Либо они, либо солнцевские — больше некому. Ларри на солнцевских грешит. Но теперь-то уж все ясно. — Он снова ударил рукой по звонку. — Ахмета найди, — распорядился он, когда администратор возник в дверном проеме. — Срочно. Он там... в Англии... позвони в оргкомитет конференции Института Адама Смита, скажи, чтобы срочно разыскали... Где угодно. Давай!

Администратор исчез. Платон, потирая рукой подбородок, задумался.

— Вы полагаете, Ахмет сможет помочь? — поинтересовался Федор Федорович.

— Нет, — уверенно ответил Платон. — Просто у него с таганскими были дела. Я хочу, чтобы он сказал, с кем надо говорить.

— Боюсь, Платон Михайлович, — сказал Федор Федорович, теребя отложенные странички, — что он вам даст не совсем точную информацию. Похоже, что вам, — он выделил последнее слово, — говорить не с кем. В смысле, что разговор будет в пользу бедных.

— Что у вас там? — Платон перегнулся через стол.

— Штатное расписание банка. Желаете посмотреть? — Федор Федорович протянул Платону последние листки из папки. — Я там отчеркнул самое интересное.

Желтым маркером была выделена фамилия начальника аналитического отдела службы безопасности банка В. И. Корецкого.

— Припоминаете такого человечка? — спросил Федор Федорович, с тревогой наблюдая, как Платон меняется в лице. — Он покойного полковника Беленького, вечная ему память, курировал. Что-то у него там не сложилось, кажется, кое-какие документы вопросы вызвали, и пришлось ему из органов уволиться. Это, правда, ничего не означает: однажды сотрудник — всегда сотрудник. Но мне сдается, что к этому увольнению руку-то вы приложили. А еще припоминаю я, что лет эдак двадцать назад у вас была одна знакомая, имя вот только запамятовал. Кажется, она потом за этого сотрудника замуж вышла, если я ничего не путаю. И были у вас в свое время небольшие проблемы с выездным делом, мне Ларри в Ленинграде рассказывал. Вроде бы именно после этого означенного товарища — он же у вас в Институте заместителем директора работал? — куда-то в другое место наладили. Я ничего не путаю?

Платон смотрел на Федора Федоровича, как на привидение. Федор Федорович положил руку на стол и начал загибать пальцы.

— Вы с его женой спали и до того, как она за него вышла, и после. Номер один. В первый раз он работу потерял из-за вас. У нас в конторе такие вещи долго помнят. Если бы не тот случай, он сейчас в генералах ходил бы. Это номер два. Из Кремля его опять же из-за вас поперли, да еще с каким треском! Это номер три. Платон Михайлович, молите бога, чтобы он этими миллионами ограничился. Какие там таганские! Наплевать, растереть и забыть. Когда Кирсанова убили, мне сразу показалось, что здесь профессионально подготовленный человек имеет присутствовать. Плюс взрыв в банке.

— Погодите, погодите… — Платон начал постепенно приходить в себя. — Это же обычный бандитский банк. У него хозяева есть — вы ведь тоже держателя реестра видели. При чем здесь Вася? Он, что ли, политику банка определяет? Начальник отдела?

— Платон Михайлович, — с жалостью сказал Федор Федорович, — я вам сейчас скажу одну умную вещь, только вы не обижайтесь. Если человек из действующего резерва, да еще с хорошей биографией, да не откуда-то, а прямо из Кремля, трудоустраивается в коммерческую структуру, это означает только одно. Что хозяева этой структуры раз и навсегда получили полную и вечную индульгенцию, что все их грехи списаны и забыты, что творить они могут все, что им заблагорассудится, и «крышей» их отныне и вовеки является самое что ни на есть наивысшее руководство нашей многострадальной родины. Понимаете меня? Ваши три миллиона никакие не таганские забрали. Есть и покруче. Им ведь по большому счету все равно, у кого брать. Но к вам лично у товарища и коллеги моего, Васи Корецкого, есть особое пристрастие. Отсюда и все ваши неприятности. Думаю, что на Кирсанова кто-то из его ближнего окружения выходил, потому и пальбу устроили. А банк взорвали на всякий случай, чтобы запас времени обеспечить. Вдруг у вас еще какая-нибудь светлая мысль появится, а им надо успеть деньги за рубеж скачать. Тут ведь плановое хозяйство — не шуточки.

В дверь всунулся администратор.

— Платон Михайлович, Ахмет по сорок шестому…

Платон схватил трубку и нажал мигающую кнопку на клавиатуре телефонного аппарата.

— Привет, — сказал он в микрофон, — спасибо, что позвонил... Я позвонил?.. А... Ну да... Как у тебя дела?.. Отлично... отлично... Молодец... Нет-нет, сейчас никак не смогу... Молодец... молодец... Ты когда возвращаешься?.. Ага... Слушай... Ты мне как-то рассказывал про этого... про Фрэнка... помнишь?.. Как у тебя с ним?.. Да... Да... Нет, проблем нет... Просто так... У него вроде банк есть, да?.. А еще что?.. Так... так... Интересно... И в Измайлове тоже?.. Понял... понял... Ты когда возвращаешься?.. А можно сделать так, чтобы ты сегодня вылетел, прямо сейчас, и сразу приехал ко мне? Сюда, в клуб. Можно?.. Что?.. Ерунда! Я сейчас пришлю самолет, тебе сообщат. Садись и вылетай... Ты где?.. Это где?.. В Сохо?.. Ну будь там, два часа еще продержишься?.. Тебе Мария сейчас позвонит, скажет номер борта... Или в гостиницу... Ты где остановился?.. Нормально... Молодец, молодец... Все, обнимаю тебя... Что?.. Виза?.. Ерунда, оформим новую, и завтра же полетишь обратно... Обнимаю тебя. Пока.

— Эй! — крикнул он администратору. — Свяжитесь с Марией, срочно. Пусть закажет чартер в Лондон и сюда в Москву. И пусть позвонит Ахмету по этим телефонам, скажет номер борта и когда вылет. И пусть пошлет кого-нибудь из девочек, чтобы взяли его паспорт, у него виза одноразовая. Чтобы завтра утром была новая виза, он должен обратно лететь. Самолет пусть ждет... часов до шести вечера... Больше нас не беспокойте. Только если Ларри позвонит.

Пять процентов, один процент...

Ахмет возник в клубе далеко за полночь. Отпущенный Платоном Федор Федорович доедал в банкетном зале десерт, а сам Платон сидел у себя в кабинете и что-то чертил на бумаге, игнорируя телефонные звонки и отмахиваясь от периодических визитов администратора. Когда доложили о появлении Ахмета, Платон встрепенулся и приказал немедленно позвать Федора Федоровича.

— Я с ним сам буду говорить, — сказал он. — Вы послушайте. Есть одна идея.

Федор Федорович пристроился в углу и приготовился слушать.

Участие в конференции, проводившейся в Лондоне Институтом Адама Смита, сказалось на Ахмете положительно. Он вошел в кабинет, распространяя изысканный аромат дорогого одеколона, и от его длинного, оливкового цвета пиджака будто исходило сияние, отбрасывающее на лица Платона и Федора Федоровича блики потустороннего, заграничного света. В руках он держал продолговатую коробочку, отделанную светло-голубым бархатом.

— Дорогой, — проникновенно произнес Ахмет, троекратно целуясь с Платоном, — дорогой! Я так рад, что ты мне позвонил. Я по тебе соскучился, матерью клянусь. Всего три дня не виделись, а так соскучился. Посмотри, я тебе подарок привез. Нравится?

В коробочке лежали наручные часы «Патэ Филипп». Пока Платон разглядывал часы, Ахмет оглянулся и обнаружил в углу Федора Федоровича.

— Дорогой Федор Федорович, — восхитился он неожиданной встречей, — как хорошо, что вы как раз здесь! А я думаю — завтра лететь обратно, как же я увижу Федора Федоровича? Я по вам так скучал, так скучал. Клянусь, если бы мы не увиделись, я бы никуда не улетел. Я вам тоже маленький подарок привез. Платон, дорогой, — обратился он к хозяину кабинета, — позвони, пожалуйста в свой звонок. Пусть мне принесут из машины маленькую кожаную сумку. Такую черную.

В маленькой кожаной сумке обнаружилась еще одна коробочка, но не с «Патэ Филипп», а с брегетом «Лонжин».

Усевшись за стол, потребовав чаю с вишневым вареньем, пирожков и рюмку коньяку, Ахмет долго рассказывал, какой богатый город Лондон, как его там принимали, как он нашел ресторан с настоящей каспийской черной икрой и как он познакомился в Сохо с девочкой из Санто-Доминго, от которой его и оторвал звонок Платона.

— Какая девочка! — восхищался он, щелкая пальцами. — Какая девочка! Совсем по-русски не говорит. Но все понимает. Такая замечательная. Просто ребенок. Я ей три тысячи долларов подарил, клянусь этим столом. Сказал — пусть купит себе то-се. Чулочки, сумочку, туфли красивые… Правильно я сделал?

Допив чай с коньяком и выговорившись, Ахмет растянулся в кресле и спросил:

— Ну, как у нас тут? В «Инфокаре»? Все нормально?

— Витя Сысоев погиб, — сказал Платон. — Завтра похороны.

— Ай-яй-яй, — на лице Ахмета появилась искренняя скорбь. — Не может быть! Такой хороший парень... Убили?

— Нет, — ответил из угла Федор Федорович, опережая Платона. — Несчастный случай. Забыл дома ключи и решил от соседей сверху по буксировочному тросу спуститься. Уже у себя на балконе был, но голова закружилась, и сорвался. С пятого этажа.

Ахмет огорчился еще больше.

— Что нужно, Платон Михайлович? — спросил он. — Надо охрану выставить? Я завтра же ребят пришлю. Сколько? Десять, сто, двести... только скажи.

— Не надо, — сказал Платон. — Сам приходи... Тут другое дело. Устрой мне переговоры с Фрэнком.

Нельзя сказать, что приветливость Ахмета уменьшилась хоть в какой-то степени. Но чуть заметная тень набежала на глаза, затуманенные скорбью по причине сысоевской гибели, да около рта прорезалась небольшая складочка.

— Платон Михайлович, — торжественно и с легкой обидой произнес он, — дорогой Платон Михайлович, я в «Инфокаре», можно считать, с первого дня. Уже сколько лет! Еще «Инфокара» не было, а я уже был. За мной «Инфокар» всегда как за каменной стеной. Кто бы ни приходил — я всегда стоял за «Инфокар». Только выйду, только слово скажу — и все. Помните, как я Леню спас? Их сто человек было — я один приехал. Только крикнул — все тут же уехали и больше не появлялись. Клянусь этим столом. Вы спросите у Ларри Георгиевича, он вам подтвердит. У кого хотите спросите, все скажут, что так и было. Я за «Инфокар» любому башку отверну. Вся Москва знает. Я ведь только о чем прошу, — Ахмет поднял руку и загнул указательный палец, — вы с кем-то переговоры ведете, по бизнесу, по финансам, — меня позовите. Я тихо в углу посижу, послушаю. Это будет стоить — ерунду — пять процентов, три процента, один процент. Но потом проблем не будет. Неважно, кто там — Михась, Сильвестр или этот... Фрэнк... — приползут на коленях, все принесут да еще спасибо скажут, что с ними по-людски разговаривают. Я знаю, как с ними разговаривать. А вы меня зовете, когда уже проблемы. Зачем вам с Фрэнком разговаривать? Не надо. Вам с ним встречаться не нужно. Вы ученый человек, серьезный бизнесмен, вам не надо с Фрэнком встречаться. Мне скажите...

Платон услышал за спиной покашливание Федора Федоровича, задумался на секунду и сменил тактику.

— Ахмет, скажи, а тебе не приходилось слышать, что у Фрэнка новые друзья появились? Из органов. Вроде как «крыша».

Ахмет, тоже оценивший присутствие Федора Федоровича, глубоко задумался.

Потом, проникновенно глядя на Платона, произнес длинную тираду, смысл которой сводился опять же к тому, что он все эти годы грудью защищал «Инфокар», что по ряду вопросов с ним обязательно надо советоваться, что каждый, обидевший «Инфокар», рано или поздно ответит за это перед ним, Ахметом, и что если Платон Михайлович даст команду, то завтра же братва пойдет по следу любого, сядет кому угодно на хвост и всех накажет. А встречаться ни с кем не надо. Договорив до конца, он зевнул, стыдливо прикрывшись ладошкой, и сказал:

— Я, Платон Михайлович, поеду домой. Если можно. Я так устал, так устал. Эта девушка из Санто-Доминго, такая замечательная девушка. Клянусь, никогда так не уставал. Я завтра утром приеду, перед самолетом, с Виктором попрощаться. А насчет Фрэнка вы не сомневайтесь: если что — принесет деньги в зубах. Вы мне только команду дайте, и все будет нормально. Принесет. Рано или поздно.

Когда Ахмет, обнявшись на прощание с Платоном, вышел из кабинета, Платон вопросительно посмотрел на Федора Федоровича. Тот кивнул.

— Знает. Все знает. И не полезет в это дело ни при каких условиях. Если он вам устроит встречу, к нему появятся вопросы. А подобные радости ему ни за какие коврижки не нужны. Платон Михайлович, если не секрет, зачем вам встреча с Фрэнком?

— Просто… — Платон поглядел на захлопнувшуюся за Ахметом дверь. — Я тут посоветовался… в том числе и с Ларри… Деньги из банка уже скачали. Там пусто, и векселя эти ни гроша не стоят. А Фрэнк… «Крыша» — «крышей», но свой независимый бизнес он все же имеет. Завтра буду точно знать — какой. И сделаю ему предложение. Либо он с этого бизнеса со мной рассчитывается, либо я его же собственной «крыше» большую услугу окажу. Им объяснят, откуда берутся бабки, за которые Фрэнк себе коттеджи и баб покупает. Нормально? Кроме того, я хочу по полной программе наехать на банк. Через РУОП, через прокуратуру, через КРУ Минфина. А он должен обещать, что его люди будут соблюдать нейтралитет. Затем мне и нужна встреча.

— Почему вы думаете, что он согласится?

— Потому. У него есть бизнес, про который знают только он и Корецкий. И он отстегивает Корецкому процент — маленький-маленький. Если я этот бизнес засвечу, маленький процент превратится в большой. А бизнес окажется под колпаком. Правильно я говорю, Федор Федорович? Кроме того, в скачанных трех миллионах у Фрэнка есть доля. Я ее оцениваю примерно в полмиллиона. Он ведь должен понимать, что эти деньги он взял у меня. Разве нет?

— Логично. А если он сообщит о встрече Корецкому?

— Зачем ему это? По личному бизнесу Фрэнка Корецкий состоит у него же на жалованье. Значит, прикрытия конторы нет. Чем ему Корецкий поможет? Да и самому Васе раскрытие карт невыгодно. У него зарплата кончится. По правилам, все верно. Они взяли наши бабки. Отдали известно кому. Теперь рассчитаются своими. Впредь будут знать, с кем стоит связываться, а с кем нет.

Федор Федорович надолго замолчал. Видно было, что, пока он ужинал, Платон провел серьезную работу по сбору информации. И предложенная им стратегия была логически безупречна. Поэтому Федор Федорович вынул из внутреннего кармана пиджака авторучку, нацарапал на листе бумаги семь циферок и сказал:

— Позвоните по этому номеру. Попросите Фрэнка Мамедовича. Скажите, что номер Аркадий дал. Все, что могу.

Уже возвращаясь домой и глядя на начинающее светлеть небо, Федор Федорович вспомнил строки Андрея Вознесенского про загадочный и опрокидывающий все расчеты «скрымтымным», и ему стало несколько не по себе.

Ибо, несмотря на убийственно точную логику Платона, в душе Федора Федоровича гнездилось смутное понимание, что «скрымтымным» должен где-то проявиться.

Рассказ о печальном Пьеро

— Так, — сказал Платон. — Быстро рассказывай. Где у нас чего.

Мария разложила на столе веер из паспортов и билетов и открыла свою черную книжечку.

— Вылет в Сан-Франциско завтра. Туда вы прилетаете в шестнадцать пятнадцать, сразу из аэропорта едете в гостиницу, в восемнадцать ровно ужин с МакГрегором. В семь пятнадцать утра самолет в Лос-Анджелес. Там вас встречает Ларри, вы обедаете в Голливуде и последним рейсом…

— Во сколько последний рейс? Ты время называй!

— В половине седьмого. Ночуете в Нью-Йорке. Вот номер заказа в «Шератоне». Вот нью-йоркский номер Григория Павловича, ему надо позвонить сразу же, как приземлитесь. Он скажет, когда самолет в Детройт. В Детройте у вас переговоры весь день…

— В какой день? В какой?

— В среду. В четверг утром вы вылетаете «Дельтой» в Турин.

Платон шумно выдохнул воздух и стукнул по столу ладонью.

— Какой, к черту, «Дельтой»? Я тебя третий раз прошу — называй время. Ничего не понимаю…

— Это… это… — у Марии задрожал голос, — в восемь ноль-ноль. В Турине вы просто ночуете, потом вас ждет самолет с Завода, будет часовая посадка в Москве, и сразу же на Завод.

Платон обхватил голову руками и о чем-то задумался.

— Класс! — наконец подвел он итог. — Класс! Склеилось. Ты чего? — спросил он, взглянув на Марию.

— Все нормально, — ответила Мария. — Порядок. Вас приехать проводить?

— Да не нужно, — отмахнулся Платон. — Все примерно понятно. Знаешь что? Ты положи билеты и прочее в большой конверт, в коричневый… И бумажку туда запихни, напиши все, что сказала. Я разберусь. Ладно?

Когда Мария повернулась, чтобы уйти, он вдруг окликнул ее:

— Послушай… Тебе привезти что-нибудь? А?

В голосе его зазвучали виноватые нотки. Мария помолчала, глядя на Платона исподлобья, потом улыбнулась и сказала:

— Пьеро.

— Что?

— Куклу. Такого печального Пьеро. Печального-печального. В белом балахоне и с черными бровями.

Платон расхохотался:

— А веселый Пьеро бывает?

— Нет, — ответила Мария. — Веселого Пьеро никогда не бывает. Он бывает только печальный.

— Ладно, — согласился Платон и черкнул что-то на бумажке. — Пусть будет Пьеро. Договорились.

За весь перелет Платон вышел на связь только однажды, причем Мария не сразу поняла, с какого побережья он звонил. На часах было половина четвертого утра.

— Привет, — сказал Платон, и по голосу Мария поняла, что он немного выпил. — Как дела?

— Все в порядке, — отчиталась Мария, подтягивая сползшее на пол одеяло. — Ждем вас.

— Ага! Дай мне быстренько кого-нибудь из девочек.

— Платон Михайлович, девочек нет.

Платон мгновенно взвился.

— А где все? Что у вас там происходит?

— Ничего не происходит. Просто у нас половина четвертого утра.

— Ох ты! — расстроился Платон. — Совершенно из головы вылетело… Я тебя разбудил? Извини, ради бога. Извини.

Мария промолчала.

— Да, — сказал Платон. — Я скотина. Ладно. Я потом позвоню. Кстати… Знаешь что?

— Что?

— Я про куклу твою помню. Про Пьеро. Правда.

— Спасибо, — ответила Мария. — Но это вовсе не обязательно.

— Ладно. Разберемся. Все, обнимаю тебя. Днем позвоню еще.

Днем Платон не позвонил. Прорезался он, только когда заводской самолет приземлился в Москве.

— Послушай, — сказал он Марии. — Я с охраной передам записку. Ты сделай все, что там написано, а потом убери к себе в сейф. И тебе будут нужны деньги. Возьми у Мусы пять тысяч. Ладно? Лучше шесть! Точно! Возьми у него шесть тысяч. Я прилечу послезавтра, надо, чтобы все уже было.

Весь день Мария выколачивала из скрывающегося от нее Мусы деньги, к вечеру он сдался и вручил ей четыре тысячи.

— Что он с ними делает? — раздраженно спросил Муса. — Я ему в Штаты дал семь штук, сейчас к самолету три отправил. Теперь еще шесть. Что я их — печатаю, что ли?

Мария одолжила тысячу у Сысоева, доложила еще тысячу своих и только тогда добралась до записки. Каракули шефа она умела разбирать лучше других, но иногда платоновский почерк ставил в тупик даже ее. С огромным трудом Марии удалось понять, что Платон поручил ей срочно купить большой шелковый платок от

Диора, лучше с геометрическим рисунком, маленькую черную дамскую сумочку — самую дорогую, какая попадется, — и парфюмерный женский набор «Картье».

Однако самая первая строчка в списке поставила ее в тупик. Мария крутила записку и так и эдак, подступалась к ней с увеличительным стеклом, и лишь за два часа до появления Платона, когда все остальное было уже куплено, а от шести тысяч осталось долларов триста, она поняла, что загадочная строчка расшифровывалась как «Белый Пьеро. Печальный».

С Крымского моста машина долго тащилась до центрального офиса, преодолевая многочисленные пробки. Мария сидела на заднем сиденье, обложившись пакетами, и курила одну сигарету за другой. «Мерседес» Платона сразу же бросился ей в глаза, как только она въехала во двор.

— Давно приехал? — спросила она у девочек, войдя с пакетами в приемную.

— Минут десять назад, — хором ответили девочки. — Уже два раза о тебе спрашивал.

— Как он?

— Вроде ничего. Веселый.

— У него есть кто-нибудь?

— Цейтлин был. Но уже вышел. Сейчас один.

Мария постучала и вошла в кабинет.

— Привет! — радостно встретил ее Платон. — Слушай, мы классно слетали! Сейчас начнется просто новая жизнь. Вот только Ларри вернется… Как здесь дела?

— Все тихо, — официальным голосом сказала Мария. — Вам сегодня звонили из приемной Черномырдина. Два раза. И от Шохина. Просили перезвонить.

На лбу Платона прорезались две глубокие морщины, он о чем-то задумался, потом решительно тряхнул головой.

— Понял. Я знаю, в чем дело. Сейчас свяжусь. Соедини меня быстро с Ларри. Погоди, — остановил он Марию. — Ты купила, что я просил?

Мария выложила свертки на стол. Платон развернул шарф, долго рассматривал, потом просиял:

— Как раз то, что нужно. Отлично! Отлично! Положи это отдельно, надо будет отправить. Я скажу адрес.

Парфюмерный набор и сумочку он оглядел мельком и сгреб в ящик стола.

— А это что?

Увидев Пьеро в белом балахоне, с наведенными черным углем тонкими бровями, Платон явно растерялся и замер, почесывая голову. Потом на лице его постепенно обнаружилось понимание. Он покосился на Марию, продолжавшую стоять рядом со столом.

— Ты видишь, какой я гад? — сокрушенно спросил Платон. — Просто последняя скотина. Обиделась?

— Почему же я должна обидеться? — тихо сказала Мария. — Наоборот даже. Все в порядке. Большое спасибо. Можно забрать?

Печальный Пьеро в белом балахоне вызвал у обитательниц приемной сплошной восторг. Мария решила не брать куклу домой. Она определила Пьеро место на мониторе своего компьютера.

Окончательный расчет

…Одной из самых сильных черт папы Гриши было то, что он умел держать удар. Выждав три дня после памятной встречи Ларри, нотариуса и заводского юриста, которая положила конец мечтам Завода о захвате СНК, папа Гриша появился в Москве и как ни в чем не бывало возник в кабинете Ларри.

— Здравствуй, Ларри, — сказал папа Гриша, заслоняя собой дверной проем.

Ларри выбрался из кресла и, раскрыв объятия, зашагал навстречу папе Грише.

Они долго обнимались, похлопывая друг друга по спине, наконец разъединились, и папа Гриша, продолжая держать широкие ладони биндюжника на плечах у Ларри, стал пристально всматриваться ему в лицо.

— Удивил, — прогудел он. — Просто удивил. Как родному тебе скажу — мне эта история с СНК с самого начала не показалась. Я уж и директору говорил сколько раз — мы ведь одна команда, негоже так-то… Ну да это потом. Расскажи, как вы это сделали.

— А что такого? — ответил Ларри, не делая попыток освободиться. — Нам же рассчитываться надо было. Вот и подвернулся вариант.

— Так что же, Платон, выходит, больше в «Инфокаре» не акционер?

— Сейчас нет, — подтвердил Ларри. — Но он ведь это для нас всех сделал… Я так думаю — я ему немножко своих акций продам. Или подарю. Ну а остальные — это уж как получится. Правильно будет?

Папа Гриша закивал головой.

— Дорогой ты мой человек! Как ты здорово придумал! У него сколько было? Шесть процентов? Я ему тоже часть отдам. И директор отдаст. Кто у нас там еще?

Ларри промолчал. Это имя папа Гриша должен был назвать сам.

Но папа Гриша не спешил.

— У тебя вроде бы всего два процента? — то ли спросил, то ли уточнил он. — Сколько же ты ему отдашь?

Ларри пожал плечами.

— Я так думаю, что отдам один и восемь, — сказал он. — Это будет правильно. Он заслужил.

— И у тебя всего ноль два процента останется?

Ларри кивнул и взглянул из-под густых бровей.

— Значит, и нам в такой же пропорции отдавать?

Наклонившись к телефону, Ларри скомандовал:

— Чаю принеси. С лимоном. И бутербродов.

Потом выпрямился и выжидательно посмотрел на папу Гришу.

— У меня восемь процентов, — задумчиво произнес папа Гриша. — И у директора тоже. Значит, если в той же пропорции, то… Погоди, погоди… Это значит, я отдаю семь и два… И директор — семь и два. Всего получается четырнадцать и четыре, да твоих один и восемь… Дай-ка калькулятор. Так! Всего получается шестнадцать и два? Не понял.

Ларри раздвинул желтые усы в широкой улыбке.

— А что тут понимать? У нас перед Заводом был большой долг. Не у меня лично, не у вас, не у Платона. У «Инфокара». Теперь долга нет. Это все он придумал. Опять же — не я, не вы, не директор. Я это так оцениваю. А вы…

Он оставил многоточие висеть в воздухе.

Папа Гриша немного помолчал, размышляя, потом сказал:

— Договор есть?

— Есть.

Ларри небрежно толкнул синюю папку, которая проскользила по столу в сторону папы Гриши. Тот открыл папку, достал договор, внимательно прочитал, вынул из внутреннего кармана пиджака толстую авторучку и размашисто расписался в двух местах.

— Я ведь за директора отвечать не могу, — полуутвердительно, полувопросительно сказал папа Гриша. — Это он сам решать будет.

— Конечно, — согласился Ларри. — В делах каждый сам за себя отвечает. С начала и до конца. Вы его экземпляр договора возьмите с собой. На всякий случай. Вдруг надумает…

Воцарилось долгое и тяжелое молчание. Папа Гриша крутил в ладонях чашку с остывающим чаем. Потом поднялся.

— Ну ладно. Мне еще в правительство заглянуть надо, повидаться кое с кем. Платон будет звонить — передай привет. Он скоро вернется?

— Теперь уже скоро. Очень скоро. Я так думаю.

Папа Гриша зябко повел плечами.

— Что про Мусу слышно? — спросил он, всем лицом изображая заботу и скорбь. — Как он там?

— Сейчас трудно сказать, — сумрачно ответил Ларри. — Угрозы для жизни нет. Это точно. А вот все остальное… У него полный паралич, речь отказала… Врачи пока ничего определенного не говорят.

Папа Гриша кивнул головой, постоял немного, о чем-то размышляя, потом тяжело прошагал к двери. Задержался на минуту.

— А ты куда пристроил… всякие мечи, которые мы с директором тебе на прошлый день рождения подарили? Вроде вот тут у тебя стояли?

— Мечи? — удивился Ларри. — Домой отвез. По стенам развесил. На почетных местах. Каждый вечер смотрю на них и вас вспоминаю. И директора. А что?

— Так просто. Вспомнилось… Ну, друг мой, до встречи!

— До встречи, дорогой Григорий Павлович.

Удар мастера

…Этот странный человек давно привлек внимание Леонарди. Несмотря на работающие во всю мощь кондиционеры и приносимую ими прохладу, пассажир постоянно вытирал текущие со лба капли пота.

Леонарди возвращался домой из двухнедельного путешествия по Ближнему Востоку. Странного человека он заметил еще в аэропорту. Странен был не столько он сам, сколько его появление. Леонарди спокойно дожидался своей очереди на регистрацию, как вдруг в зал влетело не менее десятка шестифутовых горилл; четверо из них были в камуфляже, остальные — в черных костюмах, и все без исключения — в черных очках. Горилл сопровождали двое израильских полицейских и еще несколько армейских, державших на изготовку короткие автоматы.

Полицейские и военные заняли позиции у дверей, гориллы выстроили живой коридор, и по нему, быстро семеня короткими ножками, побежал вот этот самый странный человек, который сидел теперь по ту сторону прохода. Он и тогда обильно потел, отчего постоянно промокал лоб большим красным платком и стряхивал с кустистых седых бровей соленые капли, норовившие попасть в глаза.

Когда странный человек пробежал через зал, живой коридор распался: двое горилл ринулись за ним вглубь здания аэропорта, человек пять-шесть рассредоточились по залу регистрации, а двое неторопливой походкой подошли к стойке регистрации первого класса. Там их уже ожидала невесть откуда взявшаяся тележка, на которой громоздились три огромных чемодана. Один из громил присел перед тележкой на корточки и стал внимательно изучать замки чемоданов, а второй пристроился в очередь сразу же за Леонарди и достал из внутреннего кармана пиджака белый конверт.

Томмазо, заинтригованный этой сценой, успел заметить мелькнувшую под пиджаком гориллы кобуру, из которой торчала вороненая рукоять полицейского кольта.

Когда Леонарди, отойдя от стойки, задержался, засовывая в карман паспорт и посадочный талон, он услышал, как аэропортовская девушка недоверчиво спрашивает у гориллы:

— Простите, как фамилия? Эл Капоне? Это точно?

— Читать умеете? — на вполне приличном английском, но со смутно знакомым акцентом поинтересовался гигант с кольтом. — Там все написано.

«Ого! — удивился про себя Томмазо. — Эл Капоне объявился».

Ни на паспортном контроле, ни в просторном зале ожидания странный человек ему больше не встретился. Леонарди увидел его только в салоне самолета, случайно посмотрев налево.

Странный человек производил жалкое впечатление. Новый белоснежный костюм его был измят, будто он спал в нем несколько суток. Не только под мышками, но и на груди пиджака проступали темные влажные пятна пота. Леонарди показалось даже, что сквозь дурманящий аромат дорогого дезодоранта пробивается отчетливый неприятный запах. Человек сидел закрыв глаза и мог сойти за спящего, но Томмазо заметил, как лихорадочно пульсирует синяя жилка на морщинистой шее и как дрожит лежащая на правом колене загорелая рука.

Возникшая сзади фигура, в которой Томмазо узнал гориллу с кольтом, наклонилась к потеющему старику и что-то прошептала ему на ухо. Старик, не открывая глаз, досадливо мотнул головой. Фигура кивнула и бесшумно растворилась в глубине салона. Старик пошарил в боковом кармане пиджака, достал узкий стеклянный цилиндрик, выудил таблетку и засунул ее в рот. Еще несколько таких же таблеток раскатилось по полу.

Либо этот человек был очень болен, либо он находился в состоянии сильнейшего нервного стресса. С учетом увиденного в аэропорту вероятнее всего было второе.

За последнюю неделю Фрэнк натерпелся такого, чего не видел за всю свою богатую событиями жизнь.

С самого начала он не хотел ввязываться в эту идиотскую историю с «Инфокаром». Надо было быть полным кретином, чтобы встать поперек дороги тем, с кем не рисковал портить отношения даже сам Березовский. Не говоря уже о вполне вероятной конфронтации с Ахметом и его молодцами. Не говоря о Ларри, желтые глаза которого виделись Фрэнку в ночных кошмарах.

Да и много ли ему было надо? Деньги на старость есть. Дом на средиземноморском побережье — тоже есть. Хватит на всю семью. Дети, слава Аллаху, зарабатывают достаточно и даже смогли бы поддержать отца на старости лет, если бы в этом возникла необходимость. Но такой необходимости, опять же слава Аллаху, нет и не предвидится. Есть бизнес. Все есть. Тогда зачем он полез в это дело?

Будь проклят тот сын шайтана, который, до смерти перепугавшись налета налоговой полиции — с автоматами и в черных масках, — прибежал к нему, Фрэнку, и закричал в голос, что бизнес накрылся, впереди тюрьма, кассиры давно дают показания, все раскрыто и группа захвата уже садится по машинам. Будь тысячу раз проклят тот час, когда он, Фрэнк, своей рукой снял телефонную трубку, набрал кремлевский номер и стал униженно добиваться хотя бы минутного разговора с большим начальником.

— Фамилия ваша как? — придирчиво вопрошал капитан-поруженец.

— Вы передайте, уважаемый, что это Фрэнк Мамедович звонит, — дрожащим от волнения голосом умолял Эл Капоне. — Он меня помнит. Фамилию сказать не могу, она у меня очень трудная.

И клял в душе друзей-остряков, навязавших ему фамилию короля американских гангстеров.

Большой начальник выслушал просьбу Фрэнка об аудиенции, подумал и охотно согласился встретиться вечером в «Царской охоте». Закусывая замороженную до зубной боли водку свежайшей семгой самого что ни на есть лучшего посола, начальник выслушал печальную историю и определил:

— Законы надо соблюдать, Фрэнк Мамедович. Для того мы и стоим на страже государственных интересов. Так-то вот. А нарушать законы у нас никому не позволено. Ни вам, понимаете ли, ни мне, ни даже Борису Николаевичу. Так что будем делать?

Фрэнк деликатно промолчал, преданно глядя начальнику в глаза. Тот выдержал паузу.

— Ладно. Проблему вашу я решу. Под свою ответственность. Под свою личную ответственность. Поняли меня? Но мне нужны гарантии, что больше вы никаких дел не натворите. Настоящие гарантии.

Фрэнк отчетливо ощутил, как к нему в грудь вошел живительный глоток свежего воздуха.

— Гарантии? — переспросил он. — Берите, уважаемый. Какие хотите гарантии, такие и берите. Только помогите, пожалуйста.

— Гарантии... — Начальник задумался. — Значит, так. Я к тебе направлю своего человека. Пусть последит, чтобы все было в порядке. И по закону. Первый Народный банк — это у тебя? Возьмешь его туда. Пусть чем-нибудь заведует. Аналитическим отделом, что ли... И чтобы он полностью был в курсе. Тогда я буду спокоен. И уверен, что потом не придется краснеть.

Фрэнк быстренько прикинул в уме. На Первый Народный было завязано не менее половины всего бизнеса. Но отказываться никак нельзя. От таких предложений не отказываются. Пожалеешь половину — потеряешь все. Он хорошо знал мертвую бульдожью хватку московских, а в особенности — кремлевских людей. Как акулы, почуявшие запах свежей крови, они рвали живое тело, пока не добивались полного, но быстро проходящего насыщения. Однако, в отличие от акул, с этими людьми можно было договориться, и они соглашались, откромсав от жертвы наиболее смачные куски, сохранить ей жизненно важные органы и предоставить возможности для частичной регенерации.

Интересно, что «папа» поручит своему комиссару?

— А чем он будет заниматься? — спросил Фрэнк, заранее зная ответ.

— Он вам сам скажет, чем будет заниматься, — предугаданно ответил начальник.

На том и порешили.

Появившийся на следующий день полковник Корецкий неделю ничем себя не проявлял. А потом завалил Фрэнка целой кучей бумаг. Подписав их, Фрэнк облегченно вздохнул. Рынки полковник не тронул. Рестораны и бензозаправки тоже.

Из занимавшихся обналичкой фирм отобрал всего две, сменив руководство. Между ними возникло что-то вроде разделения труда — полковник плотно контролировал банк и все его операции, но в деятельность компаний, проводивших через банк свои обороты, не лез, наличным оборотом прямо не интересовался, отстежке для братвы никак не препятствовал.

Фрэнк с трепетом ждал, когда же полковник проявит интерес к операциям с оружием, и наконец дождался. Однако никаких поползновений к тому, чтобы прибрать эти операции к рукам, Корецкий не обнаружил. Он просто дал Фрэнку понять, что полностью в курсе событий, и предложил:

— Давайте так. Это ваше дело. Я, конечно, должен бы доложить, но могу и не докладывать. Прямых нарушений закона не усматриваю. Вместо этого у меня к вам, Фрэнк Мамедович, есть одно предложение.

Когда Эл Капоне выслушал предложение полковника Корецкого, у него встали дыбом остатки волос. Но полковник успокоил Фрэнка:

— Чего вы боитесь? Это ведь просто растереть. — Корецкий изобразил пальцами соответствующее движение. — Вы же прекрасно понимаете, Фрэнк Мамедович, кто за вами стоит. Этот... Платон... утрется — и все. С нами воевать никто не станет. Кроме совсем оголтелых. А он не такой. Он умный. И понимает, что сила солому ломит.

— А можно меня в это не впутывать? — осторожно поинтересовался Фрэнк.

— Кто же вас впутывает? — искренне удивился полковник Корецкий. — Если вас впутывать, то надо партнерство обсуждать. А здесь, извините, не ваш, а наш бизнес. Вы только проинформируйте ваших приятелей, чтобы под ногами не болтались. Как инфокаровская «крыша» называется? Ахмет? Вот его и проинформируйте. У него первого неприятности будут, если полезет на рожон.

Фрэнк все же поостерегся звонить Ахмету напрямую и передал информацию через общих друзей. Друзья потом сказали, что Ахмет отнесся с пониманием. Фрэнк облегченно вздохнул.

Однако облегчение длилось недолго. Когда Платон и Ларри вызвали Фрэнка на встречу, когда он, в инфокаровском клубе, посмотрел Ларри в глаза и вспомнил, где и когда с ним познакомился, а главное — кто их познакомил, — у него засосало под ложечкой. Потом, в «Метрополе», он искусно валял дурака, тянул время, всячески пытался отсрочить момент окончательного предъявления условий, но выслушал унизительный ультиматум до самого конца, а потом отнес пленку с записью полковнику. Фрэнк понимал: у «Инфокара» хватит сил, чтобы разнести вдребезги все его царство. Им не нужно будет начинать прямую войну с кремлевскими людьми, совсем не нужно. Партия просматривалась на все оставшиеся до мата ходы. Сначала разгром его, Фрэнка, бизнеса. Разгром силами тех, на кого кремлевские люди влиять не могли, кому «Инфокар» платил уже много лет — щедро и не дожидаясь особых просьб. Потом выход на Корецкого. Через него на Кремль. Лично на «папу». И зачистка концов. Но это будет потом. А начнут с него.

Три миллиона долларов… Да гори они огнем, эти деньги! Фрэнк готов отдать свои, личные бабки, лишь бы все это закончилось уже сегодня!

Однако полковник был настроен решительно и спокойно.

— Бросьте вы, Фрэнк Мамедович, — сказал он, небрежно бросая кассету с записью на край стола. — Не забивайте себе голову всякой ерундой. Пойдите отдохните, в казино там или к девочкам. Вы свое дело сделали, вот и живите тихо. Остальное — наша забота.

Уже не впервые у Фрэнка появилось ощущение, что в завязавшейся схватке с «Инфокаром» полковник отслеживает какие-то личные интересы, умело прикрывая их тремя миллионами для своих хозяев. И эти личные интересы для полковника намного важнее, чем три или даже тридцать миллионов для «папы».

А теперь, в самолете, исходя от страха холодным потом, Фрэнк клял себя за то, что не снял тогда трубку, не позвонил «папе», не предупредил... Все могло пойти по-другому.

Тем не менее случилось то, что случилось. В отличие от Корецкого, Фрэнку не удалось пережить краткий звездный миг торжества, когда по всем телетайпным лентам прошла информация об убийстве неизвестным киллером генерального директора СНК и основателя «Инфокара». Через час после того, как полковник начал торжествовать победу, Фрэнку сообщили, что покушение имело место, но вместо заказанного Платона под пулю угодил совершенно посторонний человек. О том, что это был старый друг, соратник и заместитель Платона, Фрэнк узнал только тогда, когда Платон уже пересекал воздушную границу страны. Да и изменить это уже ничего не могло.

— Ларри с ним? — спросил Фрэнк у своих информаторов.

— Нет, — ответили информаторы. — Ларри в Москве.

— Закажите билет, — приказал Фрэнк, переварив полученные сведения. — В Израиль. Чтобы немедленно. Депутатский зал. Охрану вызовите. Официальную, из ментов. Пусть будет бронированный джип. Я выезжаю в Шереметьево сейчас же. Билет буду ждать там.

Эл Капоне искренне считал, что с Корецким у него все кончено. Он заварил эту кашу, он же пусть ее и расхлебывает. Фрэнк строго-настрого запретил приближенным выдавать полковнику или кому-либо еще информацию о своем местонахождении. Он устроился на купленной два года назад вилле, не торгуясь заплатил местному охранному бюро и попытался зажить в свое удовольствие, выкинув московские дела из памяти.

Однако по ночам ему начали мерещиться веснушчатые пальцы Ларри, спокойно лежащие на белой скатерти в «Метрополе», и Фрэнк не выдержал. Он позвонил в Москву, поднял друзей и попросил присматривать за Корецким. И вообще ежедневно сообщать ему, что происходит.

Когда Фрэнку передали, что Корецкий даже в сортир не выходит без охраны, что проверять его машину на предмет наличия подложенной взрывчатки ежедневно приезжают специально обученные люди из ФСБ, но вообще-то полковник жив и здоров, — он сильно возрадовался. Шло время, ничего не происходило, и Фрэнк начал потихоньку успокаиваться, лелея в душе надежду, что как-нибудь пронесет.

Эта надежда лопнула в один страшный миг, когда Фрэнка нашли по телефону в ресторане за обедом и он узнал, что Корецкого больше нет.

Холодея от ужаса, Фрэнк выслушал подробный рассказ. Судя по всему, Корецкий, как и очень многие бизнесмены, бандиты и политические деятели, боялся трех вещей. Бомбы, яда и пули. От бомбы его надежно прикрывала ежедневно проводимая проверка машины. Кроме того, проверялись подъезды к квартире и к офисам, где он имел обыкновение бывать. Имея спецталон и мигалки, полковник летал по Москве с такой скоростью, что никакое взрывное устройство, заложенное по пути следования, просто физически не могло бы сработать вовремя. А если бы какой-нибудь придурок и пошел на это, то вместо Корецкого положил бы не меньше десятка ни в чем не повинных россиян. Что касается яда, здесь тоже все было в порядке. Полковник не прикасался ни к одному письму, приходившему в его адрес, — конверты вскрывались секретаршами, которые и зачитывали Корецкому содержимое.

Он не брал в руки даже телефонную трубку — те же секретарши включали громкую связь и отключали ее по окончании разговора. Ел полковник только дома. На работе пил кофе, лично набирая воду в чайник из-под крана и насыпая порошок из приносимой и ежедневно уносимой с собой баночки.

Труднее всего было с защитой от снайперской пули, которая могла вылететь из любого окна. Но и здесь полковник оказался на уровне. Будучи от природы человеком невысоким, он нанял в свою личную охрану восемь широкоплечих верзил.

Передвигаясь вместе с ним по улице, верзилы создавали непреодолимую для прицельного огня преграду — спереди, сзади, с флангов и, что самое главное, сверху. Опять же, можно представить себе камикадзе, который, сидя где-нибудь на шестом этаже, начнет отрабатывать полученные деньги и откроет беглый огонь по передвигающейся внизу компактной группе. Однако предвидеть результат нетрудно.

Предположим даже, что одного-двоих удастся положить. Но сразу же после этого мишень придвинут в мертвую зону, к стенке, а уцелевшая охрана, обнажив стволы, возьмет стрелка в такие тиски, что через пять минут выход из них будет только на тот свет — по своей воле или по чужой, неважно.

Словом, система самозащиты, выстроенная полковником, с профессиональной точки зрения выглядела безупречно.

До той поры, пока она не была прорвана самым грубым и безжалостным образом.

В одно прекрасное утро полковник подъехал к своему офису на Сретенке, подождал, по обыкновению, пока выскочившая из джипов сопровождения охрана не возьмет его в кольцо, и преспокойно зашагал к входу в банк. В это время, без всяких видимых причин, от крыши здания отделилась установленная там горделивая эмблема Первого Народного банка, представлявшая собой фигуру землепашца с пачкой купюр в поднятой вверх правой руке и весившая никак не меньше полутора тонн.

Только один из охранников, почуявший невнятное движение воздушных масс, успел отскочить в сторону. Его придавила правая рука землепашца, шарахнув по голове бронзовыми купюрами так, что охранник пришел в себя только в институте Склифосовского. Всех остальных, включая охраняемого денно и нощно полковника, везти туда было бессмысленно. Сеятель накрыл компактную группу целиком.

Отдельные части тела полковника Корецкого, находившегося в центре падения фигуры, вдавило ударом в асфальт сантиметров на пятнадцать.

Фрэнк даже не мог вспомнить, как он добрался до виллы. Не то нанятая охрана домчала его за десять минут, не то подоспела полиция… Он очнулся только в своей постели, за зашторенными окнами, дрожа всем телом и обильно потея.

Ночью Эл Капоне спал отвратительно — ему снилось расплющенное тело идиота полковника, втравившего его в эту историю, а временами являлись картины памятного ужина в «Метрополе». Встречая взгляд немигающих желтых глаз, Фрэнк вздрагивал, просыпался и начинал неслышно шептать молитву.

Просидев два дня взаперти, он стал постепенно успокаиваться. В конце концов, даже этому рыжему шайтану должно быть совершенно понятно, что он, Фрэнк Эл Капоне, здесь совершенно ни при чем. Это все тот — полковник Корецкий. Да, по всем понятиям именно Фрэнк отвечал за то, что творится от имени Первого

Народного банка. Но ведь помимо понятий есть еще, так сказать, и правда жизни!

И эту правду жизни рыжий черт просто обязан понимать. Или не обязан? Или обязан, но не желает? Нет… Обязан понимать. Наверняка.

Фрэнк стал спать лучше, тем более что принял необходимые меры предосторожности. Он вызвал из далекой России пятерых верных людей, раздал оружие и лично проинструктировал. Городок был маленьким даже по местным масштабам. Чужой человек попадался на глаза немедленно, и его долго провожали взглядами. А в том, что за ним если уж придут, то именно чужие, Фрэнк ничуть не сомневался.

Каждое утро его люди обходили самые интересные места — обе бензоколонки, рынок, единственный в городке большой супермаркет. Перебрасывались несколькими фразами с продавщицами. Нет, все спокойно, никто чужой не появлялся. Все тихо, все идет своим чередом.

А в один прекрасный день случилось то, чего Фрэнк уже перестал ожидать. Он подошел утром к бассейну во дворе, сбросил на плетеное кресло халат и совсем уж было собрался нырнуть в прохладную, отсвечивающую голубизной воду, как старший из вызванных им головорезов схватил хозяина за руку и остановил, указывая пальцем на дальний край бассейна. Там уходила под воду, спускаясь с мраморных плит, какая-то черная извилистая нить.

Нить оказалась электрическим проводом. Она вела за забор виллы и заканчивалась стальным крокодильчиком, мирно валяющимся в пожелтевшей от солнца траве.

Скорее всего, это была проба сил. Некто, вставший за забором, махнул рукой и легко зашвырнул провод в бассейн. А потом что-то помешало ему вытащить провод обратно. Но разыгравшееся воображение Фрэнка тут же нарисовало ему жуткую картину — как он спокойно нежится в бассейне, как всего в нескольких метрах от него чужие руки в резиновых перчатках неспешно подключают крокодильчиков к клеммам автомобильного аккумулятора и как его тело дергается от электрического шока.

С этой минуты обманчивое ощущение покоя и защищенности исчезло напрочь.

Местная служба безопасности и люди, вызванные Фрэнком из Москвы, были усилены четырьмя полицейскими. Стражи порядка держали оборону по всему периметру виллы, частные охранники стояли у дверей и окон здания, меняясь каждые шесть часов, а люди Фрэнка неотлучно находились вместе с ним в спальне, за наглухо зашторенными окнами.

Однако неведомая угроза висела в воздухе. Она обволакивала окруженного тройным кольцом человека, пропитывала воздух и проникала в самые поры. За три дня, проведенные под усиленной охраной, Фрэнк потерял в весе не меньше пяти килограммов, покрылся ярко-красными пятнами неизвестного происхождения и впервые узнал, что такое сердечный приступ.

Вызывать врача он отказался категорически — обошелся случайно оказавшимся на вилле ангинином. Но после этого, трепетно прислушиваясь к шумам и шорохам за окном, Фрэнк с тревогой следил и за тем, как глухо и с перебоями стучит его собственное сердце.

Он клял себя за то, что, не подумав как следует и не взвесив все за и против, решил укрыться не где-нибудь, а именно тут, на Ближнем Востоке, нашпигованном всеми видами оружия. Ему мерещился ночной самолет, забрасывающий дом противотанковыми гранатами. От шума проезжающей мимо машины сердце как будто подступало к горлу и пережимало дыхание: Фрэнк ждал выстрела из гранатомета, несущего смерть.

К исходу третьего дня он принял решение. Находиться здесь и дальше, вздрагивая от каждого шороха и ожидая решительного хода неведомого противника, было попросту невозможно. Надо убираться. Лучше всего в Штаты. Там, на Восточном побережье, у Фрэнка Эл Капоне много друзей, и добраться до него будет не в пример труднее.

Вот почему он сидел сейчас в салоне авиалайнера, глотал одну таблетку за другой, вытирал лоб насквозь мокрым красным платком и все еще не верил, что ему удалось вырваться из капкана. Мысленно Фрэнк продолжал беседу с рыжим чертом, пытаясь объяснить ему, что он, Эл Капоне, ни в чем не виноват и совершенно безопасен. Ему больше никогда даже в голову не придет устроить «Инфокару» хоть какую-нибудь пакость. И хотя рыжий черт согласно кивал головой, принимая все аргументы и даже миролюбиво улыбаясь, Фрэнк понимал чудовищную бессмысленность этой дискуссии. Он не был опасен, не был страшен. Он ни для кого не представлял угрозы. Но он все равно был обречен. Потому что сделанного под его «крышей» и от его имени не прощают. А если кто простит, то проявит слабость, недостойную мужчины и делового человека. Поэтому Фрэнк обречен и вся его жизнь отныне будет состоять из длинной последовательности переездов, смены адресов и документов и вечного, непрекращающегося страха.

Фрэнка раздражали проходящие мимо его кресла люди, исчезающие в туалете, а потом возникающие снова. Особенно один — толстый, в подтяжках, впивающихся в тряское пивное брюхо. Фрэнк заметил толстяка еще в зале ожидания для пассажиров первого класса, где тот, явно не упускавший возможности выпить на дармовщину, накачивался бесплатным виски. В самолете толстяк явно добавил, и походка его стала тяжелой и одновременно неуверенной. Он посещал туалет каждые двадцать минут, ухмыляясь Фрэнку и сидевшему через проход бородачу идиотской пьяной улыбкой. А когда тот — судя по всему, итальянец — завернулся в плед и уснул, то улыбка стала предназначаться только Фрэнку.

Каждый новый поход в туалет давался толстяку все с большим трудом, он хватался за спинки кресел жирными маслянистыми пальцами, но стойкости ему это не придавало. Возвращаясь из туалета в очередной раз, толстяк споткнулся, и лицо его вплотную приблизилось к лицу Фрэнка.

«Странно, — подумал Фрэнк, увидев глаза этого типа в нескольких сантиметрах от себя. — Он же совсем не похож на пьяного…»

Тут же в глазах у него почернело и тело пронзила неистовая боль, начавшаяся где-то около бешено заколотившегося сердца.

Леонарди проснулся от того, что кто-то тронул его за плечо.

— Мы просим вас переместиться в салон бизнес-класса, — сказала склонившаяся над ним стюардесса. — Вы меня слышите?

— Что случилось? — недовольно спросил Томмазо. — В чем дело?

— Вашему соседу нездоровится, — объяснила стюардесса, стараясь говорить спокойно. — Пожалуйста, пересядьте. Здесь сейчас будет работать врач.

Томмазо послушно встал, взглянул на нуждающегося в помощи соседа и сразу понял всю бессмысленность врачебных усилий — на него смотрела мертвая маска с остекленевшими глазами и высыхающими каплями пота.

Когда Леонарди опустился в кресло бизнес-класса, мимо него пролетели сопровождавшие мертвеца гориллы. Томмазо услышал, как они переговариваются на бегу, и снова ему почудилось что-то смутно знакомое.

Из нью-йоркского аэропорта полиция не выпускала Леонарди не менее четырех часов. С него сняли отпечатки пальцев, допросили сначала одного, а затем еще раз — в присутствии адвоката. Полицейских интересовало все — когда Леонарди впервые увидел убитого (о том, что сосед был поражен ударом узкого тонкого ножа прямо в сердце, Томмазо узнал еще в самолете), был ли он знаком с ним раньше, кто подходил к нему в салоне, кто с ним разговаривал. Показывали фотографии пассажиров. К приезду адвоката у полицейских появились и новые вопросы — не приходилось ли Леонарди когда-либо бывать в Советском Союзе, а если да, то с какой целью и с кем он там общался.

Только теперь Томмазо понял, почему столь знакомой показалась ему речь сопровождавших покойника людей.

Когда его наконец отпустили и он очутился в лифте, поднимающемся к стоянке автомобилей, Томмазо сам себе сказал задумчиво:

— Оказывается, я совсем забыл про Россию. А ведь сколько ездил, друзьями даже обзавелся. Интересно, что сейчас с этими парнями. Как их там звали? Виктор… Сергей… Платон…

Последняя встреча

Платон возвращался.

Ларри ждал, что он, как все нормальные люди, прилетит самолетом и прямо в Москву. Но, насильственно оторванный от родного бизнеса, Платон принял другое решение. Сперва он залетел в Санкт-Петербург, провел молниеносную ревизию инфокаровских объектов, довел до трясучки Леву Штурмина, наорал на Еропкина, потребовал показать все финансовые документы, долго их изучал, потом сменил гнев на милость и объявил, что вечером все ужинают в «Астории». За ужином был обаятелен, старался всеми силами сгладить утреннюю резкость, рассказывал, как жил в Швейцарии и Италии.

Весь следующий день он, уже в спокойной обстановке, смотрел, как работают станции. Еропкин показал ему два новых объекта, накормил роскошным обедом и тут же потребовал дополнительного финансирования. Платон подумал, кивнул головой и финансирование пообещал.

— Скажу Ларри, — объявил он. — Пусть займется. А вообще ты здесь здорово развернулся. Просто класс!

Потом Платона перехватил Лева, свозил в мэрию, а оттуда на Дворцовую площадь. Долго водил вокруг площади, постоянно возвращаясь на одно и то же место. Наконец Платон, увлеченный беседой, все же заметил, что они, как заведенные, ходят кругами, и спросил, в чем дело.

— Видишь этот дом? — спросил Лева. — Нравится? Я его купил.

— Ну вот, — сказал Платон. — А я все думал, когда ты начнешь меня удивлять. И что будем здесь делать?

— Питерскую штаб-квартиру, — ответил Лева. — Не хочешь отсюда начать наступление на город?

Они проговорили половину ночи, а потом еще утром, и Лева еле успел выскочить из вагона утреннего поезда, увозившего Платона в столицу.

Теперь поезд с Платоном подходил к Ленинградскому вокзалу. Платон заметил на перроне черную форму инфокаровских охранников, потом что-то ярко-красное и большое, из-за чего выглядывала знакомая рыжая шевелюра.

— Это мне? — спросил он у Ларри, спрыгивая с подножки поезда.

— Тебе, — ответил Ларри, передавая розы сопровождавшему Платона охраннику. — Ну что, обнимемся?

— И как здесь дела? — поинтересовался Платон, быстро шагая к зданию вокзала.

— Нормально. Все нормально. Я тебе, кстати, сюрприз приготовил.

Платон на мгновение остановился и внимательно посмотрел на Ларри.

— Какой еще сюрприз?

— Увидишь.

Платон увидел сюрприз, как только вышел из вокзала на ступени, спускающиеся к Комсомольской площади. Прямо перед ними стоял его «мерседес», а вся площадь за машиной была заполнена людьми. Люди молча стояли, повернувшись лицом к зданию вокзала.

— Подожди спускаться, — сказал позади Ларри. — Осмотрись повнимательнее.

И Платон посмотрел.

В этот день «Инфокар» не работал. Все салоны, станции и стоянки, все офисы вывесили на дверях написанные от руки объявления и вышли на площадь, чтобы встретить Хозяина. Его долго не было в стране. На него охотились, как на зверя, в него летели не достигавшие цели пули. Он создал этот мир, собрал его по кирпичику, по копейке. Враги хотели погубить его, разрушить выстроенное им здание. Но они потерпели поражение. Потому что тысячи человек, слетевшихся со всех концов страны под голубое инфокаровское знамя, встали плечом к плечу, чтобы защитить поднявшего это знамя, а значит — защитить и себя. Сегодня они праздновали победу. Это был их день, их праздник.

Прямо перед Платоном стояли люди из Сургута и Тюмени, Ростова и Воронежа, Омска и Новосибирска, Орла, Смоленска, Сочи. Он разглядел окруженного плотным кольцом механиков владивостокского директора и сотрудников питерских филиалов, конспиративно прибывших минувшей ночью. Лева Штурмин, прилетевший на самолете, стоял рядом с небритым Еропкиным и махал Платону рукой. Мощную колонну подмосковного центра возглавлял не расстающийся с мобильным телефоном Стефан Светлянский — он и сейчас бормотал что-то в трубку. Платон увидел Марию, которая смотрела на него глазами, полными слез. Неподалеку от нее, с дрожащими от волнения губами, куталась в куртку Ленка. Вокруг стоящих на периферии джипов сгрудились джигиты Ахмета, а сам Ахмет возвышался у подножия ступеней и, запрокинув голову, смотрел на Платона снизу вверх. Из-за его спины выглядывал Леня Донских.

Все чего-то ждали.

Платон почувствовал, как находившийся рядом с ним Ларри сделал движение, вроде бы махнул рукой, и тут же белые лучи прожекторов прорезали сгустившиеся сумерки. Пятна света заметались по толпе, выхватывая из темноты отдельные лица.

* * *

Платон зажмурился, ощутив странную нереальность происходящего. А когда он открыл глаза, это чувство только усилилось.

Потому что в луче прожектора он увидел Сережку Терьяна, удивительно молодого, в потертой кожаной куртке, клетчатой кепке и с сигаретой, небрежно приклеенной в углу улыбающегося рта.

— Здорово, старик, — кивнул ему Сережка Терьян, и слова его, удаленного от Платона на несколько десятков метров, прозвучали неожиданно громко и отчетливо. — Это хорошо, что ты вернулся. А то я уже скучать начал. Послушай... — Он улыбнулся прежней мальчишеской улыбкой. — Тебе, может быть, не очень приятно меня видеть... После всей этой истории... Брось! Я много думал последнее время. Делать было особо нечего — вот и думал. И знаешь что — ты здесь ни при чем. Просто так сложилось. Да и никто не виноват. Это жизнь... Все люди делают ошибки. Я тоже сделал ошибку — пришел в «Инфокар». Хотя меня и предупреждали. И ты сделал ошибку — послал меня в Питер. Не надо было этого делать. Я теперь понимаю. Ну и так далее. Просто сейчас цена ошибки стала огромной. Страшной стала цена. И не смотри на меня так, ведь не только я эту цену заплатил. Мы все заплатили. Я — по-своему, ты — по-своему.

Платон хотел спросить, что Терьян имеет в виду, но тот, по-видимому, угадал вопрос и ответил сразу:

— Помнишь, как в девяносто первом мы отмечали твой день рождения? Мы тогда в последний раз вот так сидели за столом. Все вместе. И ты сказал... помнишь, что ты сказал? Что пройдет время, вроде как даже сменятся страны и народы, а мы все равно останемся вместе. Ибо наше братство — это и есть главная и единственная ценность. Помнишь? Вот что я имею в виду. Я жизнью заплатил. А ты — этим братством. Неизвестно еще, кто потерял больше. Не обижайся, старик, что я тебе такое говорю. Сам ведь знаешь — это правда. Вот и Витька подтвердит, мы с ним это много-много раз обсуждали.

Витька Сысоев и вправду оказался рядом. Он стоял неподалеку от Сереги в длинном белом плаще, в котором когда-то вломился к Платону домой с рассказом о своем путешествии в Прибалтику в самый разгар Московской олимпиады. Сысоев махал Платону рукой, и черные брови его иронично выстраивались домиком.

— Серж все-таки удивительно ядовитый человек, — сказал Витька. — Никак не меняется. Он постоянно ссылается на меня. Особенно последнее время. И совершенно зря это делает. Я ему сто раз объяснял — русским языком, — чтобы он не драматизировал ситуацию.

— Ты простил меня, Витька? — прошептал Платон.

— Ой, — досадливо махнул рукой Сысоев. — Конечно нет. Ты же знаешь — я злопамятный. И вредный. Но ведь на тебя бессмысленно обижаться. Если бы я на тебя за каждый твой выкрутас обижался, мы бы еще тогда разбежались — когда ты мне Вику в лабораторию воткнул. А ведь с этого все и началось… Не отвлекай меня. Я про Серегу… Так вот. Серега — известный эгоцентрист. Из-за того, что он… Короче, из-за того, что мы… разошлись, что ли… он тебя больше, чем себя, жалеет. И больше, чем меня. Он думает, что ты теперь ночей не спишь, все мучаешься. А ты не спишь по совершенно другим причинам — у тебя бизнес. У тебя дело. И ты этому делу все отдал. И нас. И себя. Потому что ты так выбрал. Сережка — он ведь думает, что ты теперь один. А это не так. Вас двое — ты и оно, дело. Наша с ним беда в чем состояла? Мы все время хотели за тобой угнаться. И я хотел. И он, что бы он сейчас ни говорил. Но дыхания не хватило. И в этом надо честно признаться, а не хныкать из-за того, что ты не повернул назад с середины дистанции, чтобы любой ценой дотащить нас до финиша. — Сысоев задумался на мгновение, потом звонко щелкнул пальцами. — Я вспомнил одну штуку, читал когда-то. Давай расскажу. Представляешь, по улице большого города движется женская фигура какой-то невероятной высоты. Выше любого небоскреба. Это вроде как Фортуна. А внизу, по тротуарам, снуют людишки. Фортуна смотрит под ноги, иногда нагибается, берет человечка, сажает на ладонь, подносит к глазам и долго-долго рассматривает. Потом шепчет — нет, не он, — переворачивает ладонь, и человечек летит с высоты на асфальт. Это я к чему. Вот Сережка говорит — он сделал ошибку, что в «Инфокар» сунулся. И я ошибку сделал. Все, короче, ошиблись. А я думаю, что все было неизбежно. Она — фигура эта — не за каждым нагибается. И отобрала она — скажем так, для просмотра — нас всех. Но ведь могла и не отобрать, могла мимо пройти — мне, честно говоря, такой вариант нравится куда меньше. Значит, было у каждого из нас что-то такое, что она заинтересовалась. Другое дело — нам не повезло: мы ей в конце концов не показались. А ты — показался. Вот и вся история. Понимаешь, о чем я? Или послушаешь, что Марик скажет?

— Я все ждал, когда ты меня заметишь, — скрипучим голосом подхватил Марк Цейтлин. — Если помнишь, мы так и не успели договорить, когда виделись в последний раз. Я сегодня ни на что не претендую — не будем портить знаменательный день. Считаю, что такое событие надо отметить. Как следует. Только я категорически против сидения за столом. Я нашел классную баню. Пар сделаю сам. Ну как?

— А где Муса? — спросил Платон, с радостью отметив, что ребята, несмотря на прошедшие годы, совсем не изменились. — Он не пришел?

Витька и Марик переглянулись.

— Опаздывает, — сказал Марк. — Здорово опаздывает. Но он обязательно подойдет. Уже скоро. Ну так как, договорились? — Не дождавшись, пока Платон даст согласие, он снова заговорил, но уже не скрипуче-сварливым, а особенным обволакивающим голосом, которым всегда завораживал партнеров при первой встрече и произносил проникновенные тосты. — Я хочу сказать одну вещь, — произнес Марик. — Она имеет особое значение. Когда-то, много лет назад, мы вместе начали этот бизнес. Сейчас фирма «Инфокар» — первая в стране. Так вот. Это смогло так получиться только потому, что мы всегда были как одно целое. Тут мало кто про это знает, поэтому я скажу… Терьян уже начал про это. Как-то у Платона Михайловича был день рождения. И он тогда сказал замечательные слова. Я не стану их повторять — те, кто тогда были, помнят, о чем речь. А смысл был такой, что, пока мы вместе, нам всегда и все будет удаваться. И вот я хочу, чтобы все знали… Пусть там происходит что угодно, но мы всегда будем вместе. Потому что у нас есть построенное нами дело. И мы должны быть вместе, если хотим, чтобы это дело продолжало жить. Правильно, Платон?

Платон очнулся от того, что Мария незаметно пихнула его в бок. Лучи прожекторов передвинулись. Люди, слетевшиеся со всех концов страны под голубое инфокаровское знамя, куда-то исчезли, растворились в сумерках люди из Сургута и Тюмени, Ростова и Воронежа, Омска и Новосибирска, Орла, Смоленска, Сочи, слились с тенями питерцы и москвичи. Платон оглянулся и обнаружил, что Ларри тоже ушел в темноту.

В круге света, образованном лучами прожекторов, остались Сережка Терьян с дымящейся в углу рта сигареткой, Витька в белом плаще и Марик с поднятой правой рукой. А на периферии круга показался прихрамывающий Муса.

— Скажи слово, — шепнула Мария. — Люди ждут.

1997–1998, Москва
Авторская редакция 2023

Другие произведения автора

Романы

«Варяги и ворюги»
«Меньшее зло»
«Лахезис»
«Дым и зеркала»
(под псевдонимом Жюль дю Беф)

Повести

«Идиставизо»
«Теория катастроф»
«Инновация Ворохопкина»

Татьяна Вольтская ТЫ ДОЖИВЁШЬ

Евгений Клюев Я ИЗ РОССИИ. ПРОСТИ

Виталий Пуханов РОДИНА ПРИКАЖЕТ ЕСТЬ ГОВНО

Вадим Жук СЛИШКОМ ЧЁРНАЯ СОБАКА

Дифирамб Владимира Гандельсмана

Детская и подростковая литература

Александр Архангельский ПРАВИЛО МУРАВЧИКА

Сборник рассказов для детей 10–14 лет
СЛОВО НА БУКВУ «В»

Шаши Мартынова РЕБЁНКУ ВАСИЛИЮ СНИТСЯ

Shashi Martynova BASIL THE CHILD DREAMS
Translated by Max Nemtsov

Алексей Шеремет СЕВКА, РОМКА И ВИТТОР

Двуязычные издания

Александр Пушкин
НЕВОЛЬНЫЙ ЧИЖИК/A CAPTIVE FINCH
Перевод на английский Леонида Бершидского
Предисловие Татьяны Малкиной

Сборник современной поэзии
КАК НАМ ЭТО ПЕРЕЖИТЬ/
HOW ARE WE MEANT TO SURVIVE THIS
Составитель Татьяна Бонч-Осмоловская

Драматургия

Светлана Петрийчук
ТУАРЕГИ. СЕМЬ ТЕКСТОВ ДЛЯ ТЕАТРА
Предисловие Михаила Дурненкова

Сергей Давыдов ПЯТЬ ПЬЕС О СВОБОДЕ

Сборник ПЯТЬ ПЬЕС О ВОЙНЕ
Составитель Сергей Давыдов

Серия «Документы века»
1000 NAMES. A LIST OF POLITICAL PRISONERS IN RUSSIA

Серия «Учебники рассеянных»
Дмитрий Быков
СТРАШНОЕ. ПОЭТИКА ТРИЛЛЕРА

Серия «Февраль/Лютий»
Андрей Мовчан ОТ ВОЙНЫ ДО ВОЙНЫ
Светлана Еремеева МЁРТВОЕ ВРЕМЯ
**** ******* У ФАШИСТОВ МАЛО КРАСКИ
Сборник эссе НОСОРОГИ В КНИЖНОЙ ЛАВКЕ
Сергей Шелин ЗАНИМАТЕЛЬНАЯ РОССИЯ. 228 ОТВЕТОВ

Содержание

www.ingramcontent.com/pod-product-compliance
Lightning Source LLC
Chambersburg PA
CBHW060706010826
48977CB00007B/486